Michelle Natascha Weber

Die Rabenkönigin

DRACHENMOND VERLAG

DRACHENMOND VERLAG

Astrid Behrendt
Rheinstraße 60
51371 Leverkusen
http: www.drachenmond.de
E-Mail: info@drachenmond.de

Lektorat: Anna Milo
Korrektorat: Michaela Retetzki
Satz: Marlena Anders
Layout: Astrid Behrendt
Umschlagdesign: Alexander Kopainski
www.alexanderkopainski.de
Bildmaterial: Shutterstock

Druck: Booksfactory

ISBN 978-3-95991-041-5

Keine Nacht währt ewig

Die Stimme des Windes

Der Wind rief nach ihr. Sein klagender Ruf klang aus dem Rascheln der Blätter, dem Pfeifen, das durch den Kamin drang. Er ließ nicht zu, dass sie wieder in den Schlaf glitt. Ruhelos fasste Maja nach dem wollenen Tuch auf dem Stuhl und warf es sich über die Schultern. Der Mondschein fiel silbern herein und beleuchtete ihren Weg durch das Zimmer. Die Stürme, die das Schwinden des Sommers begleiteten, hatten sich gelegt. Der nahende Herbst hinterließ einen eisigen Hauch in der Luft, der in den Nächten stärker zu spüren war. Maja stieß das Fenster auf und ließ ihn über ihr Gesicht streichen. Es roch nach feuchtem Gras, Erde und Laub, nach den Rosen, die ihre Mutter einst gepflanzt hatte. Die Stimme des Windes wurde lauter. Sie vernahm ihren Namen darin, den verzweifelten Klang in den Worten. Sie war melodisch und dunkel. So vertraut … Sie kannte sie seit ihrer Kindheit.

»Elejas«, flüsterte sie heiser. Sie blickte suchend über den Garten, hin zu den Obstbäumen, die noch schwer an ihrer reifen Last trugen. Die Silhouette, die sich unter den gesenkten Zweigen eines Apfelbaums abzeichnete, schien ihren Blick aufzufangen und ihn zu erwidern. Beinahe meinte sie, glitzernde Augen zu sehen, schwarz wie Kohlestücke. Den dunklen Lockenschopf, der warm schimmerte, wenn das Sonnenlicht darauf fiel. Doch jetzt gab es keine Farbe, die ihn berührte. Der Mond raubte der Welt alle Wärme. Dennoch trieb der Anblick Hitze durch ihre Adern und ließ den kalten Herbsthauch weichen. Majas Finger klammerten sich fester um das Holz der Fensterbank. Sie öffnete die Lippen, um ihn zu rufen, und die Silhouette flackerte in einem scharfen Windhauch, der über den Garten fegte.

»Nicht, Elejas! Bleib hier!« Sie hob die Hände, als könnte sie nach ihm greifen und ihn festhalten. Elejas' Gestalt verblasste vor ihren Augen, als hätte es ihn niemals gegeben. Einmal mehr entglitt er ihr, ohne dass sie es zu verhindern vermochte. Ein Trugbild, zum Leben erweckt von der Magie der Nacht und ihren eigenen Wünschen. Sie hatte ihn aus ihren Träumen erschaffen, so wie sie es unzählige Male getan hatte, seitdem er verschwunden war. Enttäuschung breitete sich in ihr aus und Majas Kehle wurde eng. Plötzlich sehnte sie sich nach der Freiheit des Nachthimmels über ihrem Kopf. Die Wände ihres Zuhauses hielten sie fest wie ein Gefängnis. Fesseln, die sie banden, damit sie nicht dem Ruf des Windes folgte, der in jeder Nacht erklang. Sie wusste, er würde nicht verstummen, bis sie zu ihm ging.

Aber sie konnte es nicht.

Hilflos presste sie die Handballen auf ihre Augen, dann fasste sie nach dem Türknauf und drehte ihn leise. Ihr Vater mochte es nicht, wenn sie in der Nacht das Haus verließ. Trotzdem tat sie es oft, wenn sie sich danach sehnte, Ruhe in ihre wirbelnden Gedanken zu bringen. Majas Herz schlug schneller, als sie sich aus ihrem Schlafgemach schlich, hin zu der weiten Treppe, die bis zur Eingangshalle führte. Ihre bloßen Füße verursachten keinen Laut auf dem dicken Teppich. Vorsichtig begann sie den Abstieg, doch sie hatte kaum die ersten Stufen hinter sich gelassen, als eine argwöhnische Stimme in ihrem Rücken erklang.

»Wohin gehst du, Maja?«

Sie erstarrte.

Eliana war wach. Sie hätte es ahnen müssen. Ihre Finger krampften sich um das Treppengeländer. »Shh, du wirst Vater aufwecken. Ich bin bald wieder zurück.«

»Es ist mitten in der Nacht!« Die Frauenstimme klang streng und unnachgiebig. Maja wusste, dass der Protest nicht verstummen würde, ehe sie sich erklärt hatte.

Widerstrebend wandte sie sich um und sah in die Höhe. »Ich brauche frische Luft, Großmutter. Ich kann nicht schlafen.«

Ihr Blick glitt sehnsüchtig zur Tür, dann zurück zum Antlitz der Frau, die aus dem goldenen Bilderrahmen auf sie heruntersah. Sie biss sich auf die Unterlippe, während Eliana Carjesan nach ihrem Augenglas griff und sie einer genauen Musterung unterzog. »Jetzt, zur Stunde der Geister, wenn das Feenvolk unter dem Mond tanzt?«

Maja lächelte beschwichtigend. »Die Feen machen mir keine Angst.«

Es war eine Lüge und Elianas Brauen hoben sich. »Aber das sollten sie, mein Kind. Dein Leichtsinn wird dich eines Tages um Kopf und Kragen bringen.« Die Frau in dem Bild ließ das Monokel sinken und lehnte sich mit einem Seufzen auf ihrem Stuhl zurück. Sie verhielt sich häufig wie eine alte Frau, obgleich sie wirkte, als sei sie nur wenig älter als Maja selbst. Eliana Carjesan war zu ihrer Zeit eine der schönsten Frauen Sorieskas gewesen. Das Bild zeigte noch den Glanz ihrer Schönheit, in der Blüte ihrer Jahre von einem Maler festgehalten, damit er niemals verblasste. Sie war vor Majas Geburt gestorben und doch kannte sie das Abbild ihrer Großmutter besser als ihre eigene Mutter. Sie hatte unter ihrem wachsamen Blick gespielt, kannte jede Welle ihres kastanienfarbenen Haars und das fröhliche Funkeln in ihren meerblauen Augen. Jetzt blickten sie resigniert auf sie herab.

»Das Feenblut in meinen Adern ist dünn, Großmutter. Sie werden mich nicht holen kommen«, antwortete Maja mit mehr Zuversicht, als sie empfand. Sie legte den Kopf schief und zwinkerte dem Porträt munter zu. »Und ich bin mir sicher, dass sie nicht in unserem Garten tanzen.«

Der Blick der älteren Frau ging ins Leere. »Das hat Lyane auch geglaubt und sieh, was mit ihr geschehen ist.« Ein Stirnrunzeln verdüsterte Elianas Gesicht, als sie versuchte, nach Erinnerungen zu fassen, die weit außerhalb ihrer Reichweite lagen. Maja wusste, dass sie sie nicht erhaschen würde. Das Bildnis ihrer Großmutter mochte einen Funken ihrer Persönlichkeit besitzen, das Wissen über die Vorgänge im Haus, seitdem es fertig an die Wand gehängt worden war. Doch in Wirklichkeit war sie nichts als ein magisches Abbild, das sie als Kind unbewusst zum Leben erweckt hatte. Die tatsächliche Vergangenheit von Eliana Carjesan blieb ihr verschlossen.

Für einen Augenblick schwieg Maja und das Lächeln auf ihren Lippen erlosch. Dann schüttelte sie den Kopf. »Mutter war anfällig für das Feenreich. Sie hat ihre Nähe gesucht. Ich habe keine Sehnsucht danach, das Reich hinter den Spiegeln zu besuchen. Ich bin zu fest in unserer Welt verwurzelt.«

Nein, sie hegte keine Faszination für die kalten Kreaturen, die ihr die Mutter genommen hatten. Der Feenwahn war wie ein Messer, das über ihrem Kopf schwebte, seit sie den ersten Atemzug getan hatte. Manchmal kamen die Feen zu jenen, die nach ihnen riefen, und zogen sie durch die Spiegel in ihre Welt. Und wer einmal mit ihnen getanzt hatte, kehrte verändert wieder. Lyanes Geist weilte nicht mehr unter ihnen, seitdem sie das Reich der Feen betreten hatte. Nur ihre verwirrte Hülle war zurückgeblieben. Es war der Grund dafür, dass es im Haus ihres Vaters keinen einzigen Spiegel mehr gab. Sie kannte ihr eigenes Antlitz nur von dem schwachen Abbild, das ihr die Fensterscheiben anderer Häuser zeigten, der Oberfläche des kleinen Gartenteiches, den Pfützen, die der Regen hinterließ. Nachdem ihre Mutter durch die Spiegel getreten war, hatte Cosmyr Carjesan dafür Sorge getragen, dass nichts spiegelndes im Haus verblieben war. Die Buntglasscheiben ihres Zuhauses offenbarten wenig und selbst die Löffel, von denen sie aßen, waren stumpf. Sie sprachen beinahe nie über Majas Erbe, aber das Feenblut, das ihre Mutter in die Familie gebracht hatte, war allgegenwärtig. Es war wie ein Fluch, der sie verfolgte, seitdem sie alt genug war, um seine Bedeutung zu verstehen.

Eliana hatte es aufgegeben, nach fremden Erinnerungen zu forschen. Sie fasste müßig nach dem Spitzenfächer, der in ihrem Schoß geruht hatte, und fächelte sich damit Luft zu. Ihre freie Hand nestelte am Kragen ihres Kleides, um sich Erleichterung zu verschaffen. Das Bild war im Winter entstanden und Eliana litt im Sommer unter der Hitze. Noch immer trug die Leinwand dort aufgequollene Flecken, wo die kindliche Maja einen Becher Wasser darüber geleert hatte, um sie abzukühlen. »Ich denke trotzdem, dass du bleiben solltest«, sagte sie ernst. »Bei Vollmond liegt ihre Magie stärker in der Luft. Ich kann es fühlen. Sie sind nah. Und du bist nicht so fest in dieser Welt verwurzelt, wie du vorgibst, Maja. Das wissen wir beide.« Nachdenklich hob sie den Kopf und sah die Treppe hinab, als erwarte sie, gleich den Feenkönig über die Schwelle der Eingangstür treten zu sehen.

Maja konnte es nicht leugnen. Nicht, wenn es ihre eigenen Hände waren, die das Bildnis zum Leben erweckt hatten. Aber es war lange her. Sie nutzte ihre Gabe nur dann wissentlich, wenn es sich nicht vermeiden ließ. Ihr Vater hatte es ihr verboten, als sie noch ein einsames Kind gewesen war, das sich Freunde erschaffen hatte. Sie seufzte innerlich und lächelte über die bekümmerte Miene der brünetten Frau. »Ich werde nicht lange bleiben. Ich bin wieder im Haus, ehe du dir Sorgen machen kannst.«

Sie drehte sich um, doch ihre Großmutter hatte nicht vor, die Angelegenheit dabei bewenden zu lassen. »Du solltest ihn aufgeben, Maja. Er kommt nicht zurück. Wahrscheinlich ist er längst in die Welt gezogen und hat sein Glück gefunden.« Eliana sagte es sanft und der Fächer sank wieder herab. Ihre Augen ruhten mitfühlend auf ihrer Enkelin, wohl wissend, dass sie an ihrem Schmerz gerührt hatte.

Herzschläge verstrichen in Schweigen, während Maja auf den roten Samt des altmodischen Kleides ihrer Großmutter starrte. Es waren Worte, die sie zu oft gehört hatte. Sie senkte den Blick auf ihre verschlungenen Finger. »Nein, Großmutter, das hat er nicht. Und ich weiß, dass er mich braucht, auch wenn ihr alle es nicht glauben wollt.«

Sie wartete nicht auf eine Erwiderung. Maja wandte sich ab und ihre Schritte trugen sie schnell über die Stufen, zur Küche, von der aus man den Garten erreichen konnte.

»Aber … Maja! So warte doch!« Elianas Ruf verhallte in ihrem Rücken, gefolgt von einem unwirschen Murmeln.

Die Uhr im Salon ihres Vaters schlug zwölf Mal. Um diese Zeit herrschte Stille im Haus. Die wenigen Dienstboten, die verblieben waren, ruhten schon in ihren Betten. Sie schob den Riegel zurück und atmete tief die süße Nachtluft ein. Den würzigen Geruch der Kräuter, die Ijona, die Köchin, gepflanzt hatte. Drei Stufen trennten sie von dem kleinen Steinweg und Maja trat hinab, spürte die klamme Feuchtigkeit, die ihre nackten Füße berührte. Grashalme streichelten über ihre Zehen, sie waren so lang, dass sie bis auf den Weg wuchsen. Die Stimme des Windes wurde unvermittelt lauter. Die Büsche raschelten in seiner kalten Liebkosung und trieben Blütenduft zu ihr herüber. Sie hob den Kopf, um seiner Richtung zu folgen. Es war wie ein Sog, der ihre Augen auf das Bauwerk lenkte, das sich hoch über ihr in den Himmel reckte. Auf der Spitze eines Hügels, von dichten Tannen umgeben, die es schützend wie eine Leibgarde rahmten. Maja hatte es aufgegeben, zu zählen, wie viele Male sie in den letzten Monden hinaufgeblickt hatte. Es war der Ort, an den Elejas gegangen war, um nicht mehr zurückzukehren.

Maja strich über ihre Arme, als sie in ihrem dünnen Nachtkleid fröstelte. Schloss Rabenschwinge ragte über Sorieska auf wie ein Ungeheuer. Eine schwarze Silhouette mit spitzen Türmen, von einem vollen

Mondauge beleuchtet, das ihren Blick ungerührt und spöttisch erwiderte. In der Nacht konnte man die Raben nicht erkennen, die das Dach besiedelten. Dennoch war es, als ob ihre Obsidianaugen sie aus der Ferne beobachteten.

Ein Jahr war verstrichen, seitdem Elejas davongelaufen war, um im Schloss eine Anstellung zu finden. Und tatsächlich hatte *sie* ihn in ihre Dienste genommen. Melysan, die unsichtbare Königin von Serijsa aus dem Geschlecht der Raben. Ein Bote hatte den Brief gebracht. Seine flüchtige, geschwungene Handschrift, Spuren aus Tinte auf einem Bogen Pergament, in denen sie seine Begeisterung spüren konnte. Die Raben von Serijsa waren dafür bekannt, dass sie seit jeher die Künste gefördert hatten. Es war Elejas' einzige Hoffnung, dem Leben zu entkommen, das sein Vater für ihn vorgesehen hatte. Er wollte Musiker sein, kein Goldschmied, der das Geschäft seiner Familie übernahm. Er wollte den Zauber seiner Stimme und seine Melodien hinaustragen, über die Grenzen von Sorieska, damit sie unsterblich wurden. Doch sein Vater wollte sein Talent nicht sehen. Elejas hatte sein Elternhaus heimlich verlassen, um seinem Herzen zu folgen, und er hatte erlangt, was er sich erträumt hatte. Aber Maja fragte sich seit Langem, welchen Preis er dafür hatte zahlen müssen.

Sie zog das Wolltuch enger um ihre Schultern, ohne den Blick abzuwenden. Seit vielen Jahren hatte niemand ein Mitglied des Königshauses zu Gesicht bekommen. Das königliche Geschlecht überließ Sorieska den Händlergilden und mischte sich selten ein. Man munkelte von einem Fluch der Feen, der die Königsfamilie getroffen und ihre Mitglieder so entstellt hatte, dass sie wie Monstrositäten wirkten. Ein gebrochenes Versprechen, das den Zorn des Feenkönigs herausgefordert hatte. Die Dienstboten, die in die Stadt kamen, schwiegen eisern über das Schicksal ihrer Herrn. Niemand wusste wirklich, warum sich die Raben von Serijsa nicht mehr zeigten und jene, die ihren Vorteil daraus zogen, kümmerten sich darum, dass keiner sie vermisste.

Vielleicht wusste Elejas, was im Schloss geschehen war. Es war seine Stimme, die im Wind nach ihr rief, sein Gesicht, das ihr in grauenvollen Albträumen erschien. Es hatte vor drei Monden begonnen und es wurde mit jedem Mal schlimmer.

Ein Jahr …

Alle sagten, dass er sie vergessen hatte und dass auch sie ihn vergessen musste. Aber Maja wusste, dass er niemals gegangen wäre, ohne sich von ihr zu verabschieden. Er war ihr engster Freund, ihr Vertrauter seit den Tagen ihrer Kindheit. Sie waren unzertrennlich, seitdem sie einander zum ersten Mal begegnet waren. Und er war noch dort. Sie war sich sicher, dass er das Schloss nicht verlassen hatte. Das Feenblut in ihren Adern verriet es ihr. Wie konnte sie Elejas im Stich lassen, wenn er ihr immer beigestanden hatte? Wie konnte sie ihn allein lassen, ohne zu versuchen, ihm zu helfen und ihn von dem zu erlösen, was ihn quälte?

Doch ihr Vater würde sie niemals gehenlassen.

Maja blickte auf die Sterne, die über ihr am Himmel standen, die dunklen Wolkenfetzen, die der erstarkende Wind über Sorieska trieb. Sie schloss die Augen und überließ es ihm, die heißen Tränen zu kühlen, die über ihre Wangen flossen.

Der Husten ihres Vaters schallte durch das Haus. Maja blieb stehen und lauschte besorgt. Er war in der letzten Nacht schlimmer geworden, seine Stimme inzwischen so rau, dass sie klang, als hätte man sie mit einem Reibeisen malträtiert. Onkel Vijctors klarere Tonlage ertönte. Cosmyrs Bruder war früh eingetroffen, um die Geschäfte mit ihm zu besprechen. Wahrscheinlich bedeutete es, dass er sich nicht wohl genug fühlte, um sich selbst um die anstehenden Aufgaben zu kümmern. Es geschah selten und es war ein schlechtes Zeichen. Sie würde Ijona später darum bitten müssen, ihr einige lindernde Kräuter aus dem Garten zu überlassen, damit sie ihm einen Kräutersud daraus brauen konnte. Fetzen des Gespräches drangen durch die halb geöffnete Tür des Salons. Maja achtete kaum darauf und ließ ihre Gedanken abschweifen. Das Geschäft ihres Vaters war nichts, woran sie einen Anteil besaß. Er hielt daran fest, dass sie eines Tages verheiratet sein würde und es gab nichts, was Maja weniger wünschte. Besser, sie blieb als alte Jungfer in ihrem Elternhaus, als dass sie eines Tages dem Feenwahn anheimfiel und ihre Familie ins Unglück stürzte. Wer Feenblut in den Adern trug, tat gut daran, allein zu bleiben. Es war eine Lektion, die sie schmerzhaft hatte lernen müssen und sie würde sie niemals vergessen.

Majas Gesicht verzog sich zu einer Grimasse. Sie umfasste das Porzellantablett mit dem Teegeschirr fester. Ihre Schritte hallten über den polierten Holzboden, während sie sich dem Salon näherte. Die Tassen klirrten aneinander und Cosmyrs unwirsch hervorgebrachte Worte erhoben sich über den zarten Laut. »... frage mich, welcher arme Narr diesmal auf sie hereingefallen ist. Ohne Zweifel wird ihm kein langes Leben beschieden sein.«

Vijctors Antwort war zu leise, als dass Maja sie verstehen konnte.

»Unsere Königin? Mach dich nicht lächerlich, Vijctor!« Ihr Vater schnaubte spöttisch. »Sie hat jeden ihrer Männer in ein frühes Grab gebracht. Und wahrscheinlich erwartet sie, dass wir ihr die Stoffe für ihr Hochzeitskleid als Geschenk an das Königshaus überlassen.«

Sie hielt inne. Ihr Herz begann, schneller zu schlagen. Die Königin wollte wieder heiraten? Maja spürte, dass ihre Hände feucht wurden. Hastig überwand sie den Rest des Weges und zwang sich zu einer gleichmütigen Miene, während sie die Tür mit der Schulter aufdrückte. Vijctor sah auf und schenkte ihr ein warmes Lächeln. Die hellen Augen hinter den bläulich getönten Augengläsern leuchteten erfreut. »Guten Morgen, Maja.«

»Guten Morgen, Onkel«, antwortete sie munter, ehe sie zu dem kleinen Tisch hinüber trat und das Tablett darauf abstellte. Sonnenlicht strahlte durch die Buntglasscheiben und warf vielfarbige Flecken auf den weichen Teppich des Salons. Ihr Vater saß trotz der Spätsommerhitze auf dem samtbezogenen Sessel, der nah ans Kaminfeuer geschoben worden war. Eine Decke lag über seinem Schoß. Schweißtropfen durchfeuchteten sein kastanienfarbenes Haar und seine Augen wirkten fiebrig. Dennoch war er tadellos gekleidet. Die dunkelblaue Brokatweste kontrastierte hart mit dem weißen Hemd und seinem bleichen Gesicht.

Maja seufzte. »Du solltest im Bett bleiben, Vater. Du siehst nicht gut aus. Und je länger du dich weigerst, desto länger wird es dauern, bis du wieder gesund bist.« Sie stellte die Tassen auseinander und goss die dampfende Flüssigkeit in das feine Porzellan.

Cosmyr gab ein mürrisches Brummen von sich und nahm die Tasse von ihr entgegen.

»Hör auf deine Tochter, Cosmyr«, mahnte Vijctor mit einem schelmischen Lächeln. »Sonst geht es dir wie dem jungen Andros, der noch immer seine Wunden leckt. Er schwört, dass sie eine Dämonin sein muss, die den feurigen Abgründen von Nikara entsprungen ist.«

Er zwinkerte ihr gut gelaunt zu und Maja stöhnte. »Oh bitte, Onkel Vijctor! Andros Lauryn ist ein arroganter Dummkopf, der es nicht ertragen kann, wenn nicht jeder Frau vor Verzückung die Sinne schwinden, sobald sich seine Augen auf sie richten. Ich habe versucht, an seinen Verstand zu appellieren. Es ist nicht meine Schuld, dass er keinen besitzt.«

»Ein arroganter Dummkopf und eine gute Partie«, murmelte Cosmyr in seine Tasse. Der Husten unterbrach ihn, bevor er erneut zu einer Strafpredigt ansetzen konnte, die sie bereits zu hören bekommen hatte. Andros' Vater handelte mit exotischen Waren und sein Sohn würde eines Tages sein Geschäft übernehmen. Allerdings war ihm der Reichtum früh zu Kopf gestiegen. Andros war ein Aufschneider, der keinen hübschen Rock unberührt ließ. Maja war sich sicher, dass es keineswegs ernsthaftes Interesse gewesen war, das ihn zu ihrem Vater getrieben hatte. Für eine Weile hatten es die Junggesellen Sorieskas zu einem Wettbewerb erkoren, sich zu ihm aufzumachen und um die Hand seiner zänkischen Tochter zu buhlen. Maja hatte sich häufig gefragt, was sie getan hätten, wenn sie einem von ihnen tatsächlich nachgegeben hätte. Sie hatte davon abgesehen, es auf die Probe zu stellen.

Und wie wolltest du ihm erklären, dass seine Gemahlin in keinen Spiegel blicken darf? Dass er jede spiegelnde Fläche in seinem Haus zu verdecken hat, damit die Feen sie nicht finden und zu sich holen? Es war eine Frage, die sie nur im Stillen an ihren Vater richtete. Ihre Lippen blieben verschlossen. Er würde ihr nicht antworten. Letztlich wusste er selbst, dass die Suche nach einem Mann für seine Tochter nicht mehr war als der verzweifelte Versuch, den Anschein einer Normalität aufrechtzuerhalten, die es nicht gab.

Ungerührt löffelte sie Zucker in die zweite Tasse und brachte sie zu ihrem Onkel, der neben dem Fenster stand. Vijctor nahm sie dankend an und Maja sandte ihm einen erbosten Blick dafür, dass er ihren Vater an die unglückselige Geschichte erinnert hatte. Vijctors Lippen zuckten und er neigte in einer stummen Entschuldigung den Kopf, aber Maja wusste, dass es ihn amüsierte. Er mochte sein, wie ihr Vater gewesen war, bevor der Feenwahn ihre Familie getroffen hatte. Offen, charmant und für jeden Scherz zu haben. Er war der jüngere der beiden Brüder, ein ewiger Junggeselle, der seine Freiheit liebte und das Leben genoss. Es war an seiner modischen Kleidung zu erkennen, der Art, wie sein Haar lockig bis in seinen Nacken fiel. Vijctor Carjesan war einer der Mittelpunkte der Gesellschaft von Sorieska, wenngleich er sich wenig aus der Bewunderung machte, die ihm entgegengebracht wurde. Wenn man von ihrem Äußeren absah, glichen sich die Carjesan Brüder kaum.

»Die Königin wird wieder heiraten?«, fragte Maja beiläufig, während sie zum Tisch zurückkehrte und die Zuckerdose schloss. Ihre Finger waren fahrig. Die kleine Blume, die den Deckel zierte, entglitt ihren feuchten Händen und er klirrte laut. Sie fasste danach und ein winziges Kribbeln tanzte über ihre Finger. Ein Schimmern ging von ihrer Handfläche aus und ergoss sich über das Gefäß.

Oh nein! Nicht jetzt! Hastig unterdrückte sie den Fluss, der in ihr anschwoll, aber es war beinahe zu spät. Sie spürte, wie die Blütenblätter sacht über ihre Haut streiften. Weich. Der Aufruhr in ihrem Inneren hatte ihre Magie in Gang gesetzt, ohne dass sie es wollte. Sie wagte es nicht, nach unten zu sehen, wohl wissend, dass sie eine lebendige Blüte vorfinden würde, wo vorher reines Porzellan gewesen war.

Ihr Vater blickte stirnrunzelnd zu ihr herüber und Maja bedeckte sie instinktiv mit der Hand. Wenn er sah, was sie darunter verbarg, würde es ihn kaum milder stimmen. »Ja. Vijctor wird ihr ein großzügiges Geschenk der Carjesan Brüder überbringen, nicht wahr? Mit den besten Wünschen für eine lange und glückliche Ehe – und einem Angebot für den Stoff ihres nächsten Trauerkleides.« Cosmyrs Stimme klang beißend.

»Sie ist die Königin, Cosmyr«, erinnerte ihn sein Bruder ernst. »Wir können froh sein, dass wir es sind, die das Schloss mit Stoffen für ihre Gewänder beliefern. Es hat dem Geschäft nie geschadet.« Vijctor verließ seinen Platz am Fenster und ließ sich auf dem zweiten Sessel nieder, der neben dem Tischchen stand. Er schlug die Beine übereinander und rückte seine Augengläser zurecht.

»Eine Geisterkönigin, die in einem verfluchten Schloss sitzt und ihre Ehemänner zur Schlachtbank führt, kaum dass sie wenige Monde verheiratet sind.« Das Gespräch besserte Cosmyrs Stimmung nicht.

»Vielleicht ist es der Familienfluch, der ihr die Männer raubt, und sie ist nur ein unschuldiges Opfer.« Vijctor blieb gelassen. Er kannte Cosmyrs Launen gut genug, sodass sie ihn nicht mehr beeindruckten.

Maja biss sich auf die Innenseite ihrer Unterlippe, um die Worte zurückzuhalten, die über ihre Zunge rollen wollten. *Noch nicht*, ermahnte sie sich. *Warte.*

»Gewiss. Oder sie erschrecken sich in der Hochzeitsnacht zu Tode, wenn sie sehen, dass sie ein missgestaltetes Ungeheuer geheiratet haben, das sich nur bei Nacht herauswagt.« Cosmyrs meerfarbene Augen wurden düster wie eine sternenlose Winternacht.

Vijctor lachte. »Seit wann gibst du so viel auf das Gerede in der Stadt, Bruder?«

»Seitdem du nichts mehr darauf zu geben scheinst.«

Der Jüngere zuckte die Schultern. »Ich sehe nur, dass es nichts nutzt. Sorieska besitzt eine königliche Familie und es wäre unklug, ihren Unmut herauszufordern. Solange es Narren gibt, die Melysan heiraten wollen, ist es nicht an mir, ihre Entscheidung infrage zu stellen. Sie will die besten Stoffe für ihr Kleid und wir müssen sie liefern, wenn wir sie nicht brüskieren wollen, ob es dir gefällt oder nicht.«

Cosmyr starrte abwesend ins Feuer. »Tu, was du willst, Vijctor. Ich halte dich nicht auf. Aber es ist Verschwendung, sonst nichts.«

»Also kommst du wirklich nicht mit?« Vijctors Tonfall zeigte, dass er es nicht erwartete. Cosmyr hatte das Schloss nicht mehr aufgesucht, seitdem seine Gemahlin dem Feenwahn anheimgefallen war.

»Nein. Meine Gesundheit lässt es nicht zu. Und außerdem ist deine Erscheinung dem Hof angemessener als meine. Sei vorsichtig, dass das Auge der Königin nicht auf dich fällt. Wenn sie es befiehlt, wird dir nichts anderes übrigbleiben, als dein Junggesellenleben an den Nagel zu hängen.« Er hustete, räusperte sich und stellte seine Tasse ab, ehe er nach seiner Taschenuhr griff. Ein Blick darauf und er schlug die Decke zurück, offenbar in der Absicht, den Salon zu verlassen.

»Ich könnte dich an Vaters Stelle begleiten, Onkel Vijctor«, stieß Maja hastig hervor, bevor sich ihr Vater erheben konnte. Ihre Hände krampften sich um die Serviette, die sie vom Tablett genommen hatte, und zerknitterten den Stoff.

Cosmyr versteinerte. Seine Augen waren stechend, als er den Blick auf sie richtete. »Nein, das kannst du nicht. Du wirst hier gebraucht.«

Majas Herz fühlte sich an, als ob ein Brocken Eis an seiner Stelle in ihrer Brust saß. »Bitte, Vater. Ich würde Elejas so gerne wiedersehen. Es ist ein Jahr her und Onkel Vijctor wird dabei sein. Mir kann nichts geschehen.«

»Elejas.« Er schnaubte abfällig. »Glaubst du das wirklich? Der Junge ist wie seine Mutter. Er hat sich aus dem Staub gemacht. Wahrscheinlich zieht er längst in den bunten Wagen seiner Leute übers Land und singt an irgendeinem Lagerfeuer. Er ist genauso unstet und ruhelos wie alle seines Volkes. Sein Vater hätte es wissen sollen. Das Wandervolk bleibt nie lange an einem Platz.«

»Nein, er ist noch dort. Ich weiß es«, beharrte sie starrköpfig. Maja ließ die Serviette auf das Tablett fallen. »Was kostet es dich, Vater? Ein einziger Tag und ich bin nicht allein. Mehr verlange ich nicht. Lass mich hinaufgehen und ich verspreche dir, dass ich nie mehr ein Wort darüber verlieren werde.«

»Ich würde eher einen Dämon aus dem Abgrund herbeirufen, als dich wegen eines Hirngespinsts in dieses verfluchte Schloss gehen zu lassen, Maja.« Der bittere Zug, der seit der Wandlung ihrer Mutter um seinen Mund lag, verstärkte sich. Seine Miene war wie aus Stein. Unnachgiebig und streng. Sie kannte den Ausdruck in seinen Augen zu gut. Er würde sie nicht gehenlassen.

Verzweiflung kam über sie und gab ihr den Mut, sich ihm in den Weg zu stellen, als er aufstand, um das Gespräch zu beenden. »Vater, bitte. Ich …«

»Nein! Das ist mein letztes Wort.« Cosmyrs Stimme hallte laut durch den Salon. Er trat an Maja vorüber, ohne ihr noch einen weiteren Blick zu schenken. Ihre Hände sanken herab. Sie hatte kaum bemerkt, dass sie sie in einer flehenden Geste gehoben hatte. Enttäuschung wallte in ihr auf. Sie schmeckte wie Galle.

»Er ist so streng zu dir, weil er dich beschützen möchte.« Vijctor hatte ihre Konfrontation von seinem Sessel aus verfolgt, aber er war klug genug, sich nicht einzumischen. Die Erfahrung hatte ihn gelehrt, dass er damit selten etwas besser machte.

Maja schluckte den Kloß, der in ihrem Hals steckte und ihre Stimme ersticken wollte. »Ich weiß. Aber man kann niemanden vor den Feen beschützen, Onkel Vijctor. Sie nehmen sich, was sie wollen.« Sie hob den Kopf, um ihren Onkel anzusehen. Seine Miene war düster geworden. Er strich sich über das glattrasierte Kinn, eine jüngere Version seines Bruders, die nicht seine Bitterkeit besaß. Dennoch war nichts von seiner Fröhlichkeit geblieben.

Er ließ die Hand sinken und nahm seine Augengläser ab, um sie am Ärmel seines Gehrocks abzuwischen. Im Gegensatz zu Cosmyr, und sehr zu seinem Verdruss, hatte er die schlechten Augen seiner Mutter geerbt. »Ich rede mit ihm, wenn er sich abgekühlt hat. Vielleicht lässt er sich umstimmen, aber ich kann es dir nicht versprechen.«

Es war verlockend, sein Angebot anzunehmen. Wenn es jemand vermochte, ihren Vater umzustimmen, war es Vijctor. Früher oder später brachte er ihn immer zur Einsicht, wenn sein älterer Bruder sich gegen die Vernunft sperrte. Dennoch … wenn es um seine Tochter ging, war Cosmyr Carjesan aus Stahl. Selbst Vijctor würde seine Mauern nicht durchdringen. Maja sah schweigend auf die bunten Glasscheiben, die Silhouetten der Bäume, die sich dunkel dahinter abzeichneten, dann schüttelte sie den Kopf. »Danke, Onkel, aber ich muss es selbst tun.«

Vijctor nickte nachdenklich. »Vielleicht hat er recht, Maja. Elejas' Mutter hat seinen Vater sehr geliebt, aber sie war wie der Wind. Du kannst niemanden einsperren, der dem Wandervolk entstammt. Er hat es versucht, so wie er versucht hat, seinen Sohn in Fesseln zu legen, um ihn zu halten. Es kann sein, dass du ihn niemals wiedersehen wirst, weil er längst an einen fernen Ort gegangen ist. Es bedeutet nicht, dass er dich vergessen hat, aber er kann nicht anders, als dem Ruf des Windes zu folgen. Er ist eines seiner Kinder.«

»Ich trage Mutters Erbe, erinnerst du dich?« Maja lächelte freudlos. »Auch wenn wir vorgeben, dass es nicht so ist, spüre ich Dinge, die anderen verschlossen bleiben. Vater kann Großmutters Bildnis ignorieren, wenn sie ihm einen guten Morgen wünscht. Er kann wegsehen, wenn sich die Blumengeister im Sonnenschein im Garten versammeln, weil sie meine Nähe anzieht, und sagen, dass es nur Schmetterlinge sind. Aber es ändert nichts an der Wirklichkeit. Elejas ist dort.« *Und er braucht mich.* Sie behielt es für sich. Selbst wenn ihr

Onkel geneigt war, ihr beizustehen, würde er es nicht mehr sein, wenn er eine Gefahr witterte.

Vijctor seufzte und schob die Augengläser an ihren Platz zurück. Dann stemmte er sich aus dem Sessel. »Ich muss zum Lager, um die Stoffe für das Brautgewand der Königin auszusuchen. Rede mit ihm. Morgen früh muss ich zum Schloss, wenn wir nicht wollen, dass sie sich beleidigt fühlt. Cosmyr mag denken, dass es nicht von Belang ist. Aber wenn das Gerücht aufkommt, dass wir die Königin vor den Kopf gestoßen haben, wird halb Sorieska darauf warten, dass *uns* ein Fluch trifft. Sie werden uns meiden wie die Rachegeister des Dämonenherrn.« Er lächelte und legte die Hand auf Majas Schulter. »Ich warte bis zum neunten Glockenschlag auf dich.«

»Danke, Onkel Vijctor. Ich werde da sein.« *Ob Vater es will oder nicht,* schwor sie sich stumm. Es mochte die einzige Möglichkeit sein, herauszufinden, was mit Elejas geschehen war.

»Mach keine Dummheiten, Maja.« Vijctor zwinkerte ihr zu und sein spitzbübisches Grinsen vertrieb die Reste der Düsternis von seiner Miene.

Maja erwiderte es, ohne sich dessen bewusst zu sein. »Das würde ich niemals, Onkel.«

Vijctor hob die Brauen, zog es jedoch vor, ihre Lüge nicht zu kommentieren. Er kannte sie gut genug. Er drückte ihre Schulter flüchtig und strebte auf die Tür des Salons zu, um das Haus seines Bruders zu verlassen.

Maja lauschte seinen verhallenden Schritten nach, bis er die Treppe hinter sich gelassen hatte. Dann trat sie zu dem runden Tischchen hinüber, auf dem sie das Teegeschirr abgestellt hatte. Gewohnheitsmäßig sammelte sie die geleerten Tassen ein und stellte sie auf dem Tablett ab. Ihr Blick glitt über die Wände des Salons, die Porträts ihrer Ahnen, die dort aufgehängt waren, bis er am Gesicht ihrer Mutter hängenblieb. Es war eine Fremde, die von dem riesigen Gemälde über dem Kamin auf sie herabsah. Zauberhaft und fröhlich, mit wachen Augen und geröteten Wangen. Das rosenfarbene zarte Seidenkleid mit der feinen Spitze war makellos, frei von Flecken und Rissen. Es war nicht die Frau, die sie kannte. Nicht die Frau, die sie erleben würde, wenn sie nach ihrem Vater suchte.

Sie wusste, wohin er gegangen war. Es war der Ort, an den er immer zurückkehrte, wenn er aufgewühlt war. Wenn er sich davon überzeugen musste, dass er das Richtige für seine Tochter tat. Und es war der Ort, an den auch sie gehen musste, wenn sie ihn davon überzeugen wollte, dass er für einen Tag die Türen ihres Käfigs öffnete.

Maja schluckte und ließ den letzten der glanzlosen Löffel auf das Tablett gleiten. Sie wappnete sich für die Begegnung, die sich nicht aufschieben ließ. Dann nahm sie das Teegeschirr auf und trat mit einem tiefen Atemzug auf den Flur hinaus.

Die Stimmung im obersten Stockwerk wirkte bedrückend. Steine senkten sich auf Majas Herz, wann immer sie es betrat. Es war selten lebendig im Haus der Carjesans, doch hier oben schien es, als ob die Zeit stillstand.

Sie hielt am Ende der Treppe inne. Ihr Daumen strich über das glatte Holz des Zapfens, der das Geländer zierte. Staub tanzte in den Sonnenstrahlen, die durch die matten Scheiben des Fensters hereinfielen. Er war allgegenwärtig, obgleich das Hausmädchen sich abmühte, ihn im Zaum zu halten und tapfer gegen den modrigen Geruch kämpfte, der im Reich ihrer Mutter hing. Trotzdem verging er niemals. Es gab allen Rätsel auf, weil keiner von ihnen die Quelle fand. Niemand außer Maja konnte die welken Rosen sehen, die jeden Flecken des Flures einnahmen. Sie standen in Vasen, die leer erschienen, wucherten an den Wänden empor, ohne jemals blühen zu dürfen. Sie überschritten die Schwelle zwischen Leben und Tod, sobald die Knospen an den dürren Ranken platzten. Für eine Weile hatte Maja versucht, sie auszureißen und die Vasen geleert. Aber es hatte ihr wenig mehr als einen kurzen Triumph und zerstochene Finger eingebracht. Wann immer ihr Weg sie hinaufgeführt hatte, waren sie wieder da. Ebenso wie der Staub, der auf den Bilderrahmen und dem Treppengeländer ruhte. Eine weiße Schicht, die niemals wich, geboren aus der verdorbenen Magie der Feen.

Die Melodie einer Spieluhr erklang aus dem Zimmer, das am Ende des Flurs lag. Die zerbrechlichen Töne schwebten durch das oberste Stockwerk, ohne jemals zu verstummen. Eine endlose Abfolge von Noten, die sie zu oft bis in ihre Träume verfolgt hatte. Maja setzte sich widerwillig in Bewegung und der Klang wurde mit jedem Schritt lauter, der sie zu der halb geöffneten Tür führte. Sie konnte die Spieluhr im Geiste vor sich sehen. Ein tanzendes Paar, das sich auf einer erblühten Rose drehte. Den maskierten Mann mit dem flammend roten Schopf. Die Frau in seinen Armen, deren Haar sich in goldenen Wellen über ihren Rücken ringelte, wie es das ihrer Mutter einst getan haben musste.

Noch heute erinnerte sie sich daran, wie ihr Vater sie eines Tages im Zorn an die Wand geschmettert hatte, um das Lied endlich ersterben zu lassen. Die Holzsplitter auf dem Teppich, den Kopf der Frau, der über die Dielen rollte. Die Schreie ihrer Mutter, durchdringend wie Klingen, die durch Majas Leib geschnitten hatten. Ihr verzweifeltes Weinen, das nicht enden wollte, ganz gleich, wie oft ihr Vater sie um Verzeihung bat und sie in den Armen barg. Sie war wimmernd über den Boden gekrochen und hatte die Splitter eingesammelt, um sie in ihrem Schoß zu bergen, untröstlich über den Verlust. Doch am nächsten Morgen erklang das Lied der Spieluhr von Neuem. Das Paar setzte seinen Tanz fort und ihre Mutter sah ihm verzückt dabei zu. Es war, als hätte Cosmyr sie niemals berührt. Als sei der grauenvolle Tag nichts als ein Traum gewesen, der mit dem Sonnenaufgang verblasst war.

Maja schüttelte die Bilder ab und sammelte ihren Mut, ehe sie die Tür aufstieß und das Zimmer ihrer Mutter betrat. Der Geruch der verwelkenden Rosen war überwältigend. Sie hielt instinktiv den Atem an und blickte auf die Frau, die in dem weißen Schaukelstuhl saß, eine Decke über den Beinen. Ihr Blick war abwesend aus dem Fenster gerichtet, während sie sacht auf und ab schaukelte. Lyane nahm nicht wahr, dass ihre Tochter gekommen war. Sie summte leise die Melodie der Spieluhr, die ihre skelettartigen Finger in ihrem Schoß umklammerten, ein verklärtes Lächeln auf den Lippen, über die niemals Worte kamen. Sie trug ihr Nachtkleid, das sie einem Gespenst ähneln ließ. Schon lange besaß sie keine Verwendung mehr für die prächtigen Gewänder, mit denen ihr Gemahl sie einst überschüttet hatte.

Maja wandte den Blick ab, nicht fähig, die Hülle ihrer Mutter länger zu betrachten. Wann immer sie es tat, lief ihr ein eisiger Schauer über den Rücken, der lange nicht weichen wollte. Stattdessen blickte sie zu ihrem Vater, der auf dem Boden saß und mit dem Rücken an ihrem Bett lehnte, ohne sich an dem Staub zu stören, der alles bedeckte. Der

Anblick versetzte ihr einen Stich. Seine Schultern waren herabgesackt, sein Haar zerzaust, die Augen trüb und gerötet. Er wirkte älter, seine Züge schlaff und müde. Rosen rankten über die Pfosten und stachen winzige Dornenkrallen in die Bettvorhänge. Er konnte nicht sehen, wie nah sie seinen Händen waren. Wie sie sich in Richtung des Kamins schlängelten und daran emporwuchsen. Wie sie sich über die Kissen ausdehnten wie ein Rahmen, der Lyane im Schlaf umfing. Ihr Vater ahnte nicht, wie nah die Feen waren, die er fernzuhalten trachtete. Wie nah sie immer gewesen waren.

Cosmyr hob den Blick, um seiner Tochter entgegenzusehen, als sie auf ihn zuging und sich schließlich an seiner Seite niederließ. Schweigen hüllte sie ein, nur durchbrochen von der ewigen Melodie und dem Summen der Frau, die durch sie hindurchsah. Sie bemerkte die kleinen Vögel nicht, die vor dem Fenster in den Zweigen umherhüpften und zwitscherten, obgleich ihre Augen auf sie gerichtet waren. Vielleicht spürte sie noch nicht einmal die Wärme der Sonnenstrahlen, die auf ihr eingefallenes Gesicht schienen.

Die schwerfälligen Atemzüge ihres Vaters klangen laut in ihren Ohren und Maja fasste resigniert nach seinen Händen. Sie waren wärmer, als sie es sein sollten. »Du solltest nicht hier sein, Vater.«

Er schüttelte den Kopf, ohne Maja anzusehen. »Sieh sie dir an«, sagte Cosmyr leise. Sein Kinn wies auf seine Gemahlin. »Es ist das, was dich erwartet, wenn sie dich finden. Ich habe versagt, als ich sie hätte schützen sollen. Es wird mir nicht noch einmal geschehen.«

Maja biss sich auf die Unterlippe und unterdrückte das Seufzen, das darüber kommen wollte. *Du kannst mich nicht beschützen. So wie du sie niemals hättest beschützen können.* Sie brachte es nicht über sich, es auszusprechen. Nicht jetzt, wenn ihr mächtiger Vater so klein und zerbrechlich wirkte. So hilflos und verloren wie ein Kind. »Ich weiß, Vater«, erwiderte sie stattdessen. So wie sie es unzählige Male getan hatte. Das Geräusch des Schaukelstuhls auf den Dielen zehrte an ihren Nerven. Auf und Ab. Auf und Ab. Die bloßen Füße ihrer Mutter bewegten sich im Takt des Wippens, so endlos wie das Lied der Spieluhr. Maja räusperte sich gedämpft. »Vater, ich will …«

»Ich weiß, warum du gekommen bist«, schnitt er ihr das Wort ab. »Und ich wünschte, ich könnte dir deinen Wunsch erfüllen, Maja.

Aber ich kann es nicht. Du musst es verstehen … ich halte dich nicht, um dich zu verletzen. Es gibt keinen anderen Weg.«

Ihre Hoffnungen zerfielen zu Asche. Sie füllte ihren Mund und zerstreute die Bitte auf ihrer Zunge in alle Winde. Er würde niemals zustimmen. Sie wusste, dass sie auf verlorenem Boden kämpfte, noch ehe sie den Kampf begonnen hatte. Maja senkte den Blick auf die Spuren ihrer Schuhe, die sich im Staub abzeichneten. »Ich verstehe dich.« Und das tat sie. Selbst wenn er es wollte, könnte er sie niemals gehen lassen. Er konnte nicht den Anker loslassen, an den er sich verzweifelt klammerte. Den Glauben, dass er es vermochte, seine Tochter vor dem Schicksal zu schützen, dem seine Gemahlin anheimgefallen war. Wenn er es täte, würde ihn die Hilflosigkeit auffressen. Trotzdem atmete sie tief ein und ergriff das Wort noch einmal. »Aber ich bin nicht leichtsinnig. Ich werde …«

Cosmyr hustete und unterbrach ihren Widerspruch mit einer barschen Geste. »Doch, das bist du, weil du es in Erwägung ziehst. Du darfst ihnen keinen Anlass geben, dich zu verlocken. Das Letzte, was ich für dich will, ist, dass du das Schicksal deiner Mutter teilst. Du erinnerst dich nicht daran, aber sie war glücklich. Fröhlich und voller Leben. Sie war wie eine Sonne, die jeden Raum mit ihrem Strahlen erfüllt hat.« Er schüttelte den Kopf. »Der Feenkönig hat ihr alles genommen, weil *sie* leichtsinnig war und dem Ruf ihres Blutes nicht widerstehen konnte. Er hat sie ausgelöscht. Es war nicht mehr als ein Blinzeln für ihn.«

Jedes ihrer Worte prallte an ihrem Vater ab. Immer. Er wollte sie nicht hören. Lieber unterbrach er sie, als sei sie ein Kind, das nicht genügend Verstand besaß, um mit den Erwachsenen zu reden. Hilflose Wut stieg in ihr auf. Maja biss die Zähne zusammen und ihre Hände ballten sich zu Fäusten. »Und was, wenn mich *diese* Mauern auslöschen? Was, wenn es nicht des Feenkönigs bedarf, um mich verlöschen zu lassen? Vielleicht müssen die Feen nicht kommen und mich holen. Dieses Gefängnis wird eines Tages genügen!«

Für einen Wimpernschlag lang wirkte Cosmyr erschrocken, als hätte sie ihn geschlagen. Dann verhärtete sich sein Kiefer und die Verbitterung kehrte auf seine Züge zurück. »Es ist zu deinem Besten, Maja. Oder willst du enden wie sie? Dein Geist vom Feenwahn zerfressen, Tag für Tag gefangen in einer Welt, die es nicht gibt? Ist das die Zukunft, die du dir wünschst?«

»Welche Zukunft habe ich jetzt? In Angst vor den Feen ausharren, bis ich alt und grau bin? Eine Gefangene hinter diesen Mauern? Bewacht von dir und später vielleicht von einem Gemahl, den du auf diese Aufgabe einschwörst? Ist das die Zukunft, die vor mir liegt? Denn eine andere sehe ich nicht!«

»Mit der Zeit wirst du …«, begann Cosmyr beschwichtigend.

»Was? Mich daran gewöhnen? Nein, Vater. Ich bin nicht wie Mutter«, protestierte sie erbittert. »Ich bin stärker und ich werde nicht auf die Feen hereinfallen. Sie können mich nicht bezaubern, weil ich *weiß*, was sie sind. Ich werde den Feenkönig nicht einladen und mit ihm tanzen. Ich habe keine Sehnsucht nach der Welt hinter den Spiegeln. Aber ich will *dieses* Leben leben. Jetzt! Mit jedem Jahr ersticke ich ein Stückchen mehr. Siehst du das nicht?«

Cosmyr fasste nach ihren Schultern. Sein Griff war fest und seine alte unnachgiebige Strenge schlich sich in seine Stimme. »Du weißt nicht, wovon du sprichst, Maja. Du musst nicht wie sie sein, um die Feen anzulocken. Dein Blut genügt. Und was liegt vor dir, wenn sie deinen Geist stehlen? Nichts! Sei vernünftig. Vergiss den Jungen und das Schloss. Er ist es nicht wert. Jeder weiß, dass die Raben mit den Feen verbunden waren und das Auge des Feenkönigs ruht noch immer auf diesem Ort.«

»Ich werde keinen der Raben zu Gesicht bekommen. Alles, was ich will, ist, Elejas wiederzusehen und Onkel Vijctor wird mich keinen Augenblick lang aus den Augen lassen. Es wird helllichter Tag sein! Keine Fee wird sich dem Schloss nähern, solange die Sonne am Himmel steht. Warum kannst du mich nicht dieses eine Mal gehenlassen, Vater? Nur dieses eine Mal? Ich werde zurückkommen und nie mehr darüber reden.«

»Der Preis ist zu hoch. Du kannst ihn sehen, wann immer du deine Mutter ansiehst. Ich werde nicht zulassen, dass du ihn bezahlen musst. Ich sage es dir noch einmal – vergiss Elejas. Er kommt seit einem Jahr ohne dich zurecht und er braucht dich auch jetzt nicht!«

»Vater …«

»Nein! Du wirst nicht gehen, hast du mich verstanden? Es ist genug!«

Ein Peitschenknall, der jeden Widerspruch beendete. Majas Lippen pressten sich zu einer dünnen Linie zusammen. *Aber ich muss gehen!* Ein innerlicher Aufschrei, Worte, die nichts bewirken würden. Sie würden es schlimmer machen, seinen Argwohn wecken, nicht mehr. Ihr Herz wurde schwer. Eiserne Gewichte zerquetschten es unter der Last einer Entscheidung, von der sie wusste, dass sie sie fällen musste. Sie sah auf ihre Finger hinab, die den Stoff ihres Rockes zerknitterten. Welche Wahl blieb ihr? Es war ein Fehler gewesen, heraufzukommen und zu hoffen. Kein Protest dieser Welt würde genügen, um ihren Vater umzustimmen. Maja konnte es in seinen Augen sehen, in denen trotz seiner Erschöpfung ein Funken Stahl blitzte. Sie holte Atem, um die glühenden Kohlen zum Erlöschen zu bringen, die in ihrem Magen brannten.

»Ja. Natürlich«, flüsterte sie in das dröhnende Schweigen. Sie hasste den besiegten Klang ihrer Stimme.

»Gut«, brummte er barsch. »Dann werden wir nicht mehr darüber reden.«

Nicht mehr darüber reden. Es gab so vieles, über das sie nicht mehr redeten. Es war das Ende eines Kampfes, der niemals stattgefunden hatte. In ihrem Geist hörte Maja den Schlag einer Glocke, der sie zur Verliererin ernannte. Sie griff nach seinem Arm, eine Geste der Kapitulation, ohne dass sie diese in Worte fasste. »Lass mich dich zu Bett bringen. Es ist kühl hier oben und ich will nicht, dass es dir noch schlechter geht.«

Der harte Kloß in ihrem Hals ließ es gepresst klingen, doch Cosmyr nahm keine Notiz davon. Er nickte und Maja erhob sich, ehe sie ihm auf die Beine half. Ihr Blick streifte die hellen Wände, die Rosen, die über die Vorhänge krochen, ungesehen von den Augen jener, die nicht ins Feenreich blicken konnten. Vor langer Zeit hatte sie ihm davon erzählt, aber er hatte es als die Fantasie eines Kindes abgetan und sie ignoriert. Über dem Kamin hing ein Gemälde. Alt und von Spinnweben so dicht eingesponnen, dass man es kaum noch dahinter zu erkennen vermochte. Als hätten die Feen versucht, es den Blicken der Frau zu entziehen, die auf dem Stuhl saß. Ein Mann mit kastanienfarbenen Locken und eine goldblonde Frau, im Glück ihrer Liebe vereint. Das Mädchen mit dem goldenen Haar in ihrer Mitte, das ihr Band vollständig machte. Es war eine Illusion, die Cosmyr hatte spinnen lassen. Eine Wirklichkeit, die es nie gegeben hatte, geboren aus dem Wunsch, seine Gemahlin von dem Ort zurückzuholen, an den sie verschwunden war. Doch sie hatte die Mauern dieses Hauses schon lange zurückgelassen und sie würde niemals wiederkehren. Beinahe war Maja den Feen dankbar, dass sie die Lüge vor ihren Augen verdeckten.

Das Summen ihrer Mutter verstummte plötzlich. Ihre leeren, honigfarbenen Augen richteten sich auf den Mann und die junge Frau, die vor dem Kamin standen. Die Wahrheit, die sich unter dem Trugbild einer glücklichen Familie abzeichnete. Eine Gänsehaut bildete sich auf Majas Armen. Ein kalter Hauch schien durch das Zimmer zu fegen und ihre Haut mit Eis zu überziehen. Für einen Herzschlag lang vergaß sie, zu atmen. Dann setzte die Bewegung des Schaukelstuhls wieder ein und das Summen erklang, als hätte es niemals geendet. Der Blick ihrer Mutter löste sich von ihr und trübte sich.

Cosmyr zeigte kein Staunen, kein Anzeichen dafür, dass er bemerkt hatte, was geschehen war. Maja führte ihren Vater aus dem Zimmer, so schnell es ihr möglich war, ohne dass es wie eine Flucht wirkte. Die Feen waren nicht mehr fern. Sie fühlte es. Es war nur eine Frage der Zeit, bis sie zu ihr kamen und sich nahmen, was sie begehrten.

Feenzauber

Dionas Hufe hallten laut durch die leeren Straßen. Jeder Aufschlag dröhnte in Majas Ohren und ihre schweißnassen Hände klammerten sich fest um die Zügel der braunen Stute, die sie gelassen ihrem Ziel entgegentrug. Diona schien ihre Anspannung nicht zur Kenntnis zu nehmen. Sie genoss die milden Sonnenstrahlen des beginnenden Tages und trottete gemächlich über das Pflaster, vorüber an den Toren der ehrwürdigen Villen, die Sorieskas Händlerviertel dominierten. Alte Bäume und Statuen beschatteten den Weg und ließen das Sonnenlicht in goldenen Flecken über den Boden tanzen wie Feenlichter.

Um diese Zeit herrschte Ruhe in diesem Bereich der Stadt. Die Dienerschaft war auf den Beinen, um das Frühstück für ihre Herrschaften zu bereiten, doch es würde noch dauern, bis sich die Straßen und Gassen mit Leben füllten. Das gelegentliche Bellen eines Hundes oder der Schrei eines Kindes, das Summen der Mücken und der frühe Gesang der Vögel – es waren die einzigen Laute, die sich in Dionas Hufschlag mischten und Maja fluchte innerlich darüber. Es schien ihr, als ob jeder Schritt unweigerlich die Aufmerksamkeit auf die einsame Frau in dem waldgrünen Reitkleid lenken musste. Die Tochter von Cosmyr Carjesan, die ohne Begleitung in Richtung des Marktplatzes ritt.

Sie hatte sich hinausgeschlichen, nachdem sie ihrem Vater das Frühstück hinaufgebracht und es wieder abgeholt hatte. Er war müde genug, dass ihm die Augen zugefallen waren, kaum dass er den letzten Bissen verspeist hatte. Mit Glück würde er erst in einigen Stunden bemerken, dass seine Tochter nicht mehr im Haus weilte. Und dann würde es zu spät sein.

Das Lächeln, das sie ihrem Vater geschenkt hatte, war gezwungen, ihr munterer Tonfall gespielt. Jedes Wort hatte in ihre Zunge geschnitten wie eine Klinge. »*Lügnerin, Lügnerin!*«, es hatte sich tausendfach in ihrem Geist wiederholt wie der Schlag der Turmglocke, dennoch hatte sie keine Wahl. Der Albtraum von Elejas war in der Nacht zurückgekehrt, so eindringlich, dass sie zitternd und in Schweiß gebadet erwacht war. Wieder hatten die Dornen darin Kratzer auf ihrer Haut hinterlassen und diesmal waren sie nicht innerhalb eines Atemzuges verblasst. Sie hatten bis zum Morgengrauen darauf geblüht, blutige Zeichen dafür, dass sie sich nicht länger widersetzen durfte. Elejas' Zeit lief ab. Wenn sie nicht zu ihm ging, war er verloren. Sie wusste es tief in ihrem Herzen. Mit einer Sicherheit, die sie am Morgen gelenkt hatte, selbst als die Zweifel so stark geworden waren, dass sie umkehren wollte.

Aber es gab kein Zurück. Der Tag, an dem sie ihre Entscheidung treffen musste, war gekommen und sie hatte sich entschieden. Ihr Vater mochte glauben, dass er die Feen aufhalten konnte, indem er sie hütete wie einen Schatz, doch Maja wollte sich nicht länger an eine trügerische Geborgenheit klammern. Sie wollte nicht verwelken wie die Rosen im Zimmer ihrer Mutter. Gefesselt von Angst und im Schatten einer unsichtbaren Bedrohung, die sie ihr Leben lang verfolgt hatte. Es war Zeit, sich ihrem Schicksal zu stellen und zu sehen, was es für sie bereithielt. Wenn sie es jetzt nicht tat, würde sie für immer eine Gefangene ihrer eigenen Furcht bleiben. Und sie konnte es nicht. Nicht mehr. Dieses eine Mal konnte sie nicht die gehorsame Tochter sein, die sich hinter den Mauern ihres Zuhauses versteckte, selbst wenn es den Zorn ihres Vaters herausforderte. Sie wollte jetzt nicht an das denken, was sie erwartete, wenn sie nach Hause zurückkehrte.

Maja presste die Lippen zusammen und lenkte Diona in eine enge Gasse, die sich zwischen den hohen Fachwerkhäusern in die Tiefe schlängelte. Sie konnte nur hoffen, dass Onkel Vijctor sie nicht auf der Stelle durchschaute und sie wieder zurückschickte.

Ihr Herzschlag beschleunigte sich, als der weitläufige Marktplatz von Sorieska in Sicht kam. Die Händler waren bereits damit beschäftigt, die Stände für den Tag herzurichten, und ein Meer aus Farben und Gerüchen entstand auf dem aufwändig gepflasterten Platz. Die frische Brise, die vom Fluss herüberwehte, strich über ihre Haut und kühlte die Schweißtropfen, die sich darauf gebildet hatten. In der Ferne konnte Maja die Schiffe sehen, die im Hafen lagen, um Waren zu liefern. Die emsige Betriebsamkeit, mit der Kisten und Säcke verladen wurden, erinnerte sie an einen wimmelnden Ameisenhaufen. Von der ruhigen Gemächlichkeit, die in der Nähe der Villen herrschte, war hier nichts zu spüren. Lachen drang an ihr Ohr, Rufe und Flüche, Wortfetzen, die sie nicht zu verstehen vermochte. Das Leben pulsierte rund um den Marktplatz und Maja sog es in sich auf wie eine Ertrinkende, in deren Lunge wieder Luft strömte. Es waren Wochen vergangen, seitdem sie zum letzten Mal mit ihrem Vater herabgekommen war, um den Schuhmacher zu besuchen.

Läden wurden um den Platz herum geöffnet. Nicht zuletzt das Geschäft, in dem die feinen Stoffe feilgeboten wurden, mit denen die Carjesan ihren Wohlstand begründet hatten. Ein Sonnenstrahl ließ das bronzene Schild neben der Tür erglühen und zog ihren Blick auf sich. Die Kutsche mit dem Wappen ihrer Familie stand vor den Ladentüren. Maja erkannte Gabyn, der ihrem Onkel half, die Truhe mit den Stoffen zu befestigen. Wahrscheinlich würde er die Kutsche zum Schloss hinauffahren und Vijctor zur Hand gehen, wie er es getan hatte, seitdem sie denken konnte.

Sie trieb Diona an, schneller zu laufen, und tauchte tiefer in das Gewühl auf dem Marktplatz. Irgendwo wurde gehämmert und ein mit Fässern beladener Wagen kreuzte ihren Weg. Dionas Hufklappern ging im Rattern der Räder und dem Getrappel der Zugpferde unter. Niemand nahm Notiz von ihr oder schenkte ihr einen zweiten Blick. Sie verschwand in der Menge, von einem winzigen Aufflackern der Nervosität begleitet. Es war das zweite Mal, dass sie sich völlig allein durch die Stadt bewegte und es war wie ein Rausch, in den sich eine Spur von Furcht mischte. Fremd. Ungewohnt. Beim ersten Mal war sie nach einem Streit mit ihrem Vater davongelaufen, ein störrisches sechzehnjähriges Mädchen, das einen Hauch von Freiheit gekostet hatte. Elejas hatte sie gefunden und überredet, nach Hause zurückzukehren. Aber nicht, bevor sie gemeinsam einen wundervollen Tag auf dem Markt verbracht und die engen Gassen von Sorieska erkundet hatten. Es mochte der schönste Tag ihres Lebens gewesen sein, doch er hatte Cosmyr nicht milder gestimmt, im Gegenteil. In der Zeit nach ihrem Ausflug hatte er sie kaum aus den Augen gelassen. Die Erinnerung ließ ihre Miene düster werden.

»Maja! Was tust du denn hier?« Gabyn hatte sich aufgerichtet und sie entdeckt. Er stemmte die Hände in die Hüften. Seine Kappe saß schief auf seinem weißen Haar und die Pfeife, die in seinem Mundwinkel hing, blieb frei von Rauch. Sicher war sie bereits vor einer Weile erkaltet.

Maja ertappte sich dabei, wie sie sein breites Lächeln erwiderte. »Ich komme mit euch zum Schloss, Gabyn.« Sie sah zu Vijctor, der durch den Ausruf des älteren Mannes aufmerksam geworden war und sich nun mit dem Arm auf die Truhe stützte. Sie stieg ab und bemühte sich, das Zittern ihrer Hände zu verbergen, während sie Diona die Zügel über den Kopf streifte.

»Ich hätte nicht geglaubt, dass du wirklich kommst. Cosmyr hat es tatsächlich erlaubt?« Skepsis stand in Vijctors meerfarbenen Augen und Maja zwang sich, seinem prüfenden Blick standzuhalten.

»Ich bin erwachsen, Onkel Vijctor. Vater kann für ein paar Stunden auf mich verzichten und Ijona wird sich gut um ihn kümmern, solange ich weg bin.« Ihr Tonfall klang leicht und fröhlich, doch sie wich ihm aus und an seiner nachdenklichen Miene erkannte sie, dass er es bemerkte.

»Wie geht es Cosmyr? Wir haben uns Sorgen gemacht, als er gestern nicht ins Geschäft gekommen ist. Normalerweise können ihn keine zehn Pferde davon abhalten, nach dem Rechten zu sehen.« Gabyn zeigte keinen Funken Argwohn. Er schob seine Kappe zurecht und zog ein Zündholz aus der Tasche, um seine Pfeife wieder anzuzünden. Dann nahm er ihr die Zügel aus der Hand.

»Es geht ihm besser. Das Fieber ist über Nacht gesunken, aber sein Husten plagt ihn sehr. Als ich gegangen bin, hat er fest geschlafen.«

»Hat er das?« Vijctor verschränkte die Arme vor der Brust und lächelte schmal. Maja war sich sicher, dass er sie mühelos durchschaute.

»Ja. Aber du musst dir keine Sorgen machen, Onkel«, erwiderte sie bissig. »Ich habe keine Kräuter benutzt, um ihn zu betäuben.«

Maja hob die Brauen und starrte ihn herausfordernd an, bis Vijctors Lächeln sich zu einem offenen Grinsen wandelte. Sie atmete auf, als er sich umdrehte und seinen Gehrock aus dem Inneren der Kutsche nahm. »Nun, vielleicht hätte die Ruhe seinem Sturschädel gutgetan.« Er streifte sich den Rock über und ließ den Dreispitz folgen, der auf dem Sitz gewartet hatte.

Gabyn lachte gackernd. »Sonne und Mond! Cosmyr kann so unbeweglich sein wie ein Stein. Es ist gut, dass du mitkommst, Mädchen. Ich habe immer gesagt, dass du einen Blick für die Stoffe hast, den ein Mann nicht besitzt. Eine Frauenhand ist das, was dem Geschäft fehlt, seitdem deine Großmutter gestorben ist. Und die Hüterin des Lichts weiß, dass Vijctor wahrscheinlich nie eine Braut nach Hause bringen wird.«

Ihr Onkel schnaubte und Maja schenkte dem weißhaarigen Mann ein warmes Lächeln, als er Diona über das Pflaster führte und in einer Seitengasse verschwand. Der Stall befand sich hinter den Warenhäusern und es würde einen Augenblick dauern, bis er zurückkehrte. Unruhe stieg in ihr auf, als sie gewahrte, dass sie mit Vijctor allein war.

»Du bist sicher, dass du ihn nicht betäubt hast? Wenn nicht, solltest du es nachholen. Denn wenn du gegen seinen Willen hier bist, wird er mich umbringen.« Seine Stimme ließ sie aufsehen, um seinem forschenden Blick zu begegnen.

Er *hatte* sie durchschaut. Maja unterdrückte das nervöse Räuspern, das in ihrer Kehle kratzte. »Du bist der bessere Fechter. Ich mache mir keine Sorgen um dich«, gab sie leichthin zurück, ehe sie ihren Rock glättete. Für einen Augenblick wünschte sie sich, angemessener gekleidet zu sein. Das Erscheinungsbild ihres Onkels war makellos. Der himmelblaue Gehrock mit der silbernen Stickerei, die hellen Hosen, die in seinen glänzenden, hohen Stiefeln steckten. Er war nicht weniger als ein Prinz, der sich aufmachte, um der Königin von Serijsa einen Besuch abzustatten. Ihr selbst genähtes Reitkleid wirkte dagegen so schlicht, als sei sie eine Küchenmagd.

»Ich danke dir für dein Vertrauen, Nichte«, erwiderte er trocken. »Wenn du dich täuschst, darfst du mich wieder zusammenflicken.«

»Ich kann nähen. Deine Narben werden nahezu unsichtbar sein und es heißt, dass die Damen der höheren Gesellschaft narbige Gesichter verwegen finden. Es wird dir also nicht zum Nachteil gereichen.«

Vijctor lachte laut auf und ein vergnügtes Funkeln tanzte unvermittelt in seinem Blick. Beinahe … verschwörerisch. »Du hast die spitze Zunge deiner Großmutter geerbt, Maja. Sie wäre stolz auf dich. Und sie war ebenso eigensinnig wie du.« Melancholie huschte wie ein Schatten über seine Züge, aber das Lächeln kehrte schnell zurück. Er wies mit seinem edlen Spazierstock auf die offene Kutschentür. »Hinein mit dir. Besser, wir sind verschwunden, ehe Cosmyr alle Feuer von Nikara über uns hereinbrechen lässt.«

Maja schlug die Augen nieder und musterte die Handschuhe, in denen die Feuchtigkeit ihrer Handflächen hing. »Danke, Onkel Vijctor«, murmelte sie gedämpft.

Er antwortete nicht, doch für einen Herzschlag lang legte sich seine Hand auf ihre Schulter und drückte sie ermutigend. Dann stieg sie in die Kutsche und er folgte ihr, nachdem Gabyn aus den Ställen zurückgekehrt war. Der Knall einer Peitsche ertönte und die Pferde zogen an. Majas Herz setzte aus, um anschließend schneller zu pochen. Unglauben vermischte sich mit der nagenden Furcht vor dem, was sie entdecken würde, sobald sie an ihrem Ziel angelangt war. Die Räder rollten über den Marktplatz von Sorieska, dem Schloss der Raben entgegen, das über ihnen aufragte wie ein Schatten, der das Licht der Sonne verschluckte.

Der Weg schien sich endlos durch den Wald zu schlängeln, immer hinauf, den steilen Hügel empor, auf dessen Spitze Schloss Rabenschwinge thronte. Licht und Schatten vollführten einen unaufhörlichen Reigen, Wärme wechselte sich mit Kälte ab, wenn die Tannen so dicht standen, dass sie jeden Sonnenstrahl verschlangen. Es roch feucht, nach Moos und Harz. Der Wald war so ruhig, dass der gedämpfte Hufschlag beinahe das einzige Geräusch war, das seine Stille durchdrang. Selbst Gabyn hatte aufgehört, das fröhliche Lied zu pfeifen, das sie durch die Stadt begleitet hatte. Es schien unangemessen, die Ruhe zu durchbrechen, die über den Bäumen lag. Vor langer Zeit musste es anders gewesen sein, als Schloss Rabenschwinge der Mittelpunkt von Serijsa war, der Pfad von unzähligen Wagen und Kutschen befahren. Jetzt wirkte es, als ob der Wald in einen traumlosen Schlaf gesunken war, so tief, dass sich nichts mehr bewegte.

Vijctor war in Gedanken versunken. Er blickte aus dem Fenster, auf das endlose Grün und Braun, das an ihnen vorüberzog. Maja versuchte nicht, ihn zu stören. Mit jeder Kurve stieg ihre Unruhe. Nicht mehr lange und sie würde Gewissheit haben. Sie würde Elejas finden oder sich als die törichte Närrin erweisen, die alle in ihr sahen. Ihre Finger verknoteten sich, während sich die Bäume allmählich lichteten. Maja neigte sich zum Fenster, um hinauszusehen, und fand die mächtige Form des Schlosses, das sich über ihnen erhob wie ein Berg. So hoch, dass sie den Kopf in den Nacken legen musste, um bis zu den spitzen Türmen zu sehen, auf denen Raben saßen wie ein dunkles Heer. Sie spürte unzählige Augen, die sich auf die einsame Kutsche richteten, die sich aus den Bäumen löste. Maja fröstelte und rieb sich über die Arme. Das Rabenwappen der königlichen Familie wehte im Wind. Der gekrönte Rabe auf scharlachrotem Grund. Er erzählte von Kriegen, die unter dem Rabenbanner geführt worden waren, lange bevor die blühende Zeit des Friedens angebrochen war.

»Man sagt, dass die Mauern von Schloss Rabenschwinge früher weiß waren wie Schnee«, erklang Vijctors Stimme im Hintergrund. »Es soll das schönste Schloss gewesen sein, das die Welt je gesehen hat. Ein leuchtendes Juwel, über das man weit über die Grenzen von Serijsa hinaus gestaunt hat. Die Menschen sind von überall her gekommen, nur um es ein einziges Mal aus der Nähe zu bewundern.«

Maja drehte sich um und fand sich seiner gedankenversunkenen Miene gegenüber. Seine Augen waren auf das Schloss gerichtet, auf die massiven Tore, die hinter die zinnenbewehrten Mauern führten. Nicht lange und sie würden die Kutsche verschlingen. Sie räusperte sich. »Warum sind sie dann schwarz?«

»Es heißt, dass die Könige einen Pakt mit dem Feenkönig gebrochen haben, der ihnen im Krieg zu all den Siegen verholfen hat. Sein Zorn darüber war so groß, dass er die Mauern geschwärzt hat. Es war ein Makel, der für alle sichtbar sein sollte. Ob es wahr ist …« Vijctor hob die Achseln und lächelte. »In Sorieska erzählt man sich vieles über das Königshaus. Aber wenn es wirklich so geschehen ist, dann ist es so lange her, dass keine lebende Seele sich daran erinnern kann.«

»Das ist kaum verwunderlich, wenn man bedenkt, dass seit beinahe hundert Jahren niemand die Raben zu Gesicht bekommen hat. Glaubst du, dass die Königin wirklich ein solch grässliches Ungeheuer ist, dass sie sich nicht zeigen kann?«

»Nein.« Vijctor grinste schief. »Melysan war oft genug verheiratet, dass man daran zweifeln muss.«

»Vielleicht benutzt sie Feenmagie, um ihre Männer zu betören. Sie muss schön sein, wenn sie vergessen, dass keinem ihrer Gemahle ein langes Leben vergönnt war.« Maja sah wieder hinaus. Wenn man die einschüchternde Aura des Schlosses nicht beachtete, war es nicht schwer, sich vorzustellen, dass es tatsächlich ein schimmerndes Juwel gewesen sein mochte. Die Türme waren schlank und grazil. In der glänzenden Dunkelheit erkannte sie Einhörner, die aus dem Stein zu wachsen schienen und sich an die Mauern schmiegten. Drachen, die über den Bogenfenstern wachten, Greifen und Pegasi, die von den Dächern herabsahen. Es war, als sei das Bauwerk von den Feen berührt, Teil einer fremden, ungreifbaren Welt.

»Wer weiß? Die Raben waren einst eng mit den Feen verbunden. Wären sie es nicht gewesen, hätte niemand gezögert, das Königshaus zu stürzen. Es war die Wurzel ihrer Macht und sie ist es bis heute geblieben. Die Händlergilden fürchten den Zauber zu sehr, um sich endgültig gegen sie aufzulehnen. Wer kann sagen, wie viel von der alten Magie in ihnen verblieben ist? Aberglaube kann mächtiger sein als das Schwert eines Kriegsherrn.« Maja spürte Vijctors nachdenklichen Blick, der auf ihr ruhte. Er strich sich über das Kinn, wie er es oft tat, wenn er in Gedanken war. Seine Worte ließen die Bedenken ihres Vaters nur allzu deutlich aufleben.

»Trotzdem lässt du mich mitkommen, obwohl du weißt, dass Vater dagegen ist. Warum?«

»Weil du nicht wie Lyane bist. Und ich glaube nicht daran, dass Cosmyrs Weg der richtige ist.« Vijctor stieß den Atem aus und seine Finger schlossen sich um den Knauf seines Spazierstocks. Müßig drehte er ihn in den Händen und erst jetzt bemerkte Maja, dass er nicht so ruhig war, wie er vorgab. »Deine Mutter war immer zart und zerbrechlich. Eine Träumerin, die nur halb in unserer Welt gelebt hat. Es war das, was deinen Vater fasziniert hat, weil er selbst nichts davon ist. Aber du bist eine Carjesan, Maja. In jeder Hinsicht. Ich glaube, wenn der Feenkönig dich hinter die Spiegel zerren wollte, würde er es schnell bereuen. Nicht jeder fällt seinem Zauber zum Opfer und du bist niemand, der für den Feenwahn anfällig ist.«

Es war das erste Mal, dass er so offen mit ihr sprach. Maja hob die Brauen. »Ich weiß nicht, ob ich mich geschmeichelt fühlen soll.«

Vijctors breites Grinsen kehrte zurück. »Oh, das solltest du. Wenn du deine Großmutter gekannt hättest, würdest du nicht daran zweifeln. Wären sie zu ihr gekommen, hätte sie die Feen mit eigenen Händen aus den Spiegeln gezerrt und ihnen ein heißes Bad in Eisenwurzelsud beschert. Was mich dazu bringt …«, er brach ab und fasste in die Tasche seines Gehrocks, um ein besticktes Taschentuch hervorzuholen. »Das ist für dich. Es hat deiner Großmutter gehört. Eliana Carjesan war keine Frau, die die Dinge dem Zufall überlassen hat. Sie hätte gewollt, dass du es trägst.«

Maja nahm das Tuch entgegen und fühlte den kleinen Gegenstand, der darin eingeschlagen war. Eine Kette rutschte heraus und fiel auf ihren Rock. Ihre Finger schlossen sich um kühles, feines Silber, an dem ein Medaillon befestigt war. Winzige Rubine waren in die Blüten eingelassen, die es zierten. Sie kannte es gut. Es war das Schmuckstück, das ihre Großmutter auf dem Gemälde trug, das sie als Kind zum Leben erweckt hatte. Für einen Atemzug starrte sie es an, dann hob sie den Blick. »Du hast gewusst, dass ich komme, ganz gleich, was Vater sagt, nicht wahr?«

»Es stand in dein Gesicht geschrieben«, gab er zu. »Selbst dein Vater hätte es sehen können, wenn er gewollt hätte.« Er wies mit dem Kinn auf das Medaillon. »Es ist mit Eisenwurzel gefüllt. Deine Großmutter hat es getragen, um sich gegen Täuschung zu schützen und einen klaren Blick zu bewahren. Sie war nicht ohne Grund eine solch gefürchtete Geschäftspartnerin. Sie hat sich niemals betrügen lassen, auch nicht von Feenblut oder Hexenzauber.«

Elianas Geheimnis. Majas Finger folgten den Konturen der Blütenblätter. »Es ist wunderschön«, murmelte sie. Dann öffnete sie den Verschluss und legte sich das Medaillon um den Hals. Ein schwacher Kräutergeruch stieg in ihre Nase. Bitter und kalt, ein klein wenig wie Eisen, das der Eisenwurzel ihren Namen gegeben hatte. Sie lächelte schelmisch. »Habe ich dir je gesagt, dass du immer mein Lieblingsonkel warst?«

Er stieß ein amüsiertes Geräusch aus. »Ich bin dein *einziger* Onkel.«

»Nun …«, sie zuckte die Achseln, »ich kann Vater fragen, ob es noch einen verschollenen Bruder gibt. Dann kannst du dich gegen ihn beweisen, wenn dir das lieber ist.«

Vijctor lachte und zupfte die spitzenbesetzten Ärmel seines Hemdes zurecht, als die Kutsche unvermittelt anhielt. Sie vernahm Gabyns Stimme, fröhlich und vollkommen unbeeindruckt von seiner Umgebung, während er mit den Wachleuten am Tor sprach. Auf der Stelle kehrte die Nervosität zurück, die Maja für einen Augenblick vergessen hatte. Ihre Finger legten sich um das Metall, das sich an ihren Hals schmiegte. Es war angenehm fest, die Eisenwurzel darin scharf wie ein

Messer, das jeden Schleier in ihren Gedanken zerteilte und Klarheit in ihren Kopf trug. Sie hörte überdeutlich, wie sich die schweren Torflügel in Bewegung setzten und nach innen aufschwangen. Der Schatten der hohen Mauern fiel über die Kutsche, als Gabyn die Pferde antrieb und sie in den Hof von Schloss Rabenschwinge rollten. Majas Herzschlag dröhnte in ihren Ohren. Sie schluckte, als ein Lakai auf die Kutschentür zustrebte und sie öffnete.

Vijctor verließ das Gefährt und wechselte einige Worte mit dem Mann, während Maja über seine Schulter spähte. Der Lakai trug eine weiße Perücke, die in Sorieska schon lange aus der Mode gekommen war. Seine dunkelrote Livree saß tadellos, doch der Stoff war an den Ärmeln abgenutzt und fadenscheinig. Maja unterdrückte das Stirnrunzeln, als Vijctor ihr die Hand reichte, um ihr aus der Kutsche zu helfen.

Obgleich es aus der Ferne wirkte, als ob Schloss Rabenschwinge alles Licht in sich aufsaugte, schien die Sonne in den Hof. Trotzdem war es ungewöhnlich frisch. Die scharfe Brise, die in den Schlosshof wehte, ließ Maja erschauern. Eine verwirrende Anzahl von Gebäuden erstreckte sich im Inneren der Schlossmauern und ein von verwildertem Grün umgebener Springbrunnen plätscherte in der Mitte des weiten Platzes. Maja musterte die von Moos überwachsene, halbnackte Nixenfigur, die Wasser in die Höhe spie, um es anschließend von ihren Händen laufen zu lassen. Ein Pfau stolzierte über das Mosaikpflaster und schlug stolz sein Rad, ohne von den Besuchern Notiz zu nehmen. Das Gefieder des Vogels schillerte wie der Körper einer Libelle und zog unweigerlich das Auge an. Doch fern von dem Vogel und dem Lakaien war der Schlosshof leer. Kein bunter Reigen aus Dienern und Höflingen bewegte sich hinter den Mauern und auch im Inneren schien es geisterhaft still. Niemals hätte Maja erwartet, dass es so ruhig sein würde. Beinahe, als ob keine Seele hier lebte. Wo war der Hofstaat? Für wen mochte Elejas spielen, wenn sich kaum jemand hier aufhielt? Allein die Raben, die von den Zinnen herabsahen, gaben dem Schloss den Anschein von Leben. Ihr raues Krächzen mischte sich in das Rauschen der Baumwipfel und Maja hätte schwören mögen, dass sie jede Bewegung der Menschen beobachteten. Ihr Nacken prickelte unangenehm und sie wandte hastig den Blick von den schwarzen Vögeln ab.

Die Mauern des Schlosses waren von Efeu überwachsen. Er kroch bis zu den Türmen empor, wand sich um die Säulen der Arkadengänge, die jenen Schatten spendeten, die sich darunter bewegten. Seine Ranken gruben sich in Risse, die sich im Stein gebildet hatten, klammerten sich an Vorsprünge und Statuen. Etwas daran erinnerte Maja an die Rosen im Schlafgemach ihrer Mutter und ließ einen Schauer über ihren Rücken rieseln.

»Me'Dam Rojan erwartet Euch bereits, Me'Syr Carjesan. Wenn Ihr mir folgen wollt? Ich werde Mathys schicken, damit er Eurem Helfer zur Hand geht.« Die nasale Stimme des Lakaien schreckte Maja aus ihren Betrachtungen. Er deutete eine leichte Verneigung an und wandte sich dann ab, um sie in Richtung eines der Arkadengänge zu führen.

Flüchtig streifte ihr Blick das hohe Portal, das den Eingang des Schlosses bildete. Eine Treppe führte hinauf zum Abbild des gekrönten Raben, das auf den steinernen Türflügeln prangte. Darüber zog sich in verblassten goldenen Lettern der Wahlspruch der Raben: Keine Nacht währt ewig. Und doch schien es, als ob die ewige Nacht über Schloss Rabenschwinge hereingebrochen war. Zwei Drachen wanden sich um die Säulen, die zu beiden Seiten des Portals aufragten. Ihre Steinaugen waren wachsam und listig auf jene gerichtet, die über die Stufen kamen, zu lebensecht, um wirklich aus Stein geformt zu sein.

Maja sah schaudernd auf den Rücken des Lakaien, der vor ihnen den Arkadengang betrat. Seine Schuhe waren ebenso abgenutzt wie seine Livree, das Leder zerkratzt und ausgebeult. Sie blickte fragend zu Vijctor, der ihr ein beruhigendes Lächeln schenkte. Es war nicht das erste Mal, dass er zum Schloss heraufkam, um Stoffe für die Königin zu liefern. Der Anblick des Dieners konnte ihn kaum überraschen.

Schatten löschte die Sonne aus, als sie den Hof verließen und in die Arkaden tauchten. Der bogenförmige Durchgang dahinter führte in einen kühlen Flur, der schlicht, aber sauber wirkte. Es war ohne Zweifel ein Bereich, in dem sich allein die Dienstboten aufhielten. Schmucklos und nüchtern, wenn man von den süß duftenden Blumen absah, die überall auf kleinen Tischchen arrangiert waren. Fröhliches Lachen erklang nicht weit von ihnen. Der Lakai hielt an und deutete eine Verneigung an, ehe er sich verabschiedete.

Vijctors Hand legte sich auf ihre Schulter und dirigierte sie das restliche Stück bis zu einer offenen Tür, aus der die Stimmen zweier Frauen drangen. Die Helligkeit, die aus dem Raum strömte, wirkte nach dem schattigen Flur beinahe blendend. Maja widerstand dem Impuls, die Hand zu heben, um ihre Augen vor dem Sonnenlicht zu schützen, das durch die hohen Fenster hereinflutete.

»Me'Syr Carjesan! Ihr habt uns lange auf Euren Besuch warten lassen. Ich hatte befürchtet, dass Ihr uns vergessen habt.« Eine junge Frau mit goldbraunen Locken ließ die Schere sinken, mit der sie den nachtblauen Samtstoff zugeschnitten hatte, der vor ihr auf einem langen Tisch lag. Sie schenkte Vijctor ein strahlendes Lächeln, das ihre blauen Augen zum Leuchten brachte. Flüchtig glitt ihr Blick über Maja und der Schatten eines Stirnrunzelns berührte ihre Stirn.

Vijctor neigte entschuldigend den Kopf und lächelte seinerseits, wenngleich seine Miene hölzern wirkte. »Wie könnte ich Euch je vergessen, Me'Dam Adiela? Aber ich wollte sichergehen, dass mein Besuch Eure Zeit wert sein wird.« Vijctor verlagerte unruhig sein Gewicht. Er wandte sich zu schnell ab, um die Frau anzusehen, die am anderen Ende des Raumes damit beschäftigt war, Perlen an den Ausschnitt eines zartgoldenen Kleides zu nähen. »Me'Dam Rojan. Es ist mir eine Freude.«

»Wen habt Ihr uns mitgebracht, Vijctor?« Die ältere Frau sah nur flüchtig auf, ehe sie ihre Arbeit fortsetzte. Ihr ergrautes Haar war zu einem Knoten zusammengefasst, der es aus dem Gesicht hielt, und ihre Augengläser ließen sie einer Eule ähneln, obgleich ihr Körperbau zart war wie der eines Singvogels.

»Das ist meine Nichte Maja. Sie lernt das Geschäft unserer Familie kennen und begleitet mich für eine Weile auf meinen Reisen.« Die Lüge kam mit einem winzigen Zögern über seine Lippen, das jedoch niemandem aufzufallen schien. Maja neigte grüßend den Kopf, ohne unaufgefordert das Wort an die Schneiderin zu richten. Schweiß bildete sich an ihrem Haaransatz, als sie erkannte, wie wenig sie auf die Begegnung mit dem Hof der Raben vorbereitet war. Adielas Interesse an ihr sank schlagartig. Sie nahm die Schere wieder zur Hand und fuhr damit fort, den Samt zu bearbeiten, ohne Vijctor aus den Augen zu lassen.

»Cosmyrs Tochter?« Me'Dam Rojan sah erneut auf, diesmal fasste sie Maja genauer ins Auge und in ihren warmen braunen Augen leuchtete ein Funken von Erkennen auf. »In Eurem Gesicht erkenne ich Eure Großmutter, Me'Dam Maja. Sie war eine gute Freundin und ist häufig mit ihren Söhnen zum Schloss heraufgekommen. Auch wenn sie wenig mehr als Unsinn im Kopf hatten und jedes Mal meine Nähstube verwüstet haben.« Ihre Eulenaugen richteten sich anklagend auf Vijctor, doch es lag ein amüsiertes Funkeln darin.

Er neigte entschuldigend den Kopf. »Es war ein verlockender Spielplatz für uns. Aber Eurer Nähstube droht keine Gefahr mehr von mir, Me'Dam Rojan. Ich bin erwachsen genug, um der Versuchung zu widerstehen.«

Die Schneiderin hob die Brauen. »Wirklich? Ich habe anderes aus der Stadt gehört.« Eine leichte Röte erblühte auf Vijctors Wangen und er lockerte seine Halsbinde. Sie schmunzelte und wandte sich wieder zu Maja um. »Sagt, wie geht es Eurem Vater? Es ist lange her, dass er zum letzten Mal zu uns gekommen ist.«

Zumindest löste dies das Rätsel um die Ungezwungenheit, mit der die Hofschneiderin ihrem Onkel begegnete. Maja räusperte sich. »Es geht ihm gut. Eine kleine Unpässlichkeit zwingt ihn, zu Hause zu bleiben, aber er lässt Grüße ausrichten.«

»Oh, er ist häufig unpässlich, nicht wahr?« Me'Dam Rojan legte den Kopf schief.

»Das Geschäft fordert zu oft seine Aufmerksamkeit. Er überlässt es lieber mir, zu reisen.« Vijctor lächelte einnehmend. Schritte wurden laut, bevor die Schneiderin antworten konnte. Gabyn und ein junger, sommersprossiger Bursche erschienen in der Tür und schleppten die Truhe mit den Stoffen herein, die Vijctor ausgesucht hatte. Gabyn zog hastig seine Kappe vom Kopf und verneigte sich unbeholfen vor Me'Dam Rojan. Sein Gesicht hatte eine Farbe angenommen, die Maja an einen Hummer erinnerte. Erstaunt bemerkte sie das mädchenhafte Lächeln auf den Lippen der grauhaarigen Frau, die ihre Arbeit weglegte, um sich der Truhe zu nähern.

Endlich hatte sie Gelegenheit, ihre Umgebung zu betrachten. Der Raum war vollgestopft mit Regalen, die vor Stoffballen und Spitze überquollen. Kleine Schubladen und Kästchen waren mit allerlei Zierrat gefüllt. Maja entdeckte Knöpfe und Perlen, Borten und Bänder in allen Farben. Kissen voller Stecknadeln wirkten wie Igel und halbfertige

Gewänder warteten auf ihre Vollendung. Dort fehlte ein Ärmel, hier war die Spitzenborte nur zur Hälfte angenäht, dennoch ließen sie eine Ahnung der zu erwartenden Pracht zu, die zweifelsohne einer Königin würdig war. Es war atemberaubend. Eine Unordnung, in der gleichzeitig Ordnung verborgen lag und von der Maja ahnte, dass Me'Dam Rojan sie streng überwachte.

Der Blick aus den Fenstern ging auf den Garten des Schlosses hinaus, auf hohe Büsche und endloses Grün, das helle Marmorstatuen überwucherte. Er wirkte kaum besser instandgehalten als der Schlosshof. Kleine, bunte Vögel flatterten in den Ästen umher und sangen ein fröhliches Lied. Der Duft unsichtbarer Blüten wehte durch eine Tür herein, die auf eine Terrasse hinausführte. Maja näherte sich ihr, während Gabyn und der junge Bursche sich wieder zurückzogen.

Vijctor öffnete die Truhe und nahm den ersten Stoff heraus, um ihn auf dem Tisch auszubreiten. Nur mit halbem Ohr hörte Maja seinen Erklärungen zu, mit denen er den Frauen die Eigenschaften des Gewebes anpries. Adiela stieß einen bewundernden Ruf aus, als Vijctor einen Ballen roséfarbener Seide zutage förderte. Ihre Finger streiften wie zufällig die seinen, als sie die Hand darüber wandern ließ, und er zuckte zurück. Sie stand so nahe bei ihm, dass ihre Schulter ihn beinahe berührte. Er dagegen wirkte so steif, wie Maja ihn selten erlebt hatte. Sie verbiss sich das verräterische Lächeln. Es war nur allzu leicht zu erraten, dass die junge Frau mehr als Sympathie für ihren Onkel hegte.

Gedankenverloren betrachtete sie einen rostbraunen Gehrock, der mit goldenen Stickereien verziert war. Er mochte für den zukünftigen Gemahl der Königin gedacht sein. Wer mochte er sein? Und wie war es möglich, dass Königin Melysan an diesem menschenleeren Ort einen Gemahl fand, der ihrer Stellung angemessen war? Maja wusste wenig über die Vorgänge im Schloss, nicht mehr als Gerüchte, die bis in die Stadt vorgedrungen waren. Es waren immer Prinzen aus fremden Ländern, die sich mit der Königin verbunden hatten und jeder von ihnen war unter unglücklichen Umständen ums Leben gekommen. Ein Jagdunfall hatte sie den ersten Gemahl gekostet. Der nächste war bei einem Ausritt gestürzt und hatte sich nie mehr davon erholt.

Ein lebensbedrohliches Fieber, das zerbrechende Eis eines Teiches im Schlossgarten, sogar der Feenwahn … die Ursachen waren vielfältig. Fünf Prinzen hatten Schloss Rabenschwinge betreten, um Melysan zu heiraten, und keiner davon hatte lange leben dürfen. Es wurde gemunkelt, dass die Königin ihrer Männer überdrüssig geworden war und sie hatte töten lassen. Doch niemand in Sorieska hätte es jemals gewagt, die Anschuldigungen laut hervorzubringen.

Maja fröstelte in der frischen Brise, die durch die geöffnete Tür strich. Wenn man dem munteren Schwatzen im Reich der Schneiderinnen lauschte, war es schwer zu glauben, dass die Königin ein solches Ungeheuer sein sollte. Me'Dam Rojan und ihre Helferin waren in die Begutachtung der Stoffe vertieft und diskutierten lebhaft darüber, wie die goldene Spitze auf dem königlichen Rot der Seide wirken würde, die Vijctor für sie aus der Truhe gezaubert hatte.

»Die Königin möchte Farben, die dem dunklen Haar und den Augen des Prinzen schmeicheln«, sagte Me'Dam Rojan gerade grüblerisch. »Das Rot wäre wundervoll zu seiner sonnengebräunten Haut. Allerdings ist es beinahe noch zu hell.«

Vijctor zog die Stirn in Falten und nickte. »Wir haben einen ähnlichen Stoff im Lager. Ich kann Gabyn sagen, dass er ihn holen soll. Es würde nicht lange dauern.«

»Das wäre großartig!« Me'Dam Rojan blickte auf. »Wenn es Euch keine Umstände macht.«

»Nein, natürlich nicht«, wehrte Vijctor ab. »Ich werde Gabyn gleich Bescheid geben. Gebt mir nur einen kurzen Augenblick.« Ihr Onkel verließ mit schnellen Schritten den Raum. Adiela sah ihm verlangend hinterher, ohne zu registrieren, dass es wie eine Flucht wirkte. Aber sie wagte es nicht, ihm zu folgen, solange der strenge Blick ihrer Meisterin auf ihr ruhte.

»Der Prinz kommt aus dem Süden?«, fragte Maja neugierig. Sie näherte sich dem Tisch, auf dem inzwischen ein Gewirr aus Juwelenfarben ausgebreitet lag.

»Er stammt aus Samanhar.« Adiela ließ die goldene Spitze aus den Fingern gleiten. »Als er an den Hof kam, wusste ich sofort, dass das Auge der Königin auf ihn fallen wird. Er ist schön wie ein Prinz aus einem Märchen und seine Stimme ist wie Samt und Seide. Wenn er für sie singt, zieht er den ganzen Hof in seinen Bann. Sein Gesang ist, als sei er von den Feen geschenkt, als ob ein Zauber darin liegt, dem sich niemand entziehen kann. Offenbar konnte es die Königin nicht.« Sie kicherte und rollte einen Stoffballen zusammen, den die ältere Frau beiseitegelegt hatte.

»Adiela!«, mahnte Me'Dam Rojan. Sie zog die Brauen in die Höhe und sandte ihrer Helferin einen strafenden Blick.

»Er singt vor dem Hof?« Maja runzelte die Stirn. »Wie ungewöhnlich für einen Prinzen.«

»Oh, Prinz Elejas *ist* ungewöhnlich. Er kam wie der Sturmwind aus der Wüste in unser Leben und hat unsere arme Königin wieder zum Lächeln gebracht, nachdem sie so lange in tiefer Trauer versunken war.« Me'Dam Rojan lächelte versonnen.

»Elejas?« Maja schluckte schwer. Es war, als ob ein Stein auf ihren Magen traf, ein plötzlicher Schmerz, der sich in Wellen ausbreitete. »Das ist der Name des Prinzen?«

»Aber ja. Prinz Elejas von Samanhar.« Ihre sonst so klaren Augen wirkten verschleiert, nahezu träumerisch.

Maja spürte, wie das Blut aus ihrem Gesicht wich. Sie stützte sich auf die Tischplatte, um Halt zu finden. *Nein, es kann nicht sein. Nicht Elejas … es muss ein Irrtum sein … Elejas ist kein Prinz …*

»Geht es Euch nicht gut, Maja?« Adiela beugte sich zu ihr und griff nach ihrem Arm.

»Ich …«, sie schüttelte den Kopf. »Nein, nur ein kurzer Schwindel durch die Fahrt in der Kutsche.« Maja fasste sich mühsam und zwang sich, ihre Gefühle zu verbergen. »Ich dachte, es gäbe einen Musiker bei Hofe, der Elejas heißt. Elejas Mallan. Er ist ein Freund von mir. Es ist ein unglaublicher Zufall, dass der Prinz den gleichen Namen trägt.«

»Ein Musiker?« Me'Dam Rojan sah ins Leere, als ob sie nach einer Erinnerung fassen wollte, die sie nicht zu greifen vermochte. Dann ging ein Ruck durch ihren Körper. »Nein. Ihr müsst Euch irren, mein Kind. Es gibt keinen anderen als den Prinzen.«

Dunkles Haar. Dunkle Augen. Haut, die einem Prinzen aus dem Süden ähnelte. Eine Stimme, so schön wie aus dem Feenreich … Elejas. Was ging hier vor? Majas Fingernägel bohrten sich in ihre Handfläche. »Wie lange ist der Prinz schon hier?«, fragte sie gepresst.

»Er kam vor drei Monden als Gesandter seines Vaters an den Hof«, antwortete Adiela, während sie wieder nach der Schere griff und an ihren Arbeitsplatz zurückkehrte. »Samanhar wollte die Handelsbeziehungen zu Serijsa verbessern. Nun werden sich die Beziehungen auf ganz andere Weise verbessern. Vielleicht gibt es sogar endlich einen Erben. Die Königin wünscht sich schon so lange …«

Drei Monde … Es hallte in Majas Ohren nach wie Donner. Adiela schwatzte munter weiter, ohne dass Maja ihre Worte hörte. Drei Monde … Drei Monde voller Albträume. Der Gemahl einer Königin, deren Männer niemals lange lebten. Maja taumelte zurück und das Blut begann, in ihren Ohren zu rauschen. Der Wind frischte auf und streichelte kalt über ihre Haut. Hände aus Luft, die nach ihren Armen fassten und sie zum Fenster zogen.

Maja …

Elejas' Stimme, die im Wind flüsterte. Ein Kribbeln wanderte über ihren Körper. Der Ruf des Windes wurde lauter, sein flehendes Klagen löschte jeden anderen Laut aus. Nie zuvor hatte sie es so deutlich vernommen. Ihr Name wiederholte sich in einem Wispern von tausend Zungen. Es umtoste sie, wirbelte um sie herum, klang als Echo im Rauschen der Blätter nach, das durch das Fenster drang.

Ein Aufschrei ließ den Wind ersterben. Er fuhr durch Maja wie ein Messer, das die Verbindung zur Stimme des Windes zerschnitt. Der Schleier fiel und sie blinzelte verwirrt, als sich ihr Verstand klärte.

»Heilige Herrin des Lichts! Adiela! Was ist passiert?« Me'Dam Rojan eilte an Maja vorüber und sie stolperte zurück, um der älteren Frau Platz zu machen.

Heiseres Schluchzen antwortete ihr. Tränen strömten über Adielas Wangen, glitzernde Bäche, die ihre Worte erstickten. Majas Blick glitt über den Tisch, um die Ursache für den Aufruhr zu finden. Sie schreckte zurück, als sie die Rosen aus Blut entdeckte, die auf dem nachtblauen Samt erblüht waren. Sie leuchteten auf der Tischplatte, glänzende Flecken aus zähem Rot, das von Adielas zarten Händen lief. Die Schere war auf den Stoff gefallen, die Schneide stumpf. Sie hatte tief in die Hand der jungen Frau geschnitten. Me'Dam Rojan wand ein Tuch um ihre Finger und sprach tröstend auf ihre Helferin ein. Es verfärbte sich zu schnell.

»Sonne und Mond! Was ist hier los?« Vijctor erschien in der Tür.

»Adiela hat sich geschnitten. Sie muss zu Doktor Claris. Sucht nach Mathys, Vijctor. Maja, gebt mir das Tuch dort drüben.« Ihre Stimme zitterte, doch Me'Dam Rojan kommandierte das Geschehen mit sicherer Hand.

Hastig tat sie, was die Schneidermeisterin ihr geboten hatte und reichte ihr das Tuch. Vijctor kam herein, bleich vor Schrecken. Er sah zu Maja, um sich zu versichern, dass ihr nichts geschehen war, dann zurück zu der weinenden Frau. »Ich bringe sie zu ihm. Es dauert zu lange, Mathys zu rufen.«

»Ich danke Euch.« Me'Dam Rojans Hände bebten, als sie das frische Tuch um Adielas Hand wickelte. Das erste fiel blutbefleckt auf den Tisch.

Vijctor nickte. Er hob Adiela auf die Arme und murmelte beruhigenden Unsinn in ihr Ohr. Sie schlang ihren unverletzten Arm um seinen Hals und klammerte sich an ihm fest. Die Schluchzer wurden leiser und gingen in einen Schluckauf über, als er sie eilig aus dem Raum trug.

Me'Dam Rojan sank auf einen Stuhl nieder und presste die Hand an ihre Stirn. »Bei allen Mächten von Tag und Nacht … ich verstehe nicht, wie das geschehen konnte.«

Maja entdeckte einen Wasserkrug und Becher, die auf einem kleinen Tisch standen. Sie ging hinüber und füllte einen davon, ehe sie ihn der Schneidermeisterin reichte. Me'Dam Rojan nahm ihn dankend entgegen und trank einen Schluck. Majas eigene Beine zitterten, doch sie fasste nicht noch einmal nach dem blutbefleckten Tisch. Stattdessen lehnte sie sich gegen die Wand. »Ich habe sie zu sehr abgelenkt«, sie verstummte und sah auf die Schere.

»Nein, gebt Euch nicht die Schuld.« Me'Dam Rojan schüttelte den Kopf. »Es war ein grauenvolles Missgeschick, das keiner vorhersehen konnte. Aber sie wird tagelang weder eine Schere noch eine Nadel halten können. Ich weiß nicht, wie ich ohne sie …«, sie atmete tief ein und hob hilflos die Schultern. »Ich werde unmöglich einen Ersatz für sie finden und die Kleider für die Festlichkeiten müssen fertig werden. Ohne Adielas Hilfe werde ich sie niemals rechtzeitig vollenden können.« Die Schneiderin rieb sich die Schläfen. Plötzlich traten die Falten auf ihrem Gesicht deutlicher zutage und Mitleid floss in Majas

Herz. Ihre Großmutter wäre im gleichen Alter gewesen, wäre sie noch am Leben. Sie fasste unbewusst nach dem Medaillon, das um ihren Hals hing, als könnte sie darin einen Teil der Stärke der Frau spüren, die jeden Sturm gemeistert hatte.

»Ich kann Euch helfen.« Die Worte kamen aus ihrem Mund, bevor sie ihre Bedeutung in vollem Maße zur Kenntnis genommen hatte. Maja leckte sich über die Lippen.

»Ihr?« Der Blick der Grauhaarigen hob sich.

»Ich bin eine gute Näherin.« Es war keine Lüge. Ihr Vater hatte sie dazu ermuntert, um ihr eine Beschäftigung zu verschaffen. Stoff hatte es immer gegeben. Ihre Hände fuhren über das schmucklose Kleid, das sie am Leib trug. »Es waren keine königlichen Gewänder, die ich gefertigt habe, aber ich kann Euch zur Hand gehen, wenn Ihr mir zeigt, was ich tun soll.«

»Aber was ist mit Euren Aufgaben? Euer Vater und Euer Onkel können für eine Weile auf Euch verzichten?«

Maja lächelte schwach. »Ich bin mir sicher, dass sie es können, wenn es dem Königshaus dient.« *Auch wenn sie es nicht wollen.* Vijctor würde sie erwürgen. Maja spürte, dass ihr Mund trocken wurde. Sie wagte nicht, darüber nachzudenken, was ihr Wagemut sie kosten würde.

»Euch schickt der Himmel, mein Kind. Es ist ein Segen, dass Vijctor Euch mitgebracht hat.« Me'Dam Rojan seufzte und ein zaghaftes Lächeln erschien auf ihrem Gesicht. Es erfüllte ihre Eulenaugen mit einem hoffnungsvollen Leuchten.

Maja verschränkte die Hände, um ihr Beben zu unterdrücken. Ihr Blick huschte über das kalte, blutige Metall der Schere. Für einen Augenblick wirkte es, als ob sie sich bewegte. Als ob sich die Klingen ein Stückchen weiter schlossen. Ein Blinken nur, vielleicht hervorgerufen von der Sonne. Ein verschwörerisches Zwinkern, von dem sie nicht sagen konnte, ob es wirklich war. Dennoch begann ihr Puls sich zu beschleunigen, bis ihr Herz pochte, als wollte es aus ihrer Brust springen.

Ein Segen. Oder ein Fluch, der alle in Gefahr brachte, die in ihrer Nähe weilten. Maja wusste es nicht zu sagen.

Vijctor Carjesan durchmaß Me'Dam Rojans Reich mit langen Schritten. Er wirkte wie ein Raubtier, das man in einen Käfig gesperrt hatte und das sich in jedem Augenblick befreien würde, um die Welt seinen Zorn spüren zu lassen. Maja konnte ihn fühlen wie einen Feuersturm, der kurz vor dem Ausbruch stand. Er strich über ihre Haut wie der heiße Atem eines Drachen, der sie mit einem Atemzug verbrennen konnte. Nie zuvor hatte sie ihn so außer sich erlebt und niemals hatte sich sein Zorn auf sie bezogen. Nun tat er es und es erweckte den Wunsch in ihr, schnell und weit vor ihm davonzulaufen.

»Du bist verrückt geworden, Maja! Was hast du dir dabei gedacht?« Er fuhr sich aufgebracht durch das Haar. »Cosmyr wird mich ohnehin dafür umbringen wollen, dass ich dich mitgenommen habe. Wie stellst du dir vor, dass ich unter seine Augen treten soll, um ihm zu sagen, dass du nicht nach Hause kommst? Wie bei allen Feuern von Nikara hast du ein solches Versprechen geben können?« Seine Stimme wurde mit jedem Wort lauter. Mühsam drosselte er die Lautstärke, als er es bemerkte. Me'Dam Rojan war gegangen, um nach Adiela zu sehen und sich darum zu kümmern, dass Maja ein Zimmer im Wohnbereich der Dienstboten erhielt. Ein unangenehmes Kribbeln hatte sich in ihr ausgebreitet, sobald sich die Tür hinter der Schneidermeisterin geschlossen hatte. Noch immer war Vijctor bleich, wenngleich inzwischen rote Flecken seine Wangen färbten.

»Bitte versteh mich, Onkel Vijctor«, flehte sie leise. »Ich weiß, dass ich viel von dir verlange, aber ich habe keine Wahl …«

»Du hast keine Wahl?« Er schnaubte. »Hat Me'Dam Rojan dich etwa gezwungen, Adielas Platz einzunehmen?«

»Nein, aber …«

»Dann verstehe ich nicht, warum du keine Wahl hast!« Vijctor blieb stehen und fuhr zu ihr herum. Die blauen Augen, die gewöhnlich so ruhig wirkten wie das Meer, wenn der Wind schwieg, waren dunkel, als ob ein Sturm über die See tobte. Unverständnis stand darin. Fassungslosigkeit. Etwas in seinem Blick, an der Art, wie er ihr das Wort abschnitt, erinnerte sie an ihren Vater. Es ließ Wut in ihr aufkochen, zu heiß, um sie zu unterdrücken.

Weil die Albträume sonst niemals enden werden! Und weil die Feen ohnehin zu mir kommen! Sie sind da! In unserem Haus! In Mutters

Zimmer! Und sie werden nicht gehen! Nein, nichts davon konnte sie ihm anvertrauen, selbst wenn sie daran erstickte. Wenn sie es tat, würde er sie niemals bleiben lassen. Und sie musste bleiben, wenn sie das Rätsel um Elejas lösen wollte. Wenn die Stimmen jemals schweigen sollten. Bevor noch mehr geschah. Zumindest dessen war sie sich sicher. Maja ballte die Fäuste so fest, dass ihre Nägel schmerzhaft in ihr Fleisch schnitten. »Weil es meine Schuld ist, dass Adiela verletzt ist, Onkel Vijctor. *Ich* habe sie abgelenkt.«

»Es ist an Adiela, auf ihre Finger zu achten! Und selbst wenn du sie abgelenkt hast, gibt es keinen Grund, ihre Stelle einzunehmen – es gibt genügend Mädchen in der Stadt, die sie ersetzen könnten.«

»Aber Me'Dam Rojan muss erst eines finden, das Adielas Aufgaben übernehmen kann. Und sie hat ohnehin kaum Zeit, die Gewänder zu vollenden.«

Vijctors Augen wandten sich in Richtung der Zimmerdecke. »Also muss Maja Carjesan sich großmütig opfern und das Schloss beziehen. Natürlich. Gegen den Wunsch ihres Vaters und jeden Funken Verstand, der in ihrem Kopf verblieben sein mag. Ich verstehe.«

Die Wut in Maja brodelte heißer, als Hohn in Vijctors Stimme kroch. Sie war wie ein Topf voller Wasser, der kurz vor dem Überlaufen stand. »Nein, du verstehst nichts!«

»Dann erklär es mir!«, forderte er mit geöffneten Armen. »Warum ist es so verdammt wichtig, dass du hierbleibst, Maja?«

Für einen Herzschlag lang kämpfte sie mit sich, dann brach es aus ihr heraus. »Weil ich ... ich glaube, dass ich ... die Schere verzaubert habe.« Die Worte kamen stockend über ihre Zunge. Es fiel ihr schwer, ihren Onkel anzulügen, doch ihre Unsicherheit machte das Geständnis nur glaubhafter. Tatsächlich war es nur eine halbe Lüge. Wenn ihre Augen sie nicht getäuscht hatten, wenn Feenzauber die Schere dazu gebracht hatte, Adiela zu verletzen ... dann wäre es niemals geschehen, wenn sie nicht hierhergekommen wäre.

Eine Falte bildete sich auf Vijctors Stirn und verdüsterte seine Miene noch stärker. Dennoch wich der Zorn aus seinem Blick. »Was willst du damit sagen?«

»Die Schere hat sich von allein bewegt. Adiela war nicht ungeschickt ... Ich war aufgewühlt, weil Elejas nicht mehr hier ist und manchmal kann ich meine … Kräfte nicht kontrollieren.« Sie hob hilflos die Hände und ließ sie wieder fallen. »Ich wollte es nicht, aber manchmal springt der Feenzauber in mir über, wenn ich etwas berühre. Ich habe es nicht bemerkt, bis es zu spät war. Und wie kann ich Me'Dam Rojan jetzt allein lassen, wenn ich sie in diese Lage gebracht habe?« Es war ein Glücksspiel, ihren Onkel zu überreden. Ein schmaler Grat. Ein falsches Wort und sie würde in der Kutsche sitzen. Majas Zähne gruben sich so fest in ihre Unterlippe, dass sie Blut schmeckte. Natürlich wusste Vijctor um ihre Fähigkeit, toten Gegenständen eine Seele zu verleihen. Wie könnte er es nicht? Das Bild seiner Mutter war der unübersehbare Beweis. Sie wusste, dass es ihn schmerzte, wenn es das Wort an ihn richtete, als sei sie noch am Leben. Trotzdem sprach er mit Eliana, wann immer sie ihn zu sich bat.

Er ließ sich auf einem der Stühle nieder, die in Me'Dam Rojans Reich standen. Erschöpft stützte er den Kopf in seine Hände. »Verdammt, Maja … ausgerechnet an diesem Ort! Warum hast du nicht besser achtgegeben?«

»Es tut mir leid, Onkel Vijctor. Ich wünschte, es wäre nie geschehen.« Sie hob hilflos die Schultern. »Aber ich muss es wiedergutmachen. Und wenn ich zurückkehre …« Sie musste es nicht aussprechen. Wenn sie nach Hause ging, würde ihr Vater sie nicht noch einmal gehenlassen.

»Eines Tages wirst du mein Tod sein, Nichte.« Vijctor schüttelte den Kopf und ließ die Hände sinken, um Maja anzusehen. »Ich habe nicht die geringste Ahnung, wie ich deinem Vater erklären soll, warum du im Schloss geblieben bist. Allein die Tatsache, dass du mitgekommen bist, wäre mehr als genug. Aber jetzt … er wird außer sich sein.«

»Sag ihm die Wahrheit«, erwiderte sie mit einem trüben Lächeln. »Dass ich dich angelogen habe und dass ich hierbleiben muss, um etwas gutzumachen, das der Feenzauber angerichtet hat. Du musst seinen Zorn nicht für mich tragen. Es ist mein Leben und ich bin für mein Tun verantwortlich. Es ist an der Zeit, dass ich mich nicht länger verstecke.«

»Du willst das also wirklich tun?« Sein Blick wirkte, als ob er durch die Fassade ihrer Worte blickte und die Wahrheit dahinter erkannte.

Maja schlug die Augen nieder, um ihm auszuweichen. »Ich muss.«

Vijctor stieß zischend den Atem aus. »Also gut. Du lässt mir ohnehin keine Wahl mehr. Aber ich werde, so oft ich kann, hinaufkommen und nach dir sehen. Und sobald ich bemerke, dass etwas nicht in Ordnung ist, kommst du auf der Stelle nach Hause.«

Sie legte den Kopf schief. »Glaubst du, dass die Nadeln in Me'Dam Rojans Näherei so gefährlich sind?«

»Nein. Aber ich glaube, dass du mir nur die halbe Wahrheit sagst und ich will sichergehen, dass es dir gutgeht.«

Er kannte sie zu gut. Besser, als sie es je geglaubt hätte. Maja unterdrückte den Impuls, sich verlegen zu räuspern. »Ich dachte, ich bin eine Carjesan und würde den Feenkönig mit Eisenwurzeln spicken, bevor er mir etwas antun kann.«

Ihr Onkel ließ ein schmales Lächeln aufblitzen. »Daran zweifle ich noch immer nicht. Aber die Feen sind nicht die einzige Gefahr, die einer hübschen jungen Frau droht. Und das Schloss ist nicht so leer, wie es scheint.«

»Onkel Vijctor!«, protestierte sie verblüfft. Ihre Wangen wärmten sich unangenehm. »Ich bin nicht hier, um mich von einem Stallburschen verführen zu lassen!«

»Ich hoffe, dass die Stallburschen das wissen. Sie sind recht unempfindlich gegen Eisenwurzeln. Ich empfehle dir, einen Schürhaken in der Nähe zu behalten.«

Er zwinkerte ihr zu und Maja hob die Brauen. »Oh, du hast sicher viel Erfahrung mit Schürhaken sammeln dürfen, nicht wahr? Adiela wird sich übrigens sehr freuen, wenn du so häufig zu Gast bist.«

Vijctors Augen verengten sich. »Treib es nicht zu weit, Maja Carjesan. Sonst sorge ich dafür, dass Cosmyr zum Schloss heraufkommt und dich an den Haaren nach Hause zerrt.« Es war eine scherzhafte Drohung, doch das Bild war zu real, um es als schlichten Scherz abzutun. Maja rieb sich unwillkürlich über die Arme, als Kälte darüber rieselte. Vijctor erhob sich und griff nach dem Spazierstock, den er an die Wand gelehnt hatte. »Gabyn wird gleich mit den Stoffen ankommen. Und danach darf ich mich auf eine Begegnung mit deinem Vater freuen.«

Seine Augen waren strafend auf sie gerichtet und Maja gab sich Mühe, seinen Blick zerknirscht zu erwidern. »Es tut mir lei…«

»Du bist keine gute Lügnerin, Nichte.« Er wies mit dem Kinn auf die Tür. »Komm, du kannst mich wenigstens verabschieden, bevor ich mich zu meiner Hinrichtung begeben muss. Wer weiß, ob du mich noch einmal lebendig zu Gesicht bekommst.« Der alte Schalk kehrte in Vijctors Augen zurück und Maja wagte, aufzuatmen. Sie folgte ihm zur Tür und Vijctor fasste nach dem Türknauf, zögerte dann, ehe er ihn drehte. Als er sich zu ihr umwandte, war sein Gesicht ernst. »Ich bin auf deiner Seite, Maja. Und ich werde dich nicht von dem abhalten, was du tun musst. Aber bring dich nicht in Gefahr, hast du mich verstanden? Wenn dir etwas zustößt, könnte ich mir das nie verzeihen.«

»Das werde ich nicht«, erwiderte sie leise. »Ich verspreche es dir.«

Er nickte und öffnete die Tür. Maja sah auf seinen blauen Gehrock, als er vor ihr den Schlosshof betrat. Ein schaler Triumph mischte sich mit dem plötzlichen Wunsch, ihn festzuhalten, damit sie Schloss Rabenschwinge nicht allein gegenübertreten musste. Damit sie nicht den einzigen Verbündeten gehenlassen musste, der ihr geblieben war, seitdem Elejas fort war.

Ein Windhauch begrüßte sie, als sie hinter ihm auf den Hof trat. Er liebkoste ihr Gesicht, strich über ihre Wangen und wirbelte um ihren Körper wie eine Mutter, die ihr verlorenes Kind in die Arme schließen wollte. Maja erschauerte unter dem kühlen Luftzug und wandte sich um. Den schwarzen Mauern des Schlosses zu, die über ihr aufragten wie ein unbezwingbarer Felsen, in dessen Herzen Tausende Geheimnisse wisperten.

Spiegel

Vijctor hatte recht. Das Schloss war nicht so leer, wie es wirkte, wenngleich es weit davon entfernt war, belebt zu sein. Die Dienerschaft hatte sich am Abend in der Küche versammelt, um gemeinsam ihre Mahlzeit einzunehmen, und Majas Kopf schwirrte von all den Gesichtern und Namen. Das Lachen und Scherzen hallte in ihren Ohren nach, ebenso faszinierend wie fremd. Die Mahlzeiten im Haus ihres Vaters waren still und einsam. Nur wenn Vijctor dazukam, gab es einen Funken von Leben und Frohsinn, der jedoch erlosch, sobald er ging. Auch jetzt musste ihr Vater finster und grüblerisch am Tisch sitzen, während Ijona die Speisen auftrug. Der Mund eine bittere Linie und die Brauen wie dunkle Gewitterwolken über seinen Augen.

Der Gedanke an ihr Zuhause war wie eine offene Wunde. Schuld breitete sich in ihr aus, wann immer sie an Vijctor oder ihren Vater dachte. Sie fühlte sich verloren und allein an diesem fremden Ort, der ihr Furcht einflößte. Doch gleichzeitig wusste sie, dass es niemals eine Wahl für sie gegeben hatte. Sie spürte es mit jedem Windhauch, der ihren Namen flüsterte, mit jeder Brise, die sie in einem unsichtbaren Willkommensgruß streichelte. Vielleicht war es Torheit, dem Ruf zu folgen. Vielleicht lauerte in den Mauern von Schloss Rabenschwinge nichts als das Verderben auf sie. Aber sie konnte nicht davor weglaufen. Zumindest dessen war sie sich sicher. Es würde kommen und sie einholen.

Und Elejas … es war Wirklichkeit. Er war hier und etwas war mit ihm geschehen. Etwas, das sie noch nicht zu erfassen vermochte. Ihre Träume hatten sie nicht getrogen. Drei Monde … Es war leicht, zu glauben, dass er sich als Prinz ausgab. Dass all das nichts als eine Scharade war, ein Spiel, das er spielte. Aber Maja wusste, dass es niemals so einfach sein konnte. Er war der Schlüssel zu ihren Albträumen, das Geheimnis, das sie enträtseln musste, wenn sie je enden sollten. Sein Name war während der Mahlzeit häufig gefallen. Elejas, der schöne Königssohn aus Samanhar, der am Abend allein in den Gärten zu finden war, wo er auf seiner Laute spielte und sang. So lange, bis die Königin ihn zu sich rief, damit er für sie musizierte, bis die Sonne aufging. Danach sah man ihn nicht mehr im Schloss, zu müde war er von den Festlichkeiten. Man erzählte sich, dass er bis Sonnenuntergang schlief, ehe er sich zum ersten Mal dem Hof zeigte.

Der unsichtbare Hof der Königin von Serijsa. In den Unterkünften der Dienstboten schien er fern, es war keine Spur von ihm zu entdecken. Und doch musste es mehr geben, als ihre Augen zu sehen vermochten. Die Dienerschaft sprach von den Höflingen, lachte über den Grafen von Briso, der sich der Völlerei hingab und dessen Kleider an den Nähten platzten. Über die Baronin von Aylis, die ihren Gemahl mit jugendlichen Liebhabern brüskierte und deren Gewänder von einem skandalösen Schnitt waren, der Me'Dam Rojan die Nase rümpfen ließ. Aber wo waren sie, all diese Höflinge? Warum war der Hof des Schlosses so leer, wann immer sie nach draußen blickte?

Maja öffnete das Fenster der Dachkammer, die Me'Dam Rojan für sie hatte vorbereiten lassen. Es war ein schlichtes Zimmer. Ein eisernes Bett, ein Tischchen mit Waschkrug und Schüssel, ein Stuhl und eine Truhe für die Habseligkeiten, die sie nicht mitgebracht hatte. Die Schneidermeisterin hatte ihr ein Nachtkleid gebracht, das Adiela gehörte, dazu eine Handvoll Kleider, die sie bei Tage tragen konnte. Ein Spiegel hing gegenüber der Truhe, bedeckt von einem Tuch, das Maja nicht zu entfernen gewagt hatte. Auch ohne den Einfluss ihres Vaters fürchtete sie das, was dahinter lag.

Ein frischer Luftzug wehte in die Kammer und sie atmete den Duft der Blüten ein, der hereinschwebte. Es war noch hell genug, dass sie den schweren Leuchter nicht entzünden musste, der neben dem Bett stand. Hell genug, um einen Streifzug durch die Gärten zu wagen, in denen der Prinz sein Lied erklingen ließ. Das Metall des Türknaufs glänzte im Schein der untergehenden Sonne, als wollte es sie verlocken, es zu berühren. Für einen Moment lang zögerte Maja. Dann drängte sie die Furcht zurück, die sie lähmen wollte, und öffnete die Tür, die auf den Flur hinausführte.

Der Schlafbereich der weiblichen Dienerschaft war verlassen. Wer sein Tagewerk verrichtet hatte, war in der Küche zurückgeblieben. Die anderen waren irgendwo in den Hallen des Schlosses verschwunden, um den Herrschaften aufzuwarten, die darin lustwandeln mochten. Maja lief leise über den dämmerigen Gang, vorüber an unzähligen gleich wirkenden Türen, die sich bis zur Treppe an den Wänden entlangzogen. Ob die Räume dahinter bewohnt waren und wer darin lebte, wusste sie nicht zu sagen. Die großzügigen Gemächer, in denen Joslyn Rojan wohnte, lagen in einem anderen Teil des Hauses, nicht weit von ihrer Näherei. Sie hatte Adiela zu sich genommen, damit sie nach ihr sehen konnte, solange sie durch die Verletzung behindert wurde. Als Maja die junge Frau gesehen hatte, war sie bleich und schweigsam gewesen, ohne das lebhafte Temperament, das sie am Morgen gezeigt hatte. Ob sie es ihr übelnahm, dass sie ihre Stelle eingenommen hatte … Maja wusste es nicht.

Das Dämmerlicht, das durch die Dachfenster hereinfiel, beleuchtete die enge Wendeltreppe, die sich in die Tiefe schwang. Maja hielt vor den Stufen inne, ehe sie den Fuß darauf setzte und ihnen entschlossen nach unten folgte. Das Holz knarrte leise und sie verlangsamte ihre Schritte aus Gewohnheit. Niemand hatte ihr verboten, sich frei zu bewegen, dennoch wollte sie keine Aufmerksamkeit auf sich ziehen. Ein Prinz war niemand, dem man sich ungebeten näherte und Klatsch war das Letzte, was sie zu wecken wünschte. Doch es blieb still. Keine Seele kreuzte ihren Weg, als sie in Me'Dam Rojans Nähstube schlüpfte und die Tür ansteuerte, die auf die Terrasse hinausging. Im Halbdunkel wirkten die unfertigen Kleider wie die schattigen Abbilder lebendiger Höflinge. Ein Schauer lief über ihren Rücken, als tanzende Schatten die Silhouetten in Bewegung versetzten. Ein flüchtiger Wechsel des Lichts, ein Flackern, und es schien, als seien sie von Leben erfüllt.

Maja ignorierte die frostige Berührung auf ihrer Haut und öffnete die Tür. Niedrige Stufen führten am Rande der Terrasse in den Garten. Sie huschte eilig hinab, von dem Wunsch beseelt, zwischen den Büschen zu verschwinden, ehe neugierige Blicke ihren Weg verfolgten. Wind begrüßte sie, als sie einen steinernen Pfad betrat. Sein Wispern umschmeichelte sie, als hätte er sie bereits erwartet. Worte drangen an ihr Ohr, die Sprache fremd, die Silben weich und schwer, süß wie goldener Honig. Dennoch verstand sie instinktiv ihre Bedeutung. Das Blut der Feen in ihren Adern sang und sie überließ sich seiner Führung. Es leitete sie tiefer in den Schutz des Laubes, das über ihrem Kopf ein Gewölbe aus verblassendem Grün bildete. Arkaden aus Bäumen säumten den hellen Steinpfad und Maja folgte ihm traumwandlerisch. Eine geisterhafte Melodie schwebte durch die Luft und vereinte sich mit dem Flüstern des Windes. Blühende Hecken bewegten sich sacht in der Brise, als ob sie sich in einem Tanz wiegten. Früher mochten sie die Form von Tieren besessen haben, nun konnte man kaum noch erraten, was sie einst gewesen waren.

Die Melodie wurde lauter, je weiter Maja in das Labyrinth aus Laub und wilden Blüten vordrang. Eine betörende Schönheit lag darin. Die Natur hatte zurückerobert, was der Mensch zu bezähmen getrachtet hatte. Beete hatten ihre Grenzen gesprengt und gossen ein Meer aus Blumen über den Weg. Zarte Blütenköpfchen streichelten über ihre Knöchel und Grashalme hakten sich in die Absätze ihrer Schuhe, als wollten sie sie zwingen, innezuhalten. Maja befreite sich von den grünen Fesseln und strebte voran, bis sich die Mauern aus Blattwerk lichteten und die Sicht auf eine Kuppel aus Rosen freigaben, die sich unter dem rötlichen Himmel wölbte. Für einen Augenblick breitete sich Beklommenheit in ihrem Inneren aus und die Erinnerung an das Zimmer ihrer Mutter ließ ihre Schritte stocken. Dann strich der betörende Duft der Blütenkönigin um ihre Nase, nicht modrig und welk, sondern süß und voller Leben. Kein Werk der Feen, Zauber, den die Natur gewoben hatte. Erst auf den zweiten Blick entdeckte sie die fein verschlungenen Stäbe einer Laube, so überwachsen, dass sie kaum zu erkennen war. Die Musik war nun so nah, als erklänge sie neben ihr, und das Wispern des Windes endete. Noch einmal streifte sein Hauch über ihre Wangen, dann erstarb er und Windstille legte sich über den Garten. Majas Herzschlag beschleunigte sich. Sie blickte über den Bogen, der in das Haus aus Rosen führte, und ihr Herz stolperte, als sie die Gestalt darin sah, fast verborgen hinter den Ranken. Er war nicht mehr als ein Schatten, eine Ahnung von dunklem Haar und sonnengebräunter Haut. Dennoch hätte sie ihn unter Tausenden erkannt. An der Art, wie er versunken den Kopf neigte, während seine Finger über die Saiten der Laute streichelten, als sei sie seine Geliebte. Daran, wie er das Kinn hob, um in den Himmel zu blicken, ehe er die Feder zur Hand nahm und die Noten auf einem Stück Pergament notierte.

Elejas. Sie hatte ihn gefunden.

Erleichterung ließ ihre Knie weich werden. Ihre Füße trugen sie voran, ohne dass sie sich ihrer Bewegung bewusst wurde. Maja vergaß ihre Vorsicht, als sie die Büsche hinter sich ließ und die Distanz zu ihm überwand. Er sah auf, als er sie kommen hörte. Seine Finger strichen ein letztes Mal über die Saiten und hielten inne. Ein Schritt und sie trat über die Schwelle der Laube.

»Elej…«, sie brach ab, als sie seinen Blick wahrnahm. Er musterte sie, als sähe er sie zum ersten Mal. Kein Erkennen lag darin, keine Freude.

Ein Stirnrunzeln verfinsterte seine Miene, als er ihr Reitkleid betrachtete. »Ist der Mond aufgegangen?« Er blickte nach oben, als ob er nach dem Himmelskörper suchen wollte, doch das dichte Blütendach verhinderte, dass er ihn fand.

Verwirrt folgte Maja seiner Blickrichtung. Es mochte sein, dass die Schatten der Dämmerung ihr Gesicht verbargen. Sie trat näher, damit er sie besser sehen konnte. »Ich bin so froh, dass ich dich gefunden habe«, sprudelte es aus ihr heraus. »Ich hatte schreckliche Albträume und im Schloss sagen sie, dass du …«

»Wer seid Ihr?«

»Wer ich bin?« Sie hielt verdutzt inne, für einen langen Augenblick sprachlos über die unerwartete Frage. »Ich bin es, Maja. Habe ich mich so sehr verändert, dass du mich nicht erkennst?«

Er legte den Kopf schief, als lausche er einer Melodie, die nur er allein zu hören vermochte. Sein Gesicht wurde abwesend und leer, sein Körper starr wie Stein. Er regte sich nicht, kein Atem hob seine Brust, so still saß er.

Maja sank vor ihm nieder und fasste nach seinen Händen. Sie waren kalt wie Eis, als sei das Blut in seinen Adern erstarrt. Instinktiv rieb sie über seine Haut. Kaum merklich rührten sich seine Finger und für einen Augenblick schien es, als wolle er den Druck ihrer Hände erwidern.

»Maja …«, seine Lippen bewegten sich, als ob er die Silben auf der Zunge kostete. Etwas flackerte in den Tiefen seiner Kohleaugen und sie festigte ihren Griff. Hoffnung blühte in ihr auf und sie hielt den Atem an, als er ansetzte, noch mehr zu sagen. Dann zog er ruckartig die Hände zurück.

»Warum fasst Ihr mich ohne meine Erlaubnis an?« Zorn glühte plötzlich in seinem Blick. Maja erschrak vor der Kälte in seiner Stimme. Sie war wie eine Peitsche, die schmerzhaft auf ihren Rücken niederging, und sie zuckte unter dem Schlag zusammen.

»Er … Erlaubnis? Elejas? Erkennst du mich denn nicht? Du bist mein liebster Freund, seitdem wir Kinder waren. Wir sind zusammen aufgewachsen und waren immer unzertrennlich …«

»Wovon sprecht Ihr? Ich kenne Euch nicht. Ich bin in Samanhar am Hof meines Vaters aufgewachsen. Und Ihr werdet mich nicht noch einmal gegen meinen Willen berühren!« Er stand auf und ragte über ihr auf wie die Statue eines Königs. Sein Befehl hallte durch die Laube und Maja schreckte vor der Intensität seiner Worte zurück. Nie zuvor hatte sie einen solchen Tonfall aus seinem Mund vernommen, nie hatte er sie mit Abscheu angesehen, als sei sie seiner nicht würdig. Alle Weichheit war aus seiner Stimme verschwunden und was blieb, war ein Fremder, der sie eisig anstarrte.

Betäubt hob sie die Hand, ließ sie sinken, als sie das dunkelblaue Seidenhemd erfasste, das mit goldenen Fäden bestickt war. Die pluderigen Hosen, die in kurzen Stiefeln steckten, als sei er tatsächlich der Prinz eines fernen Landes. Eine goldfarbene Weste bedeckte seinen Oberkörper und goldene Ohrringe blitzten unter seinen dunklen Locken auf. Fast wollte sie daran glauben, dass er ein Fremder war, der Elejas ähnelte und seinen Namen teilte. Doch kein Fremder trug die winzige Narbe am Kinn. Den hellen Blitz, der ihn zeichnete, seitdem er mit neun Jahren von dem Apfelbaum mit den roten Äpfeln gefallen war. Er hatte ihr an ihrem Geburtstag eine der süßen Früchte bringen wollen …

Maja erhob sich und schüttelte den Kopf. »Nein. Du bist Elejas Mallan, der Sohn von Benot Mallan. Deine Mutter war eine Frau des Wandervolks, die mit dem Wind gezogen ist, als du alt genug warst. Du bist hierhergekommen, um eine Anstellung bei Hofe zu suchen, und die Königin hat dich in ihre Dienste genommen. Weißt du das nicht mehr?«

Elejas zögerte, als ob der Name seines Vaters etwas in ihm berührte. Dann trat er einen Schritt zurück und griff nach seiner Laute. Er hielt das Instrument vor seinen Körper, als sei es ein Schutzschild, hinter dem er sich verbergen konnte. »Ich weiß nicht, wer Ihr seid, aber ich werde meine Zeit nicht länger mit einer Verrückten verschwenden.«

»Doch, du weißt es«, beharrte sie verzweifelt. »Ich kann es sehen. Ich weiß nicht, was sie dir angetan haben, Elejas, aber du bist kein Prinz aus Samanhar. Du bist Elejas aus Sorieska. Mein Freund.« Die Lautstärke ihrer Stimme steigerte sich. Sie fasste nach seinem Ärmel und er entzog sich ihr.

»Wagt es nicht, Euch mir noch einmal zu nähern!« Er duckte sich und wirkte wie ein in die Enge getriebenes Tier, das nicht wusste, ob es fliehen oder beißen sollte.

»Wenn es wahr ist, dass du ein Prinz bist, dann erzähl mir von deiner Familie, Elejas. Erzähl mir von dem Sultan von Samanhar. Erzähl mir von deiner Mutter. Von dem Palast, in dem du lebst. Wie sieht er aus? Welche Farbe besitzen die Augen deiner Mutter? Sag es mir, damit ich weiß, dass ich mich irre. Damit ich sehen kann, dass du der Prinz von Samanhar bist, der die Königin von Serijsa heiraten möchte.«

Seine Augen weiteten sich und sein Mund öffnete sich, als ob er nach Worten suchte und doch nichts fand. Ein Wimpernschlag verging, ein zweiter. Dann schlossen sich seine Lippen, ohne dass er etwas hervorgebracht hatte. Er starrte sie an, als sei sie ein Ungeheuer, das ihn bei lebendigem Leib verschlingen wollte. Das Wispern ihres Feenblutes setzte wieder ein, heiseres Raunen, das die Luft um sie herum mit einem Prickeln erfüllte. Etwas drängte in Elejas an die Oberfläche, sie konnte es spüren. Seine Finger bewegten sich, als wolle er nach ihr greifen. Als ob er sich erinnerte …

Maja streckte beschwörend die Hände nach ihm aus. »Bitte, Elejas. Lass uns nach Hause gehen.« Ihre Fingerspitzen legten sich auf sein Handgelenk und Elejas zuckte unter ihrer Berührung zusammen, als ob sie ihn geschlagen hätte. Ein Blitzschlag schoss durch ihre Glieder. Der Wind schrie auf und fuhr in die Laube, bis die Rosen unter seiner Macht erbebten. Ein Schrei gellte durch Majas Kopf und es war, als käme er von Elejas' Lippen. Ein atemloser Augenblick verstrich, dann riss er sich von ihr los.

»Ihr seid verrückt! Lasst mich in Frieden und tretet mir nie wieder unter die Augen!« Elejas floh aus der Laube, so hastig, dass er über einen Stein stolperte und laut fluchend um sein Gleichgewicht kämpfte.

»Elejas!« Ihr Ruf verstummte, ohne ihn zu erreichen. Benommen starrte Maja auf die Gestalt ihres Freundes, ohne sich rühren zu können, dann sank sie auf die Bank. Ihre Finger schlossen sich um das Holz, um Halt daran zu suchen. Nur wenige Atemzüge verstrichen, bis Elejas aus ihrer Sicht verschwunden war. Sie wollte an ihrem Verstand zweifeln, sich einreden, dass all das nie geschehen war. Dass wirklich ein Prinz aus Samanhar vor ihr gestanden hatte. Doch es war Elejas. Ihr Freund. Und er erkannte sie nicht.

Tränen brannten in ihren Augen und Maja blinzelte, um sie zurückzudrängen. Erst jetzt bemerkte sie den schnellen Schlag ihres Herzens, als ob sie den Weg bis zur Laube gerannt wäre. Sie stieß den Atem aus und blickte unbewegt auf den Pfad, der vor der Laube in das üppige Buschwerk überging. Dann erhob sie sich wie eine Marionette, die von einem Puppenspieler bewegt wurde. Sie besaß keinen Blick für ihre Umgebung, folgte den weißen Steinen durch den Garten, ohne dass das Wispern noch einmal die Stille brach. Das Schloss ragte über ihr auf und wies ihr die Richtung. Der Himmel verdunkelte sich und die bleiche Silhouette des Mondes erglühte zwischen dunklen Wolkenfetzen. Dennoch gingen Majas Schritte nicht fehl. Sie führten sie sicher zurück zu Me'Dam Rojans Näherei, die Treppe hinauf in ihre Kammer, in der die Dunkelheit Einzug gehalten hatte. Die Möbel waren schattige Formen, schwach im letzten Licht zu erkennen. Der Kerzenleuchter glitzerte aus der Düsternis und Maja trat hinüber, hin zu den weißen Kerzengeistern, die aus den Schatten ragten. Sie kniete nieder wie eine Schlafwandlerin und ein Zischen erklang, als sie die Schwefelhölzer entzündete. Winzige Flämmchen drängten das Dunkel zurück. Die Flammenköpfchen schwankten sacht in der Brise, die durch das geöffnete Dachfenster hereindrang. Wärme in einer Welt, die kalt geworden war.

Für eine Weile sah Maja ihnen zu. Noch immer weigerte sie sich, zu denken, doch Elejas' Gesicht erschien wieder und wieder vor ihren Augen. Flüchtiges Erkennen, über das sich ein Vorhang gesenkt hatte, kaum dass es aufgeflackert war. Die Art, wie er sie angesehen hatte, stach in ihr Herz wie eine Nadel. Kalt. Zornig. Wie eine Fremde. Aber er war dort, gefangen in seinem Körper, beherrscht von etwas, das sie nicht zu ergründen vermochte.

Von … *jemandem.* Jemandem, der die Macht besaß, seinen Geist zu fesseln und ihn vergessen zu lassen, wer er war.

»Jetzt bin ich hier, Elejas. Ich bin gekommen. Aber was soll ich tun? Wie kann ich dir helfen, wenn ich nicht weiß, wie? Wenn du mich nicht erkennen willst?« Sie wisperte es mutlos in die Düsternis. Frost überzog ihre Haut, obgleich die Dachkammer von der Sonne aufgeheizt war und die Hitze nur langsam wich. Fast erwartete sie, dass das Feenwispern wieder einsetzen würde, doch es blieb ruhig. Keine Stimme erhob sich, um sie zu führen.

Sie hob den Kopf und blickte trüb auf die Wand. Auf das weiße Tuch, hinter dem sich der Spiegel verbarg. Ihre Hände ballten sich zu Fäusten, öffneten sich. Widerwillen kämpfte mit der Wut, die plötzlich in ihr glühte. Maja kam auf die Füße und näherte sich dem Tuch, fasste nach dem Leinenstoff, der am Rahmen festgeklemmt war. Ein Atemzug, ein Ruck und der Stoff glitt zu Boden. Ein Geist, der vor ihr niederfiel. Ihre Hände zitterten, als sie die spiegelnde Fläche berührte. Ihre eigenen Züge erschienen darin, ungewohnt klar und gewärmt von den Flammen des Kerzenleuchters, die ihrer Haut einen goldenen Schimmer verliehen. Sie sah in die meerfarbenen Augen der Carjesan. Zu groß in dem bleichen Gesicht, das dem ihrer Großmutter mehr ähnelte als dem ihrer Mutter. Allein die goldenen Wellen ihres Haars wiesen auf das Erbe der Feen hin. Sie waren wirr und gelöst, das Band, das sie gehalten hatte, war irgendwo in den Gärten des Schlosses verschwunden.

Bebend legte sie beide Handflächen auf das kalte Glas. So hart und wirklich. Dennoch … ein Tor in eine Welt, die gefährlicher war als alles, was sie sich vorzustellen vermochte. Eine Welt, in der sich Antworten versteckten. Sie erwartete eine Bewegung, dass ihre Hände durch den Spiegel glitten und sie in die Endlosigkeit dahinter stürzte. Dass Hände nach ihr griffen und sie auf die andere Seite zerrten. Doch alles, was sie sah, war ihr eigenes Antlitz. Nicht der höhnische Blick eines Feenwesens, das kam, um sie mit sich zu nehmen.

Ihre Finger krümmten sich und ihr Atem schlug gegen das Glas, löschte den Anblick ihrer furchtsam geweiteten Augen mit matter Weiße aus. »Was habt ihr mit ihm getan?«, flüsterte sie in die Tiefen des Spiegels. »Warum ruft ihr nach mir? Warum? Warum Elejas?

Sagt mir, was ihr von mir wollt! Sagt mir, warum ihr mich nicht in Ruhe lasst!«

Die Antwort blieb aus.

Hilflos prallten ihre Fäuste gegen das Glas und rutschten davon ab. Endlich füllten Tränen ihre Augen und sie wandte sich um, als die Kammer hinter einem Schleier aus schillernder Nässe verschwamm. Kraftlos fiel sie auf das fremde Bett und ließ zu, dass die Schluchzer über sie kamen, die sie zu lange in sich verschlossen hatte.

Ihre Stimme durchdrang die Nebel, die sich um ihn geschlossen hatten. Den Kreis aus endloser Weiße, der niemals von ihm wich. In all den Jahren, die er mit ihnen verbracht hatte, waren sie vieles gewesen. Eine Mauer, die ihn blind machte, eine Decke, die ihn einhüllte. Manchmal hatte er sich dabei ertappt, dass er mit den Schwaden sprach, als seien sie alte Freunde. Ebenso oft hatte er sie verflucht. Er war mit den weißen Dunstgeistern durch die Welt gewandelt, die sie vor ihm verbargen, um einen Ausweg zu suchen, den es nicht gab. Der Ort seiner Verbannung war leer. Eine endlose neblige Leere, geschaffen, um ihn in den Wahnsinn zu treiben. Und doch gab es sie, die Anker, die ihn bei Verstand hielten. Es waren wenige. Fenster aus Glas, die einen Blick in das Leben erlaubten, das er einst gelebt hatte. Vor langer Zeit, bevor *sie* ihn verraten hatte. Bevor sie alles, was er geliebt hatte, in den Abgrund gestürzt hatte. Es war eine grausame Strafe, des Feenkönigs würdig, der sie letztlich vollzogen hatte. Seine Rache war vollkommen.

Prinz Corvyn von Serijsa war dazu verdammt, ein hilfloser Zuschauer zu sein, der beobachtete, wie seine Heimat verwitterte. Wie seine Blutlinie starb. Wie all seine Träume unter Staub erstickten. Er konnte sehen, aber er konnte nichts tun, um den Verfall aufzuhalten. Ewige Qual. Es war alles, was der Feenkönig ihm gelassen hatte. Und *sie* war sein Instrument. Eine Violine, auf der der König des Mondreiches spielte, wie es ihm gefiel.

Corvyn biss die Zähne zusammen und erhob sich von dem Flecken, an dem er niedergesunken war. Wie lange er dort gesessen haben mochte, wusste er nicht. Die Zeit hatte ihre Bedeutung verloren. Ihr Vergehen berührte ihn nicht mehr. Für Jahre hatte er versucht, sie nicht aus den Augen zu verlieren, doch irgendwann war sie im Nebel verschwommen, so wie es seine Gedanken nur allzu oft taten. Nur eines wusste er mit Gewissheit. Sie lief ab. Und je schneller sie zwischen ihren Fingern zerrann, desto häufiger suchte *sie* nach ihm.

Er hob den Kopf, während sich die Dunstschleier lichteten. Ihre Gestalt bildete sich vor ihm heraus. Ein dunklerer Flecken vor der mondhellen Nacht, die durch das Fenster in ihrem Rücken schien. Corvyn musterte sie lange. Ihre Hand, die noch das samtene Tuch umklammerte, das den Spiegel gewöhnlich verhüllte, damit sie ihm nicht überraschend begegnen musste. Ihren Körper, der krummer wirkte, als er es bei ihrer letzten Begegnung getan hatte. Sie hielt sich verbissen aufrecht und kämpfte dagegen an, doch die Veränderungen blieben sichtbar. Sie konnte nicht verbergen, was aus ihr geworden war.

Er verzog die Lippen zu einem trägen Lächeln und lehnte sich gegen das Glas, das die Grenze seines Gefängnisses markierte. »Willst du nachsehen, ob ich noch am Leben bin, Melysan?«

Ihre vollen Lippen bildeten einen dünnen Strich. Der Fluch hatte ihr Gesicht noch nicht erreicht. Es war so schön und jung wie damals, als sie einander zum letzten Mal von Angesicht zu Angesicht gesehen hatten. Erhalten von der Magie, die sie nicht altern ließ. Ein Geschenk des Feenkönigs … ein Fluch, der sie unaufhaltsam zerfraß. »Manchmal vermisse ich dich, Corvyn. Ist das so schwer zu verstehen?«

»Oh? Du bist einsam? Sind all deine Zauber nicht mehr genug, um die Wahrheit vor den Augen deiner Liebhaber zu verschleiern?« Er nickte zu ihren Beinen, verdeckt von dem roten Samt ihres Gewandes. Doch die wallenden Stoffbahnen vermochten es nicht, ihre Haltung zu verbergen. Eine Klaue ragte unter dem Saum heraus, glänzend im Licht der Leuchter, die sie hatte entzünden lassen, um die Dunkelheit im Zaum zu halten.

Ihre Finger krampften sich fester um den Stoff. »Du bist grausam, Bruder.«

Corvyn lachte. Es war ein hartes, hässliches Lachen, das in seiner Kehle schmerzte. »Was erwartest du von mir, *Schwester?* Mitleid? Du hast all das über uns gebracht. Über *dich* selbst. Erwarte kein Bedauern von mir.«

Sie senkte den Kopf. Ihr glänzendes schwarzes Haar war sorgfältig frisiert und mit Perlen geschmückt. Bereit für die Abendgesellschaft, die sie erwartete. »Nein, ich erwarte kein Bedauern von dir. Aber vielleicht hatte ich gehofft, dass du mir eines Tages vergeben wirst. Wir sind Gefangene des gleichen Fluchs, Corvyn. Keiner von uns kann ihm entkommen.«

Corvyn schnaubte und verschränkte die Arme vor der Brust. »*Was* soll ich dir vergeben, Melysan? Dass du mir aus Selbstsucht mein Leben gestohlen hast? Dass du zerstört hast, was unsere Vorfahren errichtet haben? Dass du die Raben zu einem Schatten gemacht und Serijsa verdammt hast?«

»Ich habe nie gewollt, dass es so weit kommt.«

»Nein. Du wolltest Königin sein. Du wolltest Macht und warst bereit, jeden Preis dafür zu zahlen. Und wenn du den Fluch morgen brichst und dem Feenkönig geben kannst, was er verlangt, wird auch deine Reue verschwinden.« Der alte Zorn regte sich und Corvyn spürte der Empfindung nach, erstaunt darüber, dass es sie noch gab. Er hatte geglaubt, er sei vor langer Zeit stumpf geworden. Ein Schwert, das nicht mehr schnitt. Dass die Bitterkeit jedes Feuer ausgelöscht hatte. Und doch wallte es nun auf und brannte so stark wie am ersten Tag. »Du suchst mich auf, weil du nichts anderes mehr hast, Melysan. Weil niemand dich tröstet, nicht wahr? Aber du hast das Band zwischen uns zerschnitten. Ich werde dich nicht mehr trösten.«

Ein seltsames Licht flackerte in ihren smaragdenen Augen. Plötzlich waren sie kalt wie Stein. »Ich werde wieder heiraten. Ich brauche deinen Trost nicht.«

Er hob spöttisch die Brauen. »Ein neuer Versuch? Wer ist es diesmal? Ein bedauernswerter Bauernsohn? Ein Händler, der dumm genug war, zum Schloss hinaufzukommen? Es wird nichts nutzen. Es ist zu spät, Melysan. Die ewige Nacht kommt. Das Ende der Raben. Es wird Zeit, dass du dich an den Gedanken gewöhnst.« Das Gift, das aus seinen Worten troff, schmeckte bitter auf seiner Zunge. Aber es war zu stark, um es zurückzuhalten, zu lange hatte es in ihm gegärt. Er wusste, dass jedes Wort ihre Ängste traf und sie anfachte.

Melysan zerknitterte das Tuch in ihren Händen, als wolle sie es erwürgen. »Ich hoffe, du verrottest hinter den Spiegeln, du Bastard«, zischte sie heiser.

»Sei unbesorgt, das werde ich«, gab er trügerisch sanft zurück. »Aber wir werden gemeinsam untergehen, süße Schwester. Und unser

Königreich wird mit uns gehen. Unsere Zeit ist abgelaufen. Du bist die Einzige, die es nicht erkennen will.«

Mit einem Laut der Abscheu wandte sie sich von ihm ab. Ihre Bewegungen waren abgehackt und unbeholfen, als sie zum Spiegel lief und das Tuch darüber warf. Klauen kratzten über Stein, als sie den abgenutzten Teppich verließ. Flüchtig fing er ihren Blick auf, dann löschte der schwere, dunkle Samt ihr bleiches Gesicht aus. Nicht schnell genug, um das hasserfüllte Funkeln in ihren Augen zu verbergen. Es war noch immer da. Nach all den Jahren. Hass, der mit dem Band stritt, das sie im Leib ihrer Mutter verbunden hatte. Hass, der sie dazu gebracht hatte, ihn zu verraten.

Corvyn ließ den Atem aus seinen Lungen weichen und lehnte sich gegen das Spiegelglas. Es war kalt und hart, das einzig Greifbare in der Welt aus waberndem Dunst, die ihn umschloss. Das Brodeln in seinem Inneren beruhigte sich nur langsam. Er hielt einen Augenblick daran fest, wohl wissend, dass es nicht lange dauern würde, bis es unter Hoffnungslosigkeit erlosch und nur das gleichförmige Grau zurücklassen würde, das jeden seiner Tage begleitete. Schließlich stieß er sich ab und wanderte in die wallende Weiße, die ihn begrüßte wie einen verlorenen Freund.

Eine ferne Vollmondnacht drängte sich in sein Gedächtnis. Die Nacht, in der Melysan ein Portal geöffnet hatte, das für alle Zeit hätte verschlossen bleiben müssen. Sie hatte ihn verflucht. Sich selbst. Ihr Volk. Und es würde niemals ein Entkommen aus diesem Fluch geben. Serijsa war verloren. Es gab keine Rettung.

Ruhelos lief er an den Grenzen des Nebelreiches entlang. Sein Geist tastete nach den Spiegeln, streifte an ihnen vorüber, als seien es Fenster, die einen Blick in die Freiheit gewährten. Die meisten von ihnen waren verhüllt. Melysan hatte Sorge dafür getragen, dass die Dienerschaft abergläubisch genug war, sich von spiegelndem Glas fernzuhalten oder es zu bedecken. Er schnaubte abfällig. Seit Melysans Pakt mit dem Feenkönig bedurfte es keines Spiegels mehr, um die Feen in ihre Welt einzuladen. Sie dienten dazu, ihn in den Wahnsinn zu treiben, ihn nur sehen zu lassen, was er sehen sollte. Wenn er auf die andere Seite blickte, konnte er erkennen, wie der Verfall des Schlosses voranschritt. Wie sein Werk in abgelegenen und verschlossenen Räumen in Staub und Spinnweben versank. Die Schatten eines Lebens, das ihn vergessen hatte. Melysan ließ ihn sehen, was ihn verletzte, wie es der Feenkönig von ihr wünschte. Sie war eine Tänzerin, die allein nach seinem Willen tanzte.

Sein Blick glitt über Stoffbahnen, manche von Licht durchdrungen, andere dunkel von der Tintenschwärze der Nacht. Manchmal nahm er einen Hauch von Leben wahr. Lachen, das über die Grenze drang, Worte. Die Silhouetten jener, die sich vor den Spiegeln bewegten. Ein Leben, das ihm verschlossen blieb, von Wärme erfüllt, die es hinter den Spiegeln nicht gab. Es war kalt und einsam in seinem Nebelreich, in dem niemals die Sonne schien. Und so wärmte er sich an den flüchtigen Funken, die ihn in seinem Gefängnis erreichten.

Auch jetzt zog ihn das Flackern von Kerzenlicht an, das den Nebel färbte. Er näherte sich seiner Quelle, dem Oval, das sich vor seinen Augen abzeichnete. Eine Dienstbotenkammer lag dahinter. Ein schlichtes Zimmer, frei von jedem persönlichen Besitz. Corvyn runzelte die Stirn und ließ seinen Blick über das Eisenbett schweifen, neben dem die Kerzen brannten, die ihn herbeigelockt hatten. Sie beleuchteten die zusammengekauerte Gestalt einer Frau. Das Haar aus gesponnenem Gold über das weiße Leinen ausgebreitet, das Gesicht bleich wie das Kissen, auf das sie ihren Kopf gebettet hatte. Tränenspuren zeichneten ihre Haut mit glitzernden Linien und sie starrte reglos in die Leere, als gäbe es dort etwas, das sich vor ihm verbarg. Er wollte sich abwenden, obgleich er wusste, dass sie ihn nicht sehen konnte. Ihre Trauer war nicht für seine Augen bestimmt. Dennoch hielt er einen Herzschlag länger inne, gefangen genommen von der unergründlichen Tiefe ihrer Augen und dem Schmerz, der darin geschrieben stand. Schmerz, der etwas in ihm berührte und ein Echo in ihm fand. Verlust. Einsamkeit. Es war, als könne er sie fühlen. Als ob sie teilte, was er seit unendlich langer Zeit empfand.

Sie hob den Kopf, als ob sie seine Anwesenheit spürte und nach ihm suchte. Ihr Blick ging hinauf zu dem Spiegel, der ihr gegenüber hing. Ihr Körper erstarrte. Ihre Augen weiteten sich, dann fuhr ihre Hand zu ihrem Mund, um den entsetzten Laut zu unterdrücken, der über ihre Lippen kam.

Sie *sah* ihn.

Corvyn taumelte zurück. Sein Herz trieb das Blut so schnell durch seine Adern, dass Hitze seine Haut in Brand setzte. Für einen langen Augenblick konnte er nicht denken. Seine Gedanken rasten ebenso wie sein Herzschlag. Unmöglich! Es war unmöglich! Es konnte nicht sein! Dann zwang er sich zur Ruhe, zum Atmen, um die wilde Jagd in seinem Kopf zu beenden. Es gab nur eine Antwort. Das Blut der Dämmerung war nach all der Zeit in das Schloss der Raben gekommen. Blut der Dämmerung, das Melysan auslöschen würde, sobald sie davon erfuhr. Denn es konnte sehen, was gewöhnlichen Augen verborgen blieb. Sie würde durch jede Illusion, jeden Zauber blicken und die Wahrheit dahinter erkennen.

Und vielleicht … mehr als das.

Seine Finger nestelten den Ring aus seiner Rocktasche und strichen abwesend darüber. Das Siegel der Raben, das ihm sein Vater an seinem Sterbebett gegeben hatte. Das Abzeichen des Königs. Melysan hatte nie geahnt, dass er ihn besaß. Sie hatte lange danach gesucht, ohne ihn zu finden. Ein winziges Stück Zauber, mit ihm hinter die Spiegel verbannt. Ein Stück *Freiheit,* das nur ihm allein gehörte. Er hatte nicht gewagt, sich des Rings zu bedienen, aus Furcht, dass der Feenkönig ihn ertappen und ihm das Einzige nehmen würde, was ihm von seinem Leben geblieben war. Doch nun …

»Keine Nacht währt ewig.« Er wisperte es in die Nebelschwaden, die ihn verschluckten und seine Gestalt vor der Frau verbargen, die *sehen* konnte. Ein Funken Hoffnung erwachte in seinem Herzen und wärmte ihn, selbst als die Kälte zurückkehrte und ihn in ihre Umarmung schloss.

Rabenaugen

Bleierne Müdigkeit saß in ihren Knochen, während Maja die Nadel durch den violetten Brokat des Gehrockes gleiten ließ, an dem sie nähte. Ein Gewand für den Prinzen, wenn er zum König gekrönt worden war. Ihr Mund verzog sich zu einer bitteren Linie, sobald sich Elejas' Bild in ihren Geist schlich. Sie versuchte, nicht an ihn zu denken, während sie an seiner Kleidung arbeitete, bemühte sich, ihre düstere Stimmung vor Me'Dam Rojan zu verbergen, die sie mit besorgten Blicken musterte. Dennoch glitt sie immer wieder zurück. Sie hatte in der Nacht keinen Schlaf gefunden. Die Gedanken an Elejas hatten sie wach gehalten, bis das Gesicht des Fremden im Spiegel erschienen war. Im ersten Augenblick hatte sie an nichts anderes denken können, als vor ihm zu fliehen. Eine Fee! Niemand sonst würde hinter den Spiegeln erscheinen. Dann hatte sie sich mühsam zur Ruhe gezwungen. Eine Fee. Ja, eine Fee, die Antworten auf ihre Fragen besaß. Und wenn sie floh, würde sie niemals erfahren, was im Schloss geschehen war. Sie durfte sich nicht von ihrer Angst leiten lassen. Sie war zu weit gegangen, um jetzt noch umzukehren.

Maja hatte bis in die frühen Morgenstunden auf seine Rückkehr gewartet. Darauf, dass die Feen kommen würden, um sie in ihr Reich zu ziehen. Doch er war nicht zurückgekehrt. Jetzt, da die Sonne am Himmel stand, erschien es ihr töricht, wie sie das Medaillon mit der Eisenwurzel umklammert hatte. Sie hatte die Waschschüssel geleert und sie als Waffe auf ihrem Schoß gehalten. Als könnte sie eine leibhaftige Fee damit beeindrucken, dass sie Porzellan nach ihr warf.

Sie stieß den Atem aus und fasste nach einem der glitzernden Knöpfe. Amethyste, in Gold gefasst. Ein Gewand, das eines Königs würdig war. Wütend stach sie zu, um den Knopf anzunähen.

Das Gesicht der Fee kehrte in ihr Gedächtnis zurück. Es war nicht, was sie erwartet hatte. Kein verzerrtes, schreckliches Antlitz, das aus Albträumen geboren war. Er hatte wie ein Mensch gewirkt.

Ungezähmtes, rabenschwarzes Haar, das in Augen fiel, die erstaunlich grün waren. Grün wie die funkelnden Smaragdknöpfe, die nicht weit von ihr in einer goldenen Schatulle lagen. Sie hatte jedoch keine Gelegenheit erhalten, ihn genauer zu mustern. Er hatte kaum weniger erschrocken ausgesehen als sie selbst und war verschwunden, noch ehe sie ihn vollständig erfasst hatte.

Stirnrunzelnd ließ sie den Faden durch den Brokat gleiten und verknotete ihn, bevor sie nach der Schere fasste, um ihn zu zerschneiden. Für einen Augenblick schwebten ihre Finger über dem kalten Metall. Dann verhärtete sich ihr Kiefer und sie umfasste das Schneidewerkzeug entschlossen. Keine Magie lag darin. Sie durchtrennte den Faden und legte es wieder zurück.

Einmal mehr spürte sie die Blicke von Me'Dam Rojan, die ihre eigene Arbeit beiseitelegte. Die Eulenaugen ruhten auf Maja und sie zwang sich, ihnen ruhig zu begegnen.

»Wenn ich es nicht besser wüsste, würde ich glauben, dass Ihr versuchen wollt, den Rock des Prinzen mit Eurer Nadel zu erdolchen.« Die Schneidermeisterin schmunzelte.

Maja bemerkte, wie das Blut in ihre Wangen schoss. »Verzeiht, Me'Dam Rojan«, murmelte sie verlegen. »Es ist die erste Nacht, die ich fern von zuhause verbracht habe und ich konnte nicht schlafen.« Sie fasste nach einem zweiten Knopf und zog die Nadel durch die Öse.

»Macht Ihr Euch Sorgen um Euren Vater? Ich hoffe, seine Unpässlichkeit ist nicht zu ernst.«

»Nein, er ist bei Ijona in guten Händen und er wird bald wieder auf den Beinen sein.« Maja hielt inne, bevor sie den letzten Stich setzte. »Es ist nur die fremde Umgebung. Die fremden Geräusche in der Nacht. Ich habe noch nie an einem Ort wie diesem geschlafen.« Sie hob die Schultern. »Ich werde mich daran gewöhnen.« *Daran, dass Feen meinen Spiegel besuchen und Zauber in den Wänden wispern. Dass mein liebster Freund nicht mehr weiß, wer ich bin.* Eine Antwort, die sie nicht geben konnte. Ein Knoten befestigte den Knopf und Maja fasste wieder nach der Schere. Das Metall blinkte im Sonnenlicht und sie zögerte unschlüssig. Dann setzte sie den Schnitt und verdrängte, was Adiela geschehen war.

»Ihr habt geschickte Finger, mein Kind. Und Ihr näht schnell.«

»Vater fand, dass es ein angemessener Zeitvertreib für mich sei.« *Der Einzige, um genau zu sein.* Es klang härter, als sie es beabsichtigt hatte, doch Me'Dam Rojan schien es nicht zu registrieren.

»Ich bin ihm dankbar dafür.« Die ältere Frau erhob sich und ging zur Tür, die auf die Terrasse führte. Sie öffnete den Durchgang. Eine sachte Brise wehte in den Raum und trug die Gerüche des Gartens hinein.

Tatsächlich war es heiß geworden. Maja wischte sich über die Stirn und ihre Fingerspitzen waren feucht vor Schweiß. Die Nachmittagssonne brannte vom Himmel und ließ die Sommerhitze aufleben, die in den Nächten nicht mehr spürbar war. Ein einzelner Rabe saß auf dem Terrassengeländer und blickte herein. Sie spürte einen kalten Schauer, als sich seine Obsidianaugen auf sie richteten. Maja rieb sich über die Arme und schüttelte die Empfindung ab.

»Die Raben sind unheimlich«, sagte sie unbedacht. »Es ist, als ob sie jeden beobachten, der das Schloss besucht.«

Me'Dam Rojan kicherte. Es war ein ungewohnt mädchenhafter Laut für die grauhaarige Schneiderin. »Oh, als ich ins Schloss gekommen bin, musste ich mich auch daran gewöhnen. Früher hat man sie für die Augen der Könige gehalten. Man hat sich erzählt, dass sie die Feinde des Königshauses ausspioniert haben und dass der König von Serijsa mit ihnen sprechen konnte.«

»Nun … dann möchte Ihre Majestät vielleicht wissen, wie die Arbeit an ihren Gewändern vorangeht. Oder er hegt ein besonderes Interesse an den modischen Strömungen bei Hofe.« Maja lächelte, obgleich der Schauer zurückkehrte und langsam über ihren Rücken kroch. Die Augen des Vogels wirkten zu klug. Er neigte den Kopf und blickte fast spöttisch zu ihr herüber. Ein kaum merkliches Blinzeln, beinahe ein Zwinkern … Sie schluckte, als er die Flügel öffnete und damit schlug, ehe er wieder dazu überging, sie unverwandt zu beobachten.

Verrückt. Du wirst verrückt, Maja. Sie wandte den Blick ab und starrte verbissen auf ihre Arbeit, während Me'Dam Rojan zu ihrem Sessel zurückkehrte.

»Vielleicht. Er ist ein besonders hübsches Exemplar, nicht wahr?« Die Schneiderin griff nach dem Ärmel, an dem sie nähte. Der rosenfarbene Stoff kontrastierte hart mit dem dunkelgrauen Rock, den sie trug.

»Bezaubernd«, murmelte Maja ironisch. Der Faden glitt aus ihrer Nadel. Sie fluchte und legte den Knopf beiseite, den sie hatte annähen wollen.

Der Vogel krächzte, als ob er sie auslachen wollte. Dann stieß er sich vom Geländer ab und stieg in die Luft. Erleichtert fädelte sie den Faden in das Nadelöhr und wollte in den Stoff stechen, als ein dunkler Schatten dicht an ihrem Gesicht vorüberschoss. Weiche Schwingen streiften über ihre Wangen. Maja stieß einen erschrockenen Laut aus und ließ die Nadel fallen, als der Rabe den Knopf von ihrem Schoß pflückte und damit durch die offene Tür verschwand.

»Verfluchtes Biest!«, rief sie aufgebracht. »Er hat den Knopf gestohlen wie eine diebische Elster!«

»Sonne und Mond! Die Knöpfe waren genau abgezählt.« Me'Dam Rojan kam herüber und nahm das Kästchen zur Hand, als wolle sie die darin verbliebenen Knöpfe zählen. Betroffen senkte sie es und schüttelte den Kopf. »Sie sind eigens für uns angefertigt worden. Ich bezweifle, dass Me'Syr Ivras schnell genug für Ersatz sorgen kann. Ich werde Mathys sofort in die Stadt schicken müssen.«

»Wartet, Me'Dam. Vielleicht hat der Vogel ihn einfach fallenlassen. Ich kann mir nicht vorstellen, dass er ihn verspeisen will.« *Und falls doch, hoffe ich, du verbeulst deinen Schnabel damit, du kleiner Bastard.* Maja legte den Gehrock sorgfältig auf dem Schneidertisch ab und lief zur Terrassentür.

»Es würde an ein Wunder grenzen, wenn er noch nicht über alle Berge ist. Wenn er ihn im Garten abgeworfen hat, werden wir ihn niemals finden.«

Maja blieb auf der Terrasse stehen und blickte über die Büsche, bis ein Glitzern ihre Aufmerksamkeit weckte. Ein Sonnenstrahl, der sich am Schnabel des Raben fing. Er saß seelenruhig in den Zweigen eines Kirschbaums und sah zu ihr herüber, als ob er sie erwartete.

»Da bist du also, du diebisches Biest.« Sie wandte sich zu Me'Dam Rojan um, die hinter ihr herankam. »Ich bin gleich wieder zurück.« Und sie würde nicht ohne den Knopf zurückkehren. Maja wartete nicht, bis die Schneiderin antwortete. Ein Schritt und sie war im Freien. Rasch ließ sie die Stufen hinter sich. Ihr Blick glitt über den Boden, auf der Suche nach einem Geschoss, mit dem sie den Raben aufscheuchen konnte. Mit Glück würde der Schreck ihn dazu verleiten, den Knopf fallenzulassen. Flink hob sie einen kleinen Stein auf und holte aus, doch der Rabe flatterte von seinem Platz, ehe sie werfen konnte, und setzte sich einige Bäume weiter nieder.

Maja ließ den Arm sinken und zog eine Braue in die Höhe. »Du willst also spielen, ja? Du hast dir den falschen Tag ausgesucht.«

»Maja? Seid vorsichtig!« Me'Dam Rojan war im Türrahmen zurückgeblieben, ihr Stirnrunzeln war selbst auf die Distanz zu erkennen.

»Keine Sorge!«, rief Maja über die Schulter. »Er wird nicht weit kommen.«

Sie war sich bewusst, dass sie wie eine Rachegöttin wirken musste, die ihr Opfer jagte, doch es war ihr gleichgültig. Die Jagd auf den Raben lenkte sie von den düsteren Gedanken ab, die sie seit der Nacht begleiteten. Die Sonnenstrahlen drangen durch ihre Bluse und Maja spürte, wie sich Schweißtropfen auf ihrer Stirn bildeten, während sie dem Gartenpfad folgte. Der Vogel saß still auf seinem Ast, den Knopf provokativ in seinem Schnabel, und sie setzte ein süßliches Lächeln auf, als sie sich ihm näherte. »Hübsches kleines Vögelchen. Willst du mir den Knopf nicht freiwillig geben? Dann ersparst du uns beiden die Mühe, dass ich ihn mir holen muss.«

Töricht. Sie behandelte den Vogel, als trüge er Verstand in seinem Kopf. Das Lächeln wandelte sich zu einer Grimasse, als sie nicht weit von ihm innehielt und den Stein zwischen ihren Fingern drehte. Der Rabe blickte sie an und neigte den Kopf, als ob er ihren Worten lauschte. Dann stieg er in den Himmel und flog tiefer in den Garten hinein. Maja stieß einen Fluch aus und folgte ihm in das Gebüsch, in dem sie erst gestern Elejas begegnet war. Die durchwachte Nacht ließ es wirken, als seien seitdem Tage vergangen.

Der Rabe glitt unter den Zweigen entlang, hielt immer wieder inne, bis sie fast zu ihm aufgeschlossen hatte. Dann setzte er seinen Flug fort, stets in Sichtweite und doch zu weit entfernt, als dass sie ihn mit ihrem Stein zu treffen vermochte. Maja verfluchte ihn tausendfach, während sie ihm durch überwucherte Beete und über dicht bewachsene Wege nachlief, bis sie am Ufer eines Teiches anhielt, um sich den Schweiß aus dem Gesicht zu wischen. Es war schattiger in diesem Teil des Gartens, der von hohen Bäumen umgeben wurde. Ruhiger und angenehm kühl. Sie sah sich um, blickte über das grünliche Wasser, das von Schilfhalmen umsäumt war. Ein halb verfallenes Boot lag an seinem Rand, von jenen vergessen, die einst damit über den Teich geglitten sein mochten. Ein modriger Steg lud zum Verweilen ein. Es war ein lauschiger Flecken, der Abkühlung in der Sommerhitze versprach. Aber es war erkennbar, dass niemand mehr herkam. Er war ebenso verlassen wie der Rest des Gartens. Der Geruch nach feuchtem Moos war beinahe übermächtig. Er löschte den Blütenduft und die Frische der Nadelbäume mit seiner dumpfen Schwere aus.

Der Rabe saß am Eingang des kleinen Wäldchens, das sich hinter dem Teich erhob. Abwartend. Als ob er erwartete, dass sie ihm in den dunklen Schlund folgte, der eine Öffnung zwischen den Bäumen bildete. Maja fuhr herum und suchte nach den Zinnen des Schlosses. Sie waren weiter entfernt, als sie geglaubt hatte. Sie hatte nicht bemerkt, wie tief der Vogel sie in die Gärten geführt hatte. Plötzlich wirkte der Schatten zu kalt, der Teich nicht mehr einladend, sondern einsam und abgelegen. Maja schlang die Arme um ihren Körper, als das Licht düsterer schien als zuvor. Vorsichtig näherte sie sich der Baumgrenze und diesmal blieb der Rabe sitzen. Er floh nicht mehr vor ihr und dem Stein in ihrer Hand.

»Was willst du von mir, Rabe? Warum hast du mich hierher gebracht?« Sie fühlte sich wie eine Närrin, als sie den Vogel ansprach. Aber etwas an der Art, wie er den Kopf bewegte, wie seine Augen glitzerten … es war, als könnte er sie verstehen.

Die Augen der Könige. Maja fröstelte in dem frischen Luftzug, der über den Teich strich. Der Vogel hüpfte über die Zweige, auf den Durchgang zwischen den Bäumen zu. Die Blätter wisperten im Wind und verdeckten das schwarz schimmernde Gefieder für einen Wimpernschlag lang. Dann gaben sie ihn wieder frei.

Es war dumm, ihm zu folgen. Sie sollte umkehren, zurück zu Me'Dam Rojan, bevor der Nachmittag in den Abend überging. Maja zögerte und blickte zum Schloss, zu den dunklen Türmen, die Sicherheit bedeuteten … die es nicht gab. Die einzige Sicherheit lag in den Antworten, die sie suchte, und in den Rätseln, die sie lösen musste. War es ein Zufall, dass sie hierher gelangt war? Nichts als ein Spiel des Vogels? Oder war es mehr?

Der Stein fiel ins Gras, als sie die Finger öffnete. Er mochte genügen, um einen Raben zu erschrecken, nicht mehr. Es war keine Waffe, mit der sie sich zu verteidigen vermochte. Nicht gegen das, was an diesem Ort lauern könnte. Sie atmete tief ein, dann ging sie langsam auf die Öffnung zu und spähte in das Dunkel, das dahinter lag. Es war ein Gang aus Bäumen. Die Zweige über ihrem Kopf bildeten ein dichtes Netz aus Laub, das nur gelegentlich einen Sonnenstrahl bis zum Boden entkommen ließ. Goldene Lichtstrahlen gingen wie Speere nieder, die den Weg säumten. Eine Ehrengarde aus Licht, wie von der Hüterin des Lichts aus ihrem Himmelreich gesandt. Fasziniert überschritt Maja die Grenze und Stille empfing sie. Das Raunen des Windes erstarb und sie spürte, wie Ehrfurcht von ihr Besitz ergriff, ohne dass sie den Grund zu finden vermochte.

Ein heller Flecken am Rande ihres Sichtfeldes ließ sie zusammenzucken und Majas Herz überschlug sich, ehe es in einem schnellen Lauf weiter pochte. Eine Statue, nicht mehr. Andere wie sie lugten zwischen den Bäumen hervor. Einst weiße Figuren, die auf dem moosigen Boden knieten, die Köpfe gesenkt und die Hände zum Gebet aneinandergelegt. Ihre Gesichter waren unter Kapuzen verborgen, die nur eine schwache Ahnung von ihren Zügen zuließen.

Maja schauderte und ging weiter, umgeben von den Betenden, die ihren Weg begleiteten. Das Moos dämpfte ihre Schritte und verschluckte jeden Laut, der die stumme Andacht der Statuen stören könnte. Das Ende des Ganges ragte vor ihr auf. Es war hell, in Sonnenlicht getaucht, das nicht durch das dichte Dach über ihrem Kopf dringen konnte. Sie verlangsamte ihren Schritt, als sich eine Silhouette aus dem Licht herausbildete. Maja blinzelte, als die grelle Sonne sie blendete und ihr für einen Augenblick die Sicht nahm. Dann blickte sie auf das hohe Bauwerk, das über ihr aufragte wie eine Erscheinung, die in Helligkeit gebadet war. Es war aus weißlichem Stein gebaut, sodass es beinahe von allein zu glühen schien. Ein weitläufiger Platz umgab das tempelartige Gebilde, die Mosaikverzierungen waren aus der Nähe nur schwer zu erkennen. Windungen aus Licht und Schatten ergossen sich rund um das Gebäude und ungezähmte Rosen und Efeu überwucherten die Wände. Die Ranken klammerten sich an die Statuen der beiden strengen Wächter, die auf der Treppe das Portal bewachten.

Ein Rabe mit gespreizten Flügeln saß auf der kristallenen Kuppel des Daches, sein Haupt von einer Krone geschmückt.

Die Gruft der Könige von Serijsa.

Maja hielt den Atem an. Der Rabe kam vom Himmel herab und ließ sich über dem Eingang nieder. Unter ihm konnte sie eine goldene Sonne erkennen, darüber den Wahlspruch des Königshauses, der auch auf den Portalen des Schlosses prangte: *Keine Nacht währt ewig*. Sie wiederholte es flüsternd und sah dann auf den Vogel, der nicht länger den Knopf in seinem Schnabel trug.

»Du wolltest, dass ich *hierher* komme? Zur Gruft der Könige? Ein seltsames Ziel für dein Spiel, du gemeiner kleiner Dieb.« Sie klang heiser. Maja räusperte sich. »Und wozu? Was soll ich hier?«

Der Vogel krächzte leise. Er drehte den Kopf, als wollte er damit auf den Eingang deuten.

»Dort hinein?« Sie lachte nervös. »Du bist verrückt, Vogel! Ich werde sicher nicht in die Königsgruft eindringen. Und sie ist verschlossen. Selbst wenn ich es wollte, könnte ich sie nicht öffnen.«

Der Rabe krächzte erneut, lauter diesmal. Dann flatterte er hinab zu den Stufen und wiederholte seine Aufforderung.

Maja stöhnte resigniert. »Ich habe den Verstand verloren. Herrin der Sonne, hilf mir. Ich stehe vor den Türen einer Grabkammer und rede mit einem Raben!« Und mehr als das. Sie zog in Erwägung, sie tatsächlich zu öffnen und zwischen den Gebeinen der Könige umherzuspazieren.

Sie schüttelte den Kopf und wechselte einen Blick mit dem Raben, der dazu übergegangen war, mit dem Schnabel gegen die goldene Sonne zu klopfen.

»Wirklich, du hast eine Schwäche für glitzernde Dinge, nicht wahr?«, murmelte sie zu sich selbst. »Wahrscheinlich gibt es dahinter eine alte Königskrone, auf die du es abgesehen hast, und ich bin so dumm, dir die Tür zu öffnen.«

Maja zwang sich, nicht über ihr Tun nachzudenken, als sie über den Platz lief und die Stufen erklomm. Säulen stützten das Dach über dem Portal, das Schatten spendete und einen Hauch von Kälte über ihre Haut gleiten ließ. Der Rabe ließ von der Tür ab und flatterte zu Boden, um erwartungsvoll zu ihr aufzusehen.

Heilige Sonne … was tue ich hier? Sie nagte an ihrer Unterlippe, als sie die Hände auf den Stein legte. Er war kühl, als ob alle Strahlen der Sonne es nicht vermochten, ihn zu erwärmen. Ein seltsamer Geruch lag in der Luft. Er drang aus den Ritzen der Türflügel und wehte um ihre Nase wie ein modriger Willkommensgruß. Maja wollte nicht an das denken, was hinter dieser Tür lag. Welche Antwort sollte sie inmitten alter Knochen finden? Aber der Rabe sah weiter zu ihr auf und stieß ein knappes Krächzen aus, als wolle er sie auffordern, sich zu beeilen. Was auch immer der Vogel sein mochte, er war kein gewöhnliches Tier und er hatte sie nicht ohne Grund an diesen Ort geführt.

»Du hast dein Leben in den Hinterlassenschaften der Feen verbracht, Maja Carjesan. Du wirst dich nicht vor verrotteten Knochen fürchten. Niemals«, flüsterte sie entschlossen. Nein. Es gab nichts zu fürchten. Seitdem sie denken konnte, hatte sie jeden Tag mit der stillen Bedrohung des Feenzaubers gelebt. Sie würde auch die Geister längst verblichener Könige überstehen, die in dieser Gruft spukten.

Ihre Hände drückten fest gegen die Flügel der Tür, doch sie gaben nicht nach. Maja trat zurück und musterte die Fassade, ehe sie mit einem Achselzucken auf den Raben hinabsah. »Es tut mir leid, ich fürchte, du wirst auf deine Schätze verzichten müssen.« Und es war dumm, zu glauben, dass die Könige von Serijsa ihre Gebeine nicht schützten. Selbst wenn Schloss Rabenschwinge verlassen wirkte, konnte sie sich kaum vorstellen, dass Königin Melysan es zulassen würde, dass sich Fremde Zutritt zu ihren Vorfahren verschafften. Wahrscheinlich war es Glück, dass es keine Wachen aus Fleisch und Blut gab, die Eindringlinge mit echtem Stahl verscheuchten.

Maja wollte sich abwenden, doch dunkle Flügel schlugen vor ihrem Gesicht und ließen sie zurücktaumeln. »Verflucht, warum kannst du mich nicht einfach in Ruhe lassen, du Quälgeist!«

Sie funkelte den Vogel an, dessen Krallen sich an den Verzierungen des Steins festklammerten. Sein Schnabel pochte noch einmal gegen die Sonne, die in Majas Augen schnitt, als sie zu ihr aufsah. Sie reflektierte das Licht so grell, dass weiße Punkte vor ihrem Blick wirbelten.

Die Sonne. Das heilige Symbol der Hüterin des Lichts, der Göttin des Tages, die stets mit dem Herrn der Schatten im Widerstreit stand. Ein Sinnbild dafür, dass die Sonne auch die längste Nacht beenden würde und das Leben in die Welt zurücktrug. So wie der Morgen die Feen vertrieb, die unter dem Mond tanzten. Ein Bild, das dem Wahlspruch der Raben glich. Vielleicht … was sollte es schaden? Der Vogel würde keine Ruhe geben, wenn sie es nicht wenigstens versuchte.

Maja seufzte. Sie musste sich auf die Zehenspitzen stellen, um das Metall zu erreichen, das in die Tür eingesetzt worden war. Ihre Finger glitten über die geschwungenen Zacken, hinauf bis in die Mitte der runden Scheibe. Sie war erstaunlich blank, obwohl sie alt sein musste, warm, obgleich der Stein, der sie umgab, kalt war. Ein Prickeln rann über Majas Fingerspitzen und sorgte dafür, dass sich die Härchen an ihrem Körper aufstellten. Erschrocken zog sie die Hand zurück und rieb ihre Finger, um die Empfindung zu vertreiben. Ein heller Schein ging von der metallenen Platte aus und verstärkte sich, bis er wie eine Klinge aus Helligkeit die Luft zerteilte. Die Sonne löste sich vor ihren Augen auf und die Öffnung, die sie hinterließ, begann zu glühen. Maja stieß einen überraschten Laut aus und sprang zurück, als sich die Flügel der Tür mit einem lauten Knirschen in Bewegung setzten.

Der Rabe hatte recht behalten. Die Sonne war der Schlüssel, der die Gruft öffnete. Der Vogel zögerte nicht lange. Schwingen schlugen neben ihrem Kopf, als er in die Düsternis tauchte, die hinter der Tür zum Vorschein gekommen war. Es war, als ob er jeden Winkel der Grabstätte kannte. Im Gegensatz zu ihr selbst. Sie würde in der Dunkelheit die Hand nicht vor ihren Augen sehen. Maja schluckte den Fluch, der auf ihren Lippen lag. Sie sollte umkehren und das Tier sich selbst überlassen. Sie hatte ihm die Tür geöffnet, es war genug. Und Me'Dam Rojan musste sich Sorgen machen. Wie viel Zeit war vergangen, seitdem sie die Schneiderin zurückgelassen hatte? Wie sollte sie ihr erklären, wohin sie verschwunden war? Sie würde sie für verrückt halten, wenn sie von ihrer Jagd auf den Raben erzählte.

Dennoch … wenn sie umkehrte, würde sie niemals erfahren, was sich hinter dieser Tür verbarg. Selbst wenn sie nur den Raben dabei erwischen würde, wie er sich an staubigen Juwelen labte. Maja schloss die Augen und nahm einen tiefen Atemzug. Es *war* verrückt. Aber wenig, was sie getan hatte, seitdem sie das Haus ihres Vaters verlassen hatte, war es nicht gewesen. Es war verrückt, hier zu sein. Es war verrückt, einem Raben hinterherzulaufen und blind durch einen verwilderten Garten zu stolpern. Es war verrückt, die Feen zu rufen und einer von ihnen zu begegnen. Wenn sie den Fuß über die Schwelle der Gruft setzte, war es nur eine winzige Verrücktheit mehr.

Furcht kroch mit Spinnenbeinen über ihr Rückgrat, als sie in die Dunkelheit trat, die sich jenseits der Flügeltür erstreckte. Für einen Herzschlag lang schnürte ihr der Gedanke, dass sich das Portal in ihrem Rücken schließen könnte, die Luft ab. Dann zwang sie ihn nieder und spähte in das Dämmerlicht, in dem sich Stufen abzeichneten, die hinabführten. Es dauerte eine Weile, bis sich ihre Augen an das Dunkel der Gruft gewöhnt hatten. Nach der hellen Sonne erschien sie finsterer, als sie es tatsächlich war. Am Ende der Treppe konnte sie einen Lichtschimmer erkennen, der durch einen Durchgang hereinfiel. Maja tastete sich langsam über die Stufen voran, bis sie die Steinwächter sehen konnte, die zu beiden Seiten des Türbogens aufgestellt waren. Ihre Rüstungen wirkten altertümlich und zeremoniell. Sie waren mit dem Wappen der Raben verziert und mussten einst einen Schimmer von Farbe aufgewiesen haben, der lange verblasst war. Die Speere in ihren Händen sahen beunruhigend echt aus, ihre steinernen Gesichter waren unbewegt und kalt. Blinde Steinaugen starrten geradeaus und doch fühlte sie sich beobachtet. Sie schluckte, als sie zwischen ihnen hindurchtrat, beinahe darauf gefasst, dass sich die Speere vor ihr kreuzen würden, um ihr den Zutritt zu verwehren. Aber nichts geschah. Der Stein blieb starr, keine Magie wohnte darin.

Es roch staubig und alt, nach Verfall und Dingen, die Maja nicht zu erraten wünschte. Die Luft war abgestanden und stickig, kühl nach der Hitze, aus der sie gekommen war. Die Nässe auf ihrer Haut ließ sie zittern, obgleich sie nicht sicher war, ob es allein von der Kälte herrührte. Maja schlang die Arme um ihre Brust und trat durch den Durchgang, der in einen weitläufigen Raum führte. Marmor glänzte in dem schwachen Licht, das durch die kristallene Kuppel hereinfiel. Sie sah den Schatten des Raben, den die Sonne auf den Boden warf. Die Silhouette des gekrönten Vogels zeichnete sich dunkel auf dem hellen Stein ab, der von verschlungenen Mustern geziert wurde. Arkaden nahmen die Wände ein und verbargen Nischen, in denen liegende Gestalten auf Marmorplatten ruhten. Ihr Blick glitt über die Abbilder der Männer und Frauen, die über Serijsa geherrscht hatten.

Die besten Bildhauer ihrer Zeit hatten sie für die Ewigkeit festgehalten und beinahe wirkte es, als ob sie sich niedergelegt hatten, um sich auszuruhen. Als ob sie in jedem Moment erwachen könnten, um ihre Ruhestätte zu verlassen. Maja fröstelte und rieb sich die Arme, um sie zu wärmen.

Sie versuchte, die geraden Buchstaben zu entziffern, die jeden Bogen zierten. Sie trugen den Namen des Herrschers, der darunter seine letzte Ruhe gefunden hatte, das Datum seiner Geburt und seines Todes. Zu Füßen mancher der Könige fand sie Verse, die von ihrem Leben erzählten. Andere Nischen waren leer und warteten auf zukünftige Generationen der Raben. Auf die Kinder von Königin Melysan und … Elejas. Maja schluckte und blickte auf die Statue der Hüterin des Lichts, die an der Kopfseite der Gruft unter einer zweiten Sonne aufgestellt war. Ihre Hände waren segnend ausgestreckt, ihre Züge ebenso unter einer Kapuze verborgen wie die der Betenden, die ihren Weg hierher gesäumt hatten. Vor der Göttin stand ein Pult, auf dem ein offenes Buch lag. Die Heilige Schrift der Sonne. Ein Lichtstrahl fiel von der Kuppel aus darauf und illuminierte die goldene Schrift, die prachtvolle Malerei, die das Werk als eines der wertvollsten auszeichnete, die sie je gesehen hatte. Instinktiv zeichnete Maja das Symbol der Sonne über ihr Herz, um die Göttin zu ehren. Ihre Feinde hatten oft gemunkelt, dass die Raben von Serijsa stärker mit dem Herrn der Schatten als mit der Hüterin des Lichts verbunden waren, doch die Ruhestätte ihrer Toten strafte die Gerüchte Lügen.

Es war ein Ort, an dem sie keine Antworten finden würde und es wurde Zeit, dass sie ihn verließ. Maja sah sich nach dem Raben um. Ein flatterndes Geräusch drang aus einer der vorderen Nischen und sie folgte ihm zu der Grabstätte, die sich darin verbarg. Es war eine der neueren, bereits die Art der Buchstaben verriet es. Sie glichen nicht den altertümlicheren Schriften am Eingang der Gruft. Maja las den Namen über dem Torbogen. Prinz Corvyn. Tatsächlich war seit seiner Lebenszeit nur etwa ein Jahrhundert verstrichen. Sie erinnerte sich an seinen Namen. Er war jung gestorben, einer plötzlichen Krankheit erlegen, mit der niemand gerechnet hatte. Bald nach seinem Tod hatten sich die Raben von der Welt zurückgezogen. Seine Schwester Melysan I. hatte an seiner Stelle den Thron bestiegen. Sie war die letzte Rabenkönigin, die sich ihrem Volk offen gezeigt hatte. Was danach geschehen war, lag im Dunkel der Zeit verborgen.

Maja drehte den Kopf in der Erwartung, das Grab der Königin an der Seite ihres Bruders zu finden, doch … die Nische war leer. Verdutzt hielt sie inne und ihre Augen suchten die Namen der Könige, die um Corvyn herum bestattet waren. Sein Vater, König Brys, daneben seine Mutter, Königin Syvelle, die ebenfalls jung gestorben war. Aber von Melysan I. fehlte jede Spur. Ganz zu schweigen von ihren Kindern. Ein überraschter Laut kam über Majas Lippen. Sie betrachtete die Nischen auf der anderen Seite, doch auch dort war niemand von ihnen zur Ruhe gebettet worden. Die Linie der Könige endete, als sei sie abgeschnitten worden. Aber das war unmöglich …

Sie trat näher an das Grab des Prinzen, die Statue, die sein Antlitz für die Ewigkeit festhielt. Der Künstler hatte ihn nicht in eine Rüstung oder Uniform gekleidet. Prinz Corvyn ruhte mit Hemd und Gehrock bekleidet, die schlanken Beine in hohen Stiefeln, als ob er sich nichts aus dem höfischen Zeremoniell gemacht hätte. Neugierig musterte Maja die Züge seines Gesichts, die ihr vage vertraut erschienen. Er musste gutaussehend gewesen sein. Etwas Verwegenes haftete ihm an. Vielleicht lag es an der Art, wie er sein Haar trug, als ob es ihn nicht kümmerte, an dem kühnen Zug um seinen Mund, den der Bildhauer eingefangen hatte. Nichts an ihm glich den anderen Königen, die um ihn herum versammelt waren.

Ein Blitzen aus dem Halbdunkel streifte ihren Augenwinkel und ein Schatten huschte an ihr vorüber. Maja fuhr zusammen und stieß einen leisen Schrei aus. Sie presste die Hand auf ihre Brust, um ihr Herz zu beruhigen, als sich der Rabe zu erkennen gab. Er verharrte auf einem Fries, der die Wand schmückte, und legte kokett den Kopf schief. Etwas an ihm wirkte amüsiert, als ob er sie für ihre Schreckhaftigkeit auslachen wollte.

»Verflucht, Rabe! Das ist *nicht* komisch!«, wisperte sie atemlos.

Der Vogel verließ seinen Platz und setzte sich neben dem Haupt des Prinzen nieder. Sein Schnabel pickte nach dem steinernen Haar und sie streckte die Hand nach dem Tier aus, um es zu verscheuchen.

»Lass das, Rabe! Das ist respektlo…«, Maja stockte, als ihre Finger über den Stein streiften. Er war weich. Das Haar des Prinzen kitzelte ihr Handgelenk und eine dunkle Strähne fiel aus dem Schnabel des Raben.

»Mutter der Sonne!« Sie zuckte zurück. Der Stein schmolz vor ihren Augen. Das Weiß des Marmors löste sich auf und offenbarte bleiche Haut, Haar, so schwarz wie das Gefieder des Raben. Dunkel wie der silberdurchwirkte Stoff des Gehrockes, den er trug. Maja stolperte gegen die Wand der Nische, ihre Finger tasteten nach dem kalten Stein, um Halt daran zu suchen, als sich die Statue wandelte. Ein erstickter Laut kam über ihre Lippen, als der Körper des Prinzen die Statue auslöschte. Es wirkte, als ob er schlief. Als ob er sich hier niedergelegt hätte und von der Zeit vergessen worden war. Keine Spur von Verfall zeichnete ihn. Es war, als ob sich seine Brust in jedem Augenblick heben, als ob er die Lider öffnen könnte, um sie anzusehen. Reglos blickte sie auf seine Gestalt, auf seine Züge, unfähig, mehr zu tun, als ihn mit offenem Mund anzustarren. Doch sein Gesicht … Sie vergaß zu atmen, als eine schwache Erinnerung in ihr erwachte.

Maja ließ ihre Vorsicht fallen. Zaghaft näherte sie sich dem ruhenden Prinzen, der kein Anzeichen von Leben offenbarte. Der Rabe saß noch immer ruhig neben seinem Kopf und fixierte sie. Er machte keine Anstalten, noch einmal nach ihm zu picken.

»Ist es das, was du mir zeigen wolltest?« Ihre Worte klangen gepresst. »Aber warum?«

Nein, er konnte ihr nicht antworten. *Närrin*, schalt sie sich stumm. Der Atem zitterte in ihrer Brust, als sie ihren Mut sammelte und sich über den Prinzen neigte. Ein silbernes Amulett hing um seinen Hals. Majas Blick fing sich in den fremdartigen Windungen der Symbole, die darauf eingeätzt waren, an dem Loch in der Mitte, das wirkte, als ob etwas herausgebrochen worden wäre. Sie runzelte die Stirn, zwang sich, den Blick davon zu lösen und ihn in die Höhe gleiten zu lassen. Ihr Atem stockte, als sie die Linien seines Gesichts erfasste. Die dunklen Wimpern, die auf seinen Wangen ruhten und seine Augen verbargen. Sie waren grün wie Smaragde. Sie wusste es ebenso sicher, wie sie ihren eigenen Namen kannte.

Die Fee aus dem Spiegel. Prinz Corvyn von Serijsa.

Er war es, der in ihrem Spiegel erschienen war. Der Geist des Prinzen, dessen unversehrter Körper vor ihr lag. Und der Rabe hatte sie zu ihm geführt. Wozu? Ihre Finger bebten, als sie über die Wange des Prinzen strich. Seine Haut war kalt wie Eis, das in ihre Hand biss.

Frostkristalle wuchsen an der Stelle, an der sie ihn berührte und griffen auf ihre Finger über. Sie zog sie hastig zurück. »Sonne und Mond!«, fluchte Maja entsetzt. »Was geht hier vor?«

Ihre Gedanken wirbelten haltlos. Sie versuchte verzweifelt, ihnen Einhalt zu gebieten, doch sie gehorchten ihr nicht mehr. Ein Stöhnen riss sie aus ihrer Starre. Etwas kratzte laut über den Boden der Gruft und sie fuhr herum, um nach der Quelle zu suchen. Maja registrierte, dass sich das Licht, das durch die Kuppel hereinfiel, wandelte. Es rötete sich, als sich der Nachmittag dem Abend entgegen neigte. Angst prickelte in ihrem Nacken und versetzte ihr winzige Nadelstiche. Das Scharren kam näher. Ihr Rücken presste sich an die Wand der Nische, als ob sie sich dort verbergen könnte, wenn sie nur fest genug daran glaubte.

Eine Ratte, nur eine Ratte, redete sie sich fieberhaft ein, ohne es glauben zu können. Die Gruft erbebte und Maja biss sich auf die Zunge, um einen Schrei zu unterdrücken. *Eine verflucht große Ratte.* Ein Schatten fiel vor der Nische auf den Boden. Länglich. Groß. Sie wagte nicht, zu atmen, als er innehielt, als ob was auch immer dort stand, ihre Anwesenheit witterte.

Heilige Hüterin des Lichts, bitte lass es mich nicht finden, betete sie stumm. Ihre Finger verschlangen sich ineinander, um das Zittern im Zaum zu halten. Schweiß rann über ihre Schläfen, obgleich die Gruft plötzlich so kalt war, dass sie zu frieren begann.

Der Rabe stieß sich von seinem Platz neben dem Kopf des Prinzen ab und schoss mit einem lauten Krächzen nach draußen. Majas Herz setzte aus, als Donnergrollen durch die Grabstätte rollte.

»Ein Störenfried in meinen Hallen? Du wagst es, König Ascaris aus seinem Schlaf zu wecken? Zeig dich, Schurke!« Etwas quietschte ohrenbetäubend. Dann schob sich der Ursprung des Schattens vor den Eingang der Nische. Maja presste beide Hände auf ihren Mund, als die gewaltige Statue vor ihr aufragte. Ein Wappenrock aus Stein, der das Licht verdunkelte, die Rüstung, die den Krieger verriet. Das gekrönte Haupt der Statue drehte sich in Richtung des Ausgangs und zeigte ihr das bärtige Profil. Dann setzte sie sich mit schweren Schritten in Bewegung. Stein polterte über den Marmor und wo der gepanzerte Fuß auf den Boden traf, bebte er, als wolle er bersten. Ein mächtiges

Schwert lag in der Hand der Königsstatue. Die Klinge scharf und wirklich. Kein Stein, Stahl, von Juwelen geschmückt.

Der Rabe stieß ein Krächzen aus und seine schattige Form flatterte an der Nischenöffnung vorüber, hin zu der Göttinnenstatue, die der Treppe gegenüberstand. Der Steinkönig wandte sich mit einem Knurren um. »Was, bist du gekommen, um meine Schätze zu stehlen? Ergib dich, Unhold! Oder du wirst meinen Stahl zu schmecken bekommen!«

Donner grollte über den Grund. Der Rücken des Königs verschwand aus ihrer Sicht, als er die Nische hinter sich ließ, um dem Raben nachzusetzen. Ein Beben, ein zweites, dann schlich Maja an die Öffnung und spähte nach draußen. Die erweckte Statue bewegte sich auf den Raben zu, der mit gespreizten Flügeln über einem leeren Arkadenbogen ausharrte. Der Vogel schlug mit den Schwingen und sein Schatten ließ ihn größer wirken, als er es tatsächlich war. Die Statue schwang das Schwert bedrohlich. Obgleich ihre Bewegungen träge wirkten, war die Schneide scharf genug, um ihr Respekt einzuflößen.

Ihr Blick zuckte zur Treppe, dem rettenden Ausgang, der unendlich weit entfernt schien. Aber sie hatte keine Wahl. Maja raffte ihre Röcke und sah ein letztes Mal auf den Steinkönig, dann sammelte sie all ihren Mut und verließ die Nische.

Ihre Absätze hallten laut über den Marmor. Der Boden war glatter, als sie ihn in Erinnerung hatte. Sie schaute hinab und fand Eiskristalle, die unter ihren Füßen wuchsen und die Gruft zu überziehen begannen. Sie weigerte sich, das Entsetzen bis in ihr Herz dringen zu lassen.

Nicht jetzt, nicht jetzt! Maja schlitterte über den spiegelglatten Stein, doch sie verringerte ihre Geschwindigkeit nicht. Ihr Atem bildete eine weiße Wolke in der eisigen Luft der Gruft, die selbst die Sonne nicht mehr zu wärmen vermochte.

Ein Knirschen erklang in ihrem Rücken. »Was? Noch einer mehr?« Der Boden vibrierte, als der König herumfuhr. »Bleibt stehen! Kommt sofort zurück! Diebe! Schändliches Gesindel! Wache! Wache! Haltet die Eindringlinge!«

Ihre Augen fixierten die Stufen, die vor ihr lagen. Maja rutschte auf den Torbogen zu, als der Grund abermals erbebte. Ein Stöhnen, Klirren. Die Speere der Steinwachen kreuzten sich über ihrem Kopf, als sie durch die Öffnung huschte, so knapp, dass sie den Luftzug auf ihrem Haar spürte.

Die Treppe. Sie musste sie erreichen. Nichts anderes zählte. Endlich setzte ihr Fuß auf der ersten Stufe auf. Maja hetzte hinauf, obgleich der Stein so glatt war, dass sie kaum Halt darauf fand. Sie stützte sich an der Wand ab, doch es nutzte nur wenig. Drei Stufen weiter und ihr Absatz verfing sich in ihrem Unterrock. Maja strauchelte und kämpfte fluchend um ihr Gleichgewicht. Ihre Hände schlugen hart auf dem Eis auf, das den Stein überzog, und Schmerz zuckte durch ihre Handgelenke. Hastig richtete sie sich auf, die Haut gerötet und von schmelzenden Eiskristallen überwachsen. Ein Erdbeben erschütterte die Gruft, als die beiden Steinwachen zu ihrer Verfolgung ansetzten. Ein Aufprall ertönte in ihrem Rücken. Etwas griff nach ihrem Rock und hielt sie fest. Sie sah zurück und fand den Speer, der sich in den Stoff gebohrt hatte. Die Wachen kamen unaufhaltsam näher. Stein schob sich über die Treppe nach oben, vollkommen unbeeindruckt von der Glätte, die darauf herrschte. Maja zerrte verzweifelt an ihrem Rock, bis der Stoff mit einem Ratschen nachgab. Sie fiel nach vorn, als der Speer sie mit einem Ruck freigab, krabbelte mehr auf allen vieren, als dass sie lief. Trotzdem gelang es ihr, Abstand zu den langsameren Wachen zu gewinnen. Ein heiseres Krächzen erklang und der Rabe stob an ihrem Gesicht vorüber, auf die Türflügel zu, die … sich schlossen!

»Oh verflucht, nein!« Maja hastete nach oben, während sich der Durchgang immer weiter verengte und flüssige Schwärze über die Stufen kroch. Ihre Lungen brannten und das Getöse in ihrem Rücken wurde lauter, als sich die Steinmänner ebenfalls hinauf mühten. Das Gezeter des Königs, der ihren Kopf forderte, drang aus dem hinteren Teil der Gruft.

Weiter! Ein winziger Schlitz aus rötlichem Licht lag vor ihr, zum Greifen nah. Ihre Hände prallten gegen die Türflügel, ihr Körper schleifte schmerzhaft über den Stein, als sie sich hindurchzwängte. Die Klinge eines Speers zischte an ihr vorüber. Sie wandte sich um und sah die glitzernde Spitze, die zwischen den Türflügeln klemmte, dort, wo sie noch vor einem Wimpernschlag gestanden hatte. Dann glitt sie zurück in die Dunkelheit. Die Pforten der Gruft schlossen sich, als hätte niemals jemand einen Fuß darüber gesetzt. Die goldene Sonne saß unschuldig an Ort und Stelle, als sei das, was sie im Inneren erlebt hatte, nichts als ein Traum gewesen.

Maja rannte weiter, bis sie die Grenze des Platzes erreicht hatte, und sank schwer atmend auf die Knie. Kalte Feuchtigkeit presste sich an ihre Haut, der Saum ihres Rockes, nass von dem schmelzenden Eis, das auf ihn übergegriffen hatte. Ein Flattern am Rande ihres Sichtfeldes und der Rabe ließ sich neben ihr nieder. Metall klirrte auf Stein, als er etwas aus seinem Schnabel fallen ließ. Sie sah auf und fand den geschwärzten Schimmer von altem Silber. Ihre Hände schlossen sich um das Amulett mit dem Loch in der Mitte.

»Das ist nicht dein Ernst, Rabe!«, stöhnte sie ungläubig. »Du hast die Kette des Prinzen gestohlen?«

Sein Kopf ruckte nach vorn, eine Geste, die auf merkwürdige Weise an ein Achselzucken erinnerte. Seine Flügel schlugen und trugen ihn zurück in den Himmel, ohne dass er ihr einen weiteren Blick schenkte. Maja sah ihm nach, zu betäubt, um sich einen Reim auf sein Verhalten machen zu können. Das alte Metall lag schwer in ihrer Hand.

»Diebesgut aus der Königsgruft. Wundervoll«, murrte sie, ehe sie sich erschöpft auf die Füße kämpfte. Unschlüssig blickte sie auf die Kette, in der sich das rötliche Licht des Sonnenuntergangs fing. Sie musste zurück zum Schloss, bevor es dunkel wurde. Allein die Hüterin des Lichts wusste, wie sie Me'Dam Rojan erklären sollte, wo sie sich so lange herumgetrieben hatte. Ein zerrissener, nasser Saum und die Kette eines Prinzen machten es kaum besser. Wenn jemand erfuhr, was sie getan hatte … sie wollte nicht an die Konsequenzen denken. Sie musste das Amulett in ihre Kammer schmuggeln. Und sie musste … nachdenken. Über all das, was geschehen war und was es zu bedeuten hatte. Aber zuerst musste sie zusehen, dass sie dem Garten entkam, bevor sie über die nächste erwachte Statue stolperte, die sie für eine Diebin hielt. Nein. Sie *war* eine Diebin, korrigierte sie sich. Maja seufzte und ließ die Kette über ihren Kopf gleiten. Das Amulett verschwand im Ausschnitt ihrer Bluse und legte sich kalt auf ihre Haut. Für einen Moment glaubte sie, den Frost der Gruft zu spüren, der auf sie übergriff, das knirschende Wachsen der Eiskristalle zu hören. Sie straffte sich und die Empfindung verging. Dennoch spürte sie das Metall bei jedem Schritt, der sie auf das Schloss der Raben zutrug.

Die Strafpredigt von Me'Dam Rojan war über Maja hinweggegangen wie ein eiskalter Regenguss. Doch es war weniger der Ärger darüber, dass sie ihre Arbeit zurückgelassen hatte, als Sorge, die in den Eulenaugen gestanden hatte. Tatsächlich musste ihre Aufmachung besorgniserregend gewirkt haben. Zerzaust und in zerrissenen Kleidern, gezeichnet von einer erfolglosen Rabenjagd, bei der sie sich in den Gärten verirrt hatte. Es war ihr nicht schwergefallen, zerknirscht und schuldbewusst zu wirken. Allein der Anblick der Schneiderin hatte genügt, um ihr schlechtes Gewissen zu wecken. Me'Dam Rojan hatte es nicht versäumt, Maja in aller Deutlichkeit zu sagen, was für eine törichte, unvorsichtige Närrin sie war. Sie konnte es ihr nicht verübeln. Sie *war* eine törichte, unvorsichtige Närrin. Töricht genug, um bei jeder Gelegenheit in den Spiegel zu spähen, in dem der Prinz letzte Nacht erschienen war. Dumm genug, um zu hoffen, dass er es wieder tun würde, um die Rätsel zu lösen, um die ihre Gedanken kreisten, seitdem sie den Garten verlassen hatte.

Der Rabe war nicht mehr aufgekreuzt. Sie hatte sich den Weg allein suchen müssen und ihn erst gefunden, als der Mond bereits am Himmel stand. Die Nächte waren noch hell, zumindest dies war ein Segen. Dennoch erinnerte sie sich ungern an die lebendigen Schatten und die Geräusche, die sie verfolgt hatten, bis sie den Grund des Schlosses betreten hatte. Gelegentlich hatte sie ein schwaches Wispern vernommen, Finger aus Nichts gefühlt, die ihre Haut streiften. Aber nie hatte sie einen Körper erblickt, der zu ihnen gehört hatte. Wenn es einen Ort gab, an dem der Zauber der Feen so nah wirkte, als läge er hinter einem Schleier, dann war es hier. Hier, wo Magie einen schlafenden Prinzen wie Stein erscheinen ließ. Wo Tiere zu klug waren und steinerne Wächter zum Leben erwachten. Schloss Rabenschwinge war verzaubert. Ein Flecken zwischen den Welten von Sonne und Mond, zwischen Tag und Nacht, an dem nichts war, wie es schien. Wie konnte sie hoffen, jemals seine Geheimnisse zu ergründen? Wo sollte sie beginnen? Und warum war der Rabe zu ihr gekommen?

Sie drehte das Amulett in ihren Händen, betrachtete die Schriftzeichen, die den Kreis umschlossen, das Loch, das merkwürdig leer und unvollkommen wirkte. Es gab keinen Hinweis auf seinen Zweck. Wann immer ihre Finger darüberstrichen, sandte es ein kaltes Kribbeln über ihre Haut. Vielleicht wäre es besser gewesen, es zurückzulassen. Es gab kein Versteck, das sicher genug war, um es darin zu verwahren. Sie konnte nur dafür beten, dass niemand die Grabstätte des Prinzen besuchte, und bemerkte, dass es fehlte.

Warum lag sein Körper in der Grabkammer, während er hinter den Spiegeln wandelte? War das Blut der Feen so stark im Königshaus, dass sein Geist verblieben war? Aber warum endete es mit ihm? Wo waren die Königinnen, die nach seiner Zeit regiert hatten? Melysan I. hatte eine Tochter geboren und damit eine Linie von Königinnen begründet, die seither über Serijsa geherrscht hatte. Syvelle II., Amaryn, Odyne … und schließlich Melysan II. Kein einziger Sohn war dem Königshaus nach Corvyn geschenkt worden. Aber keine dieser Königinnen war in der Gruft zu Grabe getragen worden. Gab es einen anderen Ort, an dem sie ruhten?

Ihr Kopf schwirrte, sobald sie versuchte, zu ergründen, was sich dahinter verbarg. Majas Blick glitt ein weiteres Mal zum Spiegel hinauf und verweilte darauf. Der Schein des Kerzenleuchters fing sich darin, doch er zeigte nichts als die blanke Wand. Wie kurios es war, dass sie herbeisehnte, was sie ihr Leben lang zu fürchten gelernt hatte. Sie ließ das Amulett wieder unter ihre Bluse rutschen. Es mochte das beste Versteck sein, bis sie einen sicheren Ort gefunden hatte.

Das Dachfenster stand offen und ließ die Nachtluft herein. Maja atmete sie tief ein, um sich zu beruhigen und die Gedanken an Geheimnisse und Zauber zu verbannen. Nur für einen Augenblick wollte sie die Ruhe genießen und an nichts denken. Nicht an den Prinzen, nicht an Elejas. Nicht an die Gruft. Nicht an die Einsamkeit, die immer dann in ihren Geist kroch, wenn Stille einkehrte und sie an ihr Zuhause dachte. An Ijonas Leckereien oder ihren Vater, der von seinen Geschäften nach Hause zurückkehrte und den Abend am Kamin ausklingen ließ. Es schien unendlich fern, wenngleich die Stadt zu Füßen des Schlosses lag. Wenn sie aus dem Dachfenster blickte, konnte sie die Lichter von Sorieska sehen. Ein Meer aus glühenden Funken, das sich zu beiden Seiten des Flusses ausbreitete.

Was mochte Vijctor ihrem Vater gesagt haben, um ihn davon abzuhalten, zum Schloss zu kommen und sie nach Hause zu holen? Beinahe den ganzen Tag hatte sie damit gerechnet, dass die Kutsche der Carjesan auf den Hof fahren würde, doch nichts war geschehen. Vielleicht war ihr Vater so wütend auf sie, dass er sie nicht mehr sehen wollte. Maja senkte den Kopf und blickte auf ihre Hände.

In Gedanken versunken bemerkte sie den Schatten, der im Fensterrahmen erschienen war, zu spät. Sie fuhr zusammen, als ein heiseres Krächzen erklang, etwas vor ihr auf die Dielen fiel und vor ihre Füße rollte. Ein Glitzern in der Dunkelheit, Facetten, die im Kerzenlicht funkelten, als seien sie von einem inneren Feuer erfüllt.

»Rabe! Warum musst du mich jedes Mal erschrecken! Was hast du nun wieder gestohlen, du kleiner Dieb?« Sie bückte sich nach dem glitzernden Gegenstand und sah staunend auf den Knopf, den der Vogel geraubt hatte. Er stieß sich vom Fenstersims ab und setzte sich auf den Tisch mit ihrem Waschkrug, um sie interessiert zu beäugen.

»Du bringst ihn mir wieder? Du bist ein seltsames Geschöpf.« Zu ihrer Überraschung bemerkte sie, dass sie lächelte. Maja seufzte und schüttelte den Kopf. »Ich wünschte, du könntest …«, sie biss sich auf die Unterlippe und verstummte. Es war närrisch, es zu versuchen, aber …

Sie erhob sich langsam, um das Tier nicht zu erschrecken, und legte den Knopf auf ihrem Bett ab. »Du bist kein gewöhnliches Tier, nicht wahr? Du bist klüger und du bist nicht ohne Grund zu mir gekommen.« Vorsichtig ging sie näher an den Raben heran, der ihr skeptisch entgegensah. »Und du bist ein hübsches Tier, Me'Dam Rojan hat recht. Dein Gefieder muss weich wie Seide sein.«

Er bewegte sich unbehaglich, doch er flog nicht davon. Maja schluckte, als der messerscharfe Schnabel im Licht des Mondes glänzte. Ein Hieb und er konnte ihr eine hässliche Wunde versetzen, nicht weniger als die Schere, die Adiela geschnitten hatte. Aber er regte sich nicht. Der Rabe verharrte still auf seinem Platz, als sie die Finger nach ihm ausstreckte und ihn behutsam berührte.

Tatsächlich waren seine Federn seidenweich. Der Kerzenschein malte rötliche Flecken in das Grün und Blau, das in dem tiefen Schwarz schillerte. Maja ließ die Fingerspitzen über seine Schwingen gleiten, bis sie auf seiner Brust ruhten. Es war nur ein winziges Prickeln, das über ihre Haut tanzte, es zu rufen, so einfach wie das Atmen. Der Feenzauber war immer zu ihr gekommen, ohne dass sie sich anstrengen musste.

Er war wie ein Schimmer, der in der Luft wirbelte, ein Seufzen, das durch ihren Körper lief. Ein Blinzeln, das die Welt flüchtig die Augen schließen ließ und Sonne und Mond vertauschte. Silberlicht floss von ihren Fingern und tauchte in die Brust des Vogels, deutlich sichtbar im Dämmerlicht ihrer Kammer.

Der Rabe stieß ein überraschtes Krächzen aus und sprang zurück. Seine Flügel schlugen und Maja schreckte auf, als er hastig aus dem Fenster flog und irgendwo über dem Schloss verschwand. Für einen Augenblick sah sie ihm starr hinterher, dann legte sie die Hände auf die Tischplatte. Ein Rest des Silberlichtes glühte noch zwischen ihren Fingern, erlosch, als der Feenzauber aus ihren Adern schwand.

»Nun, das hat großartig funktioniert«, murmelte sie resigniert. Wahrscheinlich würde sie den Raben niemals wiedersehen. Ob sie etwas in ihm geweckt hatte … sie wusste es nicht. Sie hatte nie versucht, eine lebendige Kreatur zu verzaubern und ob es möglich war, stand ohnehin in den Sternen.

Müde stieß sie sich von der Tischplatte ab und kehrte zum Bett zurück. Alles, was ihr blieb, war, zu hoffen, dass der Spiegel ihr eine Antwort gewähren würde. Aber für den Moment war sie zu erschöpft, um einen klaren Gedanken zu fassen. Maja sank in die Kissen und blickte so lange auf das Spiegelglas, bis sich ihre Augen weigerten, ihr länger zu gehorchen. Ein letzter Seufzer und die Welt ertrank in Dunkelheit.

Es war wie ein Schwerthieb, der auf ihn niederging. Corvyn keuchte auf und taumelte zurück. Der Schmerz prickelte durch seinen Körper, als ob unzählige Nadeln auf ihn einstachen. Fahrig zog er den Ring von seinem Finger und ließ ihn in die Tasche seines Gehrocks gleiten. Dort, wo das goldene Band auf seiner Haut gesessen hatte, war ein rötlicher Streifen zu sehen. Ein Mal, das wirkte, als hätte er sich daran verbrannt. Er musterte es staunend, doch es verblasste bereits.

Es war seine kleinste Sorge.

Erschöpft ließ er sich auf den Boden fallen und barg den Kopf in den Händen. Umsonst. Alles umsonst. Was er sich erhofft hatte, war fehlgeschlagen. Die Enttäuschung darüber war wie Säure, die in seinen Adern brodelte. Vielleicht war es vermessen gewesen, zu glauben, dass es so leicht sein könnte. Dass es genügen würde, das Amulett zu entfernen, um seinem Gefängnis zu entkommen.

Doch etwas … hatte sich verändert. Corvyn runzelte die Stirn, aber er konnte nicht ergründen, worin es wurzelte. Es war, als ob das Eis, das ihn gefangen hielt, geborsten wäre. Als ob die Hülle mit jedem Atemzug ein Stückchen weiter brach und die Wärme zurückkehren ließ. Es war ein Gefühl, das ihn gleichermaßen mit Hoffnung, wie auch mit Furcht erfüllte. Wenn es ihn nicht trog, war es nur eine Frage von Tagen, bis sein Körper verwittern und sterben würde.

Die Zeit lief ihm davon.

Er presste die Lippen zusammen und hob den Kopf. Aus Gewohnheit fuhr seine Hand an seine Brust, an die Stelle, an der sich das Amulett befunden hatte. Nun war es verschwunden. Er hatte es gespürt wie eine eiserne Fessel, wie ein Gewicht, das ihn am Atmen hinderte. Wie Eisenwurzel, die auf der Haut einer Fee brannte. Etwas in ihm nahm es noch immer wahr. Es war wie ein Schatten, der über ihm hing, eine drohende Wolke, die an den Sturm gemahnte, der sich in ihrem Schutz zusammenbraute.

Aber es war noch nicht vorüber. Ein letzter Hoffnungsschimmer blieb, eine letzte Möglichkeit, seinem Gefängnis zu entkommen und in die Welt zurückzukehren. Doch er würde Hilfe brauchen. Die Hilfe des Lichts, das den dunklen Himmel durchbrochen hatte. Den milden Schein, der sich in sein Gefängnis ergoss wie ein rettendes Seil, nach dem er greifen konnte. Es zerschnitt den Nebel wie ein Sonnenstrahl, der einen neuen Tag versprach. Er klammerte sich daran fest, wohl wissend, dass es die letzte Hoffnung war, die er besaß. Und er fürchtete den Augenblick, in dem es erlöschen könnte. Den Augenblick, in dem Melysan erfuhr, was in ihrem Schloss vor sich ging.

Es durfte nicht geschehen. Corvyn ballte die Fäuste. Es durfte *niemals* geschehen. Und er würde alles tun, was in seiner Macht stand, um es zu verhindern.

Der Dornenwald

Er rief nach ihr. Er sprach mit der Zunge des Windes und schrie ihren Namen. Wieder und wieder. Nah. Fern. Sie folgte seiner Stimme durch das dornige Gestrüpp, das sich an ihren Rock klammerte, das sich um ihre Knöchel wickelte und sie festhielt. Blut rann über ihre Haut. Ihre Bluse hing in Fetzen an ihren Armen, von unzähligen Rissen übersät. Das reine Weiß war von roten Schlieren verfärbt.

»Elejas! Wo bist du?« Ihr Hals war rau von ihren Rufen. Es war kaum mehr als das Krächzen des Raben, das über ihre Lippen kam. Es kratzte in ihrer Kehle und sie hustete.

»Maja! Ich bin hier! Hilf mir!« Nah, so nah, dass sie glaubte, ihn sehen zu müssen. Doch sie sah nichts als die dunklen Bäume, die über ihr aufragten wie ein Heer aus Riesen. Augen glühten in ihren Zweigen, feindselige Flecken aus feurigem Gelb, die sie höhnisch musterten.

»Du wirst ihn nicht finden, Feenkind.« Ein frohlockendes Wispern, so fein, dass es nicht mehr war als der Wind, der durch die Baumkronen strich. Ein Kichern, das in ihren Ohren widerhallte.

Maja stolperte weiter durch das dichte Gebüsch, beleuchtet von der Sichel des Mondes, die über ihr stand. Sie war kalt und scharf wie die Klinge einer Sense, die darauf wartete, auf ihr Opfer niederzugehen. Eine Schlinge wand sich um ihren Fuß. Maja verlor das Gleichgewicht und fiel auf die Knie. Schmerz schnitt durch ihre Beine, als sich Borkenteilchen und Steine durch ihren Rock bohrten. Sie spürte, wie Blut über ihre Haut rann. Ein dünnes Rinnsal mehr, das den Boden nährte.

»Warum? Warum tut ihr das?« Verzweiflung ließ ihre Stimme schrill klingen. Sie erwartete keine Antwort. Es gab nie eine Antwort. Sie verhöhnten sie, lachten sie aus und führten sie in die Irre, doch niemals reagierten sie auf ihre Fragen.

Sie mühte sich auf die Füße und die Dornenranke, die sie gehalten hatte, fiel von ihr ab. Ihre nadelspitzen Zähnchen zerrissen ihre Haut und fügten ihr frische Kratzer zu, aber Maja fühlte den Schmerz kaum noch. Jeder Flecken ihres Körpers brannte und biss. Es machte keinen Unterschied mehr.

»Maja!«

Sie hörte die Angst in Elejas' Stimme. Verlorenheit. Sie trieb sie voran, durch Baumtore und über Stämme, die den Pfad blockierten. Ein Schatten näherte sich ihr. Groß genug, um ein Mensch zu sein. Er verharrte zwischen zwei Baumstämmen, gerahmt von den Zweigen, die ihre Finger nach ihm ausstreckten.

»Elejas?«, fragte sie vorsichtig.

Die Silhouette war männlich. Der helle Schimmer eines Hemdes, kurzes, zerzaustes Haar. Ein Windstoß ließ das Mondlicht auf sein Gesicht fallen. Bleich. So bleich. Sein Haar war schwarz wie die Nacht, so dunkel, dass es das silberne Licht verschluckte.

Maja erstarrte und selbst der Wind schien den Atem anzuhalten. Sein endloses Wehen und Rufen erstarb. Der Fremde trat einen Schritt auf sie zu und sie erkannte die Überraschung auf seinen Zügen. Sie war wie ein Blitz, der darüberfuhr. Das edle Antlitz eines Prinzen. Eines Mannes, der König hätte sein sollen.

Eines Mannes, der in der Gruft der Raben ruhte.

»Prinz Corvyn.« Sie flüsterte seinen Namen, ihre Kehle zu eng, um ein lautes Wort daran vorüber zu zwingen. Ihre Hand schloss sich um das Amulett, das auf ihrer Brust lag.

Er öffnete den Mund, um etwas zu erwidern. Ein hastiger Schritt auf sie zu und Ranken schossen aus dem Grund. Sie wickelten sich um seinen Hals und erstickten seine Worte. Ein Keuchen kam über seine Lippen, ein gurgelnder Schrei, der seine Qualen verriet. Die Dornenstränge fesselten seine Arme, schlangen sich um seinen Körper und zerrten ihn zurück.

»Nein, nicht!« Maja schrie auf und rannte auf ihn zu.

Die Ranken zogen ihn zu Boden. Es war, als ob er vor ihren Augen schmolz. Er kämpfte gegen die unbarmherzigen Fesseln, die blutende Spuren auf seinem Gesicht und seiner Kehle hinterließen. Dornen zerfetzten sein Hemd und kratzten über seine Haut, sie verengten sich weiter, je mehr er dagegen ankämpfte. Er war nicht stark genug, sie zu zerreißen. Der Grund tat sich auf und verschlang ihn Stück für Stück, wie der Schlund eines Ungeheuers, das ihn auffraß. Prinz Corvyn von Serijsa verschwand in der Umarmung des Erdreiches, als hätte es ihn niemals gegeben. Das Moos schloss sich über ihm, ohne eine Narbe zu hinterlassen.

»Nein!« Entsetzt fiel Maja auf die Knie und tastete über die Stelle, an der er verschwunden war, doch ihre Finger fanden nichts als Erde, Blätter, Steine. Keine Spur war von ihm geblieben. Schmutz rieselte von ihren Fingern, als sie die Suche nach ihm aufgab und die Hände zurückzog. Feuchte, dunkle Flecken hafteten daran. Blut. Sie schauderte.

»Du gehörst dem Feenkönig, Weltenwandlerin.« Ein bösartiges Zischen, das aus allen Richtungen zu erklingen schien. Dornenklauen schlangen sich um ihre Arme und bohrten sich in ihre Haut.

»Was bedeutet das? Was wollt ihr von mir?«, schrie sie in den Wind, der wieder erstarkt war. Die Bäume des Waldes bewegten sich. Sie kamen näher, ohne dass Beine sie trugen. Ihre Wurzeln wühlten sich durch das Erdreich, Steine und Moos wirbelten auf, während sie sich um Maja schlossen wie die Gitter eines Gefängnisses. Sturmböen peitschten ihr Haar auf, wehten es vor ihre Augen, bis die Welt hinter den Strähnen verschwamm. Sie wollte es aus ihrem Gesicht streifen, doch die Ranken wickelten sich noch fester um ihre Glieder. Es gab kein Entkommen.

Ein Blitz brach aus den Wolken und hinterließ ein Glühen, dort, wo er in die Erde eingedrungen war. Das Tosen erstarb so schnell wie es gekommen war. Maja schüttelte das Haar aus ihren Augen und blinzelte in die plötzliche Helligkeit. Silbernes Licht, das einen Reiter umhüllte. Die Bäume hatten sich bewegt und den Hügel freigegeben, auf dem er sein Ross angehalten hatte. Wie Soldaten flankierten sie den breiten Pfad, der sich zwischen ihnen gebildet hatte. Macht ging von ihm aus und brachte das Feenblut in ihr zum Singen. Sein Haar wehte im Wind wie eine Flamme. Sie konnte die Farbe seiner Augen nicht erkennen, aber selbst auf die Entfernung war zu sehen, dass eines heller als das andere war. Sein Blick fixierte sie, sein Mund verzog sich zu einem Raubtierlächeln.

Er war der Jäger. Sie war das Wild.

Eis schoss durch Majas Adern, als sein Ross auf die Hinterbeine stieg, ehe es den Hügel hinab preschte. Gleich würde er sie erreichen … Sie zerrte an ihren Fesseln, doch die Dornen bohrten sich nur tiefer in ihr Fleisch. Qualen zerrissen sie, als sie es von ihren Knochen fetzten und ihr Blut sich mit dem des Prinzen vereinte.

Sie konnte nicht entkommen. Die Mähne des Rosses wehte wie ein Banner über ihr. Seine Hufe blitzten im Mondschein, als bestünden sie aus purem Silber. Nur ein Schritt, nur ein Sprung mehr …

Ein Schrei gellte durch den Wald. Maja sah auf, als dunkle Schwingen über ihr schlugen und das Licht auslöschten.

Mit einem Aufschrei fuhr sie aus dem Schlaf. Ihr Atem flog, ihr Herz pochte so schnell, als wollte es aus ihrer Brust springen. Schmerz brannte auf ihren Armen, an ihrem Knöchel … es gab keinen Flecken ihres Körpers, der unversehrt schien. Das Licht der nahenden Morgendämmerung fiel durch ihr Fenster und in seinem schwachen Schein erkannte sie die rötlichen Spuren, die ihr Nachtkleid besudelten.

Der Albtraum war zurückgekehrt. Maja schloss die Augen und ließ sich in ihr Kissen fallen. Noch immer saß das Zittern in ihren Gliedern, wenn sie an den Dornenwald dachte. An die mächtige Gestalt mit dem roten Haar. Rot wie Flammen. Rot wie das Haar des Tänzers auf der Spieluhr ihrer Mutter, der mit der goldhaarigen Frau tanzte. Grauen ergriff sie, sobald sie daran zurückdachte. Sie sah das verzweifelte Gesicht des Prinzen vor sich, der vom Erdreich verschlungen wurde. Nie zuvor waren ihre Träume so grausam gewesen. So … echt.

»Steh auf!« Die Stimme war rau. Ein Krächzen eher als Töne, die aus der Kehle eines Menschen drangen. Verwirrt suchte Maja nach ihrer Quelle und fand die dunkle Form des Raben, der am Fußende ihres Bettes saß.

»Rabe! Du bist … du kannst …«, sie brach ab, als er an ihrer Decke zerrte.

»Beeile dich! Er kommt!« Die Stimme des Vogels klang gedämpft durch den Stoff, den er im Schnabel hielt.

Verdammt, ich träume noch! Maja zog an der Decke, bis sie aus dem Schnabel des Vogels fiel. »Warum soll ich mich beeilen? Wer kommt?«

Der Rabe pickte nach ihrem Arm.

»Autsch!« Maja rieb über die Stelle, an der er sie erwischt hatte. »Verflucht, Vogel, was soll das?«

»Ich sagte, steh auf! Oder willst du den Feenkönig in deinem Bett empfangen?«

»Den … *Feenkönig?*«, wiederholte sie ungläubig. *Du gehörst dem Feenkönig, Weltenwandlerin.* Der Traum … Kälte griff nach ihrem

Herzen. Plötzlich zitterten ihre Finger. Der Rabe störte sich nicht daran, dass ihr das Blut aus dem Gesicht wich. Er flatterte zum Spiegel hinüber und begann, mit den Krallen an seinem Rahmen zu zerren. Das Holz kratzte über den Stein und schwankte bedrohlich. Maja kam auf die Füße, als sich der Spiegel von der Wand löste und mit lautem Getöse auf den Boden krachte. Das Glas zersprang mit einem ohrenbetäubenden Klirren. Splitter rieselten vor ihre Zehen und sie sprang zurück, ehe sie in ihre Füße schneiden konnten. Hastig glitt sie in ihre Schuhe und klaubte ihre Kleider von dem Stuhl, über den sie sie gehängt hätte. Sie presste das Bündel an ihre Brust, als ob es sie vor der Gefahr zu schützen vermochte, die sie kaum ermessen konnte. »Was will der Feenkönig von mir? Ich verstehe nicht …«

»Fragen müssen warten. Wir haben keine Zeit. Komm mit.« Der Rabe flog zur Tür und pochte auffordernd mit dem Schnabel gegen das Holz.

Maja fasste nach dem Türknauf, hielt inne, um den Vogel zweifelnd zu mustern. »Wer sagt mir, dass ich dir trauen kann, Rabe? Du hast mich gestern beinahe umgebracht.«

Der Kopf des Vogels ruckte zu ihr herum. »Du kannst dein Glück auf die Probe stellen und bleiben, Weltenwandlerin. Oder du kannst den Mund halten und mir vertrauen.«

Weltenwandlerin. Das Wort aus ihrem Traum. Einem Traum, den Rabenschwingen beendet hatten, ehe der Reiter sie erreicht hatte. Maja presste die Lippen zusammen und öffnete die Tür. Der Rabe schoss über ihre Schulter, den stillen Flur entlang, in dem sich nichts regte. Niemand streckte den Kopf heraus, um sich nach der Ursache des Lärms umzusehen. Es war, als sei der Wohnbereich der Dienstboten ausgestorben.

Schauer rannen über ihre Haut, als sie dem Vogel die Treppe hinab folgte, durch den nächsten Gang, von dem sie wusste, dass er in die Küche mündete. Dumpfes, graues Dämmerlicht erhellte ihren Weg und ließ die Schatten lebendig wirken. Die Öllampen, die am Abend Licht spendeten, waren schon lange gelöscht. Ungeheuer verbargen sich in dunklen Winkeln und streckten ihre Schattenfinger nach ihnen aus, während sie durch das Gebäude eilten, ohne anzuhalten. Der Rabe ließ den Eingang der Küche hinter sich und flog auf die Treppe zu, die ins Schloss führte.

Ihre Schritte stockten, als sie den hohen Durchgang erblickte. »Dort hinein? Aber was, wenn …«

»Wir der Königin und ihrem Hof begegnen?« Der Rabe gab ein Geräusch von sich, das an ein Lachen erinnerte. »Nicht, wenn der Morgen so nah ist.«

Mehr Rätsel, keine Lösungen. Er hielt unbeirrt auf den Torbogen zu und Maja blieb wenig mehr, als hinter ihm herzustolpern.

Das Schloss tat sich vor ihnen auf. Leere, hohe Hallen aus Marmor geformt, mächtige Gewölbe, auf denen Frauen in wallenden Gewändern einen Reigen durch die Wolken tanzten. Kristall funkelte von Leuchtern, als seien die Sterne vom Himmel gefallen. Selbst im trüben Licht, das durch die Buntglasscheiben hereinfiel, konnte man erahnen, wie prächtig sie sein mussten, wenn sie entzündet wurden. Nein … wie prächtig sie gewesen sein mussten. Ein genauerer Blick offenbarte, dass das Silber an den Armen der Leuchter angelaufen war. Das Geländer der weitläufigen Treppe war abgenutzt, ebenso wie der Teppich, der die Stufen bedeckte. Sie ließen die Hallen rasch hinter sich und tauchten in das Gewirr der Flure, die sich dahinter verbargen. Der Rabe leitete sie über Gänge mit verschlissenen Wandteppichen, die Jagdszenen darauf verblasst. Die samtenen Vorhänge vor den hohen Fenstern staubig und fadenscheinig. Fresken, einst prachtvoll und von strahlender Farbe, waren von Rissen durchzogen und ausgebleicht. Spinnweben hingen wie Girlanden zwischen den Lampen, von Staub übersät, der sie deutlicher zum Vorschein kommen ließ. Welchen Glanz das Schloss auch immer besessen haben mochte, er war lange vergangen.

Manchmal glaubte Maja, den Hall von geisterhaftem Hufschlag zu vernehmen, und beschleunigte ihre Schritte. Gelegentlich hielt der Rabe inne und lauschte, als ob auch er es zu hören vermochte. Dann bog er um eine Ecke, flog einen anderen Flur entlang und das Geräusch verklang in ihrem Rücken. Die Ahnen der Königin sahen von den Wänden auf sie herab, während sie über die verlassenen Gänge huschten. Zuweilen wirkten die Augen so echt, als könnten sie tatsächlich sehen. Gewiss würden sie verwundert auf die junge Frau starren, die wie ein Gespenst in ihrem Nachtkleid durch das Schloss wandelte. Dem Raben hinterher, der niemals zögerte, ehe er um eine Biegung verschwand oder eine Treppe hinauf flatterte.

Schloss Rabenschwinge war ein Irrgarten aus Fluren und Türen, unendlich verwinkelt und undurchschaubar für jeden, der nicht hier aufgewachsen war. Doch der Rabe schien nie in die Irre zu gehen. Sein Flug war zielgerichtet, als ob er jede Windung, jede Tür selbst im Schlaf kannte. Manchmal forderte er sie auf, eine Tür zu öffnen, die weitere Treppen hinter sich barg. Einmal ließ er sie in einem Salon das Gemälde einer dunkelhaarigen Frau verschieben, die die Augen des Prinzen besaß, um einen versteckten Durchgang dahinter freizulegen. Es offenbarte ein enges Treppenhaus, nur durch winzige Schlitze im Mauerwerk erhellt, durch die Wind hereinpfiff.

Maja stöhnte leise, als sie die endlose Reihe der Stufen vor sich sah, die sich in die Höhe schlängelten. Ihre Beine waren schwer und ihre Füße weigerten sich, noch weiter hinaufzusteigen. Doch der Rabe kannte kein Erbarmen. Er flog voran, bis sie den Absatz erreichten, hinter dem ein zweiflügeliges Portal aufragte. Zwei Fenster ließen rechts und links erkennen, dass die Morgendämmerung beinahe gekommen war. Rote Schlieren zogen sich über den finsteren Himmel und kündigten die Sonne an, die bald aufgehen wollte. Der Vogel landete auf dem Haupt einer Statue, die neben dem verschlossenen Eingang stand. Es war die marmorne Gestalt einer Frau, die Arme in Richtung der Decke ausgestreckt, als ob sie darauf wartete, dass die ersten Regentropfen fielen. Auf der anderen Seite war ihr Gegenstück aufgestellt. Ein Mann mit einer Augenbinde, der sich auf sein Schwert stützte, den Kopf gesenkt, als sei er müde von der Schlacht. Die Hüterin des Lichts und der Herr der Schatten. Der blinde Gott, der Magie in ihre Welt getragen hatte. Maja musterte die geschlossenen Türflügel, die von einem tiefen Violett waren. Das Relief der goldenen Sonne und der silbernen Mondsichel, die Stelle, an der ein Knauf sitzen sollte, um sie zu öffnen. Sie war leer. Fragend blickte sie zu dem Raben.

Sein Kopf zuckte. »Warte.« Er spähte die Stufen hinab, als ob er erwartete, dass ein Verfolger zu ihnen heraufkommen würde.

»Worauf? Darauf, dass der Feenkönig erscheint und mich hinter die Spiegel zerrt?«

Der Rabe zischte leise. »Du bist ungeduldig, Weltenwandlerin.«

Maja hob die Brauen. »Und du bist verschlossen, Rabe. Vielleicht möchtest du die Zeit nutzen, um mir zu erklären, was all das zu bedeuten hat?« Sie hatte sich nie zuvor so töricht gefühlt wie in diesem Augenblick. Halbnackt irgendwo in einer abgelegenen Ecke eines fremden Schlosses, mit einem Bündel ihrer Kleider, das sie an die Brust drückte wie einen Schatz. Begleitet von einem Raben, den sie selbst verzaubert hatte und der zu menschlich wirkte, um ein gewöhnlicher Vogel zu sein.

Jetzt plusterte er sein Gefieder auf. Seine Haltung war entspannt, als ob eine Flucht durch das halbe Schloss nichts Ungewöhnliches für ihn war. »Ich dachte, du hast dich dafür entschieden, mir zu vertrauen?«

»Vertrauen?« Sie schnaubte. »Du erscheinst mir als das geringere Übel, das ist alles. Erst gestern hätten mich beinahe drei Steinwächter umgebracht, nachdem du mich in die Königsgruft gelockt hast, um dort die Kette des Prinzen zu stehlen.« Sie zog das Schmuckstück unter ihrem Nachtkleid hervor und hielt es ihm entgegen.

Für einen Wimpernschlag erstarrte der Vogel. Seine Augen richteten sich auf das Amulett, dann schüttelte er sich und wirkte so unerschütterlich wie zuvor. »Ich habe dich gerettet, nicht wahr?«

»Ohne dich hätte ich niemanden gebraucht, der mich rettet!« Sie ließ das Silber zurückgleiten und spürte einmal mehr die beißende Kälte, die bei der Berührung davon ausging.

»Du hast jemanden gebraucht, der dich rettet, seitdem du den ersten Atemzug getan hast, Weltenwandlerin. Es war nur eine Frage der Zeit, bis der Feenkönig nach dir sucht. Du hattest Glück, dass er dich nicht eher aufgespürt hat.«

»Was bedeutet da…«, sie brach ab, als die ersten Sonnenstrahlen durch die Fenster fielen. Das Sonnenrelief auf dem Portal erglühte in einem goldenen Schein, der Mond wurde von Silberlicht erfüllt, das scharf in ihre Augen schnitt. Maja blinzelte, als sie so hell erstrahlten, dass sie die Hand heben musste, um sich vor dem Licht zu schützen.

Flüssige Morgenröte rann über die Türflügel. Ein tiefes, glühendes Orange verdrängte das Violett, so wie der Tag die Nacht vertrieb. Dann verblasste es. Das Portal flimmerte und wurde durchscheinend wie ein Schleier, der das Gesicht einer Braut bedeckte. Maja hielt den Atem an und starrte sprachlos auf den Durchgang, der sich vor ihr abzeichnete.

»Du bist ein Kind der Dämmerung, Maja Carjesan«, sagte der Rabe ungerührt. Zufriedenheit klang in seinen Worten mit, als hätte sich etwas bestätigt, das er erwartet hatte. »Deswegen wird der Feenkönig alles tun, um dich in die Hände zu bekommen.« Er stieß sich von der Statue ab und flatterte ins Innere des Saales, der hinter dem Portal zum Vorschein gekommen war.

Maja folgte ihm zögerlich. Ihre Finger krallten sich so fest in das Stoffbündel in ihren Händen, dass sie schmerzten. Dunkles Nachtblau färbte den Marmor, auf den sie ihre Füße setzte. Sterne flimmerten darauf. Silberne Lichter, die sich unter ihren Sohlen zu bewegen schienen, als wollten sie ihr zuzwinkern. Säulen stützten das Gewölbe, das im Licht des Sonnenaufgangs leuchtete, als ob sich feurige Glut in den Saal ergießen wollte. Kristall, ähnlich der Kuppel, die sie in der Gruft gesehen hatte. Silberfarbene Ströme durchzogen den Marmor der Wände, wo keine Fenster saßen. Flüssig wie ein Wasserfall, der endlos in die Tiefe stürzte. Ein dichter Vorhang bedeckte eine Seite der Wand, dahinter zeichnete sich ein Rahmen ab, als ob er ein riesiges Bildnis verbarg. Ein langer Tisch und mit violettem Samt bezogene Stühle nahmen die Mitte des Raumes ein. Welche Art von Versammlung mochte an diesem Ort stattgefunden haben? Fernab von all den Sälen und Zimmern, die sich weiter unten im Schloss befanden? Es war kein Flecken, an dem gewöhnliche Höflinge ein und aus gegangen waren, zumindest dessen war sie sich sicher.

Maja wandte den Blick ab, um den Raben zu suchen. Er hatte sich auf der Schulter von einer der Statuen niedergelassen, die zwischen den Säulen standen. Gestalten in fließenden Gewändern, ähnlich jenen, die sie auf den Fresken erblickt hatte. Keine davon stellte jemanden dar, der ihr bekannt war. »Was ist das für ein Ort?« Ihre Stimme hallte wie ein Schrei durch den leeren Saal. Sie räusperte sich verlegen.

»Man hat ihn die Halle der Dämmerung genannt.« Der Rabe hüpfte zum Kopf der Statue und ließ sich auf dem geflochtenen Haarkranz der Frau nieder. »Aber er wird seit langer Zeit nicht mehr benutzt.«

Halle der Dämmerung. Kind der Dämmerung. Weltenwandlerin. Nichts, was sie einzuordnen vermochte. Maja schüttelte den Kopf. »Ich verstehe nichts davon. Was bist du, Rabe? Und was soll ich hier?« Plötzlich fühlte sie sich hilflos wie ein neugeborenes Kind. Sie war aus ihrer Kammer verschwunden und Me'Dam Rojan würde nach ihr suchen, wenn sie nicht zu ihrer Arbeit erschien. Und was, wenn Vijctor zum Schloss kam, um nach ihr zu sehen? Sie knetete das Stoffbündel in ihren Händen und der Rabe flog zu den Stühlen und pochte auffordernd mit dem Schnabel auf das dunkle Holz.

Sie folgte seiner Aufforderung, sich erst jetzt der Schwäche in ihren Beinen bewusst, die sich weigern wollten, einen Schritt mehr zu tun. Der Albtraum steckte noch in ihren Knochen. Majas Hände bebten, als sie einen der Stühle hervorzog, um matt darauf niederzusinken. Der Rabe beobachtete sie aufmerksam, aber er machte keine Anstalten, ihr Antworten zu gewähren.

»Hast du die Fähigkeit zu sprechen, verloren, Rabe? Oder ist all das nur ein neues Spiel, auf das ich hereingefallen bin?«

»Hat dir das Spiel im Garten nicht gefallen?« Es war unmöglich, doch es gelang ihm, seine krächzende Stimme süffisant klingen zu lassen.

Maja sog gereizt die Luft ein. »Ich lasse mich nicht gern von steinernen Wächtern jagen oder stehle den Schmuck toter Prinzen. Wenn du mir damit eine Freude machen wolltest, hast du den falschen Weg gewählt. Also? Was bist du?«

Der Kopf des Raben bewegte sich, als müsse er seine Gestalt mustern. »Ein Vogel, nehme ich an. Und ein schmuckes Exemplar, wenn ich deiner Einschätzung glauben darf.«

Selbstgerechter kleiner Bastard. Sie wollte schreien und ihn schütteln, um ihn endlich zum Reden zu bringen. Maja begann, mit den Fingern auf die Tischplatte zu trommeln. Glattes Holz, auf dem sich der rote Schein der Sonne widerspiegelte. »Halte mich nicht zum Narren, Rabe! Du bist kein gewöhnlicher Vogel.«

»Nun, nicht mehr, seitdem du deine Finger nicht von mir lassen konntest«, gab er in einem anzüglichen Ton zurück. »Möchtest du noch einmal versuchen, deinen Zauber auf mich wirken zu lassen?« Er reckte ihr auffordernd die Brust entgegen.

Sie unterdrückte mühsam den Fluch, der auf ihrer Zunge lag. »Wenn du nicht willst, dass sich meine Finger um deinen Hals legen, solltest du besser damit anfangen, mir Antworten zu geben. Warum hast du mich in die Gruft gelockt? Und was ist mit dem …«, sie schluckte, als das Bild des Prinzen in ihren Geist zurückkehrte. Die Dornenranken, die sein Fleisch zerschnitten, ehe ihn der Waldboden verschlang. Sie sah auf die rot leuchtenden Kratzer, die ihre eigene Haut bedeckten. Noch immer waren sie nicht verblasst. Sie wollte sich nicht vorstellen, was ihm geschehen sein mochte. »Der Prinz. Warum wandelt er hinter den Spiegeln, während sein Körper unversehrt in der Gruft liegt?«

Der Rabe bewegte sich unbehaglich. Maja kniff die Augen zusammen und fixierte ihn, bis er ergeben die Flügel hob. »Er wurde verraten und hinter die Spiegel verbannt.« Plötzlich klang er düster.

»Das bedeutet, dass er noch am Leben ist?«

»Am Leben, wie ein Geist am Leben sein kann, der von seinem Körper getrennt wurde und zwischen den Welten gefangen ist.«

Maja zog die Stirn in Falten, als sie zu verstehen versuchte. »Warum hast du mich zu ihm gebracht?«

Der Vogel hüpfte unruhig über den Tisch. Beinahe konnte Maja einen Mann vor sich sehen, der die Hände auf dem Rücken verschränkt hatte und ruhelos auf und ab ging. Nichts erinnerte an das Verhalten eines gewöhnlichen Tieres. Schließlich hielt er an und drehte sich zu ihr um. »Weil du die Hoffnung bist, Weltenwandlerin.«

»Die … *Hoffnung?*«, wiederholte Maja verständnislos. Ungläubiges Lachen kitzelte in ihrer Kehle. Zu nah an der Hysterie. Sie war zu müde. Zu überreizt. Zu verwirrt. »Für wen?«, stieß sie erstickt hervor, während sie dagegen ankämpfte.

»Für Serijsa. Für den Prinzen. Für alle, die unter dem Bann des Feenkönigs und der Königin stehen.«

Er sagte es so ernst. So nachdrücklich. Für einen Augenblick war sie sprachlos. Dann brach das Lachen aus ihr heraus. Der Vogel starrte sie mit einem Ausdruck an, der verletzt anmutete. Mit Mühe zwang sie es nieder und versuchte sich zu beruhigen. »Ich bin zum Schloss gekommen, um meinen Freund zu finden und ihn nach Hause zu bringen. Und selbst das kann ich nicht, weil ich nicht weiß, was ihm geschehen ist! Wie soll ich für irgendjemanden eine Hoffnung sein? Das ist verrückt!«

Der Rabe sprang auf sie zu und baute sich nah vor ihr auf. »Weil du *sehen* kannst! Du trägst das Blut der Dämmerung in dir. Du kannst zwischen den Welten wandeln und du kannst dabei helfen, den Fluch des Feenkönigs zu brechen. Zumindest«, er sah sie beinahe verächtlich an, »wenn du nicht so töricht bist, wie du dich gerade aufführst, und in seine Hände stolperst.«

Sein Name brachte schlagartig die Ernüchterung. »Vielleicht könnte ich das verhindern, wenn du dir die Mühe machen würdest, mir endlich zu verraten, was der Feenkönig von mir *will.*«

»Du weißt es wirklich nicht, nicht wahr?« Der Rabe begann von Neuem, auf dem Tisch auf und ab zu spazieren. »Das Blut der Dämmerung ist mächtig. Wer es in den Adern trägt, ist nicht an die Grenzen zwischen den Welten gebunden. Er ist von den Strömen der Magie berührt und besitzt ein gewisses Maß davon.« Er hielt an und drehte den Kopf zu ihr. »Weltenwandler können Portale zwischen den Welten öffnen. Sie können ebenso in der Welt der Sonne leben, wie ins Mondreich gelangen, wenngleich sie nur für eine begrenzte Zeit dort überdauern können, ehe der starke Fluss der Magie sie in den Wahnsinn treibt. Und wenn eine bestimmte Konstellation in ihrem Erbe zutage tritt, können sie es den Feen ermöglichen, das Sonnenreich zu betreten, ohne gerufen worden zu sein. Wenn sie es tun«, er zögerte, »gibt es kein Entkommen vor ihrer Magie. Sie können kommen und gehen, wie sie es wünschen. Und du bist ein solcher Schlüssel. Der Schlüssel, der den Feenkönig von den Raben befreien kann.«

»Von … den Raben befreien?«, fragte sie verständnislos.

Der Vogel spreizte die Flügel. »Die Raben tragen das Blut der Dämmerung in den Adern. Sie waren eine der mächtigsten Familien ihres Volkes, Hüter der Grenzen zwischen den Reichen von Sonne und Mond. Sie waren Jäger. Beschützer, die einen unsichtbaren Krieg gegen das Feenvolk geführt haben. Für unzählige Jahrhunderte haben sie die Menschen vor den Feen bewahrt und dafür gesorgt, dass sie keinen Schaden im Reich der Sonne anrichten konnten. Wann immer eine Fee die Grenzen überschritten hat, waren sie zur Stelle, um sie aufzuspüren und zurückzutreiben. Aber damals waren es nur wenige Feen, die ins Menschenreich gelangten. Primitive Feenbestien, die nicht von den Bannzaubern gehalten wurden, die die Hüterin des Lichts zum Schutz ihrer Kinder erschaffen hat. Hohe Feen, die von machtgierigen Menschen gerufen wurden, die sich Magie und Gefallen erkaufen wollten. Sie konnten niemals frei das Sonnenreich betreten, wenn sie es wünschten. Stets waren sie an die Einladung eines Menschen gebunden, an einen Ruf, der ihnen die Tore öffnete. Doch dann hat der Feenkönig einen Pakt mit dem Herrn der Schatten geschlossen und dieser hat ihm dafür einen mächtigen Zauber gewährt. Einen Weg ins Reich der Sonne, nach dem er sich so lange gesehnt hat. Ein Kind, geboren aus dem Blut dreier Völker, würde als Schlüssel ein dauerhaftes Portal zwischen den Reichen öffnen können. Alles, was er dazu brauchte, war das Blut der Dämmerung und der Menschen, das sich mit dem der Feen vermischte. Tatsächlich ist es ihm gelungen, einen der Rabenkönige mit dem Versprechen von Macht und Reichtum zu verlocken. Ascaris hat für ihn sein Volk verraten.«

»Ascaris … der … Steinkönig aus der Gruft?«

Der Rabe nickte. »Ja. Ascaris gierte nach Macht und Einfluss. Er wollte mehr als ein mächtiger Grenzhüter der Zwischenwelt sein, ein Eroberer, dem die Welt zu Füßen lag. Der Feenkönig versprach, seinen Wunsch zu erfüllen, wenn Ascaris ihm dafür diente und der König der Raben willigte ein. Er hat ein Feenblut zu seiner Gemahlin genommen. Das Kind, das ihrer Verbindung entsprungen ist, trug das Erbe dreier Welten in sich und Ascaris hat dem Feenkönig seinen Erstgeborenen überlassen. Einen Schlüssel, der das große Weltentor geöffnet und es offen gehalten hat, solange er lebte.« Der Rabe hob den Kopf und sah zur Kuppel empor, als ob er sich nach der Freiheit des Himmels sehnte. »Es war ein einfacher Pakt. Der Feenkönig hat den Raben die Macht geschenkt, die sie zu den Eroberern der Welt gemacht hat. Serijsa war der Mittelpunkt aller bekannten Länder von Atharys, das größte Reich, das es je gegeben hat. Aber der Preis war hoch. Die Könige haben geschworen, ihm im Gegenzug jedes Erstgeborene zu überlassen, das einer neuen Generation entsprang. Ein neuer Schlüssel für den Feenkönig, der mit ihm in sein Reich ging und ihm diente, bis seine Kraft verbraucht war und er starb. Das Erbe der Dämmerung geriet für lange Zeit in Vergessenheit, bis Leonin von Serijsa von seiner wahren Abstammung erfahren und den Preis des Paktes erkannt hat. Er hat sich geopfert, um das dauerhafte Weltentor in Schloss Rabenschwinge zu schließen und den Pakt zu brechen. Kein Schlüssel wurde mehr in das Mondreich gesandt. Die Feen wurden hinter die Spiegel verbannt, hinter die sie gehören. Ihre Magie wich aus dem Schloss und die Raben haben ihre Feldzüge beendet. Die Bedeutung von Serijsa schwand, aber das Volk war endlich frei.«

Der Tag, an dem die Mauern des Schlosses schwarz geworden waren. Vijctors Erzählung, zu neuem Leben erwacht. Es war wahr.

»Das bedeutet … dass er mich mit in sein Reich nehmen möchte?«, fragte Maja beklommen. »Um ihm bis zu meinem Tod zu dienen?«

»Ja.« Seine Antwort hallte hart durch den Saal. »Dich. Die Kinder, die du zur Welt bringst. Jede einzelne Generation, die dir folgt.«

Verrückt. Verrückt. Das Wort hämmerte ohne Unterlass in ihrem Kopf. »Aber … die Raben haben es freiwillig getan …«, stotterte sie hilflos. »Hohe Feen können weder töten noch einen Menschen zu etwas zwingen, das er nicht will. Ich werde niemals einen Pakt mit ihnen schließen … ich …«

»Sie können den Geist bezaubern und ihm alles vorgaukeln, was sie möchten«, unterbrach sie der Rabe. »Sie können einen Menschen in den Tod treiben, ohne sich die Finger schmutzig zu machen. Das Blut der Dämmerung mag dich immun gegen ihren Zauber machen. Aber was ist mit Menschen, die du liebst? Glaubst du, dass er keinen Weg finden wird, deine Zustimmung zu erzwingen? Er kommt und geht seit einem Jahrhundert, wie er will, weil Brys' Tochter so dumm war, einen neuen Pakt mit ihm zu schließen.« Es klang wie ein Fluch. Bitter wie Galle.

»Das Weltentor ist wieder offen?« Maja sah den Vogel erschrocken an, als sie die vollständige Bedeutung seiner Worte erfasste. »Aber dann …«

»… wandeln er und seinesgleichen unter uns und verseuchen das Land wie eine Krankheit, ja. Weißt du, wie viele Seelen die hohen Feen in all diesen Jahren ins Unglück gerissen haben? Nur um sich an den Leidenschaften zu laben, die sie selbst nicht mehr besitzen? Sie haben ihre Gefühle für ihre Magie eingetauscht und zu spät bemerkt, was sie verloren haben. Nun sind sie *süchtig* danach. Die Schätze des Menschenreiches sind nicht in Gold und Juwelen zu messen. Inspiration, Liebe, Schmerz. Alles, was eine Fee nicht mehr besitzt, wonach sie sich sehnt, liegt in den Menschen. Starke Gefühle sind wie ein Lebenselixier für sie. Der einzige Weg, der Eintönigkeit ihres kalten Daseins für eine Weile zu entfliehen. Für sie ist das Weltentor kostbarer als jeder Besitz. Es schenkt ihnen die Freiheit. Sie verkaufen Versprechen und gewähren Macht, doch sie lassen sich in Unheil bezahlen. Die Welt der Menschen ist wie ein Schauspiel, das allein zu ihrem Vergnügen aufgeführt wird. Sie spielen mit Leben, um sich zu amüsieren, und wenn sie gehen, lassen sie den Feenwahn zurück. Der Feenkönig ist der

Schlimmste von ihnen. Und sobald er einen neuen Schlüssel besitzt, kann ihn nichts davon abhalten, in unsere Welt zu kommen, wann immer er es wünscht.«

Der Feenwahn. Das Schwert, das seit unendlich langer Zeit über ihrem Kopf hing. »Er hat meine Mutter geholt«, wisperte sie. »Als ich noch ein Kind war. Sie hat mir das Feenblut vererbt. Warum hat er nicht mich mitgenommen? Warum hat er sie an meiner statt gestohlen und nichts von ihr gelassen?«

Der Rabe sah sie ruhig an und neigte den Kopf. »Vielleicht, weil ihr Zauber dich vor ihm geschützt hat. Er mag geglaubt haben, dass sie das Blut der Dämmerung in sich trägt.«

Maja spürte, wie Tränen in ihren Augen brannten. »Aber warum hat er ihren Geist zerstört? Warum hat er sie zerbrochen und sie dann zurückgelassen?«

»Weil nicht *sie* dir das Blut der Dämmerung vererbt hat. Sonst hätte er sie niemals gehenlassen.«

»Aber …«, Maja sah auf. »Das kann nicht sein. Mein Vater trägt keine Spur von Zauber in sich.«

»Womöglich weiß er selbst nichts mehr von seiner Herkunft. Die Kinder der Dämmerung verbergen sich gut. Sie haben alle Spuren ihrer Existenz ausgelöscht. Ascaris' Verrat hat die Heere der Feen über sein eigenes Volk gebracht. Sie mögen von der Magie des Mondreiches berührt sein, doch sie konnten der geballten Kraft der Feen nicht standhalten, die unverhofft über sie hereingebrochen ist. Die Jagd des Feenkönigs war erbarmungslos. Er hat unzählige Kinder der Dämmerung töten lassen, bis zu wenige geblieben waren, um die Grenzen zu bewachen. Sie mussten sich zurückziehen, in das Land zwischen den Reichen, das sie hervorgebracht hat und in dem er sie nie würde erreichen können. Sie haben die Menschen schutzlos zurücklassen müssen. Den Feen ausgeliefert, die nach ihren Leidenschaften gieren.« Der Kopf des Raben zuckte, als wolle er ihn schütteln. »Letztlich hat der Feenkönig das Verderben über sich gebracht, als er die Kinder der Dämmerung beinahe ausgelöscht hat. In seinem Bemühen, seine Widersacher zu zerstören, hat er auch jede Aussicht zerschlagen, einen Schlüssel zu finden, falls die Raben je den Pakt brechen sollten. Er hat lange darauf warten müssen, dass ihm ein neuer Schlüssel geschenkt wird. Bis jetzt. Du *bist* dieser

Schlüssel. Das Blut der Dämmerung vermischt mit deinem Feenerbe ist wie ein Leuchtfeuer, das ihn zu dir zieht.«

Maja schluckte schwer. Das Blut der Dämmerung in der Linie der Carjesan. Unmöglich. Sie wollte es weit von sich weisen, doch sie konnte es nicht. »Aber warum will der Feenkönig mich? Warum will er den Pakt mit den Raben brechen? Wenn das Tor offen ist, braucht er mich nicht.«

»Er braucht dich, weil die Linie der Raben keine Kinder mehr hervorbringt. Sie wird mit der Königin sterben«, sagte er leise. »Das neue Weltenportal ist nichts als ein schwaches Abbild der alten Pforte zwischen den Welten, weil der Schlüssel nicht im Feenreich weilt. Es ist abhängig von der Königin, abhängig von den Phasen des Mondes. Es öffnet sich nur unregelmäßig. Ohne sie wird es sich für immer schließen. Und ihre Kraft schwindet allmählich.«

»Der rothaarige Reiter …«

»Der Feenkönig«, bestätigte der Rabe.

Maja nahm einen tiefen Atemzug und stützte den Kopf in ihre Hände. Tief in sich hatte sie es immer geahnt. Es gab kein Entkommen. Wenn die Feen sie holen wollten, würden sie es tun, selbst wenn alle Spiegel dieser Welt zerschlagen würden. »Und nun, Rabe? Was soll ich jetzt tun? Davonlaufen?«

»Es gibt keinen Ort, an dem du dich verbergen kannst. Aber du kannst dabei helfen, den Feenkönig wieder in seine eigene Welt zu verbannen, damit niemand mehr das Schicksal deiner Mutter teilen muss. Zumindest … keine unschuldige Seele.«

Den Feenkönig verbannen. Eine Kreatur, die ebenso mächtig war wie ein Gott. Die über Magie gebot, die unvorstellbar war und die sie in ihre Welt zerren wollte. Maja lachte auf, ohne dass Humor den Laut begleitete. »Und wie soll ich das anstellen? Soll ich alle Spiegel im Schloss zerschlagen und einen Zauberspruch darüber sprechen?«

»Nein. Aber du könntest mir für den Anfang dabei zur Hand gehen, das Portal zu finden.«

Sie hob erstaunt die Brauen. »Du weißt nicht, wo es ist?«

Der Rabe öffnete die Flügel, als wolle er sie auf seinen Körper hinweisen. »Unglücklicherweise besitzt diese ansehnliche Gestalt einige Mängel, die meine Bewegungsfreiheit einschränken.«

»Das bedeutet, wir streifen durch das Schloss und suchen etwas, von dem du nicht weißt, ob es tatsächlich hier ist oder wie es aussieht? Ein wirklich großartiger Plan!«

»Oh, sorge dich nicht – es ist hier.« Die Augen des Raben blitzten angriffslustig in den frühen Sonnenstrahlen des Morgens. »Schloss Rabenschwinge wurde nicht grundlos auf diesem Hügel erbaut. Der Weltenschleier ist dünn an diesem Ort. Die Magie der Dämmerung fließt stark darin. Anderenfalls … wärest du nicht sicher in diesem Saal.«

Majas Blick glitt zu den Wänden, an denen das geschmolzene Silber hinab rann. Dünne, schimmernde Fäden, zäh wie Honig, der von einem Löffel floss. »Der Feenkönig kann ihn nicht betreten?«

»Er wird von Zaubern verborgen und durch Feeneisen geschützt. Feen fürchten die Kälte des Eisens. Es erinnert sie an die Kälte in ihren Herzen und bereitet ihnen Schmerz. Keine von ihnen kann diesen Saal betreten, ohne von den Qualen in die Knie gezwungen zu werden. Noch nicht einmal er.« Er neigte den Kopf und beäugte sie. »Wenn ich du wäre, würde ich darauf verzichten, die Wände zu berühren. Feenblut verträgt sich nicht gut damit, selbst wenn es dünn ist. Es ist so kalt, dass dir das Eis die Haut von den Fingern brennen wird.«

»Reizend«, murmelte sie tonlos. Maja schauderte. Für einen langen Moment kehrte Schweigen zwischen ihnen ein. Sie blickte auf den Himmel, aus dem allmählich die Röte schwand. »Und was nun? Wenn wir hierbleiben, werde ich kaum in der Lage sein, ein Portal zu finden, nicht wahr? Und außerdem wird Me'Dam Rojan sicher nicht tatenlos dabei zusehen, wenn ihre Gehilfin über Nacht verschwindet.«

»Du bist unerwartet klug, Weltenwandlerin.« Der Rabe verließ seinen Platz auf dem Tisch und flatterte zu einem bodenhohen Fenster, hinter dem sich ein Geländer abzeichnete.

»Und du bist unerwartet arrogant für einen Vogel. Du warst eine angenehmere Gesellschaft, als du noch stumm warst.«

»Dann hättest du deine Finger im Zaum halten sollen.«

»Wie schade, dass diese Erkenntnis zu spät kommt.« Maja legte das Bündel mit ihren Kleidern beiseite und folgte ihm. Es war ein Balkon, der in schwindelerregender Höhe über die Wipfel der Tannen ragte. Sorieska war von hier oben ein Gewirr aus winzigen Puppenhäusern, so klein, als könnte sie die Gebäude auf ihre Handfläche setzen, um sie zu betrachten. Der Schlosshof lag verlassen unter ihnen. Nur ein einsamer blauer Tupfen bewegte sich über das Pflaster. Der Pfau, der bereits erwacht war.

Sie sandte dem Vogel einen schiefen Blick. »Und nun? Wollen wir hinabfliegen?«

»Nein.« Er ging auf dem Boden nieder und klopfte mit dem Schnabel auf eine kaum sichtbare Vertiefung im Marmor. Von Weitem wirkte es wie ein weiterer der silbernen Sterne, die über den Grund tanzten. Doch als sie näher heranging, erkannte sie etwas, das wie ein Diamant aussah, der sich zwischen ihnen verbarg.

Sie kniete sich neben den Vogel und blickte suchend über den Marmorboden, bis sie die dünnen Furchen eines Rechtecks entdeckte. Vorsichtig tastete sie mit den Fingerspitzen darüber und fand bestätigt, was ihre Augen offenbart hatten. Es musste ein Mechanismus sein, der eine Klappe im Boden öffnete.

»Öffne es«, forderte der Rabe.

»Wie?« Maja sah stirnrunzelnd auf den Diamanten und berührte die kalten Facetten, ohne auf die Antwort des Vogels zu warten. Ein leichter Druck und er glitt wie von Geisterhand in die Tiefe und verschwand. Sie schreckte zurück, als ein Surren und Klacken erklang. Dann senkte sich die Marmorplatte ab und rutschte in eine Spalte, als ob eine unsichtbare Hand sie hineinschieben würde. Maja erkannte ein Gewirr aus Zahnrädchen und Verstrebungen, die matt im Morgenlicht glänzten. Das Metall war angelaufen, offenbar war es lange her, seit jemand die Klappe geöffnet hatte. Doch welche Schätze sie auch erwartet haben mochte – es war weder Gold noch Silber, das man hier verstaut hatte, keine Juwelen aus dem Königsschatz. Sie fand nichts als die sanften Wogen des roten Stoffes, der im Licht der Morgensonne schimmerte.

»Die Welt der Menschen braucht keine Magie, um Großes zu vollbringen. Sie braucht die Zauber der Feen nicht.« Der Ton des Raben wirkte rätselhaft. Maja runzelte die Stirn, als er zum Rand der Öffnung hüpfte und hineinsah. Dann wies er mit dem Schnabel auf den Stoff. »Nimm ihn. Aber gib darauf Acht. Sie sind selten geworden. Unersetzlich. Wenn er verloren geht, wird es keinen Ersatz geben.«

Ihn. Maja fasste nach dem samtigen Gewebe und zog es heraus. Es war seidenweich und schillerte in allen Tönen des Sonnenaufgangs, sobald Licht darauf fiel. Behutsam schüttelte sie es aus, betrachtete die weiten Stoffbahnen mit der Kapuze. Die goldene Sonnenbrosche, geschmückt von einem rötlichen Stein, mit der das Kleidungsstück am Hals geschlossen wurde. Sie blickte den Raben fragend an. »Ein Umhang?«

»Er ist sehr kostbar«, antwortete der Rabe. »Aus Morgendämmerung gewoben und vom Volk der Dämmerung mit Zaubern versehen. Wenn du ihn trägst, wird er dich vor den Augen des Feenkönigs verbergen, solange du kein Geräusch verursachst. Er kann nicht durch die Magie blicken, aus der er gemacht worden ist.« Er wandte sich ab und musterte den Himmel, der sich hinter den hohen Fenstern ausbreitete. »Der Tag schützt dich vor den Feen. Solange die Sonne am Himmel steht und die Hüterin des Lichts regiert, wird selbst er das Portal nicht durchschreiten. Aber sobald der Mond aufgeht, wird er nach dir suchen. Besser, du verbirgst dich gut vor seinem Blick.«

Ihre Finger strichen skeptisch über den Stoff, der sich ungewöhnlich kühl anfühlte. Ein Prickeln ging davon aus und rann über ihre Haut. Sie erkannte die Magie darin ohne Mühe. Sie wirkte merkwürdig vertraut und doch fremd, wie eine Melodie, an die man sich schwach erinnerte. Dennoch … es war ein dürftiger Schutz vor der Macht des Feenkönigs. Ein Umhang, nicht mehr. Dünnes Gewebe, das sie von einem Leben hinter den Spiegeln trennen sollte. Eine Rüstung aus Dämmerlicht. Sie wollte darüber lachen, aber es blieb in ihrer Kehle stecken. Maja zwang sich zu einem ironischen Lächeln. »Und dann werde ich mich in diesen Mantel hüllen und ihm sein Ross stehlen, um damit zu fliehen?«

»Wenn du das willst. Aber ich würde nicht zu nahe an ihn herangehen, Weltenwandlerin. Er mag dich nicht sehen, doch er wird dich ohne Zweifel riechen.« Der Rabe wirkte amüsiert. Maja wusste, worauf er anspielte. Den Duft ihrer Haut, der niemals wich. Rosen, die sie umgaben, wohin auch immer sie ging. Ein Erbe ihrer Mutter. Duftwasser in der Welt der Sonne. Verräterisch in der Welt der Feen.

Sie seufzte ergeben. »Meinetwegen. Also verrichte ich am Tage meine Arbeit und danach stöbern wir in diesen Mauern, während die Feen darin wandeln.« Nach einem Geheimnis, das es vielleicht vermochte, das Rätsel um Elejas zu lösen. Nach einem Portal, durch das … der Prinz zurückkehren konnte? Sie wusste es nicht. Doch zumindest musste sie es nicht allein ergründen, selbst wenn ihr Verbündeter nichts als ein Vogel war. Ein Vogel … der zu vieles wusste. Maja legte den Kopf schief. »Woher weißt du all das, Rabe? Warum bist du dem Prinzen so verbunden, obgleich er seit unzähligen Jahren in seiner Gruft ruht? Warum liegt es dir am Herzen, was aus ihm wird?«

Ein winziges Zögern, bevor er ihr antwortete. Kaum merklich, aber sie nahm es wahr. »Die Raben von Serijsa waren immer mit uns verbunden. Und solange er nicht tot ist, werden wir auch ihm dienen.«

Maja hätte schwören mögen, dass er ihr auswich. Der Vogel kehrte ihr den Rücken zu und flog auf die Lehne eines Stuhls. Sie erhob sich und folgte ihm mit dem Umhang über dem Arm. »Wer hat ihn verraten?«

Schweigen. Dann … »Seine Schwester.«

»Königin Mel…« Er flatterte vor ihr Gesicht und Maja verschluckte ihre Worte.

»Die Wände haben Ohren«, zischte der Rabe. »Selbst hier. Sei vorsichtig, wenn du ihren Namen benutzt.«

Sie sah ihn verärgert an und wischte sich über die Wange, wo er sie gestreift hatte. »Aber sie ist …«, Maja stockte. Tot? Die Linie der Raben, die mit Melysan I. endete, der Prinz, der in der Gruft schlief, obgleich er am Leben war …

Sie öffnete die Lippen, um danach zu fragen, doch der Rabe stieß ein qualvolles Krächzen aus. Es war, als ob Worte in seiner Kehle erstickten. Als ob die Luft aus seinen Lungen gepresst würde.

Maja streckte entgeistert die Hand nach ihm aus. »Rabe, was hast du?«

Er antwortete nicht. Seine Flügel schlugen panisch, seine Obsidianaugen waren in stummem Entsetzen geweitet, als ob er etwas sah, das sie nicht zu sehen vermochte. Dann schoss er auf die Türflügel zu, durch die sie eingetreten waren.

»Rabe! Warte!« Majas Ruf verklang, ohne dass er innehielt. Ein Flimmern tanzte um seine Gestalt, die Tür wurde zu einem flüssigen Schleier, der ihn hindurchließ und den Aufgang der Treppe offenbarte. Nur ein Herzschlag, dann verfestigte sie sich, als sei es nicht mehr als eine Täuschung gewesen.

Sie starrte reglos auf den Flecken, an dem der Vogel verschwunden war. Eine schwarze Feder rieselte in einem Sonnenstrahl zu Boden und gab den einzigen Hinweis darauf, dass der Rabe keine Ausgeburt ihrer Fantasie gewesen war. Sie zerknitterte den Stoff des Umhangs in ihren Händen, als sie zu beben begannen.

Allein. Sie war wieder allein.

Allein in diesem Schloss, in diesem Saal, in dessen Wänden Eisen floss. Allein an einem Ort, an dem der Feenkönig auf sie lauerte. An dem all ihre Albträume und Ahnungen wahr wurden. Ihre Starre löste sich. Maja sank auf den Marmor, als ihre Beine sich weigerten, sie länger zu tragen.

Der Aufprall war hart und presste die Luft aus Corvyns Lungen. Er schlitterte in die Nebelschwaden, die seine Umgebung verhüllten. Dennoch bemerkte er sofort, dass sie sich verändert hatte. Der Grund war spiegelglatt, kalt. Nicht uneben und weich wie der Boden seines Gefängnisses. Es roch nicht nach Moos und Feuchtigkeit, sondern nach dem Duft des Frühlings, nach Blüten und Vollmondnächten, nach Tau und der frischen Meeresbrise. Und darunter … der metallische Geruch, den jede reinblütige Fee ausströmte. Nur eine schwache Spur in ihrem Blut, ein Stachel aus Eisen, der ihre Herzen vergiftete und zu Eis erstarren ließ.

Eine Gänsehaut lief über seinen Körper, ein eisiger Schauer, der die Benommenheit vertrieb, die sein jäher Sturz hinterlassen hatte. Corvyn wusste, wo er sich befand, noch ehe der Nebel seine Sicht freigab. Allerdings hatte er nicht erwartet, dass es so schnell gehen würde. Sein Gegenspieler hatte sich beeilt, ihn zu sich zu rufen. Jetzt galt es, das Spiel nicht als Verlierer zu verlassen.

Er erhob sich mit zusammengebissenen Zähnen. Jeder Knochen in seinem Leib schmerzte, trotzdem hielt er seine Miene gelassen. Hochmütig. Er klopfte sich imaginären Staub von den Ärmeln, sah nicht auf, um dem Blick zu begegnen, der auf ihm ruhte. »Ihr gewährt mir eine Audienz? Was verschafft mir diese seltene Ehre? Sehnt Ihr Euch nach Abwechslung in Eurem eintönigen Dasein?«

Er spürte den Zorn, der wie eine Welle von dem Wesen ausging, das ihn beobachtete. Er war der Einzige unter seinesgleichen, der vom Sonnenfluch getroffen war. Gezwungen, zu fühlen, ob er wollte oder nicht. Und Corvyn stand im Zentrum dieses Zornes, der ihn verschlingen wollte wie ein gieriger Mahlstrom. Endlich gaben die Dunstschwaden die Sicht auf den schwarzen Marmor unter seinen Füßen frei. Wirbel aus Silber tanzten darüber und erinnerten ihn unweigerlich an den Saal, in dem die blonde Frau allein zurückgeblieben war. Er zwang sich, nicht an sie zu denken. Jeder Gedanke, jedes Gefühl konnte sein Verderben bedeuten, sobald sie sein Gesicht berührten.

»Du mischst dich in meine Angelegenheiten, Rabe?« Eine kalte Stimme, von Macht erfüllt. Unterdrückte Wut hinterließ Spuren aus Feuer auf jedem Wort.

»Wie könnte ich das?«, fragte er unbeteiligt. »Habt Ihr mich nicht in ein Gefängnis gesperrt, aus dem es keinen Ausweg gibt?« Er musterte seine Hände und zupfte die Spitzenmanschetten seiner Ärmel zurecht. Sie fielen über den Ring, der noch immer an seiner Hand saß. Er verfluchte das Schicksal dafür, dass es ihm keine Gelegenheit gegeben hatte, ihn abzuziehen. Niemand sollte davon wissen, doch … wenn Melysan verraten hatte, was sich im Siegel der Raben verbarg … Es war zu riskant, es sein Gegenüber sehen zu lassen. Schweiß bildete sich an seinem Haaransatz. Er strich sich das Haar zurück, als wolle er es ordnen, und Feuchtigkeit blieb auf seiner Handfläche zurück.

»Halte mich nicht zum Narren, Mensch.« Ein Peitschenschlag aus Eis, der verriet, wie es um die Geduld des anderen stand.

Er nahm einen tiefen Atemzug, der sicherstellte, dass seine Miene unberührt blieb. Dann hob Corvyn den Blick und starrte dem Feenkönig des Mondreiches in die Augen. »Ihr seid zornig, Eure Majestät?« Ruhe, die er nicht empfand, in Unverschämtheit gekleidet. Eine geringe Anstrengung des anderen und nichts als Staub würde von ihm bleiben. Vielleicht … würde es eine Erleichterung sein, ins Nichts zu gleiten und in der ewigen Nacht zu versinken, in der aller Schmerz endete. Für einen Augenblick war er geneigt, es zu provozieren, doch der Impuls verging. Nicht jetzt, wenn die Freiheit zum Greifen nah war.

Die zweifarbigen Augen des Feenkönigs glühten. Eines wie dunkler Saphir, dem Nachthimmel gleich. Das andere aus strahlendem Gold, von der Sonne geschaffen. Nicht zum ersten Mal fragte sich Corvyn, was er damit sehen mochte. Die Flammen seines Haares ergossen sich über die mächtige Gestalt, die auf dem Obsidianthron saß. Der Körper angespannt, die Hände in mühsamer Beherrschung um die Armlehnen geklammert. Sie waren allein in seinem Thronsaal. Keiner seiner Untertanen hielt sich unter der hohen Kuppel auf, die aus Sternenlicht gewoben war. Kein Wächter stand zwischen den schwarzen Säulen, die sie trugen. Corvyn sah nicht hinauf zu den verwirrenden Gittern aus leuchtendem Silber, über denen er den Mond wusste. Sein Licht war es, das die Wirbel auf dem Boden in ihre nie enden wollende Bewegung versetzte. Nun tanzten sie schneller, ein sichtbarer Hinweis auf die Erregung, die im Herrn dieser Hallen tobte.

»Ich warne dich, Prinz«, zischte er kalt. »Gib acht, wohin du deinen Geist wandern lässt. Wenn du das nächste Mal in fremde Träume eindringst, werde ich dafür sorgen, dass du es bereust.« Er lehnte sich zurück und seine Finger trommelten auf die glänzenden Drachenköpfe, die seinen Thron schmückten.

Corvyn wagte es, aufzuatmen. Er ahnte nichts. Noch nicht. Nun galt es, sein Misstrauen nicht zu wecken. »Oh, *das* ist es, was Euch in Zorn versetzt?« Er hob gleichgültig die Schultern. »Mein Dasein ist von einer endlosen Ödnis erfüllt. Wenn ein Traum so laut an die Pforten meines Gefängnisses klopft, wäre ich ein Narr, der Einladung nicht zu folgen. Aber es wäre nicht nötig gewesen, mich auf eine solch dramatische Weise daraus zu entfernen.« Er hob vorwurfsvoll die Brauen und legte den Kopf schief. »Steht Euch der Sinn wieder nach hübschen Menschenmädchen, weil Euch Euresgleichen langweilen?« Er beugte sich nach vorn und setzte eine verschwörerische Miene auf. »Wenn ich Euch einen Rat geben darf – die wenigsten werden sich in Eure Arme werfen, wenn Ihr sie durch einen dunklen Wald jagt. Versucht es mit Samt und Seide. Einem Eurer beeindruckenden Bälle. Juwelen. Damit werdet Ihr schneller ihre Gunst erringen. Es ist erbärmlich, wenn ein Mann eine Frau in Angst und Schrecken versetzt. Eure Manieren sind in der Zeit Eurer Verbannung ein wenig eingerostet, nicht wahr?«

Das Mondfeuer, das in den steinernen Schalen zwischen den Säulen brannte, schlug zischend in die Höhe. Etwas an der Haltung des Feenkönigs wandelte sich und Corvyns Sorge wuchs, als er das Glitzern in seinen Augen entdeckte. Er war die Maus, die von der Katze beobachtet wurde. Einer launischen, hungrigen Katze mit scharfen Krallen. »Ich sehe, die Gefangenschaft hat dich immer noch nicht gebrochen.« Sein Zeigefinger tippte nachdenklich auf das Maul des linken Drachen.

»Aber das ist nichts, was die Zeit nicht richten wird. Allerdings frage ich mich …«, er zögerte bedächtig und stützte den Unterarm auf sein Knie, als er sich nach vorn neigte. Die Härchen in Corvyns Nacken stellten sich auf. »… woher das Mädchen deinen Namen kennt, Rabe.« Sein Lächeln erblühte und offenbarte weiße Zähne, spitze Eckzähne, die wirkten, als könnten sie Fleisch zerfetzen.

Ein dünnes Rinnsal aus Feuchtigkeit lief über Corvyns Rücken und sein Herzschlag beschleunigte sich unvermittelt. Er zwang ein süffisantes Lächeln auf seine Lippen, während seine Gedanken fieberhaft nach einem Ausweg suchten. »Schmeichelhaft, nicht wahr? Vielleicht ist sie eine am Königshaus interessierte Romantikerin und kennt mein Gesicht. Selbst wenn meine Schwester alles dafür getan hat, dass ich in Vergessenheit gerate, hat sie mich nicht überall auslöschen können. Ich war der letzte männliche Erbe meiner Linie. Mein trauriges Schicksal und mein früher Tod haben mir eine erstaunliche Berühmtheit geschenkt. Insbesondere«, sein Lächeln vertiefte sich, »bei den jungen Damen der besseren Gesellschaft.«

»Natürlich.« Der König erhob sich und schlenderte über den wirbelnden Marmor. Seine Stiefelabsätze hallten laut in dem leeren Saal wider. Silberne Ströme lösten sich und wanden sich liebkosend um seine Stiefel, als ob sich die Magie darin von ihm angezogen fühlte. Sie krochen an ihm hinauf, bis sie als leuchtende Seile aus Silberlicht in seinen Händen lagen. Rötliche Funken glommen in seinem Haar und ließen es zu flüssigem Feuer werden. »Du warst immer ein Liebhaber schöner Frauen.«

Trügerische Sanftheit in der Stimme des Feenkönigs. Corvyn bemerkte seinen Fehler zu spät. *Verfluchter Dummkopf!* Das Terrain, auf dem er wandelte, war gefährlich. Alter Schmerz lauerte darauf. Gefahr. Der verzehrende Hass, der im König der Feen brodelte. Instinktiv scheute er davor zurück, dem Pfad zu folgen, auf dem das Verderben wartete. Aber es war der einzige Weg, von der Fährte abzulenken, ehe der Feenkönig ihr nachgehen würde wie ein Jagdhund, der Blut witterte. Es blieb ihm nichts, als seinen Zorn herauszufordern. Den mächtigen, alles verschlingenden Zorn einer Kreatur, die über alle Macht dieser Welt gebot.

Vergib mir, Luënn, bat er stumm. Corvyn wusste, dass er die Miene eines selbstverliebten Narren zur Schau trug und er hoffte inständig, dass sie überzeugend war. Er zuckte die Achseln. »Ich fürchte, ich bin nicht dafür gemacht, Schönheit zu widerstehen.«

»Einer Schönheit, wie es meine Tochter war …« Die Silberseile in der Hand des Feenkönigs glühten ebenso hell wie seine Augen. Er zog sie über seine Handfläche wie eine Peitsche und Corvyn wappnete sich gegen den Schmerz, von dem er wusste, dass er kommen würde.

»Das war sie«, antwortete er tonlos. Sein Lächeln erlosch und die Fassade des unbekümmerten Prinzen rieselte in Scherben von seinem Gesicht. »Aber nicht *ich* habe sie in den Tod getrieben. *Ihr* wart es.«

Der Feenkönig versteinerte. Nur ein Wimpernschlag verging, dann verließ ein nichtmenschliches Knurren seine Kehle. »Bastard.«

Silberfeuer schoss von seinen Händen und stieß Corvyn mit der Wucht eines Peitschenhiebes zu Boden. Er stöhnte schmerzerfüllt, als es brennende Striemen auf seiner Haut hinterließ. Nebel wallte auf und ließ den Thronsaal hinter einer weißen Wand verschwimmen. Die Härte des Marmors wandelte sich zu der Weichheit des unebenen Grundes, den er zu gut kannte. Die Gestalt des Feenkönigs ragte über ihm auf, das flammende Haar wie ein Banner aus Feuer in den Nebelschwaden. Ein Windstoß ließ es auflodern. Ein Blitzen in der Weiße und ein Strang aus Mondlicht wickelte sich um seine Kehle. Corvyn keuchte auf, als er sich enger zusammenzog und der Atem in seinen Lungen erstarb. Seine Hände glitten durch das glühende Seil, als besäße es keine Substanz, er konnte es nicht fassen.

Der Zorn in den Augen des Feenkönigs brannte wie alle Feuer des Abgrundes. Klauen schossen aus seinen Fingerspitzen, bereit, sein Fleisch in Stücke zu reißen. Nur ein Schritt, zu schnell, um ihn zu erfassen, und sie schlugen sich in seinen Hals. Feuchtigkeit rann an seiner Haut hinab. Warmes Blut, das aus den Wunden quoll. Gleich … gleich war es vorüber. Eine wilde Hoffnung auf das Ende. Bedauern. Ein hastiger Herzschlag. Dann löste sich der Griff des Feenkönigs. Ein Stoß gegen seine Brust und Corvyn fiel zurück.

Der Rothaarige bleckte die Zähne. Lange, spitze Zähne. Das Gebiss eines Raubtieres, endlich vollkommen erwacht. Seine Pupillen waren schmale Schlitze, gleich den Augen einer Katze. »Ich könnte dich töten, Bastard, aber der Tod ist zu gut für dich. Du wirst nicht gewinnen. Ich gebe dir nicht, was du willst. Nicht auf diese Weise.« Neues Silberfeuer tanzte auf seinen Handflächen. Es rieselte herab und kroch wie eine Schlange durch den Nebel, bis es Corvyn erreicht hatte. Fesseln wanden sich um seine Handgelenke und zerrten sie hinab.

»Wie schade«, presste er mühsam hervor. »Ich hasse es, Eure Gastfreundschaft über das Maß strapazieren zu müssen.«

»Unverschämt, selbst im Angesicht des Todes.« Der Feenkönig stieß einen Laut aus, der an ein galliges Lachen erinnerte. »Nein, noch ist es zu früh für dich. Der Niedergang der Raben ist gekommen und du wirst ebenso hilflos dabei zusehen, wie ich dabei zusehen musste, als du mir alles genommen hast. Du wirst ebenso alles verlieren, wie ich es verloren habe. Und du wirst jeden Augenblick des Schmerzes spüren, während ich mich daran weide, dich zerbrechen zu sehen. Ich warne dich noch einmal, Prinz. Dieses Spiel kannst du nicht gewinnen. Halte dich von dem Menschenmädchen fern. Es gibt keine Hoffnung für dich.«

Keine Hoffnung. Es schallte wie ein endloses Echo durch seinen Kopf. Und doch klammerte er sich weiter an den schwachen Lichtstrahl, der sein Gefängnis erhellte. Zorn regte sich in ihm. Zorn auf den Feenkönig, der seine Schuld hinter Rachsucht vergrub und ihm dafür sein Leben genommen hatte.

»Um mich zu verletzen, ist Euch nichts zu teuer, nicht wahr? Keines der Leben, die Ihr unter Euren Händen zerbrecht, als seien sie nichts wert. Wie sehr müsst Ihr es genossen haben, meine Schwester zu verführen und ihren Hass auf mich zu nähren.« Jedes Wort brachte ihn dem Tod näher. Er wusste es. Dennoch vermochte er es nicht, sie zurückzuhalten. Zu lange schon gärten sie in ihm wie bitterer Wein. »Aber was hätte Luënn von Euch gedacht? Von ihrem geliebten Vater, der gewissenlos das Volk ihrer Mutter zerstört? Sie hätte Euch dafür verachtet! Sie hätte tausend weitere Male den Tod anstelle des Lebens an Eurer Seite gewählt! Sie hat sich für die Sonne ent…«, ein atemloses Röcheln, mehr kam nicht über seine Lippen. Die Schlinge, die noch um seinen Hals saß, erstickte die Worte, die auf seiner Zunge lagen. Seine Nägel gruben sich in das weiche Moos seines Gefängnisses, zur Hilflosigkeit verdammt.

Das Gesicht des Feenkönigs wurde so bleich, dass es fast in den Nebelschwaden verschwand. Seine Hände ballten sich zu Fäusten und beinahe erwartete Corvyn den tödlichen Schlag, der endlich alles beenden würde. Doch dann wandte er sich ab. Die Fesseln setzten sich in Bewegung. Sie fraßen sich in sein Fleisch und sandten Qualen durch seine Venen, als ob sie ihn von innen heraus zu Asche verbrennen wollten. Ein Schrei blieb in seiner Kehle stecken, nichts als ein bedeutungsloser Laut, der von dem Wind davongeweht wurde, der plötzlich aufkam. Der Geruch des Ozeans schwang darin mit und Corvyn schmeckte Salz auf seinen Lippen.

Die Silhouette des Rothaarigen löste sich auf. Ein harscher Windstoß peitschte durch den Nebel und die Flammen seines Haares erloschen. Er ließ ihn zurück. Ohne ein Wort. Schweigen hüllte ihn ein, so tief, dass es in seinen Ohren schrillte. Corvyn zerrte an seinen Fesseln, während Schwärze am Rande seines Sichtfeldes waberte und drohte, den Nebel auszulöschen. Seine Lungen schrien nach Luft, doch die Silberschlinge verengte sich weiter, je stärker er dagegen ankämpfte.

Augen bildeten sich aus der Dunkelheit, die sich um ihn herum verdichtete. Große, meerfarbene Augen, in denen silbrige Tränen schimmerten, überschattet von dichten Wimpern. Sie sahen ihn an. Anklagend. Leer.

Nein! Ein Aufschrei in seinem Inneren, der ungehört verklang.

»Willkommen in *meinem* Albtraum, Rabenprinz«, wisperte die Stimme des Feenkönigs.

Der Boden bewegte sich. Moos kroch beiseite und öffnete einen Schlund aus Dunkelheit. Corvyn stürzte in die bodenlose Leere, bis Wasser seine Füße berührte. Es schlug über seinem Kopf zusammen. Wellen verschlangen ihn und pressten ihn mit ihrer Kraft in die Tiefe.

Seine Qualen waren noch nicht zu Ende.

Kinder der Dämmerung

Der Rabe war nicht zurückgekommen. Sie blieb allein mit den Geheimnissen, die er ihr hinterlassen hatte. Es hatte lange gedauert, bis sie den Weg zurück ins Quartier der Dienstboten gefunden hatte. Für eine Weile war sie durch das Schloss geirrt, immer auf der Suche nach einem bekannten Flecken und von der Angst beseelt, dass man sie entdecken würde. Doch es blieb erstaunlich still im Reich der Raben. Kein Lebewesen kreuzte ihren Weg. Es war, als ob das Schloss schlief. Als ob die Sonne nicht genügte, um es zum Leben zu erwecken.

Erst als sie die Küche und die dahinter liegenden Dienstbotengemächer erreicht hatte, waren Geräusche an ihr Ohr gedrungen. Das Klappern von Töpfen und Pfannen, das laute Lachen der Köchin Chrysan und das Kichern ihrer Gehilfinnen hatte die dumpfe Ruhe des Schlosses vertrieben. Es war wie ein Gewicht, das sich von ihr gehoben hatte, der Atem war freier in ihre Brust geströmt. Sie wusste, dass die Sicherheit trügerisch war. Aber nach der Schwere der Geheimnisse, die sich auf sie gesenkt hatten, war es wie ein erfrischender Regenguss, die Stimmen anderer Menschen zu hören. Ungetrübt von Zauber, Verderben und dem Erbe der Feen. Dennoch hatte sie nicht innegehalten, bis sie in ihrer Kammer verschwunden und der Mantel in der Truhe verstaut war, in der sie ihre geliehenen Kleider aufbewahrte. Dort ruhte er nun und wartete, bis der Mond aufging und der Feenkönig auf der Suche nach ihr zurückkehrte. Die Spiegelscherben auf dem Boden hatten sie nur allzu deutlich an den Morgen erinnert. An Hufschlag und finstere Träume, deren Einfluss nicht verblassen wollte, obgleich die Sonne hoch am Himmel stand. Sie hatte sie schaudernd mit einem Handbesen zusammengekehrt, den sie in der Abstellkammer gefunden hatte, und sie hinter der Truhe verborgen.

Maja verdrängte die Gedanken an das, was geschehen würde, wenn der Rabe nicht mehr wiederkam. Wie sollte sie auf sich allein gestellt ein Portal finden, von dem sie nicht wusste, wie es aussah? Das Schloss war ein Labyrinth aus unzähligen Gängen und Türmen. Wie konnte sie hoffen, all seine versteckten Winkel zu ergründen? Aber was, wenn sie floh? Wenn sie all das hinter sich ließ? Was würde aus Elejas? Und gab es einen Ort auf dieser Welt, an dem man sich vor dem Feenkönig verstecken konnte? Sie glaubte nicht daran.

Maja senkte den Blick auf ihre Näharbeit. Nur mit halbem Ohr hörte sie der Plauderei von Me'Dam Rojan und Adiela zu, die herabgekommen war, um ihnen Gesellschaft zu leisten. Der Schnitt an ihrer Hand verheilte gut. Sie ging ihnen zur Hand, so gut sie es vermochte, und hatte ihre natürliche Fröhlichkeit zurückgewonnen. Maja war dankbar dafür. Solange sie munter schwatzte, fiel ihre eigene Schweigsamkeit kaum ins Gewicht. Gelegentlich schaffte Adiela es, das Gespräch unauffällig auf Vijctor zu bringen und wann immer sie es tat, glänzten ihre Augen erwartungsvoll. Nachdem sie ihr Misstrauen überwunden hatte, erkannte sie in einer engen Verwandten von Vijctor eine unerschöpfliche Quelle des Wissens und tat alles, um sie auszuschöpfen. Me'Dam Rojan hielt sich schmunzelnd im Hintergrund und beugte den Kopf tiefer über ihre Arbeit, sobald die Rede auf ihn kam. Es war ersichtlich, dass Adiela schon als kleines Mädchen für ihren Onkel geschwärmt haben musste. Ebenso jedoch, dass sie für ihn noch immer das kleine Mädchen war, das ihn angehimmelt hatte, seitdem es ihn zum ersten Mal gesehen hatte. Wahrscheinlich würde sie es immer bleiben.

Hufschlag drang durch die geöffnete Tür und Maja sah von den silberfarbenen Hosen auf, an denen sie nähte. Adiela, die benutzte Stoffballen in das Regal sortiert hatte, legte einen himmelblauen Seidenballen ab und ging nach draußen, um nachzusehen, wer gekommen war.

»Maja, es ist Vijctor!«, rief sie aufgeregt durch den Flur. »Ich meine«, sie räusperte sich, »Me'Syr Carjesan.«

»Tatsächlich?« Ihr Herz begann, schneller zu schlagen. Sie legte die Hosen beiseite und sprang auf, ehe ihr Blick auf die Schneidermeisterin fiel.

»Geht ruhig und begrüßt ihn.« Me'Dam Rojan nickte in Richtung der Tür. »Wir werden für eine Weile ohne Euch auskommen.«

Maja lächelte dankbar, obgleich sie sich gleichzeitig vor der Begegnung mit ihrem Onkel fürchtete. Trotzdem zögerte sie nur kurz, bevor sie durch die Tür trat und an Adiela vorüberhuschte, die im Flur stehengeblieben war. Die andere Frau bemerkte sie kaum. Ihre Augen ruhten auf dem Reiter, der gerade von seinem fuchsfarbenen Wallach stieg und Mathys die Zügel übergab. Vijctor war allein. Sie wagte es, aufzuatmen, und streifte ihre feuchten Hände an ihrem Rock ab, ehe sie nach draußen ging.

»Maja! Ich hätte nicht erwartet, dass du freiwillig herauskommst, um mich zu begrüßen.« Er zwinkerte ihr zu und richtete den Gehrock aus seegrüner Seide, den er an diesem Tag trug. Seine Augen glitzerten heiter und ihre Nervosität legte sich.

»Ich habe überlegt, ob ich davonlaufen soll, aber dann habe ich Domeas gesehen. Ich bezweifle, dass du mich über seinen Rücken werfen und mit mir bis in die Stadt hinabreiten willst.« Sie lächelte und beschattete ihre Augen, als die Sonne auf ihr Gesicht fiel und sie blendete.

»Oh, mach dir keine Sorgen, Nichte. Wenn ich es wollte, würde mich die Unbequemlichkeit nicht davon abhalten. Domeas kann dich mühelos tragen.« Er klopfte liebevoll auf die Flanke des Pferdes und wartete, bis Mathys es über den Hof zu den Stallungen geführt hatte. Dann musterte er Maja prüfend. »Du siehst blass aus.«

Sie zwang sich zu einem Lächeln. »Ich schlafe nicht gut. Ich bin es nicht gewohnt, in einem fremden Bett die Nacht zu verbringen.« Sie sah auf ihre Finger, die sich verknotet hatten und löste sie. »Wie … geht es Vater?«

Ein Schatten fiel über Vijctors Gesicht. Er wies mit dem Kinn auf den efeubewachsenen Durchgang, der in einen abgeschiedenen Bereich des Gartens führte. »Geh ein Stück mit mir.«

»Die Nachrichten sind so schlecht?«, fragte sie mit gespielter Heiterkeit, die ihre Besorgnis kaum verhüllen konnte. Ihr Magen zog sich zusammen.

»Nein. Aber ich will nicht die ganze Zeit mitten auf dem Hof stehen.« Sein Lächeln blieb blass. Sorge nistete in seinen Mundwinkeln. Maja folgte ihm, als er sich in Bewegung setzte, froh, der heißen Sonne zu entkommen, die vom Himmel brannte. Hinter dem Durchgang empfing sie ein schattiges Zedernwäldchen, dessen Duft schon aus der Ferne ihre Nase streichelte. Steinerne Statuen von kleinen Tieren säumten den Pfad, der sich zwischen den Bäumen hindurchschlängelte. Vögel waren an Ästen befestigt, Kaninchen lugten aus dem Unterholz und ein Fuchs schlich sich an seine arglose Beute heran, ohne sie jemals erreichen zu dürfen. Ein kunstvoll imitiertes Stück Natur, zur Freude eines der Könige angelegt, die seit Jahrhunderten in ihrer Gruft ruhten. Maja strich sich über die Arme, als ein kalter Windhauch ihre Haut streifte, als ob sich die Steinkönige ihrer erinnerten und nach ihr riefen.

»Cosmyr ist wohlauf«, sagte Vijctor in das Schweigen hinein, das nur durch das Knirschen ihrer Schritte unterbrochen worden war. »Aber er weigert sich, mit mir zu reden.« Er seufzte und hob hilflos die Hände. »Du kannst dir vorstellen, dass er halb auf dem Weg zur Tür hinaus war, um dich nach Hause zu holen.«

Maja schluckte bei der Vorstellung. »Aber er ist nicht gekommen.«

»Nein. Und glaube mir, es war schwer genug, ihn davon zu überzeugen, es nicht zu tun. Ich habe befürchtet, dass seine Stimme alle Fenster zum Splittern bringen würde. Wahrscheinlich hat man sein Toben bis zum Marktplatz gehört.« Vijctor blieb neben der Statue eines grauen Wolfs stehen, der sein Rudel über den Pfad führte.

»Wie hast du ihn überredet?«

Vijctor zuckte die Schultern. »Ich glaube, letztlich war es der Respekt vor Me'Dam Rojan, der ihn abgehalten hat. Er weiß, dass du bei ihr in guten Händen bist.«

Es klang zu einfach, um wahr zu sein. Vijctor verbarg etwas vor ihr. Sie konnte es an seiner steifen Haltung erkennen, an der Art, wie er es sorgsam vermied, ihrem Blick zu begegnen. Maja ließ die Hand über die Ohren des Steinwolfes gleiten. »Ihr seid oft hier gewesen, als ihr Kinder wart, nicht wahr?«

»Das Schloss war beinahe unsere zweite Heimat.« Vijctor sah auf den Himmel, der sich zwischen den Bäumen abzeichnete, und lächelte. »Mutter ist jede Woche hinaufgekommen, um Me'Dam Rojan zu besuchen, und sie hat uns mitgenommen. Wir haben jeden Flecken erkundet, während sie zusammen Tee getrunken haben.«

Maja runzelte die Stirn. »Und du hast wirklich niemals die Königin gesehen?«

Vijctor zögerte, ehe er antwortete. »Nur ein einziges Mal. Es war ein kalter Winterabend. Ich war ein halbwüchsiger Bursche und hatte

Mutter zum Schloss begleitet. Me'Dam Rojans Gemahl war schwer erkrankt und wir wussten, dass er die Nacht wahrscheinlich nicht überstehen würde. Wir sind geblieben, weil Mutter sie nicht allein lassen wollte.« Er wandte sich um und sah zum Schloss zurück, das Gesicht von alten Erinnerungen überschattet. »Ich bin am Abend hinausgegangen, um für eine Weile aus dem Krankenzimmer herauszukommen. Und dort habe ich sie gesehen. Sie war wenig mehr als ein Geist aus Licht und Schatten.« Seine Stirn legte sich in Falten, als er daran zurückdachte. »Sie stand am Fenster und blickte hinab zum Brunnen, auf dem ich mich niedergelassen hatte. Ihre Haut war hell, als ob sie selten in die Sonne käme, ihr Haar schwarz wie die Nacht. Ihre Züge waren weich im Kerzenlicht. Verschwommen. Ich kann mich kaum noch daran erinnern. Aber es war nicht das Gesicht eines abscheulich entstellten Ungeheuers, zumindest dessen bin ich mir sicher.« Er lächelte.

»Glaubst du«, sie leckte sich die trockenen Lippen, »dass sie wirklich für den Tod ihrer Ehemänner verantwortlich ist?«

»Ich weiß es nicht. Ich hoffe für ihren nächsten Gemahl, dass sie es nicht ist.«

Ihr nächster Gemahl. Elejas. Sie nickte und sah trübsinnig zu Boden. Vijctor fasste nach ihrem Kinn und hob die Brauen. »Was hast du auf dem Herzen?«

»Nichts …«, Maja zögerte, als ihr Blick auf eine dunkle Stelle fiel, die Vijctors Handgelenk zeichnete. Sein Ärmel war zurückgerutscht und offenbarte ein Symbol. Es war eine Sonne mit geschlossenen Augen, die Hälfte des Gesichts von einem Sichelmond maskiert. Wann immer sie ihn nach ihrer Bedeutung gefragt hatte, war seine Antwort ein Lachen gewesen. »*Es bedeutet, dass das Leben beginnt, sobald die Sonne die Augen schließt*«, war alles, was er dazu gesagt hatte und sie hatte sich damit zufriedengegeben. Es war kein Geheimnis, wie Vijctor Carjesan seine Nächte verbrachte und es war ihr passend erschienen. Doch jetzt … »Die Dämmerung«, flüsterte sie tonlos.

»Was?« Vijctors Brauen zogen sich zu einer dunklen Linie zusammen.

»Der Augenblick, wenn die Sonne die Augen schließt und der Mond kommt. Die Dämmerung.« Sie sah zu ihm auf. »Was bedeutet es wirklich, Onkel Vijctor?«

»Du weißt, was es bedeutet, Maja.« Plötzlich wirkte er grimmig und abweisend. Sie konnte den Schrecken über ihre Frage in seinen Augen lesen.

»Ich weiß, was du vorgibst. Aber es ist nicht die Wahrheit. Unsere Familie ist stärker an die Dämmerung gebunden und du weißt es, nicht wahr? Diese Sonne ist mehr als die eitle Spielerei eines eisernen Junggesellen, dessen Leben in der Nacht beginnt.«

Sie sah ihn starr an und Vijctors Mund verzog sich zu einer schmalen Linie. »Sonne und Mond! Ich möchte zu gern wissen, woher du das hast.«

Maja biss sich auf die Lippe. Es war eine Frage, die sie hätte erwarten sollen. Aber es blieb unmöglich, ihm die Wahrheit zu sagen. »Es gibt … Menschen in diesem Schloss, die sich an die Abstammung der Carjesan erinnern können. Daran, dass wir nicht immer Kinder der Sonne waren. Und wenn man unsere Herkunft betrachtet, ist es nicht schwer, es zu erraten.« Sie fasste nach seinem Arm. »Bitte, Onkel Vijctor. Ich will verstehen, was wir wirklich sind und du *weißt* etwas darüber.«

»Das Blut der Dämmerung ist längst in unserer Linie versiegt.«

»Versiegt, aber offenbar nicht vergessen.«

»Nein. Nicht vergessen. Aber dieses Wissen ist nicht für deine Ohren bestimmt.«

»Das Wissen findet mich ohnehin, Onkel Vijctor!«, rief sie gereizt. »Es liegt bei dir, ob du ihm zuvorkommst.«

Er seufzte. »Du bist nicht meine Tochter, Maja. Ich habe kein Recht, mich über deinen Vater hinwegzusetzen und dich in Dinge einzuweihen, die gefährlich sind. Wenn Cosmyr etwas davon ahnen würde …«

»Könnte er nicht ändern, dass ich es bereits weiß. Ich habe ein Recht darauf, die Wahrheit über mich selbst zu erfahren, oder nicht? Und Vater wird sie mir nicht erzählen.«

Er stemmte die Hände in die Hüften und seine Augen richteten sich einmal mehr auf den Himmel, als könnte er dort einen Rat finden. Dann ließ er den Kopf sinken und atmete hörbar aus. »Also gut. Auch wenn ich wünschte, dass dein Vater kein solch sturer Esel wäre. Aber ich warne dich, Maja. Wissen kann gefährlich sein.«

Sie schnaubte und verschränkte die Arme vor der Brust. »Der Geist meiner Mutter weilt im Feenreich und ich bin in Furcht vor den Feen aufgewachsen, Onkel Vijctor. Feen, die *immer* in unserem Haus gewesen sind. Es schreckt mich nicht.«

Er sah sie für einen Augenblick schweigend an. Dann lehnte er sich gegen die Seite des Steinwolfes und schob seinen Ärmel zurück, um das Sonnensymbol zu entblößen. Grüblerisch musterte er das Zeichen. »Als die Kinder der Dämmerung aus dieser Welt verschwunden sind, haben sie es nicht getan, ohne Spuren zu hinterlassen. Viele von ihnen hatten sich mit Menschen verbunden und Familien gegründet, in denen das Blut beider Völker floss. Die Familien, die es in sich tragen, haben ihr Erbe in Ehren gehalten und das Wissen darum bewahrt. Das Blut der Dämmerung ist im Laufe der Generationen jedoch immer dünner geworden. Heute ist es kaum mehr als eine Erinnerung, wenig besser als eine Legende, die man im Winter am Kaminfeuer erzählt. Und ja, die Carjesan waren eine dieser Familien.« Er strich abwesend über die Sonne und starrte in die Bäume. »Sie waren sogar mehr als das. Sie gehörten dem Rat der Dämmerung an.«

»Dem … Rat der Dämmerung?« Unwillkürlich wurde ihr Blick von den Zinnen des höchsten Turmes angezogen, hinter dem sie das Geheimnis der Raben wusste.

»Es war ein Rat, der aus den höchsten Familien bestand, die aus den Kindern der Dämmerung hervorgegangen sind. Ein Rat, der«, er räusperte sich,« Sorge dafür trug, dass die Feen nicht ungehindert ihr Unwesen in der Welt der Sonnenkinder treiben konnten. Wer ihm angehörte, hatte sich dem Schutz der Menschen verschrieben … sobald die Sonne die Augen schließt.«

»Deswegen das Symbol.« Maja nickte verstehend. »Und du gehörst diesem … Rat der Dämmerung an?«

»Zumindest dem, was davon übrig ist. Den Rat gibt es seit langer Zeit nicht mehr. Es mag gut ein Jahrhundert vergangen sein, seitdem er zum letzten Mal zusammengetreten ist.« Er streifte den Ärmel wieder über das Symbol und stützte die Arme auf dem Rücken des Wolfes ab. »Die zweiten Söhne und Töchter der Ursprungsfamilien waren seit jeher diejenigen, die das Wissen um unser Erbe weitergetragen haben. Sie haben den Rat gebildet.«

»Die Zweiten? Das ist ungewöhnlich.«

»Nein. Die Ältesten erbten das Geschäft. Die Jüngeren waren frei für andere Aufgaben. Das Volk von Sorieska war schon immer geschäftstüchtig.« Ein Lächeln blitzte auf Vijctors Lippen auf, schwand jedoch schnell wieder.

»Du sagst, dass es den Rat nicht mehr gibt. Warum?« Seit einem Jahrhundert … Seitdem Corvyn von Serijsa in der Gruft ruhte. Maja verschränkte die Hände, um sich davon abzuhalten, nervös an ihren Kleidern herumzuzupfen.

»Niemand weiß es mehr genau. Früher sind die Mitglieder im Schloss zusammengekommen. Es heißt, dass es einen vor Feenmagie geschützten Saal gibt, in dem sich der Rat mit den Königen beraten hat. Aber als sich die Raben zurückgezogen haben, bedeutete es das Ende dieser Zeit. Die Bindung an das Königshaus riss und die Mitglieder des damaligen Rates sind über Nacht spurlos verschwunden. Es war ein schwerer Schlag für alle Familien. Niemand hat je herausgefunden, was ihnen geschehen ist. Der letzte Prinz soll ein großer Förderer des Rates gewesen sein. Seine Schwester hat jedoch kein Interesse daran besessen, ihn wieder ins Leben zu rufen.«

Nicht, wenn sie es war, die ihren Bruder verraten und den Feenkönig wieder in die Welt gelassen hatte. Vijctor ahnte nicht, wie nah seine Nichte dem Rat der Dämmerung gekommen war. Dass sie den Saal mit ihren eigenen Augen gesehen hatte. Und alles endete mit Prinz Corvyn. Er war der Schlüssel zu allem, was auf Schloss Rabenschwinge geschehen war. »Und heute? Was ist der Rat der Dämmerung heute, Onkel Vijctor?« Sie wies auf das Sonnensymbol, das sich nun wieder unter seinem Ärmel verbarg. »Eine Gemeinschaft von eingeschworenen Junggesellen, die gemeinsam die Nacht zum Tage machen?«

»Beinahe.« Diesmal war sein Lächeln echt. »Zumindest ist es das, was die meisten glauben.«

»Und in Wirklichkeit?«

»Sorgen wir dafür, dass möglichst wenige Menschen das Schicksal von Lyane teilen.« Der Grimm kehrte zurück und löschte jeden Funken Heiterkeit von Vijctors Gesicht. »Wenn die Sonne die Augen schließt, sind wir da, um die Feen in ihr Reich zurückzutreiben … oder … sie daran zu hindern, je wieder Schaden anzurichten.«

Die Wahrheit, in eine Lüge gekleidet. Er ließ offen, was er damit meinte und Maja musste nicht fragen. Die Antworten waren in dem bitteren Zug zu finden, der seine Lippen berührt hatte. »Wie lange schon?«, fragte sie leise.

»Lange genug.«

Lange genug, um ihre Mutter zu retten. »Was ist geschehen?«, wisperte sie heiser.

»Ich bin zu spät gekommen, Maja. Und ich verfluche mich jeden Tag meines Lebens dafür.« Er wandte sich ab und ging einige Schritte an den Rand des Wäldchens. »Es gab keine Anzeichen, dass Lyane eine solche Dummheit begehen würde.« Seine Hände hoben sich und fielen schlaff herab. »Sie war glücklich. Sie hat dich und Cosmyr über alle Maßen geliebt. Natürlich war sie eine Träumerin. Eine Künstlerseele, die von der Welt der Feen fasziniert war, der sie entstammte. Aber dass sie den Feenkönig rufen würde … niemand von uns hätte es erwartet.«

Weil sie ihn niemals gerufen hat. Maja sah zu Boden. »Wie ist es geschehen?«

»Dein Vater … hat ihr zu Ehren einen Maskenball gegeben. Es war die Nacht des Mittsommers und der Vollmond stand hell am Himmel. Der Garten war ein Meer aus Lichtern, als ob die Feen gekommen seien, um ihn mit ihrem Zauber zu schmücken. Das Haus war voller maskierter Gestalten, erfüllt von Lachen und Musik.« Er schüttelte den Kopf. »Cosmyr hat ein Stück des Mondreiches für Lyane nach Sorieska geholt. Ein schwelgerisches Gemälde aus Blumen, Samt und Seide. Und sie war der Mittelpunkt, um den sich die Welt gedreht hat. Die Schönste von allen. Sie hat alle Augen auf sich gezogen. Noch heute kann ich ihr fröhliches Lachen hören, das sich in die Melodien des Orchesters gemischt hat.« Vijctor schwieg für einen langen Moment und musterte die Farne, die am Wegesrand wuchsen. Doch Maja war sich sicher, dass er sie nicht sah. »Halb Sorieska war der Einladung deines Vaters gefolgt und selbst ich habe nicht alle hinter den Masken erkannt. Ich … erinnere mich nicht mehr genau an alles, was geschehen ist. Der Wein war ungewöhnlich berauschend, obgleich ich nur wenig davon gekostet hatte, und meine Aufmerksamkeit war von der Frau gefesselt, die mir den Kelch überreicht hatte.« Er fuhr sich über das Gesicht und Maja glaubte, Scham wie eine Wolke darüberziehen zu sehen. »Sie war betörend schön. Das weiß ich noch. Bis heute wandelt sie durch meine Träume. Ich erinnere mich an das Nachtblau ihrer Maske, die von Pfauenfedern geschmückt war. Das schimmernde schwarze Haar und Augen von einem auffallenden Pfauenblau. Ich habe mit ihr getanzt und mich selbst dabei vergessen. Es war, als ob wir unter den Sternen des Nachthimmels schwebten und alles um uns herum verschwamm.«

»Eine Fee«, murmelte Maja.

»Ja, eine Fee«, bestätigte Vijctor. »Und ich habe es nicht erkannt. Sie hat mich bezaubert und ich habe *nichts* davon bemerkt. Fremde waren durch die Spiegel gekommen und hatten sich unter uns gemischt. Alle Gäste waren in dem Bann gefangen, den sie über die Ballgesellschaft gewoben hatten. Lyane … tanzte mit einem Mann, dessen Haar leuchtete, als bestünde es aus lebendigen Flammen. Ihr Lachen war erloschen, die Melodie der Musiker seltsam verzerrt und getragen.« Er barg das Gesicht in den Händen und streifte sich dann das Haar zurück. Seine Augen suchten die Wolken, die über ihnen entlangzogen. »Ich weiß nicht, wie ich so dumm sein konnte. Hüter der Dämmerung!« Er lachte bitter auf. »Wir waren heldenhafte Narren, nicht mehr. Dumme Jungen, die ein Spiel gespielt haben, aus dem plötzlich Ernst wurde. Keiner von uns hat je geahnt, wie mächtig Feenzauber sein kann. Wir haben stolz niedere Feen gejagt und sie zur Strecke gebracht, groteske Kreaturen, deren Magie nur schwach ausgeprägt war. Nun waren ihre Herren gekommen, um uns zu zeigen, dass *wir* die wahre Beute waren.«

Nie zuvor hatte Maja diese Bitterkeit an ihrem Onkel wahrgenommen. Vijctors Miene war finster, von Schatten erfüllt, die seit jener Nacht an ihm hafteten, ohne dass sie je etwas davon geahnt hatte. Es waren die gleichen, die Cosmyr Carjesans Leben vergifteten, aber sie hatte es nie erkannt. Vijctor war wie ein Fremder, den sie zum ersten Mal sah, nun, da er die Fassade fallenließ, die er der Welt zur Schau trug. Sie räusperte sich, als sich das Schweigen in die Länge zog und Vijctor sah auf, als hätte das Geräusch ihn aus seinen Gedanken geschreckt. »Es war nicht eure Schuld, Onkel Vijctor. Nicht deine. Niemand hätte sich gegen den Feenzauber zur Wehr setzen können.«

»Vielleicht. Vielleicht auch nicht. Damals wussten wir kaum etwas über das Spiel, in das wir geraten waren. Heute ...«, er brach ab. »Hätten wir damals gewusst, was wir heute wissen, vielleicht wäre es uns möglich gewesen, Lyane zu retten.«

»Aber das habt ihr nicht«, sagte sie flüsternd.

»Nein. Das haben wir nicht. Ich weiß nicht, wie lange die Tänze angedauert haben. Das Morgengrauen war nah, als die Musik verstummt ist. Ich war atemlos und erschöpft, meine Glieder schwer, als mich die Fee aus ihren Fängen ließ. Sie verschwand, als sei sie nicht mehr als ein Traumbild gewesen. Viele der Gäste waren zu Boden gesunken, matt und verwirrt von dem Zauber, der sie gefangen gehalten hatte. Lyane stand am Rande der Menge, ihr Gesicht plötzlich furchtsam. Der Rothaarige war bei ihr und streckte die Hände nach ihr aus, als wolle er sie auffordern, mit ihm zu kommen.«

»Wo war Vater?«

»Er war nicht im Garten. Cosmyr spricht nicht über diese Nacht und das, was ihm geschehen ist, während die Feen unter uns waren. Nie. Er hat es tief in sich verschlossen und den Schlüssel versteckt. Ich habe es unzählige Male versucht ...«, Vijctor fuhr mit den Handflächen über seine Hosenbeine, »aber er weigert sich, davon zu erzählen.«

So wie er sich weigerte, über vieles zu sprechen. Maja wollte nicht hören, was dann geschehen war. Aber sie musste es. »Erzähl mir den Rest, Onkel Vijctor«, forderte sie matt.

Für einen Augenblick fand sie Widerwillen auf seinem Gesicht, dann sackten seine Schultern herab. »Lyane war starr wie Stein. Eine Statue, in weiße Seide gehüllt. Der Rothaarige sprach zu ihr und sie schüttelte den Kopf. Dann fand sie mich. Ihre Augen waren geweitet und von Entsetzen erfüllt, obgleich es nichts gab, was sie hätte fürchten müssen. Vielleicht war es das Erschrecken darüber, dass ich sie entdeckt hatte. Sie hat sich abgewandt und ihm die Hände gereicht. Sie sind gemeinsam im Haus verschwunden. Ich habe mich auf die Füße gekämpft, aber es war, als ob der Boden nach mir fassen würde, um mich festzuhalten. Jeder Schritt war mühsam, als müsse ich unter Wasser laufen, und der Garten war von Menschen übersät, die nur allmählich zu sich gekommen sind. Es war ein Lauf über unzählige Hindernisse und ich konnte ihn nicht gewinnen.« Plötzlich wirkte

Vijctor älter, als er es an Jahren war. »Als ich endlich die Tür erreichte, war keine Spur von Lyane geblieben. Doch ich konnte ihre Schritte auf der Treppe hören. Das Pochen ihrer Absätze, so, als sei sie allein. Ich habe nach ihr gerufen, aber es gab keine Antwort. Nichts als den leisen Aufschlag, während sie nach oben huschte. Ich bin die Stufen hinaufgestolpert wie ein Betrunkener, dessen Gliedmaßen ihm nicht gehorchen wollten. Zu langsam und schwerfällig, um mehr als den hellen Schimmer ihres Kleides zu erhaschen, als sie in ihr Gemach verschwand.«

Vijctor schloss die Augen und verstummte. Diesmal störte Maja sein Schweigen nicht. Sie lauschte auf den Wind, der sanft durch die Kronen der Bäume strich, das ferne Krächzen der Raben, die auf dem Dach des Schlosses saßen. Unwillkürlich fragte sie sich, ob *ihr* Rabe unter ihnen sein mochte. Der Gedanke zerfaserte, als ihr Onkel seine Erzählung wiederaufnahm.

»Niemals hätte ich geglaubt, je sehen zu müssen, was ich in dieser Nacht gesehen habe.« Vijctors Stimme war so leise, dass Maja näher an ihn herantrat. »Der Spiegel im Zimmer deiner Mutter glühte in einem silbernen Licht. Der Rothaarige war darin zu erkennen, seine Hände, die die gläserne Oberfläche durchbrachen, als bestünde sie aus Wasser. Er hielt Lyanes Finger in den seinen, ihr Blick war starr auf das glühende Glas gerichtet, während sie auf ihn zuging. Ich habe ihren Namen geschrien, aber sie hat mich nicht gehört. Er fand ein Echo … aus einem zweiten Mund. Cosmyr war dort. Er saß am Boden, als hätte ihn der Rothaarige zurückgestoßen. Hände, die aus dem Holz wuchsen, fesselten ihn, während er gegen ihren Griff ankämpfte und nach seiner Gemahlin schrie. Sie zerfetzten seine Kleider mit spitzen Klauen und ein Murmeln erfüllte den Raum. Fremdartig. Böse. Stimmen, die uns verhöhnten. Der Blick des Rothaarigen traf mich und es war, als ob Flammen in seinen Augen tanzten. Er hat gelächelt, als ob all das nur ein Spiel sei, das seiner Unterhaltung dient.« Vijctors Finger krallten sich in das steinerne Fell des Wolfes. »Ich bin zu ihr gerannt. Meine Fingerspitzen haben die Seide ihres Kleides berührt. Dann hat mich ein harter Schlag getroffen, der mich von den Füßen gefegt hat. Die Dielen sind um mich herum gesplittert und neue Hände sind in die Höhe geschossen wie Gewächse, die aus einem Samen sprießen. Sie waren überall und sie haben sich um meine Arme geschlossen, ehe ich in der Lage war, wieder aufzustehen. Ich habe Krallen gespürt, die sich in mein Fleisch gebohrt haben. Blut, das aus den Wunden gequollen ist … brennenden Schmerz.«

Eine Wolke zog über die kleine Waldlichtung und verhüllte für einen Wimpernschlag die Sonne. Es war, als ob Vijctors Worte das Licht auslöschten und Maja schauderte in der plötzlichen Kühle, die ihre Haut berührte.

Vijctor bemerkte es und verzog das Gesicht. »Ich wollte dich nicht ängstigen, Maja. Ich habe zu viel erzählt. Es ist besser, die Vergangenheit ruhen zu lassen.«

»Nein, das ist es nicht. Bitte … ich muss es hören.« Sie schluckte den Kloß, der in ihrem Hals saß. Die Bilder waren nah. Zu nah. Sie konnte die Gestalt des Feenkönigs sehen. Ihre Mutter, die ihm willenlos in sein Spiegelreich folgte. Die Verzweiflung auf dem Gesicht ihres Vaters. Sie schüttelte den Kopf. »Es muss schrecklich gewesen sein«, sagte sie rau. »Ich habe nicht gewusst, dass es so geschehen ist. Ich habe immer geglaubt, dass … ich weiß nicht, was ich geglaubt habe.« *Dass Mutter mich freiwillig verlassen hat, um mit den Feen zu tanzen. Dass sie die Feen gerufen hat.* Aber das hatte sie nicht. Sie waren durch das offene Portal gekommen, um sie zu finden, und hatten ihre Mutter an ihrer Stelle ausgelöscht wie eine Kerzenflamme. Ein Windstoß und alles in ihr war still geworden.

»Das war es«, bestätigte Vijctor. »Schrecklicher als alles, was ich je erlebt habe. Sobald das Leuchten des Spiegels erlosch, verschwanden die Hände. Das zersplitterte Holz. Das Blut und die Wunden. Es war, als sei nichts geschehen. Als hätten wir alles nur geträumt. Aber Lyane war verschwunden. Dein Vater war danach wie versteinert. Er hat kein Wort gesagt, nur mit leeren Augen auf den Spiegel gestarrt. Erst dein Weinen hat ihn geweckt, aber für lange Zeit war er wenig mehr als eine leere Hülle. Vielleicht ist er das bis heute.«

Eine Träne löste sich aus ihrem Augenwinkel und Maja wischte über die Feuchte, die über ihre Wange rann. »Wie lange war Mutter im Mondreich?«

»Ihr Körper kam mit dem nächsten Vollmond zurück, die Spieluhr mit dem Rothaarigen in ihren Händen. Aber ihr Geist weilt bis heute im Feenreich.«

Maja schloss die Lider, als Vijctors Stimme verklang. Hohn und Spott. Die Spieluhr. Der Feenkönig und ihre Mutter in einem ewigen Tanz vereint. Alles, was ihr noch etwas bedeutete. Er hatte sie ihre Familie vergessen lassen und nur sich allein in ihr Herz gepflanzt. Ein hässliches Gewächs mit schwarzen Wurzeln und Dornen, das jedes Gefühl in ihrer Mutter zerquetscht hatte.

Du eitler Bastard. Du wolltest mich! Mich allein! Stattdessen hast du meine Mutter geraubt und alle glauben lassen, dass sie nach dir gerufen hat! Du hast meinen Vater glauben lassen, dass ihn seine geliebte Gemahlin für dich verraten hat. Du hast es mich *glauben lassen! Als sei sie nichts als eine törichte, selbstsüchtige Närrin gewesen!*

Sie schluckte die Tränen, die sie ersticken wollten, doch sie waren in jedem Wort zu hören. »Es war nicht deine Schuld, Onkel Vijctor. Nicht Vaters oder ihre. Keiner von euch hätte ihn aufhalten können.« *Aber ich kann es. Ich kann ihn für alles bezahlen lassen.* Maja ballte die Fäuste, als sie sich im Stillen schwor, die mächtigste Kreatur, die auf dieser Welt wandelte, wieder hinter die Spiegel zu verbannen. Etwas regte sich in ihrem Inneren und hinterließ einen dunklen Flecken auf ihrem Herzen. Hass. Sie spürte, wie er sich um das Bild des Rothaarigen wand, das sie in ihrer Erinnerung trug.

»Es gibt Mittel und Wege, Feen zu bannen. Wenn ich früher verstanden hätte, was …«

»Nein. Du hättest nichts tun können. Und ich bin mir sicher, dass Mutter die Feen nicht aus freien Stücken gerufen hat. Was du auf ihrem Gesicht gesehen hast, war kein Entsetzen darüber, dass du sie ertappt hattest. Sie wäre nicht durch die Spiegel gegangen. Niemals.« Aber warum? Warum hatte sie es getan? Warum war der Feenkönig nicht zurückgekommen, um das Kind zu holen, das er wollte? Es ergab keinen Sinn. Maja biss sich auf die Lippe. Was konnte sie Vijctor verraten? Und was würde er tun, wenn er die Wahrheit kannte? Würde er sie auf der Stelle nach Hause bringen, in der Hoffnung, dass er sie dort vor einem Schicksal schützen konnte, das sie dennoch einholen würde? Er hatte die Macht des Feenkönigs am eigenen Leib erlebt. Es würde ihn in Gefahr bringen, wenn er wüsste, was geschehen war, und er konnte nichts tun. Sie war auf sich allein gestellt.

Vijctors Blick wirkte betrübt. Melancholisch. Sie konnte sehen, dass er ihr nicht glaubte. »Ich wünschte, du hättest recht, Maja.«

»Aber du glaubst es nicht.« Sie lächelte schwach. *Eines Tages wirst du es glauben, Onkel Vijctor. Wenn alles vorüber ist, werde ich dir die Wahrheit sagen.* Doch jetzt konnte sie es nicht.

»Ich bin froh, wenn du es glauben kannst.« Er straffte sich und richtete seinen Gehrock. »Wir sollten zurückgehen. Me'Dam Rojan wartet sicher sehnsüchtig auf ihre Gehilfin und ich habe ein Geschenk für sie dabei. Auch wenn ich fürchte, dass sie dir zu viele Flausen in den Kopf setzt.« Er hob die Brauen und legte den Kopf schief.

Also wusste die Schneiderin von ihrem Erbe? Maja hob unschuldig die Achseln und hakte sich bei ihm unter. Besser, er glaubte, dass Me'Dam Rojan für ihr Wissen verantwortlich war, als etwas von der Wahrheit zu ahnen. Plötzlich verstand sie, was Vijctor ihr in der Kutsche hatte sagen wollen. »Du wusstest, dass mich das Blut der Dämmerung gegen die Verlockungen des Feenkönigs schützt, nicht wahr? Und ich habe geglaubt, dass du mir um meinetwillen vertraust.«

Sie sah ihn gespielt verletzt von der Seite an und ein Lächeln erblühte auf seinen Lippen. »Ich vertraue deinem Erbe, Maja. Aber ebenso vertraue ich deinem Verstand. Ich hoffe, dass das kein Fehler ist.«

Er zwinkerte ihr zu und sie beeilte sich, den Kopf zu drehen, damit er die Röte auf ihren Wangen nicht sah. »Oh, ich brauche ihn selten, wenn ich Gewänder für die Königin nähe. Adiela geht es übrigens besser.«

Sie lächelte ihren Onkel an, der seine Miene gleichmütig hielt. »Das freut mich.«

»Sicher würde sie noch schneller genesen, wenn du dich um sie kümmern würdest.«

Vijctor schnaubte. »Versuch es erst gar nicht, Maja.«

»Sie mag dich.«

»Und sie ist besser beraten, einen Mann zu mögen, der seine Nächte nicht damit verbringt, Feen zu jagen, die ein gieriger Dummkopf durch die Spiegel geholt hat.« Er führte seine Nichte an einem steinernen Hirsch vorüber, der zwischen den Baumstämmen hervorlugte. »Adiela braucht jemanden, der sie heiratet und ihr das Leben bietet, das sie sich wünscht.«

»Willst du wirklich ewig allein bleiben, Onkel Vijctor?«, fragte Maja versonnen.

»Es hat Cosmyr kein Glück gebracht, es nicht zu tun. Ich will mein Glück nicht auf die Probe stellen.« Seine Lippen verzogen sich zu einer Grimasse, die nur entfernt einem Lächeln ähnelte. Er sprach es nicht aus, aber sie wusste, was er dachte. Liebe besaß einen hohen Preis. Sie hatten es beide erlebt und keiner von ihnen war bereit, ihn zu zahlen. Letztlich mochte es das sein, was sie stärker verband als das Blut in ihren Adern.

Maja seufzte. »Ich wünschte, ich könnte dir widersprechen.«

Vijctor blickte geradeaus auf das Schloss, das sich vor ihnen abzeichnete. »Ich weiß, Maja. Ich weiß.«

Sie legten den Rest des Weges schweigend zurück, jeder in seine eigenen Gedanken versunken. Es brauchte keine Worte zwischen ihnen, um auszusprechen, was sie beide wussten.

Meerschaum

Die Wellen warfen ihn umher wie ein Spielzeug. Eine Puppe, unfähig, sich gegen ihre unbändige Kraft zur Wehr zu setzen. Seine Lungen hatten es aufgegeben, nach Luft zu verlangen. Sie brannten stärker als alle Feuer von Nikara, bis der Ozean die Flammen löschte. Er ertrank unzählige Male in den Wassermassen des tobenden Meeres, aber die Gnade des Todes blieb ihm verwehrt. Spitze Steine zerfetzten seine Haut, wenn die Brandung ihn an den Strand spülte, so nahe, dass er beinahe meinte, sich retten zu können. Doch sie neckte ihn nur, trieb ihn davon, kaum dass seine Finger den Sand berührten.

Wenn der Sturmwind die Wellen in die Höhe schlagen ließ, zertrümmerten sie seine Knochen unter ihrer Wucht. Er spürte, wie Felsen auf ihn einschlugen wie der Hammer eines Riesen. Wie neuer Schmerz durch seinen Körper zuckte, bis Schwärze vor seinem Blick wirbelte. Aber die erlösende Ohnmacht erreichte ihn nicht. Die Hoffnung auf das Ende rieselte zwischen seinen Fingern hindurch. Sie wurde davongespült wie das Blut, das aus seinen Wunden quoll. Rote Schlangen, die ins Meer hinausschwammen.

Tag und Nacht wechselten sich ab. Der Mond ging auf und brachte Dunkelheit und Kälte über die Welt. Eis, das seine Haut gefrieren ließ. Die Sonne schmolz es mit ihrer Hitze, die das Wasser brodeln ließ und ihn versengte. Doch die Folter, die seinem Körper zuteilwurde, verblasste vor der wahren Qual, die der Feenkönig für ihn ausersehen hatte. Der Qual, die sich abzeichnete, als die Wellen ihn ausspien und am Strand zurückließen.

Für einen endlosen Augenblick rang Corvyn nach Atem, sog gierig die salzige Luft in seine Lungen, während seine Knochen heilten und seine Wunden vergingen. Es war, als ob Nadeln wieder zusammenfügten, was die Felsen durchtrennt hatten. Tausende Stiche, die jeden Flecken seines Körpers bedeckten.

Er lauschte auf die Schreie der Möwen, die über den Sturmhimmel segelten. Es war ein kalter Tag und der schneidende Wind ließ ihn zittern, als er sich auf den rundgeschliffenen Steinen zusammenrollte, um die letzte Wärme zu halten, die in ihm verblieben war. Seine Umgebung war karg. Fels und Meer, wohin das Auge reichte. Kein Grün färbte das endlose Grau und Weiß, in dem er gefangen war. Corvyns Blick glitt über den Horizont, fing sich an der rauen Felsformation, die über dem Ozean aufragte. Ein Turm stand auf ihrer Spitze. Ein schmaler Speer, der in die Wolken stach. Etwas an dem Bauwerk ließ ihn erschauern, obgleich er es noch nie zuvor gesehen hatte. Und doch wusste er instinktiv, was er darin finden würde.

Er wollte nicht gehen. Nicht sehen, was ihn der Feenkönig zu sehen zwingen wollte. Alles in ihm weigerte sich, näher an das Ziel seiner Reise heranzugehen. Aber er wusste, dass ihm keine Wahl blieb. Nicht, wenn dieser Albtraum jemals enden sollte. Er musste sich dem stellen, was ihn im Inneren des Turmes erwartete.

Vorsichtig stemmte er sich in die Höhe, obwohl jede Faser seines Körpers ihren Protest in die Welt hinausschrie. Seine Knochen fühlten sich wund und weich an. Fremd. Stöhnend wagte er einen ersten Schritt über den unebenen Grund und Steine lösten sich unter seinen Stiefeln. Sie brachten ihn aus dem Gleichgewicht und ließen ihn schwanken wie eine Tanne im Wind. Corvyn stolperte auf die Felsen zu, seine Schritte unsicher, als ob ein anderer Wille die Richtung vorgab. Er war schwach, jede Anstrengung kostete zu viel Atem, zu viel Zeit. Er lief schneller, als ob ihn etwas vorandrängte. Als ob es eine Möglichkeit gab … zu verhindern …

Nein.

Es war ein Traum. Es war nicht echt. Es konnte nicht echt sein. Dennoch schlug sein Herz schmerzhaft und hastig gegen seine Rippen. Übelkeit und Furcht stiegen in ihm auf. Die Furcht, zu sehen, was vor unzähligen Jahren geschehen war. Sein Atem ging stoßweise, als er sich dem schmalen Pfad näherte, der zum Turm hinaufführte. Seine Finger glitten über glatt geschliffene Felsen, plötzlich silbern, als sich das Licht veränderte. Corvyn sah auf, als die Sonne schmolz und die Nacht über die Welt aus Wind und Wasser hereinbrach. Mondlicht ergoss sich über den Turm und ließ ihn schimmern wie eine Erscheinung aus dem Reich der Geister. Unwirklich. Ein Bild aus einem Traum, in dem Schönheit hätte liegen können, doch in Wirklichkeit lauerte das Grauen darin.

Er mühte sich weiter, zu langsam. Zu schwerfällig. Die schwarzen Wolkenfetzen zogen schnell über den mondhellen Himmel. Die Drohung, dass ein weiterer Sturm folgen würde. Harte Böen ergriffen sein Haar, zerrten an dem nassen Stoff seines Hemdes. Seine Haut fühlte sich an, als sei sie in eisiges Wasser getaucht. Er sah die Plattform, die über den Turm hinausragte. Über den Ozean. Die scharfen Felsen, die aus dem Wasser ragten. Die helle Gestalt, die über die Terrasse schritt. Das silberne Gewand aufgebauscht von den Winden, die gierig danach fassten, als wollten sie beschleunigen, was unausweichlich war.

»Nein!« Der Sturmwind riss das Wort von seinen Lippen und trieb es davon. Corvyn rannte über den Felspfad, schlitterte über den feuchten Stein. Die Böen stießen ihn zurück, verlangsamten seinen Lauf. Er strauchelte und prallte hart auf eine scharfe Kante, die sein Fleisch aufriss. Er bemerkte es kaum. Der Schmerz war nichts gegen die Angst, die ihn vorantrieb.

Die Pforte des Turmes war geöffnet. Der Schein von unwirklichem Silberlicht erhellte die Stufen, die sich dahinter in die Höhe schwangen. Er ignorierte die bleierne Erschöpfung und hastete auf die Öffnung zu, die über ihm aufragte. Der Rachen eines Albtraumes, der ihn verschlingen wollte. Er zögerte nicht, sich hineinzustürzen. Seine Schritte stockten, als er *sie* erreichte. Er streckte die Hände aus, doch seine Füße blieben wie angewurzelt am Grund des Turmes haften. Er war aus Stein. Eine Statue, verdammt zu sehen, ohne handeln zu dürfen.

Und er sah.

Sie war wie aus Meerschaum geboren. Ihr Haar weiß wie frisch gefallener Schnee. Ihr Gesicht so bleich, dass es beinahe damit verschmolz. Ihre Augen wirkten riesig. Unergründliche Teiche, in denen Tränen schimmerten. Sie saßen wie Tau auf ihren Wimpern, rannen in winzigen Bächen über die Marmorwangen, die er so oft berührt hatte. Sie fingen sich auf ihren rosigen Lippen, die er unzählige Male geküsst hatte. Er roch den Duft, der sie umfing. Die Frische eines Sommertages. Das Lächeln der Sonne auf ihrer Haut. Regen, der im Frühling die ersten Blumen begrüßte. Myriaden von Erinnerungen lagen darin und ließen sein Herz schwer werden. Sturmwind zerrte an ihrem Haar, an dem Umhang, in den sie sich gehüllt hatte. Ihre Finger betasteten den blauen Stein an ihrem Hals, lösten die Brosche, die ihn zusammenhielt. Der Sturm riss ihn davon. Er flog über das Meer wie ein Schwan, auf den Abgrund zu, der unter ihr gähnte.

Corvyn wollte sich bewegen. Sie aufhalten. Er konnte es nicht. Seine Glieder waren gelähmt. Unbrauchbar. »Luënn! Nicht!« Er schrie gegen das Wehen des Windes an. Gegen das hohe Wehklagen, das die Welt erfüllte, als ob sie bereits um die Tochter des Feenkönigs weinte.

Sie wandte sich um und er erschrak vor der Kälte in ihren leeren Augen. Sie besaßen kein Gefühl für ihn, nichts als Eis, wo einst Liebe und Freude geleuchtet hatten. Alle Wärme hatte sie verlassen. Es war, als sei sie längst gestorben. Er sah, wie sich ihre Brust hob. Ein tiefer Atemzug und ihre Lider schlossen sich. Ihre Arme breiteten sich aus. Ihre Ärmel flatterten in den Windstößen, die sie umfingen, Vogelschwingen, die darauf warteten, sich in die Lüfte zu erheben.

»Nein! Luënn! Tu es nicht!«

Der Zauber gab ihn frei. Er taumelte nach vorn, auf die Gestalt der Frau zu, die sich fallen ließ, ohne ihn noch einmal anzusehen. Die Wogen ihres Kleides glitten durch seine Finger. Seide, rau von der feinen Stickerei. Er konnte sie nicht halten. Sie stürzte in die endlose Tiefe und er starrte auf ihren Körper. Schmal. Zerbrechlich wie eine Porzellanfigur, die zerschellen würde, sobald sie auf den Ozean traf. Eine Frau aus Silberlicht, geboren aus der Magie des Mondes. Und doch … sterblich, wie er es war. Das Blut der Menschen floss in ihren Adern. Sie würde sterben. Sie *wollte* sterben. Lieber, als im Reich des Mondes gefangen zu sein, wie es ihr Vater verlangte.

Die Zeit hielt den Atem an. Es war, als schwebte sie auf den Winden wie eine Schneeflocke, die vom Himmel herabtanzte. Dann prallte ihr Körper auf das Meer und die Welt stöhnte auf. Wellen schossen in die Höhe und das Wasser vermischte sich mit ihrem Blut. Rot gefärbte Schaumfinger ergriffen sie und zerrten an ihrem Kleid. Ein Ozean aus Tränen trug ihre zerschmetterte Gestalt, als wollte er sich weigern, sie zu verschlingen. Als wollte er ihr die letzte Ehre erweisen, indem er sie wiegte wie eine Mutter, die ihr Kind in den Schlaf sang. Sie trieb auf dem Wasser, so schön, so still. Friedlich, als ob sie tatsächlich schlief.

Doch sie würde nie mehr erwachen.

Corvyns Herz verwandelte sich zu Stein. Alles in seinem Inneren war taub, in Entsetzen erstarrt. Dann kamen sie. Die Meerfrauen, die Luënn in ihr nasses Grab brachten. Sie huschten unter der Wasserfläche entlang. Das Schimmern eines Fischschwanzes, ein Flossenschleier, der in die Höhe schlug, dann erlosch die Bewegung unter dem Wasser. Das finstere Meer schloss sich über den Frauen, als hätte es sie nie gegeben.

Luënn war gegangen. Sie hatte die Welt ihres Lichts beraubt und sie ein Stückchen dunkler werden lassen.

Corvyn schloss die Augen und seine Hände klammerten sich an das Geländer der Terrasse. Kalter, harter Marmor. Kalt wie das Herz ihres Vaters. Für einen Augenblick brannte der Schmerz so hell wie damals, dann wurde er schwächer, bis nur noch ein kleines Flämmchen blieb, das niemals ganz erlöschen würde. Es war die Wahl, die sie getroffen hatte, und die Jahre hatten abgeschliffen, was einst scharf wie ein Messer war.

Luënn, seine erste Liebe.

Die Tochter des Feenkönigs. Gesandt, um ihn zu verlocken, bis sie sich in ihren eigenen Fäden verstrickt und ihr Herz verloren hatte. Zu viel Mensch, um kalt wie eine Fee zu sein. Sie war aus freiem Willen in den Tod gegangen, vor so vielen Jahren, dass es ihm schien, als sei es ein anderes Leben gewesen. Das Leben eines sorglosen Prinzen, der die feenblütige Schönheit umworben hatte, weil er glauben wollte, dass es unter der Sonne eine Zukunft für sie gab. Doch Luënn hatte niemals ihm allein gehört. An den Tagen lebte sie im Sonnenreich, in der Welt ihrer Mutter. Aber in den Nächten ging sie ins Mondreich, zu ihrem Vater, der sie ungeduldig erwartete, um sie hinter die Spiegel zu holen. Sie war zerrissen zwischen Sonne und Mond, ohne zu wissen, wohin sie gehörte. Zerrissen zwischen ihrem Geliebten und ihrem Vater, die ihre Liebe nicht teilen wollten. Sie hatten sie gezwungen, eine endgültige Entscheidung zu treffen, und Luënn hatte es schweren Herzens getan. Corvyn war der Sieger und ihr Vater hatte nicht geduldet, dass sie sich für ihn entschieden hatte. Er hatte seine Tochter unter dem ewigen Mond eingesperrt. In einen Kerker aus Marmor, aus Silber, Gold und Juwelen. Aus Kälte und Ewigkeit.

Wann mochte ihre Liebe in ihrem einsamen Exil in Hass umgeschlagen sein? In den Wunsch, zu verletzen, anstatt verletzt zu werden?

Wann war *seine* Liebe in dem Bestreben erstickt, über ihren Vater zu triumphieren? Vielleicht war ihr Tod ihre Rache an ihm, Rache an ihrem Vater, weil sie beide ihr Herz in Stücke gerissen hatten. Sie hatte keinem von ihnen die Gelegenheit gegeben, sie zu retten. Noch heute fühlte er Zorn darüber. Zorn auf sie. Zorn auf sich selbst. Zorn auf den Feenkönig. Sie waren blind gewesen. Rivalen um Luënns Liebe, die nicht sehen wollten, was sie ihr antaten.

Ihr Tod hatte jeden Funken Gefühl in ihrem Vater gefrieren lassen, bis selbst seine Schuld darunter erfroren war. Allein seine Rachsucht war geblieben. Er wollte Rache an dem Mann, der ihm das Kostbarste genommen hatte, was er besessen hatte. Das schönste Juwel in seiner Schatzkammer. Der Feenkönig konnte die Schmach, die er erlitten hatte, nicht ungesühnt lassen. Wie viele Unschuldige waren seiner schwelenden Wut zum Opfer gefallen? Wie viele mehr würden es noch tun, nur damit er den Mann bestrafen konnte, den seine Tochter zu lieben gewagt hatte? Er würde seine Rache auskosten, bis einer von ihnen sein Leben ließ. Und Corvyn wusste, dass der unsterbliche Feenkönig niemals der Verlierer sein konnte. Dabei hatten sie beide vor langer Zeit verloren.

Dennoch. Das Spiel war noch nicht zu Ende.

Ein harter Windstoß stieß in seinen Rücken und brachte ihn ins Wanken. Er kämpfte um sein Gleichgewicht, obgleich er wusste, dass er nicht gewinnen konnte. Ein zweiter Stoß, noch härter. Diesmal konnte er sich nicht mehr halten. Er stürzte über das Geländer, eine hilflose Marionette des Feenkönigs, der über sein Schicksal bestimmte. Der Sturmwind empfing ihn und riss ihn auf seinen Flügeln davon. Corvyn taumelte in den Lüften, von der Hoffnung beseelt, dass sich Rabenschwingen öffnen würden, um ihn davonzutragen. Hinauf in die Wolkenfetzen, die seinem Gefängnis so sehr ähnelten. Aber die Rabengestalt würde nicht kommen. Nicht an diesen Ort, in ein Reich ohne Ende und Anfang, jenseits von allen Welten, die von lebendigen Seelen bewohnt wurden.

Dann ließ der Wind ihn los. Er fiel und fiel, auf den endlosen Ozean zu, der sich ihm entgegenreckte, um ihn von Neuem zu verschlingen.

Der Kuss der Rose

Der Mond trat seine Regentschaft über die Welt der Sonne an. Nur ein bleicher Geist auf dem dunkler werdenden Himmel, doch genug, um die Feen einzuladen. Wie lange würde es dauern, bis der Feenkönig nach ihr suchen kam? Maja zog den roten Mantel fester um ihre Gestalt und sah durch das Fenster auf die leuchtende Silhouette, die über den schattigen Wipfeln der Tannen stand. Noch immer gab es keine Spur von dem Raben. Irgendwann hatte sie es aufgegeben, zu zählen, wie oft sich ihre Augen auf die Zinnen des Schlosses gerichtet hatten. Wie häufig sie hinausgesehen hatte, stets in der Hoffnung, dass sie ihn dort finden würde, wie er sie spöttisch beobachtete. Doch alles Warten war vergebens geblieben. Der Vogel war nicht zurückgekommen.

Jetzt, da sie allein dem Einbruch der Nacht entgegensah, erschien es ihr töricht, dass sie Vijctor hatte gehen lassen, ohne sich ihm anzuvertrauen. Ihr Mut war mit jeder Stunde gesunken, bis kaum mehr etwas davon übrig war. Aber es nutzte nichts. Sie konnte nicht in ihrer Kammer sitzen und abwarten, was geschehen würde. Und so hatte sie sich auf den Weg hinab gemacht, nachdem sich die Dienerschaft des Schlosses aufgemacht hatte, um ihre Arbeit zu versehen.

Tatsächlich wurde Schloss Rabenschwinge mit jedem Atemzug lebendiger, während das Tageslicht wich. Immer wieder kreuzten Diener ihren Weg. Nicht selten musste Maja sich in einer dunklen Nische verbergen oder in einen offenen Durchgang schlüpfen, um ihnen auszuweichen. In der Küche klapperten Teller und Töpfe. Chrysan befehligte das Geschehen mit einer Strenge, die Maja vorher nicht an ihr erlebt hatte. Ihre Stimme klang angespannt, kein Lachen hallte durch den Flur, während sie mit ihren Mädchen die Speisen für die Abendgesellschaft der Königin bereitete.

Trotz der Anspannung, die in der Luft lag, entdeckte Maja keine Spur der Höflinge, die der Gesellschaft beiwohnen würden. Keine

Kutsche rollte auf den Hof, keine Hofdamen in prunkvollen Gewändern kamen aus ihren Gemächern und wandelten über die Galerie. Stirnrunzelnd folgte sie dem Weg, den der Rabe am Morgen vorgegeben hatte, unschlüssig, wohin sie sich wenden sollte. Das Schloss war für sie noch immer ein Irrgarten aus unzähligen Fluren und Türen, aus Türmen, Fenstern und Treppen. Manche von Licht erfüllt, andere schwarz wie Tinte. Wie sollte sie je das Portal finden, wenn sie nicht wusste, wie es aussah? Wenn es keinen Hinweis auf den Ort gab, an dem es sich befand? Es konnte in einem der Türme sein, im Keller. Hinter irgendeiner Tür. Es war, als wolle sie versuchen, eine verlorene Münze in einem See zu finden.

Mutlos verharrte sie in einem Türbogen und spähte den schwach beleuchteten Gang entlang, der sich vor ihr erstreckte. Nur die Hälfte der kristallenen Kerzenleuchter war entzündet worden. Es herrschte ein flackerndes Dämmerlicht, das allzu lebendige Schatten über den Boden und die Wände tanzen ließ. Maja erschauerte, als ein Luftzug die Flammen in Bewegung versetzte und die Dunkelheit zum Leben erweckte. Schritte erklangen, stockten. Sie wich zurück und lauschte angestrengt. Wieder hallten sie durch den Flur. Einer. Zwei. Drei. Stille. Maja hielt den Atem an und drückte sich enger an die Wand. Es war schwierig, die Richtung zu bestimmen. Ihr Herzschlag dröhnte zu laut in ihren Ohren und hinderte sie daran, zu erkennen, von welcher Abzweigung aus sie sich näherten. Hektisch glitt ihr Blick über Türen und Durchgänge, während das Pochen immer näher kam. Eins, zwei, drei, stocken. Und wieder von vorn. Sie zählte die Schritte, während sie den nächsten Gang zu ihrer Seite musterte. Zu hell erleuchtet. Viel zu hell.

Ein länglicher Schatten fiel auf den roten Teppich unter ihren Füßen. So riesig, dass sie nicht daran glauben konnte, dass er einem Menschen entstammte. Feuerschein flammte vor ihr auf und tauchte die Wände in ein glühendes Rot.

Keine Zeit, um lange zu überlegen.

Sie stieß den Atem aus und huschte durch den breiten Durchgang, der von zwei Frauenstatuen gesäumt war. Eine Fensterfront zu ihrer Linken offenbarte den dunklen Himmel hinter den Buntglasscheiben, die von dem Wappen der Raben geziert wurden. Rote Rosen waren in Vasen aufgestellt, ihr Duft hing betäubend schwer in der Luft und vermischte sich mit dem modrigen Geruch der alten Samtvorhänge. Maja schluckte, als er Erinnerungen in ihr weckte, die ein unruhiges Kribbeln in ihrem Inneren hinterließen. Sie verbarg sich hinter dem Durchgang und horchte weiter auf die Schritte, so nah nun, dass sich ihr Verursacher ihr gegenüber befinden musste. Das Dämmerlicht schwand aus dem Gang, den sie verlassen hatte. Sie spähte vorsichtig über die Schulter der Statue und endlich sah sie ihn. Den Diener in der dunkelroten Livree, der die Leuchter entzündete. Er war es, vor dem sie geflohen war. Maja unterdrückte das erleichterte Lachen, das in ihrer Kehle saß, und schlug die Hand vor ihren Mund.

Drei Schritte. Die Distanz, die die Leuchter trennte. Wann immer er innehielt, wurde ein neues Licht geboren. Maja wartete, bis er seine Aufgabe erledigt hatte und hinaus auf die Treppe verschwand, dann sah sie sich um. Mehrere Türen durchbrachen die Wand, an der sie lehnte. Porträts waren dazwischen aufgehängt und zeigten schwarzhaarige Frauen in prunkvollen Gewändern, die Rubinkrone von Serijsa auf ihrem Kopf. Neugierig lief Maja den Gang entlang und spürte, wie ihre Aufregung wuchs. Sie waren einander so ähnlich wie Schwestern. Nur die Farbe ihrer Augen variierte und deutete darauf hin, dass es sich nicht um die Gleiche handeln konnte. Dennoch besaßen sie alle die gleichen hohen Wangenknochen, die geschwungenen schwarzen Brauen. Vielleicht war der Zug der Lippen unterschiedlich, eine Nase ein wenig länger, aber es änderte nichts daran, dass man ihre Verwandtschaft deutlich sah. Die Königinnen der Raben seit Melysan I. Die Frauen, die niemand in Sorieska je zu Gesicht bekommen hatte. Maja studierte die Gemälde und betrachtete die Kleider, die den einzigen Hinweis auf die Zeit gaben, zu der sie entstanden waren. Mit jedem Bild wurde die Mode altertümlicher und fremder. Offenbar hatte man sie in der Reihenfolge ihrer Regentschaft aufgehängt.

Maja beschleunigte ihre Schritte, hielt inne, als sie auf die katzenhaften Smaragdaugen der letzten Königin in der Reihe traf. Sie schienen ihren Blick zu erwidern. Stolz und kühl, abwägend, als ob sie ihren Wert beurteilte und sie für ungenügend befand. *Sie* musste es sein. Die Königin der Raben, die ihren Bruder verraten und den

Feenkönig zurück in die Welt gebracht hatte. Die Ähnlichkeit zu ihrem Zwilling war unverkennbar. Sie war schön und doch kalt wie Eis. Kein Funken Wärme milderte die Kälte, die von ihrem Bildnis ausströmte. Maja erschauerte und die Flammen der Kerzenleuchter flackerten in einem plötzlichen Luftzug, der ihre Haut küsste. Sie fuhr erschrocken herum, als sich die Flügel der Tür am Ende des Ganges öffneten. Licht strömte heraus und offenbarte die Silhouette eines Kindes. Maja wollte fliehen, doch die Tür, die ihr am nächsten lag, war verschlossen. Ihre Hand rüttelte verzweifelt an dem Knauf. Vergebens.

»Du da! Was schnüffelst du hier herum?« Die Stimme des Kindes erklang. Nein. Zu rau, um einem Kind zu gehören. Sie war kratzig, schnarrend. Unangenehm. Die Härchen an ihren Armen stellten sich auf. Der Sprecher kam näher und die Kerzen enthüllten das Gesicht eines erwachsenen Mannes, obgleich seine Statur kindlich war. Er mochte Maja bis zur Hüfte reichen, doch sein Auftreten war so herrisch wie das eines Edelmannes. Blassblaue Augen betrachteten sie kalt. Sie senkte den Kopf und bemühte sich, den Schrecken zu verbergen, der ihr Herz in einen wilden Lauf versetzt hatte.

»Vergebt mir, Herr«, murmelte sie unterwürfig. »Ich bin erst vor Kurzem in die Dienerschaft aufgenommen worden und habe mich verirrt.« Eine Dienerin in einem kostbaren roten Umhang, der von einer goldenen Sonne geziert wurde. Nur mit Mühe hinderte sie ihre Hand daran, sich über die Brosche zu legen und so seine Aufmerksamkeit darauf zu lenken.

»Verirrt?« Er schnaubte und ging um sie herum, um sie zu mustern. »Ich glaube eher, dass du die Königin bestehlen wolltest, du kleine Lügnerin. Ich kenne jedes Gesicht, das diesem Haushalt angehört, und du bist keines davon.«

»Ich soll eine Diebin sein? Wie kommt Ihr darauf, so etwas zu behaupten? Ich würde niemals etwas stehlen!«, protestierte Maja empört. »Ich habe eine falsche Abzweigung genommen und bin hierher geraten, ohne dass ich es wollte. Wenn ich etwas stehlen wollte, wäre ich sicher nicht so dumm, hier herumzustehen und mich erwischen zu lassen!« *Nein, ich bin nur dumm genug, mich bei der Erkundung des Schlosses erwischen zu lassen.* Ihre Stimme war zu laut. Sie hallte in dem leeren Gang wider.

»Keine Dienerin schleicht sich zu dieser Stunde heimlich hier herauf, außer sie wird gerufen. Besser, du gibst zu, dass du stehlen wolltest. Vielleicht lasse ich deine Strafe dann milder ausfallen.« Sein Ton wurde einschmeichelnd. Lockend, als schlüge er etwas vor, das für sie beide angenehm sein würde. Seine Nasenflügel blähten sich, als er den Kopf hob und witterte wie ein Tier. Er kam ihr so nah, dass Maja einen Schritt rückwärts ging, um ihm auszuweichen. Etwas an dem klein gewachsenen Mann war abstoßend und ließ ihr Schauer über den Rücken rinnen. Es mochten seine Augen sein, zu alt und wissend für sein junges Antlitz. Das weiße Haar, das ihn wie einen Greisen wirken ließ. Sein Gesicht war zu glatt. Ohne jede Spur von Bartwuchs, ohne eine Falte, die auf sein Alter hinwies. Nein, dies war kein Mensch. Keine Fee. Sie wollte nicht, dass er sie berührte.

»Eine Strafe? Wofür? Ich habe nichts getan! Me'Dam Ro…«

»Das lass meine Sorge sein«, unterbrach er sie barsch. Er langte nach ihrem Handgelenk und sie wich ihm aus, ehe er sie erwischen konnte. Ihre Beine waren länger. Sie konnte ihm davonlaufen. Maja drehte sich halb zum Durchgang, bereit, ihn von sich zu stoßen, falls er versuchen wollte, sie aufzuhalten.

»Thymeon? Was geht hier vor? Was hat dieses Geschrei zu bedeuten?« Eine Frau erschien in der Tür, bevor Maja ihre Flucht in die Tat umsetzen konnte. Die Seide ihres Gewandes schimmerte violett, von silbernen Blümchen übersät, in deren Mitte Steinchen saßen, die wie Sterne funkelten. Ihr dunkles Haar war aufgesteckt und von Juwelen geschmückt. Es war schwarz wie die Nacht. Schwarz … wie das Gefieder eines Raben. Ihre Augen grüne Smaragde in dem bleichen Gesicht, in das sie vor wenigen Atemzügen geblickt hatte. Das Antlitz von Königin Melysan I., der Frau, die ihren eigenen Bruder verraten hatte.

Majas Atem stockte. *Heilige Herrin der Sonne, hilf mir!* Sie befand sich in den Gemächern der Königin! Erst jetzt bemerkte sie den Raben, der die Türflügel zierte. Schwindel ließ die Welt in einem Wirbel aus Farben und Licht verschwimmen. Wenn sie den Umhang erkannte, war sie verloren! Maja sah hastig zu Boden, um sie nicht zu lange anzustarren. Jedes Wort zu viel, jeder Blick konnte ihr Verderben bedeuten. *Keine Fehler. Du darfst keine Fehler machen,* dachte sie fieberhaft.

Der Kleinwüchsige verneigte sich. »Vergebt mir, Eure Majestät. Diese Dienerin hat sich ohne Erlaubnis Euren Gemächern genähert. Ich fürchte, dass es sich um eine Diebin handelt.«

Majestät. Die Bestätigung, die es nicht mehr gebraucht hatte. Maja ließ sich in einen tiefen Knicks sinken, mehr, um ihr Gleichgewicht zu wahren, als aus wahrhaftiger Ehrerbietung.

»Tatsächlich?« Der Saum des violetten Kleides näherte sich und die seidene Schleppe schleifte über den Boden. Ihre Bewegungen waren seltsam ruckartig und schwerfällig, als bereite ihr das Gehen Schwierigkeiten. Der dicke Teppich verschluckte die Geräusche ihrer Schritte, obgleich Maja glaubte, ein ungewöhnliches Kratzen zu vernehmen. »Steh auf. Ich will dich ansehen«, befahl die dunkle Stimme der Königin. Sie war schmeichelnd und weich, wenngleich Schärfe darin mitklang. Ein Dolch, umhüllt von schwerem Samt. Maja gehorchte, doch sie wagte es nicht aufzublicken, in der Hoffnung, dass es die Sonne an ihrem Hals verbergen würde. Königin Melysan verharrte. »Wie kommt wohl eine Diebin in mein Schloss, ohne dass die Wachen es bemerken, Thymeon?«

Die Schärfe trat stärker zutage. Der Kleinwüchsige verschränkte die Hände und Maja bemerkte aus den Augenwinkeln, dass seine Finger kurz und breit waren. »Ich war gerade dabei, es aus ihr herauszubringen, Eure Majestät. Wenn Ihr mi…«

Eine unwirsche Geste brachte ihn zum Schweigen. Majas Haut prickelte unter den schneidenden Blicken, die auf ihr lasteten. Eine zarte Hand ergriff die violette Seide. Lange Nägel zierten ihre Fingerspitzen. »Wie heißt du, Mädchen? Und was tust du in meinem Schloss?«

Es hatte keinen Zweck, die Wahrheit zu verschleiern, wenn eine Lüge allzu leicht zu widerlegen war. Jeder wusste, wer sie war. Es mochte ihre einzige Hoffnung sein, dem Zorn der Königin zu entkommen. »Ich heiße Maja, Eure Majestät«, erwiderte sie mühsam beherrscht. »Ich gehe Me'Dam Rojan zur Hand, bis Adielas Verletzung ausgeheilt ist.«

»Maja …«, sie wiederholte es nachdenklich, als ob es eine Erinnerung in ihr weckte. Maja spürte, wie sich das Prickeln auf ihrer Haut verstärkte. »Und niemand hat mich darüber informiert, dass die Gehilfin meiner Hofschneiderin verletzt ist und sie Ersatz eingestellt hat? Wie merkwürdig. Me'Dam Rojan wird nachlässig.« Ein langer Nagel tippte gedankenvoll auf die Seide. Es war nicht schwer zu erraten, dass sie ihr nicht glaubte.

Der Kleinwüchsige schickte sich an, zu antworten, doch Maja kam ihm zuvor. »Nein! Ich meine ... Sie hat mich nicht eingestellt. Ich bin nur hier, bis es Adiela besser geht, Eure Majestät. Sobald sie genesen ist, werde ich nach Hause zurückkehren. Me'Dam Rojan wollte Euch sicher nicht mit einer solchen Nebensächlichkeit belästigen.« Sie biss sich auf die Zunge, als sie bemerkte, dass sich der Mann versteifte. Niemand hatte ihr gestattet, zu sprechen. Ihre Dummheit konnte sie Kopf und Kragen kosten.

»Eine Nebensächlichkeit. In der Tat.« Klang sie amüsiert? Es war schwer zu sagen. Maja wagte es kaum, zu atmen. Sie starrte auf den Saum des Kleides, unter dem etwas Dunkles aufblitzte. Kein Schuh. Etwas Schmales, Spitzes. Sie unterdrückte das Stirnrunzeln, das sich auf ihre Stirn schleichen wollte. »Die Tochter einer guten Familie, keine Frage. Keine einfache Dienerin würde es wagen, ungebeten das Wort an mich zu richten.«

Eine gute Familie, die sie in Schwierigkeiten bringen würde, wenn sie nicht den Mund hielt. Maja verbiss sich eine Antwort, obgleich ihre Zunge brannte. Die Königin kam näher. Ihre Hand streifte ihr Haar und glitt über ihre Schulter. Sie musste sich zusammennehmen, um nicht vor ihr zurückzuweichen.

»Eure Untertanen sind auf das Schändlichste verroht, Eure Majestät«, warf der Kleinwüchsige naserümpfend ein. »Sie versuchen, Euch auf der Nase herumzutanzen, und lassen es an Respekt fehlen. Vielleicht wollt Ihr es mir überlassen, sie dafür zu bestrafen?«

Aus den Augenwinkeln sah Maja, wie seine blassen Augen gierig funkelten. Unheimlich. Ein Schauer kroch über ihre Haut und hinterließ eine Spur aus Kälte, die nicht vergehen wollte.

»Zügle dich, Thymeon. Über deine eigene Nachlässigkeit wird noch zu reden sein.« Sie wandte sich zu ihm um. »Wenn sie die Wahrheit sagt, wird Me'Dam Rojan ihre Beteuerungen bestätigen können. Und ...«, sie zögerte, als müsse sie ihre Worte abwägen, »ich glaube ihr.«

»Aber Majestät!« Der Kleinwüchsige trat einen Schritt auf sie zu. Ein Funken von Widerspenstigkeit glomm unter seiner Unterwürfigkeit, offensichtliches Staunen. »Ihr könnt sie nicht einfach gehenlassen. Was, wenn …«

»Was soll sie schon stehlen? Die Kronjuwelen?« Ein Hauch von Bitterkeit, Müdigkeit, als sei sie der Diskussion überdrüssig. Melysan fuhr herum und kehrte ihnen den Rücken zu. Die Seide wischte raschelnd über den Teppich. »Geh, Mädchen, bevor ich es mir anders überlege und Thymeon seinen Willen lasse. Aber sei versichert – wenn ich dich noch einmal hier erwische, werde ich ihn nicht zurückhalten.«

Maja sah überrascht auf. Der Kleinwüchsige ballte die Fäuste und Gefahr flackerte in seinem Blick. Zorn, den er nur mit Mühe zügelte. Schnell wandte sie sich ab, um die Gemächer der Königin hinter sich zu lassen. Die Warnung klang deutlich in ihren Ohren nach, doch sie brauchte sie nicht, um zu wissen, wie gefährlich er war. Er war wie ein wilder Hund, dessen Leine bis zum Zerreißen gespannt war. Ein Ruck und sie könnte bersten.

Der Wind kam, noch ehe sie den Durchgang erreicht hatte. Er wirbelte ihr Haar auf und ließ ihre Schritte stocken. Eine Liebkosung von unsichtbaren Fingern berührte ihre Wange. Das Licht der Kerzenleuchter flackerte, als wolle es erlöschen.

»*Maja.*« Das Flüstern schwebte durch den Gang. »*Maja, hilf mir!*«

Gegen ihren Willen drehte sie den Kopf und sah zurück. Er war da. Elejas' Gestalt stand zwischen den Türflügeln, merkwürdig starr. Sein Hemd war halb geöffnet, sein Haar zerzaust, als sei er soeben aus dem Schlaf erwacht. Seine Kohleaugen ruhten auf ihr, als ob er sie endlich erkannte. Unter dem Blick der Königin.

»*Maja …*«

Nein! Nicht jetzt! Eine verzweifelte Bitte, ein Flehen an die Hüterin des Lichts, das ungehört verklang.

Königin Melysan war stehengeblieben und hatte den Kopf umgewandt. Sie sah von Elejas zu ihr, die Brauen zu einer unheilvollen dunklen Linie zusammengezogen.

»*Maja, komm zu mir. Hilf mir!*« Elejas' Windstimme, die nach ihr rief, während seine Verzweiflung wuchs. Dennoch rührte er sich nicht. Keine Bewegung kündete davon, dass die Worte seinem Geist entsprangen.

Melysan trat auf ihn zu, ihre Hände legten sich auf seine Schultern. Ihre Stimme war sanft, als sie auf ihn einredete, damit er zurück in ihre Gemächer ging, und Elejas gehorchte. Der Wind verstummte.

Ein letzter Blick der Königin traf sie und Maja wusste, dass sie seinen Ruf ebenfalls gehört hatte. Sie verschwendete keinen zweiten Gedanken daran. Maja floh, so schnell sie ihre Füße trugen. Wohl wissend, dass der Mantel, der sich in ihrem Rücken bauschte, ihr nicht dabei helfen würde, sich vor den Augen der Königin zu verbergen.

Melysan stützte sich auf dem Fenstersims ab. Ihre Nägel kratzten über den Stein. Sie betrachtete ihre Fingerspitzen. Sie waren zu scharf, beinahe Klauen. Wenn sie damit über Holz glitt, hinterließen sie Furchen. Sie zwang sich, den Blick abzuwenden und starrte hinaus in die Nacht, auf den Mond, der über ihnen erstrahlte. Die Magie in ihren Adern regte sich, die lähmende Schwäche, die die Sonne mit sich trug, verging. Mit jedem Atemzug kehrte die süße Macht zurück und stärkte sie. Dennoch blieb sie launisch. Sie hatte die Kontrolle darüber verloren. Ihre Nagelspitzen gruben sich in den Stein. Zum ersten Mal hatte sie die Kontrolle verloren, weil sich eine zweite Macht eingemischt hatte. Sie hatte es gespürt. Die Stimme des Windes, die sich erhoben hatte, das Feenblut, an dem sie sich einen Anker gesucht hatte. Trotzdem war sie machtlos geblieben. Geschwächt von dem Fluch, der sich mit jedem Tag stärker manifestierte.

»Verflucht seist du, Feenbastard«, murmelte sie bitter.

Sie sah zu dem jungen Mann, der im Sessel neben dem Kamin saß und mit leerem Blick eine Melodie auf seiner Laute zupfte.

»Sei still!«, zischte sie scharf. Die Töne verklangen, er starrte weiter ins Nichts, ohne seine Umgebung wahrzunehmen.

Elejas, ihr Prinz aus dem fernen Samanhar. Ein hübscher Junge. Exotisch und von schöner Gestalt. Sein Gesang und seine Beharrlichkeit hatten ihre Aufmerksamkeit geweckt, als er zum Schloss gekommen war, um eine Anstellung zu finden. Sie hatte ihn in ihren Haushalt aufgenommen und schließlich … war er dem Ruf in ihr Bett nur zu gern gefolgt. Etwas an ihm hatte ihre Hoffnung wieder aufblühen lassen. Die Art, wie er lächelte, wie er sie ansah, als sei sie noch immer so schön wie früher. Sein Hunger auf das Leben und alles, was es zu bieten hatte. Es war, als ob er tatsächlich etwas für sie empfand, als ob sie in seinen Armen wieder werden könnte, was sie einst gewesen war. Es war ein Jammer, dass sie ihm seinen Willen hatte nehmen müssen. Aber sie konnte ihn nicht sehen lassen, was sie war … was sie *wirklich* war. Wie lange hätte die Leidenschaft in seinen Augen der Wahrheit standgehalten? Wie lange hätte es gedauert, bis er gegangen wäre, um sich eine makellose Schönheit zu suchen?

Und letztlich … sie alle waren hübsch gewesen. Sie alle waren verliebt. Und jeder Einzelne von ihnen hatte sie enttäuscht. Keiner von ihnen hatte ihr geschenkt, was sie sich ersehnte, weil keiner von ihnen sie genug geliebt hatte. Auch dieser würde ihr das blonde Mädchen vorziehen, nach dem seine Windstimme gerufen hatte. Das Mädchen, das in ihr Schloss eingedrungen war, um ihn ihr zu stehlen. Sie hatte seinen schlafenden Geist geweckt. Aber Melysan würde nicht zulassen, dass er sie enttäuschte. Dieses eine Mal würde sie die Siegerin sein. Sie öffnete die Hand, in der ein langes blondes Haar lag, und starrte auf das goldene Gespinst, das sie von ihrer Schulter gewischt hatte. Hell wie die Sonne, während sie selbst die finstere Nacht war. Schön, wie es nur ein Feenblut sein konnte. Eifersucht köchelte in ihrem Inneren wie ein Gebräu aus Säure und Gift.

Ein knirschendes Geräusch. Klauen, die über Stein fuhren. Melysan blickte auf die Finger ihrer anderen Hand. Hatten sich die Nägel verdunkelt? War dort ein Schatten? Sie hatte den schwarzen Flaum ausgezupft, der sich an ihrem Haaransatz gebildet hatte. Aber wie lange würde es dauern, bis er wiederkehrte? Bis ihre Gestalt noch abstoßender wurde, als sie es bereits war? Jeder Tag ließ die Missbildungen stärker zum Vorschein kommen. Wie viel Zeit blieb ihr, bis sie sich vollends verwandelte? Bis sie endgültig verlor? Der Feenkönig hatte ihr alles genommen. Ihren Stolz. Ihre Würde. Ihr Herz. Nun würde er ihr auch ihre Schönheit nehmen. Er hatte sich von ihr abgewandt und ihr nur eine letzte Frist gelassen, die unbarmherzig ablief. Wie sehr musste er es genießen, ihr das gleiche Schicksal zuteilwerden zu lassen, das sie selbst ohne Reue verschenkt hatte? Ein gelungener Scherz. Sie konnte das Lachen hören, das ihren Niedergang begleiten würde. Den Feenkönig. Corvyn. Mit den Jahren waren ihre Stimmen verschmolzen. Es war gleich, wer von ihnen sie auslachte. Sie verabscheute beide gleichermaßen.

Ein unruhiges Scharren erregte ihre Aufmerksamkeit und erinnerte sie daran, dass sie nicht allein war. Sie schloss die Hand über dem feinen Haar.

»Wie konnte das geschehen, Thymeon?«, fragte sie mit erzwungener Ruhe.

»Du hättest es mich zu Ende bringen lassen können.« Sie hörte den Vorwurf in seinen Worten. Die nur schwach verhüllte Enttäuschung.

»Das beantwortet nicht meine Frage. Du hast Feenblut in mein Reich gelassen! Glaubst du, dass ich dich für dein Versagen belohne, indem ich dir ihr Blut überlasse?«

»Lieber lässt du sie fliehen?«

»Fliehen?« Sie lachte beißend auf. »Ich hätte dich niemals für blind gehalten, Thymeon. Sie wird nicht fliehen. Nicht, wenn sie einen Mantel der Dämmerung trägt.« *Nicht, bevor sie gestohlen hat, was sie wirklich gesucht hat.*

»Und ich hätte dich niemals für schwach gehalten«, schnarrte er gehässig. »Du wirst weich, Rabenkönigin.«

»Sei vorsichtig, kleiner Wechselbalg. Ich habe dich gefunden und ich kann dich wieder in den Abgrund schicken, aus dem du gekrochen bist.«

»Natürlich. Aber dann bist du vollkommen allein, nicht wahr?« Er verschränkte die Arme vor der Brust und entblößte scharfe Zähne in seinem Lächeln.

Nein. Ich werde nicht allein sein. Nie mehr. Diesmal wird alles anders sein. Sie lächelte süßlich und wandte sich vom Fenster ab. Die Klauen, in denen ihre Beine endeten, scharrten über den Teppich und das Geräusch zehrte an ihren Nerven. Sie neigte sich zu dem Kleinwüchsigen hinab und legte die Finger um sein Kinn. »Armer kleiner Thymeon. So klug und doch so hoffnungslos von Hochmut zerfressen. Jeder in diesem Schloss hasst dich. Willst du, dass ich mich ihnen anschließe? Was bist du noch für mich, wenn du deinen Nutzen verlierst?«

Melysan konnte den Zorn spüren, der in ihm loderte. Er tauchte seine blassen Augen in ein leuchtendes, flammendes Rot. Aber er wusste so gut wie sie, dass er ihr hilflos ausgeliefert war, solange sie seinen Seelenkristall besaß. Sie ließ ihn los und nahm stattdessen seine Hand, um das Haar hineingleiten zu lassen. Dann schloss sie seine Finger darüber und ging zu ihrer Kommode, ohne ihm weiter Beachtung zu schenken. Ein Tuch lag über dem Spiegel und verhüllte ihr Abbild. Sie hatte lange nicht mehr hineingesehen.

Eine einzelne perfekte Rose stand zwischen den Tiegeln und Phiolen, zwischen Bürsten, Kämmen und Tand. Sie strich liebevoll über den roten Samt der Blütenblätter. Ihre Dornen waren gefährlich lang und spitz, doch sie würden sie nicht stechen. Melysan zog die Rose aus der Vase und sog den Duft der Blüte ein. Süß. Mit dem metallischen Unterton von Blut. Blut, das aus ihren eigenen Adern stammte. Die Rose schmiegte sich an ihre Haut wie ein Kind an seine Mutter. Sie lächelte selbstvergessen und hauchte einen Kuss auf die üppige Pracht. Macht strömte von ihren Lippen und die Blume reckte sich ihr entgegen, gebadet in dem Silberlicht ihrer Magie.

Vorsichtig zupfte sie einen Dorn von ihrem Stängel und betrachtete den roten Tropfen, der daran glänzte. Sie konnte das Vibrieren ihres eigenen Herzschlages darin spüren, den fernen Nachhall, der nicht mehr in ihrer Brust wohnte. Vertraut. So vertraut, dass es Sehnsucht in ihr weckte. Mit einem Seufzen ließ sie die Blume wieder in die Vase gleiten. Dann hielt sie Thymeon den Dorn auffordernd entgegen. »Geh und sieh zu, dass du deinen Fehler wiedergutmachst. Finde heraus, wohin sie geht und dann tu, was du hättest tun müssen. Ich habe noch etwas zu erledigen, bevor die Abendgesellschaft beginnt.«

Der Wechselbalg verzog die Lippen zu einem anzüglichen Grinsen und musterte den jungen Mann, der starr an die Wand blickte. »Schon wieder? Du solltest vorsichtig sein, damit du sein Feuer nicht zu früh löschst. Es wäre ein Jammer, wenn nichts mehr von ihm übrig bleibt.«

»Wie schwer muss es sein, ihn immer vor Augen zu haben und nach der Magie des Windes in seinen Adern zu gieren?« Melysan legte den Kopf schief. »Aber du wirst ihn nicht bekommen, mein Liebling. Und nun geh und enttäusche mich kein zweites Mal.«

Sie wies auf die Tür und Thymeon verneigte sich spöttisch vor ihr, ehe er tat, was sie verlangt hatte. Sie blieb allein zurück. Allein und erschöpft, mit der geistlosen Hülle des jungen Mannes, der wie eine fallengelassene Marionette in seinem Sessel saß. Bald würde sie ihn wecken, damit er sie hinabbegleitete, wenn die Feen zu ihrer abendlichen Gesellschaft erschienen. Wenn Musik und Tanz das Schloss erfüllten. Sie hatte es geliebt, vor langer Zeit. Sie hatte geglaubt, dass der Pakt mit dem Feenkönig all ihre Träume wahrmachen würde. Doch er hatte alles aus ihr herausgesaugt. Ihren Reichtum. Ihre Freude. Ihr Leben. Sie war leer zurückgeblieben, so leer wie der Geist des Mannes, der ihr nächster Gemahl sein würde.

Melysan fasste nach der feinen goldenen Kette, die sie um den Hals trug, und zog sie über ihren Kopf. Ein kleiner, juwelenbesetzter Schlüssel hing daran und schimmerte im Licht der Kerzen. Bedächtig wog sie ihn in den Fingern, dann streifte sie den Wandbehang beiseite, der die Tür dahinter verdeckte. Der Schlüssel hakte im Schloss. Sie öffnete diese Tür nur selten. Sie war voller Erinnerungen. Voller Leid. Ein Seufzen und sie drehte den Türknauf. Licht flammte in den eisernen Leuchtern auf und erhellte eine schlichte Steinkammer. Der herb bittere Geruch von Kräutern schlug ihr entgegen. Das modrige Papier alter Bücher und Schriftrollen, die sie in sicheren Truhen verwahrte. Und an den Wänden … Melysan nahm einen tiefen Atemzug und sah sich den Gesichtern all der Männer gegenüber, die sie in den Jahren ihres Lebens geliebt hatte. Jeder Einzelne hatte seinen Platz in einem der goldenen Rahmen, die die Wände zierten. Es waren viele gewesen. Manchmal erinnerte sie sich nicht mehr an ihre Namen. Adelige, Bauernsöhne, Diener und Prinzen. Niemals hatte ihr Stand einen Unterschied gemacht. Selbst der König eines winzigen Landes war darunter. Wie es hieß, hatte sie vor langer Zeit vergessen. In ihrer Erinnerung verschwammen ihre Gesichter ineinander. Nur wenige stachen heraus. Es waren jene, deren Kinder sie getragen hatte, bevor ihr Schoß sie zu früh ausgespien hatte. Kleine Gräber, die hinter der Königsgruft lagen, von Rosen übersät, die über sie wachten und an ihrer statt Tautränen vergossen.

Oh, wenn sie noch ein Herz besäße, wenn sie noch um sie trauern könnte … doch der Feenkönig kannte kein Erbarmen. In ihrer Brust herrschte Leere. Sie hatte keine Tränen mehr. Der Preis war hoch gewesen, aber sie hatte ihn bezahlt. Es nutzte nichts, wenn sie bedauerte, was längst vergangen war. Sie hatte ihre Entscheidung aus freiem Willen getroffen. Es hatte niemals einen Weg zurück gegeben.

Sie löste ihren Blick von den Wänden und blickte auf den von einem Tuch bedeckten Gegenstand, der auf der anderen Seite des Raumes stand. Für einen Augenblick kämpfte sie mit sich. Widerwille stieg in ihr auf und rang um die Oberhand. Dann trat sie hinüber und strich den Stoff beiseite. Er glitt zu Boden und enthüllte den hohen Spiegel. Die beiden Feenfrauen aus Gold, die ihn hielten. Sie fasste nach dem scharfen Dolch, der neben ihr auf einem Tischchen lag, und zog ihn über ihre Handfläche. Schmerz brandete auf und sie stieß zischend den Atem aus. Sobald der Zauber vollendet war, würde sie schlimmere Schmerzen leiden. Sie wusste es und doch sehnte sie den winzigen Triumph herbei, den ihr ein Blick in seine Augen gewähren würde.

Blut färbte ihre weiße Haut dunkel, tropfte zäh in die goldene Schale, die am Fuße des Spiegels eingelassen war. Silbernes Licht wirbelte auf und strahlte, als sei der Mond darin aufgegangen. Melysan sprach einen Befehl und die Wunde verblasste, als hätte sie niemals existiert. Vorsichtig entkorkte sie eine kleine Phiole, die neben dem Dolch gewartet hatte. Sie war leicht geworden. Nicht mehr lange und sie würde leer sein. Es war erstaunlich, wie sehr sie diesen Augenblick fürchtete.

Flüchtig schloss Melysan die Lider, dann neigte sie die Phiole und ließ einen Tropfen der roten Flüssigkeit in die Schale fallen. Ihr Blut vermischte sich mit dem ihres Bruders und wurde eins damit. So wie es eins in ihren Adern war. Eins und doch getrennt. Geliebt und doch verhasst. Der Zwiespalt würde niemals vergehen. Er war wie die Kluft zwischen Sonne und Mond, ein ewiger Wettstreit, der nie endete. Sie hätte es beenden können, vor vielen, vielen Jahren. Aber sie hatte es nicht vermocht, ihn zu töten. Tief in sich wusste sie, dass sie es niemals könnte. Aller Hass, den sie empfand, würde nicht genügen, um das Band zu zerschneiden, das sie im Mutterleib verbunden hatte.

»Corvyn Areon aus dem Geschlecht der Raben. Komm zu mir!«, befahl sie mit einer Stimme, in der kein Zittern mehr zu hören war. Sie richtete sich auf und wartete. Der Lichtschein wurde stärker und breitete sich über den ganzen Spiegel aus. Mondstrahlen fielen durch das Fenster herein und überschnitten sich damit. Melysan zwang sich, ihren Atem ruhig zu halten, während die Zeit verstrich.

Silbernes Licht wirbelte über den Spiegel und offenbarte Formen. Gestalten. Einige schön, andere bedrohlich. Hände stießen gegen das Glas, langten nach ihr. Gesichter erschienen und entließen wirre Wortfetzen. Manche durchstießen das Gewebe zwischen den Welten lange genug, um sich in der Kammer zu manifestieren und nach ihr zu fassen, die Züge von der Gier nach Wärme verzerrt. Ein Wimpernschlag und sie lösten sich auf, nur ein enttäuschtes Seufzen blieb zurück. Melysan regte sich nicht. Das Reich hinter den Spiegeln hatte vor langer Zeit seinen Schrecken für sie verloren.

Müßig fiel ihr Blick auf die Standuhr, die zwischen den Truhen und den Regalen mit den Kräutersäckchen stand. Er ließ sich Zeit. Es hatte niemals so lange gedauert. Besorgt blickte sie auf die Schale. Der helle Schein war zu einem schwachen Glühen abgeebbt. Hatte das Blut nicht genügt, um ihn herbeizurufen?

Sie griff ein zweites Mal nach dem Dolch, als sich das Spiegelbild wandelte. Dunkelheit mischte sich in die silbrigen Schlieren. Ihr Atem ging schneller, als sich die Form des Mannes herausbildete. Das rabenschwarze Haar, das dem ihren so sehr glich. Die grünen Augen in einem Gesicht, das noch bleicher war als das ihre. Seine Kleider waren nass. Sie hingen in Fetzen an seinem Leib. Seine Haut war von blutenden Kratzern und Blutergüssen übersät. Nie zuvor hatte sie ihn in einem solchen Zustand gesehen.

»Du siehst erbärmlich aus, Bruder«, sagte sie betont kühl, um ihren Schrecken zu überspielen.

Corvyn schüttelte die Spitzenmanschetten seiner Ärmel aus und richtete seine Halsbinde, als sei es nicht mehr als eine kleine Unannehmlichkeit. »Vielen Dank, meine Liebe. Du hast selbst bessere Tage erlebt.« Er blickte flüchtig auf und verzog die Lippen zu einem Lächeln. »Zwei Mal in solch kurzer Zeit? Du musst mich schrecklich vermissen.«

Wie sehr sie ihn für seine Arroganz hasste. Und doch … sie sah die Müdigkeit auf seinen Zügen. Die dunklen Ringe unter seinen Augen, die er zu überspielen suchte. Melysan richtete sich gerade auf und verfluchte die Rabenbeine, die sie unter ihren Röcken verbarg. »Nein, aber ich dachte, es würde dich interessieren, dass mir deine Spionin begegnet ist. Wirklich, Corvyn? Du benutzt ein solch junges Ding für deine Zwecke? Wie beklagenswert. Es dauert mich, dein Elend sehen zu müssen.«

Seine Augen verengten sich und er ließ von seinen Kleidern ab. »Wovon sprichst du?«

Melysan lächelte versonnen. »Oh, du *weißt,* wovon ich spreche. Sie ist hübsch. So hübsch, dass du ihr einen Mantel der Dämmerung gegeben hast, um sie zu schützen. Ich frage mich, was sie für dich tun soll. Sie war hier, erst vor wenigen Augenblicken. Ich habe Thymeon gesandt, um sich ihrer anzunehmen.«

Jemand, der ihn nicht gut kannte, mochte die gleichmütige Maske nicht durchblicken, die er zur Schau trug. Doch Melysan erkannte, wie sich sein Kiefer verkrampfte, wie gefährliche Lichter in seinen Augen zu tanzen begannen. Nein, es war ihm nicht gleichgültig. »Die Mäntel existieren nicht mehr, meine Liebe. Du hast selbst dafür gesorgt, als du den Rat der Dämmerung zerschlagen hast. Du hast keine Mühen gescheut, um mich bei dem Feuer zusehen zu lassen, das der Feenkönig im Hof entzündet hat. Es war hässlich, Melysan, wirklich. Eine kleinmütige Rache.«

Sein Plauderton war von einer Schärfe unterlegt, die alten Schmerz verriet. Und mehr als das. Corvyn war besorgt. Sie erkannte es an der Art, wie sich seine Finger in den Stoff seines Ärmels bohrten. »Du trägst es mir immer noch nach?«, fragte sie arglos. »Du weißt, ich hatte keine Wahl. Der Feenkönig hat einen Beweis meiner Treue verlangt.«

»Und du hast alle Mitglieder des Rates verraten. Es war deiner würdig.« Der Humor schwand aus seiner Stimme. Der Rat der Dämmerung war immer sein wunder Punkt gewesen. Er hatte zu viel Zeit damit vertan, gegen die Magie anzukämpfen, anstatt sie zu akzeptieren. Es mochte das erste Mal gewesen sein, dass ein Schlag seinen Panzer durchdrungen hatte. Noch heute konnte sie das Entsetzen und den Schmerz auf seinem Gesicht sehen.

Sie setzte ein feines Lächeln auf, obgleich sie es nicht fühlte. »Oh Corvyn, ich dachte, du hättest mir verziehen. Der Rat war ohnehin schrecklich langweilig.«

»Und der Feenkönig war aufregend, nicht wahr?« Sein Kinn wies auf die Stelle, an der sich die Narbe auf ihrer Brust befand. »Wie schade, dass es ihm nicht genügt hat, dein Herz herauszuschneiden. Man sollte meinen, es sei ihm Beweis genug gewesen. Wie viel willst du ihm noch geben, Melysan? Ist überhaupt noch etwas von dir übrig, das du geben kannst?«

Unwillkürlich legte sie die Hand auf den schweigenden Flecken. Die Spitze, die ihren Ausschnitt bedeckte, verbarg vor aller Augen, was sich dahinter befand. Doch vor sich selbst konnte sie es nicht verstecken. Es gab keinen Tag, an dem sie den Verlust nicht spürte. Corvyn bemerkte es und sein Lächeln kehrte zurück. Wissend. Spöttisch. Beredt, ohne dass er den Mund öffnen musste. Er war wie eine Raubkatze, die mit ihrer Beute spielte, und sie war die Beute. So war es immer zwischen ihnen gewesen. Wut erwachte in ihr. Der Wunsch, das Lächeln für alle Zeit von seinen Lippen zu wischen. »Du kannst glauben, was du willst, Bruder. Aber ich habe die Opfer gebracht, die ich bringen musste.«

»Natürlich hast du das. Und du hast ein florierendes Königreich damit geschaffen. Wie schade, dass es vollkommen ohne dich blüht. Wie fühlt es sich an, vergessen zu sein, Melysan? Die vergessene Königin von Serijsa. War es das, was du dir gewünscht hast, als du mich verraten hast? Ein Dasein als Schatten, weil du nie verstanden hast, dass Regieren mehr bedeutet, als prunkvolle Feste auszurichten? Ist es nicht ironisch, dass wir letztlich das gleiche Schicksal teilen? Keiner von uns hat Vaters Thron geerbt. Keiner von uns besitzt die Macht der Raben. Der einzige Unterschied zwischen uns ist, dass ich sie ohnehin nie wollte.«

Sie presste die Lippen zusammen, als seine Worte sie trafen wie ein Klauenhieb. »Aber du wärest trotzdem die bessere Wahl gewesen, nicht wahr? Der König, der alle Bande zu den Feen endgültig zerschneidet. Der die Magie aus Serijsa vertreibt und für seine großartigen Errungenschaften gefeiert wird. Für seine Förderung der Wissenschaft und des Wissens. Und doch bedienst du dich der Hilfe eines feenblütigen Mädchens. Wie inkonsequent du geworden bist.«

»Oh, liebste Schwester«, er lehnte seine Schulter an den Rahmen des Spiegels, »ich war nicht die Wahnsinnige, die all ihre Männer beseitigt und das Schloss in den Ruin getrieben hat. Und deswegen warst nicht *du* die Erbin von Vaters Thron. Du hast gewissenlos all deine Spielzeuge zerbrochen, sobald man sie dir in die Hand gegeben hat. Es war zu riskant, dir ein Reich anzuvertrauen.«

Bittere Erinnerungen, die stachen wie der Stachel einer Wespe. Sie schnaubte und wandte sich von Corvyns Abbild ab. »Aber du hast niemals etwas zerstört, nicht wahr? Du hast alles richtig gemacht. Alle haben dich geliebt und vergöttert, während ich nicht mehr war als deine einfältige Schwester und mich mit dem winzigen Licht zufriedengeben musste, das mir dein Schatten gelassen hat.«

»Neid hat dir nie gut zu Gesicht gestanden, Melysan. Du wolltest immer nur, was ich hatte. Es wäre besser gewesen, wenn du dich ein einziges Mal gefragt hättest, was *du* selbst wirklich willst. Vielleicht hättest du dann dein Glück gefunden.« Bedauern lag in seiner Stimme. Mitleid. Eine feine, beinahe unmerkliche Spur, die selbst seine Überheblichkeit nicht zu tilgen vermochte. Sie fachte die Feuer an, die in ihrer Brust loderten.

Gift floss auf ihre Zunge. Bitteres, beißendes Gift. Es füllte ihren Mund und drohte, sie zu ersticken. Sie fuhr zu ihm herum und starrte ihn eisig an. »Sorge dich nicht um mich, Bruder. Zumindest bin ich frei. Und du wirst in deinem Gefängnis verdorren, bis dein Körper eines Tages seine Kraft verliert und aufgibt. Auch dein kleines Mädchen wird nichts daran ändern. Wie war ihr Name doch gleich?« Sie tippte sich nachdenklich an die Unterlippe. »Maja? Sag, wie hast du sie auf deine Seite gebracht? Bist du durch ihre Träume gewandert, bis sie dir verfallen ist? Du spielst ein gefährliches Spiel. Ich frage mich, was der Feenkönig davon halten würde, wenn er es wüsste.«

Nur ein Zucken in seinem Augenwinkel verriet, dass ihr Stich sein Ziel gefunden hatte. Dann verzogen sich seine Mundwinkel zu einem breiten Lächeln, das in ein Lachen mündete. Er schüttelte den Kopf und stützte beide Hände am Spiegelrahmen ab. Beinahe meinte sie, seinen Atem auf ihrer Haut zu spüren. Selbst das Glas, das sie trennte, vermochte es nicht, seine Präsenz zu bannen. »Melysan, Melysan … Du glaubst, dass du so vieles weißt und doch weißt du nichts. Du bist ebenso gefangen, wie ich es bin. Du bist eine Marionette des Feenkönigs. Nicht mehr lange und er wird deine Fäden zerschneiden, weil du ihm nicht zahlen kannst, was er von dir wünscht. Wenn du klug bist, kommst du ihm zuvor und schließt das Portal, damit niemand unser Schicksal teilen muss. Das ist das einzige Opfer, das du jemals hättest bringen sollen. Aber du hast nie den Mut besessen, es zu tun.«

Nein. Niemals! Sie wandte sich ab, als sie bemerkte, dass ihre Hände zu zittern begannen. Warum hatte sie nach ihm gerufen? Warum war sie so dumm gewesen, zu wecken, was sie hätte ruhen lassen sollen?

»Melysan! Hör mir zu. Es ist zu spät für uns. Lass mich frei und ich werde es tun. Wir können uns nicht retten, aber wir können jenen, die nach uns kommen, ersparen, was uns widerfahren ist.« Seine Stimme wurde eindringlich, die Kälte wich daraus. Etwas, das ihm geschehen war, hatte die unberührbare Mauer gesprengt, hinter der er sich versteckte.

Ihre Nägel bohrten sich schmerzhaft in ihre Arme. »Halt den Mund, Corvyn! Vielleicht gibt es keine Rettung mehr für dich, aber ich werde frei sein!«

»Es gibt keine Freiheit, solange der Feenkönig und seine Untertanen frei im Reich der Sonne wandeln, verstehst du das nicht? Du bist verloren, so wie ich! Du bist es bereits in dem Augenblick gewesen, in dem du diesen unseligen Pakt geschlossen hast!« Ein dumpfer Schlag hinter ihr ließ den Spiegel erzittern. Seine Faust, die gegen das Glas schlug, als seine Frustration die Oberhand gewann.

»Nein, das bin ich nicht«, flüsterte sie. Eine Bestätigung, die ihr selbst galt, nicht für ihn bestimmt. Sie hielt sich daran fest. Ein Seil, das sie vor dem drohenden Abgrund bewahrte. Ein Atemzug weitete ihre Lungen und sie griff nach der Ruhe, die darin lag. Sie wandte sich um. Gelassen und gefasst. Ihre Hände lagen auf der Seide des weiten Rockes, der ihre Beine verbarg. Sie würden verschwinden. Bald. Sie sammelte die letzten Reste ihres Glaubens und verwandelte sie in die eiserne Überzeugung, die sie in ihre Worte legte. »Ich werde gewinnen, Corvyn. Ich werde ihm geben, was er verlangt und dann werde ich sein, was ich immer hätte sein sollen. Ich gebe nicht auf.«

Das Glühen in seinen grünen Augen flackerte und erlosch. Sein Kopf sank herab. Er wirkte erschöpft, als ob ihn allein der Rahmen des Spiegels noch auf den Beinen hielt. Endlich wurde offenbar, was hinter seinem Stolz von ihm geblieben war. Nur ein jämmerliches Spiegelbild des Prinzen, der er einst gewesen war. Besiegt. »Wann wird deine Selbstsucht endlich enden, Schwester?«, fragte er matt. »Wann wirst du sehen, dass es mehr gibt als dich und mich?«

»Wann wirst du sehen, dass ich es verdiene, Corvyn? Dass ich es verdiene, ein einziges Mal *du* zu sein.« Er sah auf, ein Stirnrunzeln auf seinem Gesicht. Sie spreizte die Handflächen und legte sie auf das Glas. Ein silberner Blitz. Ein Schrei, als er in die Nebel stürzte, die gierig aufwallten, um ihn zurück in ihre kalte Umarmung zu ziehen.

»Du wirst mich nicht aufhalten. Niemand wird es. Stell dich mir nicht entgegen oder du wirst es bereuen.« Ein Wispern, das sie in die Welt hinter den Spiegeln sandte, von ihrer Macht verstärkt, damit er es hören musste, wo auch immer er sich befinden mochte.

Melysan wandte sich ab. Ihre Schleppe schleifte über den Boden, als sie an den Gesichtern ihrer Gemahle vorüberging. Sie sah nicht zurück. Die Tür fiel hinter ihr ins Schloss und sperrte den Spiegel aus.

Die Gesellschaft des Feenkönigs wartete. Ein Lächeln erblühte auf ihren Lippen, als sie sich der Gestalt des starren Mannes näherte, der auf seinem Sessel ausharrte. Für einen Augenblick betrachtete sie ihn stumm. Die Art, wie er die Laute auf seinem Schoß hielt, die schönen Hände des Künstlers, sein vollkommenes Antlitz, golden im Schein der Kerzen. Dann beugte sie sich zu ihm herab und hauchte einen Kuss auf seine Lippen.

Er blinzelte und ein Strahlen erhellte sein Gesicht, als er zu ihr aufsah. »Ist es Zeit, zu gehen?«

»Ja, mein Liebster. Der Tanz wird bald beginnen. Alle warten schon auf uns«, flüsterte sie in sein Ohr. »Komm. Ich will, dass du heute Nacht für mich singst, bis der Morgen anbricht.«

Er ergriff ihre Hand und Melysan lächelte, während sie mit ihrem Prinzen das Gemach verließ. Der schnelle Schlag seines Pulses war wie das süße Lied des Sieges, das ihren Weg hinab in die Halle begleitete, in der die Feen auf sie warteten. Es war ihre Welt. Das Leben, das sie sich geschaffen hatte. Und sie würde es auskosten bis zu ihrem letzten Atemzug.

Dornen

Maja wusste, dass sie nicht hier sein sollte. So nah bei den Feen, die ins Schloss gekommen waren, um der Gesellschaft beizuwohnen. So nah bei der Königin … nah bei dem Sänger, dessen Stimme durch das Gewölbe hallte, das hoch wie der Himmel war. Sein Gesang hatte sie hierher gelockt, in den großen Opernsaal mit der gläsernen Kuppel, durch die das Mondauge hineinblickte. Er war wie ein Leuchtfeuer, das sie angezogen hatte, seitdem sie den ersten Ton vernommen hatte. Sie war ihm gefolgt, ohne es zu wollen, während Tränen in ihren Augen aufgestiegen waren. Es hatte keines zweiten Augenblickes bedurft, um zu erkennen, wer der Sänger war. Sie hatte seiner Zauberstimme unzählige Male gelauscht. In ihrem Garten, wenn die Sonne auf sie herabschien. Vor dem Kamin an langen Winterabenden. An dem kleinen Bach, der hinter dem Haus ihres Vaters entlangplätscherte.

Elejas sang.

Er stand auf der Bühne, vor dem Bild einer mondbeschienenen Nacht, unter wirbelnden Sternen, und ergoss sein Talent über die Welt, wie er es sich immer gewünscht hatte. Und doch war er nicht er selbst. Er erlebte seinen Triumph nicht, während er seine Kunst vor dem Hof des Feenkönigs darbot. Vor dem schauderhaften, skurrilen Adel des Mondreiches. Etwas in ihr war dankbar dafür, dass er sein Publikum nicht wahrnahm.

Maja unterdrückte ein Frösteln und ließ ihren Blick über die Reihen der blausamtenen Stühle schweifen. Es hieß, dass Feen so schön seien, dass ihr Anblick in den Augen schmerzte. Es gab schaurige Geschichten über ihre Besuche in der Welt der Sonne. Über Schönheiten, die jene mit Blindheit geschlagen hatten, die es gewagt hatten, sie anzusehen. Über verlorene Seelen, die sich aus Kummer das Leben genommen hatten, weil sie einen Feenliebhaber nicht halten konnten. Doch viele der Kreaturen, die sich hier versammelt hatten, wären in keiner dieser Erzählungen erwähnt worden. Sie waren von unterschiedlicher Gestalt, manche schön, andere so abgrundtief hässlich, dass ihr Anblick eine Qual war.

Maja fixierte die Gesellschaft, die kaum Notiz von dem Sänger nahm, der ihr Gelage mit seinem Gesang untermalte. Eine Mischung aus Faszination und Abscheu wallte in ihr auf und bannte ihren Blick. Die Feen tranken Wein aus kristallenen Kelchen und aßen, was die Diener auf silbernen Platten hereintrugen. Nicht alle Speisen glichen jenen, die man im Menschenreich kannte. Ein Diener in der dunkelroten Livree der Raben lüftete eine Glocke und sie meinte, eine Bewegung zu erhaschen. Eine Fee mit dem unschuldigen Gesicht eines Kindes streckte die Hand aus und schnappte mit unnatürlicher Geschwindigkeit nach der Speise, die sich darunter verborgen hatte. Ihr Mund war zu breit. Maja unterdrückte einen erschrockenen Laut, als er sich öffnete und spitze Zähne zum Vorschein kamen. Nur ein Wimpernschlag verging, dann schlang sie herab, was sie in der Hand gehalten hatte. Ein dürres Bein ragte zwischen ihren Lippen heraus und zappelte. Ein Würgen drehte ihren Magen um und Maja schloss die Augen. Nicht schnell genug, um zu versäumen, wie ein massiger Riese daran zerrte und ein keckerndes Lachen ausstieß, das sich über die Musik erhob.

Es war nicht der einzige Laut, der Elejas' Lied übertönte. Sie vernahm hohes Kichern und bellendes Lachen, singende Stimmen, süß wie Honig, und andere, die klangen, als ob Klauen über Stein kratzten. Maja wollte die Hände über die Ohren legen, um den zermürbenden Tumult auszusperren, doch sie zwang sich, all ihre Aufmerksamkeit auf die Gesellschaft aus dem Mondreich zu richten. Die Töne, die durch den Opernsaal schrillten, waren so unterschiedlich wie jene, die sie hervorbrachten. Die Feen waren klein und groß, zierlich oder plump. Manche entsprachen den Wesen, von denen die Legenden erzählten. Mit überirdischer Schönheit und leuchtendem Haar gesegnet, die Züge von Masken bedeckt, damit kein menschliches Auge sie ohne Erlaubnis erblickte. Sie hatten in den Logen Platz genommen, die von Vorhängen gesäumt waren, um sich vor allzu neugierigen Blicken zu schützen. Die anderen waren deformiert, klein wie Thymeon oder so riesig, dass sie nicht auf den Stühlen sitzen konnten. Sie besaßen drei

Arme oder nur ein Bein, die Schwimmhäute eines Frosches oder die Haut eines Salamanders.

Noch während Maja sie betrachtete, hob eine von ihnen den Kopf. Geschlitzte Pupillen erwiderten ihren Blick, als könnte sie durch den Schutz des Mantels sehen. Eine gespaltene Zunge glitt lüstern über einen lippenlosen Mund und Maja zuckte entsetzt zurück. Allein die Feen anzusehen, ließ Ekel in ihr aufkeimen. Sie mochten gekleidet sein wie Menschen, aber sie waren weit davon entfernt, menschlich zu sein. Jede war in edle, schimmernde Stoffe gewandet, wie es Höflingen gebührte. Selbst jene, die von borstigem Haar überwachsen waren wie Tiere, trugen Samt und Seide, von der neusten Mode des Sonnenreiches geprägt. Farbenprächtige Federn von Vögeln, die sie noch nie gesehen hatte, zierten Hüte und Frisuren. Perlen schimmerten und Juwelen funkelten unter dem Licht des riesigen Kristallleuchters, der über den Köpfen der Versammelten schwebte. Es war ein Spiel aus Farben und Formen, das die Sinne verwirrte. Doch alle Pracht konnte nicht über die Grausamkeit hinwegtäuschen, die die Herzen dieser Kreaturen verdunkelte. Menschen befanden sich unter ihnen. Manche mit wenig mehr als einem Tuch bekleidet. Leinen waren an Halsbändern befestigt und endeten in den Händen der Feen, die über sie geboten. Es war, als seien sie exotische Schoßtiere, die keinen eigenen Willen besaßen. Geboren, um ihre Herrn zu amüsieren. Maja bemühte sich, die Szenen zu ignorieren, die sich zwischen ihnen abspielten. Es war ein Schauspiel, das sie anwiderte.

Und *er* war der Schlimmste von allen. Sie wagte es kaum, den Blick auf die größte Loge zu richten. Auf die schwarzhaarige Frau und den Mann mit dem Flammenhaar, der neben ihr saß. Der Feenkönig war gekommen und wann immer Maja zu ihm hinaufsah, wollte sie nichts mehr, als davonlaufen und sich in die fernste Ecke des Schlosses kauern. Irgendwo in die Dunkelheit, wo er niemals nach ihr suchen würde. Selbst aus der Ferne war seine Macht zu spüren. Sie prickelte auf ihrer Haut wie ein kalter Regenguss und zerrte an dem Feenzauber, der in ihr lebte, als könnte er ihn an sich ziehen. Es war wie ein Seil, das mit ihm verbunden war. Ein Strang aus Sternenlicht, über den er sie finden würde, sobald sie so unvorsichtig war, ihn zu berühren.

Instinktiv wickelte sie sich fester in den Mantel und tauchte tiefer in die Schatten der verlassenen Loge am Bühnenrand. Wann immer sein Blick die Ritze in dem geschlossenen Samt streifte, der sie verbarg, hielt sie den Atem an. Es war, als könnte er sie fühlen. Als wüsste er, dass sie sich hier versteckte und ihn beobachtete. Ihre Glieder spannten sich an, bis er sich abwandte und an dem Weinkelch nippte, den er in der Hand hielt. Sein Gesicht war hinter einer schwarzen Maske verborgen, doch Maja wusste, dass sie dahinter den schönsten Mann erblicken würde, der je einen Fuß auf den Grund des Sonnenreiches gesetzt hatte. Den Mann, der ihre Mutter in sein Reich geholt hatte … Waren jene unter den Feen, die damals zum Fest ihres Vaters erschienen waren? Die Frau, die mit Vijctor getanzt hatte, um seinen Blick zu verschleiern? War auch sie ins Schloss der Raben gekommen? Kalte Wut wallte in ihr auf. Sie wandte sich ab, von der Furcht erfüllt, dass der König der Feen das heftige Gefühl würde spüren können, wenn sie es nicht unterdrückte.

Betäubt starrte sie in die Tiefe, um sich abzulenken. Dies war er also, der Hof der Königin von Serijsa. Er gelangte nicht mit Kutschen und Pferden ins Schloss, sondern über die Pfade, die der Mond öffnete, sobald er hoch genug am Himmel stand. Und dort, wo sie herkamen, würde Maja das Portal finden, von dem der Rabe gesprochen hatte. Alles, was sie tun musste, war warten. Beobachten. Aber wie konnte man es schließen? Und wie sollte er sie finden, wenn er nach ihr suchen kam? Sie konnte nicht in ihre Kammer im Dienstbotenbereich zurückkehren. Wie schnell würde die Königin herausfinden können, wo Me'Dam Rojan ihre Helferin untergebracht hatte. Und sie würde nach ihr suchen, dessen war sich Maja sicher. Ihr Blick hatte es verraten. Die kalten, grünen Katzenaugen, in denen ein gefährliches Funkeln gestanden hatte. Sie wusste, wer sie war. Und sie würde ihre Diener senden, damit sie sich der Frau annahmen, nach der ihr Prinz rief.

Ihr Prinz …

Maja sah zur Bühne, wo Elejas ein neues Lied anstimmte. Sie konnte die Rauheit in seiner Stimme hören. Die Anstrengung, die jeden Ton färbte. Seine Fingerspitzen, die über die Saiten der Laute glitten, waren gerötet. Blutflecken klebten auf dem Holz des Instruments. Auch ihr Herz blutete bei seinem Anblick. Tränen rannen über ihre Wangen, begleitet von den stummen Schluchzern, die sie mit der Hand erstickte. Wie lange würde er noch singen müssen, bis ihn die Königin aus ihren

Diensten entließ? Bis kein Ton mehr aus seiner wunden Kehle drang? Nichts würde die kalten Herzen der Feen erweichen. Die steinernen Augen, die sich an ihm weideten. Selbst wenn er vor ihnen sein Leben ließ, würden sie seinem Leichnam keinen zweiten Blick schenken. Wenn sie nur einen Weg finden könnte, ihm zu helfen … mit ihm zu fliehen … weit weg von diesem unheimlichen Ort.

Warum nur, Elejas? Warum tut sie das? Was will sie von dir? Was soll dieses schreckliche Spiel? Er konnte es ihr nicht sagen. Es gab keine Antwort, wenn sie sie nicht selbst fand.

Ein Flackern berührte ihre Augenwinkel und lenkte sie von Elejas ab. Silberlicht bildete sich auf ihren Fingern und floss in die bronzene Frauenskulptur, die sich an die Säule schmiegte. Erschrocken zog Maja die Hand zurück, doch es war zu spät. Die geschlossenen Lider der Frauengestalt blinzelten und sie streckte sich, als sei sie aus einem tiefen Schlaf erwacht. Maja taumelte von ihr weg, als die Skulptur die Säule losließ und verzückt dem Gesang lauschte, der hinter dem dicken Samt hervordrang. »Er singt so wundervoll. Es ist lange her, seitdem der Opernsaal von solch meisterhaftem Gesang erfüllt gewesen ist. Ich sehne jeden Tag die Nächte herbei, in denen er endlich wiederkommt.« Ihre Beine bewegten sich unbeholfen auf den Vorhang zu und sie stolperte wie ein Kind bei seinen ersten Gehversuchen. Sie kicherte hoch, als sie auf ihr wallendes Gewand trat und beinahe stürzte. »Oh, verzeiht, ich bin furchtbar ungeschickt.«

Reflexartig ergriff Maja ihre bronzenen Schultern, um sie zu stützen. »Bitte bleibt hier. Die Königin sieht es nicht gern, wenn man die Darbietungen stört«, wisperte sie hastig. »Ihr müsst leise sein, sonst wirft sie uns beide aus dem Saal.«

»Tatsächlich?« Die Stirn der Bronzefrau legte sich zweifelnd in Falten. »Königin Syvelle ist eine gütige Frau. Sie hat oftmals selbst das niedere Volk eingeladen, um an den Festlichkeiten teilzunehmen, und ich habe nie erlebt, dass sie jemanden des Raumes verwiesen hat. Ich freue mich, dass sie endlich zurückgekehrt ist. Sie ist so lange nicht mehr hierhergekommen und niemand hat die Vorhänge geöffnet, damit ich …«

Sie war laut. Viel zu laut. »Shh.« Maja legte einen Finger an die Lippen, um der Skulptur zu bedeuten, still zu sein. »Königin Syvelle ist vor langer Zeit gestorben. Ihre Tochter Melysan herrscht jetzt über das Königreich. Und sie ist nicht so gutherzig wie ihre Mutter. Ich bitte Euch, Ihr werdet uns bis an die Pforten von Nikara bringen, wenn Ihr nicht still seid.«

Ihr Kopf drehte sich zu dem kleinen Schlitz, der zwischen den Vorhängen klaffte. »Das kann ich kaum glauben …«

Oh ihr Götter, warum tut ihr das? Maja versagte sich den Fluch, der über ihre Lippen kommen wollte. Wenn die Skulptur nicht den Mund hielt, war es nur eine Frage der Zeit, bis jemand auf sie aufmerksam wurde. »Ihr habt lange geschlafen«, warf sie rasch ein. »Und Ihr wirkt so bleich. Vielleicht sollten wir die Loge verlassen, damit Ihr … frische Luft schnappen könnt.« *Falls* eine Skulptur atmete. Ihr Blick huschte zum Vorhang, dann zurück zu der bronzenen Frau, die sich unglücklich auf einem Stuhl niederließ.

»Aber ich würde so gern endlich den Sänger sehen«, klagte sie betrübt. »Früher hätte es mir niemand verwehrt, auf die Bühne hinabzusehen. All die wundervollen Musiker, die Tänzerinnen … warum …?«

»Ihr werdet später Gelegenheit haben, alles zu sehen, was Euer Herz begehrt. Kommt mit, ich werde Euch hinter die Bühne begleiten. Sicher möchtet Ihr den Sänger kennenlernen.« Maja bemühte sich um ein offenes Lächeln und fühlte sich wie eine Närrin. »Ich habe gehört, dass er eine Schwäche für schöne … Frauenskulpturen besitzt. Und Ihr seid ein wahres Meisterwerk.«

Das Gesicht der Bronzefrau hellte sich auf. Der warme Schein, der durch die Ritze fiel, ließ ihre angelaufene Oberfläche glänzen. »Mein Erschaffer war der Beste seiner Zunft. Man hat sich erzählt, dass er magische Hände besessen hat. Wer mich und meine Schwestern betrachtete, pflegte zu sagen, er sei von den Feen geküsst worden.«

Ohne jeden Zweifel war sie *jetzt* von den Feen geküsst. Und schrecklich schwatzhaft noch dazu. Maja überlegte fieberhaft, wie sie ihr das Mundwerk stopfen sollte, als Elejas' Lied verstummte. Ein Raunen ging durch die Menge der Feen und das Herz stolperte in ihrer Brust. Ängstlich spähte sie zur Bühne hinab, wo der Sänger ruhig verharrte, die Laute noch in der Hand. Er war nicht der Grund für das Erstaunen, das im Opernsaal aufbrandete. Es war die Loge, auf die sich alle Augen gerichtet hatten. Der leere Platz, an dem der Feenkönig gesessen hatte.

Oh nein! Ihre Magie hatte sie verraten. Er würde kommen! Sie musste weg, so schnell sie ihre Füße trugen. Sie drehte sich um und wollte aus der Loge stürmen, als sich etwas Kaltes um ihre Haut legte. Ein harter Ruck riss sie zurück und Maja hob den Blick, halb in der Erwartung, den Feenkönig zu sehen, der aus dem Nichts an ihrer Seite erschien.

»Aber … wo wollt Ihr hin?«, erklang eine erschrockene Stimme. »Ihr wolltet mich dem Sänger vorstellen!« Es war die Skulptur, die ihr Handgelenk mit ihren Bronzefingern umfing. Sie war erstaunlich stark, ihr Griff unnachgiebig.

Verflucht! Maja sog gereizt den Atem ein. Wenn die Statue beschloss, sie an der Flucht zu hindern, würde der Feenkönig leichtes Spiel mit ihr haben. »Dann kommt schnell«, forderte sie die Bronzefrau auf, »sonst verschwindet er, ehe wir ihn erwischen können. Wir müssen uns beeilen. Und Ihr müsst leise sein.«

Leise. Wenn jeder ihrer Schritte auf dem Marmorboden nachhallte, als ob ein Hammer darauf niederging. Sie zerrte am Arm der Skulptur, bis sie sich widerwillig erhob und sie freigab. Maja sah nicht zurück. Sie hörte, dass sich die Figur ihrer Flucht anschloss, so wie jeder es hören würde, der ihren Weg kreuzte. Ihre nackten Bronzefüße prallten hart auf den Grund und würden jedem Verfolger verraten, wo sie sich befand. Sie brauchte ein Versteck, in dem sie ausharren konnte, bis der Feenkönig seine Suche aufgab. Ihr Blick huschte über den leeren Flur, zu den Durchgängen, die sie zur Loge geführt hatten. Sie entschied sich für jenen, durch den sie gekommen war und hinter dem sie eine Treppe wusste, die auf die obere Galerie führte.

»Ich bitte Euch, lauft langsamer!« Die Skulptur keuchte, als ob sie tatsächlich auf Atemluft angewiesen sei, um zu überleben.

»Wenn ich langsamer laufe, werden wir den Sänger nie zu sehen bekommen! Beeilt Euch!« Maja rannte die Stufen hinauf, von der Hoffnung beseelt, dass die Bronzefrau hinter ihr zurückbleiben würde. Doch sie kämpfte sich tapfer nach oben, ohne Zweifel von der Aussicht getrieben, dass sie bald ihren verehrten Sänger kennenlernen würde.

Eine Tür schlug irgendwo in ihrem Rücken. Der harte Aufprall, mit dem sie gegen die Mauer geschleudert wurde, verriet den Zorn desjenigen, der sie geöffnet hatte. Zorn – oder die Macht seiner Magie, die sie für ihn aufgestoßen hatte. Ihre Beine bewegten sich schneller, während Türen und Durchgänge verschwommen an ihr vorüberglitten. Sie mied die lichtdurchfluteten Ecken und entschied sich für den engsten, dunkelsten Gang, der nur von schwachem Mondschein erhellt wurde. Dort hielt sie inne, um Atem zu schöpfen, und sah der Skulptur entgegen, die ihr humpelnd in die Dunkelheit folgte.

»Wie kann es so weit sein, bis wir hinter die Bühne gelangen?«, murrte die Statue. »Meine Füße schmerzen!«

Verdammt, du bist eine Bronzestatue! Wie können deine Füße schmerzen? Maja verbiss sich die Worte, die auf ihrer Zunge lagen. »Die Königin hütet ihn wie einen Schatz. Wenn sie herausfindet, dass wir uns ihm nähern wollen, wird sie uns in den Kerker werfen«, flüsterte sie stattdessen. Die Wahrheit. Wenngleich sie eine bessere Strafe finden würde, als sie in ein Verlies zu sperren.

»Oh«, antwortete die Skulptur verständnislos. Um ihre Klugheit war es ebenso schlecht bestellt wie um die der klatschsüchtigen Teetasse, die Maja als junges Mädchen erweckt hatte. Flüchtig betrachtete sie die Bronzefrau, die erschöpft an der Wand lehnte. Dann sah sie sich in dem kurzen Gang um, der in einem Türbogen endete. Offenbar wurde er selten genutzt. Niemand hatte sich die Mühe gemacht, die Leuchter an den Wänden zu entzünden. Maja nagte unentschlossen an ihrer Unterlippe und steckte den Kopf aus der Öffnung, um die offene Galerie dahinter zu mustern. Noch war nichts von dem Feenkönig zu entdecken. Wenn der Rabe die Wahrheit gesagt hatte, würde er sie nicht sehen, solange sie den Mantel trug. Doch er konnte sie hören … und sie war sich sicher, dass er über den silbernen Strang ihre Magie spüren konnte. Die Skulptur würde wie ein Wegweiser sein, der ihn zu ihr führte. Oder …

Sie wandte sich zu der bronzenen Frau um, die sich wieder aufgerichtet hatte und sich nun neugierig umsah. Es musste das erste Mal sein, seitdem man sie aus der Werkstatt ihres Erschaffers gebracht hatte, dass sie etwas anderes als den Opernsaal erblickte.

»Sagt, meine Liebe – wie hat man Euch genannt?«, fragte Maja, während sie über ihre Schulter auf den Gang zurückblickte.

Der dunkel glänzende Metallmund verzog sich zu einem erfreuten Lächeln. »Niemand außer meinem Meister hat sich je um meinen Namen gekümmert.«

»Wirklich? Das ist traurig.«

Die Skulptur nickte niedergeschlagen. »Manchmal vermisse ich Meister Desrae sehr. Er war schön wie der Herr der Schatten und seine Berührung war wie ein Streicheln auf meiner Bronze. Niemand hat mich seither mit der gleichen Zuneigung angefasst wie er. Keiner hat mir die Beachtung geschenkt, die ich verdient habe. Sie waren grob und unachtsam, ihr Hände haben hässliche Flecken auf mir hinterla…«

Oh, ihr Götter … Maja hob die Hand, um ihr Einhalt zu gebieten. »Bitte, Euer Name, Me'Dam. Wir haben zu wenig Zeit.«

»Celea«, erwiderte sie eingeschnappt. »Mein Meister hat mich Celea genannt.«

»Celea, wie wundervoll.« Maja verlieh ihren Worten einen schmeichelnden Klang, um sie zu besänftigen. »Euer Meister hatte ein Ohr für schönen Klang. Hört zu, Celea. Sicher hat die Königin den Sänger inzwischen hinter der Bühne aufgesucht. Doch er pflegt seine Abende in den Gärten zu verbringen, während sie ruht. Dort könnt Ihr ihn morgen treffen und er wird nur für Euch singen.«

»In den Gärten? Aber ich war noch nie allein im Freien. Was wenn …«

»Ihr wart lange eine Gefangene, aber nun seid Ihr frei zu tun, was immer Ihr möchtet.« Sie ergriff die Arme der Skulptur und sah sie beschwörend an. »Niemand wird Euch je wieder in einen Saal sperren und Euren Blick mit einem Vorhang versperren. Ihr könnt sehen, was immer Ihr Euch wünscht.«

»Aber … ich weiß nicht, ich bin …«, stotterte sie hilflos. Für einen Augenblick wirkte sie erschrocken, dann weiteten sich ihre Augen und sie schaute auf ihre Beine hinab. Ihre Finger bewegten sich, als ob sie erst jetzt erkannte, dass sie sich frei zu bewegen vermochte. »Wie … ist das möglich?«

»Ihr seid erwacht. Manchmal, wenn ein Künstler all seine Seele in seine Arbeit legt, kann es geschehen, dass er etwas davon in seinem Werk hinterlässt, das zum Leben erweckt werden kann. Ihr seid ein solches Werk.« Maja lächelte die Skulptur an. »Das ganze Schloss steht Euch offen. Und ich werde Euch helfen, so gut ich kann. Aber zuerst … ich … habe Euch nicht die ganze Wahrheit gesagt.«

Celea hob unwillig die Brauen. »Ihr habt mich angelogen?«

Maja spürte, wie sich ein Schweißtropfen an ihrer Schläfe löste. »Nein, aber … meine Flucht war nicht ohne Grund. Ich habe einen mächtigen Adeligen verärgert, weil ich mich geweigert habe, ihm in sein Königreich zu folgen, und ich fürchte, dass er mich heute Nacht gesehen hat. Deswegen habe ich mich in Eurer Loge verborgen.«

»Er möchte Euch zu seiner Geliebten machen? Oh, welch ein abscheulicher Unhold!« Celeas Miene wandelte sich übergangslos in Empörung. »Ich erinnere mich noch gut an den Tag, als die Baronin von Anjir versucht hat, Meister Desrae zu kaufen, damit er ihr das Bett wärmt. Er hat sie in hohem Bogen aus seiner Werkstatt befördert! Ich wünschte, ich hätte ihm dabei zur Hand gehen können, um dem unverschämten Frauenzimmer eine Lektion zu erteilen. Wie konnte eine solch alte Vettel glauben, dass er uns alle verlassen würde, um bei ihr zu leben?«

»Unerhört!« Unerhört, in der Tat. Unerhörtes Glück für sie. Maja dankte der Baronin im Stillen für ihre Lüsternheit. Sie lächelte, als die Skulptur die Hände in die Hüften stemmte wie eine verstimmte Matrone. »Ja, er ist ein schrecklicher Unhold. Und wenn er mich findet, wird er mich zwingen, mit ihm zu gehen. Ich bitte Euch, Celea, ich brauche Eure Hilfe. Ihr könnt ihn auf eine falsche Fährte locken. Sobald der Morgen anbricht, werde ich sicher sein und dann zeige ich Euch, wie Ihr zu Prinz Elejas gelangt.«

»Aber wie soll ich …«, begann sie ratlos.

»Vertraut mir. Ihr müsst nicht mehr tun, als Euch durch das Schloss zu bewegen, ohne dass sich unsere Wege kreuzen. Könnt Ihr das für mich tun?«

Die Bronzeskulptur richtete sich gerade auf und Maja bemerkte, dass sie beinahe so groß war wie sie selbst. »Aber natürlich. Wenn ich den Flegel in die Finger bekomme, wird er es sich gut überlegen, bevor er noch einmal eine Frau gegen ihren Willen in sein Reich entführen möchte!«

Sie bezweifelte, dass eine erzürnte Bronzefrau den Feenkönig beeindrucken konnte. Dennoch … Wärme regte sich in ihrem Inneren. Celea mochte nicht mehr sein als zum Leben erweckte Bronze, aber die Seele, die ihr Erschaffer in ihr hinterlassen hatte, war tapfer und gutherzig. »Ich wusste, dass Ihr mutig seid, Celea. Euer Meister wäre stolz auf Euch.« Irgendwo unter ihnen erklang das Pochen von Absätzen, die über den Marmor eilten. Es war zu nah, um es zu ignorieren. Stimmengewirr folgte, als die Feen aus dem Opernsaal kamen, um die nächste Zerstreuung aufzusuchen, worin auch immer diese bestehen mochte. »Ich muss gehen. Wartet einen Augenblick, dann bewegt Euch in die entgegengesetzte Richtung.« Sie legte flüchtig ihre Hand auf die kühle Bronze. »Ich bin froh, dass ich Euch begegnet bin.«

Die Skulptur zeigte ein stolzes Lächeln und tätschelte ihre Hand. »Macht Euch keine Sorgen, meine Liebe. Er wird Euch nicht bekommen.«

Sie konnte nur hoffen, dass die Bronzefrau recht behielt. »Gebt auf Euch acht, Celea.« Maja lächelte dankbar und wandte sich ab, um auf den Flecken aus Mondlicht zuzulaufen, der vom Ende des Ganges hereinschien. Sie hörte, wie sich die Skulptur in Bewegung setzte. Ihre nackten Bronzefüße schlugen hart auf dem Boden auf und würden weithin zu hören sein. Maja verschwendete keine Zeit darauf, ihr lange zu lauschen. Sie bewegte sich so leise sie es vermochte, froh, als sich der Untergrund in einen dicken Teppich wandelte, der den nächsten Gang ausfüllte. Das Klacken von Celeas Sohlen verklang in der Ferne, während sie an einer Fensterfront vorüberging. Ein Blick nach draußen zeigte, dass sie sich auf der den Gärten zugewandten Seite befinden musste, doch dies war der einzige Anhaltspunkt für den Teil des Schlosses, in dem sie sich aufhielt.

Mutlos lief sie weiter, an den Porträts lange vergessener Adeliger vorüber, die ihren Weg mit starren Augen beobachteten. Sie wagte sich nicht in die Nähe der Feen, um herauszufinden, wo sich das Portal befinden mochte, nicht in dieser Nacht. Vielleicht hatte sie sich getäuscht und das Verschwinden des Feenkönigs bedeutete nichts für sie. Vielleicht war es nicht mehr als ein Zufall, dass er gegangen war, als sie Celea zum Leben erweckt hatte. Dennoch … es war zu riskant, sich nah an ihn heranzuwagen. Alles, was sie tun konnte, war, einen Platz zu finden, an dem sie abwarten konnte, bis die Feen im Morgengrauen das Schloss verließen. Und dann … würde Me'Dam Rojan bemerken, dass sie nicht in der Näherei erschien … Vijctor würde davon erfahren. Und doch konnte sie nicht nach Hause zurückkehren und den Feenkönig einmal mehr in das Haus von Cosmyr Carjesan bringen.

Es war hoffnungslos. Ihre Beine waren schwer, während sie sich voranbewegte, durch abgelegene dunkle Gänge, in denen Spinnen ihre dichten Netze gewoben hatten. Sie waren wie Vorhänge, die sich zwischen den Leuchtern spannten. Weiß von dem Staub vieler Jahre, der sich darauf angesammelt hatte. Es war offensichtlich, dass sich keine Seele durch diesen Teil des Schlosses bewegte. Die Bilder an den Wänden waren löchrig und zerrissen. Sie hingen schief oder waren herabgestürzt, das Holz der Rahmen am Boden zerbrochen.

Etwas zupfte an ihrem Umhang und ein schleifendes Geräusch erklang in ihrem Rücken. Maja blickte erschrocken herab, auf den langen Holzsplitter, der sich in dem Stoff verfangen hatte. Mit einem leisen Fluch entfernte sie ihn und warf ihn dann beiseite. Der Gang wirkte, als ob ein wütender Riese sich darin ausgetobt hätte. Sie trat durch den nächsten Türbogen, der hinausführte, und gelangte auf eine Galerie, unter der sich ein leerer Saal erstreckte. Er war erstaunlich kahl, wenn man seine Weitläufigkeit betrachtete.

Sie ging näher an das Geländer und der Staub, der daran haftete, legte sich pulverig auf ihre Fingerspitzen, als sie es umfasste. Ihr Daumen berührte etwas Rundes, Weiches. Eine klebrige Substanz wand sich um ihre Finger und Maja stieß ein erschrockenes Quietschen aus, ehe sie eilig die Hand zurückzog. Spinnweben baumelten davon herab. Ein Kokon, der ein unglückliches Geschöpf enthielt, das sich hierher verirrt hatte. Eine haarige, schwarze Spinne krabbelte nicht weit von der Stelle, an der sie ihre Fingerabdrücke fand, über den Stein. Sie schauderte beim Anblick ihrer langen, dürren Beine. Angewidert streifte sie das Gewebe am Geländer ab und eine winzige Staubwolke stob auf.

»Die Königin sollte mehr Wert auf die Instandhaltung ihres Schlosses als auf ihre Garderobe legen«, murmelte sie leise. »Wunderbar, Maja Carjesan. Die Einsamkeit bekommt dir nicht. Du beginnst, mit dir selbst zu reden.« Maja schnaubte und ließ den Blick rasch über ihre Umgebung schweifen. Die Kronleuchter, die von der Decke hingen, waren so prachtvoll, dass sie selbst unter den Spinnweben und all dem Staub noch funkelten. Ein Ballsaal, ohne Zweifel. Aber er war lange aufgegeben, sein Glanz unter der Patina der Zeit erstickt. Hier und da erblickte sie das Blinzeln einer Spiegelscherbe auf dem verzierten Parkett. Die seidenen Tapeten, die den Raum geschmückt hatten, waren abgeblättert. Wie Blütenblätter, die zu Boden gefallen waren, so blass, dass man die Muster darauf nur noch erahnen konnte.

Maja fand eine Treppe, die am anderen Ende der Galerie hinabführte, wie eine Welle, die sich in den Saal ergoss. Im bleichen Licht des Mondes war die Farbe des Teppichs unter ihren Füßen nicht mehr zu erkennen. Langsam ging sie hinab und ihre Finger glitten über den glatten Stein des Geländers. Ihre Absätze hinterließen ein dumpfes Pochen, so leise, dass es kaum zu hören war. Und doch … war dort der Hall eines Echos? Sie hielt auf den Stufen inne und das Pochen verstummte.

Du hörst Gespenster, Maja. Sie lächelte nervös und schüttelte den Kopf über ihre Schreckhaftigkeit. Trotzdem rann Kälte über ihren Rücken, als sie ihren Weg fortsetzte. Jeder Schritt hallte in ihren Ohren nach, ein kaum merkliches Geräusch, das sich an den Aufschlag ihrer Absätze anschloss. Lauter, als ihre Füße auf dem Holzboden des Saales aufsetzten. Lichtflecken huschten über die Wände, nur aus den Augenwinkeln zu erkennen und vergangen, sobald sie Anstalten machte, sie zu erfassen.

Die Spiegelscherben. Nur Spiegel, die vom Mond berührt werden, versuchte sie sich zu beruhigen. Oder die Kristalle, die am Boden lagen. Das Parkett knarrte leise, als sie weiterging und winzige Scherben knirschten unter ihren Sohlen. Ein Luftzug streichelte ihre Wange und Maja hob den Kopf, um seine Quelle zu finden. Vielleicht eines der Bogenfenster, das gesprungen war …

»Komm, spiel mit mir, Menschenkind.« Die schnarrende Stimme ließ sie zusammenzucken. Ihre Finger lösten sich aus ihrem Mantel, als sie herumfuhr. Die Härchen in ihrem Nacken stellten sich auf.

Niemand war zu sehen.

»Wo seid Ihr?«

Ein Schatten glitt an ihr vorüber. Zu schnell, um ihm zu folgen. Er verschwand, kaum dass sich ihr Blick an ihn geheftet hatte. Licht blitzte in dem hohen Durchgang auf, der gegenüber der Terrasse lag. Es beleuchtete die beiden Marmorstatuen, die daneben standen, spielte über die Oberfläche des Steins, als sei er lebendig. Sie erinnerten sie zu sehr an die Wächter im Inneren der Gruft. Majas Hände begannen zu beben.

Das rasche Tappen nackter Füße schallte durch den Saal, auf unnatürliche Weise verstärkt. Ein Lachen folgte, die Richtung, aus der es erklang, war nicht zu bestimmen. »Ich bin überall und nirgendwo, kleiner Mensch. Ich bin nah bei dir und doch so weit entfernt, dass du mich nicht berühren kannst.«

Ein neuerliches Zupfen an ihrem Mantel. Sie fuhr herum und trat hastig beiseite, aber es war niemand zu sehen. Das Amulett des Prinzen auf ihrer Haut brannte. Majas Finger schlossen sich über dem Stoff darum, um es von ihrem Körper abzuhalten. »Was soll das? Zeigt Euch!«, forderte sie, während ihr Herz so heftig zu schlagen begann, dass sie befürchtete, man würde es weithin hören können.

»Bist du sicher, dass du mich sehen willst?« Ein Schatten wuchs über dem Durchgang in die Höhe, bis er beinahe das Deckengewölbe erreichte. Unwillkürlich wich Maja zurück, als er sich über sie beugte. Das Zittern ihrer Hände wurde so stark, dass das Amulett gegen ihre Brust klopfte.

Weg von hier. Weg. Es war alles, was sie denken konnte. Sie drehte sich um und rannte auf die Treppe zu. Der Boden unter ihren Füßen bebte und spie schwarze Schattenpeitschen aus, die nach ihr schlugen. Sie stieß einen Schrei aus, als eine davon über ihren Arm zischte und einen blutigen Striemen darauf hinterließ. Maja ließ das Amulett los und umklammerte die Wunde.

Ein tiefes, kehliges Knurren hallte durch den Saal. »Du blutest, Menschenkind.«

Worte, von Gier erfüllt. Maja schluckte gegen die Trockenheit in ihrem Mund und verdrängte die Angst, die ihren Magen aufwühlte. »Danke für den Hinweis. Ich fürchte, ich hätte es sonst nicht bemerkt.«

»Du bist widerspenstig.« Die Peitschenarme glitten über das Parkett wie Schlangen aus Dunkelheit. Maja sprang zurück, als eine von ihnen sich erhob und über ihren Knöchel strich. Sie hinterließ ein Brennen, wo sie ihre Haut berührt hatte.

»Verzeiht. Wäre es Euch lieber, wenn ich mich auf den Boden lege und warte, bis es vorüber ist?«

»Aber nein, das würde den Spaß an der Jagd verderben.« Der Schatten, der noch immer über ihr aufragte, teilte sich. Eine zweite Schattenkreatur bewegte sich auf die andere Seite des Saales. Finger bildeten sich aus ihrer Silhouette und krochen über das Parkett, als wollten sie nach ihr greifen. Etwas in ihr war sich nicht sicher, ob sie tatsächlich substanzlos waren.

»Wie feige von Euch, dass Ihr Euch hinter Eurer Magie verbergt. Seid Ihr so furchtbar anzusehen, dass Ihr nicht herauskommen wollt?« Ihr Herz hämmerte in ihrer Brust. Hektisch suchte sie nach einer Möglichkeit, wie sie den lebendigen Schatten entfliehen konnte, doch es war schier unmöglich. Sie bewegte sich vorsichtig rückwärts, während sie die Peitschenschlangen im Auge behielt, die ihr beharrlich folgten. Das Brennen auf ihrer Haut wurde stärker, aber sie wagte es nicht, das Amulett unter ihrer Bluse hervorzuholen.

»Möchtest du es auf die Probe stellen, Menschenmädchen?« Eine zweite Peitsche bildete sich aus den Fingern, die beinahe den Saum ihres Rockes erreicht hatten. Sie stieg in die Höhe wie eine Hydra, die unschlüssig war, wann sie zubeißen sollte.

Maja spannte sich an. Ihr Blick zuckte zu dem Durchgang, über dem der erste Schatten aufragte. Sie hatte keine Wahl, sie musste es versuchen. »Lasst mich überlegen … Ich glaube … Nein!«

Sie rannte los, ehe die Worte verhallt waren. Ein Fluch erklang, die Peitschen bäumten sich in ihrem Rücken auf und schnellten auf sie zu. Der Durchgang ragte über ihr auf und sie beschleunigte ihren Lauf. Die Stufen einer Treppe kamen in Sicht und sie wagte einen Sprung. Der erste Peitschenstrang wickelte sich um ihre Hüfte und riss sie von den Füßen. Maja prallte hart auf das Parkett und die Luft wich aus ihren Lungen. Keuchend rang sie nach Atem und versuchte sich loszureißen. Ein zweiter Strang schoss auf sie zu, wand sich um ihren Knöchel und zerrte sie nach hinten.

»Nein!« Sie rutschte über die Glasscherben, die schmerzhaft durch ihre Kleider stachen, während sie strampelnd gegen den magischen Sog ankämpfte. Dann endete er plötzlich. Maja blieb mitten im Raum liegen, gefesselt von den schwarzen Peitschen, die aus dem Boden ragten wie ein hässliches Gewächs.

»Oh doch.« Ein frohlockendes Wispern. Eine Hand, die in ihr Haar griff und ihren Kopf zur Seite zog. Maja biss sich auf die Zunge, um das Wimmern zurückzuhalten, als Schmerz auf ihrer Kopfhaut explodierte. Sie rang mit den Tränen, die ihre Sicht verschleiern wollten, und blickte in das haarlose Gesicht des Kleinwüchsigen, der mit einem siegessicheren Lächeln auf sie herabsah.

»Ihr«, zischte sie voller Abscheu.

Sein Griff um ihr Haar verstärkte sich. »Hast du jemand anderen erwartet, Menschenkind?«

Die Augen des Kleinwüchsigen glühten in einem rötlichen Licht, das seine Pupillen verschwinden ließ. Die Finger seiner freien Hand glitten über ihren Hals und hinterließen ein Brennen darauf. Sie wollte ihn abschütteln, doch er war stärker, als es den Anschein besaß. Seine Finger waren wie heißes Eisen, das Schmerzen aussandte, wo er sie berührte. »Was seid Ihr? Ihr seid keine Fee.«

»Ist das wichtig für dich?«, fragte er beiläufig, während Klauen aus seinen Fingerspitzen schossen. Rauchfäden stiegen davon auf und verbreiteten den Geruch von verbranntem Horn. Der Kleinwüchsige setzte den Zeigefinger auf ihre Wange und zog eine blutige Linie über ihre Haut. Feuchtigkeit rann bis zu ihrem Mundwinkel herab. Maja zuckte zurück und verschluckte den Schrei, der über ihre Lippen kommen wollte. Er beachtete ihr Entsetzen nicht. Seine Faszination galt dem roten Tropfen, der über seinen Finger lief. Er führte ihn an die Lippen und kostete ihr Blut, als sei es eine Delikatesse. »Hmmm, reine Magie«, brummte er genussvoll. »Blut der Dämmerung vermischt mit dem der Feen. Das wird die Königin interessieren.«

Er schloss die Lider. Als er sie wieder öffnete, war nichts als Schwärze darin zu finden. Augen des Abgrundes, dunkler als die tiefste sternenlose Nacht. »Sonne und Mond! Ihr seid ein Wechselbalg!«, keuchte Maja erschrocken. Ihre Hoffnung auf eine Flucht sank. Allein die Götter wussten, wie stark er war.

»Wie klug du bist, kleines Feenblut.« Er hob die weißen Brauen und langte nach etwas, das in seinem hellblauen Seidenwams steckte. »Es ist ein Jammer, dass wir unser Spiel so schnell beenden müssen, aber ich fürchte, meine Befehle lassen mir keine Wahl.«

»Eure … Befehle? Sollt Ihr mich zu Königin Melysan bringen?« Maja versuchte, vor ihm zurückzuweichen, als er die Hand hervorzog. Sie konnte nicht sehen, was er darin verbarg.

»Ihre Anweisungen waren ungenau.« Sein Lächeln entblößte eine Reihe kleiner scharfer Zähne. »Aber das wird nicht mehr nötig sein. Du wirst kommen, wenn sie nach dir ruft, und tun, was sie von dir verlangt.«

Er hob die Hand und Maja erblickte den Dorn, den er zwischen den Fingern hielt. Er war lang, rötlich gefärbt, so spitz, dass er sich in ihre Haut bohren würde, als bestünde sie aus Butter. Sie schluckte die Galle, die ihren Mund füllte. »Und warum werde ich das tun?«

»Weil du keine Wahl hast.« Seine Hand zuckte herab und Maja trat wild mit den Füßen aus. Er fluchte, als sie ihn hart traf, und taumelte zurück. Das Glühen in seinen Augen flammte von Neuem auf, diesmal von einem solchen Zorn erfüllt, dass es eisiges Grauen in Maja hinterließ. Sein Gesicht verzerrte sich zu einer hasserfüllten Grimasse und seine Zähne schienen zu wachsen. Mit einem Brüllen stürzte er sich auf sie und sie zerrte mit aller Macht an ihren Fesseln. Etwas Schwarzes fiel vom Himmel und schlug nach seinen Augen. Er schrie auf und die Peitschen lösten sich plötzlich von ihr. Sie vereinten sich mit seinen Fingern, als ob er sie in sich aufsaugte, und zischten durch die Luft. Die Schlangen hieben nach der neuen Gefahr, die unerwartet über ihren Herrn hereingebrochen war.

Sie war frei.

»Lauf!« Ein Krächzen, das sie nie wieder zu hören geglaubt hatte.

Der Rabe war zurückgekehrt.

Majas Herz setzte für einen Schlag lang aus. Dann kämpfte sie sich auf die Füße und raffte ihre Röcke, ohne länger zu zögern. Flügel schlugen heftig und scharfe Krallen zielten weiter auf die Augen des Wechselbalgs, der heulend versuchte, sich des wendigeren Vogels zu erwehren. Die Peitschen wurden dünner und hinterließen ein Fauchen in der Luft. Ein Strang streifte den Vogel und brachte ihn ins Taumeln.

Nein, sie konnte ihn nicht seinem Schicksal überlassen und fliehen! Hastig sah sie sich um, bis ihr Blick an den Spiegelscherben haften blieb. Spiegel! Es hieß, dass man einen Wechselbalg bannen konnte, wenn man ihn damit verletzte. Maja ergriff eine der großen Scherben und Silberlicht ergoss sich von ihren Händen. Sie warf sie nach dem Körper des Kleinwüchsigen und sie schrammte über seine Schulter wie ein Pfeil. Sein Heulen wurde lauter, als sie sein Wams zerriss und darin stecken blieb, sich tiefer bohrte, wie von einem eigenen Willen beflügelt. Schwarzes Blut drang aus der Wunde. Wo es auf den Boden tropfte, kräuselten sich Rauchfäden, die nach Schwefel stanken.

»Ich sagte: Lauf!«

Das Gesicht des Wechselbalgs war von schwarzen Schlieren überzogen. Die Peitschen zerstoben zu dunklem Staub, als er seine Augen mit den Händen bedeckte und in die Knie brach. Der Rabe schoss über ihren Kopf hinweg, durch den offenen Durchgang und Maja folgte ihm, so schnell sie ihre Füße trugen. Die helleren Silhouetten der Fenster wechselten sich mit Dunkelheit ab und verschwammen in ihrem wilden Lauf. Sie flohen über Treppenfluchten, an tausend Türen vorbei, durch altes Geröll und zerbrochene Möbelstücke, die sich Maja in den Weg warfen. An jeder Kehre, jedem finsteren Durchgang erwartete sie, neue Peitschenstränge zu spüren, die sich um ihren Körper wickelten, doch der Wechselbalg blieb zurück. Sie zerrte das Amulett unter ihrer Bluse hervor, obgleich das Brennen auf ihrer Haut abgeklungen war. Es prickelte auf ihren Fingern, als sie seine Oberfläche berührte.

Endlich hielt der Rabe in einem abgelegenen Gang an, der noch verwahrloster wirkte als jener, der in den Ballsaal geführt hatte. Die Tapeten waren zerfetzt, als ob ein wildes Tier sie mit seinen Klauen von den Wänden gerissen hätte. Keines der Bilder, die einst den Flur geschmückt hatten, war heil geblieben. Alte Leinwand kräuselte sich am Boden und der Staub war so dick, dass Maja husten musste, als ihre Röcke ihn aufwirbelten. Keine einzige Kerze war in den Haltern verblieben. Es war, als hätte man versucht, diesen Flecken des Palastes in ewige Dunkelheit zu hüllen, die kein Licht jemals durchbrechen würde.

Der Rabe landete auf den Bruchstücken einer Büste, die auf dem Teppich lagen. Was sie dargestellt haben mochte, war nicht mehr zu enträtseln. Maja lehnte sich an die Wand und rang nach Atem. Ihre Beine gaben unter ihr nach und sie rutschte hinab in die staubige Unordnung, die den Grund übersäte. »Wo bist du gewesen, Rabe?«, fragte sie atemlos, während sich der Schmerz in ihren Füßen langsam nach oben ausbreitete.

»Hast du mich so sehr vermisst?« Der Vogel pickte auf dem Boden herum, als ob er etwas suchte.

»Ich erinnere mich gerade daran, warum ich dich *nicht* vermisst haben sollte.«

»Das bedeutet, du hast es getan.« Er sah flüchtig auf und seine Obsidianaugen funkelten im Schein des Mondes, der nur schwach durch die Fenster fiel.

Maja schnaubte und schüttelte den Kopf. »Du hast mich allein zurückgelassen, ohne mir einen Hinweis zu geben, wie ich dieses verfluchte Portal finden kann.« Der unterschwellige Vorwurf schlich sich in ihre Stimme und der Rabe schlug mit den Schwingen, als wollc cr die Achseln zucken.

»Dringende Geschäfte haben meine Aufmerksamkeit verlangt. Es war mir leider unmöglich, ihnen fernzubleiben.«

»Tatsächlich? Dringlicher, als den Feenkönig aus dem Reich der Sonne zu verbannen? Was könnte das gewesen sein?«

»Du bist zu neugierig. Und lebensmüde noch dazu. Hat dir niemand gesagt, dass man nicht mit Wechselbälgern spielt?« Er tauchte tiefer in die Bruchstücke der Büste und pickte am Teppich herum, bis er eine Ecke davon gelöst hatte.

»Er hat sich mir nicht vorgestellt, bevor er mich angegriffen hat.«

»Ich dachte, du hast einen Kopf, um ihn zu benutzen, Weltenwandlerin.«

»Mein Name ist *Maja.* Falls du es vergessen hast, Rabe.«

»Dann könntest du diese Tür öffnen, *Maja.*« Der Rabe zerrte etwas Kleines unter der Teppichecke heraus und warf es in ihren Schoß. Es war ein Schlüssel, das einst silberne Metall geschwärzt von vielen Jahren.

Sie erhob sich mit einem Stöhnen und schob ihn in das Schlüsselloch, das sich dunkel auf der Doppeltür abzeichnete. Erst jetzt erkannte sie die Silhouette des Rabenwappens darauf. Das gleiche, das sich auch auf der Tür der Königin befunden hatte.

Sie zögerte und der Rabe flatterte ungeduldig mit den Flügeln. »Hat dich das Schloss gebissen?«

Maja stieß ärgerlich den Atem aus und drehte den Schlüssel mit einem Ruck. »Nein. Aber als ich dieses Wappen das letzte Mal gesehen habe, hat es einen Wechselbalg und eine Königin mit Klauenfüßen ausgespien. Verzeih, wenn mich das beunruhigt.«

»Sei unbesorgt, sie kommt nie hierher.«

»Ach ja? Warum nicht?«

»Erinnerungen.« Der Rabe klang düster. »Sie zieht es vor, vor ihnen davonzulaufen, anstatt sich ihnen zu stellen.«

Maja zog die Stirn in Falten. Ein Prickeln rann über ihre Haut, als sie den Türknauf berührte. Ein Brennen breitete sich auf ihren Fingern aus und sie ließ ihn erschrocken los. »Feeneisen! Du hättest mich warnen können!«

»Es ist lange her.« Er hob die Flügel in einer beinahe entschuldigenden Geste und Maja stieß verdrossen den Atem aus. Sie schützte ihre Hände mit ihrem Umhang und zog die Türflügel nach außen. Das Quietschen der Angeln war beunruhigend laut. Sie mussten seit einer Ewigkeit nicht mehr bewegt worden sein.

Der Rabe flog durch den Spalt, kaum dass er groß genug war, um ihm Einlass zu gewähren. Mit einem Seufzen folgte sie ihm und schloss die Tür sorgfältig hinter sich. Ihr Atem stockte, als sie sich umwandte. Die Größe des Gemachs, das sich dahinter erstreckte, wäre eines Königs würdig gewesen. Samtvorhänge bedeckten die hohen Fenster, aber sie waren so löchrig, dass Licht auf die kostbaren Möbel fiel. Doch all die edlen Sessel und Tische aus schimmerndem Holz waren an die Wände gerückt worden, um den Dingen Platz zu machen, die man zwischen ihnen abgestellt hatte. Es wirkte wie die Werkstatt eines verrückten Baumeisters, der all seine Werke hier gesammelt und dann vergessen hatte. Der Geruch von Öl und Metall lag in der Luft. Gegenstände glitzerten trotz der dicken Staubschicht, die alles erobert hatte, und Maja war unfähig, den Nutzen all dessen zu verstehen, was sie vor sich sah. Mehrere Schwingen aus Holz und mottenzerfressenem Leinenstoff lehnten an einer Wand. Räder in allen Größen stapelten sich und eine lebensgroße Tänzerin, aus Silber geformt, war in einer Pirouette erstarrt. Maja passierte Uhren und Uhrwerke, Gerätschaften, die sie noch nie gesehen hatte und selbst … eine Kutsche, die von metallenen Pferden gezogen wurde! Staunend trat sie näher an die schimmernden Rösser heran und ihr Fuß verfing sich in etwas, das sie ins Straucheln brachte. Fluchend ging sie in einer Wolke aus Stoff und Staub nieder und kollidierte unsanft mit dem Teppich. Ein Turm goldener Zahnrädchen schwankte und prasselte wie ein Schwall Hagelkörner auf sie herab.

»Autsch!« Schmerz zuckte durch ihren Knöchel, wo sie eines der Rädchen getroffen hatte, und Maja massierte ihn mit einer finsteren Grimasse, um das Pochen zu lindern.

»Du solltest besser aufpassen, wohin du deine Füße setzt«, bemerkte der Rabe süffisant.

Maja sah auf und fand ihn auf dem Kopf eines Pferdes, von wo aus er sie strafend beäugte. Sie ließ von ihrem Knöchel ab und versetzte dem Hammer, der für ihren Fall verantwortlich war, missmutig einen Stoß, der ihn auf das Gefährt zuschlittern ließ. »Danke für dein Mitgefühl, Rabe.« Ihre Hand wischte gegen einen Gegenstand, der ein seltsam hohles Zwitschern ausstieß und davonhuschte. Maja sah entgeistert dem kleinen bronzenen Vogel hinterher, der flügelschlagend unter den Rädern der Kutsche verschwand. »Was zum Abgrund ist das für ein Ort?«

Der Rabe wandte den Kopf und blickte über die Ansammlung der Gerätschaften hinweg. »Die Gemächer des Prinzen.«

»Die Gemächer des Prinzen?«, wiederholte sie ungläubig. »Das hier ist eine Werkstatt! Und eine unordentliche noch dazu.« Sie kämpfte sich auf die Beine und hinkte vorsichtiger durch das Sammelsurium der Werkzeuge, die zu ihren Füßen verstreut waren. Ihre Finger streiften über einen langen Tisch, auf dem Pergamentbögen voller Pläne und Zeichnungen lagen. Ein offenes Tintenfass stand darauf und eine Feder ruhte daneben, als sei der Prinz gerade aufgestanden, um seine Arbeit zu unterbrechen. Apparaturen für Messungen blitzten zwischen dem Pergament auf und ein Stuhl war nachlässig zurückgeschoben. Es war, als könne man seinen Geist noch spüren. Als könnte er in jedem Augenblick durch den Türbogen treten, der neben dem Kamin lag.

Der Rabe krächzte leise und es war schwer, zu bestimmen, ob er erheitert oder verstimmt war. »Er hatte keine Gelegenheit mehr, sich auf weiblichen Besuch vorzubereiten.«

»Offensichtlich«, antwortete Maja gedankenverloren. Ihr Blick streifte über Bilder, die man mit der Vorderseite an die Wand gelehnt hatte. Ihre Finger zuckten, als sich ihre Neugier regte, doch sie zügelte sich. »Was, wenn der Wechselbalg hierher kommt?«

»Das wird er nicht. Die Spiegelscherbe wird ihn bannen, bis ihn jemand findet und sie herauszieht. Und Prinz Corvyn hatte die Angewohnheit, sich gegen das ungebetene Erscheinen magischer Kreaturen abzusichern.« Die Obsidianaugen des Vogels blinzelten verschwörerisch.

Feeneisen in der Tür. Und sicher noch einiges mehr. Maja legte den Kopf schief und fixierte den Vogel. »Durch den Rat der Dämmerung?«

»Woher weißt du davon?« Die Überraschung in seiner Stimme brachte sie zum Lächeln.

»Ich habe meinen Kopf gebraucht.« Maja legte die Finger auf den Rahmen des ersten Gemäldes und drehte es um. Smaragdaugen blickten ihr entgegen. Ein spöttisches Lächeln auf den Lippen des Mannes, dessen Haltung nur mühsam bezwungene Ungeduld ausdrückte. Als sei er lieber an jedem anderen Ort, als für den Maler posieren zu müssen. Als gäbe es unzählige Dinge, die auf ihn warteten. Prinz Corvyn von Serijsa. Sie sah ihn lange an, ohne ein Wort zu sagen. Seine Züge waren ebenmäßig und doch markant, schön, ohne glatt wie die einer Fee zu sein. Sie fasste nach dem nächsten Bild, um eine jüngere Version des gleichen Mannes zu erblicken. Ohne Übergang schlug ihr Herz schneller. »Warum hat man sie hier abgestellt? Würden sie nicht in die Ahnengalerie gehören?«

»Die Königin hat jede Erinnerung an ihren Bruder aus dem Schloss verbannt. Wie konnte sie Tag für Tag in sein Gesicht sehen und sich an ihren Verrat erinnern?« Der Vogel klang bitter. Zu bitter. Als bereite es ihm Schmerz, daran zurückzudenken.

Maja blickte überrascht in die Höhe, um ihn auf dem Kaminsims zu finden. »Warum hat sie die Bilder dann nicht einfach vernichtet?«

»Sie kann ihn nicht vernichten. Das ist ihre Schwäche. Sonst hätte sie vor langer Zeit ein Messer in seine Brust gebohrt und allem ein Ende gemacht.«

»Aber …«

»Bedeutungslos. Du bist verletzt. Komm mit.« Der Rabe schüttelte sich und flog durch den Durchgang in das nächste Zimmer.

Sie sah auf ihre Hände und fand die Schnitte, die die Spiegelscherbe hinterlassen hatte. Ihr Körper war so zerschunden, dass der Schmerz kaum einen Unterschied gemacht hatte. Auf ihrer Flucht hatte sie keine Notiz davon genommen. Nun war das Blut beinahe trocken. Der Zopf, den sie geflochten hatte, bevor sie zu ihrer Erkundung aufgebrochen war, hatte sich gelöst und hing in wirren Strähnen in ihr Gesicht. Maja strich das Haar hinter ihr Ohr und ging ihm nach, in einen Raum, der offenbar das Schlafgemach des Prinzen gewesen war. Das große Bett mit den durchlöcherten Brokatvorhängen ließ keine Zweifel daran. Er war deutlich weniger von fremdartigen Apparaturen besiedelt. Dafür lehnte eine Vielzahl von Spiegeln an den Wänden. Sie glitzerten im Licht der Sterne und warfen ihr Bild in allen Größen und Formen zurück. Maja blieb stehen, als das vertraute mulmige Gefühl in ihr aufstieg. Sie erschauerte und rieb sich unbewusst über die Arme.

»Was fehlt dir?« Der Rabe saß auf einer metallbeschlagenen Holztruhe, die neben einer Tür aufgestellt war.

»Nichts. Es ist nur …«, sie wies auf die glänzenden Glasflächen. »Die Spiegel. Warum hat man sie alle hierher gebracht?«

»Diese Räumlichkeiten gehören dem Gefängnis des Prinzen an. Die Foltermethoden des Feenkönigs verzichten auf Peitschen und Streckbänke. Er weiß, dass es wirksamere Wege gibt.« Der Rabe benutzte einen gelassenen Plauderton, doch Dunkelheit färbte seine Worte.

Folter … ein Gemach? »Das bedeutet, der Prinz kommt hierher?« Maja ließ sich auf dem Bett nieder und ihre Hand streifte etwas Scharfes, das über ihre Haut kratzte. Sie tastete über den Stoff ihres Umhangs, bis sie den Dorn entdeckte, der sich darin verfangen hatte. Mit einem Laut der Abscheu zupfte sie vorsichtig daran und der Vogel flog zum Bett, um sich neben ihr niederzulassen.

»Ja. Hinter den Spiegeln.« Der Kopf des Raben zuckte, als er den Dorn beäugte. »Blutrosen«, kommentierte er ungerührt. »Die Königin benutzt sie, um die Dienerschaft gehorsam zu halten. Ein Stich in ihr Herz und ihr Geist gehört ihr allein.« Er zog ihn behutsam mit dem Schnabel aus Majas Fingern und flatterte ans andere Ende des Raumes, wo er ihn in eine Porzellanschale fallen ließ. Maja registrierte die Bücherstapel, die sich auf dem Boden türmten. Büsten und kleinere Statuen säumten die Wände, Schatten in der Düsternis der Nacht.

Schaudernd schlang Maja die Arme um ihren Körper. »Die Königin … es hat niemals eine andere als sie gegeben, nicht wahr? Alle, die nach ihr gekommen sind, waren nichts als eine Lüge. Und sie täuscht die Dienerschaft, damit sie glauben …«

»Dass es eine Folge von Geburten und Todesfällen gibt. Krönungen. Gesellschaften. Adel, der in das Schloss kommt oder hier lebt.« Der Rabe kehrte zurück und hüpfte zu einem der Kissen, um dahinter nach etwas zu picken.

»Dabei sind es die Feen, die hierherkommen. Die Feen und der Feenkönig. Ich habe ihn gesehen, heute Nacht. Er war im Opernsaal in einer Loge.«

Der Vogel erstarrte, dann zerrte er etwas Weißes hinter dem Kissen hervor. »Du bist mutig, Weltenwandlerin. Vielleicht zu mutig.«

Es war das erste Wort der Anerkennung, das er jemals herausgebracht hatte. Maja lächelte, als er zu ihr herüberkam, ein besticktes Taschentuch in seinem Schnabel. »Und du hast mich vor dem Wechselbalg gerettet.«

Er legte den Kopf schief und ließ das Taschentuch auf ihre Beine fallen. »Vielleicht habe ich den Wechselbalg eher vor dir gerettet. Du hast ihm einen hässlichen Tritt versetzt. Ich weiß nicht, ob seine Magie lange genug ausgereicht hätte, um dich zu bändigen.«

»Ich wollte keine kopflose Dienerin der Königin werden.« Majas Lächeln erlosch und sie faltete ihre Hände in ihrem Schoß. »Mein Freund im Schloss … glaubst du, dass sie ihm einen Dorn in sein Herz gebohrt hat, damit er vergisst, wer er ist?«

Der Rabe bewegte vage den Kopf. »Sie ist eine Hexe. Ihr stehen viele Wege offen, um zu erlangen, was sie sich wünscht. Aber ihre Macht schwindet, je weiter der Fluch des Feenkönigs gedeiht.«

»Ein Fluch?«

»Sie gibt ihm nicht, was er von ihr verlangt und seine Geduld ist erschöpft. Er weiß, dass er dich haben kann und ihr Nutzen für ihn sinkt mit jedem Schritt, den er dir näher kommt. Die Königin sitzt seit Langem in einer Falle, aus der es keinen Ausweg gibt. Aber sie sieht es nicht.« Der Vogel stieß einen Laut aus, der an ein Seufzen erinnerte. »Hinter der Tür dort drüben findest du Wasser, um die Wunden auszuwaschen.«

Maja erhob sich, als eine Erinnerung in ihren Geist drängte. Das Ende einer Peitsche, die den Raben ins Taumeln brachte. »Die Peitsche hat dich getroffen. Lass mich zuerst danach sehen, Rabe.«

»Sie hat mich nur gestreift. Versengte Federn, das ist alles«, wehrte er ab.

»Dein Mut ist offenbar kleiner als dein Schnabel. Hast du solche Angst vor meiner Berührung?« Sie hob eine Braue und schmunzelte.

»Es ist zu deinem Besten. Ich befürchte, dass du mir hoffnungslos verfallen wirst, sobald du mein seidiges Gefieder berührst.« Er lehnte sich nach vorn und plusterte einladend seine Federn auf.

»Natürlich. Du bist ein solch hübscher Vogel, dass ich bei deinem Anblick alle Gefahren vergesse.« Sie beugte sich zu ihm und stupste sein Brustgefieder an. »Und nun zeig mir, wo dich die Peitsche getroffen hat.«

»Hab Geduld, Weltenwandlerin. Ich weiß, dass du es kaum erwarten kannst, mich in die Finger zu bekommen. Und ich verspreche dir, du wirst mich überall berühren dürfen. Aber nicht, bevor …«, er schlug plötzlich mit den Flügeln, »du dich gewaschen hast.« Der Vogel entwischte ihren zupackenden Händen und stieg auf. Gemächlich ließ er sich auf dem Himmel des Bettes nieder, wo sie ihn nicht ohne Mühe erreichen konnte.

»Oh, du widerwärtiger kleiner Feigling!«, schimpfte sie erbost und ein selbstzufriedenes Krächzen folgte ihr, als sie zur Tür ging. Behutsam berührte sie den Knauf, doch diesmal gab es kein Prickeln, keinen Schmerz, der davon ausging. Maja atmete auf und öffnete sie vorsichtig. Schwaches Licht strömte durch ein rundes Fenster und wies darauf hin, dass die Nacht bald in den Morgen übergehen würde. Die Dämmerung war nah. Und damit die Stunde, zu der das Leben im Schloss ersterben würde.

Wände aus blauem Marmor umgaben die kleine Kammer, von wellenförmigen Mustern geziert. Eine bronzene Wanne dominierte den Raum, Fische bildeten ihre Füße, ihre Körper zu einem Halbrund gebogen, das sie stützte. Eine Nixe lugte über den Rand der Wanne, ihr Kinn zum Himmel erhoben und die Arme darauf gestützt. Ihre Lippen waren gespitzt, als wolle sie etwas in die Höhe speien, doch von Wasser gab es keine Spur. »Vielleicht solltest du mir erklären, wo ich das Wasser finden kann, Rabe«, rief sie über die Schulter zurück.

Er schoss über sie hinweg, kaum dass ihr Ruf verstummt war, und landete auf dem Kopf der Nixe. »Versuch es an der Flosse«, schlug er vor, offenbar erheitert von ihrer Hilflosigkeit.

»An ihrer Flosse.« Maja hob skeptisch die Brauen und seufzte, doch sie tat, was der Vogel verlangte. Misstrauisch berührte sie die Bronzeflosse, die hinter der Nixe in die Höhe ragte. Ein Schlitz am Ende des schuppigen Fischschwanzes wies darauf hin, dass sie nur aufgesetzt sein konnte. Sie drehte sie langsam und ein Rumpeln ging durch den Boden. Es klang, als ob Wasser in einem Kessel zu blubbern begann. Der Grund erbebte und Maja keuchte erschrocken auf, während ihre Finger haltsuchend über die Wand tasteten.

»Nanu? Du stellst dich furchtlos einem Wechselbalg entgegen, aber eine Wanne lässt dich bleich werden, als ob dir ein Gespenst erschienen sei?« Der Rabe krächzte und es hörte sich verdächtig nach einem Lachen an.

Maja sandte ihm einen zornigen Blick. »Die Wannen, die ich kenne, verursachen keine Erdbeben, als ob etwas aus dem Boden hervorbrechen will.«

»Und sie müssen noch mit Eimern gefüllt werden, nicht wahr?«, spottete der Rabe von seinem Platz auf dem Frauenkopf aus.

Das Wasser, das aus dem Mund der Nixe sprudelte, ließ die Erwiderung in ihrer Kehle ersticken. Sie presste die Lippen zusammen und tauchte das Taschentuch des Prinzen in das kühle Nass. Ein beinahe blinder Spiegel war gegenüber der Nixe an der Wand angebracht, der ovale Rahmen erstaunlich schmucklos für die Gemächer eines Adeligen. Ihr Spiegelbild war verschwommen, als sei es in Nebel getaucht, doch es genügte, um ihren Zustand zu erkennen. Spinnweben hingen wie Bänder in ihrem Haar und auf ihren Schultern, Staub hatte helle Streifen auf dem Stoff ihres Umhangs hinterlassen. Sie gab ein erbärmliches Bild ab. Maja verzog das Gesicht und tupfte vorsichtig über den Kratzer an ihrer Wange. Sie sog scharf den Atem ein, als er von Neuem zu brennen begann. »Widerlicher Bastard«, murmelte sie, während sie die rote Linie betrachtete.

»Vielleicht solltest du ein Bad nehmen. Du kannst es gebrauchen.« Der Rabe beobachtete sie mit einer unverschämten Gelassenheit.

»Und du siehst dabei zu?«

»Würde dich das stören?«

Maja schnaubte und spritzte mit dem kalten Wasser nach ihm. Er sprang krächzend in die Luft, um den fliegenden Tropfen auszuweichen.

»Das Wasser wird erhitzt, wenn du die Flosse drehst. Überleg es dir.«

Sie sah ihm kopfschüttelnd nach, während er aus der Badekammer verschwand. Ein Regen aus kleinen Tropfen zeichnete eine schimmernde Spur auf den Marmor und sie stellte zufrieden fest, dass ihre Attacke ihr Ziel getroffen hatte.

Warmes Wasser, ohne es zu kochen … wie sollte das möglich sein? Skeptisch besah sie sich die Bronzeflosse. Dann drehte sie behutsam daran und der Mechanismus quietschte leise. Tatsächlich quoll Dampf aus dem Mund der Nixe und hüllte die Kammer in dichte weiße Schwaden. Silbriger Nebel waberte an den Wänden vorüber und die Temperatur stieg an. Für einen Augenblick starrte Maja wie versteinert auf das heiße Rinnsal, das in die Wanne plätscherte, dann fasste sie sich. Es hatte keinen Zweck, lange darüber nachzusinnen und wie eine Statue auf das Wasser zu starren, nur um den Raben zu erheitern. Und es würde eine Weile dauern, bis genug in die Wanne geflossen war, um ein Bad zu gestatten. Sie wandte sich ab, um nach dem Vogel zu suchen, und fand ihn auf einem Fenstersims in der hintersten Ecke des Gemachs. Eine dunklere Silhouette vor dem heller werdenden Nachthimmel. Es war, als ob er sich nicht wohlfühlte. Als ob er die Schwaden mied, die aus der Badekammer drangen und sich im Schlafgemach des Prinzen ausbreiteten.

Maja sah stirnrunzelnd zu ihm und ließ sich in einem Sessel nieder, der neben den Bücherstapeln stand. Der Vogel gab ihr Rätsel auf. Seine offensichtliche Verbundenheit mit dem Prinzen, sein Wissen … doch auch der Prinz selbst, der Wunder schuf, ohne dass er Magie dazu benutzte. Der mit dem Rat der Dämmerung gegen die Feen gekämpft hatte. Sie nutzte den Moment des Schweigens, um sein Gemach zu mustern. Es war nicht das Zimmer eines eitlen Höflings, der sich mit wertvollen Gegenständen schmückte. Die einzigen Gemälde an den Wänden zeigten eine schöne Frau mit dunkelbraunen Locken und den gleichen grünen Augen, die er besaß. Ein zweites einen Mann, dessen Züge ihm ähnelten, obgleich sie älter und von einem Bart geziert waren. König Brys und Königin Syvelle, ohne Zweifel. Der Teppich unter ihren Füßen war dick und kostbar, doch sonst gab es wenig, was den Raum zierte. Sie fasste nach einem der ledergebundenen Werke und der Staub, der davon aufstieg, brachte sie zum Niesen.

Maja schniefte leise und bemerkte, dass die Obsidianaugen des Raben auf ihr ruhten. Er war wie eine Statue aus glänzend schwarzem Stein. So ruhig, dass es beinahe unheimlich wirkte. Sie räusperte sich. »Der Prinz … er hat all diese Dinge selbst erschaffen, nicht wahr? Warum?«

Der Rabe hob die Flügel und wandte sich ab, um durch einen Spalt im Vorhang hinauszublicken. »Weil er an eine Welt glaubt, in der die Menschen nicht mehr nach Magie suchen müssen, um das Unmögliche zu vollbringen. In der sie keinen Pakt mehr mit den Feen schließen, um etwas zu erreichen, das unerreichbar scheint. Wissen kann Magie erschaffen. Man muss nicht seine Seele dafür verkaufen.«

Der Vogel wirkte melancholisch und gedankenverloren. Es war seltsam, ihn so zu sehen. Zu menschlich. Maja sah auf den roten Mantel, der ihre Beine bedeckte, und glättete ihn nervös. »Er muss seine Schwester dafür verachten, dass sie sich an den Feenkönig verkauft hat.« So wie er sie verachten musste, weil sie ein Kind der Feen war. Maja wusste nicht, warum sie der Gedanke störte.

»Nein, er verachtet sie nicht. Er bedauert sie. Und wahrscheinlich ist das für sie eine schlimmere Strafe als seine Verachtung.«

Maja zog die Beine an und umfing sie mit ihren Armen. »Warum hat sie ihn damals verraten?«

»Sie hat danach gestrebt, mehr zu sein als sie war und eines Tages hat sie ihren eigenen Wert nicht mehr gesehen. Ihr Neid hat sie aufgefressen und sie nicht bemerken lassen, dass sie damit alle von sich getrieben hat. Der Feenkönig hatte leichtes Spiel mit ihr und ihr Bruder war zu sehr in seinen eigenen Kampf gegen die Feen verstrickt, um es zu sehen.«

»Das klingt, als ob du ihm die Schuld daran gibst.«

»Er ist nicht frei von Schuld daran, dass sie geworden ist, was sie ist. Vielleicht wäre sie eine gute Königin gewesen, wenn er ihr jemals hätte zeigen können, dass er sie liebt. Vielleicht hätte er sie beschützen können, wenn er ein einziges Mal hinter ihre Fassade geblickt hätte. Ich weiß es nicht.«

Eine Fassade … Maja dachte an die Kälte in den Augen der Königin und konnte nicht glauben, dass jemals ein Funken Gefühl in ihr gelebt hatte. Doch wer konnte ahnen, was die einsamen Jahre in der Gesellschaft der Feen aus einem Geschöpf machten? »Du bist erstaunlich weise für einen Vogel, Rabe.«

»Hattest du Zweifel daran?« Er wandte den Kopf, um sein Gefieder zu putzen, und die Melancholie fiel von ihm ab.

»Niemals, großer Rabe. Wie könnte ich?« Sie lachte über sein selbstgefälliges Gebaren und sah zu den Spiegeln, die an der Wand aufgereiht waren. Dann rutschte sie von dem Sessel, um die Spinnweben an dem größten beiseite zu wischen. Er war überraschend klar, nicht blind wie das Glas des Spiegels in der Badekammer. Ihre Finger glitten über die kalte Oberfläche, die sie so lange zu fürchten gelernt hatte. Nun wünschte sie sich, noch einmal einen Blick auf den Prinzen von Serijsa zu erhaschen. Den Mann, der all die Wunder in diesen Gemächern geschaffen hatte. Sie verstand selbst nicht, warum. Es mochten seine Augen sein, in denen alle Geheimnisse dieser Welt lagen, ohne dass sie versprachen, je gelöst zu werden. Die Art, wie er sich der Welt zeigte, als sei sie ihm gleichgültig, wenn er sich in Wirklichkeit zu sehr um sie gesorgt hatte. So sehr, dass er seine eigene Schwester darüber vergessen hatte.

»Du magst hübsch sein, Weltenwandlerin. Aber du starrst entschieden zu lange auf dein eigenes Spiegelbild.«

Ein Spiegelbild, das ich kaum kenne und das mir immer fremd sein wird. Aber wie sollte er es verstehen? Maja schüttelte den Kopf und ließ die Hände sinken. »Ich habe mich gefragt, ob der Prinz heute Nacht herkommen wird.«

»Du würdest ihn sehen wollen? Wozu?« Der Rabe wirkte erstaunt, als sei es das Letzte, das ihm je in den Sinn gekommen wäre.

»Ja.« Maja spürte, wie sich ihre Wangen wärmten und legte ihre Hände darauf, um die Röte zu verbergen. »Ich …«

»Nanu? Hat dir sein hübsches Gesicht so rasch den Kopf verdreht?« Seine Belustigung war beinahe greifbar.

»Du bist ein Scheusal, Rabe!« Maja ballte die Fäuste und wünschte sich sehnlichst etwas, das sie nach ihm werfen konnte.

»Weil ich die Wahrheit sage?« Er verließ seinen Platz am Fenster und ließ sich auf dem hohen Spiegel nieder, vor dem sie stand. »In der Truhe dort findest du allerlei Schmuckstücke, die du als Wurfgeschosse benutzen kannst. Falls die Königin etwas davon übriggelassen hat, als sie das Schloss geplündert hat.«

Er konnte in ihr lesen wie in einem offenen Buch und sie hasste sich dafür, dass ihre Gedanken in ihr Gesicht geschrieben standen. »Danke für die Anregung«, presste sie zwischen zusammengebissenen Zähnen hervor. »Aber du täuschst dich, oh weiser Vogel. Es geht nicht um sein hübsches Gesicht. Ich will die Wahrheit hinter der spöttischen Maske sehen, die er der Welt auf den Bildern zur Schau trägt. Den Prinzen, der mit seinen Händen Magie erschaffen hat. Den Mann, der verhindern will, dass die Nacht für die Menschen ewig währt. Ich will die *Seele* sehen, die seit hundert Jahren gefangen ist und sich dennoch geweigert hat, in den Wahnsinn zu gleiten, weil es noch etwas gibt, für das es sich zu kämpfen lohnt. *Das* ist das Gesicht, das ich sehe. Und es ist das Gesicht, dem du so treu dienst, dass du dafür in den Tod gehen würdest, nicht wahr? Denn das würdest du. Du dienst nicht seinem hübschen Antlitz, sondern dem Mann, der es trägt. Weil das Licht in ihm nie erloschen ist.«

Sie nahm einen tiefen Atemzug. Der Rabe wurde still. Sie erwartete seinen Spott, doch er antwortete nicht. Maja blickte stirnrunzelnd zu ihm auf, als sich das Licht veränderte. Der Spiegel verdunkelte sich und löschte ihr Abbild aus, dann glühte Helligkeit darin auf und Nebel wallte über die Dunkelheit. Sie hielt den Atem an und stolperte überrascht zurück, als sich eine dunkle Silhouette in dem leuchtenden Dunst bildete.

»Rabe! Sieh!«, stieß sie bestürzt hervor, aber der Vogel regte sich nicht. Sie wollte sich bewegen, doch ihre Füße blieben fest mit dem Grund verwurzelt. Sie starrte hilflos auf die Schatten, die sich in das Licht mischten. Die letzten Schwaden, die sich verzogen, um die Gestalt des Mannes vor ihren Augen zu offenbaren.

Sie hatte sich gewünscht, ihn zu sehen, doch nun, da er vor ihr stand, wurde ihr Mund trocken wie das Pergament, auf das er seine Pläne gezeichnet hatte. Prinz Corvyn von Serijsa war gekommen. Und wenig an ihm erinnerte an den Mann, den sie in ihrer Kammer gesehen hatte. Sein Gesicht war bleich, so bleich. Müdigkeit zeichnete seine Züge und ließ seine Smaragdaugen dunkel wirken. Sein Haar war wirr, seine Kleider zerlumpt und zerrissen. Er sah auf Maja herab, ohne ein Wort zu sagen.

»Was ist mit Euch geschehen?«, flüsterte sie erschrocken. Ihre Hand berührte das Spiegelglas und sein Mund verzog sich zum schwachen Abbild eines Lächelns. Er legte seinen Finger über die Lippen und schüttelte den Kopf, um ihr zu bedeuten, still zu sein.

Maja blickte ihn verständnislos an, als sein Lächeln erlosch. Er sah auf ihre Hand, die auf dem Glas ruhte und hob die seine. Behutsam presste er seine Handfläche gegen ihre und seine Stirn legte sich in Falten. Silberlicht floss von ihren Händen, ohne dass sie es wollte, und für einen Wimpernschlag war es, als ob sie ihn spürte. Als ob seine Haut auf der ihren lag und die unsichtbare Wand zwischen ihnen schmolz.

Er hob überrascht den Kopf, der Ausdruck in seinen Smaragdaugen war undeutbar, als er über den Spiegel strich. Für einen Herzschlag lang lehnte er die Stirn an das Glas und schloss die Augen. So nah, dass sie meinte, ihn berühren zu können, wenn sie es sich nur fest genug wünschte. Seine Lippen bewegten sich, doch kein Ton drang an ihr Ohr. Dann stieß er sich davon ab und trat zurück in den Nebel. Die Weiße trennte sie, als ob ein Vorhang über den Spiegel fiel. Eine undurchdringliche Mauer, die keiner von ihnen überwinden konnte. Ein letzter Blick und er verschwand, als ob es ihn niemals gegeben hätte. Als sei er nichts als ein Bild aus einem Traum, das in den ersten Sonnenstrahlen verblasste.

»Geht nicht!«, ein Wispern, das ihn nicht mehr erreichte. Majas Spiegelbild erschien und ihre eigenen Augen blickten ihr entgegen. Leere Seen, von einem umwölkten Graublau, das sie nicht kannte. Allein im Schlafgemach des Prinzen, gerahmt von den hohen Bogenfenstern, durch die allmählich graues Morgenlicht sickerte. Es wusch die Farbe aus der Welt und nahm den Zauber der Nacht mit sich.

»Du solltest gehen, bevor das Wasser in der Wanne überläuft.« Die Stimme riss sie aus ihrer Starre. Der Rabe flatterte vom Spiegel herab und kehrte an seinen Platz auf dem Fenstersims zurück. Maja öffnete die Lippen, um die unzähligen Fragen zu stellen, die auf ihrer Zunge brannten, doch etwas hielt sie davon ab. Es mochte die Verlorenheit sein, die über dem Zimmer lag. Die Art, wie der Vogel ihr den Rücken zukehrte, als wolle er allein sein. Maja senkte den Kopf und trat in die Badekammer. Die Tür schloss sich hinter ihr und Einsamkeit fiel über sie wie ein Schleier, der sie von der Welt abschnitt.

Es war riskant, hier zu sein. In seinen alten Gemächern, in der Nähe der Frau, die unruhig in seinem Bett schlief. Es war gefährlich, sie zu lange anzusehen und zu verweilen. Ein Funken Gefühl, den er erkennen ließ, die Augen des Feenkönigs, die im falschen Augenblick auf ihm ruhten und er würde sie benutzen, um ihm neue Qualen zuzufügen. Es war alles, worauf er lauerte. Eine neue Schwäche, eine neue Möglichkeit, ihm das Messer ins Herz zu stoßen und ihn bluten zu lassen.

Corvyn sah zu Boden, auf die Nebelschwaden, die um seine Stiefel waberten. Sein Atem bildete eine winzige Wolke in der kalten Luft seines Gefängnisses und vereinte sich damit. Er hätte sich ihr niemals zeigen sollen. Und doch … er hatte der Versuchung nicht widerstehen können. Nicht, nachdem sie sein Innerstes mit ihren Worten erschüttert hatte. Sie war wie ein Licht in der Dunkelheit, dem er hatte folgen müssen. Und er hatte sie gespürt. Für einen Moment hatte sie die Mauern seines Gefängnisses durchbrochen. Eine Berührung, die Wärme eines anderen Menschen, ihr Rosenduft, der um seine Nase strich … er hätte alles dafür gegeben, sie festhalten zu können. Sie war wie die Wand eines Bootes, die einem Ertrinkenden Rettung versprach. Aber seine Finger waren von dem glatten Holz abgeglitten, ohne den rettenden Grund zu erreichen. Ein Atemzug und die Wärme war geflohen. Allein die Erinnerung blieb. Eine Erinnerung mehr, die ihn quälte. Eine weitere Sehnsucht, die sich nicht stillen ließ.

Er ließ seinen Blick über das Zimmer gleiten. Über all das, was ihm einst etwas bedeutet hatte. Viel Zeit war vergangen, seitdem er das letzte Mal hergekommen war. Er hatte es nicht ertragen, zu lange in den Scherben seines Lebens zu verharren. Lieblos hierhergeschafft und zusammengepfercht, um vergessen zu werden. Auch jetzt bereitete es ihm Schmerz, zu sehen, wie sein Werk unter Staub und Spinnweben zerfiel. Unberührbar. Weit entfernt, wie ein Schatten aus einem fremden Leben. Von Rost überzogen, dem Verfall preisgegeben. Tot. So tot, wie er es gewesen war, bis ihn das Licht eines Kerzenleuchters hinter den Spiegeln wiedererweckt hatte. Bis er in die meerfarbenen Augen geblickt hatte, die ihm die Hoffnung zurückgebracht hatten. Die in seine Seele sahen, ohne es zu wissen.

Er starrte auf die blonde Frau, die sich fest in den roten Umhang gewickelt hatte, um sich vor dem Feenkönig zu schützen. So tapfer und doch so zerbrechlich wie eine Glasfigur. Der Rabe saß auf dem Fenstersims und hatte die Lider geschlossen, erschöpft von der Anstrengung, seinen Geist tragen zu müssen. Verletzt von dem Hieb des Wechselbalgs. Dennoch würde er bald wieder nach ihm rufen müssen, damit er ihm von Neuem diente.

Ein Vogel. Es war der einzige Körper, den er besaß. Ein Schnabel. Klauen. Nichts, womit er sie verteidigen konnte, wenn der Feenkönig die Finger nach ihr ausstreckte, um sie in sein Reich zu holen. Er war ein hilfloser Zuschauer, in einen winzigen Leib gepfercht, der keine Tür öffnen konnte, keine Waffe trug. Ein Nichts, das eine zierliche Frau benutzen musste. Sie in Gefahr brachte, weil er in diesem verfluchten Nebel eingeschlossen war, während sein eigener Körper verfiel. Seine Faust schlug gegen den Rahmen des Spiegels und das Bild darin verschwamm. Sie bewegte sich im Schlaf und murmelte leise, als könne sie die Erschütterung des Glases spüren.

Es war ironisch. Eine Folter, von der der Feenkönig nichts ahnte, wirksamer als alles, was er sich in all der Zeit für ihn ausgedacht hatte. Corvyn lächelte bitter. Wie sehr es ihn erfreuen würde, wenn er davon wüsste. Aber er durfte es nie erfahren. Nicht, ehe das Spiel zu Ende war.

Noch einmal blickte er auf die junge Frau, die blonden Locken, die sich aus der Kapuze gelöst hatten. Den Schimmer ihrer hellen Haut, von einem inneren Licht erfüllt, das ihr Erbe verriet. Ihre Hand, die sich in das Kissen gegraben hatte.

»Du hast recht, Maja. Ich würde in den Tod gehen«, wisperte er tonlos. »Aber nicht für mich, sondern weil es der einzige Weg ist, zu beenden, was niemals hätte begonnen werden dürfen. Für dich. Für Serijsa. Für die Freiheit, die mein Volk verdient hat. Und ich hoffe, du kannst mir vergeben, wenn der Tag gekommen ist, der die Wahrheit offenbart.«

Seine Fingerspitzen strichen über das kalte Glas, als könnte er sie noch einmal berühren, die Wärme beschwören. Doch es war unmöglich. Er wandte sich ab und ließ sich in den Nebeln nieder.

Es war an der Zeit, aufzuwachen.

Ein Seufzen und er schloss die Augen. Sein Geist stieg in die Höhe und entfloh den Schwaden für den winzigen Augenblick, der ihn aus der endlosen Einsamkeit erlöste.

Morgengrauen

Die Tür zur Terrasse stand weit offen und ließ die laue Luft des Spätsommers herein. Der Morgen nahte und die Feen verließen die Gesellschaft, um ins Mondreich zurückzukehren. Ihre Stimmen versiegten mit jedem Herzschlag, das Schloss kehrte in den Schlaf zurück.

Nur *er* war geblieben. Dem Ruf des Mondes trotzend, um bis zum Sonnenaufgang auszuharren, wie er es immer tat. Es war, als wolle er die Sonne herausfordern, ihn zu verbrennen. Als wolle er dem Licht des Tages zeigen, dass er es nicht scheute. Dass er nicht vor ihm davonlaufen würde wie sein Volk. Dass er stärker war als die Göttin, die ihn verflucht hatte. Es war der Krieg, den er gegen sie führte. Als wolle er ihr ins Angesicht blicken und ihr beweisen, dass sie ihn nicht gebrochen hatte.

Sein rotes Haar wehte wie eine Flamme in der Brise, die zu sacht war, um es zu bewegen. Doch es war, als ob der Wind ihn zu jeder Zeit umgab. Als ob er nach ihm suchte und die Feuer in seinem Inneren anfachte. Melysan konnte ihn spüren, den brennenden Zorn, den er ausströmte. Sie sah ihn in der Art, wie sich seine Schultern anspannten. Wie seine Hände das Geländer der Terrasse umklammerten, als wolle er es unter seinem Griff zerquetschen.

Für einen Augenblick betrachtete sie ihn stumm. Die Silhouette des Mannes, von dem sie einst geglaubt hatte, dass sie ihn liebte. Die Gestalt des Feenkönigs, einer Kreatur, die so mächtig war wie ein Gott. Und doch … den Gesetzen der Götter unterworfen, die ihn geschaffen hatten. Er würde bleiben, bis das Brennen der Sonne auf seiner Haut so stark wurde, dass er es nicht mehr ertragen konnte. Bis sich sein Wille der höheren Macht unterwerfen musste. Dann würde er gehen. Zurück in das Reich, in dem der Mond regierte. In dem Sonnenschein und Wärme nichts als eine Illusion waren, von Zaubern erschaffen. Eine Imitation der Menschenwelt, überhöht und betörend schön. Falsch und verdreht, weil kein Funken von wahrem Gefühl darin lag.

Magie besaß einen hohen Preis und sie konnte nicht schaffen, was die Götter dem Sonnenreich gegeben hatten. Niemand wusste es besser als er, der von der Erkenntnis gekostet hatte, die ihn tiefer verbrannt hatte, als es die Strahlen der Sonne je könnten.

Einst hatte er sie fasziniert wie ein Juwel. Ein Stein mit unzähligen Facetten. So schön und funkelnd, dass man die Härte und die scharfen Kanten übersah. Melysan hatte sie zu spüren bekommen. Dennoch sog sie für einen Moment lang seinen Duft ein. Den Duft nach Träumen und Mondnächten, nach Sonne und Sommer, Eis und Schnee. Nach den Gegensätzen, die seine Seele zerrissen. Erinnerungen an eine andere Zeit. Die Zeit, bevor er die Grausamkeit der Feenseele offenbart hatte, die unter seiner Schönheit lag.

Sie stieß den Atem aus und näherte sich ihm vorsichtig. »Ihr seid früh gegangen, Eure Majestät.«

Nichts an ihm zeigte Überraschung darüber, dass sie sich in seinem Rücken genähert hatte. Er hatte sie gespürt, kaum dass sie den Saal betreten hatte. »Dein neues Spielzeug langweilt mich, Melysan.«

»Gefällt Euch sein Gesang nicht? Oder die Möglichkeit, dass er den Fluch brechen könnte?« Bitterkeit in ihrer Stimme. Sie konnte sie nicht bezähmen. Melysan strich über die rauen Stickereien auf ihrem Kleid, um ihre Hände zu beschäftigen.

»Du glaubst, ich wünsche deinen Untergang?« Er drehte sich zu ihr um und lehnte sich gegen das Geländer. Der Zug seiner Lippen zeigte seine Erheiterung, doch seine Augen waren von Feuer erfüllt.

Melysan hatte es nie vermocht, dem verwirrenden Blick aus Gold und Saphir standzuhalten. Sie wandte sich ab und sah über die Gärten des Schlosses. Verwahrlost, weil die leeren Schatzkammern die Gärtner nicht mehr tragen konnten. Scham kroch in ihre Wangen und rötete sie. Sie hasste es, hinauszusehen. Es ließ aus Corvyns Worten Wahrheit werden. »Wenn Ihr es nicht tun würdet, hättet Ihr mich nicht in ein Ungeheuer verwandelt.«

»Magie gehört nicht in die Hände der Menschen, Melysan. Wer sie missbraucht, muss dafür bezahlen. Es ist nicht an mir, mich über die Gesetze der Götter hinwegzusetzen.« Er lächelte bitter und sie verachtete sich dafür, dass sie sich zurückwünschte, was sie einst besessen hatten. »Ich habe dir gegeben, was du dir ersehnt hast und du hast unseren Pakt nicht erfüllt. Gib mir nicht die Schuld an den Folgen.«

Sie schnaubte und bemerkte, wie sich ein spitzer Nagel in der Seide ihres Gewandes verfing. Ein reißendes Geräusch begleitete ihn, als sie ihn aus dem Stoff löste. »Folgen, die Ihr aufhalten könntet, wenn Ihr es wolltet!«

Er sah sie an und sie fühlte sich unter seinen Augen entblößt. Als könnte er durch die Lagen der Seide sehen und die Beine des Raben darunter erkennen. Die Klauen, die bei jedem Schritt über den Stein kratzten. Die Federn, die ihren Unterleib bis zu ihrem Nabel bedeckten. Das Monster, das er aus ihr gemacht hatte. Zorn brodelte in ihr und sie bezwang ihn mit Mühe.

»Ich kann nicht auslöschen, was du über dich gebracht hast, Rabenkönigin. Aber ich kann dir noch einmal Zeit schenken.«

Sie blickte auf, überrascht von seinem Zugeständnis.

Er löste sich vom Geländer und trat näher. Sie hielt den Atem an, als sie seiner Größe gewahr wurde. Der machtvollen Statur, die der elegante Gehrock aus grauer Seide nicht verbergen konnte. Er schimmerte im rötlichen Licht der Dämmerung, das sich in den Himmel mischte. Der Feenkönig hob die Hand und fasste nach ihrem Kinn. Diesmal konnte sie seinen Augen nicht ausweichen, sie bohrten sich ohne Erbarmen in die ihren. »Ich habe die Jahre für dich angehalten. Jetzt ist deine Zeit beinahe zur Neige gegangen und was du bist, übernimmt die Herrschaft über dich. Ich kann es ein letztes Mal aufhalten. Du kannst wieder die makellose Schönheit sein, die du warst, als ich dich zum ersten Mal gesehen habe. Die Königin, die du sein wolltest. Du wirst dich deinem Volk zeigen können, wie du bist.«

Seine Stimme wurde schmeichelnd und erinnerte sie an Vollmondnächte in seinen Armen. Den Zauber, den nur er allein besaß und den er ihr zum Geschenk gemacht hatte, bevor er ihr alles genommen hatte. Seine Nähe verschlug ihr noch immer den Atem. »Für welchen Preis?«, fragte sie gepresst.

Sein Daumen strich über ihre Wange und er neigte sich so tief über sie, dass sie beinahe seine Lippen spüren konnte. Der kühle Hauch der Nacht streifte ihre Haut. »Dein Bruder versucht, sich aus seinem

Gefängnis zu befreien, und ein Feenblut hilft ihm dabei. Bring sie mir und ich gebe dich frei.«

»Corvyn … will sich befreien?«, stotterte sie bestürzt. »Warum habt Ihr das zugelassen?«

Er ließ sie los und trat zurück. Ein gefährliches Glitzern lag in seinen Augen und hieß sie, vorsichtig zu sein. »Warum sollte ich es nicht? Seine Hoffnung ist nichts als eine Illusion. Der Hauch eines Geschmacks, der seine Sehnsucht weckt und unerreichbar bleibt. Er hält ihn am Leben und sorgt dafür, dass sein Kampfgeist nicht zu früh erlischt.«

Sie schauderte gegen ihren Willen. »Werdet Ihr ihm je vergeben?«

»Hast du ihm vergeben, dass dein Vater ihn dir vorgezogen hat, obwohl *du* die Erstgeborene bist? Dass ihm alles geschenkt worden ist, was du niemals haben konntest? Er hat uns beiden das Kostbarste genommen, das wir besessen haben. Er hat uns ohne Reue die Liebe gestohlen und dein Zorn hat ihn zu meinem Gefangenen gemacht, kleine Melysan. Sein Geist gehört mir, sein Körper bleibt dir. Du selbst hast es damals entschieden. Bereust du es jetzt? Wünschst du seine Freiheit, damit er dir nehmen kann, was jetzt dir gehört?«

Er war wie eine Schlange. Seine Augen fixierten sie mitleidlos und zerrten ihre Seele ans Tageslicht, um darin zu lesen. Melysan verhärtete sich gegen jedes Gefühl, das in ihr verblieben war. »Nein.«

»Dann finde das Feenblut. Übergib sie mir. Und dein Bruder wird bis in alle Ewigkeit für das bezahlen, was er uns angetan hat.«

Das Feenblut … das blonde Mädchen, das den Mantel der Dämmerung trug. Verborgen vor seinen Augen. Aber nicht vor *ihren.* Ihr Bruder hatte gewusst, dass der König der Feen sie wollte …

Corvyn, du Dummkopf! Du hast dich endlich verrechnet. Melysan fühlte den süßen Triumph, der sich in ihr ausbreitete. Das Blatt wendete sich zu ihren Gunsten. Ihr Bruder hatte ihr in die Hände gespielt, ohne es zu wissen, und die mächtige Kreatur, die vor ihr stand, suchte ihre Hilfe. Der Niedergang, den Corvyn prophezeite … es würde nicht der ihre sein. Oh nein. Er hatte ihr gegeben, was sie brauchte, um zu überdauern. Um einen Weg zu finden, dem Pakt des Feenkönigs zu entkommen. Zeit. Eine Zukunft. Sie lag vor ihr. Zum Greifen nah.

Ein Lächeln schlich sich auf ihre Lippen. »Ich bin neugierig, Eure Majestät. Was bedeutet das Mädchen meinem Bruder? Und was bedeutet sie Euch? Was könnte an einem einfachen Feenblut so wichtig sein, dass Ihr bereit seid, mich für sie freizugeben?«

»Ich gebe dich nicht frei, Melysan. Dein Herz wird immer mir gehören.« Er strich über die Narbe, die sie unter der Spitze verbarg. Die Leere, die in ihrer Brust herrschte. Ihr Lächeln erlosch. Sie zuckte zurück und legte die Hand auf die Stelle, um sie ihm zu entziehen. Die Eckzähne, die er in seinem Lächeln entblößte, waren zu spitz. Sie konnte die Gefahr spüren, die von ihm ausging. Den Faden seiner Geduld, der so gespannt war, dass ein falsches Wort ihn zum Zerreißen bringen würde. Sie wandelte auf einem schmalen Grat und jeder Schritt konnte sie in den Abgrund reißen. Erst nach einer langen Pause sprach er weiter. »Wir waren uns einst so nah, dass es keine Geheimnisse mehr zwischen uns geben muss, nicht wahr? Ich will sie, weil ihre Mutter vor langer Zeit einen Pakt mit mir geschlossen hat. Und seine Zeit ist abgelaufen, so wie die deine. Ist es nicht ironisch, dass dein Prinz in seinen Träumen nach ihr ruft, sobald dein Griff um seinen Geist erschlafft? Ich habe sie bislang aufgehalten, aber das Spiel beginnt mich zu langweilen. Wer weiß, vielleicht wird es amüsanter, wenn ich sie ihn erreichen lasse.«

Das Raubtier kehrte zurück und zerfetzte die Reste der Erinnerung an die falsche Nähe, die sie einst verbunden hatte. Melysans Inneres verkrampfte sich. Sie wusste, dass er nicht log. Die Zunge einer Fee konnte täuschen, aber sie konnte nicht lügen. Und die Winde hatten es ihr verraten. Was er sagte, war die Wahrheit. Er fasste unbekümmert nach dem Spazierstock mit dem Drachenkopf, der am Geländer gelehnt hatte. Er verlieh ihm den Anschein einer Menschlichkeit, die nicht in ihm wohnte. Es war eine Verkleidung, die ihn mit den Menschen verschmelzen ließ, obgleich niemand ihn je für ihresgleichen halten konnte. Ein letzter Blick ging in Richtung der aufgehenden Sonne, dann trat er an ihr vorüber. Noch einmal wandte er sich um, bevor er die Türschwelle überschritten hatte. »Du hast die Wahl, Melysan. Entscheide dich. Ein letztes Mal.«

Seine Worte verhallten und sie blieb allein zurück. Sie sah auf die Sonne, die über den Wipfeln der Bäume aufstieg. Ihr Licht brannte in ihren Augen und ließ Tränen darin aufsteigen. Dennoch starrte sie auf den rotglühenden Ball, bis sie die Schwäche fühlte, die ihre Strahlen in ihr hinterließen.

Feen waren Kreaturen der Nacht und ihre Magie schwand mit dem Morgen. So wie die ihre. Wann war sie selbst zu einem Schatten geworden, der nicht mehr in der Sonne existieren konnte? Wenn der Fluch brach, würde sie dann frei sein, wieder in ihrem Schein zu wandeln? Ihre Finger gruben sich in die Seide, die ihre Beine verbarg, und sie hob sie an, damit sich die Klauen an ihren Füßen nicht darin verfingen.

Schönheit. Zeit. Ein neues Leben. Wenn das Opfer des blonden Feenblutes alles war, was er verlangte, war es ein letzter Preis, den sie zahlen würde, ohne es je zu bereuen.

Der Herr der Motten

Es hatte lange gedauert, bis sie in einen unruhigen Schlaf gesunken war. Wirre Traumbilder hatten ihn begleitet, aber Elejas' Stimme hatte zum ersten Mal seit langer Zeit geschwiegen. Immer wieder war das Gesicht des Prinzen im Spiegel aus der Dunkelheit getaucht. Die grünen Augen, in denen Verwunderung zu lesen war, etwas anderes, das sie nicht zu ergründen wusste. Doch sie hatte ihn nicht zu fassen vermocht. Sobald sie sich ihm genähert hatte, war er in den Nebeln zerstoben wie die Peitschen des Wechselbalgs.

Nachdenklich zerknüllte Maja das Taschentuch in ihren Fingern. Sie befühlte die Stickerei, das Monogramm, das in geschwungenen Buchstaben darauf prangte. Das Rabenwappen, das für seine Familie stand. Aber es brachte ihn nicht zurück. Und sie wusste nicht, warum sie seine Rückkehr ersehnte. Vielleicht, weil er ebenso verloren und einsam wirkte, wie sie es seit langer Zeit war.

Sie hörte den Flügelschlag des Raben, ehe er sich auf ihrer Schulter niederließ und sie damit aus ihren Gedanken riss. Maja wandte den Kopf, um den Vogel amüsiert anzublicken. »Sitzt du gut, Rabe?«

Der Vogel ließ sich bequemer nieder. »Die Aussicht ist bezaubernd.«

Sie hob die Brauen. »Welche Aussicht? Das hier ist eine Wäschekammer.«

Der Rabe neigte den Kopf und seine schwarzen Augen glitzerten. »Wer sagt, dass ich die Wäschekammer meine?«

Maja folgte seiner Blickrichtung und zog den Umhang über ihrer Brust zusammen. »Du bist ein Vogel!«, rief sie empört.

»Vielleicht. Oder ich bin ein verwunschener Prinz. Möchtest du mich küssen, um es herauszufinden?«

Er lehnte sich dichter zu ihr und Maja schubste ihn mit einem Schnauben von ihrer Schulter. »Wenn du als Prinz so eitel bist wie als Vogel, verzichte ich. Sag mir lieber, was wir hier suchen. Willst du das Bett des Prinzen mit frischer Wäsche versehen?«

»Wozu? Hat dich sein Duft in den Laken irritiert?« Der Rabe landete auf einem Berg frisch gewaschener Bettlaken, die auf dem Bügeltisch warteten, und sortierte sein Brustgefieder. Es erinnerte so sehr an einen Menschen, der seine Kleidung richtete, dass Maja unwillkürlich lächeln musste.

»Nun, wenn der Prinz nach modriger Wäsche und Staub riechen sollte, würde es das durchaus. Also?«

Er wies mit dem Schnabel auf einen der hohen Schränke, in denen die Wäsche des Schlosses verwahrt wurde. Eine Leiter lehnte daran, damit man den oberen Teil erreichen konnte. »Im obersten Schrank gibt es einen versteckten Hebel.«

»Also klettere ich hinauf, um ihn zu betätigen, mein galanter Rabenprinz?«

Er breitete seine Schwingen aus. »Ich würde es selbst tun, aber …«

»Dein überaus ansehnlicher Körperbau erlaubt es nicht, ich weiß.« Maja schnaubte belustigt und raffte ihre Röcke, um die Leiter hinaufzuklettern. Es dauerte länger als erwartet, bis der Rabe aufstieg, um ihr Gesellschaft zu leisten. Sie sah verwundert zu ihm auf, als er ungewöhnlich still blieb. »Was fehlt dir, Rabe?«

»Nichts. Aber wenn du weiter trödelst, wird uns ohne Zweifel einer der Dienstboten entdecken.« Sein Schnabel pochte lautstark gegen das Holz.

Maja sandte ihm einen irritierten Blick, ehe sie sich daranmachte, den metallenen Riegel der Schranktür zu öffnen. Er klemmte und sie stieß einen unwirschen Fluch aus, während sie daran rüttelte, ohne dass er nachgeben wollte. »Der verdammte Riegel ist offenbar lange nicht mehr geöffnet worden.«

»Der Bedarf der Königin an frischer Wäsche ist nicht allzu groß. Sonst könnten wir uns um diese Zeit nicht frei hier bewegen.« Er sah sich um und hüpfte dann nach unten. »Versuch es hiermit.« Er pickte nach dem Plätteisen, das auf dem Ofen stand.

Sie kletterte seufzend hinab und dankte der Hüterin des Lichts dafür, dass niemand den Ofen angeheizt hatte. Das Plätteisen war schwer. Mit ihren Röcken und dem Eisen wieder hinaufzuklettern, war nichts, was ihr Freude bereitete. Maja mühte sich die Sprossen hinauf und schlug schwankend mit dem Boden des Plätteisens gegen den Riegel. Jeder Schlag war so laut, dass sie befürchtete, man müsse ihn weithin hören. Erst beim dritten Versuch gab er nach und sie stieß angespannt den Atem aus, als die Tür endlich aufsprang. Vorsichtig stieg sie hinab, um das Eisen auf seinen Platz zurückzustellen.

Es war heiß und stickig in der Wäschekammer, die keine Fenster besaß. Ein dünnes Rinnsal Schweiß floss über ihre Schläfe und ließ die gelösten Haarsträhnen an ihrem Gesicht haften. Maja strich sie beiseite. »Was zum Abgrund ist so wichtig an diesem Hebel?«, fragte sie, als sie sich ein drittes Mal nach oben begab. Der Absatz ihres Schuhs verfing sich in einer Sprosse und sie versetzte ihr einen missmutigen Tritt, als ihr Fuß freikam.

»Das wirst du sehen, wenn du ihn gefunden hast.«

»Warum solltest du es mir auch *vorher* sagen?«, murmelte sie, während sie die Tür aufstieß. Der Geruch alter Wäsche schlug ihr entgegen und Maja schnupperte demonstrativ, ehe sie mit einer Grimasse zu dem Vogel hinabsah. »Lass mich raten – du hast den Körper des Prinzen gestohlen und hier versteckt? Es riecht auffallend nach seinem Bett.«

Der Rabe krächzte und der Laut schwankte zwischen Ärger und Belustigung. »Darf ich das als Ausgeburt deiner geheimsten Wünsche verstehen, Weltenwandlerin?«

»Wer weiß? Aber du hättest ihn vorher in die Wanne stecken können, auf deren Bedienung du dich so vorzüglich verstehst.« Sie tastete unter der Wäsche herum, bis ihre Finger auf einen schmalen Schlitz stießen. Mit einem triumphierenden Ausruf schob sie ihre Hand hinein und fand den Hebel, von dem der Vogel gesprochen hatte. Sie drückte ihn herab und die Leiter begann, bedenklich zu schwanken. Maja keuchte auf und sprang hastig nach unten, als sich das Schrankfach nach außen bewegte. »Und du hättest mich warnen können, dass das verfluchte Ding eine Geheimtür ist!«

»Das hätte ich. Aber dein Gesicht war es mir wert, es nicht zu tun.« Der Vogel schwang sich in die Luft und flog durch die Öffnung, die hinter der Wäsche zum Vorschein gekommen war.

Maja starrte ihm nach und schüttelte den Kopf, ehe sie die Tür weiter nach außen schob und sich durch den Spalt zwängte. »Elender kleiner Mistkerl.«

»Das habe ich gehört!«

»Das *solltest* du hören!«

Obsidianaugen blitzten aus dem Dämmerlicht und sie fuhr zusammen, als er unerwartet vor ihr mit den Flügeln schlug. Er hielt nahe an ihrem Ohr inne. »Schließ die Tür, Weltenwandlerin.« Sein Ton war gewohnt unverschämt und doch schwang etwas Fremdes darin mit, das sie nicht entschlüsseln konnte.

»*Maja*«, wiederholte sie zum unzähligsten Male. Ihre Finger tasteten über die Rückseite der Geheimtür und fanden einen Griff, mit dem sie sich schließen ließ. Ein Klopfen ertönte auf der anderen Seite, gefolgt von einem langgezogenen Kratzen. Sie blickte stirnrunzelnd über die Schulter auf den Vogel, der gelassen auf den hölzernen Stufen saß, die hinter ihm in die Höhe führten.

»Sie wäre nicht geheim, wenn man sie von außen sehen könnte, nicht wahr?«, antwortete er auf ihre unausgesprochene Frage.

»Ein weiteres Konstrukt des Prinzen?«

»Nein. Es hat auch vor ihm Raben gegeben, die ihre Geheimnisse in Sicherheit wissen wollten.«

»Ein reizendes Versteck.« Maja sah sich in der engen Kammer um. Die Steinwände waren rau, die Stufen, die auf das schwache Licht hoch über ihren Köpfen zuführten, schlicht und schmal. Spinnweben hingen beinahe bis zu ihren Schultern herab und sie schauderte bei dem Gedanken an ihre Bewohner. Die Treppe war weiß vor Staub und wies darauf hin, dass seit einer Ewigkeit kein Fuß mehr darübergegangen war. »Irgendwann wirst du mir erzählen, woher du all das weißt.«

»Ich bin hier geboren.«

»Und deswegen kennst du alle Geheimtüren und verborgenen Winkel des Schlosses, in die du ohne Hilfe niemals vordringen könntest?«

Der Rabe krächzte gereizt. »Hat dir niemand beigebracht, die Nase nicht in die Geheimnisse anderer zu stecken?«

Maja stieß einen nur halb erheiterten Laut aus. »Doch. Aber seitdem ich dich kenne, besteht mein Leben aus nichts anderem mehr. Vielleicht wäre es an der Zeit, einen Teil davon aufzulösen.«

»Wozu? Das ist es doch, was dich so sehr an mir fasziniert.«

Sie bewegte vage den Kopf. »Nein, eigentlich ist es die Frage, wie eine solch kleine Kreatur nur so unglaublich selbstverliebt sein kann.«

»Die Raben von Serijsa waren schon immer etwas Besonderes.« Er hüpfte einige Tritte nach oben und spähte in die Helligkeit, die sich darüber abzeichnete.

»Sprichst du von der Königsfamilie oder von dir?« Maja folgte dem Vogel die ersten der steilen Holzstufen hinauf. Ein leises Knarren hinterließ ein flaues Gefühl in ihrem Magen. Die Stufen wirkten morsch und instabil, als könnten sie in jedem Augenblick unter ihrem Gewicht nachgeben.

»Es ist an dir, das herauszufinden.« Der Rabe hielt inne. Plötzlich schien er zögerlich.

Maja hob die Brauen, als er unschlüssig den Aufgang beäugte. »Hast du vor, weiterzugehen, oder ist das unser neues Versteck für die Nacht? Wenn, dann hätte ich mir etwas Bequemeres gewünscht.«

Er drehte sich um und sein Kopf zuckte nervös. »Geduld, Weltenwandlerin. Deine Neugier wird dir eines Tages den Hals brechen.«

»Es ist wahrscheinlicher, dass ich ihn mir wegen *dir* breche. Also gut, Rabe.« Maja stemmte die Hände gegen die Wände des Aufgangs, um ihr Gewicht auf den Stufen zu mindern, und begutachtete misstrauisch das hölzerne Gebilde unter ihren Füßen. »Du hattest deinen Spaß. Wenn du ein Mensch wärst, würde ich sagen, dass du so bleich bist wie die Laken in der Wäschekammer. Was hast du vor?«

Der Rabe sah erneut nach oben, in die tanzenden Staubflocken, die von der Treppe aufgewirbelt worden waren. »Ich weiß es noch nicht«, gab er widerstrebend zu. »Das werden wir erst entscheiden, wenn wir zurückkehren.«

»Warum habe ich auch erwartet, dass du einen Plan hast?«, erwiderte sie sarkastisch. »Und was erwartet uns dort oben?«

»Die Vergangenheit.« Der Rabe schlug mit den Schwingen und Staub stob auf. Maja hustete und wedelte mit der Hand, um die Wolke zu vertreiben, die ihr die Sicht nahm. Die Silhouette des Vogels überwand die Stufen und verschwand in der hellen Öffnung, die weiter über ihr lag, als es ihr lieb war.

»Aber sicher. Weich mir nur aus, du kleiner Mistkerl«, murrte sie verdrossen. Maja tastete sich hinauf und weigerte sich, nach unten zu blicken. Die Treppe war steil und führte geradewegs nach oben, ohne Biegungen zu machen. Ihre Länge erschien endlos und hinter den Lücken der Stufen war nichts als Dunkelheit zu erkennen, die sie schaudern ließ. Verbissen kletterte sie voran, ohne auf dic Schatten zu achten, die sich über die Wände bewegten. Der Treppenschacht war lebendiger, als es den Anschein besessen hatte. Die Spinnweben wurden dichter, je weiter sie nach oben kam, und was darin gefangen war, wollte sie nicht näher in Augenschein nehmen. Ihr Umhang streifte die Wand, eine Motte flatterte auf und tänzelte aufgeregt vor ihrem Gesicht. Maja verscheuchte das Insekt, das außergewöhnlich großgewachsen war. Die Spannweite seiner Flügel mochte beinahe so breit sein wie ihre Handfläche. Sie schluckte und verdrängte das mulmige Gefühl, das der Anblick in ihr zurückließ.

Schweiß rann über ihren Rücken, als sie endlich das blasse Rechteck erreichte, das aus dem Schacht führte. Der Rabe erwartete sie auf den hölzernen Dielen, die sich an die Treppe anschlossen. Majas Finger zeichneten Furchen in die Staubdecke, als sie auf den Boden krabbelte und sich darauf niederließ. Verärgert musterte sie den Vogel, der ihr ungerührt entgegensah. Ihre Hände hinterließen weiße Flecken auf ihrem Rock, als sie sie daran abwischte.

»Und nun?« Sie sah sich um und fand die Quelle des Lichts. Eine Dachluke, die den Schein der Nachmittagssonne einließ, wenngleich sie zu klein war, um die schattige Düsternis zu verdrängen. Sie beleuchtete die hohe Schräge nur schwach, doch es genügte, um ihre merkwürdige Beschaffenheit zu erkennen. Maja kniff die Augen zusammen, um besser sehen zu können und erstarrte. »Sonne und Mond!«, fluchte sie atemlos. Die Wände waren von Motten besiedelt. Großen. Kleinen. Sie reihten sich dicht an dicht, die falschen Augen auf ihren Flügeln schienen sie zu beobachten wie Geister, die sich im Dunkeln verbargen. Jede Bewegung, jedes Flattern war ein Blinzeln, das ihr Schauer über den Rücken rinnen ließ. »Wolltest du mir deine Speisekammer zeigen, um mich zu beeindrucken?«

Der Rabe stieß einen undeutbaren Laut aus. »Ich weiß, es ist ein Jammer, aber du wirst auf die Leckerbissen verzichten müssen. Der Herr dieses Reiches reagiert empfindlich, wenn man seine Freunde verspeist.«

»Der Herr dieses Reiches?« Maja erhob sich vorsichtig, um die Motten nicht aufzuschrecken. Das Wispern der Flügel antwortete ihr. Ein sachtes Geräusch, das wie die Brandung des Meeres anstieg.

»Parcivas.« Der Rabe hüpfte über den Boden und Maja bemerkte, dass er sich nicht in die Lüfte schwang. Seine Klauen hinterließen eine winzige Spur im Staub. Das Wispern nahm zu. Unzählige Flügelkehlen schienen den Namen zu wiederholen wie einen Ruf und Majas Herz sprang in ihre Kehle.

Sie lachte nervös. »Er hat ungewöhnliche Freunde.«

»Er ist ein ungewöhnlicher Mann gewesen.«

»Gewesen?« Ein leises Knarren ließ sie herumfahren. Die Tür am anderen Ende des Raumes öffnete sich wie von Geisterhand und Lichtschein drang herein. Motten erhoben sich in die Luft und zogen einen Kreis um sie herum. Wächter. Eine geflügelte Garde, die sie einschloss. Gänsehaut rann kribbelnd über ihren Körper. Eine der Motten landete auf ihrem Arm und sie musste sich zwingen, das Geschöpf nicht abzuschütteln.

»Geh durch die Tür und rufe nach ihm. Zeig keine Furcht, ganz gleich, was er tut.« Die Stimme des Raben war gedämpft, so leise, dass sie die Ohren spitzen musste, um ihn zu verstehen.

»Vielleicht würde mir das besser gelingen, wenn du mir gesagt hättest, was mich erwartet.« Majas Stimme bebte. Ihre Zähne bohrten sich in ihre Unterlippe, doch sie tat, was der Rabe verlangt hatte.

»Nein, das glaube ich nicht«, antwortete er mit einer ruhigen Bestimmtheit, die jede Faser ihres Körpers alarmierte.

Ein Luftzug wirbelte den Staub zu ihren Füßen auf. Das Wispern der Mottenflügel stieg weiter an und Majas Herz schlug so schnell, dass es ihr schwerfiel, zu atmen. Jeder Schritt auf die Tür zu war, als müsse sie gegen einen unsichtbaren Widerstand kämpfen. Unnatürlich langsam und schwerfällig. Die Motten folgten ihr wie ein Schwarm Soldaten und Maja kämpfte gegen die Furcht, die in ihr anstieg wie Wasser, das einen Becher füllte. Jeder Schritt war ein Tropfen mehr, der den Pegel in die Höhe trieb.

Der Staub wehte vor ihr über den Boden wie eine Windhose. Endlich hatte sie die Tür erreicht und Maja räusperte sich. »Parcivas?«, rief sie in den Raum, der sich vor ihr erstreckte.

»Was willst du, Menschenkind?« Die Stimme war tief und donnernd. Sie hallte von den Wänden wider, von einem fremdartig weichen Akzent gefärbt, den sie noch nie vernommen hatte.

Wenn ich das wüsste … Wo war der verdammte Vogel? Sie sah zurück, aber es gab keine Spur von ihm. »Ich will mit Euch reden.« Ihre Handflächen wurden so feucht, dass es all ihrer Willenskraft bedurfte, um sie nicht trockenzureiben. *Zeig keine Furcht.* Sie wiederholte die Worte des Raben stumm, während sie ihn dabei verfluchte.

Lachen klang durch den weitläufigen Raum und die Härchen an ihrem Körper stellten sich auf. Drei Dachluken ließen mehr Helligkeit herein als das einzelne Fenster in der Kammer der Motten. Maja sah sich um, doch sie fand keine Menschenseele. Bücher stapelten sich an den Wänden und Truhen standen daran aufgereiht, erstaunlich sauber und frei von Spinnweben. Bilder lehnten dazwischen. Die Bildnisse vergessener Mitglieder der Raben von Serijsa, die keinen Platz im Schloss gefunden hatten. Würdenträger, von Medaillen geschmückt. Ihre Kleider entstammten Jahrhunderten, die lange verstrichen waren, vielleicht der Zeit von König Ascaris. Die Farbe war rissig und verblasst. Tote Augen starrten sie an, ohne zu sehen. Manche Gemälde waren groß genug, dass ihr Blick für einen Moment daran hängen blieb, weil sie glaubte, den Sprecher entdeckt zu haben. Aber keines davon war mehr als ein lebloses Bild.

»Fang mich ein, wenn du mit mir reden willst«, erklang Parcivas' Stimme aus seinem Versteck. »Wenn du es kannst, beantworte ich deine Fragen. Wenn nicht, labe ich mich an deinem Fleisch und bade in der Wärme deines Blutes, bis dein Körper kalt und starr geworden ist.«

»Ich bin mir nicht sicher, ob mir dieser Handel gefällt.«

Das Lachen ertönte von Neuem. Diesmal schwang ein listiger Klang darin mit. »Es sind meine Regeln, Menschenkind. Nimm sie an oder verschwinde, solange du es noch kannst.«

Dafür rupfe ich dir jede Feder einzeln aus, Rabe. Das schwöre ich dir.

»Gut. Ich nehme an.« Ihre Herausforderung hallte laut unter der Schräge wider. Die Motten umflatterten sie aufgeregt, in einem wilden Tanz, der nahezu freudig anmutete. Aus den Augenwinkeln erhaschte sie ein Flimmern. Ein Buch stieg von seinem Stapel auf und Maja sprang erschrocken beiseite, als es mit raschelnden Seiten auf sie zuschnellte. Sie wich dem Geschoss im letzten Moment aus und es streifte ihre Schulter, ehe es auf den Boden klatschte.

»Das war nicht nett!«, rief sie verärgert. »Ihr hättet mir sagen können, dass Euer Spiel beginnt.« Maja löste die Sonnenbrosche, die ihren Umhang zusammenhielt und warf ihn über eine der Truhen. Er ging in einem Schwall aus Röte nieder und ergoss sich wie eine Blutlache über die Dielen.

»Wo bleibt der Spaß, wenn ich dich vorwarne? Deine Einwilligung war Zeichen genug.« Ein Stapel Bücher stieg empor und wirbelte von einem unheimlichen Eigenleben erfüllt in der Luft. Maja fasste hastig nach einem der Gemälde und hielt es wie einen Schild vor sich. Leinwand und Holz. Es würde wenig ausrichten, wenn er all die ledergebundenen Werke auf sie einprasseln ließ, aber es war besser als nichts.

»Ich muss sagen, ich habe genug davon, von unsichtbaren Kreaturen wie Wild behandelt zu werden, das zur Jagd freigegeben ist.« Sie schob sich vorsichtig weiter in den Raum, während sie versuchte, etwas zu erkennen, das auf eine zweite Präsenz hinwies.

»Du willst etwas sehen?« Die Bücher wirbelten schneller. Sie bildeten eine Wand aus schlagenden Seiten und klappernden Buchdeckeln.

»Schwebende Bücher, wie einfallsreich«, bemerkte Maja in einem Tonfall, dessen Gelassenheit sie in Erstaunen versetzte. »Wollt Ihr mir damit Angst einjagen?«

»Aber nein.« Ein neuerliches Flimmern und eine Silhouette zeichnete sich hinter den Büchern ab. »Wie wäre es hiermit?« Die Gestalt verfestigte sich und Maja blickte auf den blutüberströmten Mann, aus dessen Brust ein langes Messer ragte. Rote Ströme liefen an ihm herab und bildeten Pfützen auf dem Grund. Sie drangen aus seinem Mund und färbten sein Gesicht, rieselten in seinen Bart und vereinten sich mit den blutigen Tränen, die aus seinen Augen rannen. Sie schreckte zurück, als das Blut über den Boden floss, an der Buchmauer vorüber, bis es beinahe ihren Rocksaum erreicht hatte. Ihre Hände zitterten so stark, dass sie den Bilderrahmen umklammern musste, damit er ihr nicht entglitt. Das Entsetzen verstärkte sich, als er lachte und seine rötlich verfärbten Zähne offenbarte.

Keine Furcht. Zeig keine Furcht. Sie wiederholte es wieder und wieder wie ein Gebet. Maja nahm all ihren Mut zusammen und rammte mit einer schnellen Bewegung das Bild in die Bücher. Die Folianten stoben mit einem lauten Flattern der Seiten auf. Sie warf das Gemälde beiseite und Parcivas stieß einen erstaunten Laut aus, als sie sich auf ihn stürzte. Der blutende Mann flackerte und löste sich vor ihren Augen auf. Ihre

Hände fassten nichts als Luft und Maja prallte hart auf den Boden, wo sich noch vor einem Wimpernschlag sein Blut ausgebreitet hatte. Nun war nichts mehr davon zu sehen. Schmerz zuckte durch ihre Knie und das höhnische Lachen ihres Gegenspielers begleitete ihren Sturz.

»Dein erster Versuch ist verbraucht, Menschenkind. Noch zwei weitere und du gehörst mir.«

Maja rappelte sich aus dem Bücherhaufen auf, in dessen Mitte sie saß, und rieb sich mit schmerzverzerrtem Gesicht die pochenden Stellen. »Tatsächlich? Ihr habt vergessen, diese winzige Kleinigkeit zu erwähnen.«

»Du hast nicht danach gefragt.«

»Wie nachlässig von mir.« Sie wappnete sich gegen den Schmerz und zog sich an einer der Holztruhen auf die Beine. »Mir scheint, Ihr seid im Vorteil, Parcivas«, sprach sie in einem munteren Plauderton weiter, obgleich die Feuer von Nikara in ihren Knien brannten. *Oh Rabe, ich hoffe, du weißt, was du tust.*

»Und du findest das schrecklich ungerecht, nicht wahr?«, spottete die schemenhafte Gestalt.

Das Schwirren von Mottenflügeln näherte sich in ihrem Rücken und Maja musste sich zusammennehmen, um sich nicht nach den Insekten umzudrehen. Ein Kitzeln an ihrer Wange, eine dunkle Form, die an ihrem Gesicht vorüberschwärmte. Eine zweite, bis zu viele um sie herumtanzten und ihr die Sicht nahmen wie ein Schleier aus Flügeln. Ein Schwarm der kleinen Kreaturen setzte sich auf sie nieder und sie suchte die Splitter ihrer Willenskraft, als ihre winzigen Füße über ihre Haut krabbelten. »Gerechtigkeit war kein Teil unseres Handels, nehme ich an.«

»Du lernst schnell.«

Ein Rüssel tastete über die Haut ihres Halses. Maja erschauerte unter der suchenden Berührung. »Ihr seid nicht schwer zu durchschauen.«

»Aber schwer zu erwischen, nicht wahr?« Seine Stimme war so nah, dass er neben ihr stehen musste. Eine Hand legte sich um ihre Taille. Maja fuhr blind herum und riss sich los, ihre Sicht durch die schwirrenden Insekten blockiert. Im letzten Augenblick ließ sie die Hände sinken, ehe sie einen zweiten Versuch verschwendete.

»Lasst Eure Finger bei Euch. Es war nie die Rede davon, dass Ihr mich anfassen dürft, *bevor* Ihr das Spiel gewonnen habt«, zischte sie ärgerlich.

»Aber das habe ich nicht.«

Die Insektenwolke löste sich auf und bildete einen Kreis über ihrem Kopf. Maja spürte, wie etwas an ihrem Rock zupfte. Sie sah hinab und fand die Hand, die sich aus einem der Bilder gelöst hatte und an dem Stoff zog. Sie sprang zurück, als das glatzköpfige Haupt eines älteren Mannes folgte, die Augen vor Verlangen weit aufgerissen. Ein anderes Bild fasste nach ihrem Bein. Fremde Finger glitten über ihre Haut und ein begieriges Murmeln setzte ein. Die Gemälde erwachten zum Leben und streckten die Arme nach ihr aus. Maja stolperte in die Mitte des Raumes und zerrte das Bildnis mit sich. Sie kämpfte gegen das Entsetzen an, das die Oberhand gewinnen wollte. Gemälde lösten sich von ihrem Platz und stürzten um. Hände zogen sich in ihre Richtung. Es mutete an, als ob sie Käfer mit rechteckigen Panzern seien. Parcivas' Silhouette glühte dicht neben der Tür auf, die den Ausgang der Kammer markierte. Diesmal rann kein Blut über seine Gestalt. Stattdessen trug er ein zufriedenes Lächeln auf den Lippen.

Na warte, du Bastard! Zorn schoss durch Majas Adern und drängte die Furcht beiseite. Ein harter Tritt ließ das Gemälde, das sich um ihr Bein klammerte, über die Dielen rutschen. Mit einem Schrei überwand sie die Distanz und warf sich auf ihn. Eine schwarze Form zischte über ihren Kopf hinweg, beinahe unsichtbar inmitten der wirbelnden Motten, sichtbar genug, um den Mann abzulenken.

»Wa…«, Parcivas' Lippen öffneten sich entgeistert, dann prallte Majas Körper mit aller Wucht auf den seinen. Silberfeuer tanzte zwischen ihren Fingern, als sie ihn mit sich zu Boden riss. Es strömte in seinen Leib und seine Gestalt verfestigte sich unter ihren Händen. »Nein!« Sein Schrei erschütterte die Wände des Raumes und die Aufregung der Motten stieg. Sie stürzten sich auf Maja und gingen auf sie nieder wie Hagel, der sie unter sich begrub. Flügel setzten sich auf ihre Nase, ihren Mund und nahmen ihr den Atem. Das Surren füllte ihre Ohren, bis sie meinte, dass es sie in den Wahnsinn treiben würde. Panisch schlug sie um sich, um sie zu vertreiben, aber es waren zu viele. Für jede, die sie von sich wischte, kamen andere herbei. Ihre Lungen verlangten nach Luft, doch es gab kein Entkommen. Jeder Atemzug tat nicht mehr, als die Flügel der Motten anzusaugen.

»Parcivas von Arijsthan! Es ist genug! Lass sie sofort frei!« Die Stimme des Raben war wie das Getöse von Donner, der über die Welt hinwegrollte. Das Tosen der Flügel und Jammern der Bilder erstarb. Die Motten erhoben sich wie auf einen stummen Befehl und Maja sog keuchend Luft in ihre Lungen. Sie hustete und würgte, während sie gegen die Dunkelheit kämpfte, die ihren Blick verschleiern wollte. Schweigen hüllte sie ein, dann …

»*Du!* Ich dachte, du seist tot.« Ärger schwang in den Worten des Mannes mit, der diesen Ort bewohnte, darunter eine winzige Spur von Unglauben.

Maja blinzelte und sah den Raben, der auf einer Truhe saß, die Flügel gespreizt, um seine volle Größe zu offenbaren. Gemächlich faltete er sie. »Ein Irrtum, wie du siehst. Aber ein Irrtum, dem viele erlegen sind, ich kann es dir nicht übelnehmen. Allerdings … ist das die richtige Art, einen alten Freund zu begrüßen, der nach all der Zeit nach Hause kommt?«

Parcivas stand ihm gegenüber, seine Gestalt beinahe so deutlich, dass man glauben konnte, einem Menschen gegenüberzustehen. Nur der leichte Schimmer der Wand, die durch seinen Körper zu erkennen war, wies darauf hin, dass er kein Mensch aus Fleisch und Blut sein konnte. Endlich vermochte sie es, ihn vollständig zu sehen. Den hochgewachsenen Mann mit den schwarzen Locken, in denen rötliche Lichter schimmerten. Die kostbare, mit fremdartigen Symbolen bestickte Robe, die wenig von seiner gebräunten Haut offenbarte. Und … das Messer, das zwischen seinen Schulterblättern steckte.

Ein wahrhaftiger Geist! Sie schluckte hart.

Sein Blick war auf den Vogel fixiert und er wandte ihr das Profil zu. Die leicht gebogene Nase eines Südländers, den spitzen Bart, den die Männer in Samanhar trugen. »Du steckst in Schwierigkeiten. *Großen* Schwierigkeiten.« Parcivas verschränkte die Arme vor der Brust.

»Du bist scharfsinnig wie immer. Und ebenso unhöflich.«

Der Geist antwortete mit einem verächtlichen Laut. »Und du kommst hierhergekrochen, damit ich dir helfe, und schickst mir ein *Feenblut,* damit sie mich für dich einfängt?«

Die Art, wie er es betonte, ließ Maja erschauern. Abfällig und von Zorn erfüllt. Der Rabe jedoch ließ sich nicht aus der Ruhe bringen. »Du musst zugeben, dass sie ihre Aufgabe vortrefflich ausgeführt hat.«

»Weil *du* mich abgelenkt hast!«

Er hob die Flügel in einer Geste, die Maja inzwischen als Achselzucken einordnen konnte. »Es ist nicht meine Schuld, wenn du befürchtest, dass ein niederträchtiger Vogel deine kleinen Gefährten verspeisen könnte. Du warst zu siegessicher, mein Freund. Sie hat gewonnen und du musst ihr dienen. Das Spiel deines Volkes. Eure Regeln.«

»Dienen?«, fragte Maja verwirrt. Sie kämpfte sich vorsichtig auf die Knie und beäugte misstrauisch die Motten, die nun die Dachschräge dieser Kammer besiedelten. Ihre Kehle verengte sich, sobald sie an den Augenblick zurückdachte, in dem sie unter ihren Körpern gefangen gelegen hatte. Der Geist sah sie mit einem furchterregenden Stirnrunzeln an. Seine Brauen waren dunkel und ließen die schwarzen Augen noch bedrohlicher wirken.

»Oh, Parcivas hat dir nicht die ganze Wahrheit erzählt, Weltenwandlerin. Er ist ein Abkömmling der Dschinn des Südens und er hat dich zu einem Spiel aufgefordert, das er verloren hat. Drei Versuche für dich, drei Forderungen an ihn, die er erfüllen muss.« Der Rabe neigte sich verschwörerisch zu ihr. »Er kann niemals widerstehen, weil er sich für unbesiegbar hält.«

»Das *bin* ich. Wenn das Spiel gerecht gespielt wird.« Parcivas' Bart zitterte vor unterdrückter Wut.

»Ich dachte, Gerechtigkeit sei kein Teil des Spiels gewesen«, warf Maja an ihn gewandt ein. »Oder galt das nur für mich?«

Parcivas schnaubte, antwortete ihr jedoch nicht. Stattdessen wandte er sich an den Raben. »Und was ist dir geschehen, dass du meine Ruhe störst und mich mit einem Feenblut hereinlegst, *alter Freund?*«

Sein weicher Akzent ließ seinen Tonfall noch spöttischer wirken. Der Rabe legte den Kopf schief. »Zeig ihm das Amulett, Weltenwandlerin.«

Das Amulett aus der Gruft, das wieder um ihren Hals hing. Maja tastete danach, ohne sich einen Reim auf all das machen zu können, was vor ihren Augen geschah. Es hatte sich mit der dünneren Kette ihrer Großmutter verwickelt. Sie holte es unter ihrer Bluse hervor und entwirrte die beiden Stränge, dann streifte sie es über ihren Kopf.

Parcivas' Augen weiteten sich. »Oh nein. Niemals!«

»Du hast keine Wahl.« Der Rabe sprang auf ihn zu.

»Ich *habe* eine Wahl, wenn es Wahnsinn ist.«

»Es ist der einzige Weg, Prinz Corvyn von Serijsa aus dem Zwischenreich zurückzuholen.«

»*Prinz Corvyn?*«, wiederholte Parcivas. Seine Miene wirkte verwundert. Er sah von dem Vogel zu Maja und wieder zurück zu ihm. Sie konnte nicht deuten, was er denken mochte.

»Prinz Corvyn«, bestätigte der Rabe mit Nachdruck, seine Stimme schneidend und angespannt.

Den Prinzen *zurückholen?* Er hatte kein Wort davon erwähnt. Majas Lippen teilten sich, doch Parcivas kam ihr zuvor. Ein wissendes Lächeln spielte unvermittelt um seine Lippen. »Nein.« Er fasste nach seinem Rücken und zog den Dolch heraus, der zwischen seinen Schulterblättern saß. Maja zuckte zusammen und unterdrückte einen erschrockenen Laut. Grauen floss durch ihre Adern. Ohne seine Wirkung zur Kenntnis zu nehmen, ließ er sich auf einer Truhe nieder und begann, mit der Klinge seine Fingernägel zu reinigen. »Und außerdem – selbst wenn ich es wollte und ich will es nicht –, ich kann diesen Ort nicht verlassen.«

»Weltenwandlerin«, der Tonfall des Raben war süßlich, wenngleich sie den schwelenden Zorn darunter hörte. »Frag ihn, wo er seine Knochen versteckt hält.«

Parcivas sprang auf. Seine Gelassenheit zersplitterte und rieselte in Scherben von ihm herab. »Das wirst du nicht verlangen!« Er ging drohend auf den Vogel zu, das Messer noch immer in der Hand.

Der Rabe wich nicht zurück. »Es tut mir leid, Parcivas, aber diesmal habe *ich* keine Wahl. Das Weltentor ist wieder offen und es muss geschlossen werden. Nur der Prinz kann es noch tun und du wirst ihm dabei helfen. Solange es geöffnet bleibt, werden die Feen in unsere Welt strömen wie eine Krankheit, die Seelen verzehrt.«

»Was kümmern mich die Lebenden?«, spie ihm der Geist entgegen. »Sie haben mich ohne ein Wort zurückgelassen, also sollen sie auch ohne mich einen Ausweg finden!«

»Niemand hat dich zurückgelassen! Prinz Corvyn ist von seiner Schwester verraten und hinter die Spiegel verbannt worden! Der Rat der Dämmerung wurde zerschlagen! Keiner von ihnen hatte mehr die Möglichkeit, zu dir zu gelangen! Und was ist mit den Feen? Kümmern sie dich auch nicht? Der Feenkönig, der die Schuld daran trägt, dass dieses Messer zwischen deinen Schultern steckt? Ist es dir gleich, dass er wieder unter der Sonne wandeln darf, wie es ihm gefällt?«

Der Vogel stieg vor dem Gesicht des Geistes in die Luft, seine Stimme wurde so laut, dass sie in ihren Ohren dröhnte. Majas Kopf schwirrte. Parcivas' Mund öffnete sich, um ihm eine Entgegnung entgegenzuschleudern. Ihre Finger umklammerten noch immer die Kette. Das kalte Silber, das der Vogel vom Hals des Prinzen gestohlen hatte. Sie schloss die Augen und schüttelte den Kopf, als er zu bersten drohte. »Halt!«

Vogel und Geist drehten sich erstaunt zu ihr um, als seien sie verwundert darüber, dass sie ihren Zweikampf unterbrach.

Sie nahm einen tiefen Atemzug. »Was geht hier vor? Und *was* ist *das?*« Sie hob die Hand mit der Kette und ließ das Amulett davon herabbaumeln.

»Das Königsamulett von Serijsa.« Zu ihrem Erstaunen war es der Geist, der antwortete. »Ascaris' Amulett. Fluch und Bann der Raben, in seinem Grab verschlossen, auf dass es nie wieder Schaden anrichten kann.«

Maja musterte die verzierte Scheibe und hob die Brauen. »Das hat offenbar hervorragend funktioniert.«

»Die Königin hat es aus seinem Grab gestohlen. Allerdings ist das Amulett nicht mehr vollständig. Leonins Erben haben den Seelenbinder herausgebrochen und ihn vom Rest der Kette getrennt. Er wurde mit Leonin bestattet, weil man ihn im Reich der Sonne nicht zerstören kann. Allein der Feenkönig kann ihn vernichten.« Der Rabe meldete sich zu Wort und flatterte zurück auf die Truhe.

»Den … *Seelenbinder?* Das klingt … einladend.« Maja hielt das Amulett ein wenig weiter von sich.

»Keine Sorge, Weltenwandlerin. Ohne den Stein ist es nicht mehr als eine Scheibe aus Silber. Zumindest für dich.«

»Und für den Prinzen?«

»Ein Gewicht, das ihn am Boden seines Gefängnisses hält, weil sein Name in das Silber eingraviert ist, wie der aller Könige vor Leonin. Das Amulett war ein Zeichen für die Verbindung zwischen den Raben und den Feen. Bei der Krönungszeremonie wurde der Name jedes neuen Königs darauf festgehalten, um seine Bindung an das Feenreich zu symbolisieren. Der silberne Kreis stellt die Scheibe des Mondes dar, der Seelenbinder die Sonne. Gemeinsam waren sie das Symbol für ihre Einheit.« Der Rabe stieß einen seufzenden Laut aus. »Aber in Wirklichkeit hat das Ritual die Gefangenschaft des Geistes des neuen Königs besiegelt. Sobald sein Name auf der Mondscheibe saß, gehörte seine Seele dem Feenkönig. Erst Leonin hat den wahren Nutzen des Amuletts erkannt. Am Tage seiner Krönung hat er das Ritual verweigert und sein Leben für die Freiheit der Raben geopfert. Er hat für Ascaris' Dummheit mit seinem Blut bezahlt.« Der Rabe kehrte ihnen den Rücken zu und starrte düster an die Wand. »Der Zauber, der den Prinzen hält, ist allerdings nicht der gleiche. Die Scheibe hat seinen Körper im Reich der Sonne gebannt und ihn in einer Totenstarre gehalten. Erfroren unter einer Schicht aus Eis, die ihn erhalten hat. Ich hatte gehofft, dass es genügen würde, sie zu entfernen, um ihn wieder ins Leben zurückzubringen, aber ich habe mich geirrt. Doch wenn wir den Seelenbinder in unseren Besitz bringen können, ist es möglich, seine Seele damit aus der Geisterwelt zurückzubefehlen. Ich allein kann den Stein jedoch nicht erreichen. Diese Gestalt …«, er schlug verdrossen mit den Flügeln und schüttelte den Kopf.

Ascaris. Der lebendige Steinkönig in der Gruft. Der König der Raben, der den Pakt geschlossen hatte. »Die Statue wurde belebt, um den Seelenbinder zu bewachen, habe ich recht?«

»Ja. Leonins Erben haben seine Seele gerufen und sie in die Statue gebannt. Ascaris ist dazu verdammt, zu bewachen, was er einst über seine Familie gebracht hat.«

Und deswegen war er so wütend, als Eindringlinge seinen Frieden gestört hatten. Endlich verstand sie. Doch es gab genug, was ihr ein Rätsel blieb. »Damals konntest du es mir nicht sagen. *Jetzt* hättest du es gekonnt. Wir hätten den Seelenbinder suchen können. Stattdessen bringst du mich hierher, ohne mir ein Wort von deinen Plänen zu verraten.« Frische Wut stieg in ihr auf und verdrängte die Kälte, die noch immer in ihren Gliedern nistete. Sie hob die Hände und wies auf den Geist. »Du hast mich beinahe in den Tod gesandt, damit ich *ihm* die Langeweile seiner trostlosen Existenz vertreibe. Warum?«

»Weil Parcivas der Einzige ist, der den Seelenbinder wieder zusammensetzen und damit den Prinzen befreien kann. Und er ist der Einzige, der in die Gruft gehen kann, ohne dass Ascaris ihn aufhält. Niemand außer ihm und dem rechtmäßigen König kann die Zauber brechen, die den Stein schützen, weil *er* sie gesprochen hat.« Der Vogel wandte sich um. »Darf ich dir den Bastard von König Ascaris vorstellen, Weltenwandlerin? Parcivas aus dem Geschlecht der Raben, in dem das Blut des Urkönigs fließt. Zu seiner Zeit ein furchterregender Hexenmeister und der größte Gelehrte, der je auf dem Antlitz von Atharys gewandelt ist. Jetzt ein feiger Geist, der sich hinter einem alten Knochenhaufen verbirgt.«

Die Mottenflügel über ihnen flatterten bedrohlich und Maja hielt unwillkürlich den Atem an. Der Geist hatte ihren Wortwechsel nicht unterbrochen. Nun ragte er drohend über ihnen auf und sie erinnerte sich nur zu gut an das, wozu er fähig war. Sie wich zurück und ihr besorgter Blick glitt zu den Motten. »Ich bin *nicht* feige. Aber *du* bist verrückt! Du verlangst von mir, dass ich ein Artefakt zusammensetze, das nichts als Unheil über die Welt gebracht hat. Eine Macht, die den Geist jeder Kreatur bannen und unterwerfen kann, damit sie dem Feenkönig dienen muss. Es hatte einen Grund, dass der Seelenbinder von der Mondscheibe getrennt worden ist!«

»Was stört es dich? Die Lebenden kümmern dich nicht. Waren das nicht deine eigenen Worte?«, gab der Rabe schneidend zurück.

»Er kann auch die Toten bannen!«

»Ist das deine größte Sorge? Der Bann, der sich auf dich erstrecken könnte, weil du und deinesgleichen es hassen, dienen zu müssen, und doch immer wieder von eurem ewigen Spiel verlockt werden? Wo sind die Überzeugungen des großen Gelehrten geblieben, den ich gekannt habe? Sind sie unter Feigheit verschwunden?«

Parcivas starrte den Raben für einen langen Moment reglos an, dann wandte er sich ab. »Es ist mir gleich, was du sagst. Du hast deine Zeit verschwendet. Ich werde keinen Fuß in die Gruft setzen. Geh und nimm das Feenblut mit dir. Was du verlangst, ist unmöglich. Ich besitze keinen Körper. Selbst wenn du meine Knochen findest, kann ich dir nicht helfen.«

Knochen. Das Gerippe des Geistes, das ihn band. Maja hob den Kopf. »Wo ist Euer Skelett, Parcivas?« Sie sah zu dem Vogel, der ihren Blick unbewegt erwiderte. »Das ist es, was du willst, nicht wahr?«

Er nickte zustimmend. »Der einzige Weg, den Prinzen zu befreien. Die letzte Hoffnung, das Portal zu schließen.«

Sonne und Mond, steht mir bei. Maja leckte sich über die Lippen. »Zeigt mir den Ort«, wiederholte sie fester. Sie stützte sich an einer der Truhen ab, als sie aufstand. Ihre Beine waren so weich, dass sie bezweifelte, dass sie sie lange genug tragen würden, um dem Geist zu folgen. Und die Aussicht auf das, was sie erwartete, besserte es kaum.

»Ist das ein Befehl?«, fragte der Geist tonlos.

Majas Blick glitt zu dem Raben und dieser nickte erneut. »Ja«, antwortete sie rau.

Gefühle wechselten sich in schneller Folge auf Parcivas' Gesicht ab. Verweigerung. Brennender Zorn. Beinahe befürchtete sie, dass er sich auf sie stürzen könnte. Er ballte die Fäuste, öffnete sie wie gegen seinen Willen und die Ohnmacht zog über seine Züge wie eine Sturmwolke. Sein Kopf sank herab. »Wie du wünschst, Feenblut. Und wenn mein Dienst vorüber ist, werde ich dich dafür in Stücke reißen.« Er zwang die Worte zwischen zusammengebissenen Zähnen heraus und Maja konnte die Abscheu in seinen schwarzen Augen sehen.

»Du übertreibst, Parcivas«, sagte der Rabe gefährlich ruhig. »Wir wissen beide, dass du sie nicht anrühren wirst.«

»Wie willst du mich aufhalten, kleiner Vogel?«, zischte er drohend. »Willst du mir die Augen auspicken? Sei versichert, sie sind vor langer Zeit mit dem Erdboden eins geworden.« Seine Stimme wirkte lauter und seine Augen begannen, weißlich zu glühen. Motten fielen von der Decke und umkreisten sie.

»Ich werde einen Weg finden.« Die Obsidianaugen des Raben funkelten wie schwarzes Eis. Maja hatte ihn unverschämt erlebt. Zornig. Aber nie zuvor hatte er die gleiche Unerbittlichkeit offenbart. Trotzdem … sie hatte genug. Endgültig genug.

»Hört auf, alle beide!« Sie nahm ihren Umhang von dem Platz, an dem er niedergegangen war, und warf ihn sich über die Schultern. »Wenn Ihr glaubt, dass Ihr mir Angst machen könnt, Parcivas, braucht Ihr mehr als leere Worte und falsches Blut. Ihr irrt Euch, wenn Ihr denkt, dass ich mich ohne Gegenwehr von Euch in Stücke reißen lasse. Und Ihr seid nicht der Einzige, der Anspruch auf mich erhebt. Beeilt Euch, wenn Ihr ein Stückchen von mir haben wollt. Aber ich warne Euch, ich werde es Euch nicht leicht machen.«

Der Geist starrte sie mit erhobenen Brauen an, zu verdutzt, um etwas zu erwidern. Der Rabe stieg in die Lüfte und landete wie selbstverständlich auf ihrer Schulter. »Hör auf sie. Ich habe sie gegen einen Wechselbalg kämpfen sehen. Ein verbitterter alter Geist macht ihr keine Angst.«

Wie sehr sie sich wünschte, dass sie den Mut fühlen könnte, den der Vogel in ihr sah. Dennoch … trotz seiner Schmeichelei spürte sie noch immer die Wut, die in ihr köchelte. Maja funkelte das schwarz glänzende Tier an, das zu nah vor ihrer Nase saß. »Sei vorsichtig, Rabe. Du und ich, wir haben noch eine Rechnung offen, wenn all das vorüber ist.« *Und ich es überlebe,* fügte sie im Stillen hinzu. »Und glaube mir, danach ist fraglich, ob dein Gefieder noch ebenso ansehnlich aussehen wird.«

Der Rabe krächzte und stieß sich von ihrer Schulter ab, um in sicherem Abstand auf einem Bilderrahmen zu landen. »Nicht doch, Weltenwandlerin. Du siehst mich viel zu gern an, um mir auch nur eine einzige Feder zu krümmen.«

»Sei dir nicht *zu* sicher, Vogel. Dein Gefieder würde einen prachtvollen Kopfputz abgeben. Und glaube mir, es juckt mich in den Fingern, dich persönlich zu rupfen.«

»Du kannst es kaum erwarten, mich nackt zu sehen, nicht wahr?« Der Rabe legte geziert den Kopf schief und sie stieß ein gereiztes Schnauben aus.

Ein fremder Laut drang an ihr Ohr und Maja brauchte einen Augenblick, bis sie erkannte, dass Parcivas lachte. Er schob den Dolch zurück zwischen seine Schultern und ein kalter Schauer rieselte über ihren Rücken. »Selbst nach all der Zeit ist es Feenblut geblieben?«

Der Rabe begann sich das Brustgefieder zu putzen. »Ich weiß nicht, wovon du sprichst.«

Parcivas schnaubte amüsiert und seine Augen glitzerten. »Und ich weiß, was ich sehe.« Die Spannung zerschellte und es war, als ob sich ein Gewicht hob, das über dem Raum gelegen hatte. Der Geist wandte sich ab und gewährte Maja die unverhüllte Sicht auf den Dolch und den blutigen Fleck, der den Stoff seiner Robe besudelte. Eine weit ausholende Geste wies auf die Tür. »Folge mir in mein Reich, Feenblut.«

»Maja«, murmelte sie mit einem resignierten Seufzen. »Mein Name ist Maja. Nicht Weltenwandlerin und nicht Feenblut.« Sie wusste, dass ihr Einwand auf taube Ohren stoßen würde.

Der Geist öffnete die Tür mit einer Handbewegung und gab damit den Blick auf einen runden Raum frei, durch den sich eine Treppe nach oben zog. Licht fiel durch ein schlichtes Fenster und erhellte die Stufen. Die Nachmittagssonne, die allmählich an Kraft verlor. Der Abend war nicht mehr so fern, wie Maja es sich gewünscht hätte. Sie hoffte inständig, dass Vijctor nicht zum Schloss heraufgekommen war und dass Me'Dam Rojan niemanden zu ihm gesandt hatte, um ihn von ihrem Verschwinden zu unterrichten. Wenn ihr Vater davon erfuhr … sie wollte sich nicht ausmalen, was es bedeuten würde.

Maja trat durch die Öffnung. Die Stufen schraubten sich in einer Spirale nach oben und die Wände waren erstaunlich nackt. Dies war kein Ort, der häufig besucht wurde, dennoch war er sauber. Stirnrunzelnd sah sie auf den Saum der Robe des Geistes, die vor ihr über den Stein schleifte, als sei sie wirklich.

»*Es hat auch vor ihm Raben gegeben, die ihre Geheimnisse in Sicherheit wissen wollten.*« Die Worte des Vogels. Sie fragte sich, was den Bastard eines Königs dazu bewogen haben mochte, sich hierher zurückzuziehen. Auf einen Dachboden, hinter den Schränken der Wäschekammer verborgen. Aber offensichtlich war der Ort weniger sicher, als er es sich erhofft hatte.

Die Treppe mündete in einen Türbogen, hinter dem eine runde Kammer lag. Licht fiel durch die Bogenfenster mit den Buntglasscheiben und warf farbige Flecken auf den Boden. Staunend betrachtete Maja das bunte Sammelsurium, das sich vor ihren Augen erstreckte. Den Tisch voller Glaskolben und Zylinder, Regale, in denen sich Gläser voller Flüssigkeiten und Pulver türmten. Bücher, die sich an den Wänden stapelten, und ausgestopfte Tiere, die dahinter hervorlugten. Augen glotzten aus gläsernen Behältern auf sie herab und Maja schlug die Hand vor den Mund, als sie ein Ziehen in ihrer Kehle verspürte. Hastig wandte sie den Blick ab, nicht willens, zu identifizieren, was Parcivas noch darin verwahrte. Eine geflickte Decke war über das schlichte Holzbett ausgebreitet, die Kissen waren grau und fadenscheinig von vielen Jahren. Wachs war von den Kerzenleuchtern auf die hölzerne

Tischplatte getropft, als hätte er vergessen, sie rechtzeitig zu löschen. Aber am Erstaunlichsten waren die glitzernden Kugeln, die von dem hohen Gewölbe hingen und das Licht der Sonne einfingen. Sie waren unterschiedlich groß und bewegten sich unaufhörlich in einem Tanz, der niemals seine Bahnen verließ.

»Das ist wundervoll«, sagte Maja gedämpft.

Der Rabe flog über ihren Kopf hinweg und ließ sich auf dem Tisch nieder. Seine Augen richteten sich auf die Decke, doch er blieb still. Es war, als sei er in Gedanken verloren, die sie nicht erfassen konnte.

Parcivas stand vor einem der Fenster, von einer Lichtgloriole umgeben, die durch ihn hindurchleuchtete. »Das ist es. Der Tanz der Gestirne macht uns deutlich, dass wir nicht allein auf dieser Welt sind und dass es Dinge gibt, die größer und wichtiger sind als wir.« Seine Stimme klang sehnsuchtsvoll. Nichts erinnerte mehr an den rachsüchtigen Geist, der gedroht hatte, sich an ihrem Blut zu laben.

»Er war ein guter Lehrmeister, wenngleich er einen eigenwilligen Sinn für Humor besitzt.« Der Rabe meldete sich zu Wort und Maja sah ihn nachdenklich an.

»*Dein* Lehrmeister, Rabe?«

Der Vogel stieß ein Krächzen aus, das alles und nichts bedeuten konnte.

Parcivas regte sich und wies auf einen Punkt zu seinen Füßen. »Du wolltest sehen, wo ich ruhe. Nimm dir, was du dir gewünscht hast. Ich werde es dir nicht freiwillig geben.«

Ein dunkler Flecken färbte den einst bunten Teppich, der die Dielen bedeckte. Es fiel ihr nicht schwer, zu erraten, dass es sein Blut war, das hier den Boden getränkt hatte. Maja schauderte. »Ihr gebietet nicht mehr über Euren Körper. Wie habt Ihr es geschafft, Eure Knochen zu verbergen?«

»Ihr seid nicht die Einzigen, die über die Jahrhunderte zu mir gekommen sind.« Er wechselte einen Blick mit dem Raben. »Ich hatte Freunde. Menschen, die gekommen sind, um Wissen zu suchen, und die nicht vor mir davongelaufen sind.«

»Ihr habt Euch sicher redlich bemüht, sie in die Flucht zu schlagen. Oder haben sie Euch besiegen müssen, damit Ihr sie in Gnaden aufgenommen habt?«

Der Geist ließ ein gedämpftes Lachen vernehmen. »Manche. Manche nicht.«

Maja sah sich vielsagend um. »Wie seltsam, dass ich nirgends die blank genagten Gerippe Eurer Opfer sehe, Parcivas. Wie kommt das?«

»Parcivas hatte bereits zu Lebzeiten eine Schwäche für dramatische Auftritte. Nimm es ihm nicht übel, Weltenwandlerin. Seine Mutter war eine Schaustellerin, die an den Hof gekommen ist, um Ascaris zu unterhalten. Er hat ihren Sinn für das große Theater geerbt.« Der Rabe hüpfte über den Tisch und pickte klingend gegen einen der Glaskolben.

»Nun, das hat sie offenbar getan.« Maja schmunzelte und der Geist hob unschuldig die Achseln.

»Ich habe nie Gefallen an Menschenfleisch gefunden.« Weiße Zähne blitzten in seinem Bart auf. »Aber mein Dasein ist trostlos und einsam. Wer kann mir verdenken, dass es mir Freude bereitet, meine Besucher zu erschrecken?«

»Ach, tut es das? Das hätte ich niemals vermutet.« Maja kniete sich vor dem dunklen Flecken nieder und streckte zögernd die Hand nach dem Teppich aus, um ihn zurückzuschlagen. Für einen Moment war es, als könnte sie seinen Körper sehen, wie er dort lag. Hilflos über den Grund ausgebreitet, während das Leben aus ihm herausrann und im Boden versickerte. Sie schloss die Augen und atmete tief ein, dann packte sie den Teppich und schlug ihn entschlossen nach hinten. Kein Zurück. Es hatte keinen Weg mehr zurück gegeben, seitdem sie die Entscheidung getroffen hatte, im Schloss zu bleiben. Sie konnte nicht vor der Wirklichkeit davonlaufen, die sie eingeholt hatte.

Unter dem Teppich offenbarten sich die blanken Dielen, von Jahrhunderten der Benutzung abgewetzt. Rote Schlieren hatten sich in das Holz gefressen. Spuren eines heimtückischen Mordes, die niemals vergehen würden. Ihre Finger tasteten unschlüssig über die Bretter, bis sie eines fand, das sich bewegte. Sie nahm ihren Mut zusammen und zog es nach oben, um einen Hohlraum freizulegen, der darunter klaffte. Bleiche Knochen kamen zum Vorschein. Die Fetzen der Robe, die der Geist am Leib trug, schmutzig und fadenscheinig, die Muster darauf kaum noch zu erkennen. Die Wirklichkeit hinter der Illusion einer Seele, die sich weigerte, die Welt zu verlassen. Maja starrte auf die Hinterlassenschaften eines verblichenen Lebens. Der Dolch lag zwischen den Knochen. Eine juwelenbesetzte, gebogene Klinge, die vermuten ließ, dass sie nicht von einem Bettler geführt worden war.

»Wer hat Euch getötet?«, fragte sie heiser.

»Jemand, dem der Hexenmeister des Königs ein Dorn im Auge war.« Parcivas lächelte schmal. Der Geist erschien bleich unter der natürlichen Bräune seiner Haut. »Als die Feen an den Hof kamen, war meine Magie nicht länger erwünscht. Sie hat mich zu viel von dem sehen lassen, was ich nicht sehen sollte.«

Die wahre Natur des Amuletts. Parcivas musste eine Gefahr für den Feenkönig gewesen sein, die er nur zu gern hatte beseitigen lassen. Majas Fingerspitzen pochten sacht auf das Holz, während sie nachdachte. »War Leonin einer Eurer Schüler?«

Parcivas nickte. »Der Erste. Er kam als Junge zu mir herauf und ich habe ihm beigebracht, mit offenen Augen durch sein Leben zu gehen.« Der Akzent der Südreiche verlor sich und ließ die geschliffenen Worte eines Mannes zurück, der in Serijsa geboren war. Eine Maske mehr, ebenso wie der blutrünstige Geist, der nach dem Leben seiner Besucher trachtete. »Er war es, der meine Knochen zur Ruhe gebettet hat und nach ihm kamen alle Kinder seiner Erben zu mir, um zu lernen. Aber meine Dienste haben ihm letztlich einen frühen Tod beschert.« Seine dunklen Augen suchten den Raben, der seltsam still blieb. »Ich bringe kein Glück, Feentochter. Überleg dir gut, ob du dein Vorhaben in die Tat umsetzen möchtest. Noch ist Zeit, zu gehen.« Sein Tonfall gewann seine alte Kälte zurück, als er auf ihre Abstammung verwies.

»Ich bin keine Feentochter«, erwiderte Maja grimmig. »Also nennt mich nicht so. Meine Mutter ist nur ein Halbblut und ich habe mir dieses Erbe nicht gewünscht. Wahrscheinlich … hat auch sie das nicht getan. Es ist nichts als eine Laune des Schicksals, die uns zu dem gemacht hat, was wir sind. Es bedeutet nichts für mein Leben und das, was ich bin.« *Oder … alles.* Sie sprach es nicht aus.

»Keiner sucht sich aus, was er ist. Wir können wählen, was wir sein möchten, aber nicht, was uns hervorbringt. Der weise Mann erkennt das und urteilt nicht vorschnell.« Der Rabe klang, als ob er aus den Schriften eines Gelehrten rezitierte, und sie wusste, dass seine Worte an Parcivas gerichtet waren. Nicht zum ersten Mal fragte sie sich, was den Vogel und den Geist verbinden mochte. Doch es war nicht die rechte Zeit, um danach zu fragen.

Der bärtige Mann strich sich über das Kinn und schwieg für die Dauer einiger Herzschläge, dann neigte er den Kopf. »Mein Rabenfreund ist mit den Jahren weiser geworden, als ich es bin, und er schlägt mich mit meinen eigenen Waffen. Vergib mir, wenn ich vorschnell über dich geurteilt habe, Maja, die gegen ihren Willen das Erbe der Feen in den Adern trägt.«

Sie lächelte schief. »Es gibt nichts zu verzeihen, wenn Ihr mich nicht mehr behandelt, als sei mein Blut ein Makel, der mich zu einem abscheulichen Ungeheuer macht.«

Maja senkte den Blick auf das Skelett und Grauen keimte in ihr auf, als sie seine Knochen musterte. Etwas Spitzes, das auf der Robe des Magiers lag, erregte ihre Aufmerksamkeit. Sie schob vorsichtig den Stoff beiseite, um es freizulegen, dankbar für die Ablenkung. Ein Sonnensymbol, gesegnet von der Hüterin des Lichts, dunkel von unzähligen Jahren. Vielleicht hatte Leonin es in sein Grab gelegt, das nie den Segen eines Priesters erlangt hatte. Aber alles Verzögern nutzte nichts. Sie zog die Finger zurück und löste mit einem Seufzen das nächste Brett aus dem Boden. Für eine Weile arbeitete sie schweigend und weder der Geist noch der Rabe störten sie dabei. Das Skelett war erstaunlich klein, wenn man die massige Gestalt des Mannes betrachtete, der am Fenster stand. Und doch war es alles, was von ihm geblieben war. Sein Schädel war zu einem stummen Grinsen erstarrt, das niemals erlöschen würde, und Maja schauderte. Es war, als ob er sie auslachen wollte.

Sie blickte zu dem Raben hinauf, der nicht weit von ihr auf einem Bücherstapel saß und ihr zusah, dann zu Parcivas. »Seid Ihr bereit? Ich weiß nicht, was geschehen wird …«, sie verstummte. Sie war nicht sicher, ob sie selbst bereit war, es herauszufinden.

»Als ich das Spiel verloren habe, hat es mich das Recht gekostet, nicht bereit zu sein. Das ist *mein* Schicksal und der Teil von mir, den ich nicht ändern kann.« Sein Grinsen war freudlos.

»Dann vergebt mir, dass ich es tun muss.« Für den Prinzen. Für die Freiheit. Ihre Hände fuhren entschlossen in das Loch, das zu ihren Knien klaffte.

»Warte!« Der Rabe ließ sich vor dem Loch zu Boden fallen. »Parcivas, reich ihr die Hand.«

»Wozu?« Maja legte die Stirn in Falten.

»Vertrau mir, Weltenwandlerin.«

»Ich besitze keinen Körper, du erinnerst dich, Rabenfreund?« Parcivas kam näher, doch er machte keine Anstalten, der Weisung des Vogels zu folgen.

»Tu es trotzdem.« Der Rabe sprang zurück, um dem Geist Platz zu machen. Parcivas' Robe glitt durch seine Gestalt, als er sich neben seinen sterblichen Überresten niederließ, und der Vogel schüttelte sich, als hätte er die Berührung gespürt.

Maja konnte den Widerwillen auf dem Gesicht des Mannes erkennen. Seine schwarzen Augen fixierten die Reste dessen, was ihn einst zu einem Menschen aus Fleisch und Blut gemacht hatte. »Ich habe jeden Tag erlebt, an dem dieser Körper zerfallen ist und ich hatte gehofft, ihn nie wiedersehen zu müssen …«, seine Stimme verklang.

Wie grausam musste es gewesen sein, zu erleben, wie er vor seinen eigenen Augen verweste? »Es tut mir leid«, war alles, was Maja sagen konnte, ehe ihre Stimme versagte.

Es gab nichts, was sein Leid jemals ungeschehen machen konnte und keine Entschuldigung dafür, dass sie ihm neuen Schmerz zufügte. Maja streckte ihm die Hand entgegen und der Geist hob zögernd die seine. Die Berührung war wie ein Schmetterlingsflügel, der ihre Haut streifte, ein Prickeln, das sie erschauern ließ. Kälte ging von ihm aus. Der eisige Kuss des Todes, der ihn vor langer Zeit geholt hatte. Maja biss sich auf die Zunge, um den Schrei zu unterdrücken, der in ihr aufbrandete. Es bedurfte all ihres Mutes, um ihre Finger nicht zurückzuziehen. Ihre rechte Hand senkte sich auf die Knochen, glatt und gleichzeitig spröde unter ihren Fingerspitzen.

Sie weigerte sich, zu denken, als sie nach ihrer Magie rief. Ihr Kopf hob sich und sie suchte nach dem Fenster, hinter dem rötliches Sonnenlicht zu erkennen war. Silberlicht flammte auf und der Mond schob sich für einen Wimpernschlag vor die Sonne. Sein Auge starrte kalt und unbarmherzig auf sie nieder, eine Ausgeburt ihres Geistes und doch … zu wirklich. Dann schwand sein Antlitz und das Licht des Tages kam zurück. Ihre Magie flackerte und erstarb in seinem Leuchten. Die

Welten kehrten an ihren Platz zurück, der Augenblick ihrer Umkehrung endete, als Parcivas' heiserer Schrei die Stille zerriss.

Majas Kopf zuckte zu ihm herum, aber ihr gegenüber herrschte Leere. »Heilige Sonne«, hauchte sie. Ein Prickeln rann über ihren Nacken, als sich eine Skeletthand aus dem Loch schob und über die Dielen tastete. Geisterfleisch umschloss sie und glühte in den Überbleibseln des Silberlichts. Sie schreckte zurück, als ein Knochen über ihr Knie streifte und der Rest des Knochenkörpers folgte. Hölzern erhob Parcivas sich aus seinem Grab und die Robe des Gelehrten schleifte über den Boden. Halb durchscheinend wie seine Gestalt, unter der die Knochen zu erkennen waren. Er hob die Hände und betrachtete sie staunend. Knochenfinger bewegten sich unter der geisterhaften Form. Glas klirrte, als sie sich um eines der Gefäße auf dem Tisch schlossen und es aufnahmen. Maja wagte kaum zu atmen, als er es zurückstellte und es hart auf dem Holz aufsetzte.

»Ich … kann … es bewegen«, stotterte der südländische Mann. »Als sei es ein Teil von mir.«

»Das ist es. Du bist frei, Parcivas.« Der Rabe wirkte nicht überrascht. Nichts an ihm deutete darauf hin, dass er etwas anderes erwartet hatte.

»Du hast es gewusst.« Maja stand auf und wich eilig vor Parcivas' unbeholfenen Versuchen zurück, sein Skelett zu beherrschen. Seine Arme ruderten durch die Luft und er schwankte, als er einige schnelle Schritte durch die beengte Kammer wagte.

»Ich hatte es gehofft, aber ich war nicht sicher, ob es gelingen würde.« Der Rabe floh vor einem schwingenden Ellenbogen und suchte sich einen sicheren Flecken auf einem der Regale. Parcivas nahm eines seiner Bücher zur Hand. Knochen kratzten über das Leder, als er es mit der Begeisterung eines Kindes aufschlug. Frustrierte Laute begleiteten seine Erkundung, als seine Finger von den Seiten abglitten und sie nur mit Mühe umblättern konnten. Doch es dauerte nicht lange, bis er etwas anderes fand, das seine Aufmerksamkeit auf sich zog. Der Geist hatte vergessen, dass er nicht allein war. Klappern und Knacken folgte seinem Weg durch die Turmkammer. Truhen quietschten, als er sie öffnete, um darin zu wühlen. Füße schlurften über das Holz und verursachten ihr eine Gänsehaut, sobald sie sich an ihre wahre Beschaffenheit erinnerte.

»Warum hast du mich das tun lassen?« Sie wies auf den Geist. »Wozu das Spiel?«

»Er hätte niemals freiwillig die Ruhestätte seiner Knochen offenbart, nicht für ein Volk, das ihn nie geliebt hat, weil er ein Mischling war. Noch nicht einmal, um den Feenkönig zu verbannen. Parcivas ist nicht hiergeblieben, weil ihn seine Rache oder eine unerfüllte Aufgabe davon abhalten, seinen Frieden zu finden. Er hat zu Lebzeiten Zauber gewoben, die ihn fest in dieser Welt verankern. Aber was von seiner Hülle geblieben ist, macht ihn verletzlich und Parcivas hängt an den Resten seines Lebens. Wenn sein Skelett vernichtet wird, muss sein Geist in die Sphären der ewigen Träume gehen. Gewissermaßen hast du ihn wieder sterblich gemacht.« Der Rabe ließ ein Seufzen vernehmen. »Und dafür musstest du ihn aus freiem Willen herausfordern und besiegen, nicht, weil ich dich darum gebeten habe. Es hätte deinen Sieg wertlos gemacht. Das sind die wahren Regeln des Spiels. Es kann nie für einen anderen gespielt werden.«

Die Regeln eines Spiels, das sie nur mit Glück für sich entschieden hatte. Maja sah den Raben forschend an. »Was wäre geschehen, wenn ich verloren hätte?«

Der Vogel hüpfte näher an sie heran und senkte seine Stimme. »Wahrscheinlich hätte er dich gezwungen, für einen Tag und eine Nacht seinen miserablen Gedichten zu lauschen. Und glaube mir, diese Folter wäre schlimmer gewesen als alles, was er dir angedroht hat. Parcivas ist ein leidenschaftlicher Dichter, aber es fehlt ihm an Talent.«

Seine Augen blinzelten verschwörerisch und Maja stieß bei den Bildern, die vor ihrem inneren Auge erschienen, ein leises Lachen aus. »Das klingt beinahe so einladend, wie bei lebendigem Leib in Stücke gerissen zu werden. Wie bist du darauf gekommen, dass sich sein Geist mit seinen Knochen vereinen würde?«

Der Kopf des Raben zuckte in einem Kopfschütteln. »Eine Ahnung, nicht mehr. Im schlimmsten Fall hätten wir uns mit einem belebten Skelett herumschlagen müssen. Du bist eine Geistruferin, die den Geist beeinflussen kann. Deine Magie kann Seelenreste binden, die noch an einem Gegenstand haften, und sie in einen Körper senden, um Leben daraus zu erschaffen. Aber Parcivas' Seele hat diesen Ort nie verlassen, sie war noch vollständig vorhanden. Also hast du sie an seinen Körper gebunden, anstatt neues Leben zu wecken.«

Geistruferin. Ein Name für das, was sie war. Eine Seele, die noch vorhanden war … an einen Körper gebunden. Maja blickte ihn nachdenklich an. Die zu klugen Augen, das Gefieder, das im Licht der untergehenden Sonne rötlich schimmerte. »Du bist mehr, als du zu sein vorgibst, Rabe. Mehr, als meine Magie aus dir gemacht hat.«

»Natürlich bin ich das. Aber es ist der falsche Zeitpunkt, meine Seele bloßzulegen und ihre dunkelsten Geheimnisse zu offenbaren.«

»Wird der richtige Zeitpunkt jemals kommen?«

Der Rabe antwortete nicht sofort. Dann wies sein Schnabel auf das Fenster. »Die Nacht kommt bald. Wir sollten zusehen, dass wir verschwinden, bevor das Schloss erwacht.«

Maja stieß resigniert den Atem aus. »Und wohin gehen wir? Nach dem Portal suchen?«

»Nein. Zurück in die Gemächer des Prinzen. Heute Nacht wirst du schlafen, Weltenwandlerin. Und Morgen … werden wir König Ascaris einen Besuch abstatten.«

In der Gruft, in der Prinz Corvyn von Serijsa ruhte. Um seine Seele zu befreien und seinen Körper zu erwecken. Maja verschränkte die Hände, als sie spürte, dass sie zu zittern begannen.

Und wenn es gelang …

Ihr Herz schlug schneller und sie wandte sich ab, als sie befürchtete, dass man ihre Gefühle in ihrem Gesicht würde lesen können.

Königssohn

Parcivas' Murmeln hielt den Schlaf von ihr fern. Knochenfinger stießen an das Metall der Apparaturen, die in den Gemächern des Prinzen aufgestellt waren, und erstaunte Ausrufe folgten, wann immer der Geist etwas Neues entdeckte. Er hatte Stunden damit zugebracht, ihren Nutzen zu erkunden und es war kein Ende absehbar. Sein neugewonnener Körper faszinierte und frustrierte ihn gleichermaßen. Es war erstaunlich einfach gewesen, ihn dazu zu überreden, seine Turmkammer zu verlassen und seine neue Freiheit auszukosten. Weniger leicht, ihn ungesehen und ungehört bis zu diesem Ort zu bringen. Parcivas stammte aus einer anderen Zeit, einem anderen Leben. Von den Errungenschaften der Jahrhunderte danach hatte er gehört, sie jedoch nie mit eigenen Augen gesehen. Und er erforschte jede Einzelheit, die ihm begegnete, mit der Neugier eines Gelehrten, der Wissen in sich aufsaugte wie ein Schwamm.

Maja seufzte und setzte sich auf, als etwas Hartes auf den Boden prasselte. Es klang wie ein Eisenkessel, der sich mehrfach überschlug, bevor er in einer Ecke liegenblieb. Der Rabe saß an seinem Platz auf dem Fenstersims und war zu einer Statue aus Ebenholz gefroren. Seine Lider waren geschlossen, seine Brust hob und senkte sich regelmäßig in dem tiefen Schlaf, in den er geglitten war. Sie beneidete ihn um die Ruhe, die er mühelos fand, als sei er tatsächlich nichts als ein gewöhnliches Tier. Und doch war er das nicht.

Für eine Weile beobachtete sie ihn, dann schlug sie die Decke zurück, von der sie den Staub geschüttelt hatte. Aber der muffige Geruch blieb und erinnerte sie unweigerlich an die Worte, die sie mit dem Raben ausgetauscht hatte. Majas Blick glitt zu dem großen Spiegel, in dem der Prinz in der letzten Nacht erschienen war. Vorsichtig schlich sie über den Teppich, obgleich keiner ihrer Schritte mehr Lärm hätte verursachen können als Parcivas' Inspektion der prinzlichen Gemächer.

Der Spiegel offenbarte ihr eigenes Gesicht. Ihre Gestalt vor dem dunklen Raum. Den Raben, der in ihrem Rücken die Augen geöffnet hatte und mit den Flügeln schlug, als wolle er den Schlaf abschütteln. Maja ließ die Hand sinken, die sie nach dem Glas ausgestreckt hatte, ertappt von seinen Obsidianaugen, die sich auf sie gerichtet hatten. Sie leckte sich verlegen über die Lippen. »Ich wollte nur …«

»Er wird nicht kommen.«

Sie drehte sich zu dem Vogel um, überrascht von der Endgültigkeit in seinen Worten. »Woher weißt du das?«

»Weil er es nicht kann.«

Der Vogel bewegte sich unruhig und Maja kniff die Augen zusammen. Sie trat näher an ihn heran und ließ sich auf der Bettkante nieder. »Was verheimlichst du mir, Rabe?«

»Hör mir zu, Weltenwandlerin«, seine Stimme war ungewohnt sanft, das Krächzen verschwand daraus und etwas darin schnürte ihr die Kehle zu. »Bevor wir morgen …«, er brach ab, als ein gewaltiges Rumpeln den Boden des Gemachs erschütterte. Sein Kopf ruckte herum und seine Flügel spreizten sich. »Verfluchter Dummkopf!« Eine Reihe harscher Flüche folgte und der Vogel stieß sich von dem Sims ab, um eilig durch den Türbogen zu verschwinden.

Maja starrte ihm entgeistert hinterher und ließ sich schnaubend in die Kissen fallen. »Der perfekte Augenblick, Parcivas. Ich gratuliere dir«, murmelte sie mürrisch.

Stimmen brandeten im Nebenzimmer auf und Maja lauschte dem Streitgespräch, das sich zwischen Geist und Rabe entspann. Sie verschränkte die Arme unter dem Kopf und blickte an die Decke, auf die aufwändigen Stuckverzierungen, die das Gemach des Prinzen schmückten.

Er wird nicht kommen. Es hallte in ihrem Geist nach und sie verstand nicht, warum es Traurigkeit in ihr hinterließ.

Sie wartete, bis ihre Lider schwer wurden, doch der Rabe kehrte nicht zurück, selbst als die Worte leiser wurden und schließlich verhallten. Nach einer Weile schloss Maja die Augen und die Dämmerung kam endlich über sie, um sie auf schwarzen Rabenschwingen davonzutragen.

»Sie schläft.« Corvyn ließ sich auf dem Kopf eines der Pferde nieder, die er vor langer Zeit konstruiert hatte. Seine Klauenfüße rutschten über das glatte Metall, bis er festen Halt darauf gefunden hatte.

»Dann ist die Zeit für Antworten gekommen. Du hast mir viel zu erzählen, Schüler. Ein ganzes Jahrhundert an unbeantworteten Fragen.« Parcivas saß bequem in einem Brokatsessel, der an die Wand geschoben worden war. Sein Forscherdrang war für den Augenblick versiegt und hatte einer anderen Art der Neugier Platz gemacht. Ein Jahrhundert an Fragen … Fragen, die er nicht hatte beantworten können, solange Maja wach war.

Corvyn bewegte sich ruhelos über den Pferdekopf und verfluchte den geringen Halt, den er bot. Schließlich gab er es auf und flatterte zu dem kleinen Tischchen, das neben dem Geist stand. Zu Beginn hatte er es genossen, die Welt auf den Schwingen eines Vogels zu erkunden. Nun war der Körper beengt. Begrenzt. Hilflos. Er hasste es, darauf angewiesen zu sein. »Was willst du wissen?«, fragte er leise. Sein Blick huschte zu dem offenen Türbogen, hinter dem er die schlafende Frau wusste.

»Beginnen wir damit, wie du in diese Gestalt gekommen bist. Du hast den Ring des Königs?« Der Geist lächelte schmal. Wissend. Es gab wenig, was Parcivas je verborgen blieb.

»Vater hat ihn mir auf seinem Sterbebett anvertraut, ohne dass meine Schwester davon erfahren hat. Er steckte in meinem Gehrock, als sie mich in die Gruft gebracht haben, geschützt von dem Zauber, der darüber liegt. Sie hat ihn nie gefunden, obgleich sie das ganze Schloss auf den Kopf gestellt hat. Aber sie konnte mich ohnehin weder berühren noch zu lange ansehen. Der Ring wäre auch ohne den Zauber sicher gewesen.« Corvyn schnaubte bitter.

Parcivas nickte bedächtig. »Deine Schwester war nie empfänglich für das Offensichtliche.«

»Wenn sie es wäre, hätte sie nicht diesen unseligen Pakt mit dem Feenkönig wiederaufleben lassen, nicht wahr?«

»Nein.« Parcivas' Miene war düster. Es gab niemanden, der die Feen mehr hasste als der Sohn des Königs, der sie wie einen Fluch über die Familie gebracht hatte. »Du weißt, dass es dich zum rechtmäßigen König von Serijsa macht.«

Corvyn hob die Schwingen. »Bedeutet das noch etwas?«

»Brys hat es etwas bedeutet, sonst hätte er dich nicht zu seinem Erben bestimmt.«

Er stieß ein abfälliges Krächzen aus. »Vater hätte sie an meiner statt wählen sollen. Zumindest wäre uns dann das offene Portal erspart geblieben. Vielleicht war es ein Glücksfall, dass mich der Feenkönig hinter die Spiegel verbannt hat, bevor ich den Thron besteigen musste. Ich wäre ein miserabler König gewesen, der seinen eigenen Sturz geplant hätte.«

»Natürlich. Du solltest ihm dafür dankbar sein, seit einhundert Jahren hinter den Spiegeln zu schmoren, weil er dich damit von der Rebellion gegen deinen eigenen Thron abgebracht hat.« Parcivas ließ sein weißes Lächeln aufblitzen. »Wie wenig du dich verändert hast. Du hast immer gegen das rebelliert, was du bist.«

»Serijsa braucht die Raben nicht mehr, Parcivas. Vielleicht hat es die Raben nie gebraucht. Unsere Zeit ist vorüber. Es ist ein besserer Ort ohne uns und den Fluch, den wir über das Volk gebracht haben.«

»Vielleicht kommt es auf den Raben an, der auf dem Thron sitzt. Ist es nicht ironisch, dass das Mädchen, das nicht zur Königin geboren ist, sich nichts mehr gewünscht hat, als auf dem Thron zu sitzen? Während ihr Bruder sich gegen sein Erbe aufgelehnt hat, obgleich er die richtige Wahl für die Krone war.«

Ja, es war ironisch. Und es war der Grund dafür, dass Melysan ihn so sehr hasste, wie sie es tat. »Dann haben wir letztlich beide bekommen, was wir wollten.«

»Und doch gibt der König, der nicht König sein will, sein Leben für sein Volk.«

»Dass ich die Krone ablehne, bedeutet nicht, dass mir nichts an …«, er brach ab. … *meinem Reich liegt. Verfluchter Sohn einer Samanhariten-Hure.* Parcivas hatte es immer vermocht, ihm Fallen zu stellen. Auch jetzt lehnte er sich mit einer sichtbaren Zufriedenheit zurück, wohl wissend, dass er der Sieger war. Es erinnerte ihn an viele solcher Streitgespräche. An endlose Nächte, in denen der Geist seinen Verstand herausgefordert hatte, bevor er ihm die Sternbilder am Himmel erklärt hatte. Corvyn drehte ihm gereizt den Rücken zu und hüpfte auf das Fenstersims.

»Wie kommt es, dass du sprechen kannst?«, fragte der Geist beiläufig.

»Aus dem gleichen Grund, der dir deine Knochen geschenkt hat.« Corvyns Kopf ruckte in Richtung seines Schlafgemachs.

Der Geist sah ihn versonnen an und ein listiges Grinsen saß in seinen Mundwinkeln. »Ich frage mich, warum sie nicht weiß, wer du bist?«

»Es war einfacher, nur ein Vogel zu sein. Nicht der Prinz.« Einfacher, ihr in der Gestalt des Raben gegenüberzutreten, der sagen konnte, was dem Menschen verwehrt blieb. Sie zu necken war, als sei er wieder der Prinz, der er einst gewesen war. Als sei ein Teil seiner selbst aus einem langen Schlaf erwacht. Sich zu offenbaren, hätte es beendet und eine Mauer aus Befangenheit zwischen ihnen errichtet. Ihre spielerische Mutwilligkeit und Offenheit erstickt. Er hatte es nicht gekonnt ... gewollt.

»Aber sie wird es erfahren.«

»Das weiß ich«, antwortete Corvyn gepresst. Schon morgen, wenn der Rabe für immer verschwand. *Falls* es gelang. Er hatte es ihr sagen wollen, an diesem Abend. Doch als Parcivas ihn unabsichtlich dabei gestört hatte, war sein Mut geflohen und nicht wieder zurückgekehrt. Er hatte es nicht gekonnt. Nicht, wenn sie ihn aus diesen meerblauen Augen ansah. Es wäre einfacher gewesen, wenn er hätte vorgeben können, dass es ihm nichts bedeutete, dass sie den halben Abend vor den Spiegeln verbracht hatte. Sie hatte die Augen wieder und wieder auf das Glas gerichtet. Wartend. Suchend. Enttäuscht, wenn das Silber nichts als ihr eigenes Bild zurückwarf. Wann immer ein Schatten auf den Spiegel gefallen war, weil eine Wolke über den Mond glitt, hatte es Hoffnung auf ihrem Gesicht erblühen lassen, die sich in Ernüchterung gewandelt hatte, sobald das Licht zurückkehrte. Wie gern hätte er ihren Wunsch erfüllt. Unzählige Male hatten sich seine Füße dem Fenster genähert, das einen Blick aus seinem Gefängnis gewährte. Doch immer wieder war er stehengeblieben, in den Nebeln verharrend, bis ihn der Impuls freigab und die Vernunft siegte. Er durfte es nicht. Er musste sich zwingen, den Spiegeln fernzubleiben, um das Augenmerk des Feenkönigs nicht auf sie zu lenken.

»Das Feenblut bedeutet dir etwas.« Parcivas' dunkle Augen beobachteten ihn genau und Corvyn war dankbar dafür, dass seine Rabengestalt seine Gefühle verbarg.

»Wie könnte sie? Ich kenne sie kaum.«

»Und ich kenne dich, seitdem du ein kleiner, neunmalkluger Junge warst, der das erste Mal von seinem Vater zu mir gesandt worden ist.« Parcivas' Knochenfinger trommelten auf die hölzerne Lehne des Sessels. Es fiel Corvyn schwer, sich an den verwirrenden Anblick des Skeletts im Inneren des Geistes zu gewöhnen. Sein Schädel ließ es scheinen, als ob er unaufhörlich grinste. »Du benutzt niemals ihren Namen.«

»Und das hat etwas zu bedeuten?« Er stieß einen Laut aus, der einem Lachen ähnelte. »*Maja.* Ihr Name ist Maja. Bist du nun zufrieden, großer Lehrmeister der Könige von Serijsa?« Er senkte spöttisch den Kopf, als wolle er sich vor Parcivas verneigen. Es änderte nichts daran, dass der Geist recht behielt. Maja. Der Name ging ihm schwer über die Lippen. Er bedeutete Nähe, die nicht sein durfte. Ein Zugeständnis an etwas, das er selbst nicht verstand.

Parcivas schnaubte. Er nahm die Figur eines bronzenen Eichhörnchens zur Hand und wog sie darin. »Belüge dich selbst, mein Sohn, nicht mich.«

»Was bezweckst du damit, Parcivas? Du weißt, wie es enden muss.« Corvyns Schwinge schlug gegen einen verstaubten Kristallkelch, der noch auf dem Tisch stand und brachte ihn ins Schwanken. »Und selbst wenn die Dinge anders stünden – der Feenkönig hat alles zerstört, wofür ich gekämpft habe. Und er würde mir weiterhin alles nehmen, was mir etwas bedeutet. Nur ein Hauch von Gefühl, ein winziger Fehler, ein Blick durch den Spiegel, der zu lange währt, und er würde sie zerbrechen wie einen dürren Zweig. Er würde ihr Licht löschen wie eine Kerzenflamme, ohne einen zweiten Gedanken an sie zu verschwenden. Meine Zuneigung ist Gift. Unsichtbares, tödliches Gift. Ich bin vorsichtig, wem ich es verabreiche.«

»Er braucht sie.«

»Würde es ihn hindern? Glaube mir, ich kenne den Feenkönig gut. Wenn es mich verletzt, kennt er keine Grenzen. Er würde ihren Geist ohne jedes Mitleid zerstören und nur eine leere Hülle von ihr lassen, die ihm zu Diensten ist.« Er starrte seinen Lehrmeister an, froh, dass der Rabenschädel sein Grauen über den Gedanken verbarg.

»Du weißt, dass es einen anderen Weg gibt.« Parcivas' Stimme wandelte sich. Sie wurde leiser, auf eine gefährliche Weise ruhig. Es war der Augenblick, vor dem Corvyn sich gefürchtet hatte. Worte ballten sich in der Luft zusammen wie Gewitterwolken, die Unheil über die Welt bringen würden.

»Nein. Sie wird es nicht tun. Sie ist zu verblendet, um zu sehen, was getan werden muss.« Er wusste, dass es nicht das war, was der Geist im Sinn hatte.

»Sie muss es nicht selbst tun.«

Corvyn sah seinen Lehrmeister an und Stahl glitt in seinen Tonfall. »Nein. Glaubst du wirklich, dass ich das könnte?«

»Solange sie lebt, wird sie eine Gefahr bleiben. Und wer schließt das Portal, wenn du nicht mehr bist?« Parcivas lehnte sich nach vorn und seine Augen schimmerten vor den leeren Höhlen in seinem Schädel. »Wenn die Raben diese Welt verlassen sollen, kann sie nicht bleiben. Das weißt du. Wenn sie das Portal noch einmal öffnet, ist Serijsa für alle Zeit dem Feenkönig ausgeliefert.«

»Hältst du mich für so blind, dass ich das nicht weiß? Aber sie ist meine Schwester. Wie kannst du glauben, dass ich sie töten könnte, um mich damit zu retten?« Corvyn stieß sich aufgewühlt von seinem Platz am Fenstersims ab und landete auf dem staubfleckigen Teppich. Ölspuren zogen sich über das einst lebhafte Muster. Niemand hatte darauf geachtet, als sein Werk hierher gebracht worden war.

»Sie hat dich verraten und es war ihr gleichgültig, was der Feenkönig mit dir tun würde. Was bedeutet dir mehr, Corvyn von Serijsa? Dein Volk oder die Frau, die dir alles genommen hat? Die dein Licht gelöscht hat, bevor es erstrahlen durfte?« Parcivas' Hand beschrieb einen weitschweifenden Bogen. »Du kannst der Welt so vieles schenken. Du warst mein klügster Schüler, deine Visionen so groß, dass selbst mein Geist sie nicht zu fassen vermochte. Du hast *Wunder* erschaffen. Und jetzt opferst du alles und lässt sie leben? Sie, die so viele Leben gestohlen hat?« Der Geist erhob sich und verschränkte die Hände auf dem Rücken. Seine Knochenfüße zogen Linien durch den Staub, als er auf und ab ging.

»Hast nicht du mir immer den Wert jedes Lebens gepredigt? Die lange Zeit deiner Existenz hat dich vergessen lassen, wer du gewesen bist.«

»Nein, aber sie lässt mich Verschwendung sehen! Und du willst dein Leben verschwenden, ohne zur Blüte zu bringen, was du erschaffen hast. Du lässt es zerfallen. Rosten.« Skelettfinger stießen gegen die Verkleidung der Kutsche und verursachten ein klopfendes Geräusch.

»Ich kann nicht wie *du* sein, Parcivas! Ich kann nicht alles für die Wissenschaft opfern und sie über das Leben stellen. Ich kann meinen Wert nicht als höher erachten als den jedes anderen, nur weil ich die Vision einer besseren Welt besitze. Wenn ich es täte, wäre ich alles, aber nicht der König, den du in mir sehen willst.« Corvyns Klauen bohrten sich fester in den Boden, als er um Beherrschung rang.

»Dann wird dein Tod umsonst sein.« Enttäuschung klang in der Stimme des Geistes mit. Die tiefste Schwärze einer Nacht, in der kein Stern am Himmel stand. »Er wird nichts bewirken. Denn wenn du hoffst, dass sie zur Vernunft kommt, gibst du dich einem Traum hin, der sich nie erfüllen wird.«

»Das habe ich nie getan, Parcivas. Meine Schwester ist verloren, das habe ich vor langer Zeit begriffen.« Corvyn wandte sich ab. Die Wahrheit stach mit Nadeln auf ihn ein. »Ihr Herz befindet sich im Feenreich. Der Feenkönig hat es aus ihrer Brust gerissen, um das Portal offen zu halten. Sie wird seit langer Zeit nur noch von Zaubern am Leben erhalten. Wenn ich das Tor schließe, wird sie sterben. So wie ich. Es wird das endgültige Ende der Raben sein.« Er verstummte und blickte zum Mond auf, der über dem Schloss schien. Parcivas würde ihn niemals verstehen. Aber wie sollte er das Licht in sich am Brennen halten, wenn er das seiner Schwester löschte? Sie besaß nicht den Mut, es zu Ende zu bringen. Er würde es für sie beide tun. Sie würden gemeinsam sterben, so wie sie gemeinsam geboren worden waren. »Ich habe mich vor langer Zeit entschieden«, sagte er fest. »Du bringst mich nicht von meinem Weg ab. Und du wirst mir helfen, weil dich die gleiche Schuld trifft. Du hast ihren Hunger nach der Hexenkunst geweckt und du hast sie auf die Pfade geführt, die sie zum Mondreich geleitet haben.«

Er drehte sich zu dem Geist um, der innegehalten hatte, seine Brauen dicht zusammengezogen. Alte Schuld stand auf seinen Zügen. Gram, den er unter der gleichmütigen Maske des Gelehrten versteckte. »Du hast recht. Das habe ich. Und ich werde es mir nie vergeben. Aber …«

Schmerz zuckte durch Corvyns Kopf und ließ Parcivas' Gesicht verschwimmen. Qualen zerrissen seine Gedanken in winzige Fetzen.

Er fuhr zusammen und krächzte schmerzerfüllt, als etwas ihn aus dem Körper des Raben zerrte und mit Wucht in die Nebel seines Gefängnisses schleuderte.

»Corvyn …?« Die Stimme des Geistes zerschellte an der Barriere aus weißem Dunst, die sich um ihn kringelte. Was er sagte, prallte davon ab.

Er keuchte auf, als der Nebel wie eine gewaltige Hand zupackte und ihn in die Kälte stieß. Sein Schrei verhallte ungehört in der Leere, die ihn umfing.

Die Macht des Blutes

Schwarzes Blut strömte aus seinen Wunden und tropfte auf den letzten kostbaren Teppich, der in ihren Gemächern verblieben war. Melysan runzelte die Stirn und betrachtete ihn schweigend, dann schloss sie die Tür, die er offengelassen hatte.

»Ein Tag und eine Nacht. Du kommst spät. Warum beschleicht mich das Gefühl, dass du ein zweites Mal versagt hast, Thymeon?« Ihre Hand krampfte sich für einen Augenblick fest um den Türknauf, dann entspannte sie sich mühsam.

Der Wechselbalg hinkte ohne Antwort durch das Gemach und ließ sich auf einem der samtenen Sessel nieder. Seine Hand fuhr zu seiner Schulter und zerrte schwach an etwas, das darin steckte. Es war scharfkantig. Sie konnte es an dem dunklen Blut sehen, das seine Hände befleckte. Mit einem gereizten Laut ergriff sie einen seidenen Schal und wickelte ihn sich um die Hand, dann trat sie zu ihm.

»Eine Spiegelscherbe«, murmelte sie verstehend. Der Grund dafür, dass er erst jetzt zurückkehrte. Sie legte die Finger um das zerbrochene Glas und zog mit einem harten Ruck daran. Thymeon schrie auf, als es aus seinem Fleisch glitt. Die Wunde hatte nicht heilen können, solange der Splitter darin steckte. Selbst jetzt schloss sie sich langsamer als sonst. Melysan ließ die schwarz verschmierte Scherbe fallen und bedachte den ruinierten Teppich mit einem bedauernden Blick. Es war kaum etwas von Wert im Schloss übrig. Die Rabenkönigin war auf die Gaben jener angewiesen, die das Königshaus zu sehr fürchteten, um es zu ignorieren. Es waren wenige genug.

Sie drängte den Gedanken beiseite, als der Wechselbalg aufstöhnte und sich in den Sessel zurückfallen ließ. Sie hob die Brauen und musterte ihn. »Nun? Hast du getan, was ich dir aufgetragen habe?« Sie wickelte die Seide von ihrer Hand und ließ sie achtlos auf einen Stuhl fallen.

»Ich bin zu schwach und sie war nicht allein«, krächzte er rau. Seine Hand rieb über seine Kehle, als ob ihm das Sprechen Schmerz bereitete. Dunkle Schlieren beschmutzten seine Wangen. Tränen aus dem Blut des Wechselbalges, der nicht weinen konnte. Wie zynisch das Schicksal doch sein konnte.

Melysan seufzte und trat zu ihrer Kommode. »Wer war bei ihr?« Ein sicherer Griff entriegelte das Geheimfach und sie nahm eine Phiole mit einer dunkelroten Flüssigkeit heraus. Sie schüttelte sie bedächtig und reichte sie ihm dann. »Sei sparsam damit. Unsere Vorräte gehen zur Neige und allein die Götter wissen, wie wir mehr beschaffen sollen, ohne dass der Feenkönig etwas von deiner Jagd bemerkt.«

Sie wusste, wie sehr er Wechselbälger verabscheute. Die Kinder von Dämonen und Feen, die sich von magischem Blut nährten. Für die Feen waren sie eine Abscheulichkeit. Wenn er wüsste, dass Thymeon im Schloss lebte, würde er ihn ohne Zweifel fangen und hinrichten lassen.

Die bleichen Finger des Wechselbalgs schlossen sich gierig um das gläserne Gefäß. Er entkorkte es und nippte daran, ehe er es mit einem Ächzen wieder verschloss. »Ein Rabe.«

»Ein … *Rabe?*« Melysans Nägel verursachten ein kratzendes Geräusch auf dem Holz ihrer Kommode. Der Wechselbalg reichte ihr das Gefäß und sie nahm es mechanisch entgegen. Corvyn. Es musste sein Werk sein. Er besaß den Ring ihres Vaters und er kontrollierte die Raben damit. *Bastard!* All die Jahre, die sie danach gesucht hatte …

»Ja. Und da ist noch mehr.« Thymeon sah auf. »Das Feenblut trägt das Erbe der Dämmerung in den Adern.«

Melysan versteinerte. Die Phiole rutschte aus ihren Fingern und zerschellte auf dem Boden. Blut spritzte auf und hinterließ feuchte Flecken auf der nachtblauen Seide ihres Kleides. Thymeon zischte wütend, doch sie beachtete ihn kaum. »Was sagst du da?«, stieß sie gepresst hervor. Ihre Gedanken wirbelten wie ein Karussell und die Welt verschwamm vor ihren Augen.

Blut der Dämmerung. Das war der Grund, warum der Feenkönig sie wollte.

Betrogen.

Er hatte sie betrogen. Er wollte … sie ersetzen!

Sie stützte sich an ihrem Stuhl ab und stolperte auf die Sitzfläche. Ihre Beine waren plötzlich zu schwach, um sie länger zu tragen. Sie starrte reglos ins Leere, ohne ihr Gemach zu sehen. »Wir müssen sie finden, Thymeon«, flüsterte sie tonlos. »Und wir müssen sie töten. Wenn wir es nicht tun, ist alles vorüber.«

Sie stand am Rande des Abgrunds. Sobald der Feenkönig das Feenblut in die Hände bekam, würde der Fluch zu seiner Vollkommenheit reifen. Er hatte sie niemals retten wollen. Alles, was er im Sinn hatte, war ihr Untergang. Aber er würde nicht gewinnen, das schwor sie sich. Sie würde nicht zulassen, dass er sie ersetzte. Dass er alles zerstörte und ihre Hoffnung unter seinen Fingern zerrieb wie Sand. Melysan ballte die Fäuste und ihre Nägel schnitten in ihr Fleisch. Sie bemerkte nicht, dass Blut hervorquoll und sich mit dem der Kreatur vereinte, die der Wechselbalg getötet hatte.

Thymeon richtete sich auf und unbändige Gier brannte in seinem Blick. »Ihr Blut ist süß und voller Macht. Selbst jetzt kann ich es noch riechen. Ich werde meinen Hunger an ihr stillen und jeden Tropfen davon genießen.«

Er war ein Bluthund, der die Fährte seines Opfers nicht verlieren würde, bis er es erlegt hatte. Die lange Zeit der Entbehrungen hatte ihn ausgehungert und nun war die Erlösung zum Greifen nah. Ein Festmahl, das ihm neue Kraft verleihen würde. Und Kraft war das, was er jetzt brauchte. Sie musste die Bestie entfesseln, die sie schwach gehalten hatte, weil ihre Stärke selbst sie in Schrecken versetzte.

Sie hatte keine Wahl. Nicht mehr.

Melysan ergriff die letzte Phiole, die noch in ihrem Geheimfach wartete, und entkorkte sie. »Trink es aus und dann ruh dich aus. Es wird Zeit, dass du auf die Jagd gehst. Und diesmal will ich, dass du deine Beute erlegst und mir ihren Kopf bringst.«

Thymeon umklammerte das Glas und die Kälte seiner Haut streifte sie. Seine Zähne entblößten sich in einem grausamen Lächeln. Seine Lippen waren rot verfärbt. Rot vom Blut der Fee, an dem er sich gelabt hatte. Melysan schauderte und wandte sich ab, um ihn nicht länger ansehen zu müssen.

Träume aus Scherben

Kühle Seide umhüllte Majas Körper. Eine Kaskade aus meerfarbenem Stoff, auf dem Perlen schimmerten wie Tränen. Es war, als sei das Kleid dem Meer entstiegen, von den Wellen an Land gespült und von Meerschaum geküsst. Etwas bedeckte ihr Gesicht … Sie betastete es und fand die Maske, die ihre Züge verhüllte. Ein zartes Gebilde aus Spitze, das sich rau unter ihren Fingerspitzen anfühlte.

Sie war allein in einer Welt aus wallendem Nebel. Aus Dunst, der sie in weichen Wogen umschloss, als ob sie durch einen endlosen Ozean wandelte. Die Absätze ihrer Schuhe klackten über Marmor, der sich weiß wie Schnee unter ihren Füßen erstreckte. Sie fröstelte in der kühlen Luft der Nacht, unter dem dunklen Himmel, von dem aus silberne Sterne ihren Weg verfolgten. Dunstschleier zogen daran vorüber und erinnerten sie an das Blinzeln von Hofdamen hinter seidenen Schleiern.

Ein Traum … es musste ein Traum sein.

Maja versuchte, sich zu erinnern, wie sie an diesen Ort gelangt war. An die Stimmen des Raben und des Geistes, die sie in den Schlaf gelullt hatten, an das Warten auf den Prinzen, der nicht gekommen war. Ihr Kopf sandte einen leisen Schmerz aus und etwas streifte ihren nackten Arm und ließ sie zusammenzucken. Die Blätter einer Hecke, sonst nichts. Sie stieß den Atem aus und ging weiter, während die Furcht in ihrem Herzen wuchs. Der Wind trug Blütenduft herüber und die Zweige eines blühenden Busches neigten sich ihr zu, wie um sie einzuladen, ihn tiefer einzusaugen. Weiße Rosen. Sie waren überall. Ihre Köpfe schälten sich aus dem Nebel heraus und schwankten sacht in der milden Brise. Sie wucherten über Bögen, die Tore in der nebligen Welt bildeten. Es war, als wandelte sie zwischen Wolken, als sei der Himmel auf die Erde herabgestürzt und hätte sie verschlungen. Eine leise, träumerische Melodie erklang und leitete sie über die Wege des fremdartigen Gartens, unter Bäumen entlang, deren Äste den Himmel ausblendeten. Es war zauberisch. Märchenhaft. Von einer zerbrechlichen Schönheit, die in der Wirklichkeit nicht existieren konnte.

Trockenheit breitete sich in ihrem Mund aus und ihre Kehle verengte sich. Wann immer der Wind über ihre Haut streifte, erwartete sie, Elejas' Stimme zu hören, die das Grauen mit sich brachte und den Traum zersplittern ließ. Doch niemand war hier. Kein Wispern lag in der Luft, niemand rief nach ihr. Sie war allein.

Die Musik wurde lauter und die Silhouette eines Pavillons zeichnete sich in der Nebelwelt ab. Sie erkannte die Schatten von Tänzern, die sich zu den Klängen drehten, vereint in einem traumwandlerischen Reigen. Grazile Säulen trugen die Kuppel, so fein, dass keines Menschen Hand sie gefertigt haben konnte. Maja duckte sich hinter einen Rosenbusch und schlich näher, schob ihn vorsichtig auseinander, um zwischen den Zweigen hindurchzuspähen. Kein Dorn kratzte sie, kein Nadelstich drang in ihre Fingerspitzen und forderte Blut. Sie sah verwundert auf die Äste, an denen nichts als zarte Rosenblüten und Blätter saßen, und ein Schauer rieselte über ihre Haut.

Maja hob den Kopf, um zum Pavillon zu blicken. Die Tänzer zogen anmutig ihre Kreise, verloren im Zauber der Musik. Samt und Seide wischten über den marmornen Grund, der von unzähligen Kerzen hell erleuchtet wurde. Es dauerte einen langen Moment, bis sie bemerkte, dass etwas an dem Bild falsch war. Dass kein Gelächter erklang, keine Worte die Klänge durchdrangen. Niemand sprach. Es war, als seien die Tänzer stumm. Marionetten, von einer unsichtbaren Hand bewegt, die ihre Schritte vorgab.

Ein Schatten streifte ihren Augenwinkel und sie ließ erschrocken die Zweige des Rosenbusches los. Maja fuhr herum und eine Hand legte sich über ihren Mund. Sie erstickte den Schrei, der sich aus ihrer Kehle lösen wollte. Ein starker Arm umfasste ihre Taille. Fest und doch erstaunlich sanft. »Nicht schreien. Ich bin es.« Die Stimme war vertraut und doch fremd. Sie hatte sie nie zuvor vernommen, dennoch war es, als ob sie den Sprecher kannte. Die Melodie darin, den dunklen Klang. Ihr Herz schlug schneller. Maja nickte und seine Finger öffneten sich zögerlich. Sein Arm hielt ihre Mitte für einen Wimpernschlag länger, dann glitt er ab und sie wandte sich um. Eine Maske aus Federn verdeckte seine Züge. Schillernde, schwarze Rabenfedern, auf denen bläuliche und grünliche Lichter tanzten. Doch sie musste sein Gesicht nicht sehen, um zu wissen, wer er war. Die smaragdenen Augen, die im Schatten der Maske lagen, verrieten seine Identität über jeden Zweifel hinaus.

»Prinz Corvyn«, hauchte sie verwirrt. »Aber das bedeutet …«

»Es ist ein Traum.« Sein Blick huschte zu den Tanzenden. »Ein Traum, der vom König der Feen beherrscht wird.«

Ein Knoten bildete sich in Majas Magen. »Aber zu welchem Zweck?«

»Wenn ich das wüsste, wäre mir wohler.« Sie konnte seine Miene hinter der Maske nur erraten, doch die Sorge lag deutlich erkennbar in seinen Worten. »Der Feenkönig liebt es, zu spielen. Wahrscheinlich bleibt uns wenig mehr, als dieses Spiel mitzuspielen.«

»Das bedeutet, dass wir im Schatten des Rosenbusches sitzenbleiben und abwarten, bis er uns dort findet? Ich habe nicht erwartet, dass der Feenkönig ein solches Interesse an Versteckspielen besitzt.« Maja zwang sich zu einem Lächeln, das eine Erwiderung auf den Lippen des Prinzen fand. Nur für einen Herzschlag lang, dann erlosch es.

»Nein, wir besuchen seinen Tanz. Schließlich hat er sich eine solche Mühe mit der Inszenierung gegeben. Es wäre unhöflich, seine Einladung auszuschlagen.« Sein Tonfall blieb ungerührt und leicht, als gäbe es nichts auf der Welt, wovor er sich fürchtete. Sie wünschte sich, das Gleiche zu empfinden.

»Das klingt schrecklich verlockend.« Sie schluckte bei der Vorstellung, dem rothaarigen Mann zu begegnen, den sie im Opernsaal des Schlosses gesehen hatte. Den König der Feen, der Macht atmete und sie mit in sein Reich nehmen wollte. »Und es gibt keine andere Möglichkeit?«

»Die Zeit hinter den Spiegeln muss mich verändert haben«, erwiderte er mit gespielter Verletztheit. »Ich gebe zu, ich habe bessere Tage erlebt, aber früher haben mir die Damen bei Hofe keinen Korb gegeben, wenn ich sie um einen Tanz gebeten habe.«

»Nein, ich meine … ich würde nie …« Maja spürte, wie sich Wärme auf ihren Wangen bildete und sie war dankbar für die Maske, die ihre Züge verbarg. Seine körperliche Nähe ließ Verlegenheit in ihr aufkeimen und seine offenkundige Belustigung darüber tat wenig, um sie zu dämpfen. Ärger stieg in ihr auf. »Oh verflucht, seid nicht albern! Es ist mein Ernst.«

»Du könntest aufwachen.« Sein Mundwinkel zuckte. »Das würde die Dinge einfacher machen.«

Wieder die winzige Spur von Vertrautheit. Ein Hauch von Spott, wenngleich er mild blieb. Maja runzelte die Stirn und musterte ihn. Seine zerrissene Kleidung war verschwunden. Sein Gehrock war aus schwarzem Samt gefertigt und mit Silberfäden bestickt. Seine seidenen Hosen steckten in hohen Stiefeln und das weiße Hemd bildete einen Kontrast dazu. Wie Licht, das aus der Dunkelheit schien. Ein wahrhaftiger Prinz der Raben. »Vielleicht solltet Ihr an die Spiegel klopfen, um mich zu wecken, Eure Hoheit. *Das* würde die Dinge einfacher machen.«

»Du musst mich nicht Hoheit nennen, W…«, er stockte und was er hatte sagen wollen, erstarb in seinem Räuspern. »Corvyn genügt vollkommen. Und ich bin untröstlich, aber für den Augenblick musst du auf meinen Beistand verzichten. Der Feenkönig hat deutlich gemacht, dass er auf meine Anwesenheit besteht.« Plötzlich klang er düster. Er richtete die Halsbinde, die seinen Kragen zierte, und etwas daran erinnerte sie unwillkürlich an einen Raben, der sein Brustgefieder ordnete. Der Prinz hielt inne und legte den Kopf schief. »Ist das Ungeheuer hinter meiner Maske zum Vorschein gekommen?« Er tastete besorgt danach, als fürchte er, dass sie verrutscht war.

Sie hatte nicht bemerkt, dass sie ihn anstarrte. Eilig senkte sie den Blick. »Nein, es ist nur …« *Dass du mir so unglaublich vertraut bist.* Maja schüttelte den Kopf. »Also gut … Corvyn.« Es fühlte sich fremd an, seinen Namen auf eine solch vertrauliche Weise zu benutzen. Sie stolperte über die Silben und leckte sich über die Lippen. »Ich bin Maja. Vielleicht solltest du meinen Namen kennen, bevor du mich zum Tanz führst.«

Er seufzte. »Und ich dachte, ich könnte die Nacht mit einer geheimnisvollen Schönheit verbringen und mich nach ihrem Namen und einem Blick in ihr Gesicht verzehren, wenn mich die Spiegel zurückfordern. Du nimmst mir die süßen Qualen, auf die ich gehofft hatte, seitdem ich dich hinter den Büschen entdeckt habe.« Sein Lächeln wirkte, als wolle er sich über die ganze Welt lustig machen. Er sprach so beiläufig über sein Gefängnis, als sei es kaum mehr als eine unbedeutende Unannehmlichkeit.

Maja schnaubte und wischte ein verirrtes Rosenblatt von ihrem Rock. »Wirklich? Du kannst dich damit trösten, dass es ohnehin nicht funktioniert hätte. Du kennst mein Gesicht. Oder haben die Spiegel es so sehr verzerrt, dass du mich nicht mehr erkennst?«

»Das ist unwahrscheinlich. Ich hatte im letzten Jahrhundert wenig Gelegenheit, auf schöne Frauen zu treffen. Du bist mir deutlich in Erinnerung geblieben.«

»Verflucht. Und nun habe ich deine Pläne ruiniert und dir die einzige Aussicht auf süße Träume genommen.« Maja schmunzelte.

»Was, kein Erröten? Kein geziertes Blinzeln? Nichts?« Corvyn sah sie an und etwas Rätselhaftes flackerte in seinen Smaragdaugen. »Du bist erstaunlich unempfänglich für meinen Charme.«

»War das ein Fehler? Ich fürchte, dass ich nicht mit den höfischen Regeln für den korrekten Umgang mit Prinzen vertraut bin. Aber ich lerne schnell.« Ein Tropfen traf auf ihre Wange und Maja blickte zum Himmel auf. Keine Wolke verdeckte die Sterne und trotzdem fiel Regen. Das Rauschen des Windes wurde lauter und trieb lose Blütenblätter über den Traumgarten wie Schneeflocken.

»Warum nur gewinne ich den Eindruck, dass ich mir dennoch die Zähne an dir ausbeißen würde?« Er folgte ihrem Blick nach oben. »Ich glaube, wir strapazieren die Geduld unseres Gastgebers. Wir sollten ihn nicht länger warten lassen, sonst lässt er einen Wolkenbruch auf uns niedergehen. Und ich würde ungern nass bis auf die Knochen zu seinem Tanz erscheinen.« Er reichte ihr die Hand und Maja legte die ihre zögerlich hinein. Seine Haut war kühl, obgleich die Temperatur der Luft angenehm war. Beinahe, als käme er aus der Kälte des Winters. Die Berührung hinterließ ein Kribbeln auf ihrer Handfläche. Für einen Moment hatte sie vergessen, was vor ihr lag, doch nun kehrte es mit aller Macht zurück.

»Das wäre tatsächlich unverzeihlich«, murmelte sie tonlos.

Corvyns Finger schlossen sich fester um ihre Hand. »Hab keine Angst, es ist nur ein Traum«, wisperte er so lautlos, dass sie sich zu ihm neigen musste, um ihn zu verstehen. »Und es ist *dein* Traum. Er kann dir nichts antun, ganz gleich, was du zu sehen glaubst, aber was du ihm versprichst, ist bindend. Er spielt mit deinem Geist, doch solange du nicht einwilligst, kann er dich zu nichts zwingen. Vergiss das nicht. Was auch immer er tut, was auch immer er dir vorspiegelt, gib ihm niemals, was er verlangt. Selbst wenn es dich in Stücke reißt.« Seine Lippen bewegten sich kaum. Sie fing seinen Blick auf und ihr Atem stockte. Die unterkühlte Distanziertheit war verschwunden und der Mann aus dem Spiegel sah ihr entgegen. So sanft und verletzlich wie in jenem Augenblick, in dem sie ihn berührt hatte. Ein Blinzeln und der Eindruck verschwand. Es war, als ob ein Schatten über seinen Blick zog, der die Wärme daraus stahl. Als ob sich eine Maske aus Eis darüberlegte und nur die spöttische Gelassenheit zurückließ. Und es *war* eine Maske. Eine Fassade, die ihn vor dem Feenkönig schützte. Wie sehr sie sich wünschte, dahinter blicken zu können …

Der Regen wurde stärker und die Tropfen prasselten auf den Marmor. Es klang, als ob winzige Kristalle darauf niedergingen. Hell und singend. Corvyn ließ ihre Hand los und bot ihr mit einer Verneigung seinen Arm an. Er war der Adelige mit formvollendeten Manieren, ein Prinz, den nichts und niemand aus der Ruhe zu bringen vermochte. Ihre Finger legten sich um den Samt seines Ärmels. Mit gemessenen Schritten leitete er sie den Weg entlang, der am Pavillon endete. Stufen führten hinauf auf die marmorne Tanzfläche und Rosen hingen von der Kuppel. Sie verbreiteten ihren betörenden Duft und wippten sanft, als wollten sie die Neuankömmlinge begrüßen. Ein flüsterndes Rascheln ging von ihnen aus, Aufregung, die auf Maja übergriff. Jeder Schritt, jedes Aufsetzen ihrer Absätze auf den Treppenstufen vereinte sich mit dem gehetzten Pochen ihres Herzens.

Der Prinz an ihrer Seite zeigte kein Gefühl, nichts als eine glatte Maske, die von Langeweile erzählte. Am Ende der Treppe hielt er an, um die Tänzer zu betrachten, und Maja tat es ihm gleich. Es waren Menschen, die über den Marmorboden wirbelten, die Gesichter gleichermaßen verzückt wie leer. Ein Reigen aus blassen, hellen Farben, die das Schwarz von Corvyns Kleidern wie einen hart umrissenen Flecken wirken ließen. Sie bohrte ihre Finger tiefer in den weichen Samt und er löste sie vorsichtig daraus.

»Keine Furcht, meine Liebe«, sagte er laut. »Du musst keine Sorge haben, ich werde dich sicher durch die Schritte führen. Man sagt mir nach, ein hervorragender Tänzer zu sein.« Er lächelte auf eine kühle, hochmütige Weise, die ihn zu einem Fremden machte. Allein seine

Augen blieben vertraut. Flüchtig drückte er ihre Finger, dann zog er sie beinahe grob in seine Arme.

Maja keuchte überrascht auf und stolperte durch die ersten Tanzschritte, ehe es ihr gelang, sich zu fangen. Corvyn blickte über den Saal, auf der Suche nach dem Herrn des Traumes, der sich noch nicht zeigte. Sie tat es ihm gleich, doch kein Funken Rot mischte sich in das bleiche Meer der Tanzenden. Die Melodie wurde langsamer, die Töne auf seltsame Weise verzerrt, sodass es in ihren Ohren schmerzte. Sie verzog das Gesicht zu einer Grimasse und Corvyn verlangsamte das Tempo seiner Schritte.

»Unser Gastgeber ist nicht hier«, flüsterte sie leise wie ein Windhauch.

»Er ist der König. Und er lässt sich Zeit mit seinem großen Auftritt. Alles andere wäre seiner nicht würdig.« Sein Tonfall war grimmig und sie spürte die Anspannung in seinem Körper. Ein Pfeil, der auf der Sehne lag, bereit, sich in die Brust seines Ziels zu bohren.

Ein schriller Ton erklang von dem unsichtbaren Orchester und Maja zuckte zusammen. »Sein Musikgeschmack lässt zu wünschen übrig.«

Ein blasses Lächeln blitzte auf Corvyns Lippen auf. »Nur eine von seinen unzähligen Charakterschwächen.« Er wirbelte sie durch eine Drehung und seine Hand ruhte für einen Augenblick länger auf ihrem Rücken, als es nötig gewesen wäre. »Du bist eine gute Tänzerin.«

Maja legte den Kopf schief. »Hast du gehofft, dass du mir etwas beibringen kannst?«

»Nein, ich bin dankbar dafür, dass du meine Zehen verschonst. Glaube mir, ich habe viele leidvolle Erfahrungen sammeln müssen.« Er lächelte schmerzlich und seine Haltung entspannte sich.

»Du armer Königssohn! Dein Leben muss den Abgründen von Nikara gleich gewesen sein. All die Hofdamen in ihren seidenen Schuhen, die deine Füße gefoltert haben«, spottete sie gutmütig. »Aber heute Nacht haben dich die Götter mit Glück gesegnet. Mein Vater hat die Ansicht vertreten, dass seine Tochter ihrem künftigen«, sie räusperte sich und sah zu Boden, »Gemahl keine Schande machen darf. Also hat er dafür gesorgt, dass ich lerne, was sich für eine Frau aus gutem Hause ziemt.«

»Und es gibt viele Bewerber um diesen Platz?«

Etwas Undeutbares in seinem Tonfall ließ Maja überrascht aufblicken. »Das weiß ich nicht«, erwiderte sie unschuldig. »Bislang sind alle zu schnell davongerannt, als dass ich sie fragen konnte, was ihr Begehr war.«

Seine Brust erbebte unter einem unterdrückten Lachen. »Eine Dämonin in Gestalt einer Fee. Ich habe es gewusst.«

»Macht dir das Angst?«

»Nein, Maja Carjesan«, er beugte sich näher zu ihr und senkte seine Stimme, bis sie dunkel und samtig wie der Nachthimmel war. »Ich wäre niemals vor dir davongelaufen. Wenn ich gekommen wäre, um deinen Vater um deine Hand zu bitten, hätten mich all deine Dämonenfeuer nicht vertrieben.«

Sie spürte seinen Atem auf ihrer Haut, sanft wie Sommerwind. Ihre Befangenheit wurde so groß, dass sie das Schicksal anflehte, der Boden möge sie verschlingen. Trotzdem wollte sie an keinem anderen Ort sein. Es dauerte einen langen Moment, bis etwas an den Mauern ihres Geistes kratzte und den Zwiespalt durchdrang. »Ich … habe dir nie den Namen meiner Familie genannt.«

Corvyn erstarrte für den Bruchteil eines Wimpernschlages, dann zuckte er die Achseln. »Nein. Aber selbst wenn du mich hinter den Spiegeln nicht hören kannst, höre ich alles klar und deutlich. Das ist Teil meines Fluchs.«

Er richtete sich auf und seine Miene verschloss sich, als ob er sich daran erinnerte, wo sie sich befanden. Tatsächlich war es leicht, in seiner Nähe zu vergessen, was vor ihnen lag. Die Musik lullte sie ein und ließ die Grenzen zwischen Traum und Wirklichkeit verschwimmen. Doch ein Blick in die Gesichter der anderen Tänzer, die niemals innehielten, niemals sprachen, ließ die Erinnerung nur allzu bald wiederkehren.

Die Melodie des unsichtbaren Orchesters veränderte sich plötzlich. Sie wurde schneller, lebhafter und die Tänzer folgten den Klängen. Die Farben ihrer Kleider verschwammen und die Luft begann zu prickeln. Etwas flimmerte am Rande ihres Blickfeldes und Maja hielt inne, überrascht von dem Wandel, der sich vollzogen hatte. Corvyn blieb ebenfalls stehen, ohne sie loszulassen. Seine Augen verengten sich und richteten sich auf das nebelhafte Flimmern, das über eine Empore tanzte, die ihr zuvor nicht aufgefallen war. Silhouetten erschienen, Musiker in weißen Livreen, die gedankenverloren spielten, die Köpfe von gepuderten Perücken bedeckt. Beinahe verschmolzen sie mit der weißen Wand in ihrem Rücken. Nur einer von ihnen stach in seiner Dunkelheit heraus. Er saß auf der Empore, eine Laute in seinem Schoß. Seine Beine baumelten entspannt von seinem erhöhten Sitz herab. Schwarze Locken, das helle Hemd, das seine gebräunte Haut betonte. Die dunklen Hosen von einer bunt bestickten Schärpe gegürtet, die seiner Mutter gehört hatte. Es war nicht die Verkleidung des Prinzen von Samanhar, in der er ihr im Schlossgarten begegnet war. *Er* war es. So wie sie ihn kannte.

»Elejas! Das ist unmöglich«, hauchte Maja fassungslos. Sie löste sich von Corvyn und überwand die Distanz zwischen ihnen. Die Wogen des seidenen Rockes bauschten sich um ihre Beine, als sie vor ihm in die Knie ging, um nach seinen Händen zu greifen.

Er hielt inne, die Kohleaugen benebelt von einem Traum, aus dem er erst jetzt zu erwachen schien. Das Spiel der Laute verklang. Elejas schüttelte den Kopf und ein schläfriges Lächeln zog über seine Lippen, als er sie erkannte. »Maja? Ich hatte einen verrückten Traum … Ich war ein Prinz, der …«, er runzelte die Stirn und seine Stimme verlor sich.

Ein Schluchzer löste sich aus ihrer Kehle und sie tastete nach seiner Wange, um sich zu versichern, dass er wirklich war. Sie fühlte die Wärme seiner Haut unter ihren Fingerspitzen, seine Finger, die sich um ihr Handgelenk schlossen. »Du erkennst mich! Oh Elejas, es war kein Traum. Du …«

Das Pochen von Stiefelabsätzen hinter ihr ließ sie stocken. »Aber das hier *ist* ein Traum.« Corvyn. Seine Stimme war beherrscht … steif. Maja wandte sich zu ihm um, verwundert über die abweisende Haltung, die er eingenommen hatte, den klirrenden Frost, der in seinem Blick schimmerte. Die Tänzer wirbelten in seinem Rücken vorüber, unberührt von dem Geschehen. Ebenso wie das Orchester, das einfach weiterspielte. Er musterte Elejas kühl, als erwarte er, dass er sich in den Feenkönig verwandeln würde. »Du solltest vorsichtig mit dem sein, was dir darin begegnet.«

»Es gibt keinen Grund, vorsichtig zu sein. Das ist Elejas, mein liebster Freund.« Sie erhob sich aus dem Meer grünlicher Seide und strich die Falten ihres Rockes glatt.

»Elejas …«, wiederholte er bedächtig. »Tatsächlich? Mir ist, als hätte ich diesen Namen schon häufiger vernommen. Aber in den Erzählungen war er ein schmucker Prinz aus Samanhar, der das Herz meiner Schwester im Sturm erobert hat und eine Schar munterer Prinzen und Prinzessinnen mit ihr zeugen wird. Kein …«, er ließ den Blick über die Gestalt des anderen gleiten, »Musiker aus dem Wandervolk. Allerdings hatte meine Schwester immer spezielle Vorlieben bei der Wahl ihrer Gefährten.«

Elejas' Gesicht verdüsterte sich mit jedem Wort und beinahe glaubte sie, das drohende Donnergrollen zu hören, das in der Luft lag. »Wo sind wir hier? Und wer ist dieser aufgeblasene Geck, Maja?« Er war aufgestanden, die Laute ruhte in seiner Hand und er trat entschlossen vor Maja, um sie mit seinem Körper zu schützen. Er mochte einen halben Kopf kleiner sein als Corvyn, doch er wirkte nicht weniger feindselig.

»Prinz Corvyn von Serijsa«, antwortete Corvyn an ihrer Stelle in einem zu liebenswürdigen Ton. »Dein künftiger Schwager. Und ich werde Maja kein Haar krümmen. Ob das Gleiche für dich gilt, werden wir noch herausfinden müssen.«

Er ließ seine Worte nachdenklich verklingen und Elejas' Finger schlossen sich fester um den Hals seiner Laute. »Was wollt Ihr damit sagen?«

»Ich helfe dir, deine Lage zu ergründen«, entgegnete Corvyn geduldig, als spräche er mit einem begriffsstutzigen Kind. »Du bist der neueste Liebhaber von Königin Melysan von Serijsa. Der *ersten* Melysan, falls sie versäumt hat, es zu erwähnen. Sie ist eitel, wenn es ihr wahres Alter betrifft.« Er richtete die Spitzenmanschetten seiner Ärmel und ein halbes Lächeln erschien auf seinen Lippen. »Aber sie scheint keinen Eindruck hinterlassen zu haben, wenn du sie so schnell vergessen hast.«

»Oh wirklich, Corvyn! Muss das sein?« Eine Falte bildete sich auf Majas Stirn, während sie vom einen zum anderen sah. Sie schob Elejas beiseite und trat an ihm vorüber. Er wollte protestieren, doch ein strenger Blick ließ ihn verstummen, noch ehe er einen Ton hervorgebracht hatte. »Schluss mit diesem Unsinn. Ihr führt Euch auf wie zwei Gockel, die um eine Schar Hühner konkurrieren.« Sie fasste nach der freien Hand ihres Freundes und zog ihn zu sich herum. »Du hast mit der Stimme des Windes nach mir gerufen. In meinen Träumen. Und ich bin zum Schloss gekommen, um dich zu finden. Erinnerst du dich?«

»Ich …«, Elejas zog die Brauen zusammen, während er sich zu erinnern versuchte. »Ich weiß es nicht.« Er rieb sich hilflos über die Stirn und sein Gesicht verzog sich zu einer Grimasse, als ob es ihm Schmerzen bereitete. »Du … du warst im Garten, aber du warst fremd … ich …«

»Du bist vor mir davongelaufen, weil die Königin dich mit einem Zauber belegt hat. Du hast vergessen, wer du bist.«

»Melysan?« Er sah sie ungläubig an. »Das würde sie nie…«

»Oh, das würde sie, glaube mir.« Corvyn hatte sich zu den Tänzern umgedreht und blickte nun über die Schulter zurück. »Meine süße Schwester kennt wenige Grenzen, wenn sie etwas will und offensichtlich wollte sie dich. Die Götter wissen, warum.« Der letzte Teil war nichts als ein leises Murmeln. Finsternis nistete in seinen Worten, wenngleich seine Miene glatt blieb.

»Nein.« Elejas schüttelte vehement den Kopf. »Was soll dieser Unsinn? Sie hat mich nicht verzaubert. Sie … liebt mich aufrichtig.« Er sah zu Maja auf. »Ich weiß, ich hätte dir schreiben sollen, Maja. Ich habe es versucht, wirklich. Jeden Tag habe ich an dich gedacht. Aber ich wusste nicht, wie ich es dir sagen soll …«, er fuhr sich nervös durch die Locken. »Wir waren uns so nah. Ich wusste nicht, ob es dich verletzen würde …«

Für einen Moment konnte sie nichts anderes tun, als ihn verständnislos anzustarren. Dann kam die Erkenntnis mit der Wucht eines Hammerschlages. »Du hast dich in sie verliebt!« Maja ließ die Hände sinken und es war, als ob der Boden unter ihren Füßen schwankte. Er hatte sich in Königin Melysan von Serijsa verliebt! Der Zauber, der ihn gefangen hielt, war stärker als jedes Hexenwerk. »Und du hast geglaubt, dass ich … in dich …? Oh Elejas Mallan, du bist ein solch selbstverliebter Dummkopf!«

Sie verpasste ihm eine Kopfnuss, der er nicht schnell genug ausweichen konnte. »Autsch! Verdammt, Maja! Was soll das?«

»Oh, das weißt du genau! Es gibt so viele Mädchen in Sorieska, die dich umschwärmt haben wie Bienen den Honig. Sie sind dir hinterhergerannt, als ob es keinen anderen Mann in der Stadt gäbe, aber du hast keine von ihnen gewollt. Und dann verschenkst du dein Herz ausgerechnet an die Königin von Serijsa? Und hast nicht den Mut, es mir zu sagen, nur weil du denkst, ich sei eine von diesen Gänsen, die dir nach einem Ständchen zu Füßen liegen? Feigling!«

»Ich habe gedacht …«

»Du hast gedacht? Das bezweifle ich!«

»Maja … ich …« Elejas rieb sich verlegen den Nacken, für den Moment der Worte beraubt. Leuchtende Röte zeichnete sich auf seinen Wangen ab.

Majas Blick glitt zu Corvyn, der gelassen die Achseln hob. Sie konnte sehen, dass es ihn amüsierte. »Sei nicht so streng mit ihm, Dämonentochter. Melysan hat gute Seiten. Es sind nicht allzu viele, aber es reicht, um einen jungen Narren zu verführen. Obwohl *aufrichtig* keines der Worte ist, die ich benutzen würde, um sie zu beschreiben.«

»Aber das macht keinen Sinn. Warum sollte sie ihn verzaubern, wenn … Sonne und Mond! Elejas!« Maja errötete gegen ihren Willen. »Sag mir, dass das nicht wahr ist!«

Corvyns Mundwinkel zuckte belustigt. »Sei nicht überrascht, meine Liebe. Melysan hat keine Zeit, um bis zu ihrer Hochzeitsnacht zu warten. Sie läuft ihr schneller davon, als sie ihr auf ihren Rabenbeinen folgen kann. Aber selbst die größte Liebe kann nicht so blind sein, zu übersehen, dass ihre körperliche Verfassung zu wünschen übrig lässt.«

»Wovon sprecht ihr? Und was soll das alles?« Elejas runzelte die Stirn. »Maja? Ich will wissen, was das zu bedeuten hat!« Er griff nach ihrem Arm und zwang sie, sich zu ihm herumzudrehen. Sie konnte die Fragen sehen, die seine Kohleaugen verdüsterten. Er verstand nichts … und sie wusste nicht, wie sie es ihm erklären sollte. Hier. Jetzt. In diesem Traum, den er vergessen haben würde, sobald sie erwachte. Sein Geist war hier, sein Körper noch immer bei der Königin.

»Elejas …«, begann sie beschwichtigend. Sie leckte sich über die Lippen, zum ersten Mal unsicher, was sie zu ihm sagen sollte. Es war, als stünde ein Fremder vor ihr, doch diesmal war es nicht der Prinz von Samanhar. Nicht ihr Freund, dessen Geist verzaubert war. Diesmal war er es selbst.

»Ich glaube kaum, dass du ihm helfen kannst«, sagte Corvyn beiläufig. »Er wird dir nicht glauben.«

»Aber …«

»Worte genügen nicht, Maja. Der Dorn in seinem Herzen steckt tief. Zieh ihn heraus und du bekommst ihn zurück.« Schatten sammelten sich in seinen Augen und verdüsterten das helle Grün. Sie flossen aus seiner Stimme, in die sich Unnahbarkeit geschlichen hatte. Gleichgültigkeit. Es schmerzte, als würde ihr Herz von scharfen Klingen zerschnitten.

Maja zerknitterte die Seide ihres Rockes unter ihren Fingern. Die Perlen pressten sich in ihre Haut. Tränen brannten in ihren Augen, doch sie durften nicht fließen.

»Verdammt, ich bin hier! Ihr müsst nicht über meinen Kopf hinweg über mich reden!« Elejas' Gesicht war finster und unterdrückter Zorn schwelte in seiner Stimme. Aber Corvyn hatte recht. Nichts, was sie sagte, würde ihn erreichen. Er besaß keine Erinnerung an das, was die Königin ihm angetan hatte.

Sie nahm einen tiefen Atemzug, um die Tränen zu verdrängen. »Ich weiß, dass du es nicht verstehst, aber ich kann es dir nicht erklären, Elejas. Nicht hier. Aber das werde ich. Bitte vertrau mir.«

»Du weißt, dass ich dir mein Leben anvertrauen würde, Maja.« Elejas lächelte halbherzig, obgleich die Verwirrung in sein Gesicht geschrieben stand. »Ich weiß, dass du dir Sorgen machst. Du machst dir immer zu viele Sorgen.« Er hob die Hand und streichelte über ihre Wange. »Aber es geht mir gut. Ich bin hierhergekommen, um mein Glück zu finden, und das habe ich. Ich bin glücklich. Zum ersten Mal bin ich frei! Ohne dass mein Vater über meine Wege bestimmt und verlangt, dass ich ihm folge. Du weißt, wie sehr ich mir das gewünscht habe, und hier bin ich alles, was ich sein wollte. Ich darf für den Hof spielen, Maja! Das ist unglaublich! Ich bin nicht mehr Elejas Mallan, der Sohn des Goldschmieds, ich bin Elejas Mallan, der Musiker!«

Seine Begeisterung war greifbar, doch für sie war es ein Dolch, der in ihre Brust stach. »Ja, das bist du«, sagte sie zögernd. »Und ich … freue mich für dich.« Die Worte bissen in ihre Zunge und klammerten sich daran fest, aber sie musste sie loslassen. Sie zwang sich zu einem Lächeln, das sie nicht fühlte. *Und doch rufst du in den Nächten nach mir und schleichst dich in meine Träume. Du spielst für den Hof, bis deine Finger bluten, dennoch siehst du nicht, für wen du singst. Du würdest mir dein Leben anvertrauen und keinen Gedanken daran verschwenden. Aber du hast mir nicht genug vertraut, um mir zu sagen, was zwischen dir und der Königin geschehen ist.* Es ergab keinen Sinn, es auszusprechen, doch der Stachel der Enttäuschung blieb zurück. Was auch immer sie sich erhofft hatte, wenn sie seinen Geist erreichen würde – es war zerbrochen und lag in Scherben zu ihren Füßen.

Wind kam auf und wehte ihre Gedanken davon. Er wirbelte über den Marmor und versetzte die Seide ihres Kleides in Bewegung. Maja drehte sich um und sah, wie sich die Federn an Corvyns Maske sträubten. Er hatte den Blick auf den Himmel gerichtet, der zwischen den Säulen des Pavillons zu erkennen war. Sie konnte den Ausdruck auf seinem Gesicht erahnen, ohne ihn sehen zu müssen. Die Wachsamkeit in seiner Haltung verriet, was die Maske nicht zeigte.

»Maja, irgendetwas geschieht mit mir …« Elejas fasste sich an die Stirn und sackte in die Knie. Seine Laute prallte mit einem harten Knall auf den Marmor.

»Elejas!« Sie trat auf ihn zu, als das Flimmern zurückkehrte und ihn einhüllte wie ein Kokon aus Spinnenseide. Erschrocken stolperte sie zurück, als das Gewebe dichter wurde. Elejas' Hände stießen dagegen und dehnten es, aber er vermochte nicht es zu zerreißen. Für einen Wimpernschlag sah sie sein entsetztes Gesicht darin, dann traf ein Windstoß auf das glimmernde Gebilde und ließ es zu leuchtendem Staub zerfallen. Maja schrie auf, als es durch die Luft stob wie fliegende Ascheflocken. Sie fing sie auf und ein Kribbeln ging davon aus, als sie die Finger darüber schloss. Maja öffnete die Hand, doch sie war leer. Nichts war von dem Kokon geblieben.

Sie fuhr zu dem Prinzen herum, der hinter ihr stand, ohne sie zu berühren. »Es ist ein Traum, Maja. Es war ein Abbild seines Geistes, nicht mehr. Es geht ihm gut.«

»Er war so echt. Als sei er hier gewesen …«, sie schüttelte den Kopf. »Er *war* Elejas. Alles an ihm …«

»Das war er. Das ist die Stärke der Träume, die der Feenkönig sendet. Sie sind kaum von der Wirklichkeit zu unterscheiden und sie setzen frei, was in uns verborgen ist, damit er es sehen und sich daran weiden kann.« Er klang fern. Hart. Maja sah ihn an, doch er wich ihrem Blick aus.

Sie befeuchtete ihre Lippen, ohne zu wissen, was sie sagen sollte, um die Mauer aus Eis zu schmelzen, die zwischen ihnen stand. Schließlich zupfte sie unruhig an den Perlen auf ihrem Rock. »Er glaubt, was er sagt. Er weiß nicht, was ihm geschehen ist. Dass sie ihm sein Leben gestohlen hat … nichts davon.«

»Er hat sich in sie verliebt, das ist alles, was er sieht. Und es ist geschehen, bevor sie ihn verzaubert hat.« Corvyn blickte gedankenverloren in die Ferne. »Melysan war kein schlechter Mensch. Sie hat sich auf ihrem Weg verirrt … vielleicht hat sie ihm etwas gezeigt, das der Welt verborgen bleibt. Etwas, das noch in ihr verblieben ist.«

»Ich verstehe nicht, warum der Feenkönig Elejas hierher gebracht hat. Damit ich sehen muss, dass mein Freund verloren ist?« Verzweiflung stieg in ihr auf. Es auszusprechen, ließ es zu einer entsetzlichen Wahrheit werden, die hässlich in ihren Ohren widerhallte.

»Neugier.« Corvyn lächelte bitter. »Die Freude daran, zu sehen, wie sich sein Spinnennetz entfaltet und uns fängt.«

Die Tänzer huschten an ihnen vorüber und das Orchester spielte schneller. Lauter. Schwindel breitete sich in ihr aus und Maja senkte den Blick, um sie nicht länger ansehen zu müssen. Sie glaubte, dass ihr Kopf bersten müsse, wenn der Tanz nicht endlich endete. Ihre Finger klammerten sich in die grünliche Seide, aber sie fanden keinen Halt. Sie wollte aufwachen, diesem Traum entfliehen, vor der Kälte des Mannes weglaufen, der nur wenige Schritte von ihr entfernt stand und doch unerreichbar blieb. Ihre Beklommenheit wuchs, als sich die Musik abermals veränderte. Die Töne wurden süßer, klarer, rein wie das Plätschern eines Gebirgsbachs.

Vertraut …

Sie versteinerte, als sie die Melodie erkannte, und ihre Augen weiteten sich entsetzt. Plötzlich konnte sie nicht mehr atmen. Ihre Hand fuhr an ihre Kehle. Das Gewicht der Maske auf ihrem Gesicht schien unerträglich. Eine Erinnerung an die Spiele des Feenkönigs, die sie hierhergebracht hatten. Sie zerrte sie herab und ließ sie achtlos zu Boden fallen. Der Rock einer Tänzerin wischte darüber und trug sie davon, als würde sie von den Wellen des Ozeans mitgerissen.

»Maja?« Corvyn fasste nach ihren Schultern und schüttelte sie sacht. »Sieh mich an! Was hast du?«

»Die Spieluhr … es ist die Melodie der Spieluhr«, stammelte sie erstickt. Ihr Blick glitt suchend über die Tänzer, aber sie fand keine

Spur des roten Haares, das sie zwischen ihnen zu entdecken erwartete. Die Nacht erschien mit einem Mal dunkler, die Sterne verbargen sich hinter einem Schleier, der ihren Schein dämpfte, als fürchteten sie sich.

»Spieluhr? Welche Spieluhr? Wovon sprichst du?« Corvyn folgte ihrer Blickrichtung und sie konnte seine Besorgnis hören, doch sie vermochte es nicht, ihm zu antworten.

Tänzer wirbelten an ihnen vorüber, so starr wie die Figuren, die sich auf der Spieluhr ihrer Mutter in ihrem ewigen Tanz drehten. Dann erstarrten sie, als hätte ein Gott die Zeit in ihrem Lauf angehalten. Die Tänzer verneigten sich tief, wie vom Willen eines anderen geleitet. Die Frauen sanken in einen Hofknicks und verharrten in Wolken aus Samt und Seide.

Und in der Mitte des Pavillons …

Es war die Spieluhr, zum Leben erwacht. Eine runde Empore, von Rosen übersät und aus dem Boden gewachsen, ohne dass sie es bemerkt hatte. Kälte floss in ihr Herz. Er war hier. Der Feenkönig. Sein Haar wie eine Flamme, die in der Bewegung des Tanzes loderte. Und in seinen Armen …

»Mutter«, flüsterte sie heiser. Tränen stiegen in ihren Augen auf und Maja blinzelte, als ihr Blick darin ertrank. Sie war schön und jung, unberührt von all der Zeit, die sie in den Fängen des Feenwahns verbracht hatte. Ihr Haar war golden wie die Sonne, die Wellen glänzend, als ob sie das Licht einfingen und widerspiegelten. Blumen saßen darin, eine Krone weißer Rosen, die sie einst zur Königin der Mittsommernacht gemacht hatte. Die weiße Seide ihres Kleides glitzerte vor Kristallen und ließ sie wirken, als sei sie aus Schnee geboren. Ein Lichtstrahl, der auf die Erde gefallen war, um sie heller und freundlicher zu machen. Sie war versunken, der Welt entrückt. Ihr Blick so leer wie die Augen der Tänzer, die um das Podest herum zu Boden gesunken waren.

Der Feenkönig sah auf und ein raubtierhaftes Lächeln erschien auf seinen Lippen. Eine goldene Maske schützte sein Gesicht. Ein Hauch von Sonne, der seine mitternachtsblauen Kleider erhellte. Er ließ ihre Mutter los und Lyane Carjesan wiegte sich einsam im Tanz, ohne es zu bemerken. Als sei sein Geist bei ihr zurückgeblieben, und würde sie weiter durch die Schritte führen.

Zorn loderte in Maja auf und schmolz das Eis, das sie in der Starre gehalten hatte. Corvyns Hände glitten von ihren Schultern. Er straffte sich an ihrer Seite, bis er so gerade stand wie ein Speer aus schwarzem Eisen. Der Feenkönig kam langsam näher. Seine Bewegungen waren geschmeidig und von einer schwelenden Gefahr gezeichnet, die in jedem Schritt erkennbar war.

»Wie schön, dass Ihr Euch endlich zu uns gesellt, Eure Majestät. Der Abend begann gerade, reizlos zu werden.« Corvyns Tonfall war unverschämt, ebenso wie das träge Lächeln, das auf seinen Lippen lag.

Maja hielt den Atem an, als der Feenkönig stehenblieb und ihn betrachtete. Feuer schien in seinem goldenen Auge zu lodern, während das saphirene kalt und ausdruckslos blieb. »Du langweilst mich, Rabenprinz.« Seine Stimme war machtvoll und tief. Es war der Klang eines Gottes, der aus seinem Himmelreich herabgestiegen war und den Respekt seiner Kinder einforderte. »Deine Respektlosigkeit und deine Unverschämtheit haben sich abgenutzt. Ich frage mich, ob unser Spiel nicht an seinem Ende angekommen ist und ich dich endlich töten sollte.« Er sagte es so gefühllos, als ginge es darum, eine lästige Mücke zu beseitigen. Maja trat auf ihn zu, aber Corvyn hob die Hand, um sie zurückzuhalten. Ein grausames Lächeln zog über den Mund des Feenkönigs. »Doch vielleicht gibt es etwas, das neue Würze hineinbringen könnte.«

Sein Blick prickelte auf Majas Haut wie feine Nadeln. Jede einzelne versetzte ihr schmerzhafte Stiche. Es war, als ob sie darunter zu Stein erstarrte.

»Tatsächlich? Ihr wollt eine Frau gegen mich benutzen? Das ist selbst für Euch erstaunlich armselig.« Corvyns Stimme brach den Bann und lenkte die Aufmerksamkeit des Feenkönigs von ihr ab. Maja atmete tief ein, um die Angst zu bezwingen, die sich in ihr regte. Zorn. Er war in ihr, unter der Schicht aus Eis. Sie klammerte sich daran fest, um ihre Furcht nicht die Oberhand gewinnen zu lassen.

»Meine Angelegenheit mit Maja Carjesan ist nicht von Bedeutung für dich. Und für den Augenblick bedarf ich deiner Einmischung nicht.« Eine rasche Bewegung seiner Hand, und der Boden erbebte. Der Marmor unter ihren Füßen barst und Maja stieß einen erschrockenen Schrei aus, als Silberfeuer aus den Rissen schoss.

Corvyn taumelte zurück und sank auf die Knie, als ob ihm etwas einen Stoß versetzt hätte. Instinktiv trat sie auf ihn zu und er sah auf, als er es bemerkte. »Nicht!«

Sein Ruf ließ sie innehalten. Klingen wuchsen um ihn herum empor. Schwerter aus gleißendem Silberlicht, die ihn umschlossen wie ein Käfig. Sie bewegten sich sacht, wie Schilfgras, das vom Wind gestreichelt wurde. Majas Herzschlag stockte, wann immer sie sich näher zu Corvyn neigten, spielerisch, als ob sie ihn necken wollten. Und doch wusste sie, dass ihre Weichheit nichts als eine Täuschung war.

»Neue Spielzeuge, Eure Majestät?« Corvyns Stimme blieb gleichmütig, obgleich Angespanntheit darin lag. Er wich einer Klinge aus, die gefährlich nah an seinem Arm vorüberstrich.

»Wunderschön, nicht wahr? Gefallen sie dir, Rabenprinz? Ich habe sie allein für dich ersonnen. Und ich musste zu lange warten, um sie endlich erleben zu dürfen.« Eine der Klingen sauste herab und zerteilte Corvyns Ärmel. Er zuckte zurück und Maja sah das dünne Rinnsal Blut, das aus dem Schnitt rann.

Sie stieß einen erstickten Laut aus und fuhr zum König des Mondreiches herum, der sein Werk selbstzufrieden betrachtete. »Was für ein widerwärtiges Scheusal seid Ihr? Was soll das? Warum habt Ihr mich hierher gebracht?«

Der Feenkönig lächelte und wandte sich ihr zu. »Ich habe ein Angebot für dich, Maja Carjesan.« Er näherte sich ihr und Maja schluckte, als sie die unnatürliche Hitze spürte, die von ihm ausging. Es war, als ob eine Berührung von ihm genügen würde, um sie zu Asche zu verbrennen.

»Was könntet *Ihr* mir anbieten?«, fragte sie voller Abscheu. »Euren Tod? Dass Ihr Euch für immer von der Welt der Menschen fernhaltet? Wenn das Euer Angebot ist, werde ich es mit Freuden annehmen. Wenn nicht, müsst Ihr Euch nicht bemühen, es mir zu unterbreiten.« Sie zwang sich, nicht mehr zu Corvyn zu blicken, nicht an die Klingen zu denken, die nach seinem Blut lechzten. *Ein Traum, nur ein Traum …* Sie hoffte, dass er recht behielt.

Der Feenkönig lachte auf und fuhr fort, sie zu umrunden wie ein Raubtier, das seine Beute begutachtete. »Bist du sicher?«

Die Musik erstarb und Stille legte sich über den Pavillon. Maja konnte das klingende Rieseln der Regentropfen vernehmen, die wieder zu fallen begonnen hatten. Ihre Mutter hielt inne, als ob jemand den Schlüssel aus der Spieluhr gezogen hätte. Die Wogen ihres Rockes bewegten sich noch für einen Moment länger, dann fielen sie auf die Empore nieder.

»Es ist erstaunlich, wie sehr du deiner Mutter ähnelst.« Seine Finger glitten durch ihr Haar und Maja schreckte vor ihm zurück. Hastig brachte sie Abstand zwischen sich und den Feenkönig, dessen Lächeln sich grausam verbreiterte. »Das gleiche Haar wie gesponnenes Gold … die gleiche Haut wie Milch mit Honig. Und doch … das Erbe deines Vaters hat dir eine Widerspenstigkeit verliehen, die sie nicht besessen hat.«

Majas Magen zog sich krampfhaft zusammen. »Ihr habt sie gegen ihren Willen gestohlen und in Euer Reich entführt. Und jetzt verwittert sie in einer Welt, in die ihr Geist nie mehr zurückkehren durfte. Warum? Warum habt Ihr das getan?« Ihre Hände ballten sich zu Fäusten. Wie sehr sie sich wünschte, ihm die Augen auszukratzen … wie sehr sie sich wünschte, nicht … *ohnmächtig* im Angesicht seiner Macht zu sein.

Er schnalzte mit der Zunge, als sei sie ein Kind, das er tadeln musste. »Nicht doch. Selbst ich kann niemanden gegen seinen Willen in mein Reich bringen. Lyane ist freiwillig mit mir gegangen. Das war der Pakt, den sie mit mir geschlossen hat. Ihre Seele würde in meinem Reich bleiben, ihr Körper durfte zu ihrer Familie zurückkehren.«

»Und was hat sie für diesen *Pakt* bekommen?« Maja reckte das Kinn, um dem Feenkönig in die Augen zu blicken. »Ewige Schönheit? Unsterblichkeit? Ein glückliches Leben?« Sie schnaubte. »Ihr habt Euren Teil des Paktes wahrlich erfüllt.«

»Das habe ich, mein Kind.« Er fasste nach ihrem Kinn und hob es an. »Lyane hat bekommen, was sie sich gewünscht hat. Ihre Tochter durfte aufwachsen, ohne dass ich sie angerührt habe. In Sicherheit vor meinen Händen, bis sie alt genug ist, um selbst über ihr Los zu entscheiden … alt genug, um sich mein Angebot anzuhören.«

Er ließ seine Worte verhallen und lauschte ihrem Klang nach. Majas Augen suchten die Gestalt ihrer Mutter. »Nein. Das ist … nicht wahr!« *Oh Mutter …* Ein Opfer, für ihre Tochter erbracht, damit sie in Frieden aufwachsen konnte. Der Rabe behielt recht. Lyane Carjesan hatte ihr Kind geschützt und sie hatte dem Feenkönig ihre Seele verkauft. Für sie. Die Welt zerbrach in ihrem Inneren und schnitt sie mit den Scherben, die sie hinterlassen hatte. *All das Leid … für mich … nur für mich …*

»Du weißt, dass es wahr ist.« Der Feenkönig neigte sich zu ihr und hauchte die Worte in ihr Ohr. »Deine Mutter hat dir Zeit erkauft. Und nun ist es Zeit für dich, schöne Maja. Die Zeit deiner Entscheidung ist gekommen. Aber ich werde es dir leichter machen.«

»Maja! Versprich ihm nichts!« Ein Schmerzenslaut drang aus dem Schwerterkäfig zu ihr herüber. Maja wandte den Kopf und sah, wie Corvyns Hand seine Schulter umklammerte. Blut rann über seine Finger, schimmerte auf den Silberklingen. Blut, das er vergossen hatte, weil er sich zu nah an die scharfen Stäbe des Gitters gewagt hatte, um nach ihr zu rufen.

»Ich habe dir gesagt, dass ich deine Einmischung nicht dulden werde.« Ein helles Band schoss von den Händen des Feenkönigs und wickelte sich um Corvyns Mund. Seine Finger krampften sich um den Knebel, aber er vermochte es nicht, sich davon zu befreien. Wann immer er ihn zu fassen versuchte, zuckte er zurück, als hätte er sich daran verbrannt. Sie konnte Schmerz in seinen Augen sehen. Qualen. Auch wenn er nicht blutete.

»Lasst ihn in Ruhe! Ihr wollt mich, nicht ihn!« Sie legte die Hand auf den Arm des Feenkönigs und zerrte daran, bis er sich zu ihr umwandte. Hitze schoss durch ihre Finger, doch sie ignorierte das Brennen auf ihrer Haut. »Warum lasst Ihr die anderen für mich leiden? Ich bin es, die Ihr wollt. Nicht meine Mutter, nicht er! Quält mich, wenn Ihr meinen Geist brechen wollt, aber lasst sie gehen!«

Der Feenkönig blickte auf ihre Finger, die sich in seinen Arm bohrten, doch sie ließ nicht von ihm ab. Für einen Augenblick wirkte er erstaunt, dann floss das Lächeln auf seine Lippen zurück, langsam und zäh, wie flüssiger Schatten. »Ich kann dir geben, was du dir wünschst. Du kannst das Opfer deiner Mutter ungeschehen machen und ihr das Leben zurückgeben, das sie für dich aufgegeben hat.«

Maja ließ die Hand sinken und sah auf die starre Form ihrer Mutter. Die einsame Figur auf einer Spieluhr, die sich nicht mehr drehte. »Was verlangt Ihr dafür?«, fragte sie rau, obgleich sie wusste, was er sagen würde.

»Komm in meine Welt, Maja Carjesan. Reich mir die Hand und lass dein Leben hinter dir. Deine Mutter wird sein, was sie war.« Er hob die Hand und hielt sie ihr entgegen. Ein erstickter Laut drang aus dem Schwerterkäfig. Corvyns Finger schlossen sich um die Klingen, als könnte er sie öffnen. Sein Blut trübte das Silberlicht und seine Augen flehten sie an, es nicht zu tun. Sie erkannte sein Entsetzen darin, die Hilflosigkeit. Verzweiflung.

Was auch immer er tut, was auch immer er dir vorspiegelt, gib ihm niemals, was er verlangt. Selbst wenn es dich in Stücke reißt. Seine Worte hallten in ihrem Kopf wider. Maja unterdrückte das Schluchzen in ihrer Kehle. Noch einmal sah sie zu dem Prinzen, dessen smaragdene Augen sich in die ihren bohrten und sie festhielten. Und plötzlich wusste sie, was sie tun musste. Es gab nur einen Weg. Einen einzigen Weg, der das Opfer ihrer Mutter nicht zunichte machen würde. Einen einzigen Weg … um Serijsa von den Feen zu befreien und sicherzustellen, dass niemand mehr das Schicksal ihrer Familie teilen würde.

Ihre Nägel gruben sich so fest in das Fleisch ihrer Handfläche, dass sie Feuchtigkeit darunter spürte. Dann sah sie zu dem Feenkönig auf. »Ich gehe mit Euch, wenn Ihr ihn freigebt. Lasst Corvyn gehen und gebt ihm sein Leben zurück, nähert Euch ihm nie mehr und ich gehöre Euch.«

Der Feenkönig trat zurück. Überraschung flackerte in seinem Blick. Es war das erste Mal, dass sie Unentschlossenheit an ihm wahrnahm. Corvyns Finger glitten von den Lichtklingen ab. Sein Blut tropfte auf den Marmor und hinterließ dunkle Flecken darauf. Er schüttelte den Kopf, wieder und wieder, als könnte er damit ihren Entschluss rückgängig machen.

Aber es war zu spät.

»Nehmt Ihr an?« Sie starrte den Feenkönig an und versuchte, nicht mehr an den Prinzen zu denken. Das schreckliche Bild aus ihrem Geist zu verbannen, obgleich sie wusste, dass es sich in ihr Gedächtnis gebrannt hatte.

Der Feenkönig blickte zum Käfig und seine Lippen verzogen sich. Sein Lächeln war kalt wie Eis. Beinahe konnte sie es auf ihrer Haut fühlen. »Der Rabe soll es sein? Du gibst alles auf – für *ihn?*« Er lachte, als sei es ein gelungener Scherz. Grausamkeit klang darin mit, eine wilde Freude, die sie nicht verstand.

Rabe … Nur ein Wort.

Sie sah ihn an, den Prinzen in dem Käfig aus Klingen. Die Rabenfedern auf seinem Gesicht. Die Vertrautheit, die sie empfand, wenn er in der Nähe war … eine Vermutung, die zur Gewissheit reifte und den Lauf der Welt veränderte. Maja schloss die Augen. »Ja. Der Rabe soll es sein. Kein anderer als er.« Ihre Antwort war ein Wispern und doch wusste sie, dass er es hörte.

Vergnügen brannte im Blick des Feenkönigs. »Dann soll es so sein.«

Seine Hand streckte sich ihr von Neuem entgegen und diesmal ergriff sie seine Finger. Ein Blitzschlag fuhr durch ihre Glieder und Maja keuchte auf. Die Welt verkehrte sich. Sonne und Mond tauschten ihre Plätze und für einen Herzschlag lang stand die Zeit still.

Ihr letzter Blick galt ihm. Dem Raben von Serijsa, der sie ansah, als hätte sie das Herz aus seiner Brust gerissen.

Bitte vergib mir. Ich habe keine Wahl. Ich werde ihm widerstehen … Ich werde kein Schlüssel für ihn sein. Schließ das Weltentor und ich werde stark genug sein. Niemand wird je wieder für mich leiden müssen.

Wie sehr sie sich wünschte, dass er es hören könnte. Dass er verstand … Dann erlosch das Licht der Welt und sie fiel. Dem Mond entgegen, der kalt und unbarmherzig auf sie herabsah.

Die Wiederkehr des Königs

Sein Schrei hallte von den steinernen Wänden wider. Schmerz zuckte durch seine Hände und seine Schulter, doch er war nichts gegen die Qualen, die in seinem Inneren tobten. Sein Herz war eine Wunde. Roh. Blutend. Von tausend Messern zerstochen. Dennoch schlug es noch. Es trieb sein Blut an und seine Glieder prickelten, als die Taubheit daraus wich. Corvyn öffnete die Augen und starrte in die Schwärze der Nacht, die ihn umgab. Der Mond schien schwach durch die gläserne Kuppel, sein Licht erreichte sein Grabmal kaum.

Sein Grabmal …

Er ließ den Kopf zurückfallen, auf den kalten Stein, auf dem er für einhundert Jahre geruht hatte. Einhundert Jahre … bis Maja Carjesan in sein Leben getreten war. Das Licht seiner Hoffnung. Erloschen, um ihn zu retten.

»Warum hast du das getan? Warum? Wie konntest du so dumm sein?« Ein raues Flüstern aus seiner ausgedörrten Kehle, trocken vom Staub unzähliger Jahre. Er hustete und seine Lunge brannte. Jeder Atemzug war mühsam, jede Bewegung schwach, aber er spürte, wie die Stärke zurückkehrte, je kräftiger das Blut in seinen Adern pulsierte.

Er hatte es gewollt. Einhundert Jahre lang hatte er sich danach gesehnt, seinen Körper zu spüren. Wieder unter den Lebenden zu wandeln. Er hatte geglaubt, Freude zu verspüren, wenn es so weit war. Doch nun fühlte er nichts als Entsetzen. Leere. Den Schrecken, der ihn erfüllt hatte, als Maja dem Feenkönig die Hand gereicht hatte, um mit ihm in das Reich des Mondes zu gehen. Er hatte ihn alles miterleben lassen. Den Augenblick, in dem sie erstrahlt war wie der Mond. In dem sie ein Leuchten ausgefüllt hatte, als sei sie von den Sternen herabgefallen. Ihr Verschwinden an einen Ort, an den er ihr nicht folgen konnte. Und bei den Göttern, er *wäre* ihr gefolgt.

Corvyn wusste, dass sie mit dem Feenkönig gegangen war, damit er das Spiel beendete. Er hatte ihre Stimme in seinem Kopf vernommen, eine Verbindung, die er nicht verstand und deren Ursprung er nicht zu enträtseln vermochte. Doch ganz gleich, woher ihre Worte gekommen waren – es war sinnlos! Wie konnte sie glauben, dass sie stark genug war, ihm zu widerstehen? Und wie könnte er je das Portal schließen und es beenden, wenn es bedeutete, dass er sie für alle Zeit dahinter einsperrte? Dass es keinen Weg mehr zu ihr gab, sobald sein Blut über den Spiegel floss? Dass sie ihr Leben in ewiger Gefangenschaft verbringen würde? Es sollte ihm nichts bedeuten. Es *durfte* ihm nichts bedeuten. Für sein Volk. Für Serijsa. Er hätte sich mit Freuden dafür geopfert. Aber er wusste nicht, ob er vermochte, *ihr* Opfer anzunehmen.

Du hast dich in mir getäuscht, Maja … ich kann es nicht beenden. Nicht auf diese Weise. Dein Opfer war umsonst. Corvyn sog tief den Atem ein. »Du hast gewonnen, du Bastard«, murmelte er bitter. »Genieße es.«

Er hatte den Triumph in seinen Augen gesehen. Das Wissen, dass er ihn endgültig besiegt hatte. Der Feenkönig war ein Meister der Intrige. Corvyn hätte wissen müssen, dass er niemals die Aussicht besessen hatte, den Sieg davonzutragen. Er hätte vorsichtiger sein sollen. Warum war die Maske von seinem Gesicht geglitten? Warum hatte er nicht mehr vermocht, seine Fassade aufrechtzuerhalten? Wie hatte er so dumm sein können? Verführt von einem Blick in meerfarbene Augen, die ihn hatten vergessen lassen, in welcher Gefahr sie schwebten. Es war eine meisterhafte Inszenierung. Musik und Tanz. Rosen und Regen. Mondschein und Zauber. Eine Falle, in die er getappt war wie ein argloses Kind. Doch letztlich war es ihr unschuldiger Zauber, dem er erlegen war, nicht die Magie, die seine Sinne betört hatte.

Corvyns Faust ging auf den Stein seines Grabes nieder. Der Aufprall ließ neuen Schmerz durch seine Hand zucken und er erinnerte sich an die Wunden, die ihm die Klingen des Feenkönigs zugefügt hatten. Er öffnete die Finger und sah auf die Schnitte, tief genug, um heftig zu bluten, aber das Blut stockte bereits. Eine Lüge mehr, die er ihr erzählt hatte, in der Hoffnung, dass niemals geschehen würde, was geschehen war. Für wie klug er sich gehalten hatte …

Er war ein Narr.

Doch er musste einen Weg finden … er konnte sie nicht zurücklassen. Niemals.

Mit einem Stöhnen richtete er sich auf. Seine Gliedmaßen weigerten sich, ihm zu gehorchen, und so verging eine Ewigkeit, bis seine Füße den Boden berührten. Der Stoff seines Hemdes war fadenscheinig und dünn, von den Motten zerfressen, die sich in der Gruft eingenistet hatten. Er spürte, wie er zerriss, als er sich bewegte. Die Sohlen seiner Stiefel schlurften über den Marmor und er betrachtete für einen Augenblick die Schrift, die in den Stein seines Grabes eingeritzt war. Seinen Namen. Den Tag seiner Geburt und seines Todes.

»Du hast dir Mühe gegeben, mich zu töten, Schwester. Zu schade, dass es dir nicht gelungen ist, es wirklich zu tun.« Seine Stimme war heiser wie das Flüstern von Papier, wenn die Seiten eines Buches umgeschlagen wurden. Es war seltsam, sie zu hören. Wirklich zu *hören*. Nicht vom hohlen, unwirklichen Klang der Geisterwelt gezeichnet. Grimmig tastete er nach der geheimen Tasche in seinem Gehrock, in der er das kalte Metall wusste, das seit Leonin die Hand des Königs geschmückt hatte. Melysan hatte nie etwas von seinen Geheimnissen geahnt. Selbst ohne den Zauber, der den Ring verborgen hatte, hätte sie ihn niemals entdeckt. Er schob ihn auf den Ringfinger seiner linken Hand und erhob sich schwankend. Sofort schlug sein Herz hastiger. Er musste die Zähne zusammenbeißen, um dem Drang zu widerstehen, sich wieder zurückfallen zu lassen und die Augen zu schließen. Einer Welt zu entkommen, die sich auf eine Weise gewandelt hatte, mit der er niemals gerechnet hatte. Aber er durfte es nicht. Er konnte nicht aufgeben. Nicht jetzt. Das Spiel durfte noch nicht vorüber sein. Er würde nicht der Verlierer sein. Ein letzter Spielzug, den der Feenkönig nicht erwartete und der ihn endlich besiegte. Er musste ihn finden … er *würde* es.

Und er musste zu Parcivas. Auf der Stelle. Er atmete tief ein, ehe er den ersten Schritt aus der Nische tat, in der sein Körper all die Jahre geruht hatte. Das Mondlicht ergoss sich durch die Kuppel in die Gruft und überzog die Statuen der schlafenden Könige mit purem Silber. Zögerlich drehte er den Kopf und starrte auf die steinerne Gestalt der jungen Frau, die neben ihm schlief. Seine Mutter. Sie war zu wenige Jahre nach der Geburt ihrer Kinder gestorben, ihr Leben lang zu zart, zu zerbrechlich und von schwacher Gesundheit. Melysan hatte es nie verwunden … vielleicht hatte auch er es nicht. Er trat näher und musterte die Züge der Statue, während die alte Leere in ihm wuchs. Die Sehnsucht nach der Familie, die sie einst gewesen waren und die nach Syvelles Tod nie mehr die gleiche war. Sie hätte niemals zugelassen, dass Hass und Neid im Herzen seiner Schwester gewuchert waren wie hässliches Unkraut. Ohne sie waren sie alle verloren auf den Abgrund zu gestolpert, der sie letztlich verschlungen hatte. Er berührte die Hände, die auf ihrer Brust gefaltet waren, und hielt für einen Atemzug lang inne, um sich an ihr helles Lachen zu erinnern. Das funkelnde Licht in ihren Smaragdaugen. Der Verlust war noch immer wie Säure, die durch seine Adern strömte. Hastig wandte er sich ab, als er Feuchtigkeit in seinen Augen spürte. Doch das Grabmal neben dem ihren trug nichts dazu bei, seinen Schmerz zu lindern.

Die Ruhestätte des großen Königs Brys von Serijsa.

Seine Schritte waren zaudernd und langsam. Die Erinnerung an die letzten Stunden seines Vaters zu deutlich in seinem Geist verankert. Das blutige Leinen um seine Brust, seine glasigen Augen, als er ihm den Ring der Raben in die Hand gedrückt hatte. Kaltes Metall, das in seine Handfläche geschnitten hatte wie ein Messer. Seinen Widerwillen, weil er sich weigerte, zu glauben, dass der unbeugsame Mann mit der Statur eines Bären vor dem Tod kapitulieren würde. Doch es war geschehen. Ein verirrter Armbrustbolzen bei der Jagd und die Dunkelheit war ein zweites Mal über die Raben gekommen. Nachdem das Weinen verstummt und er zum Erben ausgerufen worden war, hatte Eis die Augen seiner Schwester überzogen. Die Vertrautheit zwischen ihnen war seit Langem einer Kluft gewichen, über die sich keine Brücke spannen konnte. Und Brys' Wahl hatte auch die letzten Fäden zerrissen, die noch von ihrer Zuneigung geblieben waren.

Eine Vollmondnacht vor seiner Krönung. Kräuter in seinem Wein. Ein geisterhafter Singsang von den Lippen seiner Schwester und die Nebel waren gekommen, um ihn zu verschlingen. Corvyn rieb über seine Brust, dort, wo die Scheibe des Seelenbinders seinen Körper gebunden hatte. Noch immer meinte er seine kühle Berührung zu spüren. Das Gewicht um seinen Hals, das seine Venen in Frost getaucht und seinen Körper zu Eis gefroren hatte. Langsam kriechendes, erbarmungsloses Eis, das ihn unter sich erstickt hatte. Aber es war nicht mehr da. Das Amulett ruhte auf dem kleinen Tisch neben seinem Bett. In seinen Gemächern, wo Maja es abgelegt hatte, weil sie es nicht mehr hatte tragen wollen, nachdem sie um seine wahre Natur wusste.

Maja.

Der Gedanke an sie löste ihn aus seiner Starre. Er betrachtete die Statue seines Vaters. Stark, unbezähmbar, von Kraft erfüllt, die nicht mehr war. Corvyn senkte den Kopf. »Ich habe es nicht aufhalten können, Vater. Ich habe die wachsende Dunkelheit in Melysan nicht sehen wollen und ich habe vor dir versagt. Verzeih mir. Aber ich werde das Geschenk meiner Rückkehr nicht verschwenden. Ich werde es beenden. Das schwöre ich dir. Bei meinem Blut.«

Er hatte die Hand zur Faust geballt, nun öffnete er sie und trat zurück. Stille herrschte in der Gruft. Die Absätze seiner Stiefel verursachten die einzigen Laute. Die Steinwächter hatten sich nicht geregt, lebloser Stein, dazu verzaubert, das Königsblut der Raben unbehelligt passieren zu lassen. Corvyns Blick fiel auf die Wand hinter der Götterstatue. Die goldene Sonne, die über ihrem Kopf von der Decke hing, die Symbole, die hinter ihr in den Stein geritzt waren, kaum sichtbar im Mondschein. Die Statue von König Ascaris verschmolz beinahe mit der Mauer, doch Corvyn konnte seine Silhouette mühelos ausmachen. Er hatte sie häufig genug gesehen, wenn die Königsfamilie zusammengekommen war, um ihre Mitglieder zu Grabe zu tragen. Die niederen Zweige in den Labyrinthen, die sich bis tief in den Bauch der Erde schlängelten, die Könige in der Halle.

Außer einem.

Die Erkenntnis traf ihn unvermittelt. Die Hoffnung war schmerzhaft. Ein scharfer Strahl aus Licht, der sich in seinen Magen bohrte. War es möglich? Corvyn wagte es kaum zu atmen, als er näher an Ascaris herantrat und zu der Statue aufsah.

»Ascaris. Weiche und lass mich passieren«, forderte er streng. Seine Stimme hallte mit einem lauten Echo von den Wänden wider. Das Stöhnen des Steins antwortete ihm, als Ascaris zum Leben erwachte. Steinerne Arme und Beine bewegten sich mit einem Grollen, das durch die Grabstätte schallte. Die Steinaugen des Königs richteten sich auf ihn und musterten Corvyn eindringlich. Sein Herz schlug schmerzhaft gegen seine Rippen, als Ascaris sein Schwert hob und ein Knurren aus seiner Kehle drang.

Seine Lippen verzogen sich zu einem hässlichen Grinsen, das silbriggraue Steinzähne offenbarte. »Wer bist du, Eindringling, der meine Ruhe stört? Wer wagt es, über Ascaris Areon zu befehlen?«

Das Schwert war riesig, die Klinge selbst nach Jahrhunderten noch blank. Sie würde ihn mühelos durchbohren. Corvyn schluckte, als sich die Spitze auf sein Herz richtete. »Ich bin Corvyn Areon aus dem Geschlecht der Raben, der Sohn von König Brys.«

Ascaris trat einen Schritt auf ihn zu und Corvyn wich rasch zur Seite aus, ehe ihn die Klinge aufspießen konnte. Sie zischte nah an ihm vorüber, so dicht, dass sie seinen Ärmel aufschlitzte. Der Boden wankte unter der Wucht, mit der der Steinfuß auf den Marmor prallte. Das gewaltige Gesicht der Statue neigte sich ihm zu, als wolle sie an Corvyn schnüffeln. »Ich kenne deinen Geruch.«

Wir haben ein Jahrhundert in der gleichen Gruft verbracht, du steinerner Esel. Er konnte die Schneide an seinem Arm spüren. Eine kalte Erinnerung an ihre Schärfe. Corvyn zwang sich, Ascaris' Inspektion eisern standzuhalten, obgleich sich Schweiß auf seiner Stirn bildete. »Es ist das Blut der Raben, das du riechst. Und es ist das Blut, das du unbehelligt passieren lassen sollst. Ich sage es noch einmal – Ascaris Areon, gib den Weg frei und lass mich hinein!« Der Klang seiner Stimme war so fremd und befehlend, dass er ihm erstaunt nachlauschte.

Ascaris erstarrte. Die farblosen Augen weiteten sich und die Klinge sank herab. Der Steinkönig richtete sich langsam auf, bis er über Corvyn aufragte wie ein Berg. Dann schloss sich seine zweite Hand um das Schwert und er hob es an. Corvyn spannte sich an, bereit, dem Hieb auszuweichen, doch Ascaris presste die Waffe an seine Brust, auf das Wappen der Raben, das dort eingeritzt war. Der Stein knarrte, als sich der Kopf der Statue senkte. »Wie Ihr befehlt, Eure Majestät.«

Majestät … Corvyn starrte die magische Kreatur sprachlos an. Steinfüße kratzten über den Grund, als der Steinkönig stumm an seinen Platz zurückkehrte und einen Schritt zur Seite trat, um den Weg freizugeben. Sein Blick war wieder auf den Türbogen fixiert, der den einzigen Eingang in die Gruft bildete. Ascaris versteinerte, als sei er nicht mehr als eine schlichte Statue. Ein starrer Wächter, der erst lebendig wurde, wenn man es ihm befahl oder wenn er den Lebenssaft eines Fremden witterte. Es dauerte einen langen Augenblick, bis er sich gefasst hatte und sein innerliches Zittern verging. Corvyn stieß den Atem aus und näherte sich vorsichtig der Mauer. Mit einem Seitenblick auf Ascaris' reglosen Körper rieb er die Hand über den Stein. Schorf löste sich und die Wunde in seiner Handfläche brach wieder auf. Sie brannte mit dem Zorn des Abgrundes, als frisches Blut hervorquoll. Er ignorierte es und presste sie auf das Sonnensymbol, das in das verborgene Portal geschnitzt worden war. Licht flammte an den Rändern der Pforte auf und blendete ihn. Corvyn kniff die Augen zusammen. Er beschattete sie mit der Hand, bis der Stein nach innen glitt und die Sicht auf die Treppe freigab, die dahinter in die Finsternis führte.

»Lumae!« Das Wort aus der alten Sprache prickelte auf seiner Zunge. Eine Ewigkeit war vergangen, seitdem er sich ihrer zuletzt bedient hatte. Die Fackeln an den Steinwänden entzündeten sich mit einem Zischen. Blanker Stein erstreckte sich vor ihm, in flackernden Feuerschein getaucht. Der Eingang in das Labyrinth, das außer der Königsfamilie nur jenen bekannt war, die mit der Bestattung der Toten betraut worden waren. Jetzt mochte es außer ihm und Melysan niemanden mehr geben, der die Gruft besuchte und um ihre Geheimnisse wusste.

Corvyn lauschte auf seine Schritte, um sich von der dunklen Enge abzulenken, die ihn empfing. Er war niemals gern hier gewesen. Doch dieses eine Mal begab er sich freiwillig in die bedrückende Stille des Todes, die auf diesem Ort lastete. Er fasste nach der Wand, um die Last auf seinen Beinen zu erleichtern und Halt zu suchen. Noch immer waren sie unsicher, bleiern, als ob Gewichte daran hingen, die ihn in die Tiefe zerren wollten. Die Luft war stickig, es fiel ihm schwer, den modrigen Dunst und den Staub der Jahrhunderte einzuatmen, der die Grabkammern erfüllte.

Er war erstaunlich erschöpft für jemanden, der hundert Jahre lang geschlafen hatte. Corvyn lächelte freudlos über die Ironie, die darin lag. Er spürte Hunger und Durst, die Regungen eines Menschen, der für Tage in einem Schlaf gefangen war, aus dem er gerade erwacht war. Gesund und doch ausgelaugt. Die Eishülle, die seinen Körper umfangen hatte, war tatsächlich geschmolzen, als er die Mondscheibe an sich gebracht hatte. Wäre er nicht aufgewacht, hätte es nur allzu bald sein Ende bedeuten können. Es war ein Gedanke, der ihn gleichermaßen schaudern ließ, wie er ihn mit Belustigung erfüllte. Das Spiel des Feenkönigs. Wie schnell hätte es beendet sein können, ohne dass er es je bemerkt hätte? Er schüttelte den Kopf über den Scherz des Schicksals, der sich ihm offenbart hatte.

Corvyn tastete sich voran, weiter hinab, bis die Stufen in ebenen Boden mündeten. Steinerne Türen erstreckten sich zu den Seiten des Ganges, der am Fuß der Treppe lag. Wappen prangten darauf und verrieten den Zweig der Familie, der hier zur Ruhe gebettet worden war. Doch keine von ihnen war sein Ziel. Es war das hohe, halbrunde Portal, das an seinem Ende wartete. Gewaltige Türflügel, die hinter sich bargen, was niemals angerührt werden durfte.

Keine Nacht währt ewig, denn die Sonne kehrt immer zurück. Es war Leonin, der den neuen Wahlspruch geprägt hatte. Die Worte eines Helden, der die Nacht aus dem Geschlecht der Raben vertrieben und es zurück ans Licht geführt hatte. Aus den Fängen des Mondreiches in die Wärme der Sonne, auf dass die Feen nie wieder die Herzen der Königsfamilie verderben würden. Und es waren die Worte, die sein Grabmal zierten. Schlichtheit regierte über Leonins Reich. Nichts als die verschlungenen Buchstaben der alten Sprache und das Symbol der Sonne, für die er sein Leben gegeben hatte, schmückten es.

»Jetzt wird sich weisen, ob ich der wahre König bin, Parcivas«, murmelte er leise. Er betrachtete den Ring an seinem Finger und legte die blutende Hand in die Mitte des Kreises, der die Sonne symbolisierte. Allein der rechtmäßige König von Serijsa konnte die Pforte zu Leonins Grabmal öffnen. Wenn die Zauber Melysan an seiner Stelle anerkannt hatten, war es eine glückliche Fügung, wenn sie seine Schätze nicht geplündert hatte, um die Feste für den Feenkönig davon auszurichten.

Corvyn hielt den Atem an und seine Anspannung stieg mit jeder verstreichenden Sekunde. Seine Hand begann zu zittern und er zog sie zurück. Er riss einen Streifen aus seinem Hemd und wickelte ihn um die Wunde, um die Blutung zu stillen, die feucht über seine Haut floss. Tropfen auf dem Boden markierten seinen Weg wie ein Wegweiser und er verzog das Gesicht, als er sie musterte. Sein Blut rann über die Linien der Sonne und wurde von dem Stein aufgesogen, als sei er durchlässig wie ein Schwamm. Er wartete, aber nichts geschah. Kein gleißendes Licht wies darauf hin, dass es gelungen war, die Siegel zu brechen. Kein Feengesang erhob sich. Keine Geisterhand ließ die Flügel beiseite gleiten. Nichts regte sich. Er würde sein Glück auf die Probe stellen müssen.

»Erstaunlich bescheiden für das Portal, das den größten Schatz der Raben hinter sich birgt.« Energisch stemmte Corvyn beide Hände gegen die Türflügel und drückte dagegen. Sie weigerten sich, seinem Druck nachzugeben. Nichts rührte sich.

»Verdammt!« Er legte den Kopf in den Nacken und Enttäuschung breitete sich in ihm aus. Nichts. Natürlich. Wie hatte er glauben können, dass es so einfach sein würde? Zornig versetzte er dem Stein einen Stoß und das Metall des Rings schlug mit einem klirrenden Laut gegen seine Oberfläche. Ein Knarren dröhnte durch den Gang und ließ ihn zusammenzucken. Stein schleifte über Stein und das Geräusch brachte seine Nackenhaare dazu, sich aufzustellen. Überrascht hielt er inne und es war, als ob die Erkenntnis wie ein Felsen in seinen Magen fiel. Corvyn verdrängte sie. Später. Später würde er sich damit befassen. Wenn er Zeit zum Nachdenken hatte. Nicht jetzt.

Entschlossen drückte er noch einmal gegen die Türflügel und diesmal gaben sie nach. Es war unerwartet schwer, das Tor zu Leonins Grab zu öffnen. Er spürte die Anstrengung in seinen Armen und es dauerte lange, bis der Spalt breit genug war, um ihn hindurchzulassen. Die Luft, die ihm entgegenschlug, war so dick und von Staub erfüllt, dass er hustete, bis er glaubte, nie mehr atmen zu können. Corvyn rang nach Atem und nahm eine der Fackeln aus ihrem Halter, um in die Dunkelheit zu leuchten. Das Licht warf unruhige Schatten an die Wand und bewegte sich über die kristallene Oberfläche des Sarges, in dem der König ruhte. Er presste sich durch die enge Öffnung und suchte nach den Fackelhaltern, die die Wände der Kammer säumten. Die Fackeln darin mochten alt und morsch sein, aber für den Moment waren sie besser als nichts. Corvyn entzündete sie rasch und warmer Schein offenbarte die Geheimnisse, die sich in der Finsternis verborgen hatten. Den Sarkophag. Den unversehrten Körper des Königs, von Magie konserviert, die nicht zuließ, dass die Erde ihn zurückforderte. Doch es war etwas anderes, das Corvyns Blick auf sich zog.

Das zerbrochene Weltenportal.

Es war von Leonins Erben hierhergebracht worden, an den Ort, an dem der König bis in alle Ewigkeit darüber wachen konnte. Es ragte über seinem Sarg auf wie ein riesiger Spiegel, der die ganze Wand einnahm. Der goldene Rahmen mochte einst prachtvoll gewesen sein, bevor die Zeit das Gold mit ihrer Patina überzogen hatte. Geschmückt von zahllosen Feenwesen, die sich an ihn klammerten. Spielerisch, versunken in einer träumerischen Bewegung, die wie ein Tanz anmutete. Es waren zu viele, um sie zu zählen. Jede einzelne meisterhaft gearbeitet, so lebensecht, als hätte man winzige Kreaturen aus dem Leben genommen und mit dem Metall übergossen. Corvyn spürte, wie ein Schauer über seinen Rücken rann. Kälte streifte seinen Nacken, als ob der Wind den Weg hinabgefunden hätte. Doch es war unmöglich. Kein Luftzug drang durch die Pforten der Gruft.

Er rieb über seine Arme und ging näher heran. In den Sprüngen des Glases waren dunkle Spuren zu erkennen, als sei es dort zersprungen, wo Leonins Blut über die gläserne Oberfläche geronnen war. Er streckte die Hand aus und ließ die Fingerspitzen über den Spiegel gleiten. Schmerz zuckte durch seine Hand und er zog sie zurück, um Blut zu finden, das aus einem neuen Schnitt quoll. Die Scherben waren scharf. Schärfer als jede Klinge. Sein Blut vereinte sich mit dem des Königs und kurz glühte silbernes Licht an der Stelle auf. Dann verging es, als sei es nur eine Täuschung gewesen. Corvyn trat zurück und schloss die Augen. Der Atem wich zischend aus seinen Lungen.

Es war sein Schicksal, das er vor sich sah.

Er weigerte sich, darüber nachzudenken und das Zaudern zuzulassen, das sich den Weg an die Oberfläche erkämpfen wollte. Er wandte sich ab und blickte auf Leonins toten Körper. Der König wirkte, als ob er schlief. Sein Haar war ebenso schwarz wie das seine, schwarz wie das der meisten Raben, wenngleich sich weiße Strähnen hineingemischt hatten. Ein Zeichen des Alters, das keines natürlichen Ursprungs sein konnte. Leonin mochte zum Zeitpunkt seines Todes nicht viel älter gewesen sein, als Corvyn es jetzt war. Sein bärtiges Gesicht war glatt und jugendlich, seine Kleidung nach all den Jahrhunderten in einem weitaus tadelloseren Zustand, als es die seine war.

Corvyn hob die Brauen und ließ die Hände über die kristallene Oberfläche des Sarges gleiten. »Eine Vergünstigung, die du mir niemals gegönnt hättest, nicht wahr, liebste Schwester? Das sieht dir ähnlich. Es war dir lieber, mich den Motten und dem Staub preiszugeben. Hast du je mein Grab besucht und dich daran geweidet?«

Er schnaubte und betrachtete das Schwert, um das der König die Hände geschlossen hatte. Eine mit Juwelen verzierte Waffe, nicht für den Krieg, sondern für die Repräsentation gefertigt. Ihr Träger hätte im Kampf ohnehin kaum etwas damit anfangen können. Leonin Areon war kein Krieger gewesen. So wenig, wie Corvyn es war. Er war ein Denker, ein Dichter. Der Mann, der als kleiner Junge Parcivas gefunden und von ihm die Wahrheit über sein Erbe erfahren hatte. Und er war mutig genug gewesen, einen uralten Pakt zu brechen, obgleich es seinen Tod bedeutet hatte.

Die legendäre Sonnenklinge der Rabenkönige, ihr Heft wie goldene Strahlen geformt. Man hatte sie mit ihm bestattet, nachdem er sein Leben damit beendet hatte. Unwillkürlich fragte Corvyn sich, ob er auf die gleiche Weise sterben würde. Zu dumm, dass es keine Erben gab, die dafür sorgen würden, dass er ehrenvoll zur Ruhe gebettet wurde. Er konnte sich glücklich schätzen, wenn sein Skelett nicht bis in alle Ewigkeit vor dem Portal verrottete. Ein rätselhafter Mann in fadenscheinigen Kleidern, der den verschollenen Ring des Königs am Finger trug. Corvyn wollte über die Vorstellung lachen, aber es blieb in seiner Kehle stecken.

Sinnlos, darüber nachzudenken. Er runzelte die Stirn und sah sich um. Der Seelenbinder musste hier sein, doch welcher der Steine mochte es sein? Seine Augen richteten sich suchend auf das schmale goldene Band, das die Stirn des Königs schmückte, doch auch dort …

»Sonne und Mond!«, fluchte er heiser. Er trat um den Sarg herum, um besser sehen zu können, aber es nutzte ihm wenig. Jedes einzelne Juwel war gelblich wie die Sonne. Eine perfekte Täuschung, die sicherstellte, dass selbst der rechtmäßige König den Seelenbinder nicht finden würde.

»Verflucht!« Entmutigt ließ sich Corvyn vor dem Sarg auf den Boden gleiten. Seine einzige Hoffnung war nah … so nah und doch konnte er sie nicht greifen! Wie sollte er den Seelenbinder unter all den

Steinen ausfindig machen? Sie waren gleich. Eine Reihe sonnengleicher Juwelen, durch nichts zu unterscheiden. Ganz zu schweigen davon, dass es keine Möglichkeit gab, den Sarg zu öffnen. Er würde mit Parcivas zurückkommen müssen. Er hatte die Zauber gewebt. Er würde wissen, was zu tun war, auch wenn es bedeutete, dass sie wertvolle Zeit verloren. Corvyn raufte sich die Haare und schlug verdrossen mit dem Kopf gegen den Kristall. Ein Summen drang an sein Ohr, etwas, das wie leiser Gesang anmutete, und er schreckte auf. Er lauschte angestrengt und wagte es nicht, sich zu bewegen. Er kannte die Melodie ... Es war ein Lied, das seine Amme für ihn gesungen hatte, unzählige Male, bis es sich fest in seinem Geist verankert hatte. Es lagen keine Worte darin, er konnte sie dennoch mühelos in seiner Erinnerung finden. Die Ballade von König Leonin, mit der jeder Rabe aufgewachsen war. Hier? Warum? Und was brachte sie hervor?

Corvyn tastete über den Kristall und seine Aufregung stieg. Der Ring schlug klirrend dagegen. Plötzlich gab die Härte unter seiner Hand nach und sie glitt hindurch, als ob er sie ins Wasser stieß. Kälte fuhr durch seinen Arm und er sog keuchend den Atem ein, als er Leonins Wams berührte. Seide, so kalt wie ein Wintermorgen, raue Stickerei. Er drehte sich hastig um und sah ungläubig auf seine Finger, die im Sarg des Königs steckten.

»Das ist es?«, fragte er die Grabkammer, die mit Schweigen antwortete. Er lachte heiser auf. »Das ist alles?« Corvyn schüttelte den Kopf. »Des Königs Hand durchdringt den Zauberbann und findet, was kein Auge sehen kann«, rezitierte er tonlos. Eine Zeile aus einem alten Gedicht, das Parcivas ihn hatte lesen lassen. Doch offenbar war es nicht des Königs Hand, sondern des Königs Ring, der das Wunder vollbrachte.

Gleichgültig.

Widerstrebend fasste er nach Leonins Fingern, um sie von dem Schwertgriff zu lösen. Sie waren steif und kalt wie Eis. Vom Frost geküsst, wie seine eigene Haut, je länger sie im Sarg verharrte. Die Erinnerung an sein eigenes eisiges Gefängnis kehrte zurück und er zwang sich, sie abzuschütteln.

»Verfluchter Hexenzauber«, murrte er verdrossen. »Gibt es nichts als das verwünschte Eis, um einen Körper zu erhalten?« Corvyn vernahm das leise Knacken, als er das erste Glied beiseiteschob und fühlte, wie Übelkeit in seine Kehle kroch. Er schluckte die Galle, die sich in seinem Mund ausbreitete, und fuhr fort, ohne über sein Tun nachzudenken. Beinahe erwartete er, dass Leonin erwachen würde, um nach ihm zu greifen und ihn an seinem Vorhaben zu hindern, doch seine Hände rührten sich nicht. Behutsam zog er das Schwert heraus und ließ es neben sich auf den Stein gleiten. Ein tiefer Atemzug und er fasste nach dem Reif, um ihn von Leonins Kopf zu ziehen. Strohtrockenes Haar strich über seine Hand und er war erleichtert, als er ebenso mühelos durch den Kristall glitt wie das Schwert.

Erst als das goldene Metall sicher bei der Klinge lag, wagte er es, auszuatmen. Eiskristalle schmolzen auf seiner Haut und Schmerz lauerte in seinen Fingern, die steif gefroren waren. Er schüttelte die Feuchtigkeit ab. Tropfen rieselten herab und verdunkelten den Grund. Rauch drang an seine Nase. Die erste der alten Fackeln war erloschen und ein dünner, grauer Faden stieg von ihr auf. Eine zweite flackerte und es war nur eine Frage der Zeit, bis die nächsten glühenden Holzreste zu Boden fielen. Die ersten Kohlen verglommen bereits auf dem Stein. Rote Feueraugen, die ihn aus der zunehmenden Dunkelheit anstarrten.

Zeit, zu gehen, bevor es ungemütlich wurde.

Ein letzter Blick auf König Leonin und er packte die Ausbeute seines Raubzuges. Seine Knochen protestierten, als er sich erhob und er verfluchte die Steifheit, die in seinen Gliedern saß. Das Schwert des Königs war schwerer, als es wirkte. Die Klinge aus Feeneisen war nicht mit den leichteren Degen zu vergleichen, die er in seinen Übungsstunden geführt hatte. Er war ein guter Fechter und hatte Freude am Führen der Klinge, doch er konnte sich kaum vorstellen, ein Schwert wie dieses im Kampf einzusetzen. Glücklicherweise … musste er es nicht.

Dicker Rauch füllte den Gang und trieb ihn zur Eile an. Melysan hatte offensichtlich darauf verzichtet, die Gruft instandzuhalten. Die Fackeln waren so alt, dass sich das Feuer zu schnell durch das Holz fraß. Schon jetzt waren die meisten zu Boden gefallen, um dort zu Kohle zu verglühen.

Corvyn beschleunigte seine Schritte und hastete die Treppe hinauf. »Ascaris, zurück an deinen Platz!«, rief er der Steinstatue zu, während er auf den Ausgang zulief. Das Grollen in seinem Rücken wies darauf hin, dass der Steinkönig gehorchte und wieder auf seinen Wachtposten zurückkehrte.

Er sah nicht zurück, als er die Hände auf den Stein des Portals legte. Die Türflügel öffneten sich und die frische Luft der lauen Spätsommernacht schlug ihm entgegen. Corvyn hielt inne und sog sie tief in seine Lungen. Der Wind streichelte seine Haut und fuhr durch sein Haar. Der Geschmack der Freiheit breitete sich auf seiner Zunge aus, zum ersten Mal seit der unermesslich langen Zeit seiner Gefangenschaft. Seine Sinne waren beinahe schmerzhaft verstärkt. Er roch das Harz und die Bäume des Waldes, die ihn umgaben, das feuchte Erdreich, berührt von Regen, der sanft vom Himmel rieselte. Den süßen Duft der Rosen, die an der Gruft emporwucherten. Er hörte die Geräusche der kleinen Tiere im Unterholz, das Krächzen der Raben, das gelegentlich vom Schloss herüberdrang.

Leben.

Er breitete die Arme aus und genoss die Vielfalt der Gefühle, die es in ihm freisetzte. Feuchtigkeit traf auf sein Gesicht und rann über seine Lippen. Warm auf seiner kalten Haut. In der Ferne grollte leiser Donner und kündete von dem Sommergewitter, das bald hereinbrechen würde. Er lächelte wie ein Narr, als die Nässe durch die Lumpen drang, die er am Leib trug. Bis er das Schloss erreichte, würde er bis auf die Knochen durchnässt sein, doch es kümmerte ihn nicht. Corvyn wandelte durch den Regen wie ein Träumer, der sich weigerte, aus seinem Schlaf zu erwachen.

Einhundert Jahre. Einhundert Jahre in einem Gefängnis aus Nebel. Einhundert Jahre ohne die Wirklichkeit einer sternenlosen Nacht, ohne Sonne, Wärme, Gerüche und Geschmack. Es war wie ein Rausch, der mit aller Macht über ihn hereinbrach und ihn für einen Augenblick vergessen ließ … bis sein Blick die Stelle streifte, die eine Erinnerung wachrief. Das Bild einer jungen Frau, die auf dem Platz vor der Gruft niedergesunken war. Ihr Haar aus gesponnenem Gold, rötlich in den Strahlen der untergehenden Sonne. Ihre Miene zwischen Ärger und Belustigung, als sie die Mondscheibe in ihren Händen drehte. Corvyns Schritte stockten. Er wischte sich das Haar aus den Augen und sah auf den Flecken, an dem sie gesessen hatte. Das Gesicht erhitzt, ein fiebriger Glanz in ihren Augen, aber keine Furcht. Er hatte den Raben durch den Wald fliegen lassen und sie an diesen Ort geleitet. Er hatte ihre Hilfe gebraucht. Ihre Hände und ihre Augen. Doch niemals hätte er vermutet …

Nein, keine Sentimentalität. Es half ihr nicht. Das Schwert in seiner Hand mochte es jedoch tun. Er umklammerte es fest, während er die Wege entlanglief, die er selbst blind hätte passieren können. Er kannte jeden Flecken dieses Ortes. Jedes Versteck und jede Lichtung. Jede Statue und jeden Brunnen. Und er verfluchte Melysan für das, was sie daraus gemacht hatte. Eine verwahrloste Wildnis, die die Erinnerungen seiner Kindheit überwucherte und unter wirren Ästen und Unkraut erstickte.

Sein Zorn wuchs mit jedem Baum, der vor der Wut eines Sturmes kapituliert hatte und zersplittert am Boden lag. Mit jeder Statue, die ihre Gliedmaßen eingebüßt hatte und deren Bruchstücke er fand. Das Gerippe seiner Vergangenheit, das Sterben seines Lebens. Sie hatte nichts als Scherben zurückgelassen und damit die Entscheidung ihres Vaters bestätigt. Sie war keine Königin. Sie war ein verwöhntes Kind, das schmollend den Niedergang seiner Welt in Kauf genommen hatte, um zu bekommen, was es wollte. Und doch … es war seine Schuld. Die Schuld seines Vaters. Sie hatten es beide nicht sehen wollen und Melysan hatte sie dafür bezahlen lassen.

Er blieb stehen und schöpfte Atem, um die Flammen in seinem Inneren niederzuzwingen. Es hatte keinen Zweck, sie zu nähren. Bald würde es ohnehin vorüber sein. Das Schloss würde mit ihnen sterben und eines Tages würde die Erde zurückfordern, was die Raben ihr einst abgetrotzt hatten. Es war gleichgültig, wann es begonnen hatte. Er konnte es nicht bewahren. Doch ebenso wenig konnte er den Schmerz darüber aus seinem Herzen verbannen. Er war dort. Tief in ihm, gemeinsam mit dem Wunsch, alles ungeschehen machen zu können, was über seine Heimat hereingebrochen war. Aber es war unmöglich.

Herrin der Sonne, warum? Warum hast du zugelassen, dass all das geschieht? Er schloss die Augen und legte den Kopf in den Nacken. Wasser rann über sein Gesicht, als ob der Himmel mit ihm über den Niedergang weinen wollte. Vielleicht hatte Parcivas recht. Vielleicht lag ihm mehr an seinem Erbe, als er wahrhaben wollte. Doch es war zu spät, zu bedauern, was niemals sein würde.

Verbissen setzte er seinen Marsch durch den nächtlichen Garten fort, entlang unter Ästen, die so tief hingen, dass sie seine Schultern streiften. Wind kam auf und trug ein unheimliches Rauschen mit sich. Der Sturm würde kommen und er würde die Bäume schütteln, bis sie Blätter und Zweige von sich warfen. Besser, er beeilte sich, ihm zu entkommen, bevor er von seiner Wut getroffen wurde.

Die ersten Blitze zuckten über den Himmel und ließen die Statuen aus der Schwärze hervortreten. Bleiche Geister, die erschienen, um innerhalb eines Wimpernschlages wieder zu verblassen. Corvyn fuhr zusammen, als eine feuchte Hand in seinen Nacken glitt, und schlug sie von sich. Ein Zweig schnellte zurück und klatschte wütend seine Blätter in sein Gesicht. Eine Ohrfeige aus Laub für den König, der keiner hatte sein wollen. Wahrscheinlich hatte er es verdient. Corvyn lächelte ironisch und streifte ein nasses Blatt von seiner Wange.

Sein Hemd klebte an seiner Haut, als er die Terrassen erreichte, die ins Schloss führten. Es war spät in der Nacht, Schloss Rabenschwinge hatte die Augen geschlossen und war in einen tiefen Schlaf gefallen. Die Lichter waren erloschen, der Ballsaal erglänzte nicht im Schein unzähliger Kerzen. Der Feenkönig hatte offensichtlich keine Lust verspürt, mit seinem Gefolge einzukehren, um im Reich der Sonne zu tanzen. Und wozu sollte er zurückkehren? Er hatte alles, was er wollte. Den größten Schatz, den Schlüssel, den er endlich errungen hatte. Er brauchte die Raben nicht mehr. Corvyn biss die Zähne zusammen, als neuer Zorn durch seine Adern floss. Zumindest sorgte es dafür, dass niemand seine Rückkehr bemerken würde. Es gab kaum noch Wachen im Schloss. Melysans Kräfte reichten nicht mehr aus, um eine große Dienerschaft zu kontrollieren. Sie war nach und nach geschrumpft, je stärker der Fluch über sie gekommen war. Bald würde nichts mehr davon übrig sein. Die große Hexenkönigin der Raben. Sie verblich mit jedem Atemzug. Es war eine gerechte Strafe. Er konnte kein Mitleid für sie empfinden.

Ungeduldig überwand er die Stufen, die zu den Terrassen führten, und huschte durch die Dunkelheit. Die Türme über seinem Kopf schlossen den Nachthimmel aus und Corvyn verschmolz mit den Schatten, um die Mauern des Südturmes abzutasten. Schloss Rabenschwinge verfügte über unzählige Geheimnisse und niemand kannte sie so gut, wie er es tat. Er befühlte die Wand, bis er das Sonne und Mond Symbol fand, das in den Stein geritzt worden war. Er stutzte, als seine Finger den losen Mauerstein berührten, der das Zeichen trug. Er saß zu tief. Stirnrunzelnd musterte er die Mauer und tatsächlich, die Ritze der Geheimtür war zu breit. Sie stand offen!

Er trat zurück und betrachtete verblüfft den hervorstehenden Teil des falschen Mauerwerks. Jemand war ihm zuvorgekommen. Und dieser Jemand war sehr in Eile oder verflucht überzeugt von seinen Fähigkeiten, sich Ärger vom Hals zu halten. Zu seinem Verdruss konnte er das Gleiche nicht von sich selbst behaupten. Sein Körper schien erpicht darauf, ihn jedes einzelne Jahr spüren zu lassen, das er in der Gruft verbracht hatte. Doch zu seinem Leidwesen hatte er keine Wahl. Energisch stemmte Corvyn die Tür auf und sie gab mit einem protestierenden Knarren nach. Der Aufstieg in den Turm befand sich im Dunklen. Nur wenige Flecken Sternenlicht fielen durch die kleinen Fensteröffnungen auf die Steinstufen, die von Staub und Spinnweben befreit waren. Eigentümlich. Es sollte niemanden mehr geben, der von diesem Gang wusste. Er hielt inne und lauschte, doch kein Schritt war zu hören. Der Turm war zu eng, als dass er ein Versteck bot. Nicht mehr als ein Treppenaufgang, der nahe seinen Gemächern lag. Wer auch immer vor ihm hinaufgestiegen war, hatte sein Ziel entweder erreicht oder er hatte sein Eindringen vernommen und erwartete ihn weiter oben.

Reizende Aussichten. Corvyn sah bedauernd auf das Schwert in seiner Hand, dann begann er leise die Stufen hinaufzuschleichen. Der Wechsel von Licht und Schatten begleitete seinen Weg. Blitze sandten ihren grellen Schein über den Stein, um von Dunkelheit und dem grollenden Donner gefolgt zu werden. Der Regen wurde stärker, das Plätschern so laut, dass es schwierig war, etwas anderes zu vernehmen. *Einhundert verdammte Jahre und ausgerechnet in dieser Nacht lassen die Wettergeister ihren Zorn über Sorieska niedergehen.* Corvyn verfluchte sein Pech. Es war, als setzte der Herr der Schatten all seine Macht ein, um ihn daran zu hindern, seine Kinder aus dem Sonnenreich zu verbannen. Aber es blieb still. Wer vor ihm über diese Stufen gegangen war, hatte sein Ziel längst erreicht und rechnete nicht mit einem Verfolger. Wahrscheinlich legte er ebenso wenig Wert darauf, gesehen zu werden, wie er es tat.

Töricht. Er schüttelte den Kopf über sich selbst. Wer sollte erwarten, dass der Prinz aus seinem Schlaf erwacht war? Er war ein Geist in der Erinnerung der Menschen. Niemand kannte sein Gesicht. Niemand erwartete sein Kommen. Noch nicht einmal Parcivas konnte ahnen, dass er auf dem Weg zu seinen Gemächern war. Corvyn stieß den Atem aus und beschleunigte seinen Lauf. Die Tür zeichnete sich vor ihm ab und er hielt inne, um zu lauschen, doch keine Menschenseele rührte sich auf dem Gang, der dahinter lag.

Behutsam drückte er sie auf und trat auf den Flur, der in Staub und Schmutz versank. Spuren zogen sich über den Teppich. Parcivas' Knochenfüße. Der zu lange Umhang, der Maja vor dem Feenkönig hatte verbergen sollen. Corvyn seufzte und schloss die Geheimtür in seinem Rücken. Sie glitt zurück, ein Stück der Wand, von einem Leuchter geziert, das keinen Hinweis auf seinen wahren Zweck hinterließ.

Rasch durchquerte er den Salon, in den der Gang mündete. Es war einer seiner liebsten Orte gewesen. Melysan hatte ihn belassen, wie er ihn zurückgelassen hatte. Das Kartenspiel, das unter der weißen Schicht nachlässig auf dem Tisch ausgebreitet war, erinnerte an die letzte Nacht, die er mit seinen Freunden verbracht hatte. Blindes Kristall stand dazwischen, der Wein darin schon lange ausgetrocknet, die Kelche von der Staubarmee besetzt, die sein Reich erobert hatte. Eine leere Flasche, die über den Teppich gerollt war, Asche im Kamin … kein Diener hatte sich bemüht, sie zu entfernen. Sein liebster Sessel wartete davor, das Leder alt und rissig. Ein Buch lag daneben, die Seiten vergilbt und verblasst, wo er sie aufgeschlagen hatte. Es versetzte ihm einen Stich, sein verlorenes Leben vor sich zu sehen. Die Erinnerung an Lachen und durchwachte Nächte. An Pläne, die niemals zur Erfüllung gelangt waren. An Menschen, die vor langer Zeit gegangen waren, ihr Leben bis zu seinem letzten Tag gelebt, während er zurückgeblieben war. Er würde nie erfahren, was aus ihnen geworden war.

Für einen Augenblick nahm es ihm den Atem. Corvyns Schritte stockten in der Mitte des Raumes. Die Hand, die das Schwert hielt, zitterte, als er den Blick durch den Salon schweifen ließ. Über Gemälde von Sorieska, die hohen Fenster mit dem Balkon, von dem aus man über die Stadt blicken konnte. Er hatte unzählige Male dort gestanden und hinabgesehen, verloren in seinen Träumen. Beinahe meinte er, noch die warme Sommerbrise zu spüren, die über seinen Nacken strich.

Nein. Er *spürte* sie.

Wärme streifte seine Haut und Corvyn fuhr herum. Ein Blitz zuckte über den Himmel und beleuchtete ein bleiches Gesicht. Zu einem widerwärtigen Grinsen gebleckte Zähne. Spinnwebenweißes Haar, das erglühte wie eine Gloriole. Ein Gewicht traf auf seine Brust und warf ihn von den Füßen. Die Luft wurde aus seinen Lungen gepresst und ein erstickter Laut drang über seine Lippen. Dann legte sich eine Hand um seine Kehle und spitze Klauen kratzten neckend darüber.

»Sieh an, wer aufgewacht ist«, schnurrte der Wechselbalg, der auf seinem Brustkorb kniete. »Der Prinz ist von den Toten wiedergekehrt und wandelt durch die Ruine seines Lebens.«

»Und der kleine Schoßhund meiner Schwester schnüffelt im Schloss herum und steckt die Nase in Angelegenheiten, die ihn nichts angehen.« Corvyn sammelte seine Kraft und ließ die Faust auf die Schläfe der Dämonenkreatur prallen. Der Kopf des Wechselbalgs ruckte zurück und schwarzes Blut schoss aus seiner Nase. Seine Klauen schlitzten über Corvyns Hals und hinterließen ein Brennen, wo sie die Haut zerrissen. Er biss die Zähne zusammen und versetzte ihm einen Tritt, bevor er sich von der Überraschung erholt hatte. Knochen knackten unter der Wucht, mit der die Kreatur zurückgestoßen wurde. Rasch langte er nach dem Schwert, das ihm aus der Hand gerutscht war. »Bist du hungrig, Thymeon? Der Feenkönig hat dafür gesorgt, dass du in den letzten hundert Jahren kaum Nahrung gesehen hast, nicht wahr?«

Der Wechselbalg kam auf die Füße und wischte sich über das unnatürlich glatte Gesicht. Verschmierte schwarze Spuren blieben zurück. Er betrachtete seine Finger und rötliches Licht flackerte in seinen Augen auf. »Jetzt bist du hier. Dein Blut wird genügen, um mich für eine Weile bei Kräften zu halten.«

Ein Prickeln rann über Corvyns Nacken. »Das wird Melysan nicht gefallen.«

»Nein. Aber sie muss es nicht erfahren.« Der Sprung der kleineren Kreatur kam unerwartet. Corvyn entging den zuschlagenden Krallen nur knapp. Thymeon prallte gegen die Stühle und Holz barst unter dem Gewicht des Dämonenwesens. Seine Klauen zerfetzten den samtenen Bezug der Polster. Scharf wie Klingen. Sie wuchsen mit jedem Atemzug, bis sie die Länge der Finger erreicht hatten, an denen sie saßen. Die Maskerade des Menschlichen bröckelte und die Wahrheit kam darunter zum Vorschein. Als er den Kopf hob, schmolz seine Haut und ließ die Knochen seiner Dämonenfratze deutlich hervortreten. Narben zogen sich über seinen Schädel. Ein knotiges, rötliches Geflecht, als hätten ihn die Feuer des Abgrundes bei seiner Geburt verbrannt.

Corvyn schluckte sein Grauen und schnalzte mit der Zunge. »Du hast schon besser ausgesehen, Wechselbalg. Die Zeit hier im Schloss ist dir nicht bekommen. Vielleicht solltest du in den Abgrund zurückkriechen, aus dem meine Schwester dich geholt hat.«

Seine Zähne waren spitz und lang, als er sie entblößte. Gelbliche Fangzähne, dafür gemacht, Fleisch zu zerreißen. »Das werde ich eines Tages, Rabenprinz. Doch zuerst hole ich dich und dann die Feentochter, die du in deinen Gemächern versteckt hältst. Ich kann sie riechen. Ihr süßes, magisches Blut.« Er hob den Kopf und witterte wie ein Hund.

Corvyn lachte, obgleich keine Spur von Humor in dem harten Laut lag. »Du suchst sie? Zu spät, Thymeon. Der Feenkönig ist dir zuvorgekommen. Das Spiel ist vorüber.«

Schrecken auf dem Gesicht des anderen. Ein Moment der Starre. Ein Vorteil für ihn. Corvyn stürzte sich auf den Wechselbalg und die Sonnenklinge fuhr auf ihn nieder. Er schrie auf, als das Feeneisen auf seinen Arm traf, und schweflige Rauchfäden stiegen von der Verletzung auf. Sein Blut benetzte die glänzende Schneide, doch der Hieb war ungenau. Die ungewohnte Größe des Schwerts brachte Corvyn aus dem Gleichgewicht und ließ ihn mit der Kreatur zu Boden gehen. Ihre Klauen schlugen sich in seine Haut und er spürte das Gift, das in seine Adern strömte. Trübe Tropfen rieselten auf den Teppich, als er sich mit einem Aufschrei losriss. Die Einstiche verursachten keinen Schmerz, kein Kribbeln. Aber er fühlte, wie seine Kraft wich. Sein Arm wurde auf der Stelle taub, als ob der Blutfluss darin ins Stocken geriet. Corvyn fluchte, als das Schwert aus seinen gefühllosen Fingern rutschte und zu seinen Füßen liegenblieb.

Der Wechselbalg stolperte schwankend auf die Füße und hielt sich die Wunde, die sich von seiner Schulter bis zu seinem Unterarm herabzog. »Feeneisen«, zischte er, während er Abstand zwischen sich und die Waffe brachte. »Ich frage mich, wie du daran gekommen bist.«

»Schmerzt es sehr? Das tut mir leid«, höhnte Corvyn, während er vor dem Ungeheuer zurückwich. Das Feeneisen musste ihm einen Teil seiner Kräfte geraubt haben, aber es war unmöglich zu bestimmen, wie stark der Wechselbalg noch war. Wenn fremde Magie durch seine Adern floss, würde es unbewaffnet beinahe aussichtslos sein, ihm zu entkommen. Er konnte es nicht wagen, sich nach dem Schwert zu bücken. Eine einzige Unachtsamkeit konnte sein letzter Fehler sein. Er umrundete den Tisch und suchte nach einer Möglichkeit, sich der Kreatur zu erwehren, die ihm behäbig folgte, als hätte sie alle Zeit der Welt, um ihn zur Strecke zu bringen. Sein Blick fiel auf den Schürhaken, der neben dem Kamin hing, doch er würde ihm kaum Schaden zufügen.

»Es schmerzt genug, um mich daran zu erinnern, warum ich dich tot sehen will.« Die Klauen des Wechselbalgs wuchsen, bis sie an die Peitschen erinnerten, die er im Spiegelsaal offenbart hatte. Sie ringelten sich über den Teppich wie Schlangen, von einem Eigenleben erfüllt, das ihn nicht daran zweifeln ließ, dass ihr Biss tödlich war.

»Um dich an meinem Blut zu laben. Das sagtest du bereits«, antwortete Corvyn lapidar, während seine Gedanken fieberhaft arbeiteten. »Aber ich lege wenig Wert darauf, als Dämonenfutter zu enden.« Der nächste Blitz teilte den Himmel und fing sich in etwas Hellem, das ihm zuvor nicht aufgefallen war. Ein Spiegel! Er stand gegenüber des Kamins und warf das grelle Licht zurück. Natürlich. Melysan hatte keine Möglichkeit versäumt, ihm Einblicke in sein Leben zu hinterlassen. Dieses einzige Mal war ihre Sucht, ihn zu verletzen, ein Segen.

Danke, Schwester. Er versetzte dem Tisch einen harten Stoß und ein Wirbel aus Staub, Kristall und Spielkarten flog durch die Luft. Das Holz kippte mit einem lauten Knarren und die Tischplatte begrub die dämonische Kreatur unter sich. Kristall splitterte. Ein erschrockenes Keuchen, das Zucken der Klauenpeitschen. Ein Strang wickelte sich um seinen Fuß, als Corvyn zu dem Spiegel rannte. Er schlug auf den Boden, doch die Schlinge hatte ihn nicht fest genug getroffen, um ihn zu halten. Die Peitsche glitt von seinem Stiefel ab und er stemmte sich in die Höhe. Ein Schlag seines unverletzten Ellenbogens ließ die Spiegeloberfläche bersten und Scherben rieselten herab. Er ergriff die Größte davon und spürte, wie sie in seine Handfläche biss.

Die Tischplatte wurde emporgeschleudert und der Wechselbalg kroch darunter hervor. Seine Augen glühten rot wie das Herz des Feuers. Sein Zorn war so stark, dass Feuerströme durch seine Venen wirbelten. Sie tanzten unter seiner Haut, als ob Lava anstelle von Blut darin floss. »Es ist Zeit, diese Welt endgültig zu verlassen, Prinz. Nimm Abschied«, grollte er bedrohlich.

Corvyn hob die Brauen. »So bald schon? Das hoffe ich nicht. Ich bin die Gruft verflucht müde.«

»Du hast keine Wahl!« Peitschen schossen auf ihn zu und Corvyn sprang zur Seite, um dem Hieb zu entgehen. Die Spiegelscherbe schnellte aus seiner Hand, kaum dass seine Bewegung beendet war. Sie streifte die Wange des Wechselbalgs und die Kreatur schrie auf, als sie ihr Fleisch aufschlitzte. Glimmendes schwarzes Blut quoll hervor und floss über ihre Fratze, doch es genügte nicht, um sie in eine Starre zu versetzen.

Verflucht! Seine linke Hand besaß nicht genügend Zielsicherheit. Corvyn langte nach einer zweiten Scherbe, aber eine der Peitschen wand sich um sein Handgelenk, ehe er sie erreichen konnte. Er zerrte daran, doch sie schnitt tief in seine Haut, als sei sie ein Messer. Das Grinsen des Wechselbalges war siegessicher. Die nächsten Stränge schossen auf ihn zu und wickelten sich um seine Kehle. Sein Atem stockte, als sie sich fester schlangen und Corvyn erstarrte. Ein harter Ruck würde sein Genick brechen. Er versuchte verzweifelt, seine taube Hand zu bewegen, doch sie widerstand seinen Befehlen und rührte sich nicht.

Die Füße des Wechselbalgs tappten gemächlich über den Boden. Er war klein wie ein Kind, aber seine Stärke war die eines ausgewachsenen Dämons. Diesmal gab es kein Entkommen, keine Flügel, die ihn davontragen würden. Ein Peitschenstrang fuhr beinahe liebkosend über seine Wange, in sein Haar. Die Peitschen verengten sich weiter. Die gespaltene Zunge des Wechselbalges leckte in gieriger Vorfreude über seinen lippenlosen Mund. Corvyn unterdrückte das Würgen, als die Kreatur näher kam. So nahe, dass er die Hitze fühlen konnte, die von ihrem Körper ausging. Die Peitschen zogen ihn in die Tiefe, als besäße er nicht mehr Gewicht als eine Feder. Quälend langsam, bis er vor ihm kniete.

»Träume süß, Rabenprinz.« Die Stränge zerrten ihn unbarmherzig auf den Wechselbalg zu. Er entblößte sein scharfes Gebiss und Corvyn zuckte zurück, doch es gab kein Entkommen. Seine Fesseln waren zu stark. Heißer Atem strich über seine Haut, Zähne näherten sich. Dann durchdrang ein dumpfer Aufschlag das Rauschen, das in seinen Ohren eingesetzt hatte. Der Wechselbalg keuchte auf. Die Peitschen verengten sich ruckartig und schnürten seine Kehle zu. Dann gaben sie ihn frei.

Corvyn langte nach seinem Hals und sog Luft in seine Lungen, während er entgeistert dabei zusah, wie die Augen des Wechselbalges beinahe aus den Höhlen quollen. Ein Schwall schwarzen Blutes strömte aus seinem Herzen und ergoss sich über die feinen Kleider des Höflings, in die er sich gewandet hatte. Etwas Silbriges glänzte im Licht auf, als der nächste Blitz niederging. Ein Geschoss, gleich dem Bolzen einer Armbrust. Es hatte seinen Rücken durchschlagen und die Spitze ragte aus seiner Brust. Seine Peitschenfinger zerrten daran, doch sie glitten wirkungslos davon ab. Donner begleitete den Schauer, der durch den kindlichen Körper rann. Die roten Ströme seiner Venen schwärzten sich, als ob sich Glut in Kohle wandelte. Dunkelheit wanderte über seine Haut, jeder Funken Licht wich daraus, bis sie ebenso schwarz wurde wie seine erlöschenden Augen. Der Wechselbalg stieß ein zitterndes Stöhnen aus. Dann kippte er langsam nach hinten und krachte auf den Boden. Ein letztes Zucken seiner Glieder und er lag still.

Der grelle Lichtschein eines neuen Blitzes ließ die Gestalt des Mannes aus den Schatten tauchen, der die Armbrust noch im Anschlag hielt. Er stand in dem Türbogen, der aus dem Salon führte. Wachsam. Als befürchte er, dass auch Corvyn sich als etwas Unmenschliches entpuppen könnte. Er suchte nach Worten, aber seine Kehle war ausgetrocknet. Ein Räuspern und er öffnete die Lippen, doch ein anderer Ruf kam ihm zuvor.

»Vijctor! Nicht! Das ist Corvyn!« Parcivas' Stimme. Der Geist eilte heran und schob den Mann beiseite. Dann blieb er wie angewurzelt stehen. Fassungslosigkeit glitt über sein durchscheinendes Antlitz. »Corvyn. Du …«

»… hast niemals besser ausgesehen. Ich weiß. Einhundert Jahre Schlaf haben Wunder bewirkt.« Er stützte sich auf seinen gesunden Arm und versuchte, auf die Beine zu kommen, doch sie weigerten sich, ihm zu gehorchen. Mit einem ergebenen Seufzen sank er zurück. »Und ich schwöre dir, ich spüre jedes verfluchte Jahr«, fügte er missmutig hinzu.

Der andere Mann ließ die Armbrust sinken und bahnte sich den Weg durch zerbrochene Stühle und Glassplitter. Er hielt ihm die Hand entgegen und Corvyn ergriff sie dankbar, um sich von ihm aufhelfen zu lassen. »Ein verdammt guter Schuss. Auch wenn ich schätze, dass ich Glück hatte.« Er nickte zu dem silbernen Geschoss hin, das beinahe die Brust des Wechselbalgs durchschlagen hatte.

Ein blasses Lächeln huschte über die Lippen des anderen. »Ich musste sichergehen, dass ein Schuss genügt. Ich war nicht auf Wechselbälger im Schloss vorbereitet.«

»Aber offensichtlich auf alles andere.« Corvyn musterte die Geschosse, die in seinem Gürtel steckten. Messer. Phiolen. Einen Ledersack. Was er in seinen Stiefeln und unter seinem ledernen Mantel trug, war nicht schwer zu erraten. Er war bis an die Zähne bewaffnet.

»Das ist Vijctor Carjesan … Majas Onkel.« Parcivas war nähergekommen. Er hatte die Hände verschränkt, ein Zeichen dafür, dass er sich nicht wohlfühlte.

Carjesan. Corvyns Blick glitt über den Mann und fing sich an den meerfarbenen Augen, die er zu gut kannte. Er drehte den Kopf, um den Geist fragend anzublicken.

»Du warst nicht der einzige abenteuerlustige Junge, der das Schloss zu seinem Spielplatz erkoren hat, Corvyn. Vijctor war mein Schüler und er hat mir Gesellschaft geleistet, wenn seine Mutter mit ihm zum Schloss kam. Wenngleich ich ihn seit vielen Jahren nicht mehr zu Gesicht bekommen habe.«

Ein stummer Vorwurf an seinen Schüler. Und er hatte gut gelernt. Corvyn sah den Mann genauer an. Die Waffen, die er trug. Schutzsymbole, die seinen Kragen und die Ärmelaufschläge schmückten. Feeneisen, das sich ins Herz des Wechselbalgs gebohrt hatte. Die Erkenntnis fiel an ihren Platz wie Steine, die eine Mauer vervollständigten. »Das bedeutet …«

»Der Rat ist tot. Aber nicht von den Familien vergessen, die ihn einst gegründet haben. Vijctor führt die Hüter der Dämmerung, Corvyn. Dein Werk ist fortgeführt worden!« Aufregung schlich sich in die Stimme des Geistes und fand einen Widerhall in Corvyns Inneren.

»Aber … Carjesan ist kein Name, der dem Ursprung entstammt«, erwiderte er ungläubig.

»Meine Mutter war eine Isjar. Sie war es, die unsere Linie weitergeführt hat, weil es keine männlichen Nachkommen mehr gab.« Vijctor schlug den Ärmel zurück und entblößte das Zeichen, das Corvyn nie wieder zu sehen erwartet hatte. Die Sonne, die den Mond in sich barg.

»Wenn die Sonne die Augen schließt«, murmelte er rau. Er humpelte zu seinem Sessel und ließ sich darauf niederfallen. Wie lange hatte er geglaubt, dass der Rat ausgestorben sei? Verloren? Dass nichts die Feuer überlebt hatte? Er wollte den Kopf in die Hände stützen, doch seine rechte Hand weigerte sich, ihm zu gehorchen. Maja. Maja Isjar. Tochter einer der höchsten Familien der Kinder der Dämmerung. Vertraute der Raben, bis Melysan den Pakt ein zweites Mal gebrochen hatte. Unmöglich. Wahr. »Maja?« Die Frage kam zögernd über seine Lippen. Er fürchtete die Antwort, obgleich er sie kannte.

»Verschwunden. Ihr Bett war verlassen, als Vijctor unverhofft in deine Gemächer geplatzt ist. Wir waren auf der Suche nach ihr, als wir den Lärm im Salon gehört haben.«

Corvyn schloss die Augen und für einen Moment wollte es ihm nicht gelingen, zu atmen. Dann hob sich seine Brust. »Ihr könnt sie nicht finden. Sie ist durch die Spiegel gegangen.« Sie hatte es wirklich getan. Die letzte Hoffnung starb, auch wenn er sie nie besessen hatte.

»Sie ist *was?*« Vijctors Gesicht verlor alle Farbe. Seine Hand fuhr durch die dunklen Locken, die nichts mit Majas goldenem Haar gemein hatten, dann schlug er gegen die Wand. »Verdammt! Ich hätte sie niemals hierherkommen lassen dürfen! Wie konnte das geschehen? Noch nicht einmal der Feenkönig hätte sie zwingen können, gegen ihren Willen ins Mondreich zu gehen. Maja ist eine Tochter der Dämmerung. Sie ist vor seinen Einflüsterungen sicher.«

»Sie hat es freiwillig getan«, sagte Corvyn tonlos. Vijctor sah stirnrunzelnd auf und er schüttelte den Kopf. »Nicht hier. Parcivas.« Er wies auf das Schwert, das bei dem umgestürzten Tisch lag. »Wir brauchen den Seelenbinder. Und wir brauchen ihn vollständig.«

Der Geist gefror, als er die Sonnenklinge zwischen den Scherben und Splittern entdeckte. Corvyn konnte seinen Widerwillen sehen. Furcht. »Wozu? Du bist hier. Er hat keinen Nutzen mehr. Besser, wir werfen ihn durch das Portal, bevor es verschlossen wird, damit diese Geißel endlich aus dem Reich der Sonne verschwindet.«

»Nicht, ehe Maja zurückgekehrt ist. Ich werde das Weltenportal nicht schließen, bevor sie sicher im Sonnenreich weilt.«

»Du willst …«, Parcivas' Worte versiegten. »Du bist vollkommen verrückt geworden! Und es ist unmöglich! Wir kennen seinen wahren Namen nicht.«

»*Wir* kennen ihn nicht«, antwortete Corvyn grimmig. »Aber die Herrin der Dämmerung kennt ihn.«

Schweigen brach über ihn herein. Eine Welle aus Entsetzen und Unglauben, die gegen seinen Körper brandete. Er ließ sie von sich abprallen wie ein Fels, der sich nichts und niemandem beugen würde.

»Die Herrin der Dämmerung ist eine Legende!«, wandte Vijctor hitzig ein. »Niemand hat sie je gesehen. Erwartet Ihr, dass ich das Schicksal meiner Nichte in die Hände einer Legendengestalt lege?«

»Oh, sie ist die lebendigste Legende, die ich jemals gesehen habe. Wenn ich Euch eines mit Gewissheit versprechen kann, dann das.« Er hob den Kopf, um den anderen Mann anzusehen. »Und was schlagt Ihr vor? Den Feenkönig zu töten und dabei Euer Leben zu lassen?«

Ein Schatten flackerte über Vijctors Züge und er verschränkte die Arme vor der Brust. Bitterkeit zeichnete den Zug seiner Lippen. »Wenn es keine andere Möglichkeit gibt.«

»Dann ist es Euer Glück, *dass* es eine andere Möglichkeit gibt. Betet dafür, dass die Herrin der Dämmerung uns wohlgesonnen ist. Wir können jeden Beistand gebrauchen, den uns die Götter schenken können.« Corvyn verzog die Lippen zu einem schmalen Strich. Parcivas hob das Schwert auf und hielt es mit spitzen Fingern von sich, als könnte es ihn aus einem eigenen Willen heraus schneiden. Er beachtete das Zaudern des Geistes nicht. Sein Weg lag klar vor ihm. Er kannte keine Furcht.

Die Rabenkönigin

Die Vergangenheit war nah, wenn sie in diesen Räumen weilte. So nah, dass sie sich darin verlor, sobald ihre Füße die Schwelle überschritten. Sie hatte jedes einzelne ihrer Brautgewänder aufbewahrt. Melysan blickte über die Flut aus Samt und Seide, die vor ihr ausgebreitet lag. Sie waren wie Blumen, die aus den Holztruhen quollen. Alle Farben des Regenbogens, jede sorgfältig ausgewählt, um die Anmut des Königspaares hervorzuheben. Kristalle blitzten auf dem weißen Seidengewand, in dem sie ihren ersten Gemahl geheiratet hatte. Eine Hochzeit im Winter, als Schnee und Eis das Schloss in ein glitzerndes Zauberland verwandelt hatten. Als noch Menschen der Zeremonie beigewohnt hatten. Der Adel von Serijsa, der sich in seine schönsten Gewänder gehüllt hatte. Sie hatte geglaubt, dass all ihre Träume in Erfüllung gehen würden. Aber Lukian war gestorben und mit ihm war ein Teil von ihr gegangen. Ihre Welt war dunkler geworden, obgleich es andere Männer gegeben hatte.

Am Anfang waren sie an ihrer Seite älter geworden, bevor sie einen neuen Gemahl erwählen musste. Ihre Lebenszeit wirkte natürlich. Die Tragödien ihres Lebens waren vielfältig. Doch jetzt … blieb keine Zeit mehr. Es waren immer mehr geworden, ihre Lebensspanne kürzer, während sie verzweifelt darauf hoffte, dass einer von ihnen den Fluch brechen würde, den die Götter über sie gebracht hatten. Dass einer von ihnen sie so sehr lieben würde, dass selbst die Herrin der Sonne ihr nicht länger verwehren konnte, was sie sich ersehnte. Aber keiner von ihnen hatte es vollbracht. Keiner war wie Lukian gewesen.

Warum hatte die Göttin sie dazu verdammt, einen ausgetrockneten Leib zu besitzen, der keine lebenden Kinder gebären konnte? Waren ihre Sünden so groß, dass sie ihr die Gnade bis in alle Ewigkeit verweigern würde? Es hatte eine Zeit gegeben, in der sie gebetet hatte. Um Vergebung gefleht hatte. In der sie in ungeweinten Tränen erstickt war. Doch die trockenen Schluchzer waren seit Langem versiegt, so wie ihre Gebete verstummt waren. Alles, worauf sie noch zu hoffen wagte, war, dass die Göttin eines ihrer Kinder so sehr liebte, dass sie ihre Sünden darüber vergaß. Vielleicht … würde es Elejas sein. Gesegnet mit Schönheit und einer zauberischen Stimme. Ein Mann, dem alle Herzen zuflogen, ohne dass er darum bitten musste. Wie konnte die Göttin ihn nicht lieben, wenn alle Welt es tat?

Sie würde niemals auf die gleiche Weise geliebt werden. Oh, wie sehr sie sich wünschte, den Stachel der Eifersucht nicht spüren zu müssen, wenn sie ihn ansah. Den hässlichen Stich, der ihr Herz vergiftete, weil Elejas so vieles verkörperte, was sie an ihrem Bruder gehasst hatte.

Ihr Volk behauptete, dass sie ihre Männer getötet hatte. Eine erbarmungslose Schwarze Witwe, die mordete, wenn sie eines Mannes überdrüssig wurde. Sie hatte die Gerüchte vernommen. Das Getuschel und die Verleumdungen. Aber sie wussten nichts. Sie hätte keinen einzigen von ihnen jemals töten können. Die Särge, die in die Gruft getragen worden waren … leer. Gefüllt mit Steinen und Stroh, die dort ihren Frieden gefunden hatten.

Melysan lächelte bitter. Sie strich über die weiße Seide, die hell geblieben war, während sich die Dunkelheit immer weiter auf sie herabgesenkt hatte. »Oh Lukian, wenn du wüsstest, was aus mir geworden ist … wie sehr würdest du mich verabscheuen.«

Und das würde er. Er war Güte und Licht gewesen. Reinheit und Liebe. Sie war Dunkelheit und Nacht. Hass. Neid. Er hatte nicht gewusst, dass sie den *Tod* ihres Bruders verschuldet hatte, denn er hatte die Finsternis in ihr niemals sehen wollen. Sie wusste tief in sich, dass er derjenige gewesen wäre, der ihren Fluch gebrochen hätte. Der ihr das Leben geschenkt hätte, das sie sich erhofft hatte. Wie könnte er je verstehen …?

Sie blickte zum Fenster, wo die Raben zu erkennen waren, die auf den Zinnen des Schlosses saßen wie stille Wächter. Die Seelen ihrer Gemahle. Sie waren dort, unter den Vögeln. Sie sahen aus Rabenaugen zu ihr herab und manchmal fürchtete Melysan, dass sie eines Tages herabkommen würden, um sich auf sie zu stürzen und sie zu töten. Dass sie endlich ihre Rache nahmen. Doch vielleicht mochte es ihnen genügen, dass sie ihr Schicksal teilen würde. Eine Rabin unter Raben. Der Tag war nicht mehr fern.

Ihre Hand zitterte, als Melysan sie hob, um die schwarzen Federn zu betrachten, die auf ihrem Handrücken sprossen. Es wurde schlimmer. Sie konnte den Flaum spüren, der sich an ihrem Haaransatz gebildet hatte, die Form ihrer Nase, die sich veränderte. Sie war länger geworden. Spitzer. Nur wenige Stunden hatten sie der Erfüllung des Fluches näher gebracht als all die Tage, die seither verstrichen waren.

»Bist du dir deiner so sicher, Feenkönig? Bist du so sicher, dass du mich nicht mehr brauchen wirst?« Sie zerknitterte das Hochzeitskleid unter ihren Fingern. »Bist du so überzeugt, dass die Zeit der Raben vorüber ist? Wie lange schon? Wie lange hast du darauf gewartet, dass dieser Tag kommen würde? Wie lange hast du von ihr gewusst? Wie lange hast du nur mit mir gespielt, um dich an meiner Verzweiflung zu weiden?« Ihre Worte waren von Hass erfüllt. Melysan konnte ihn in jeder Faser ihres Körpers spüren. Sein Betrug war wie glühendes Eisen, das sich in ihre Haut bohrte.

Nein, sie weigerte sich, daran zu glauben, dass das Ende gekommen war. *Noch nicht. Noch. Nicht.*

»Noch nicht«, sie wisperte es, ohne dass sie es bemerkte. Thymeon würde das Mädchen töten und alles, was dem Feenkönig blieb, war die Rückkehr zu ihr. Er würde den Fluch von ihr nehmen müssen und sie wünschte sich … sie wünschte sich … oh, wie sehr sie sich Rache wünschte, für alles, was er ihr angetan hatte … Die Stärke der Empfindung überraschte sie selbst.

Schmerz zuckte unvermittelt durch die Narbe, hinter der einst ihr Herz gesessen hatte. Melysan keuchte auf und die Seide glitt aus ihren Fingern. Blut rann über ihr Handgelenk. Es tropfte auf das Gewand und beschmutzte seine Reinheit mit dunkelroten Flecken. Entsetzt starrte sie darauf, dann fiel ihr Blick auf den blutenden Punkt, der sich über ihrem Puls gebildet hatte. An der Stelle, an der die Narbe ihres Bundes saß. Sie war wieder aufgebrochen.

»Nein!« Es durfte nicht sein … niemals! Hastig nestelte sie die feine Silberkette heraus, die sich neben dem Schlüssel in ihrem Ausschnitt verbarg. Das Metall war geschwärzt von den vielen Jahren, die sie es um den Hals getragen hatte. So wie der Stein … der blutrote Stein mit dem feurigen Herzen, der daran hing … Erloschen. Schwarz.

Tot.

Betäubt sank sie zu Boden. Ihr Kopf weigerte sich, zu verstehen, was ihre Augen sahen. Doch die Erkenntnis bahnte sich unbarmherzig ihren Weg, bis sie laut hinter ihrer Stirn hämmerte.

Tot. Thymeon war … tot.

Nein. Nein. Nein! Ihre Augen brannten, doch sie waren nicht fähig, Tränen hervorzubringen. Sie würgten Melysan, aber sie rannen nicht über ihre Wangen. Ein trockenes Schluchzen kam über ihre Lippen, als sie auf die Füße stolperte. Die Vergangenheit blieb zurück, als sie in ihr Schlafgemach rannte, so schnell sie ihre Füße trugen. Sie hielt inne. Vor dem hohen Bett mit den seidenen Vorhängen. Den bestickten Kissen und schimmernden Decken.

Die Welt erbebte und sie sank auf die Knie. Ein Schrei löste sich aus ihrer Kehle und hallte von den Wänden wider. Verzweiflung. Zorn. Hass. Alle Gefühle brachen aus ihr heraus, bis sie leer und erschöpft zurückblieb.

Er hätte hier sein sollen. Die Augen geschlossen, friedlich wie ein Kind. Das dunkle Lockenhaar auf der roten Seide des Kissens.

Er war es nicht. Nur ein Stückchen Pergament. Die schillernde Tinte des Feenreiches. Die kühne Schrift einer Hand, die sie kannte. Zitternd fasste sie danach, um sie zu entfalten. Ein blutiger Dorn rutschte heraus und verfing sich im Samt ihres Gewandes.

Deine Zeit ist abgelaufen, Rabenkönigin.

Sie konnte den Hohn in seiner Stimme hören. Spott, scharf wie eine Glasscherbe. Sie hatte sich tausendfach daran geschnitten, bis sie geglaubt hatte, dass ihr Körper von Narben übersät sein müsste. Und nun hatte er die Scherbe in ihre Brust gerammt.

Der Feenkönig hatte Elejas geholt.

Er ließ ihr keine Hoffnung.

Nichts.

Das Lachen kam über sie wie ein Sturm, der sie mit sich fortriss. Es sprudelte aus ihrer Kehle und ergoss sich über ihre Gemächer. Sie hörte die scharfe Kante des Wahnsinns darin. Sie wandelte über den Abgrund, der immer schmäler wurde, und sie würde fallen. Doch bevor sie stürzte … Melysan zerknüllte das Pergament und ließ es achtlos zu Boden fallen. Ihre Züge wurden zu Stein und die Angst fiel von ihr ab wie ein Mantel, den sie zu lange getragen hatte.

Sie hatte nichts mehr zu verlieren.

Die Herrin der Dämmerung

Ein greller Blitz zuckte durch das Arbeitszimmer des Geistes und Corvyn fuhr erschrocken zusammen. Ein ohrenbetäubender, dumpfer Knall ertönte und Parcivas fluchte bitter. Rauch stieg auf und hüllte seine Gestalt ein. Als er sich legte, waren seine Knochen geschwärzt, als seien sie zu großer Hitze ausgesetzt gewesen. Schwefliger Gestank zog durch das Turmzimmer. Corvyn versuchte, nicht an den toten Körper des Wechselbalgs zu denken, als er ihn unweigerlich an die Kreatur aus dem Abgrund erinnerte.

Vijctor Carjesan hielt in seinem Lauf inne und sah zu ihm hinüber. Seine Miene war grimmig. Seitdem sie in Parcivas' Turm eingekehrt waren, hatte er wenig mehr getan, als auf und ab zu laufen wie ein Raubtier, das in einen Käfig gesperrt worden war. Es war ein Gefühl, das Corvyn mit ihm teilte. Als Parcivas nicht von seiner Arbeit aufblickte, setzte er seinen stummen Weg fort, Majas Umhang in den Händen, als könnte er ihren Geist damit beschwören. Sie hatte ihn zurückgelassen, ein Stück der Dämmerung, von dem sie geglaubt haben mochte, dass es dem Prinzen von Serijsa noch von Nutzen sein würde. Ebenso wie ihre Halskette, das Medaillon mit den von Rubinen geschmückten Blüten, das sie um den Hals getragen hatte. Ein Andenken, das sie ihrer Familie hinterlassen wollte, ein Erbstück, das sie nicht ins Mondreich bringen wollte. Er wusste es nicht. Die Magie darin hatte Vijctor in seine Gemächer geführt, kaum dass er von ihrem Verschwinden unterrichtet worden war. Ein mächtiger Zauber der Dämmerung, der ihn wissen ließ, wo sie sich aufhielt, ohne dass sie es ahnte. Nützlich, solange sie sich im Reich der Sonne befand. Nun hatte es seinen Nutzen eingebüßt.

Corvyn hatte es nicht über sich gebracht, den Umhang an sich zu nehmen. Er wusste, dass ihr Duft darin zurückgeblieben war. Eine schmerzliche Erinnerung an den Hauch frischer Rosen, der sie stets umwehte. Ihn zu tragen, würde das Wissen, dass sie nicht mehr hier war, unerträglich machen. Er ließ den Kopf gegen die Wand sinken und schloss die Augen. Die Erschöpfung lastete schwer auf ihm und er wusste, dass er versuchen sollte, zu ruhen. Doch seine Gedanken waren ein wirbelndes Chaos, das ziellos tobte, ohne dass er es aufzuhalten vermochte.

Seine wieder gesundete Hand umfasste gedankenverloren den alten Degen aus Feeneisen, der an seine Seite gegürtet war. Er hatte ihn getragen, wann immer er einer Ratssitzung beigewohnt hatte, und er ähnelte der Waffe, die Vijctor Carjesan bei sich trug. Ein Feenjäger, der einen neuen Rat der Dämmerung ins Leben gerufen hatte. Es war unfassbar und doch sah er den Beweis vor sich, sobald er Vijctor anblickte. Dennoch hatte Melysan ihre Spuren gut verwischt. Selbst Vijctor, der als kleiner Junge durch die Bereiche der Dienstboten gestreift war und Parcivas' Reich dabei entdeckt hatte, war niemals auf die Wahrheit hinter der Fassade des Schlosses gestoßen. Auf das offene Weltenportal und die falsche Königin, die seit Generationen regierte. Die Raben waren kaum mehr als eine Legende in den Köpfen der Menschen. Eine lebendige Legende zwar, aber trotzdem nichts als eine Sammlung kurioser Geschichten und Gerüchte, genährt vom Klatsch einer bezauberten Dienerschaft. Und er war der tragisch verstorbene Prinz, mit dessen Tod der Niedergang begonnen hatte. Es war nur gerecht, dass er auch mit ihm endete.

Parcivas' triumphierender Ausruf brachte ihn in die Wirklichkeit zurück. Corvyn hob die Lider und blinzelte in den grellen Schein, der von den Knochenfingern des Geistes strömte. »Du hast es geschafft!« Er stand von der Truhe auf, die in den letzten Stunden sein Ruheplatz gewesen war, und trat zum Tisch hinüber. Vijctor folgte ihm vorsichtiger, auf der Hut vor der Magie, die den Seelenbinder umfing.

»Hast du an mir gezweifelt?« Ein selbstzufriedenes Lächeln lag auf Parcivas' Lippen, als er die Kette in die Höhe hielt. Der Seelenbinder war mit der Mondscheibe eins geworden. Der Stein saß wieder in ihrer Mitte, eine gleißende Sonne, vom Silber des Mondes umgeben. Die Namen der Rabenkönige glühten in ihrem Licht, als ob ihre geknechteten Seelen darin erwacht waren und nach Freiheit verlangten.

»Nicht an deinen Fähigkeiten. Aber an deinem Willen.« Corvyn streckte widerwillig die Hand danach aus und lächelte freudlos. »Ein irreparabler Schaden durch einen fehlgeschlagenen Zauber … es wäre einfach gewesen.«

Parcivas schnaubte. Er ließ das Amulett in seine Finger gleiten und stemmte dann erbost die Hände in die Hüften. Seine Fingerknochen schwebten in der Leere und Corvyn konnte das Schaudern über den Anblick nur schwer unterdrücken. »Der gesunde Menschenverstand hätte verboten, dieses Dämonenwerk je wieder zusammenzusetzen. Aber Vijctor kennt zu viele Wege, Geistern den Garaus zu machen.«

»Welch glückliche Fügung«, murmelte Corvyn, während er das Juwel betrachtete, das Generationen von Raben an den Feenkönig gebunden hatte. Der Schein verblasste allmählich. Wenige Augenblicke mehr und es würde nur noch ein gewöhnliches Schmuckstück sein. Und doch … der Schlüssel zu Majas Freiheit.

»Und nun?« Vijctor besah sich das Amulett mit einer offensichtlichen Abneigung. »Wo finden wir Eure Herrin der Dämmerung? Wird sie kommen, wenn Ihr sie herbeiruft? Vom Himmel herabfallen und unter uns wandeln, um ihre Allmächtigkeit über uns zu verstreuen wie einen göttlichen Segen?« Sein Tonfall war spöttisch. Er hatte ihm nicht verziehen, dass er Maja in Gefahr gebracht hatte. Parcivas hatte Vijctor nur mit Mühe davon abgehalten, seine Faust mit Corvyns Kiefer Bekanntschaft schließen zu lassen. Bei allen Mächten von Licht und Schatten – er hätte ihn gewähren lassen. Er hatte es verdient. Allerdings hätte er es ihm mit gleicher Münze zurückgezahlt. Vijctor trug nicht weniger Schuld daran.

Corvyn seufzte. »Das bezweifle ich. Sie ist keine Frau, die dem Befehl eines weltlichen … *Königs* gehorcht.« Das Wort schmeckte sauer auf seiner Zunge. Er verzog das Gesicht. »Und ich rate Euch, Eure Zunge im Zaum zu halten, wenn Ihr nicht als Lastentier zwischen den Welten enden möchtet. Sie verabscheut nichts so sehr wie Männer mit mangelnden Manieren.«

»Das Geschlecht der Raben hat sie verraten, nicht wahr? Bevor sie mich in einen Esel verwandelt, wird sie sich um Euch kümmern.«

Er ähnelte Maja auf erstaunliche Weise. Die spitze Zunge lag in der Familie … das hatte sie bei den Isjar immer getan. Er verbiss sich das Lächeln und wischte sich einen Staubflecken von dem dunkelblauen Gehrock, den er aus seiner Kleidertruhe gezogen hatte. Der muffige

Geruch stieg in seine Nase und trug unweigerlich die Erinnerung an Maja mit sich. Er verbot es sich, ihr nachzugeben. »Meine Schwester hat sie verraten. *Ich* bin glücklicherweise tot und habe mir nichts vorzuwerfen.«

Vijctor hob skeptisch die Brauen. »Seid Ihr sicher? Ich würde ungern meine Tage mit Euch gemeinsam vor einem Karren verbringen.«

»Das würde der ewigen Verdammnis eine interessante neue Ebene verleihen«, erwiderte er gespielt nachdenklich.

»Beim Bauchnabel der göttlichen Ameerah!«, zischte Parcivas gereizt. »Ihr habt mich als Jungen in den Wahnsinn getrieben und das Erwachsenenalter hat Euch nicht leichter zu ertragen gemacht.« Er ging zu einem seiner Regale und zerrte daran. »Corvyn! Komm her!«, befahl er mit der Autorität des Lehrers, die er selten zeigte.

Er gehorchte aus Gewohnheit, noch bevor er wusste, was er tat. Das Regal knarrte und rumpelte über den blanken Stein, als er es zur Seite schob. Gläser klirrten aneinander und schwankten gefährlich, bereit, ihren Inhalt über den Boden zu vergießen. Corvyn hielt den Atem an, als es ein letztes Mal schaukelte, ehe es sich an seinem neuen Platz stabilisiert hatte. Er schüttelte missbilligend den Kopf. »All die Jahre sitzt du untätig zwischen deinen Motten, Parcivas. Und du hast keinen besseren Weg gefunden, das Portal zu verbergen?«

»Es war nicht notwendig«, gab der Geist kurz angebunden zurück. »Du warst tot. Der Rat der Dämmerung hat nicht mehr nach mir gerufen. Ich hatte eine bessere Verwendung für meine Kräfte.«

»Und was war das? An die Decke starren und dir neue Schrecken für die Kinder auszudenken, die sich hierher verirren?«

Der Geist antwortete mit einem verächtlichen Laut und Corvyn wusste, dass sein Schuss ins Schwarze getroffen hatte. Mit einem ungläubigen Stöhnen schob er die Tür nach innen, dankbar dafür, dass sie sich immer noch so leicht bewegen ließ, als sei sie gestern zuletzt geöffnet worden.

Das Licht des Sonnenuntergangs ergoss sich in Parcivas' Turmzimmer. Die Nacht war nah. Die Arbeit am Seelenbinder hatte mehr Zeit in Anspruch genommen, als er gehofft hatte. Gleichgültig … er hielt ihn in den Händen. Das war alles, was zählte.

»Aber das ist …«, Vijctor verstummte in Corvyns Rücken, Staunen in seiner Stimme.

»Die Halle der Dämmerung.« Corvyn nahm einen tiefen Atemzug und trat zum ersten Mal nach all der Zeit in seiner wahren Gestalt auf den mitternachtsblauen Boden. Sterne wirbelten unter seinen Füßen, ein lebendiges Abbild des Nachthimmels, der sich schon bald über der Kuppel zeigen würde. Es war schmerzhaft … ein schaler Triumph. Er hatte diesen Augenblick herbeigesehnt wie die Berührung des freien Himmels. Unzählige Male war er in seinen Träumen durch diesen Saal gewandelt, unzählige Male hatte er ihn im Geist besucht, um bei Verstand zu bleiben. Doch jetzt, da er wusste, wie hoch der Preis gewesen war, konnte er seine Rückkehr nicht mehr genießen.

»Meine Mutter hat davon erzählt, als ich noch ein Junge war. Von der Pracht des Saales, in dessen Wänden flüssiges Feeneisen fließt. Aber ich hätte niemals geglaubt, dass er wirklich existiert. Es war nicht mehr als ein Märchen …« Vijctor schüttelte den Kopf und sah sich um, mehr der staunende Junge aus der Vergangenheit als der Mann, der Feen jagte.

Corvyn zog die Stirn in Falten. »Warum hat Maja nichts von ihrem Erbe gewusst?«

Vijctor lief ehrfürchtig die Reihe der Statuen entlang und betrachtete die Gesichter des ersten Rates der Dämmerung, der nach Leonins Tod hier zusammengekommen war. Zum Leben erwachte Legenden, deren Andenken in Ehren gehalten worden war. »Cosmyr hat es verboten. Für ihn war das Blut der Dämmerung nie mehr als ein verklärtes Märchen und ich war ein romantischer Tor, der vergessenen Mythen hinterhergejagt ist. Nachdem Lyane aus dem Feenreich zurückgekehrt war, hat er versucht, alles von Maja fernzuhalten, was die Neugier auf ihr Erbe und die Feenwelt wecken könnte. Er hat in ständiger Angst gelebt, dass seine Tochter eines Tages der Verlockung des Mondreiches erliegen könnte.« Er hielt inne und hob hilflos die Schultern. »Cosmyr wusste nichts von Lyanes Feenerbe, als er sie geheiratet hat. Sie hat es ihm erst nach der Hochzeit anvertraut, als sie Maja bereits im Leib trug. Und natürlich hat Lyane niemals etwas von dem wahren Erbe ihrer Tochter geahnt. Das Blut der Dämmerung ist so dünn geworden … Letztlich war all das für jeden von uns kaum mehr als eine Sammlung von Geschichten, die an die Kinder weitergegeben wurden. Niemand hat noch ernsthaft daran geglaubt, dass sie wahr sind.«

Corvyn nickte nachdenklich. »Der Rat hat vieles geheim gehalten, selbst vor den Familien. Das vollständige Wissen um den Schlüssel und das Weltentor hat zu viele Versuchungen in sich getragen. Und als meine Schwester alle …«, er stockte, als die lodernden Flammen einer Vollmondnacht in sein Gedächtnis drängen wollten. »Es war ein Fehler«, sagte er dann bitter. »Und schließlich hatten sie keine Zeit mehr, ihre Geheimnisse zu teilen.« Er sah auf. »Warum habt Ihr Maja gegen den Willen ihres Vaters zum Schloss heraufkommen lassen?«

»Weil es falsch war, sie von all dem fernzuhalten. Sie war wie ein eingesperrter Vogel, der sich nach der Sonne gesehnt hat und doch im Schatten leben musste. Und ich habe nicht geahnt, was hier vor sich geht. Me'Dam Rojan entstammt einer der alten Familien, ich war sicher, dass sie gut auf Maja achtgeben würde. Ich habe nicht bemerkt, dass ein Zauberbann ihren Geist bindet. Ich war blind. Einmal mehr.« Vijctor schlug aufgebracht gegen einen Stuhlrücken. »Wir haben die Feen gejagt und sie zur Strecke gebracht, wann immer wir ihre Spuren in Sorieska entdeckt haben. Aber ich hätte niemals vermutet, dass es ein offenes Weltentor gibt. Es waren nur wenige hohe Feen, die in die Stadt gekommen sind und sich bei den Künstlern herumgetrieben haben. Eine Handvoll niederer Feenbestien, die in ihrer Tiergestalt in den Wäldern gelauert und Wanderer gerissen haben. Nichts, was darauf hingewiesen hat, dass sie frei unter der Sonne wandeln.«

»Das Portal ist schwach. Es ist weit davon entfernt, ein wahrhaftiges Weltenportal zu sein, wie es das alte gewesen ist. Aber …«, Corvyn umfasste einen der Stühle, um sich daran abzustützen, und blickte ins Leere. »Es genügt für seine Zwecke. Er lässt die Mächtigsten seines Hofes durch das Portal treten, damit sie Zerstreuung finden. Sie holen Menschen als Sklaven ins Feenreich, bis ihre Lebensflamme erlischt oder sie amüsieren sich damit, ihre einseitigen Pakte zu schließen und die Früchte zu ernten. Aber *dieser* Schlüssel hat für ihn noch eine andere Bedeutung. Er wird nicht allein dazu dienen, das Portal zu öffnen.«

Vijctor wandte sich um. »Was wollt Ihr damit sagen?«

»Er will Maja für sich.« *Weil er weiß, dass er mich damit verletzen kann.* Er konnte es nicht vor ihrem Onkel aussprechen. Corvyn befeuchtete seine Lippen, ehe er weitersprach. »Sie wird länger im

Feenreich überleben, als es jeder Mensch könnte. Sie wird dem Feenwahn für eine lange Zeit trotzen. Und sie ist schön.« Er rieb über seine Kehle, um den Kloß darin zu vertreiben. »Sein Volk ist ihm gleichgültig, aber er hat eine Schwäche für Menschen. Sie faszinieren ihn und er ist süchtig danach, sich unerkannt unter sie zu mischen und sich Gefährtinnen zu suchen, die er für eine Weile in sein Reich entführt. Doch am Ende bleibt er eine Fee. Er zerbricht seine Spielzeuge, weil er nicht mit ihnen umzugehen weiß. Weil seine Macht zu groß ist, als dass ein Mensch ihr lange standzuhalten vermag. Er verbrennt sie in seiner Leidenschaft und lässt keinen Funken von ihnen übrig.« Corvyn wollte nicht daran denken, dass er Majas Geist in seiner Hand hielt. Zerbrechlich wie Glas im Griff eines Riesen. »Ich habe es gewusst, als ich ihre Mutter gesehen habe«, fuhr er widerstrebend fort. »Sie muss ihn so sehr verlockt haben, dass er ihr nicht widerstehen konnte. Er hat ihr den Pakt gewährt, damit sie bei ihm bleiben musste, obgleich er wusste, dass Maja einen eigenen Willen besitzen würde, wenn er sie endlich zu sich holen kann.«

»Ein Mondlauf«, antwortete Vijctor finster und es klang wie ein Fluch. »Ein einziger Mondlauf mit ihm und Lyane war nichts als eine leere Hülle, die er uns vor die Füße geworfen hat.« Der Feenjäger war bleich geworden und Corvyn wusste, dass seine Worte ihm Übelkeit verursacht hatten.

»Er wird Maja nicht bekommen.« Corvyn ließ den Stuhl los und umrundete den langen Tisch. Den Platz am Kopfende, den sein Vater eingenommen hatte. Seine Hände fuhren flüchtig über das glatte Holz und beinahe konnte er ihn dort sitzen sehen.

»Warum ist Eure Schwester nie mit ihm in sein Reich gegangen?«, fragte Vijctor.

Corvyn hielt inne und lächelte finster. »Sie wollte Königin sein und sie wollte Rache. Das war ihr Grund, sich an ihn zu binden. Sie hätte das Schloss niemals verlassen, um mit ihm zu gehen. Es gab nichts, was er ihr hätte versprechen können, um sie dazu zu verlocken. Und wozu? Sie hätte eine neue Linie der Raben begründet. Kinder, die zu ihm kommen, ehe sie einen eigenen Willen besitzen und sicherstellen, dass er niemals wieder aus der Menschenwelt verbannt wird. Zu ihrem Unglück konnte sie ihren Teil des Paktes nicht erfüllen.«

Vijctors Miene verdüsterte sich. »Aber jetzt hat er nur Maja …« Seine Worte verklangen, als wagte er es nicht, den Gedanken zu Ende zu führen.

»Er wird eine Lösung finden.« Ein dummer Menschenjunge … Vielleicht Elejas. Es würde genügen. Sein eigenes Blut war zu dominant. Das reine Blut der Feen würde das Erbe der Dämmerung innerhalb weniger Generationen auslöschen, weil seine Magie zu stark war. Er widerstand dem Impuls, auszuspucken, um den bitteren Geschmack von seiner Zunge zu vertreiben. Corvyns Nägel bohrten sich in sein Fleisch.

»Bastard«, fluchte Vijctor heiser.

Diesmal war Corvyns Lächeln echt. »Ihr nehmt mir die Worte aus dem Mund.« Er schloss die Finger um den samtenen Vorhang, der einen großen Teil der linken Wand einnahm. »Er ist ein schlauer, verschlagener Hurensohn und ein Meister der Intrige. Aber diesmal hat er sich verrechnet. Sein Wunsch, Maja zu besitzen, war größer als sein Verstand.«

Der Feenjäger schnaubte abfällig. »Sie ist stärker, als er glaubt. Wenn er denkt, dass er sie gegen ihren Willen zu etwas zwingen kann, täuscht er sich. Maja ist kein Kind mehr und der Verlust ihrer Mutter hat sie durch eine harte Schule gehen lassen.«

»Ich hoffe, dass Ihr recht behaltet, Vijctor.« Er wusste, dass Maja stark sein würde. Und doch fürchtete er ihr weiches Herz. Corvyn verzog das Gesicht zu einer Grimasse. Ein Ruck und der Samt glitt zurück. Das riesige Relief der Sonne kam dahinter zum Vorschein. Der Mond, der in ihrem Inneren saß. Er zögerte, ehe er die Hand hob. Er hatte es niemals selbst getan. Stets war es sein Vater gewesen, der dieses Portal geöffnet hatte. Sein Blick streifte den Ring, der nun an seinem Finger saß, nicht mehr an der kräftigen Hand des Königs. Und er fühlte sich unwürdig, ihn an seiner Stelle zu tragen.

»Corvyn. Er hat an dich geglaubt. Er hat gewollt, dass du ihm folgst.« Parcivas' Stimme. Der Geist war an der Pforte seines Reiches stehengeblieben, als sei er noch immer unfähig, die Schwelle zu überschreiten.

»Ich war das kleinere Übel, nicht wahr?« Er lächelte. »Er hatte die Wahl zwischen einer Hexe und einem Träumer. Er konnte nicht gewinnen. Aber ich träume nicht mehr.« Ohne Parcivas' Antwort abzuwarten, presste er den Ring in das geöffnete Auge des Mondes. Die Sonne flimmerte und blendende Strahlen ergossen sich in den Saal. Helligkeit ließ die Wände verschwimmen und seine Augen begannen zu tränen. Die Halle der Dämmerung verschwand in einem weißlichen Glühen und Vijctor keuchte neben ihm erschrocken auf, als das Gefühl, zu schweben, übermächtig wurde. Es war, als ob sich der Boden unter ihren Füßen auflöste. Ein kurzer Ruck, dann verfestigte er sich zu einer felsigen Ebene. Der Himmel, der über ihnen aufragte, war von einem tiefen Violett, durchzogen von rötlichen Streifen. Eine ewige Dämmerung ohne Sonne und Mond. Die Welt, gefangen in einem Augenblick zwischen Tag und Nacht, der niemals verging. Leere herrschte in diesem Land. Doch Corvyn wusste, dass die Dämmerung mehr in sich barg, als auf den ersten Blick zu erkennen war.

»Was ist Euer Begehr?« Die Stimme erschallte von überall und nirgendwo. Sie ging über sie hinweg wie tosender Wind, es war unmöglich, das Geschlecht des Sprechers festzustellen.

»Ich ersuche die Herrin dieses Ortes um eine Audienz«, antwortete Corvyn ruhig, obgleich Ameisen durch seinen Magen krabbelten. Nie zuvor hatte er selbst nach der Herrin der Dämmerung gerufen. Immer war es sein Vater gewesen, der an diesen Ort gegangen war. Für einen Augenblick zweifelte er an seinem Entschluss, dann schloss er seine Finger fester um den Seelenbinder. Maja. Es war alles, was zählte.

»Nenne den Namen desjenigen, der die Ruhe der Herrin stört, Fremder«, forderte die Wolkenstimme streng.

Er räusperte sich lautlos und bat die Hüterin des Lichts um ihre Gunst. »Ich bin Corvyn Areon aus dem Geschlecht der Raben. Und das ist Vijctor Carjesan, ein Nachkomme der Isjar, einer der bedeutendsten Familien vom Blut der Dämmerung.«

Silhouetten bildeten sich aus dem Nichts. Große, dunkle Schatten, die sich mit jedem Herzschlag verfestigten. Corvyns Mund trocknete aus, als sie sich näherten. Spitze Ohren, glänzendes schwarzes Fell. Augen von dem gleichen Violett wie der Himmel. Wölfe, so groß, dass sie ihm bis über die Hüfte reichen mussten. Sie verharrten nicht mehr als drei Manneslängen entfernt. Zwei kurze Sprünge und sie würden in einem Wirbel aus scharfen Zähnen und Klauen über sie hereinbrechen.

»Ihr und Euresgleichen seid hier nicht willkommen, Rabe.« Diesmal war die Stimme weiblich, dunkel und doch süß wie Honig. Ärger schwang darin mit, obgleich er unterdrückt war.

»Offenbar ist sie nicht ebenso von Eurer Unschuld überzeugt, wie Ihr es seid«, murmelte Vijctor gedämpft.

»Sorgt Euch nicht, ich bin ein exzellenter Gefährte beim Karrenziehen«, gab er ebenso leise zurück. Dann hob er die Stimme. »Meine Familie hat Euch großes Unrecht angetan. Aber ich bin gekommen, um es ungeschehen zu machen und die alten Bande wiederaufleben zu lassen.«

»Ihr könnt nicht rückgängig machen, was geschehen ist.« Die Wölfe bewegten sich. Ihre Anspannung war bis in ihre Schwanzspitzen zu erkennen und weiße Zähne blitzten in der Dunkelheit ihrer Mäuler auf. Heiseres Knurren rollte über den Grund. Er konnte es spüren. Eine Vibration unter seinen Sohlen. Unwillkürlich näherte er seine Hand dem Degen und bemerkte, dass auch Vijctor sich an seiner Seite straffte.

»Das kann ich nicht, aber ich weiß, dass die Herrin der Dämmerung weise und gütig ist. Sie wird mich nicht für die Taten meiner Schwester verantwortlich machen, ohne mich anzuhören.« Es war kühn. Gewagt. Aus der Verzweiflung geboren. Entweder würde sie ihn niederstrecken oder sie würde ihn anhören. Vijctor blickte ihn zweifelnd an, doch er reagierte nicht darauf. Corvyn hielt den Atem an und sein Herzschlag dröhnte laut und schnell in seinen Ohren.

Das Knurren wurde bedrohlicher, die Wölfe kamen näher. Eine Manneslänge. Zwei. Er berührte vorsichtig den Knauf des Degens.

»Wagt es nicht, Corvyn Areon. Wenn Ihr meinen Wölfen auch nur ein Haar krümmt, werdet Ihr dafür büßen bis in alle Ewigkeit.«

Er ließ die Hand von der Waffe gleiten. »Vergebt mir, Herrin. Aber Ihr müsst gestehen, dass Eure Schoßtiere spitze Zähne aufweisen, und meine Kleider waren kostspielig. Mein Hofschneider ist vor einiger Zeit verstorben, seine Arbeit ist unersetzlich für mich.«

»Ihr seid eine Plage gewesen, als Euer Vater noch am Leben war. Offensichtlich habt Ihr Euch nicht verändert.«

Er konnte sie hören, die schwache Spur von Erheiterung in ihren Worten. Corvyn wagte es, seine Haltung zu entspannen. »Unglücklicherweise habe ich weder Vaters Weisheit noch Mutters Sanftmut geerbt.«

»Nein. Dafür die Unverschämtheit Eures Großvaters. Zu Eurem Glück … mochte ich ihn.«

Das Licht verdunkelte sich. Wände bildeten sich aus der Leere. Rosenfarbene Säulen, die das Gewölbe des Saales trugen, der um sie herum emporwuchs. Ein Wirbel aus Farben, ein Seufzen aus den Wolken und es war, als stünden sie im Herzen eines Juwels, das aus allen Schattierungen der Dämmerung geformt war. Ein kleiner Teich zeichnete sich vor ihren Füßen ab. Seerosen schwammen auf der ruhigen, spiegelnden Oberfläche. Die Halle war in unzählige Lichter getaucht, die aus Kristallen strömten. Strahlende Diamanten, in Rosenquarz gebettet. Doch das Bemerkenswerteste war die Frau, die auf dem Thron aus lavendelfarbenem Stein saß. Die Schwingen eines Pegasus und sein Kopf ragten über ihr auf, als wollte das Steintier sie in seiner Umarmung bergen.

Die Herrin der Dämmerung.

Sie war so schön, wie er sie in Erinnerung hatte und für einen Augenblick stockte sein Atem. Ein Gesicht, wie von den Händen eines Künstlers geschaffen, makellos und kühl, von keiner Spur des Alters berührt. Trotzdem wusste er, dass sie unzählige Jahrhunderte gesehen hatte. Ihre Haut war wie Bernstein, ihre Augen wie Amethyst, von silbernen und goldenen Sprenkeln erhellt. Ihre vollen Lippen waren zu einem schmalen Lächeln verzogen, dennoch konnte er den Hauch von Melancholie spüren, der ihr anhaftete.

Die Wölfe trotteten über den Stein und legten sich zu ihren Füßen nieder. Gefährliche Wächter, die jede Bewegung der Besucher im Auge behielten. Von irgendwoher erklang helles Gelächter. Seidene Vorhänge, durchscheinend wie Schleier, verhüllten die Sicht auf das, was sich hinter den Torbögen verbarg. Es war ein Palast, aus der Ödnis gewachsen, ein verstecktes Kleinod, das sich nur jenen zeigte, denen die Herrin der Dämmerung Einlass gewährte.

Die zierlichen Finger der Frau hatten auf den Lehnen des Pagasusthrones geruht. Nun fassten sie nach den Wogen der blassroten Seide, in der sich alle Töne des Sonnenaufgangs fingen, als sie sich erhob. Sie spielten über das rötlich braune Haar, in dem violette Lichter tanzten. Ihre Schleppe schleifte flüsternd über den von Gold durchwirkten Marmor, als sie sich näherte. Aus den Augenwinkeln konnte er sehen, dass Vijctor schluckte. Er war erstarrt, gebannt von der Schönheit einer Frau, die nicht von dieser Welt war.

»Ich habe geglaubt, dass Ihr tot seid, Corvyn Areon. Es war die letzte Nachricht, die mich vom Rat erreicht hat, bevor das Band zwischen uns zerbrochen ist. Und doch steht Ihr lebendig vor mir. Wie kommt das?« Der Duft ihres Haares berührte ihn. Ein schweres Parfum, das an Lilien erinnerte. Dunkle Lilien, die nur zur Stunde der Mitternacht blühten. Betörend. Sie ging um Vijctor herum und musterte ihn lange, als ob sie etwas in ihm sehen könnte, das sterblichen Augen verborgen blieb. Ein geheimnisvolles Lächeln huschte über ihre Lippen und der Feenjäger bewegte sich unruhig unter ihrer Musterung.

»Ich befürchte, die Nachricht über mein frühes Dahinscheiden hat einer soliden Grundlage entbehrt. Meine Schwester vertritt die Ansicht, dass ein Pakt mit dem Feenkönig dem Haus der Raben von Nutzen sein könnte. Leider war ich nicht der gleichen Überzeugung, was es notwendig gemacht hat, mich für eine Weile … zur Ruhe zu betten.« Er lächelte schief.

»Ein Pakt mit dem Feenkönig«, wiederholte sie tonlos. Schweigen trat ein und seine Anspannung stieg, bis er glaubte, er müsse bersten. »Welcher Art?«, fragte sie schließlich. Etwas in ihrer Haltung veränderte sich und Corvyn spürte, dass er ihr Interesse errungen hatte.

Er verlagerte den Seelenbinder ruhelos von einer Hand in die andere. »Melysan hat ein neues Portal für die Feen geöffnet und dafür die Krone bekommen. Sie war es, die …«, er zögerte, »den Rat der Dämmerung ausgelöscht und die Bande zu Euch zerschnitten hat.«

Die Herrin der Dämmerung kehrte ihnen den Rücken zu. »Ich habe es gespürt«, sagte sie dunkel. Ihre Stimme bebte. »Die Erschütterung in der Welt, den Aufschrei jener von unserem Blut, die zurückgeblieben sind. Jeden einzelnen Tod. Die Hitze der Feuer, die sie verschlungen haben.« Ihre Schultern verkrampften sich. »Eine neue Jagd auf meinesgleichen – auf *Euresgleichen* – wieder ausgeführt von den Händen der Raben. Ihr habt geschworen, dass Ihr die Welt vor den Feen schützen würdet und stattdessen habt Ihr die Grenzen abermals geöffnet. Ein zweites Mal habt Ihr Euer eigenes Volk verraten!«

Einer der Wölfe hob den Kopf und knurrte, den Aufruhr im Inneren seiner Herrin spürend. »Es war nicht meine Hand, die sie getötet hat«, sagte Corvyn leise. »Ich habe den Schwur nie gebrochen. Der Rat war das Herz all dessen, was Leonins Erben errichtet haben. Ich habe ihn und unsere Bande ebenso geehrt wie mein Vater. Ich hätte es niemals zugelassen. Sie waren meine Freunde, jeder einzelne von ihnen.« Der Feenkönig hatte ihn gebannt. Zu Stein erstarren lassen, damit er *sehen* musste. Er konnte die Augen nicht verschließen, sich nicht abwenden. Er hatte die Hinrichtungen bis zu ihrem bitteren Ende ertragen müssen. »Ich sehe ihre Gesichter bis heute in meinen Träumen«, flüsterte er heiser. »Sie verfolgen mich seit all dieser Zeit, ohne dass es ein Entkommen gibt. Glaubt mir, ich habe jeden Grund, den Feenkönig ebenso sehr zu hassen, wie Ihr es tut. Hört mich an, Herrin.«

Er kannte den flehenden Tonfall nicht, in den seine Stimme getränkt war. Sie drehte den Kopf, sodass er nur ihr Profil sehen konnte. »Warum sollte ich Euch anhören, Corvyn Areon? *Rabe*. Selbst wenn es nicht Euer Verrat gewesen ist, so liegt er doch in Eurem Blut. Er frisst sich durch die Venen Eurer Familie wie eine Krankheit, die immer wieder ausbrechen wird. Sie mag für eine Weile schlafen, für Generationen ruhen, aber sie kehrt immer wieder zurück.«

Bittere Wut troff aus ihren Worten. Corvyn schloss die Faust über dem Seelenbinder und spürte, wie seine kalten Kanten in sein Fleisch schnitten. »Die Raben werden Serijsa verlassen. Für immer. Das Königshaus wird mit mir und Melysan sterben. Ich bin … der letzte König der Raben, den diese Welt je sehen wird.« Die Herrin der Dämmerung wandte sich um, Überraschung spielte über ihre Züge. Ein Herzschlag verging, ehe er fortfuhr. »Der Feenkönig besitzt einen neuen Schlüssel. Einen mächtigen Schlüssel, der ein neues Weltenportal erschaffen kann und ich werde ihn zurückholen. Mein Tod wird Melysans Portal schließen und sie selbst … wird mit mir sterben, wenn es geschlossen wird. Es wird das Ende der Raben sein. Endgültig. Aber ich brauche Eure Hilfe.« Er öffnete die Hand und hielt ihr den Seelenbinder entgegen. »Ich brauche den wahren Namen des Feenkönigs, damit er den Schlüssel freigibt. Sie ist freiwillig mit ihm gegangen, um mich zu befreien, und ich werde diese Welt nicht verlassen, ehe sie wieder zurückgekehrt ist.«

Die Amethystaugen der Zauberin fixierten sein Gesicht, dann glitt ihr Blick zum Seelenbinder und heftete sich starr darauf. Ihre Bernsteinhaut war bleicher geworden, obgleich sie es zu verbergen suchte. »Die Gesetze wurden gebrochen?«

In der Tat. Kein Mensch, der das Blut der Dämmerung in den Adern trug, hätte sich je wieder mit Feenblut vereinen dürfen. Doch wer hätte dafür Sorge tragen sollen, wenn der Rat der Dämmerung nicht mehr existierte? Wenn niemand mehr die Verbindungen einer magischen Prüfung unterzog, bevor sie geschlossen wurden? Der Feenkönig hatte seine Feinde sorgfältig ausgelöscht. Corvyns Kiefer verkrampfte sich. »Unwissentlich. Ihr Vater wusste nichts vom Erbe ihrer Mutter. Er hat die Gesetze nicht übertreten wollen. Aber sie sind in Vergessenheit geraten. Niemand kann mehr die alten Rituale durchführen, seitdem der Rat der Dämmerung zerschlagen worden ist.«

»Es hätte niemals so weit kommen dürfen.« Die Herrin der Dämmerung schüttelte den Kopf und ihre feinen Brauen zogen sich zu einer geraden Linie zusammen. »Dennoch, was geschehen ist, kann nicht rückgängig gemacht werden … und Ihr verlangt einen hohen Preis für ein Leben.«

»Einen kleinen Preis für die Freiheit von Serijsa.«

Sie griff nach dem Seelenbinder. Das Juwel erglühte in ihren Fingern, als ob es ihre Zauberkraft spürte und darauf antworten wollte. »Ein Schlüssel, der freiwillig gegangen ist … Dann ist *sie* kein Kind mehr?«

»Nein. Ihre Mutter hat sich geweigert, sie ihm zu überlassen. Sie hat einen Pakt mit ihm geschlossen, damit sie in Frieden aufwachsen durfte.«

»Lyane hat daran geglaubt, dass Maja ihm widerstehen würde, wenn sie erwachsen ist.« Vijctor mischte sich zum ersten Mal ein. Die Augen der Herrin der Dämmerung richteten sich auf ihn und wieder erblühte ein seltsamer Glanz darin. »Sie hat auf die Stärke ihrer Tochter vertraut.«

»Und nicht mit ihrer Schwäche gerechnet.« Ein trübes Lächeln glitt über ihre Lippen. Es war wissend. *Zu* wissend.

Corvyn fasste nach seiner Halsbinde und glättete sie mechanisch. Ein verräterisches Zeichen für die Verlegenheit, die sich in ihm ausbreiten wollte. Er unterdrückte sie und räusperte sich. »Sie hat es für Serijsa getan.« Er legte so viel Nachdruck in seine Worte, wie er vermochte, und doch schmeckte er den Hauch von Verleugnung auf seiner Zunge. »Werdet Ihr uns helfen?«

Sie wandte sich ab und kehrte zu ihrem Thron zurück. Ihre Schleppe schillerte wie ein Fluss aus dem Licht des Sonnenaufgangs, der die Stufen des Podestes hinabrann. »Warum sollte ich seinen Zorn auf mich ziehen? Die Kinder der Dämmerung haben genug für die Menschen getan, es wird Zeit, dass sie lernen, sich um sich selbst zu kümmern. Mein Volk ist klein geworden. Unzählige Jahrhunderte werden noch vergehen, bis wir wieder erstarkt sind. Unzählige Jahrhunderte in diesem Exil zwischen den Welten.« Sie stieß einen undeutbaren Laut aus. »Wir sind in der Dämmerung gefangen, weil wir die Menschen vor der Nacht schützen wollten. Und als Lohn hat man uns zwei Mal verraten. Welchen Grund sollte ich haben, es noch ein drittes Mal zu riskieren?«

»Ihr *seid* Menschen.« Corvyn spürte, wie Zorn in seinen Adern aufwallte. »*Wir* sind Menschen. Das Leben so nah an der Grenze hat uns verändert, als uns die Magie des Mondreiches berührt hat. Aber es ändert nichts daran, dass die Kinder der Dämmerung als Menschen geboren worden sind.«

Sie schnaubte abweisend. »Wir mögen als Menschen geboren sein, aber uns verbindet nichts mehr, seitdem unser Volk beinahe ausgelöscht worden ist. Doch vielleicht ist unser Blut in jenen, die zurückgeblieben sind, so dünn geworden, dass ihr eher den Menschen gleicht und kaum noch zu uns gehört.«

»Wir gehören kaum noch zu euch?« Vijctor trat auf sie zu, das Gesicht eine Maske aus Finsternis. »Meine Mutter hat unser Erbe immer in Ehren gehalten. Sie hat mir unzählige Geschichten über die gütige Herrin der Dämmerung erzählt. Die große, tapfere Königin, die nicht gezögert hat, sich gegen den mächtigen König der Feen zu stellen. Ich bin mit Erzählungen über unsere heldenhaften Vorfahren aufgewachsen. Nicht mit Geschichten über Selbstsucht und Zorn. Ich habe nie daran geglaubt, dass sie wahr sind. Und offenbar hatte ich recht.«

Wut flackerte rötlich in den Amethystaugen der Frau auf, die wieder zwischen den Pegasusflügeln saß. Sie lehnte sich nach vorn. »Ihr wisst *nichts* von dem Krieg und dem Leid, das Ascaris über uns gebracht hat«, gab sie aufbrausend zurück. »Ihr seid nichts als ein *Kind,* das nicht lange genug leben wird, um je zu verstehen.«

»Vielleicht. Aber ich weiß *vieles* über den Feenwahn, der Familien zerstört und Unheil über das Reich der Sonne bringt. Es mag kein Krieg sein, aber dennoch führen wir den stillen Kampf gegen die Feen weiter. Ihr dagegen habt Euch verkrochen und leckt seit Jahrhunderten Eure Wunden. Vielleicht habt Ihr recht. Vielleicht gibt es einen Unterschied zwischen uns und Euch. Denn ich ziehe es vor, ein Mensch zu sein, wenn das Blut der Dämmerung bedeutet, dass ich vor Angst erstarrt in einem Versteck ausharren muss.« Die Stimme des Feenjägers wurde lauter. Jeglicher Respekt vor der mächtigen Zauberin, die über ihm thronte, fiel von ihm ab, während Corvyns Respekt vor Vijctor Carjesan im gleichen Maße stieg.

Sie lehnte sich verblüfft zurück. Womöglich war es das erste Mal seit unermesslich langer Zeit, dass ein Sterblicher auf diese Weise das Wort an sie richtete. Zorn. Erheiterung. Beides huschte über ihre Züge, als könne sie sich nicht entscheiden, welcher Empfindung sie den Vorzug geben sollte.

Corvyn hob die Brauen. »Verflucht, wenn ich mein Leben zukünftig als Esel fristen muss, wird es doch *Eure* Schuld sein, Vijctor.« Seine Stimme klang sorglos, obgleich seine Eingeweide einen hässlichen Knoten bildeten. *Und ich wünschte, Ihr hättet im Rat der Dämmerung an meiner Seite gestanden.* Die Erinnerung an Vijctors Vorfahren war beinahe übermächtig. Es war, als sei ein Stück seiner Vergangenheit zurückgekehrt, um an seiner Seite zu kämpfen.

Eine stumme Warnung lag in Corvyns Blick und Vijctors Brust hob sich, als er tief einatmete, um sich zu beruhigen. Die Herrin der Dämmerung fasste Corvyn ins Visier wie ein Raubtier, das darauf hoffte, seine Beute zu schlagen.

Er bemühte sich, sein Gesicht gleichmütig zu halten und straffte seine Gestalt, obgleich jeder Flecken seiner Haut kribbelte. »Niemand verlangt von Euch, dass Ihr ins Reich der Sonne zurückkehrt. Die Grenzen der Dämmerung sind seit Jahrhunderten geschlossen und sicher. Der Feenkönig wird sie nicht übertreten. Ihr seid eine wertvolle Verbündete der Raben seit Leonin gewesen. Das Geschenk Eurer Magie für die Sicherheit des Menschenreiches war unbezahlbar. Und wenn meine Schwester Euch in ihrer Verblendung verraten hat, so war es der größte Fehler, den ein Rabe seit Ascaris begangen hat. Aber Melysan ist nicht Ascaris. Sie hat nicht Euch verraten. Sie hat nicht ihr Erbe verraten. Sie hat *mich* verraten. Weder der Feenkönig noch Ihr seid je für sie von Bedeutung gewesen. Unser Kampf gegen die Feen war für sie niemals von Interesse. Sie war ein törichtes Mädchen, das seinen Wert beweisen wollte und Unheil über uns alle gebracht hat, nicht mehr. Wenn Ihr sie mit Ascaris vergleicht, schmeichelt Ihr meiner Schwester über alle Maßen.« Corvyn holte tief Atem, ehe er weitersprach. »Ja, ich verstehe Euren Zorn auf mein Geschlecht. Die Raben haben Euch Unrecht angetan und das Blut ihres eigenen Volkes klebt für alle Zeit an ihren Händen. Haltet Euch an Ascaris' Taten fest, wenn Ihr wollt. Ladet seinen Verrat auf meine Schultern, wenn Ihr es müsst. Aber nutzt es nicht als Vorwand, um uns Eure Hilfe zu verweigern und das Menschenvolk damit den Feen zum Fraß vorzuwerfen. Nennt Euren Preis und lasst uns diese lächerliche Scharade beenden. Ich habe keine Geduld für Machtspielerei.«

Die Herrin der Dämmerung schwieg. Die Wölfe, die den Wortwechsel aufmerksam verfolgt hatten, erhoben sich und beinahe meinte Corvyn, die Schatten der Menschen in ihnen zu sehen, die sie einst gewesen waren. Von der Magie veränderte Kreaturen, ohne Zweifel. Sie verließen das Podest und näherten sich ihnen gemächlich, aber in ihren zu klugen Augen erkannte er Groll.

»Geht. Ich brauche Euch nicht mehr.« Ein Befehl, der die Spannung zerbrechen ließ. Die Wölfe hielten inne. Sie setzten sich auf die Hinterpfoten und ihre Form zog sich in die Länge. Ihre Körper strebten in die Höhe und wandelten sich, bis sich zwei Menschenfrauen vor ihnen manifestiert hatten. Das enge, schwarze Leder, in das sie gewandet waren, wies sie ebenso als Jägerinnen ihrer Königin aus wie es die Klingen taten, die an ihren Seiten hingen. Schimmerndes, nachtschwarzes Haar ergoss sich über ihre muskulösen Arme. Sie waren nicht weniger tödlich als die Bestien, deren Gestalt sie sich bedienten. Ein weißes, gefährliches Lächeln blitzte gleichzeitig auf ihren Zügen auf. Zwillingsschwestern, bewaffnet mit Zwillingsschwertern. Corvyn wollte nicht freiwillig in ihren Weg geraten. Sie wandten sich ab und verneigten sich vor ihrer Herrin, bevor sie durch die Schleier traten und verschwanden. Diese wartete, bis ihre Schritte verhallt waren, ehe sie von Neuem die Stimme hob.

»Wie erstaunlich. Aus dem törichten Jungen ist ein Mann geworden. Ich sehe Euren Vater in Euch, Corvyn.« Die Herrin der Dämmerung lehnte sich zurück. Ihre Fingerspitzen trommelten nachdenklich auf die Thronlehne.

»Nun, man sagt, ich sei ihm wie aus dem Gesicht geschnitten.«

Sie schnaubte gereizt. »Allerdings hat er mir deutlich mehr Respekt erwiesen.«

»In dieser Hinsicht schlage ich tatsächlich nach meinem Großvater.« Er wagte es, ein leichtes Lächeln auf seine Lippen dringen zu lassen.

Sie öffnete die Hand, in der sie den Seelenbringer hielt, und betrachtete das Amulett lange. Ein Wispern kam über ihre Lippen, zu leise, um es verstehen zu können. Sie hauchte über das Metall und ein Prickeln zog durch die Luft, das er bis in seine Fingerspitzen zu spüren vermochte. Der Ring der Raben an seinem Finger brannte auf seiner Haut. Corvyn streifte ihn ab, als die Hitze so stark wurde, dass er befürchtete, sie würde sich bis zu seinem Knochen brennen. Der Seelenbinder erstrahlte in einem violetten Licht und stieg von ihrer Handfläche empor. Corvyn hielt den Atem an, während sich neue Symbole darauf bildeten, geschrieben in einer Sprache, die er niemals zu lesen gelernt hatte und dennoch verstand. Das Amulett drehte sich sacht und das violette Licht wurde zu einem Wirbel, der so hell glühte, dass das Schmuckstück kaum noch zu erkennen war. Sein Herz setzte aus, als es flackerte und verschwand. Kälte fuhr durch seine Glieder und er öffnete entsetzt den Mund. Dann fühlte er das summende, vibrierende Metall in seiner Hand und hob sie, um ungläubig darauf zu starren.

Die Rabenkönige waren ausgelöscht. Nur ein einziger war darauf verblieben. Er starrte auf die Zeichen, die seinen eigenen Namen symbolisierten. Darunter, mit dem seinen verschlungen … Er hob den Kopf, um die Herrin der Dämmerung anzusehen. Sie wirkte ernst und blass.

»Ich warne Euch, Corvyn«, sagte sie. »Seine Seele kann nicht gebunden werden. Es ist allein der Wille, der entscheidet, ob Euer Vorhaben gelingen kann. Stellt Euch die Frage, ob Ihr diesen Kampf für Euch entscheiden könnt, bevor Ihr ihn aufnehmt.«

Corvyn schloss die Finger über dem Seelenbinder. »Ich kann es. Und ich werde es.« Er musste es. Weil es der einzige Weg war, Maja zurückzubringen und die Gefahr für das Reich der Sonne zu bannen. Sie hatte sich in die Hände des Feenkönigs gegeben, bereit, das Opfer zu bringen, ihre Familie nie mehr wiederzusehen. Er würde nicht weniger tun. »Euer Preis?«

Ihre Hand öffnete sich und eine Phiole wuchs darauf empor. Leer. Kristall glitzerte im milden Schein der Lichtjuwelen, als das Gefäß in die Höhe schwebte. »Bringt mir das Elixier der Mondrosen aus dem Feenreich.«

Das Elixier der Mondrosen. Reine Magie … an den Feenkönig gebunden und aus seinen Adern geboren. Kein Sterblicher konnte sie berühren, ohne dass ihr Herr es bemerkte. Es war eine fast unmögliche Aufgabe. Corvyn runzelte die Stirn. »Ich werde nicht aus dem Mondreich zurückkehren.«

»Ich werde es tun.« Vijctor. Er wechselte einen Blick mit Corvyn, der seine Entschlossenheit verriet. »Ich bringe Euch das Elixier, falls ich das Feenreich lebendig verlasse.«

Die Herrin der Dämmerung lächelte und hielt ihm die Phiole entgegen. »Das werdet Ihr.« Ihre Hände schlossen sich über denen des Feenjägers, als er vor ihrem Thron innehielt, um sie entgegenzunehmen. »Und danach werdet Ihr zu mir zurückkehren und mir dienen, Vijctor Carjesan aus dem Geschlecht der Isjar. Das ist der wahre Preis.«

Ihre Augen flammten auf. Macht tönte aus ihrer Stimme und Vijctor versteinerte unter ihrem Griff, als ob ein Blitz durch ihn hindurchfuhr. Dann neigte er den Kopf. »Bis zu meinem letzten Atemzug.« Die Worte klangen abgehackt, ohne jedes Gefühl. Dann wurde seine Gestalt still, als hätte die Herrin der Dämmerung den Lauf der Zeit angehalten. Ruhe lag über dem Saal. Eine unheimliche, tiefe Stille, in der sich kein Luftzug regte.

Corvyn trat auf sie zu, ohne auf das gefährliche Funkeln in ihrem Blick zu achten. »Was habt Ihr getan?«

»Nichts, was ihm schadet oder für Euch von Bedeutung ist, Rabe. Es ist seine Bestimmung.« Ein feines Lächeln spielte um ihre Lippen, ein Hauch ihrer Macht wehte durch den Saal. Beinahe eine Liebkosung und doch bedrohlich. Eine Erinnerung daran, dass sie schneller zuschnappen konnte als die Wolfsfrauen, die sie beschützten.

Corvyns Augen verengten sich. »Seine Bestimmung oder Euer Wunsch?«

»Wollt Ihr den Schlüssel allein für die Menschen von Serijsa retten oder gibt es noch einen anderen Grund dafür?« Sie legte den Kopf schief und betrachtete ihn aufmerksam. Vijctor blieb starr, in einem Bann gefangen, dessen Sinn sich ihm nicht erschloss.

»Ist das von Bedeutung für Euch? Ich werde nicht lange genug leben, um dieser Frage auf den Grund zu gehen. Warum sollte ich sie Euch beantworten?«

»Weil Ihr die Antwort kennt.« Eine Bewegung ihrer Hand und ein kühler Luftstrom berührte seine Haut. Er tanzte über den Teich und ließ die Seerosen darauf schaukeln.

Corvyn öffnete den Mund, um etwas zu entgegnen, als sich unvermittelt der Mond auf der dunklen Wasserfläche abzeichnete. Sterne funkelten auf dem schwarzen Samt des Nachthimmels, von keiner Wolke verdeckt. Zu makellos, um echt zu sein. Juwelen, die den Himmel über Serijsa wie eine blasse Imitation der Wirklichkeit erscheinen ließen.

Das Feenreich.

Er sank auf die Knie, als ein Streifen puren Goldes die Dunkelheit teilte. Das bleiche Gesicht der jungen Frau schloss den ewigen Vollmond aus, der keine Mondphasen kannte. Sie saß am Ufer eines Gewässers und starrte blicklos auf seine Oberfläche. Schilfgras umgab sie und wogte in einer sanften Brise, die auch ihr Haar berührte. Kummer stand im Meeresblau ihrer Augen. Einsamkeit. Er streckte die Hand nach ihr aus, ohne dass er es bemerkte.

»Maja.« Ihr Name kam über seine Zunge, ehe er ihn zurückhalten konnte.

Sie sah auf, die Augen schreckgeweitet, als ob sie ihn vernommen hätte. Ihr Kopf hob sich suchend, sank enttäuscht herab, als sie niemanden fand. Dann wandelte sich ihr Blick zu Staunen, als sie wieder ins Wasser blickte. Ihre Lippen bewegten sich, doch er konnte ihre Worte nicht hören. Dennoch konnte er lesen, wie sie seinen Namen nannte.

Sie *sah* ihn. Einmal mehr.

Vorsichtig streckte sie die Hände nach ihm aus, wie sie es getan hatte, als er noch hinter den Spiegeln gefangen war. Er hob die Hand, ohne auch nur für einen Augenblick nachzudenken. Sie sank auf das

Wasser und für einen winzigen Herzschlag war es, als könne er sie spüren. Eine Spur von Wärme. Haut. Als ob ihre Hände einander berührten. Dann rieselten Wellen über den Wasserspiegel und nahmen sie mit sich fort. Ihr Bild verblasste zwischen den Seerosen und Dunkelheit kehrte ein.

Er ballte die Faust und hielt den Schrei zurück, der in seiner Kehle saß. Enttäuschung und Zorn kämpften in ihm um die Oberhand und es dauerte lange, bis er sie niedergerungen hatte.

»Die Liebe ist immer von Bedeutung, Corvyn Areon.« Die Stimme der Herrin der Dämmerung war ein Wispern und doch laut genug, dass er es zu vernehmen vermochte. Ihr Blick richtete sich auf die Statue eines Mannes, die an der Seite ihres Thrones aufgestellt war. »Sie treibt uns an und ist der Grund für so vieles, was auf der Welt geschieht. Meine Liebe hilft Euch, das Reich der Sonne zu bewahren. Sie ist *mein* Grund, Euch zu helfen. Für die Rückkehr derer, die der Feenkönig mir vor langer Zeit genommen hat, gewähre ich Euch seinen Namen, um zu retten, was Euch am Herzen liegt.«

»Wie habt Ihr das gemacht?«, fragte er gepresst. Seine Stimme war rau. Er räusperte sich, doch sie wollte ihm nicht gehorchen.

»Ich habe nichts getan. Ich könnte es nicht. Ihr wart es selbst, der sie gerufen hat. Die Macht der Sehnsucht ist groß. Glaubt mir, niemand weiß das besser als ich.« Ihr Lächeln war blass.

Sehnsucht. Sehnsucht, die keinen Sinn besaß und zu Asche zerfallen würde. Er erhob sich langsam. »Es geht Euch nicht allein um Euer Volk, nicht wahr? Deswegen habt Ihr Eure Wächterinnen gehen lassen.«

Sie nickte. »Sie sind mir treu ergeben, aber diese Dinge sind nicht für ihre Augen und Ohren bestimmt. Ich habe Opfer gebracht. Für mein Volk und seine Sicherheit. Ich war niemals selbstsüchtig, denn ich durfte es nicht sein. Ich hätte niemanden um meinetwillen über die Grenzen gesandt und es riskiert, ihn an den Feenkönig zu verlieren. Wir haben so viele verloren. Jeder Verlust eines meiner Kinder ist wie ein Stachel, der sich in mein Fleisch bohrt und bis in alle Ewigkeit schmerzt. Ihr jedoch werdet gehen, Corvyn. Aus freiem Willen. Also lasst mich Euch eine Warnung mit auf den Weg geben. Die Liebe des Feenkönigs ist Gift, das sich schleichend ausbreitet. Er ist besitzergreifend und launisch. Und er zerstört, was ihm nicht gehören kann. Seid vorsichtig. Er wird nicht kampflos aufgeben, was sein ist.«

Sein. Maja war nicht *sein.* Und sie würde es niemals werden, solange noch ein Atemzug in ihm verweilte. »Was hat er Euch angetan?«

Die Melancholie, die er schon als kleiner Junge an ihr wahrgenommen hatte, kehrte zurück. Sie legte sich über sie wie ein Schleier, der ihren Glanz trübte. »Er wollte mich. Und als er mich nicht haben konnte, hat er mir alles genommen, was mir etwas bedeutet hat. Meinen Gemahl. Meine Tochter. Gefangen in Stein, nah und doch unerreichbar. Sie sind immer bei mir, aber ich kann sie nicht berühren. Alles, was ich habe, ist eine stetige Erinnerung an ihre Qual in der Gefangenschaft. Ständiger Schmerz, der niemals endet.«

Corvyn blickte erneut auf die Statue des Mannes. Dann in das Gesicht der jungen Frau, die auf der anderen Seite des Thrones aufgestellt war. Sie ähnelte der Herrin der Dämmerung so sehr, dass man glauben konnte, der Bildhauer habe sie dort festgehalten. Aber kein Sterblicher hatte diese Statuen gefertigt. Sie waren zu lebensecht, wie aus dem Leben gerissen und innerhalb eines Augenblicks erstarrt. Ein Schauer lief über seinen Rücken und setzte sich auf seinen Armen fort. Die Strafe des Feenkönigs. So wie sein Leben nah und doch unendlich fern gewesen war. Immer vor seinen Augen, ohne dass er es zu fassen vermochte. »Deswegen das Mondelixier?«

»Es wird sie aus dem Stein befreien und den Fluch brechen. Meine Familie wird zu mir zurückkehren.« Ihre Augen richteten sich auf einen Flecken in der Ferne, den Corvyn nicht sehen konnte. »Streift den Königsring wieder über, Corvyn. Ihr werdet ihn brauchen.«

Ihr Blick war scharf. Sie hatte bemerkt, dass er ihn von seinem Finger gezogen hatte. Er nestelte den Ring aus seiner Tasche und hielt ihn ins Licht. »Ich weiß nicht, ob ich das tun sollte. Er scheint mir wankelmütig. In einem Moment öffnet er Türen und löst Zauber aus, im nächsten will er mir die Haut von den Fingern brennen. Ich frage mich, was meinem Vater daran gelegen haben mag.«

Ein vergnügtes Schmunzeln huschte über ihre Züge. »Er war ein Geschenk des Hofes der Dämmerung an die Erben von Leonin. Und er wird Euch gute Dienste dabei leisten, ungesehen zu tun, was Ihr tun müsst.«

»Wie meint Ihr das?«

»Ihr *seid* ein Rabe, Corvyn. Findet es heraus.« Sie zwinkerte ihm zu und ihre Hand wischte durch die Luft, als wolle sie eine lästige Fliege vertreiben.

Vijctor rührte sich und blinzelte verwirrt. Er trat zurück und musterte die Frau auf dem Thron misstrauisch. Seine Bewegungen waren steif, als er die Stufen herabstieg und zu Corvyn zurückkehrte. Er hielt die Phiole fest umschlossen und Corvyn wusste, dass er nichts von dem Schwur ahnte, den er geleistet hatte.

»Tut es nicht, Rabe. Das ist nicht Eure Sache.« Eine deutliche Warnung mehr. Die liebende Frau verschwand hinter der strengen Fassade einer unbeugsamen Königin. Ihre Verletzlichkeit verging und ließ Stein zurück. Die Herrin der Dämmerung, die ihr Volk in den Krieg geführt hatte und es mit fester Hand regierte. Es gab keine Weichheit mehr auf ihren Zügen.

Er neigte den Kopf. »Wie Ihr wünscht, Herrin.« Corvyn gab vor, Vijctors düsteres, fragendes Stirnrunzeln nicht zu sehen.

»Geht jetzt«, befahl sie barsch. Die Vorhänge bewegten sich und die Kriegerinnen kehrten zurück, als hätte sie ein unhörbarer Ruf ereilt, ihre Gesichter eiserne Masken. Allein in ihren Augen funkelte Lebendigkeit, als ob sie darauf hofften, dass die unerwünschten Besucher einen falschen Schritt taten.

Corvyn verneigte sich wortlos und Vijctor tat es ihm nach, obgleich seine Verneigung deutlich weniger Ehrerbietung offenbarte. Vielleicht war es Glück, dass er nicht wusste, dass er seine Seele verkauft hatte. Corvyn biss sich schmerzhaft auf die Zunge, als der Saal durchscheinend wurde und die dämmerige Ödnis zurückkehrte. Das Letzte, was er sah, waren die amethystenen Augen der Herrin der Dämmerung, die auf seinem Gesicht ruhten. Ihr Blick undeutbar, ihre Gedanken verschleiert von goldenen und silbernen Sternen. Rätsel standen darin. Unzählige unlösbare Fragen und Geheimnisse. Sie waren zu tief, als dass er jemals hoffen konnte, bis auf ihren Grund zu blicken.

Das Reich der ewigen Nacht

Majas Hand ruhte auf der Wasseroberfläche des Teiches, an dem sie sich niedergelassen hatte. Wind strich durch das Schilfgras und trieb ihr das Haar ins Gesicht. Er kühlte die feuchten Spuren, die über ihre Wangen geronnen waren. Sie wusste nicht, wie lange sie starr vor dem dunklen Spiegel gesessen hatte, in dem für einen flüchtigen Augenblick Corvyns Gestalt erschienen war. Es war nicht mehr als ein Blinzeln. Ein Herzschlag, eine Berührung und er war verschwunden. Unter ihren Fingern zerronnen wie das Wasser, das ihn zu ihr gebracht hatte.

War es eine Täuschung? Von der Magie des Feenreiches aus ihren Wünschen geboren? Aber sie hatte ihn gespürt, wie damals in seinen Gemächern. Sie hatte gehört, wie er nach ihr gerufen hatte. Ein Klang, der von den Winden zu ihr getragen worden war und sie aus ihren Gedanken geschreckt hatte. Langsam zog sie die Hand zurück und blickte auf die silbrigen Tropfen, die auf ihrer Haut zurückgeblieben waren. Der Verlust brannte in ihrer Brust und frische Tränen bildeten sich auf ihren Wimpern. Maja wischte sie trotzig ab und sie vereinten sich mit dem Teichwasser, das an ihren Fingern haftete.

Nicht weinen, Maja. Weine nicht. Du wirst den Feenkönig dein Leid nicht sehen lassen. Nichts, was er benutzen kann, um dich zu bezwingen. Sie stieß den Atem aus und straffte ihre Gestalt. Es war die Wahl, die sie getroffen hatte. Und wenn es wirklich Corvyn war, den sie im Wasser erblickt hatte, kein Traum, dann wusste sie, dass er frei war. Dass der Bann, der ihn gehalten hatte, gebrochen war, und er das Weltentor schließen würde. Serijsa würde sicher sein, kein Unschuldiger würde mehr den Spielen der Feen anheimfallen, weil sie hinter den Spiegeln bleiben mussten.

Zumindest … solange sie dem Feenkönig standhielt.

Es war einfach erschienen. Eine Entscheidung, die sie innerhalb eines Augenblicks getroffen hatte. Von einem Mut und einer

Selbstsicherheit beseelt, die sie verloren hatte, sobald sie die Grenze zum Feenreich überschritten hatte. Das Reich der ewigen Nacht war fremd und unheimlich. Es gab keine Sonne an diesem Ort, keine Wärme. Auch jetzt konnte sie die Anwesenheit der Wächter spüren, die sich in den Bäumen verbargen wie Vögel. Sie hatte die Gesichter der Feenwesen gesehen, die dem König dienten. Das Gefieder, das ihre Züge bedeckte wie eine Maske, die in allen Farben des Regenbogens schimmerte. Die gebogenen Schnäbel, die sie anstelle einer Nase trugen. Keine Menschen, keine Tiere … und doch besaßen sie die Merkmale von beiden. Maja wollte nicht wissen, was sich unter den nachtblauen Uniformen versteckte, in die sie gewandet waren. Ihre Gliedmaßen erschienen wie die eines Menschen, dennoch waren ihre Hände von Federn überwachsen und ihre Nägel unnatürlich lang und spitz. Ihr Anblick ließ sie frösteln, wann immer sie einen Blick auf die Vogelwesen erhaschte. Sie sprachen nicht, aber manchmal vernahm sie ein Trillern und Pfeifen in der Ferne, das sich aus vielen Kehlen wiederholte.

Der Feenkönig hatte ihnen befohlen, sich von ihr fernzuhalten, doch sie wusste, dass sie aus dem Laub heraus über sie wachten. Irgendwo in diesem unendlichen Garten verborgen, der den Turm des Schlüssels umschloss. Sie durfte sich frei bewegen, aber ihre Freiheit war nichts als eine Illusion. Jeder ihrer Schritte wurde beobachtet.

Das Reich des Mondes war schön, als sei es einem Märchen entsprungen. Der Himmel war klarer, der Mond heller, die Sterne leuchtender, als sie es je gesehen hatte. Der Wind duftete nach den Blüten, die die Bäume zierten und selbst das Rauschen des kleinen Baches, der sich durch den endlosen Garten schlängelte, klang lieblicher, als sie es je gehört hatte. Die Vögel verstummten auch in der dunkelsten Stunde der Nacht nicht, doch ihr Lied kündete niemals vom Erwachen eines neuen Tages, denn der Morgen kam nie. Dafür erhellten unzählige Lichter die Nacht. Sie saßen in den Bäumen und blitzten zwischen den Blüten der Hecken auf, sie trieben auf dem Wasser oder schwebten in der Luft wie Glühwürmchen. Maja hatte versucht, eines dieser Lichter einzufangen, aber ihre Hand war hindurchgeglitten wie durch einen Geist. Ein Prickeln auf ihrer Haut war alles, was sie gespürt hatte.

Sie war in die Gärten geflohen, kaum dass der Feenkönig verschwunden war. Er hatte sie an diesen Ort gebracht, doch er hatte kein Wort an sie gerichtet. Sie war allein mit den Wächtern, im Schatten des Elfenbeinturmes, in dem stumme Vogeldiener ihr eine Kammer zugewiesen hatten, in der sich ihre Schlafstatt befand. Jede Wand war von einem Spiegel geziert, der ihr Abbild auf sie zurückwarf. Wohin sie auch sah, fand sie sich selbst. Die verlorene, einsame Gestalt der Maja Carjesan, auf unheimliche Weise vervielfacht. Jedes Zimmer, das sie betreten hatte, war von Spiegeln übersät. Als ob es den Feen Freude bereitete, ihr eigenes Angesicht zu sehen, wo auch immer sie gingen. Für sie war es wie ein Albtraum, der zum Leben erwacht war. Die Wände des schimmernden Turmes hatten sie erstickt. Doch auch im Freien tat die Fremdartigkeit des Mondreiches wenig, um die Beklommenheit zu mildern, die ihr die Kehle zuschnürte.

Sie wurde stärker, wenn der Wind durch die weißen Rosen fuhr, die über die Wände des Turmes wuchsen. Wenn das Wispern erklang, das sie bereits in ihrem Traum vernommen hatte. So lebendig, als sprächen die Blüten miteinander. Maja hatte eine von ihnen gestreift und das Blütenblatt hatte den Ärmel ihrer Bluse aufgeschlitzt wie ein Messer. Und tatsächlich, die Blüten waren wie Kristall … wie Eis. Keine Zartheit lag darin. Sie hatte sie berührt und war vor ihrer Kälte zurückgeschreckt.

Vielleicht war nichts an diesem Ort, wie sie es kannte. Und wie sollte es? Wie konnte das Erdreich Früchte hervorbringen, wenn niemals die Sonne darauf schien? War alles, was sie sah, von Magie erschaffen und verdreht wie die Äste, die über ihr in den Himmel ragten? Es war, als hätte die Erde Schmerzen gelitten, als sie die Bäume geboren hatte. Sie waren gewunden und verknotet, geschwärzt. Farblos wie die Natur, die sich um sie herum erstreckte. Ja, das Reich des Mondes war schön auf seine Weise. In Tönen von Silber, Blau, Grau und Schwarz. Als hätte das Mondlicht alle Farbe aus der Welt gewaschen und sie der Nacht gleich gemacht.

Oh, wie sehr sie sich nach dem Reich der Sonne sehnte. Nach einem bekannten Gesicht. Doch sie würde ihre Familie niemals wiedersehen. Vijctor. Ihren Vater. Die Hülle ihrer Mutter … sie alle waren für sie verloren. Es gab keinen Trost für sie. Besser, sie fand sich damit ab, ehe sie daran zerbrach wie eine Glasfigur.

»Maja?«

Für einen Augenblick glaubte sie, sich die Stimme nur eingebildet zu haben. Das Gebüsch raschelte und sie kniff die Augen zusammen, um die Dunkelheit zu durchdringen. Ein großer Schatten bewegte sich über den Steinpfad. Er stolperte durch das hohe Gras, das sich einen Spaß daraus zu machen schien, ihn zu behindern.

Sie stand hastig auf und wischte noch einmal über ihre Wangen. Die zur Schau getragene Starre ihrer Miene wandelte sich in Überraschung, als sie die dunklen Locken des Mannes erkannte, der sich ihr näherte.

»E ... Elejas?«, stammelte sie bestürzt. Sie ging auf ihn zu, hielt inne. Vielleicht war es eine Falle, eine Illusion, die sie verführen sollte, den Wünschen des Feenkönigs zu entsprechen.

Licht fiel auf sein Gesicht und offenbarte die Erleichterung darauf. Sie starrte ihn sprachlos an, als er seine Schritte beschleunigte. »Du bist tatsächlich hier! Ich wollte nicht glauben, dass ich dich hier finden würde.«

Maja grub die Finger in den Stoff ihres Rockes. »Du wolltest es nicht glauben? *Ich* glaube es nicht! Was im Namen der Gestirne tust du hier?«

»Der Feenkönig hat mich eingeladen, an seinem Hof zu spielen.« Er griff nach ihren Händen. Seine Haut war warm, seine Berührung vertraut. Elejas, sie war sich sicher. Kein Trugbild mit seinen Zügen.

»Und ... du hast Ja gesagt«, brachte sie mühsam hervor. Der Kloß in ihrer Kehle wuchs, bis sie glaubte, dass der Atem nie wieder in ihre Lunge strömen könnte.

»Wie hätte ich ablehnen können? Was hast du, Maja?« Er strich das Haar aus ihrem Gesicht. »Fürchtest du dich? Das musst du nicht mehr. Ich bin jetzt bei dir. Ich werde für ihn spielen und danach werden wir nach Hause gehen.«

Als ob sie das je wieder könnte. Das Schluchzen, das sie ersticken wollte, brach aus ihr heraus, doch es war ein verzweifeltes Lachen, das über ihre Lippen kam. »Oh Elejas ... er wird mich niemals gehenlassen und dich auch nicht! Wie konntest du nur so schrecklich töricht sein und mit dem Feenkönig gehen? Niemand entkommt dem Mondreich!«

Elejas ließ sie los und eine Falte bildete sich auf seiner Stirn. »Ich bin nicht dumm, Maja. Ich weiß, wie man mit den Feen verhandeln muss. Und hatte ich eine Wahl? Als er sagte, dass du hier bist, musste ich kommen und das weißt du. Was hast du dir dabei gedacht, du verrückte Närrin?«

Keine Wahl … Er war wegen ihr gekommen. Für einen Augenblick fehlten ihr die Worte und sie spürte, wie das Blut aus ihrem Gesicht wich. Ein Unglück mehr, das sie zu verantworten hatte. Ein Mensch mehr, den der Feenkönig ihretwegen in sein Reich gebracht hatte. Maja nahm einen zittrigen Atemzug. »Du hättest niemals kommen dürfen. Nicht für mich oder irgendjemanden sonst. Der Feenwahn wird dich zerfressen, bis nichts mehr von dir übrig bleibt.«

»Nein, das wird er nicht. Ich bin freiwillig hier, ohne meine Seele verpfändet zu haben. Mir wird nichts geschehen. Und dir auch nicht. Ein einziger Auftritt, mehr ist es nicht. Danach gehen wir zurück ins Reich der Sonne.«

Er wirkte seiner Sache so sicher. Als gäbe es wirklich eine Möglichkeit, dass sie das Mondreich je wieder verlassen durften. Und er ahnte nicht, wie sehr er sich täuschte. »Oh Elejas, wenn es nur so einfach wäre …«, ihre Stimme versagte. Maja schluckte hart. »Was ist mit der Königin? Ist sie bei dir?«

Er blickte zu Boden. »Nein. Sie hat mich getäuscht, Maja.« Sein Gesicht wurde düster. »Melysan hat mich verzaubert … du … du hattest recht. Alles, was du gesagt hast … sie hat mich nur benutzt.« Seine Hände ballten sich zu Fäusten. Schmerz zuckte durch seinen Blick. Zorn. »Drei Monde meines Lebens. Sie sind weg, als hätten sie niemals existiert.«

Also hatte der Feenkönig den Dorn aus seinem Herzen gezogen. Und anschließend hatte er ihn in ein noch größeres Verderben gelockt. »Was genau hast du dem Feenkönig versprochen?«, fragte sie tonlos.

»Nichts. Er …«, Elejas runzelte die Stirn, als ob es ihm schwerfiele, sich zu erinnern. »Er hat mir eine Anstellung an seinem Hof angeboten. Ich wollte zuerst nicht annehmen, aber dann sagte er, dass du hier auf mich warten würdest und Feen lügen nicht. Ich konnte mir keinen Reim darauf machen, warum du durch die Spiegel getreten bist.« Er fuhr sich durch die Locken und hob die Achseln. »Also habe ich eingewilligt, ein einziges Mal für ihn zu spielen, wenn ich dich danach nach Hause bringen darf.«

Nach Hause bringen. In den Elfenbeinturm oder den Palast des Feenkönigs. Es gab kein anderes Zuhause mehr für sie. Elejas' Pakt hatte nichts bewirkt. Das Einzige, worauf sie hoffen konnte, war, dass es für ihn noch einen Ausweg geben würde. Sie fasste wieder nach seinen Händen und umklammerte sie mit den ihren. »Ich weiß, du verstehst es nicht, aber ich kann nicht mit dir kommen, Elejas. Mein Versprechen an den Feenkönig wiegt schwerer, als du dir vorstellen kannst. Geh nach Hause. Flieh von diesem Ort, solange du es noch kannst. Versöhne dich mit deinem Vater. Hier wartet nichts als Unglück auf dich.«

»Ich soll gehen? *Zu meinem Vater?* Allein?« Elejas sah sie ungläubig an, dann verschränkte er abweisend die Arme vor der Brust. »Ganz gleich, wohin es mich verschlägt, ich kehre niemals unter seine Augen zurück, die mich missbilligend ansehen, sobald ich meine Laute berühre. Es ist nicht weniger ein Gefängnis für mich als das Haus deines Vaters für dich und das weißt du. Lieber bleibe ich für alle Zeit im Mondreich!« Er hieb verärgert nach dem Gebüsch und Blütenblätter rieselten in einem weißen Regen herab.

»Sag das nicht. Wenn …«

Elejas schnitt ihr mit einer barschen Geste das Wort ab. »Und ich gehe sicher nicht ohne dich! Was soll das alles, Maja? Warum bist du hier? Du hast niemals durch die Spiegel treten wollen und jetzt tust du es deiner Mutter gleich? Wie konntest ausgerechnet du dich verführen lassen?«

»Ich …«, Maja stockte, dann schüttelte sie den Kopf. »Es ist nicht, wie du glaubst. Der Feenkönig hat dich angelogen, Elejas. Du bist eine Spielfigur für ihn, die er gegen mich benutzen möchte. Er hatte niemals vor, mich mit dir gehen zu lassen. Du bist Teil eines Spiels, das du nicht ver…«

»Ich sehe, dass ihr einander gefunden habt.« Eine dritte Stimme unterbrach sie. Schmeichelnd, dunkel und von unglaublicher Macht erfüllt. Maja erstarrte.

»Eure Majestät. Ich wusste nicht, dass Ihr hier seid.« Elejas versteifte sich und seine Stimme verlor ihren melodischen Klang. Er verneigte sich tief und mit einem eleganten Schwung. Maja erschrak vor der Leere auf seiner Miene, als er sich wieder aufrichtete. Es war, als sei jedes Gefühl, alles Leben aus ihm gewichen, und hätte einer steinernen Maske Platz gemacht.

»Es wird Zeit für Eure Vorstellung, Me'Syr Mallan. Wenn Ihr meinen Dienerinnen folgen wollt?« Eine beringte Hand hob sich und wies auf zwei Frauen, die hinter ihm warteten. Die Vogelgesichter der Dienerinnen waren unter dem bläulich schillernden Gefieder unlesbar. Gewänder aus silberner Seide verhüllten ihre schlanken Körper.

Elejas verneigte sich abermals. »Mit Vergnügen, Eure Majestät«, erwiderte er hölzern. Es war, als stünde er plötzlich unter einem Bann. Einem Zauber, der seinen Willen verschluckt hatte. Maja wollte weinen, aber alle Tränen dieser Welt würden nicht genügen, um ihre Verzweiflung zu lindern. Sie war wie ein Krug, der vor dem Überlaufen stand. Sie sammelte ihre Tränen darin, um sie nicht vor dem Mann zu vergießen, der allein zurückblieb. Elejas' Schritte entfernten sich über den steinernen Pfad, der zurück zum Elfenbeinturm führte. Er sah nicht mehr zurück. Es war, als hätte er sie vergessen.

Der Feenkönig sagte nichts. Sein rotes Haar stach aus der Nacht heraus, als ob es sie in Flammen setzen wollte. Zum ersten Mal bemerkte Maja, wie groß er war. Einschüchternd. Er war gekleidet wie ein Mensch. Doch der graue Stoff seines Gehrockes hätte niemals von Menschenhand gefertigt sein können. Er war vom Silber der Sterne. Seine Tönung veränderte sich stetig, so wie sich das Licht mit den Wolken wandelte. Manchmal glühte er hell, um dann in Schatten getaucht zu werden. Der König hatte die Maske, die seine Züge verbarg, selbst im Mondreich nicht abgenommen. Allein seine Augen waren sichtbar, darunter der sinnliche Zug seines Mundes. Es genügte, um sie sich wünschen zu lassen, den Blick abwenden zu können. Aber sie tat es nicht. Maja starrte zu ihm auf. Trotzig. Unbeugsam. Obgleich ihr Inneres ihr zuschrie, vor ihm davonzulaufen.

»Ich sehe, du hast deinen Zorn noch nicht überwunden. Missfällt dir mein Reich?« Seine Stimme war weich, sein Tonfall höflich wie der eines Galans, der weltlichen Gebräuchen folgte.

»Euer Reich ist kalt und falsch. Wie eine ewige Winternacht, die niemals von der Sonne gewärmt wird. Wie könnte es mir gefallen?«

Er blickte sinnierend über seinen Garten und stützte sich auf den Spazierstock, der in seinen Händen lag. Nur Zier, ohne Zweifel. Ein silberner Drachenkopf war unter seinen Handschuhen erkennbar, der Schlund weit aufgerissen. Die Augen schienen sie anzustarren und

Maja meinte, eine Bewegung wahrzunehmen. Ein Zwinkern. Hastig wandte sie den Blick ab. »Die wenigsten Menschen würden es als abstoßend bezeichnen«, antwortete er amüsiert. »Es heißt, nichts käme der Schönheit des Mondreiches gleich.«

»Wie gut, dass nur ein Teil von mir menschlich ist und ich gegen Euren Zauber immun bin.« Maja verschränkte die Hände, um ihr Zittern zu verbergen. Stimmen erklangen aus der Richtung des Elfenbeinturmes. Lachen. Keckernd, gackernd. Als ob eine Schar Vögel darin Einzug hielt. »Und wenn Euer Reich von einer solchen Schönheit ist, frage ich mich, was Ihr in der Welt der Menschen zu suchen habt? Nichts darin könnte so glanzvoll sein wie Eure Heimat. Ihr gebietet über die Magie und wir haben Euch nichts zu bieten. Warum bleibt Ihr nicht hinter Euren Grenzen und lasst uns in Frieden?«

Sie spie ihm die Worte voller Abscheu vor die Füße und zu ihrer Überraschung verzogen sich seine Lippen zu einem Lächeln. »Die Menschen haben uns vieles zu bieten, Maja Carjesan.« Sein Tonfall war rätselhaft, doch sie hegte nicht den Wunsch, seine Rätsel zu lösen.

»Warum erschafft Ihr es Euch nicht einfach? Ist Eure Macht nicht grenzenlos? Seid Ihr nicht so mächtig wie ein Gott?« Sie biss sich auf die Zunge, als sein goldenes Auge zu glühen begann, aber es war zu spät. Die Worte hatten sie verlassen. Furcht und Zorn hatten all ihre Vorsicht außer Kraft gesetzt.

Er antwortete nicht. Der Wind wurde stärker und sein rotes Haar hob sich in dem harschen Luftzug, der durch die Bäume fuhr. Ein Wispern erhob sich, sorgenvoll, neugierig. Die Natur reagierte auf die Stimmung ihres Herrn. Zum ersten Mal fiel Maja auf, dass *seine* Farbe nicht vom Mondlicht ausgewaschen wurde. Es war, als glühte es von innen heraus, als gäbe es nichts, das seinen Schein dämpfen konnte. Unwillkürlich trat sie einen Schritt zurück.

Der Drachenstock schlug auf dem Boden auf und er erbebte unter dem Aufprall. Ein erschrockener Laut drang über Majas Lippen, als die Hand eines Riesen nach ihr griff und sie in die Luft zog. Die Welt verschwamm zu einem Flirren, Schwindel ergriff sie. Dann verfestigte sich der Grund und sie taumelte hilflos, bis ihre Hände festen Halt zu fassen bekamen. Poliertes Holz, silbrig hell, wie sie es nie zuvor gesehen hatte. Der Garten war verschwunden. Stattdessen erblickte sie ihr eigenes Spiegelbild zu ihren Füßen. Maja schluckte und hob den Blick, um eine gedeckte Tafel vorzufinden. Kristall, Silber, Schalen voller Früchte, Platten, gefüllt mit allen Speisen, die das Herz begehren konnte. Weiße Rosen ergossen sich über den Tisch und hingen bis auf den Boden hinab.

»Du musst hungrig sein«, sagte der Feenkönig süffisant. Er stand am anderen Ende der Tafel. Seine Hände ruhten auf dem Rücken eines Stuhles, der mitternachtsblau gepolstert war. Allein die Art, wie sich seine Finger bewegten, verriet, dass er verärgert war. Etwas an seiner Haltung hatte sich gewandelt. Er war wie ein Tier, das sie belauerte. Maja blickte zögerlich über den Tisch und seine Lippen verzogen sich zu einem Lächeln. »Setz dich. Du musst dich nicht fürchten. Es hat noch niemandes Willen unterworfen, von den Speisen des Mondreiches zu kosten.«

Die Erinnerung an die Nacht im Opernsaal des Schlosses kehrte zurück und sie starrte widerwillig auf die silbernen Hauben. »Ich glaube nicht, dass ich Gefallen an Euren Speisen finden werde. Ich bevorzuge es, wenn nichts auf meinem Teller über zappelnde Beine verfügt oder schreien kann.«

»Es wäre bedauerlich, wenn du verhungerst.« Der Feenkönig zog seinen Stuhl heran und ließ sich darauf nieder. Wein füllte seinen Kelch, ohne dass ein Diener zu sehen war. »Musik?«

Die Spiegel an den Wänden wandelten sich und Elejas erschien hinter dem Kopf des Feenkönigs. Wohin Maja auch sah, stimmte er seine Laute auf der elfenbeinernen Bühne, umgeben von samtenen Vorhängen, die noch geschlossen waren. »Ich glaube, ich habe keinen Appetit«, gab sie gepresst zurück.

»Ein Jammer … die Köche haben sich eine solche Mühe gegeben.« Er lehnte sich zurück und nippte an dem Kelch. Kein echtes Bedauern lag in seinem Ton.

»Warum habt Ihr Elejas hierher gebracht?«

»Damit er für meinen Hof spielt.« Sein Lächeln offenbarte spitze Eckzähne und Maja erschauerte.

Sie fasste nach dem leeren Kristallkelch und auf der Stelle füllte er sich. Ihre Finger zuckten zurück. »Lasst ihn gehen.«

»Was gibst du mir dafür?« Neugier in seinem Blick. Er lehnte sich nach vorn, plötzlich von einer Spannung erfüllt, die beinahe zu greifen war.

Oh Elejas … Elejas, warum? Sie sah auf den leeren Teller. »Nichts.« Das Wort kratzte in ihrem Hals, als hätte es winzige Widerhaken.

»Ich fürchte, das ist mir zu wenig.« Seine Finger umfassten den Kelch fester. Das einzige Anzeichen für sein Missfallen.

»Es ist *mir* zu wenig, nicht zu wissen, ob Ihr Eure Versprechen haltet. Es ist leicht für Euch, einen Pakt anzubieten, wenn die andere Seite nicht weiß, ob ihren Wünschen entsprochen wird.«

Flammen tanzten in seinem goldenen Auge. Ein kurzes Aufflackern seiner Wut. Sein Haar wirkte noch glühender. »Ich halte jedes meiner Versprechen.« Seine Finger tippten an das Kristallglas. »Ich habe keinen meiner Schwüre je gebrochen. Jeder hat bekommen, was er sich gewünscht hat.«

»Was er sich gewünscht hat oder was Ihr zu geben bereit wart?«

Er schnaubte, ein Ton, der zwischen Belustigung und Verachtung schwankte. »Glaubst du, alle Menschen, die mich rufen, sind unschuldig? Du weißt *nichts* über mich, Maja Carjesan.«

»Meine Mutter hat Euch nicht gerufen. Sie *war* unschuldig. Aber Ihr habt ihren Geist zerbrochen wie einen dürren Ast! Und wo auch immer Ihr geht, zerstört ihr Leben, weil ein Mensch Euch nichts bedeutet. Ich *möchte* nichts über Euch wissen!«

Der Kelch des Feenkönigs setzte hart auf dem Tisch auf und die Flüssigkeit darin schwappte über den Rand. Ein roter Flecken bildete sich auf dem Tischtuch. Er löste sich auf, kaum dass er auf das Leinen getroffen war. Magie. Alles an diesem Ort war Magie. Sie rang gegen den Impuls, ihren eigenen Kelch auszuschütten, nur um die falsche Makellosigkeit für einen Atemzug lang zu zerstören. Sie starrten einander an, keiner von beiden bereit, nachzugeben und das Duell zu verlieren.

Hinter dem Kopf des Feenkönigs öffnete sich der Vorhang. Elejas saß auf einem Einhorn aus Elfenbein, umgeben von einem Winterwald, und spielte versunken, während Schneeflocken vom Himmel rieselten. Sie konnte den sachten Fall des Schnees in der getragenen Melodie hören, das klirrende Eis. Dann setzte sein Gesang ein und ihre Kehle schnürte sich zusammen. Er trat vor einem leeren Saal auf, ohne es zu bemerken. Es gab kein Publikum, das ihm lauschte. Er war eine Marionette des Feenkönigs, in sein Reich gebracht, um sie zu quälen. Sie kannte den Preis für seine Freiheit. Und er bedeutete den gleichen Schmerz für die Menschen Serijsas, den auch sie erlitten hatte. Verlust und Fragen, auf die es niemals Antworten gab. Vielleicht war sie gesegnet, denn zumindest kannte sie die Antwort, die anderen nie zuteilwerden würde. Sie wusste, warum ihre Mutter durch die Spiegel gegangen war.

Und nun war es ihre Wahl. Elejas oder die Schicksale unzähliger Menschen, die ohne Schuld von den Feen heimgesucht und in ihre grausamen Spiele verstrickt wurden. »Ihr seid ein Scheusal«, wisperte sie voller Abscheu. »Ein widerwärtiges, selbstverliebtes Scheusal.«

Er lachte, aber es klang falsch. Gezwungen. »Das Schicksal hat mir keine Wahl gelassen, schöne Maja. Es hat mich zu dem gemacht, was ich bin. Wenn du Zorn auf jemanden verspüren willst, dann wähle dir die Götter zum Ziel, die diese Welt erschaffen haben. Es war ihre Entscheidung, die hohen Feen zu den gefühllosen Kreaturen zu machen, die nach deinesgleichen gieren müssen. Nicht die meine.«

»Verratet mir eines, Feenkönig. Warum ist das Portal so wichtig für Euch? Warum ist es Euch nicht genug, hierzubleiben? In Eurem Zauberreich? Inmitten von Euresgleichen?«

»Weil ich *keiner* von ihnen bin.« Er stützte die Arme auf die Lehnen seines Stuhls und faltete die Hände. »Ich bin der König eines Volkes, dem ich nicht angehöre. Der einzig Fühlende in einer Welt der Gefühllosigkeit. Der Verdammte, der von der Göttin des Lichts verflucht wurde. Das Reich des Mondes ist *meine* Strafe.«

Es gelang ihr nicht, ihre Überraschung zu verbergen. »Eine Strafe? Ein ganzes Reich als Strafe für einen Einzelnen? Das ist widersinnig.«

Er lächelte und entblößte einmal mehr seine scharfen Zähne. »Was ist widersinnig für Kreaturen, die über die Macht verfügen, Welten zu erschaffen? Welche Strafe ist unmäßig, um einen ungehorsamen Sohn zu bestrafen? Und wie kann man Herzlosigkeit besser sühnen, als inmitten von Einsamkeit und Gleichgültigkeit?« Seine Hand hob sich und Elejas verschwand. Der Nachthimmel erschien in den Spiegeln. Eine Stadt aus Elfenbein, durchzogen von der silbernen Ader eines Flusses. Klippen am Meer, auf denen ein einsamer Leuchtturm stand. Die Bilder wechselten, doch ihre silberdurchwirkte Schönheit blieb immer gleich. Die eintönige Farblosigkeit des Feenreiches. Das

Reich der ewigen Nacht. Ebenso schön und gefährlich wie sein Herr. »Dies war mein Königreich und nun ist es mein Gefängnis, schöne Maja. Sein niederes Volk ist aus den Albträumen geboren, die mich in den Nächten heimsuchen. Jeder Traum gebiert eine neue Kreatur, eine neue Lebensform, die es bevölkert. Doch keine von ihnen füllt die Leere in mir.«

»Das klingt, als wäret Ihr ein Gott«, erwiderte sie misstrauisch.

»Ich bin der *Sohn* zweier Götter. Die Hüterin des Lichts hat mich geboren, aber ich bin auf den Pfaden des Schattens gewandelt. Der Streiter meines Vaters. König über das Feenvolk, das er bei der Spaltung von Atharys geschaffen hat, weil mich die Wege der Magie mehr fasziniert haben als die Wärme des Sonnenreiches.« Er sah zu den Spiegeln und der Hauch eines Sonnenaufgangs erhellte die ewige Nacht. Doch es war nur ein Flackern. Ein flüchtiger Gruß der Sonne, ehe der Mond zurückkehrte. Der Feenkönig ballte die Hand zur Faust und ließ sie niedersinken. »Ich habe Dunkelheit über die Welt gebracht und jetzt lebe ich in der ewigen Nacht. *Du* bist mein Schlüssel in die Freiheit. Zumindest für die kurze Zeit deines Lebens, bis deine Flamme erloschen ist.«

Maja fröstelte bei dem Ton in seiner Stimme. Sie presste sich dichter an die Lehne ihres Stuhles, aber sie wusste, dass es kein Entkommen gab. »Ihr sagt, ich bin *Euer* Schlüssel. Warum ist es Euch dann nicht genug, allein in unsere Welt zu kommen? Warum müsst Ihr Euer Volk über uns bringen?«

»Kennst du die Kälte einer Winternacht, in der es kein Feuer gibt, Menschenkind? Die Sehnsucht nach einem Funken Wärme, um deinen erfrierenden Körper zu retten? Das Leben einer Fee kennt nur diese immerwährende Sehnsucht und das Menschenvolk ist die Flamme, an der wir uns wärmen, bevor wir ins Herz des Eises zurückkehren müssen. Wie könnte ich einem Erfrierenden das Feuer verweigern?« Seine Mundwinkel hoben sich, doch sie vermochte es nicht, seine Miene zu lesen. Es war ebenso ein Lächeln wie eine Drohung.

»Was habt Ihr getan, um diese Strafe zu verdienen?«, fragte sie beklommen.

»Jetzt willst du doch etwas über mich wissen? Was gibst du mir für diese Antwort, Maja Carjesan?« Eine Drohung, diesmal wusste sie es sicher. Das Zähnefletschen eines Raubtieres.

»Nichts.«

Er zuckte gleichgültig die Achseln. »Dann wirst du nichts dafür bekommen. Es ist deine Wahl. Wie alles, was geschehen wird. Denke daran, du hast die Macht, es zu beenden. Nur ein Wort von dir genügt.« Der Feenkönig schob seinen Stuhl zurück und Elejas erschien wieder in den Spiegeln. Schnee sammelte sich zu seinen Füßen und wuchs mit jedem Ton in die Höhe. Der König der Feen verließ seinen Platz und verharrte dicht neben ihr. »Genieße die Vorstellung, schöne Maja. Und iss. Es wäre bedauerlich, wenn du zu schwach wirst, um dich zu wehren.«

Ein Glitzern in seinen zweifarbigen Augen. Das Funkeln von Gold, das Rieseln von kaltem Silber, als ob ein Sternenschauer vom Himmel fiel. Sein Atem berührte ihre Haut, dann löste er sich auf, als hätte er den Raum niemals betreten.

Maja starrte auf die Stelle, an der er verschwunden war. Dann sackte sie auf ihrem Stuhl zusammen und stützte den Kopf in die Hände. »Oh Herrin des Lichts, hilf mir …« Ihre Worte verstummten, plötzlich schal geworden. Wie sollte die Göttin ihr helfen, wenn sie es war, die den Feenkönig über die Welt gebracht hatte? Wenn sie nicht verhinderte, dass ihr Sohn über das Reich der Sonne kam und die Menschen vergiftete? Nein … sie war allein. Auf sich gestellt. Alles, was sie tun konnte, war, die Kraft in ihrem eigenen Herzen zu suchen. Und zu glauben, dass Corvyn das Portal schließen und mit einem neuen Rat der Dämmerung verhindern konnte, dass es je wieder einen Schlüssel gab.

Der Seelenbinder in Corvyns Hand glühte in einem finsteren Violett und beleuchtete ihren Weg durch den Wald. Der Mond war aufgegangen, eine bleiche Scheibe auf einem sternenlosen Himmel, halb verdeckt von den dunklen Spinnenfingern der Äste über ihren Köpfen. Es roch feucht von dem Regen, der den ganzen Tag über gefallen war. Auch jetzt tropfte er noch von den Blättern und sang mit unzähligen Stimmen sein Lied. Ein Knacken unter seinen Sohlen unterbrach die Melodie mit einem harschen Laut. Corvyn fuhr zusammen und unterdrückte einen Fluch. Sein Blick fiel auf den Seelenbinder, dessen Leuchten einmal mehr heller geworden war. Ein glühender Wegweiser, der den Weg in das Reich wies, dem er entstammte. Je näher sie dem Portal kamen, desto stärker wurde das Glühen des Steins.

»Wir können der Hüterin des Lichts für ihre Gnade danken, wenn das verfluchte Ding nicht alle Feenbestien im näheren Umkreis auf uns aufmerksam macht«, murrte Vijctor in seinem Rücken. »Wenn es so weitergeht, werden wir heller strahlen als ein Leuchtturm.«

»Glaubt mir, mein Freund, Melysans Gezeter wäre wenig besser gewesen«, gab Corvyn gedämpft zurück. »Sie hätte alle Geister des Waldes geweckt und uns tausendfach in die Irre geführt.«

»Zumindest hätten wir ihr den Mund zubinden können und sie wäre still gewesen. Seid Ihr sicher, dass Eure Herrin der Dämmerung uns nicht damit an den Feenkönig verraten will?« Vijctor verhehlte seine Abneigung gegen den Seelenbinder nicht. Dass er von der Herrin der Dämmerung berührt worden war, ließ das Amulett kaum im Ansehen des Feenjägers steigen.

»Nun ... falls sie das im Sinn hatte, scheint es, als hätten wir noch Zeit.« Corvyn hielt an und blickte nachdenklich nach oben, während der Seelenbinder von seinen Fingern baumelte. »Bislang sehe ich keine geflügelten Rösser mit feurigen Schwingen, die sich auf uns stürzen wollen.«

»Ebenso wenig wie ein Portal.« Vijctor hob die Brauen und lief an ihm vorüber.

Corvyn seufzte. »Habt Geduld, Feenjäger. Eure Klinge wird noch früh genug Feenblut zu schmecken bekommen. Ich bezweifle, dass der Seelenbinder uns in die Irre leiten wird. Er spürt die Nähe zum Feenreich.« Und was er spürte, musste nah sein. Verdammt nah. Er konnte das Pulsieren spüren, das von dem Amulett ausging. Es kribbelte auf seinen Fingerspitzen. Wahrscheinlich war es Glück, dass sie seine Schwester nicht gefunden hatten. Ihre Gemächer waren leer gewesen, die Tür stand offen. Er runzelte besorgt die Stirn, als er daran zurückdachte. Sie musste den Tod des Wechselbalgs gespürt haben, aber er bezweifelte, dass es sie in einen solchen Aufruhr gestürzt hatte. Jede Fee, der er über den Weg gelaufen wäre, hätte ihm den Garaus gemacht. Seine Existenz hatte auf Messers Schneide gestanden, seitdem sie das Portal geöffnet hatte. Doch was war es, das sie so beunruhigt hatte, dass sie ihre Gemächer überstürzt verlassen hatte? Er kannte

Melysan. Sie hätte niemals ihre Geheimnisse für alle Welt zugänglich zurückgelassen.

Sie hätte sie führen sollen, aber das Labyrinth des Schlosses hatte sie spurlos verschluckt. Die Suche nach ihr blieb vergeblich. Stattdessen war es das Licht des Seelenbinders, das unverhofft ihre Stelle eingenommen hatte. Vijctor hatte das Glühen als Erster bemerkt. Es war durch den Stoff von Corvyns Rocktasche gedrungen, und es war stetig heller geworden, je näher sie dem Wald gekommen waren. Vielleicht war es närrisch, ihm zu folgen. Doch es war die beste Aussicht, die sie besaßen, wenn sie das verfluchte Portal je finden wollten. Parcivas war im Schloss zurückgeblieben, um dort nach Melysan zu suchen. Wenn jemand seine Schwester aufspüren konnte, dann war es der Geist. Aber sie hatten keine Zeit, untätig herumzusitzen und darauf zu warten, bis seine Zauber gewirkt waren und eine Spur von ihr zutage brachten.

»Seht.« Vijctors gedämpfte Stimme drang an sein Ohr und Corvyn sah auf. Der Feenjäger war stehengeblieben und spähte durch die Bäume. Er brauchte einen Augenblick, um sich zu orientieren. Einhundert Jahre hatten den Wald verändert und er vermochte es kaum zu sagen, wie lange sie schon blindlings über die Waldpfade getappt waren. Doch dann erblickte er, was Vijctors Aufmerksamkeit erregt hatte.

»Valyreans Turm«, murmelte er verstehend. »Natürlich.« Es war, als ob sich ein Schleier von seinen Augen hob.

Vijctor wandte den Kopf zu ihm. »Erhellt mich mit Eurer Weisheit, Eure Hoheit.« Spott in seiner Stimme, aber er blieb gutmütig.

»Majestät, fürchte ich«, korrigierte Corvyn mit einem schiefen Lächeln. »Wenngleich dieser unglücksselige Zustand nicht lange anhalten wird.« Er wollte nicht über die Bedeutung seiner Worte nachsinnen. Corvyn wies mit dem Kinn auf den bleichen Fingerknochen, der sich in den Nachthimmel reckte. »Valyrean war eine mächtige Hexe, die den frühen Raben vor Ascaris gedient hat. Melysan hat die Geschichten über sie geliebt. Ich hätte wissen sollen, dass sie das Portal hier verstecken würde. Niemand nähert sich diesem Ort. Es heißt, dass sie ihn mit ihrem letzten Atemzug verflucht hat.«

Die tiefen Falten auf Vijctors Stirn waren selbst in der Dunkelheit zu erkennen. Das Licht des Seelenbinders verlieh ihm eine finstere Aura und er blickte flüchtig auf das hell glühende Amulett. »Offenbar hat es den Feenkönig nicht beeindruckt. Ihr glaubt, dass das Portal tatsächlich hier ist und das Amulett nicht nur von der Hexenkraft angezogen wird?« Er musterte den schlanken Turm, der von Efeu überwachsen war. Ein brüchiges, altes Gemäuer aus Stein, von Symbolen übersät, die Valyrean dort eingeritzt hatte. Allein die Hüterin des Lichts wusste, ob sie noch Macht besaßen.

»Ich bin mir sogar sicher. Es erlaubt den Feen, zu tun und zu lassen, was sie möchten. Sie kommen und sie gehen, wie sie es wünschen. Sie müssen keinen Fuß über die Schwelle von Schloss Rabenschwinge setzen. Welcher Ort könnte besser sein als dieser?« Corvyns Worte klangen düster. Er drehte ruhelos den Königsring an seinem Finger. »Wir können nur hoffen, dass ihre Schutzzauber zu alt sind, um noch zu wirken.«

»Einladend. Und offensichtlich unbewacht.« Vijctors Degen klirrte gegen irgendeine andere Waffe an seinem Körper, als er Majas Mantel aus dem Bündel nahm, das er bei sich trug. Er hielt ihn Corvyn entgegen. »Hier. Nehmt ihn.«

Er hob die Brauen. »Wozu? Ich bin derjenige, der zurückbleiben wird – Ihr müsst Maja nach Hause bringen und Ihr könnt jeden Schutz brauchen, den Ihr bekommen könnt. Gebt ihn ihr, wenn Ihr sie zurückbringt und …«, seine Stimme verlor sich.

»Und?«

»Nichts.« Was sollte er sagen? Es gab keine Worte, mit denen Vijctor ihr erklären konnte, was er selbst nicht hatte sagen können. Er war zu feige gewesen, es zu tun, als er es noch konnte und nun war es zu spät. Vermutlich war er tot, ehe die Nacht vorüber war. Corvyn befühlte den Dolch, der in seinem Gehrock verborgen war. Kaltes Metall, das dafür sorgen würde, dass sich das Portal für immer schloss.

Vijctor musterte ihn prüfend. »Was liegt Euch an meiner Nichte, Corvyn? Ihr könntet das Portal schließen, ohne auch nur einen Fuß in sein Reich zu setzen. Dennoch geht Ihr über die Grenze und bringt *Euer* Reich in Gefahr, um Maja zurückzubringen. Warum?«

»Es wäre töricht, den Schlüssel in seinen Händen zurückzulassen, nicht wahr?« Er wusste, dass es seinem Lächeln an Überzeugungskraft fehlte.

»Und das ist alles?« Vijctor schnaubte. »Ich könnte Euch glauben, aber ich tue es nicht. Und ich kenne meine Nichte. Maja ist für *Euch* ins Feenreich gegangen. Erzählt mir nicht, dass all das nichts bedeutet.«

»Es bedeutet etwas für Serijsa. Sie wusste das.«

»Wenn es *nur* um Serijsa gegangen wäre, würde Maja jetzt hier stehen.«

Es war eine Nadel, die in sein Herz stach. Corvyn verzog das Gesicht. »Ihr seid neugieriger, als gut für Euch ist, Vijctor.«

Der Feenjäger grinste wölfisch. »Euer Glück, dass ich neugierig und nicht ängstlich bin. Anderenfalls müsstet Ihr Euch jetzt allein durch den Wald kämpfen und ich säße gemütlich zuhause vor dem Kamin.«

Corvyn hob eine Braue. »Ich bin wahrlich gesegnet. Kommt jetzt. Wir haben keine Zeit zu verlieren.«

Es war eine Flucht und der Feenjäger hatte keine Schwierigkeiten, ihn zu durchschauen. Vijctor stieß einen Laut aus, der verdächtig nach einem unterdrückten Lachen klang. Dann wurde er unvermittelt ernst. »Wartet, Corvyn.« Er fasste nach seinem Arm, um ihn aufzuhalten. »Sagt es ihr. Sie hat ein Recht, es zu erfahren.«

Corvyn schluckte die Bitterkeit, die er auf der Zunge schmeckte. »Es wird sie verletzen, Vijctor.«

»Es wird sie noch mehr verletzen, wenn Ihr geht, ohne dass Ihr Euch von ihr verabschiedet. Maja ist stark. Sie ist mit Verlust aufgewachsen. Aber wenn Ihr sie belügt, wird es sie umso stärker schmerzen.«

»Wird sie mit mir gehen, wenn ich ihr die Wahrheit sage, Vijctor? Wird sie mich gehenlassen?«

Vijctor antwortete nicht. Er musste es nicht. Maja würde es niemals zulassen. Eher würde sie all ihre Dämonenfeuer auf ihn herabbeschwören. Corvyn wollte über die Vorstellung lächeln, doch er konnte es nicht.

Der Feenjäger ließ wortlos die Hand fallen und Corvyn wandte sich ab, um die stacheligen Büsche auseinanderzuschieben, die ihren Weg versperrten. Blutige Kratzer blieben auf seiner Haut zurück und für einen Augenblick klammerten sich die Dornen fester an seine Hände, als sie es sollten. Er schüttelte sie ab und betrachtete die roten Spuren, die sie hinterlassen hatten. Ein Stachel steckte in seiner Hand. Er zupfte ihn heraus und warf ihn zu Boden.

»Biester«, knurrte er unwirsch. Die prallen Früchte des Gebüschs leuchteten selbst im Mondlicht in einem zu kräftigen Rot. Beinahe schien es, als ob sie von innen heraus glühten. Er berührte die warme Haut einer Beere und ein Murmeln klang durch den Wald. Es war verlangend. Lockend. Von Gier erfüllt. Die Haare in seinem Nacken stellten sich auf.

»Verdammt, was ist das?« Vijctors Degen glitt aus der Scheide, ein heller Strahl in der Dunkelheit.

»Ich weiß n…«, die Worte erstarben in einem erschrockenen Laut, als etwas nach seinem Knöchel fasste und daran zerrte. Corvyns Blick zuckte hinab. Dornenranken. Seine Kehle schnürte sich zu, als sie ihn unweigerlich an Majas Traum erinnerten. Sie wanden sich um seinen Stiefel und das Murmeln wurde lauter. Eindringlicher. Ein hohes Kichern lag darin. Wohliges Seufzen. Die Stimme einer Frau.

Er langte in seinen Gehrock und zog den Dolch heraus. Stahl blitzte auf, als er auf das Gewächs einhackte und die Ranke abtrennte. Ein schriller Schmerzensschrei erschallte und ließ das Blut in seinen Adern gefrieren. Das Murmeln endete.

Corvyn hob die Klinge und blickte schaudernd auf die rote Spur darauf. Blut. Er sah zu Vijctor, als sich das Gesicht des anderen Mannes vor Schrecken verzerrte. »Corvyn! Gebt acht!«

Vijctor sprang nach vorn und sein Degen hieb nach der Ranke, die auf Corvyns Hals zuschoss. Die Büsche begannen, lebendig zu werden. Das Murmeln setzte wieder ein, zornig diesmal. Stachelklauen krallten sich in Corvyns Gehrock und zogen ihn näher. Dornen bohrten sich in sein Fleisch und Schmerz explodierte auf seiner Haut. Sie waren wie Fesseln, die sich um seine Arme wanden. Der Dolch fiel aus seiner Hand, als Stacheln in seine Finger drangen und wütend zustachen. Zu klug. Als ob das Gebüsch wüsste, dass die Waffe ihm gefährlich werden konnte. Er griff nach seinem Degen, doch auf der Stelle schloss sich eine neue Fessel um seine Hand. Die Waffe blieb unerreichbar. Jede Bewegung trieb die Dornen tiefer. Corvyn biss die Zähne zusammen, um nicht aufzuschreien, und Schweiß trat auf seine Stirn.

»Lasst sie nicht an Euer Blut gelangen!« Eine Warnung an den Feenjäger, der von den Büschen unberührt blieb. Aber er hörte nicht auf ihn. Vijctors Klinge hackte sich erbittert durch die feinen Äste, um zu ihm durchzudringen. Doch wann immer er einen abtrennte, wuchs sogleich ein zweiter nach. Die Äste schreckten vor seiner Wut zurück, kauerten sich zusammen, als ob sie ihn fürchteten. Dennoch ließen sie ihn nicht durch.

Beeren platzten und hinterließen dunkle Flecken auf Corvyns Kleidern. Neue Ranken bildeten sich und verflochten sich zu einem Dornenkäfig. Ein widerliches Schmatzen drang an sein Ohr. Schlürfende Laute. Die Dornen saugten das Blut aus seinen Adern und er spürte, wie sich Kälte in seinen Gliedern ausbreitete.

Er würde sterben.

Er wusste es. Hier und jetzt. Zu weit von dem Portal entfernt, als dass sein Blut etwas auszurichten vermochte.

Verzweifelt richtete er den Blick auf den hellen Umriss des Turmes. Er wollte darauf zugehen, aber die Ranken wickelten sich um seine Füße und zerrten ihn auf die Knie.

»Du *bist* ein Rabe, Corvyn Areon. Erinnere dich.«

Die Stimme der Herrin der Dämmerung. Von überall. Nirgendwo. Als hätte der Mond zu ihnen gesprochen. Ein purpurner Streifen zerriss den Himmel. Ein Funken Dämmerung inmitten der dunkelsten Nacht.

»Aber es nutzt mir nichts!«, schrie er erstickt, als Dornen in seinen Hals bissen. »Ich kann mir keine Flügel wachsen lassen und davonflie…!«, seine Worte gingen in einem Keuchen unter, als sich die Ranken fester schlangen. Eine undurchdringliche Mauer stand zwischen ihm und Vijctor, der innegehalten hatte. Die Klinge schwieg. Er nestelte hastig an dem Lederbeutel, der von seinem Gürtel hing.

»Du kannst es. Flieg davon, Rabe!«

Wie soll ich … Ein Prickeln an seinem Finger. Corvyns Blick zuckte herab. Violettes Licht glühte an seiner Hand und sein Mund öffnete sich erstaunt. Das Klirren von zerspringendem Glas ließ ihn aufblicken und riss die unausgesprochene Frage von seinen Lippen. Die Nacht explodierte und rotes Gleißen nahm ihm die Sicht. Das Dornengebüsch schrie auf und das Entsetzen darin schnitt durch seinen Kopf wie ein brennendes Schwert. Rauchgeister stiegen auf und drangen in seine Lungen. Der Geruch war seltsam, beinahe süßlich wie verbranntes Fleisch. Wärme schlug ihm entgegen, ein Peitschenschlag aus Hitze, der auf seinen Körper traf. Er erkannte Vijctors Silhouette inmitten des Rauchs, einem Rachegott gleich, dessen Augen in der Dunkelheit glühten. Glas zerschellte erneut, als er eine glitzernde Phiole in das Astgitter warf, das nun wütend nach ihm hieb. Das Feuer fraß sich erbarmungslos durch die blutenden Beeren. Es breitete sich über die peitschenden Zweige aus und ließ die Früchte zerplatzen. Es raste schneller als natürliche Flammen, loderte greller. Die Dornenmauer färbte sich weißlich und zerfiel unter seinem Zorn. Asche wehte durch den Wald wie grauer Schnee. Sie flog mit dem Wind, weiche Flocken, die über feurige Zungen tanzten. Und er war in ihrer Mitte gefangen.

Davonfliegen … wie ein Vogel …

Er musste es versuchen. Corvyn schloss die Augen und versetzte sich in den Körper des Raben. In die vertraute Form des Vogels, der seine Seele getragen hatte. Er erinnerte sich an die Art, wie er sich vom Boden abstieß, wenn er sich in die Lüfte erhob. Seine Knie beugten sich instinktiv, seine Arme breiteten sich aus. Der Ring an seinem Finger brannte heftiger. Ein keuchender Atemzug und er wurde leicht wie eine Feder. Corvyn öffnete erschrocken die Augen und die Welt wurde größer. Weiter. Dornen lösten sich aus seinem Fleisch, während er unaufhaltsam schrumpfte. Mächtige Schwingen schlugen und er schoss durch den brennenden Dornenkäfig, aus der tödlichen Umarmung des Gebüschs, der Mondscheibe entgegen. Er vernahm Vijctors entgeisterten Ruf und antwortete ihm mit einem heiseren Krächzen. Äste peitschten nach ihm und folgten seinem Weg verlangend, aber die kleine Gestalt des Raben entkam ihnen mühelos.

Das Schreien verstummte plötzlich in seinem Rücken. Die Stille hallte in seinen Ohren, dann fielen die Dornenranken zu Boden, schlaff und all ihres Zaubers beraubt. Sie vergingen in dem prasselnden Inferno, das der Feenjäger verursacht hatte. Eine feurig rote Spur zog sich unter ihm durch den Wald, doch sie erreichte die Bäume nicht. Schon jetzt verglomm das Feuer an vielen Stellen. Flammen flackerten und erloschen, ihr Werk vollbracht. Was immer Vijctor getan hatte, erstreckte sich allein auf die Magie, die im Gebüsch gewohnt hatte. Valyreans Fluch. Die Hexe war lebendiger geblieben, als er je geglaubt hätte. Selbst jetzt lag noch der Geruch brennenden Fleisches in der Luft.

Der Feenjäger stand inmitten des Rauchs, der sich allmählich lichtete. Corvyn flatterte zu ihm herab und landete auf einem Ast, noch unbeholfen in der ungewohnten Form, die sein Körper eingenommen hatte. Er sah von ihm zu dem Turm, der vor ihnen aufragte. Der Weg war frei.

»Verdammt, Ihr hättet mir beinahe die Federn versengt, Feenjäger.« Corvyn schlug mit den Schwingen und vertrieb die Rauchschwaden, die an ihm vorüberzogen.

»Ihr könnt mir später danken, Rabe.« Vijctor grinste unverschämt und schob eine tote Ranke von seinem Ärmel. Corvyn schauderte, als sie zu Boden fiel. »Ich wusste nicht, dass *Rabe* in Eurer Familie so wörtlich zu nehmen ist.«

»Ich würde gerne sagen, dass ich es wusste«, Corvyn beäugte sein Gefieder. »Aber offenbar hat mein Vater versäumt, diese Kleinigkeit zu erwähnen. Ich kann nur hoffen, dass der Zauber so ausgeklügelt ist, dass ich dem Feenkönig nicht nackt gegenübertreten muss.«

»Wenn uns das Glück hold ist, wird er sich an seinem Lachen verschlucken und seine Gegenwehr vergessen.«

Corvyn legte gespielt verletzt den Kopf schief und plusterte die Federn auf. »Eure Meinung von meinen Qualitäten lässt zu wünschen übrig, mein Freund.«

Vijctor lachte. »Tröstet Euch damit, dass ich nicht Eure Fähigkeiten in Zweifel gezogen habe.« Er bückte sich nach dem Aschehaufen, von dem das violette Leuchten des Seelenbinders ausging. Vorsichtig zog er die Kette aus dem grauen Pulver und schüttelte sie ab. »Für den Augenblick sollte ich das nehmen.« Widerwillig ließ er das Amulett in die Tasche seines Gehrockes gleiten, dann richtete er sich auf und sah zu Valyreans Turm hinüber. »Zeit, zu gehen.«

»Ich kann es kaum erwarten«, murmelte Corvyn.

Die Männer wechselten einen letzten Blick, dann überquerten sie die Waldwiese, die sich vor dem Turm erstreckte. Das Reich der ewigen Nacht wartete.

Die letzte Entscheidung war nah.

Das Herz der Königin

Eine hohe Fee konnte nicht töten. Denn wenn sie ein Leben stahl, bezahlte sie es mit der Magie in ihren Adern. Sie verwitterte und welkte wie eine Blume, die kein Wasser mehr erhielt. Sie konnte nicht lügen. Denn jede Lüge, die über ihre Zunge kam, ließ sie bluten, als ob eine Klinge hineingeschnitten hätte. Doch der König der Feen war keine Fee. Die Götter wussten, ob er an die Gesetze des Volkes gebunden war, über das er herrschte. Die Erkenntnis war wie ein Gewicht, das sich auf Maja niedergesenkt hatte. Sie hatte sich verrechnet. All ihr Wissen über die Feen besaß keinen Wert. Sie hatte geglaubt, dass Vijctor und ihr Vater niemals in Gefahr schweben würden. Durch das Blut der Dämmerung sicher vor seinen Einflüsterungen, stark genug, ihm zu widerstehen, falls er ihnen je in einem Spiegel erschien. Sie würden ihr Opfer verstehen und nicht versuchen, es zunichtezumachen, um sie zu retten. Aber nun war nichts mehr, wie es gewesen war. Ihre Welt hatte sich verkehrt. Seine Macht über sie mochte größer sein, als sie je vermutet hatte, und es erfüllte sie mit Angst.

Sie hatte Elejas zugesehen, bis sie es nicht mehr ertragen hatte und geflohen war. Er hatte gespielt und gesungen. Endlos. Eine Melodie, die sich wiederholt hatte, bis sie glaubte, dass sie wahnsinnig werden müsse, wenn sie noch einen Ton mehr vernahm. Gefangen in einem Zauberbann, aus dem nur sie ihn befreien konnte. Doch sie wusste, was der Preis des Feenkönigs sein würde. Das Versprechen, ihm zu dienen, bis sie ihren letzten Atemzug getan hatte. Der Schlüssel des Portals zu sein … oh, wie groß die Versuchung war, ihm nachzugeben.

Maja presste ein Kissen an ihre Brust und starrte an die Wände ihrer Kammer. Sie hatte die Spiegel darin mit dem Bettlaken verdeckt. Mit den prächtigen Kleidern, die sie in einer Elfenbeintruhe mit silbernen Beschlägen gefunden hatte. Sie hingen dort wie die Geister von Hofdamen, die ihrem irdischen Dasein entflohen waren. Ein bunter Reigen aus Samt, Seide und feiner Spitze. *Ihre* Gewänder, die sie tragen sollte, wenn sie im Feenreich blieb. In dieser Kammer mit den schimmernd bestickten Bettvorhängen an dem großzügigen Himmelbett. Mit seidenen Vorhängen und Kissen. Dicken Teppichen, die jeden Schritt dämpften. Pracht. Reichtum. Magie, die sich offenbarte, wenn Licht über die silbernen Fäden spielte und sie wie Perlen irisieren ließ. Ein Käfig mit goldenen Gittern, von Juwelen besetzt, und sie war der Vogel, der darin gefangen sein würde.

Sie kämpfte gegen die Tränen, die ihr die Hoffnungslosigkeit in die Augen treiben wollte. Der Nachtwind des Feenreiches drang durch das geöffnete Fenster. Rosenduft. Blüten, Laub und Feuchte. So zart und fein, so falsch. Sie presste die Hände auf die Augen, als die Verzweiflung sie mit sich fortreißen wollte. Verloren. Alles verloren. Sie hatte gespielt und sie war die Verliererin. Es war nur eine Frage der Zeit, bis der Feenkönig den Dolch so tief in ihr Herz bohrte, dass sie ihm nachgeben musste.

»Du sollst nicht weinen, Weltenwandlerin.«

Eine Stimme wie ein Hauch aus der Vergangenheit. Eine Vogelkehle, die sprechen konnte. Sie horchte ihrem Klang nach, der in ihrem Geist ertönte. Beinahe, als sei er hier. Der Rabe. *Corvyn.* Sie schloss die Augen fester und ein Schluchzen entwich ihrer Kehle. Der Wunsch, ihn wirklich zu hören, war so stark, dass er ihre Sinne täuschte.

»Maja Carjesan! Jetzt ist keine Zeit für Tränen. Sieh mich an!«

Ein Zupfen an ihrer Bluse. Maja erstarrte. Sie ließ die Hände von ihrem Gesicht herabsinken.

Er saß vor ihr. Der bläulich schillernde, schwarze Vogel. Größer, als sie ihn in Erinnerung hatte. Seine Augen waren auf sie gerichtet. Grün wie Smaragde. Es war nicht *ihr* Rabe … aber …

Himmel, ich werde verrückt. Ich werde verrückt!

»Du … du bist ein Geist … ein Wunsch …«, stammelte sie. »Du bist nicht hier … du … bist eine Ausgeburt meiner Träume …«, sie verstummte hilflos. Ihr Herz schlug ihr bis zum Hals.

Der Vogel hüpfte auf sie zu und neigte sich zu ihr. Er reckte die Brust auf eine Weise, die ihr zu vertraut war. »Du hast von mir geträumt, Weltenwandlerin? Nur zwei Tage waren wir getrennt und du hast es nicht ertragen, ohne mich zu sein?«

Unverschämt. Selbstgefällig. Mit einem milden Hauch von Spott, der sich innerhalb eines Wimpernschlages gegen sich selbst wenden konnte. Majas Augen weiteten sich ungläubig.

Er war es!

»Heilige Herrin des Lichts … Co … Corvyn? Bei allen Göttern! Was tust du hier?« Sie streckte die Finger nach ihm aus und berührte das seidige Gefieder. Fest. Warm. Sie gingen nicht durch ihn hindurch. Unbewusst streichelte sie darüber.

»Meine Prinzenpflicht. Ich rette die holde Jungfer aus den Fängen des niederträchtigen Schurken, der sie gestohlen hat.«

Er war gekommen, um sie zu holen … *nach Hause* zu holen. Für einen Herzschlag lang verharrte er unter ihren Fingern. Freude erblühte in ihrem Herzen, ein Gefühl, das ihr den Atem nahm. Dann fuhr der eisige Schrecken durch ihre Brust und zerstreute die Freude in alle Winde.

»Du bist in Gefahr! Du verfluchter Narr! Du solltest das Portal schließen!«, zischte sie scharf. Sie sprang auf und schloss hastig das Fenster. Dann horchte sie auf Schritte, das Nahen der Vogelwächter, die nicht fern sein konnten.

»Nicht ohne dich.« Der Vogel schwang sich in die Luft und seine Umrisse verschwammen. Maja keuchte auf, als seine Gestalt wuchs. Schwärze breitete sich um ihn herum aus, ein dunkler Nebel, der aufwirbelte und sich zusammenballte. Mit einem Ruck zerfaserte er und der Prinz von Serijsa trat aus dem Wirbel.

Maja biss sich auf die Zunge, um nicht zu schreien. Sie schlug die Hand vor den Mund und starrte ihn an, ohne sich regen zu können.

»Den Göttern sei Dank, ich bin nicht nackt«, murmelte er zu sich selbst.

Er tastete nach seinem Gehrock, berührte etwas, das sich darunter abzeichnete. Dann sah er auf und Majas Herz stolperte, als seine smaragdenen Augen auf die ihren trafen. Sie wusste nicht, wer sich zuerst bewegt hatte. Corvyns Arme schlossen sich um ihre Schultern und zogen sie dicht an seine Brust. Er roch nach Rauch. Blut. Es war gleichgültig. Sie lehnte sich an ihn und Tränen schossen in ihre Augen, ohne dass sie es verhindern konnte.

»Du bist hier! Du bist wirklich hier«, hauchte sie fassungslos. »Warum? Warum hast du das getan?«

»Hast du geglaubt, dass ich dein Opfer annehmen könnte, Weltenwandlerin? Dass ich dich in den Händen des Feenkönigs lassen würde, ohne dich zurückzuholen? Niemals.« Seine Worte verschwanden in ihrem Haar. Ein Flüstern, so leise, dass es kaum zu hören war. Seine Lippen streiften ihre Stirn und seine Umarmung festigte sich, dann nahm er ihr Gesicht in die Hände, um sie anzusehen. Er war bleich, seine Augen dunkel. Gehetzt. Blutige Kratzer übersäten seine Haut, fein, wie von winzigen Krallen hineingeritzt. »Wir müssen weg. Vijctor wartet am Portal auf uns.«

»Vijctor? Aber … wie …«, sie schüttelte den Kopf. »Ich kann nicht. Der Pakt – ich kann nicht gehen, wenn er mich nicht freigibt.«

»Ich kann ihn brechen. Uns bleibt keine Zeit für Erklärungen, Maja. Du wirst alles erfahren …«, er stockte und befeuchtete seine Lippen. »Hör mir zu.« Seine Brust hob sich unter einem tiefen Atemzug und er schloss flüchtig die Augen. Als er die Lider wieder aufschlug, war die Dunkelheit aus seinem Blick verschwunden. Er war auf eine Art melancholisch und bekümmert, dass es tiefer in ihr Herz stach, als es jedes Messer vermocht hätte. »Ich will, dass du weißt, dass du das Licht gewesen bist, das meine Nacht vertrieben hat. Du hast mir die Hoffnung zurückgebracht und mir das Leben geschenkt. Wenn ich die Wahl hätte, würde ich zu dir kommen, Maja Carjesan. Ich würde mich nicht vor deiner spitzen Zunge fürchten und nicht vor deinem Dämonenfeuer davonlaufen, bis du mir versprochen hast, für immer bei mir zu bleiben.« Seine Finger gruben sich in ihr Haar und er senkte den Kopf, bis er ihre Stirn berührte. »Ich würde immer zu dir zurückkommen.«

Sie sah auf und kalte Schlingen schlossen sich um ihr Herz, als sie den Ausdruck in seinen Augen sah. »Corvyn? Warum sagst du mir das?«

»Weil es zu spät sein wird, wenn …« Schnelle Schritte hallten vor der Tür ihrer Kammer. Corvyn fuhr herum. »Verflucht!« Seine Gestalt zerstob zu einer schwarzen Wolke und er schoss über Maja hinweg, zum Rahmen der Tür. Mit einem lauten Knall flog sie auf und einer der Vogelwächter trat ein. Maja schreckte vor dem wilden Blick in seinen dunklen Augen zurück. Sein Kopf zuckte durch die Kammer und die Spitze seines Speers glitzerte gefährlich im Licht der schwebenden Funken, die durch den Raum geisterten. Ein Trillern kam aus seinem Schnabel. Wütend und fragend zur gleichen Zeit.

Maja wich vor ihm zurück. »Ich weiß nicht, was Ihr von mir wollt.« Ihr Blick glitt über den kristallenen Krug mit dem süßlichen Saft, der auf dem Tischchen neben dem Bett stand. Vorsichtig bewegte sie sich rückwärts.

Das blaugrüne Gefieder im Gesicht des Vogelwesens sträubte sich. Es folgte ihr und wiederholte das Trillern. Die Spitze des Speers neigte sich, als es wild mit der Hand gestikulierte. Es fasste nach einem Vorhang und zog ihn zurück. Maja tastete nach der Tischplatte in ihrem Rücken, berührte das kalte Kristall. Dann stürzte ein nebliger Schatten auf das Vogelwesen und es ging mit einem kreischenden Laut zu Boden. Sie sah den Schlag nicht, der die Kreatur außer Gefecht setzte. Corvyn saß in ihrem Rücken und blickte sich um. »Schnell, der Schal dort drüben!« Er wies mit dem Kopf auf das durchsichtige Gewebe, das Maja achtlos über den Stuhl gehängt hatte. Rasch zerrte sie es herab und sank neben Corvyn auf die Knie, um es um die Handgelenke des Vogelwesens zu binden. Sie verknotete es fest und der Prinz sah erstaunt zu ihr auf. »Langsam verstehe ich, warum deine Verehrer Respekt vor dir hatten, Weltenwandlerin.«

»Jetzt erst? Dann hast du lange gebraucht.« Majas Blick ging zur offenen Tür. »Wir können nicht hierbleiben. Die Wächter sind nie allein. Sein Gefährte wird schon bald nachsehen, wo er bleibt.«

»Wir müssen zum Portal. Es liegt unter dem Dach des Turmes.«

»Die Fenster, die wie Spiegel wirken«, sagte sie verstehend. Sie hatte sie gesehen, die Reihe hoher Bogenfenster, die unter dem Dach des Turmes saßen, von silbernem Licht erfüllt. Die Galerie, die sie säumte, ohne dass eine Treppe zu ihr emporführte oder ein Ausgang zu sehen war.

Corvyn nickte und kam auf die Füße, dann reichte er ihr die Hand, um ihr aufzuhelfen. Für einen Moment verharrte sie unsicher vor ihm. »Corvyn, warum …«

Ein polterndes Geräusch erklang vom Garten her und sein Griff festigte sich. »Ich fürchte, uns bleibt keine Zeit.« Er bückte sich nach dem Speer, den das Vogelwesen fallengelassen hatte. Dann gab er ihn an Maja weiter und zog seinen Degen.

Misstrauisch beäugte sie die lange Waffe. »Ist das dein Ernst?«

»Ich bin mir sicher, dass du dir damit jeden Angreifer vom Leib halten kannst. Anderenfalls musst du es mit deinem Dämonenfeuer versuchen oder deine spitze Zunge bemühen.« Er zwinkerte ihr zu und

Maja schnaubte. Er ließ sie nicht los, als sie sich in Bewegung setzten und an die Tür traten. Corvyn spähte vorsichtig hinaus und legte die Stirn in Falten, als es ruhig blieb. »Keine Dienerschaft? Keine Höflinge? Unser Feenkönig führt ein erstaunlich zurückgezogenes Leben.«

»Es gibt niemanden hier außer den Wächtern und unsichtbaren Dienstboten, die sich um die Speisen kümmern. Einmal habe ich Stimmen gehört, aber keine Seele hat den Turm betreten.«

Corvyn nickte. Er wirkte nicht überrascht. »Der Schlüsselturm verfügt über viele kleinere Portale. Wahrscheinlich sind ihre Gegenstücke über das ganze Mondreich verteilt. Die Feen benutzen sie, um das Weltentor zu erreichen. Sie müssen sich nicht bemühen, den Turm zu Fuß zu durchqueren.«

»Da ist noch etwas …« Maja legte die Hand auf Corvyns Arm, als sich das Bild des jungen Mannes im Schnee in ihre Gedanken drängte. »Elejas. Er ist hier.«

Der Prinz drehte sich zu ihr und seine Brauen hoben sich. »Was?«

»Der König hat ihn hierher gelockt. Wir können ihn nicht hierlassen.«

»Verdammt«, fluchte er heftig. Er blickte starr auf die Stufen, dann schüttelte er den Kopf. »Keine Sorge, er wird ihn ohne Zweifel mitbringen«, erwiderte er düster.

»Mitbringen?«

Corvyn ergriff ihre Arme. Der Schaft des Speers schlug hart auf dem Teppich auf, als er ihrem Griff beinahe entglitt. »Er wird ihn benutzen, um dich zu zwingen, hierzubleiben. Höre nicht auf ihn. Ich werde tun, was ich kann, aber versprich ihm nichts. Nie wieder. Hast du mich verstanden? Du darfst keinen Pakt mit ihm eingehen. Nicht noch einmal. Versprich es diesmal *mir.*« Der Blick seiner Smaragdaugen war eindringlich und grimmig.

Maja schüttelte seine Hände ab, verärgert über die Geheimnisse, die er nicht vor ihr offenbaren wollte. Ein Schatten schwebte über ihm, so dunkel, dass sie ihn beinahe sehen konnte. »Ich werde dir nichts versprechen, solange ich nicht weiß, was du vorhast. Du verschweigst mir etwas, Rabe!«

»Maja …«

»Sag es mir, verdammt! Wie willst du den Pakt brechen?«

Corvyns Augen verdrehten sich in Richtung der Decke, dann schloss er die Tür. »Ich habe den Seelenbinder«, sagte er gereizt. »Bist du jetzt zufrieden? Und ich werde ihn benutzen, um dich zu befreien.«

»Den … Seelenbinder?« Maja schluckte, als sie die Bedeutung seiner Worte verstand. »Du … du bist verrückt!«

»Ja, das bin ich!«, rief er gedämpft. »Ich bin verrückt, weil ich *hier* bin. Ich bin verrückt, weil ich den Feenkönig habe sehen lassen, was er niemals hätte sehen dürfen. Und ich bin verrückt, weil du mein Denken beherrschst, obwohl ich alles daransetzen sollte, mein Volk zu schützen!« Er stieß den Atem aus und sah auf den Leuchter, der über ihnen hing. »Ich *weiß*, dass ich verrückt bin, Maja Carjesan. Und genau das ist der Grund, weswegen ich ein miserabler König geworden wäre.« Er lachte bitter und senkte den Kopf. »Ich kann nicht das Wohl aller über das derer stellen, die ich …«, er brach ab. »Maja, verflucht … ich …« Corvyn fuhr sich aufgewühlt durch das Haar. »Ich bin ein Narr.«

Seine letzten Worte verklangen in einem Seufzen. Majas Lippen bewegten sich, ohne einen Ton herauszubringen, sie wusste nicht, was sie erwidern sollte. Ihr Geist war leergefegt. »Oh Corvyn …«, wisperte sie bestürzt.

»Nein, du musst nichts sagen«, wehrte er ab, ohne sie anzusehen. »Elejas wird mit dir nach Hause kommen, wenn es in meiner Macht steht.« Er streckte die Hand nach ihr aus. »Wir müssen gehen.« Corvyn wartete, wandte sich ab, als sie sie nicht ergriff. Seine Schultern sackten herab und Maja blickte verständnislos auf seinen Rücken.

»Was …?« Etwas in ihr fiel an seinen Platz. Die Schatten in seinen Augen … Die Art, wie er Elejas in ihrem Traum angesehen hatte … Es war wie der Mechanismus der Klappe, den sie in der Halle der Dämmerung in Bewegung versetzt hatte. Die Rädchen drehten sich und sie … verstand. *Heiliges Licht der Sonne …* Maja verharrte wie gelähmt, dann kam Leben in ihren Körper. »Oh, so warte doch, du verfluchter Dummkopf!«, schimpfte sie ungeduldig.

Er drehte sich um, Überraschung in seinen Augen. Der Speer fiel klappernd aus ihrer Hand. Maja schlang die Arme um seinen Hals und verschloss seine Lippen mit einem Kuss, ehe sie ein zweites Mal darüber nachdenken konnte. Für einen Herzschlag lang blieb er starr vor Erstaunen, dann schlossen sich seine Arme um ihre Mitte. Maja verlor den Boden unter den Füßen, als er sie in die Höhe zog. Sie umfasste seine Wangen und spürte raue Stoppeln unter ihren Fingerspitzen. Endlich. Ihn. Nicht in einem Traum, nicht im Spiegel. Nicht in der Gestalt eines Vogels. Er war hier bei ihr! Die Welt stand still und für einen Augenblick wollte sie glauben, dass es ewig so bleiben würde.

»Wenn du ein Narr bist, bin ich eine Närrin, Corvyn Areon«, flüsterte sie atemlos. »Und wenn du so töricht bist, dich für mich in Gefahr zu begeben, lasse ich dich nicht gehen, ohne dass du weißt, dass … ich … ich … würde auf dich warten. Jeden Tag und jede Nacht. So lange, bis du zu mir kommst.«

Corvyns Augen weiteten sich ungläubig. Ein Hauch von Verzweiflung schwang in seinem Lachen mit. »Ja, du *bist* eine Närrin. Eine verfluchte, eigensinnige, unbelehrbare Närrin.« Seine Umarmung wurde enger, dann ließ er sie zu Boden gleiten.

Maja schloss die Augen und atmete seinen Duft ein. »Und du riechst nicht nach muffiger Wäsche«, sagte sie lächelnd. »Vielleicht ein klein wenig nach Mottenkugeln.«

»Tatsächlich? Zu dumm. Ich hatte gehofft, dass der Geruch an mir haftet, nachdem er dich magisch zu mir hingezogen hat.« Corvyns Lächeln blieb blass, seine Stimme bebte auf eine Weise, die sie nie zuvor vernommen hatte. Er streichelte über ihre Wange und setzte einen Kuss auf ihre Nasenspitze. Dann ließ er sie los und hob den Speer auf, um ihn ihr zurückzugeben. »Bist du bereit, dich dem Feenkönig zu stellen?«, fragte er rau.

»Nein. Aber … ich werde es tun.« Diesmal ergriff sie seine Hand, als er sie ihr reichte. Nervosität kribbelte in ihrem Magen und unzählige Ameisen verließen ihren Platz. Es war nicht mehr als ein winziger Aufschub gewesen, bevor sie sich der Wirklichkeit stellen mussten. Die Illusion von Wärme. Glück, das ihr Herz schneller schlagen ließ, nur um von Furcht ersetzt zu werden. Der König der Feen war nah. Und jedes Glück war zerbrechlich wie eine Seifenblase, solange sie in seinem Reich weilten.

Ihr Herz war nah. Sie spürte seinen Schlag. Er pulsierte im Boden des Waldes, bebte unter ihren Füßen. Lebendig, als säße es noch in ihrer Brust. Melysan seufzte und trat näher an das Portal heran, das über ihr aufragte. Sie roch die Reste von Rauch. Valyreans Finger waren niedergebrannt, ihr Körper litt Schmerzen. Sie könnte es fühlen, wie sie den Geist der Hexe immer gefühlt hatte. Sie waren gleich. Schwestern, von den gleichen Wünschen beseelt. Ewiges Leben. Ewige Jugend. Macht. Sie hatten auf unterschiedliche Weise versucht, sie zu erlangen. Doch letztlich war keiner von ihnen Erfolg beschieden.

Valyreans Leib ruhte im Herzen der Lichtung. Ihre von Qualen verzerrte Stimme wisperte in ihrem Ohr. Von dem Raben, der durch das Weltentor geflogen war. Dem Mann in dem roten Umhang, der die Magie der Dämmerung in sich trug. Melysan lauschte ihr aufmerksam und presste den schwarzen Dolch fester an ihre Brust.

Corvyn. Er war durch das Portal getreten. Sie wusste, was er vorhatte. Und sie wusste, was geschehen würde, wenn er es tat. Für einen Atemzug lähmte sie der Gedanke und ihre Beine wurden schwach. Es war sein Tod … ihr Tod … sie beide … würden sterben. Ein Dolchstoß und das Geschlecht der Raben würde erlöschen. Für alle Zeit. Ihr törichter kleiner Bruder würde endlich wahrmachen, wovon er so lange geträumt hatte.

»Dummkopf«, fluchte sie bitter. »Du schrecklicher, arroganter Dummkopf … wie kannst du nur so dumm sein? Aber du hättest niemals auf mich gehört, nicht wahr? Niemals …«

Und niemals hätte er ihr vertraut. Corvyn Areon wäre nie aus freiem Willen zu ihr gekommen.

Sie musste sich beeilen, bevor es zu spät war.

Die Königin der Raben atmete ein und richtete ihre Augen auf den tintenschwarzen Himmel. In ihrer Hand trug sie ein Stück von ihm. Gefangen in dem gläsernen Hexendolch, in dem die Essenz der Dunkelheit brodelte. Eingefangenes Sternenlicht. Sie konnte seine Macht fühlen. Kalt und tödlich. Stärker, als es Feeneisen je sein könnte. Und mit einem Tropfen Blut gefüllt, das tödlicher war als jedes Schlangengift, aus den Tiefen des Abgrundes herbeigetragen. Es hatte Thymeon seine Schwingen gekostet, es dem Drachenkönig zu entlocken. Beinahe all ihre Juwelen. Melysan hatte es bewahrt wie einen Schatz. Für einen Tag wie diesen … für diesen Tag. Oh, wie sehr sie sich gewünscht hatte, dass er niemals kommen möge. Das Weltentor reagierte auf seine Nähe. Es wirbelte schneller, Striemen aus Silber auf ewigem Schwarz.

Als wollte es sich dagegen wehren, dass sie das Drachenblut über seine Schwelle trug.

Ihre Klauen tauchten in die verschlungenen Schatten und ihre Hand verschwand darin. »Königin der Hexen, führe meine Hand«, murmelte sie tonlos.

Das Rauschen der Bäume antwortete ihr. Valyreans Stimme lag darin. Das stille Versprechen, ihr beizustehen. Melysan richtete sich gerade auf, bis sie die stolze Haltung einer Königin erlangt hatte. Dann tat sie den ersten Schritt auf das Tor zu.

Ihre Schritte hallten über die Stufen und es schien Maja, als seien sie so laut wie Donnerschläge. Der Turm wand sich endlos in die Höhe. Eine Spirale, die unaufhörlich anstieg, bis ihre Lungen brannten. Niemals hätte sie ihn von außen als so hoch eingeschätzt. Corvyns Griff um ihre Hand war fest und sicher. In den Spiegeln, die die Wände säumten, konnte sie sein Gesicht sehen. Den verbissenen Zug um seine Lippen, seine Augen, die unerbittlich auf das Ziel gerichtet waren, das vor ihnen lag. Er war schweigsam, vielleicht, weil ihm der Atem fehlte, vielleicht auch, weil das unheimliche Schweigen des Turmes ebenso schwer auf ihm lastete wie auf ihr.

Die Spiegel waren wie Augen, die auf ihnen ruhten. Als ob der Feenkönig sie bei ihrem Aufstieg höhnisch beobachtete. Dennoch war nichts in ihnen zu sehen als ihr eigenes bleiches Antlitz. Maja spürte Trockenheit in ihrem Mund und schluckte, aber es half kaum. Keine einzige Tür durchbrach die Wände und ließ einen Punkt zu, an dem man sich zu orientieren vermochte. Kein Fenster ließ das Mondlicht herein. Allein die Lichtflocken, die sie umschwirrten wie Motten, beleuchteten ihren Weg. Immer wieder erwartete sie, den Schimmer roten Haares zu sehen. Den Feenkönig, der aus den Spiegeln trat und sich ihnen entgegenstellte. Manchmal fuhr sie zusammen, wenn sie eine Bewegung an ihrer Seite wahrnahm, doch wann immer sie den Kopf drehte, blickte sie in ihre eigenen angsterfüllten Augen. Feuchtigkeit breitete sich auf ihren Handflächen aus und Maja widerstand dem Impuls, Corvyn loszulassen, um sie abzuwischen.

Er hielt inne, als hätte er ihre Gedanken gespürt. Seine freie Hand wischte über seine Stirn und strich die schweißnassen Strähnen seines

Haares zurück. »Eitler kleiner Bastard. Offenbar kann er nicht genug davon bekommen, sein eigenes Gesicht zu sehen.« Sein Blick glitt die weißen Stufen hinauf, über die endlose Gleichförmigkeit, die sich vor ihnen erstreckte.

»Er führt uns im Kreis, bis wir aufgeben müssen.« Sie stützte sich auf den Speer. »Er braucht keine Wachen, die uns verfolgen. Es genügt, wenn er uns zermürbt.« Sie hörte die Mattigkeit in ihrer Stimme. Zu mutlos. Als hätte sie bereits aufgegeben. Maja straffte sich und atmete ein. Die Luft war stickig und heiß, es fiel ihr schwer, sie in ihre Lungen zu saugen.

Corvyn nickte. »Es ist, als ob die Treppe wächst, je weiter wir vorangehen. Wir müssten das Portal schon längst erreicht haben.«

»Ein Zauber …«, gab sie nachdenklich zurück. »Er spielt mit unseren Sinnen.« Ein Zauber … eine Illusion, wie die Steinstatue, die Corvyns Körper verborgen hatte. Der Turm war nicht so hoch, wie es ihnen die Treppe vorgaukeln wollte. Es musste etwas geben, das sie übersahen … nicht sehen *konnten*. Maja begann, die Hände über das Spiegelglas gleiten zu lassen. Es war so kalt, dass sie vor der Berührung zurückschrecken wollte. Dennoch zwang sie sich, sie aufrechtzuerhalten. Ihre Finger hinterließen helle Dunstflecken auf dem Glas, die innerhalb eines Atemzuges verblassten.

Corvyn runzelte die Stirn. »Was hast du …«, seine Stimme verhallte in ihrem spitzen Schrei, als sich eine Hand um ihren Arm schloss und an ihm zerrte. Maja stolperte gegen die Spiegel und erhaschte einen silbrigen Strahl, der aus ihnen herausragte. Einen Spiegelarm. Finger, die sich um ihr Handgelenk geschlossen hatten. Dann prallte der Knauf von Corvyns Degen darauf. Ein ohrenbetäubendes Krachen, das Rieseln von Glas, feine Scherben, die in ihre Haut schnitten. Maja taumelte zurück, als die Hand ihres Angreifers von ihr abrutschte und am Boden zerschellte. Ein Riss zog sich durch den Spiegel, dort, wo Corvyn den Arm abgetrennt hatte. »Sonne und Mond«, brachte sie keuchend hervor. »Was *ist* das?«

Das kristallklare Kichern einer Frau perlte durch den Turm. Es war auf unheimliche Weise vervielfacht. Mehrstimmig und doch eins. Corvyn schloss schützend den Arm um Majas Schultern. Sie konnte seine Anspannung spüren. Sein Blick huschte über die Wände, aber niemand war zu sehen. »Offenbar ist der Turm nicht so verlassen, wie wir geglaubt haben«, murmelte er in ihr Ohr.

Das heitere Glucksen wandelte sich in melodische Worte, die durch den Aufgang schwebten. »Komm zu uns, schönes Feenkind, und lindere unsere Einsamkeit«, wisperte die Frauenstimme. »Bring den hübschen Prinzen mit. Unser Reich wird ihm gefallen. Es ist neblig und kühl.« Die Spiegel flackerten, als ob ein Windhauch über Kerzenflammen strich.

Corvyns Gestalt versteifte sich. Sie spürte, wie er heftig den Atem einsog. »Er weiß es.«

Prinz … Der Feenkönig … er wusste … *Herrin des Tages!* Maja umfasste den Speer fester, plötzlich fiel es ihr schwer, zu atmen. Sie kämpfte gegen das Grauen, das sich in ihre Venen schlich. »So verlockend Eure Einladung klingt – ich glaube nicht, dass ich sie annehmen möchte«, sagte sie laut, um das Zittern in ihren Worten zu verbergen.

»Wo ist Euer Herr?« Corvyns Finger krampften sich um ihren Arm. »Sagt ihm, dass wir seine Spiele leid sind.«

Das Kichern erklang von Neuem. Ein Rieseln verzerrte die Spiegel, als wässrige Rinnsale daran hinabliefen, doch kein Tropfen berührte den Boden. Tränen aus Glas. Maja erschauerte. Ihr Abbild zerrann wie Kerzenwachs.

»Sagt es ihm selbst. Er wird kommen. Er reitet auf den Winden und jagt am Mond vorüber … wartet … wartet … er kommt bald … er ist nah … nah …« Ein Echo, das nicht verhallen wollte. Es hallte so laut in Majas Ohren, dass sie glaubte, ihr Kopf müsse bersten.

Corvyn stieß einen bitteren Fluch aus, als sich die Spiegel zu dehnen begannen. Zähflüssig wie Honig bildeten sich Arme aus dem gläsernen Wachs. Zarte Frauengesichter, verwirrend durch die spiegelnde Oberfläche, die sie überzog. Haar, das sich auf den Boden ergoss wie Wasser, das aus einem Krug stürzte. Hände streckten sich verlangend nach ihnen aus. Sie tropften von der Decke, flossen über die Stufen auf sie zu. Corvyn bewegte sich rückwärts und zog Maja mit sich. »Wir müssen hier raus.«

»Aber wie? Es sind zu viele!«, erwiderte sie, während sie krampfhaft versuchte, ihr Entsetzen im Zaum zu halten.

»Ich fürchte … wir haben keine Wahl!« Sie fuhren herum, doch neue Hände schossen vor ihnen aus den Spiegeln und fassten nach den Menschen, die sich in ihr Reich gewagt hatten. Glas splitterte, als Corvyn nach den Fingern hieb, die sich in seinen Gehrock gekrallt hatten. Maja ließ den Schaft des Speers auf einen Kopf prallen, der sich ihr zähnefletschend entgegenstreckte. Das schaurige Grinsen zerbrach und das Klirren von Glas klang wie feiner Regen, der auf die Erde niederfiel. Ein erboster Aufschrei ging durch den Treppenaufgang und eine Armee aus Spiegelglas strebte von beiden Seiten auf sie zu. Schlanke Nymphen, schön, grazil … tödlich. Klauenbewehrt. Sie bewegten sich ohne Hast, um ihre Übermacht wissend, die nicht durch die Hände zweier Menschen zu bezwingen war. Es war, als ob sie sich mit jedem Herzschlag vermehrten. Eine endlose Abfolge des gleichen Gesichts, der gleichen Form.

Spiegelbilder.

Es gab kein Entkommen.

Scharfe Nägel bohrten sich in ihre Arme und zerrten sie auf die Spiegel zu. Maja sträubte sich gegen ihren Griff, aber die gläsernen Finger waren stärker, als es den Anschein besaß. Sie waren Fesseln aus Eisen, in zerbrechliche Form gegossen. Schon fühlte sie die Härte des Glases in ihrem Rücken, einen kalten Fluss, der über ihren Nacken rann. Sie trat aus, doch ihr Tritt ging ins Leere.

Corvyn setzte der Spiegelnymphe nach und sein Degen zischte in einem glänzenden Bogen durch die Luft. Es krachte ohrenbetäubend. Splitter prasselten zu Boden und verfingen sich in ihrem Haar. Sie kratzten über ihre Wangen und forderten Blut.

»Die Spiegel!«, schrie er über das splitternde Glas hinweg. Sein Degen wies auf die Wand, dann rammte er den Knauf in den Leib der nächsten Nymphe, die an ihm zerrte. Maja sah, wie sich ihre Klauen in seine Brust schlugen. Sie holte mit dem Schaft des Speeres aus und schwang ihn mit aller Kraft über seinen Kopf. Der Schädel der Spiegelfrau zerplatzte unter der Wucht und sie zerschellte auf den Stufen.

Corvyn stürzte sich mit einem Aufschrei auf die Spiegelfrauen, die nah genug herangekommen waren, um ihm nicht mehr ausweichen zu können. Aber sie versuchten es nicht. Es war, als ob ihre Vernichtung ihnen nichts bedeutete. Und das tat sie nicht. Denn wann immer eine von ihnen zersprang, gebaren die Wände ihr Ebenbild.

Das Bersten der Spiegel unter Corvyns Waffe vermischte sich mit dem schrillen Kreischen aus unzähligen Kehlen … einem Mund. So laut, dass Maja nichts anderes mehr zu hören vermochte. Hände zogen an ihrem Rock, doch sie achtete nicht darauf. Das Holz des Speeres donnerte in die Wände und Risse bildeten sich, fein wie Spinnweben. Die Spiegel waren hart, viel härter, als sie es erwartet hatte. Sie hackte auf sie ein wie eine Wahnsinnige und all ihre Wut floss in die Schläge. Die Schreie wurden lauter. Zorniger. Die Spiegelfrauen bewegten sich schneller. Sie schlängelten sich die Treppenstufen hinauf und Krallen kratzten über Majas Bein, rissen ihren Knöchel auf. Das Tasten der Spiegelhände erweckte eine Spur aus Gänsehaut auf ihren Beinen.

Aus den Augenwinkeln sah sie Corvyn, umringt von silberglänzenden Frauenkörpern, die unter seinem Degen zerplatzten wie Eierschalen. Es waren zu viele, nur eine Frage der Zeit, bis er vor ihnen kapitulieren musste. Maja setzte verbissen ihr Werk fort, ohne auf den Schmerz zu achten, den Splitter und Krallen auf ihrer Haut hinterließen. Ihre Arme erlahmten. Schweiß rann in Strömen über ihre Schläfen, dennoch legte sie all ihre verbliebene Kraft in die Hiebe, die auf die verfluchten Spiegel niedergingen.

Ein letztes Mal prallte das Holz heftig gegen die Wand, ein mächtiges Knacken erschütterte das Treppenhaus. Dann barsten die Spiegel um sie herum. Sie hörte, wie Corvyn ihren Namen schrie, dann riss er sie zu Boden und begrub sie unter sich. Seine Arme schlangen sich schützend um ihren Körper, während die Welt in einem Sturm aus Glas und Licht explodierte. Sie klammerte sich an ihm fest und der Glasregen schnitt in ihre Arme. Winzige Teilchen sprangen neben ihr in die Höhe, blitzende Funken, scharf wie Rasierklingen. Corvyns Atem ging schnell und keuchend. Blut und Schweiß vermischten sich auf ihren Fingern, die sie in sein Haar gegraben hatte.

Dann endete das Prasseln so plötzlich, dass die Stille in ihren Ohren schmerzte. Maja keuchte auf, als die Treppe zu flackern begann und zu einer ebenen Fläche zerschmolz. Scherben knirschten unter ihren Sohlen, wurden zermalmt, als Corvyn sich von ihr löste. Splitter rieselten von seinem Rücken, als er sich aufrichtete. Helligkeit tauchte ihre Umgebung in undurchdringliche Weiße, als ob sie dem Angesicht der Sonne gegenübersäßen. Geblendet senkte sie den Blick. Ihr Herzschlag ging zu schnell. Glas schnitt in ihre Handflächen. Maja stieß ein Zischen aus und zog die Hand zurück, in der winzige Spiegel steckten, wie Eiskristalle in einem rot verfärbten See. Doch noch während sie darauf starrte, schmolzen sie vor ihren Augen. Wie eine Illusion, eine Täuschung. Als ob es sie nie gegeben hätte. Aber das Blut auf ihrer Haut strafte sie Lügen.

Corvyn kämpfte sich neben ihr auf die Beine, seltsam steif. Wortlos. Als sie den Kopf hob, fand sie seinen Blick auf die gleißende Helligkeit geheftet. Maja blinzelte die Tränen aus ihren Augen und … sah.

Er war wie eine Statue aus Feuer und Mondlicht, die über ihnen aufragte. Seine Augen brannten. Eines zornig, das andere kalt wie Feeneisen. Das Zittern kroch erbarmungslos in ihre Glieder. Sie unterdrückte einen erschrockenen Aufschrei und grub die Hände in den Stoff ihres Rockes. Glattes Elfenbein breitete sich unter ihren Knien aus. Ein runder Raum offenbarte sich, von hohen Torbögen gesäumt. Die Fenster aus Silberlicht, die sie von außen gesehen hatte. Sie waren der Grund für die Helligkeit. Ausgänge … Tore! Das größte war von Dunkelheit erfüllt und Maja wusste instinktiv, wohin es führen musste. Bleiche, silbrig weiße Rosen wuchsen in der Mitte des Raumes wie ein Käfig, der etwas in sich barg. Der Boden pulsierte. Es war wie ein Herzschlag, der durch das Elfenbein strömte und gegen ihre Beine pochte.

»Hast du geglaubt, dass es so einfach sein würde, Rabe?« Die Stimme des Feenkönigs rollte durch den Raum wie eine Welle, die gegen Felsen schlug. Maja spürte die Wucht seiner Macht darin und wollte sich darunter zusammenkauern. Dennoch mühte sie sich bebend auf die Füße. Der Speer lag zu weit von ihr, um danach greifen zu können. Aber was sollte sie damit ausrichten?

Corvyns blutige Hände waren zu Fäusten verkrampft. Er hielt den Degen in der Hand, doch es war eine erbärmliche Waffe gegen die Kreatur, in deren Adern das Blut zweier Götter floss.

Der Feenkönig kam näher. Jeder Schritt gemessene Eleganz, gefährlich wie eine Raubkatze, die sich innerhalb eines Atemzuges auf sie stürzen konnte. »Hast du geglaubt, dass du in mein Reich eindringen kannst und ich dich passieren lasse? Dass du mir stehlen kannst, was mir gehört, ohne dass ich es bemerke?«

»Unser Spiel war noch nicht zu Ende, Eure Majestät«, antwortete Corvyn. »Ich dachte, es sei an der Zeit, es endgültig zu entscheiden.«

»Und wie ich sehe, hast du alle Spielfiguren mitgebracht.« Seine Augen hefteten sich auf Maja. »Vielleicht sollte ich das Feld vervollständigen.«

Sein Lächeln war so kalt wie das Glitzern in seinem Saphirauge und Majas Herz versäumte einen Schlag, um dann schmerzhaft schneller zu klopfen. Seine Hand beschrieb einen Bogen, eine Geste, als wolle er jemanden vorstellen. Widerwillen regte sich in Maja, als sie seiner Hand folgte. Der Atem stockte in ihrer Brust, als sie das zitternde Bündel erblickte, das am Boden kauerte. Das dunkle Haar von Frost überzogen, der selbst in seinen Brauen saß, die natürlich gebräunte Haut bleich und von einem bläulichen Schimmer gezeichnet. Er hatte seine Arme um die Beine geschlungen und bebte hilflos wie ein Kind. »Maja … hilf … mir«, wimmerte er. Ihr Name kam verzerrt über seine Lippen. Das Eis an seinem Körper ließ seine Zähne klappern.

»Elejas! Heilige Sonne … Nein!« Unwillkürlich trat sie auf ihn zu, aber die Hand des Feenkönigs hob sich und gebot ihr Einhalt. Maja prallte gegen eine unsichtbare Wand, hart wie Glas. Sie konnte ihn sehen, doch sie vermochte es nicht, ihn zu erreichen.

»Du weißt, was du zu tun hast, schöne Maja. Ein Wort von dir und seine Qualen enden. Er kann nach Hause zurückkehren und wird ein glückliches Leben führen.«

Die Zähne des Feenkönigs blitzten auf. Sein Lächeln war siegessicher. Ihre Eingeweide verschlangen sich zu einem Knoten und Galle floss in ihren Mund. Maja schluckte sie. »Monstrum!«, spie sie ihm voller Abscheu entgegen.

Sein Lächeln erlosch. »Das bin ich. Aber *du* entscheidest darüber, wie weit seine Qualen gehen. Wer von uns hat sein Unglück wirklich zu verantworten?«

Sie spürte, wie das Blut aus ihrem Gesicht wich. Schneeflocken rieselten über Elejas herab und wo sie auf ihn trafen, wuchsen Eisblumen auf seiner Haut.

»Maja«, murmelte Corvyn warnend. »Nicht.«

Sie sah ihn an und er schüttelte beinahe unmerklich den Kopf. Die stille Bitte, ihm zu vertrauen, auch wenn es sie in Stücke riss.

Der Kopf des Feenkönigs fuhr herum wie der einer Schlange. »Misch dich nicht ein, Rabenprinz.« Ein Flimmern schoss von seinen

Fingern und prallte gegen die Gestalt des Prinzen. Corvyn keuchte auf, als er von den Füßen gerissen wurde und über den Boden schlitterte. Maja schrie auf, als er hart gegen die Wand des Turmes schlug und reglos liegenblieb. Sie wollte zu ihm laufen, doch ihre Füße verharrten auf der Stelle, als seien sie angewachsen. Entsetzt versuchte sie es noch einmal, aber ihre Beine gehorchten ihr nicht.

»Erinnere dich an unseren Pakt, Maja Carjesan. Du gehörst mir.« Der Feenkönig trat auf sie zu. Seine Hand fasste nach ihrem Kinn. »Es gibt keine Flucht für dich. Keinen Ausweg. Ich könnte wütend darüber sein, dass du es versucht hast, aber wenn du mir jetzt dein Wort gibst, mir zu dienen, werde ich dir verzeihen. Dein Freund wird nach Hause gehen. Nur ein Wort, Maja. Ein einziges Wort.«

Seine Stimme war sanft wie die eines Liebhabers und doch jagte sie ihr kalte Schauer über den Rücken. Hinter ihm konnte sie das Weltenportal erkennen. Es glich einem gewöhnlichen Tor, erstaunlich schlicht. Ein hoher Bogen, hinter dem sich die verschwommene Silhouette eines Waldes abzeichnete. Die Röte des Sonnenaufgangs, die sich in die Dämmerung mischte. Das Reich der Sonne war nah. So nah … nur wenige Schritte entfernt. Sie sog zitternd den Atem ein, als sie hinter den Rosen eine Bewegung wahrnahm. Rot wie Blut … gesponnene Dämmerung.

Vijctor!

Sein Anblick trieb Hitze durch ihre Adern. Er fing ihren Blick auf und legte einen Finger an seine Lippen. Der Mantel verbarg ihn vor den Augen des Feenkönigs, doch ein zu lautes Geräusch würde unweigerlich seine Aufmerksamkeit auf ihn richten. In ihrem Kopf arbeitete es fieberhaft. Sie musste Zeit gewinnen. »Und Corvyn?«, fragte sie heiser. »Was ist mit ihm? Werdet Ihr auch ihn gehenlassen?«

»Ich fürchte, das Schicksal des Raben liegt nicht mehr in deiner Hand, süße Maja. Ich habe ihm einmal die Freiheit geschenkt und er ist zurückgekommen. Ich gewähre sie ihm kein zweites Mal.« Stahl in seinen Worten. Ein kaltes Funkeln in seinem Saphirauge. Brennender Hass in dem Sonnengold des anderen.

»Und was, wenn seine Freiheit der einzige Grund für mich wäre, Euch zu dienen? Ihr habt versprochen, ihn in Ruhe zu lassen. Und Ihr habt gesagt, dass Ihr Eure Versprechen haltet. War das nichts als eine Lüge?« Sie reckte das Kinn. Ihre Nägel bohrten sich in ihre Handflächen, während sie versuchte, ihren Aufruhr zu besänftigen. Die nagende Sorge um die stille Gestalt zu verdrängen, die sich noch immer nicht bewegt hatte.

Etwas Helles blitzte in Vijctors Hand auf. Ein Messer. Er hob es langsam. Maja erschrak. Er würde nicht versuchen … *Bitte nicht, Vijctor. Sei kein Narr. Du kannst ihn nicht töten!*

Der Feenkönig lachte spöttisch. »Gleich zwei Männer, schöne Feentochter? Du verlangst viel für deine Dienste. Aber wem soll nun dein Herz gehören? Ihm oder dem anderen? Entscheide dich. Du kannst sie nicht beide haben.«

Ihr Innerstes war zum Zerreißen gespannt. Es kostete sie all ihre Kraft, ihre Miene ausdruckslos zu halten. »Sind meine Dienste nicht beide wert?«

Der Feenkönig ließ ihr Kinn los. Sie konnte sehen, dass er überlegte. Der Wert des Schlüssels gegen seinen Hass auf Corvyn. Es war ungewiss, was den Sieg davontragen würde.

Vijctors Messer glühte hell auf und Maja hielt den Atem an. Doch es war nicht der Feenkönig, auf den er zielte. Die Klinge ging auf die Rosen nieder und hackte einen Zweig ab. Ein schmerzerfülltes Wispern erhob sich. Ein Rascheln der Blätter, in dem fremdartige Worte lagen. Blut quoll aus dem Stängel und der Feenkönig keuchte auf, als ob der Hieb ihn getroffen hätte. Er krümmte sich zusammen und ihre Füße kamen frei. Maja rannte zu Corvyn, ohne einen zweiten Gedanken an ihr Los zu verschwenden. Er musste durch das Tor, so schnell es möglich war. Und wenn es das Letzte war, was sie tat.

Ein zweites Flimmern schoss von den Händen des Feenkönigs. Eine Welle aus Kraft, die die Rosen in Bewegung versetzte wie ein Windstoß. Vijctor taumelte unter ihrer Macht zurück, die abgetrennte Rose in den Händen. Etwas Silbernes rutschte über den Boden auf Corvyn zu. Maja streckte die Hand danach aus, doch es waren Corvyns Finger, die sich darum schlossen.

Der Seelenbinder!

»Astaryas Heleion! Ich befehle dir, den Schlüssel freizugeben!« Violettes Licht schoss aus dem Amulett und blendete sie. Corvyns Ruf schallte durch den Saal und die Welt erstarrte.

Corvyn hielt den Seelenbinder in der Hand und sein Licht ergoss sich in die Schlüsselkammer. Sein Körper schmerzte, als hätte ihm der Aufprall alle Knochen gebrochen. Er ignorierte eisern das Brennen und Pochen, die Schwärze, die am Rande seiner Sicht lauerte. Er schmeckte Blut auf seiner Zunge. Metallisch wie Feeneisen.

Der Feenkönig drehte sich langsam zu ihm um. Seine zweifarbigen Augen bohrten sich in seine. Sonne und Mond, Licht und Dunkelheit, Tag und Nacht. Der Hass darin glühte stärker, als er es je zuvor getan hatte. Doch darunter lag etwas Neues. Beklommenheit. Furcht vor der Macht seines wahren Namens. Selbst das Wispern der Mondrosen schwieg. Entsetzt über den Klang, den kein sterblicher Geist kennen durfte. Doch Corvyn tat es. Die Symbole, die den Namen formten, strahlten hell, als er sie ihm entgegenhielt.

»Du glaubst, *das* ist genug, um mich zu bezwingen, Rabe?« Er lachte humorlos und die Mondrosen stießen einen dünnen, kichernden Laut aus, als seien sie sein Echo. »Endlich bist du bereit, für etwas zu kämpfen. Für jemanden.« Sein Blick ging zu Maja, die an Corvyns Seite kniete. »Aber du hast dir den falschen Gegner ausgesucht!«

Unsichtbare Klingen schnitten durch seinen Kopf und Corvyn stöhnte auf, als sie in seine Seele drangen. Er grub die Hände in sein Haar, spürte, wie sich Majas Finger um seine Schultern schlossen. Sie rief seinen Namen, doch er vermochte es nicht, ihr zu antworten. Flammen tobten in seinem Schädel. Ein Schrei löste sich aus seiner Kehle, so schmerzerfüllt und rau, dass er klang, als stamme er aus dem Rachen eines Tieres.

»Schmerzt es, Rabenprinz? Bereitet es dir Qualen? Keine Qual ist genug für dich. Glaubst du, dass ich dich ziehen lasse? Mit meinem Schlüssel? Glaubst du, dass ich dir das Glück gewähre, eine andere Frau zu lieben? Du wirst sie nicht bekommen!«

Der Feenkönig war in seinem Kopf. Sein Wille war stark. Unendlich stark. Unbeugsam. Die Klingen stießen heftiger zu. Sein Schrei wurde lauter.

»Hast du geglaubt, dass du mich besiegen kannst? Du bist jämmerlich, Rabenprinz. Eine Schande für dein Geschlecht.«

Der Wille des Feenkönigs zwang ihn, die Finger zu öffnen. Der Seelenbinder fiel herab, sein Licht erlosch. Totes Metall, in dem ein matter Stein saß. Die Hoffnung starb. Er war zu schwach, unfähig, sich dem König der Feen entgegenzustellen.

»Siehst du jetzt, was du wirklich bist? Ein Wurm, der vor mir auf dem Boden kriechen muss.« Silberlicht schnellte von den Fingern des Feenkönigs. Ein Pfeil, der in seine Brust schlug und ihn zurückwarf. Eine Klinge aus reiner, brennender Magie. Corvyn schrie auf, als die Qualen in ihm explodierten. Der nächste Pfeil folgte schnell, so schnell, dass er ihn kaum zu sehen vermochte. Die Welt ertrank in Schwärze, als das Silberfeuer durch seine Venen rollte wie Gift. Er rang nach Atem, doch sein Körper verweigerte ihm den Gehorsam. Ein Keuchen kam über seine Lippen. Nutzlos. Seine Lungen blieben leer.

»Hört auf!« Maja warf sich schützend über ihn. Ihre Stimme durchdrang den Schmerz und die Dunkelheit, die über ihn gekommen waren wie ein Strahl aus Licht. Er klammerte sich daran fest wie an einen rettenden Anker. Die schwarzen Wolken, die seine Sicht verhüllten, zerstoben. »Ich werde …«

»Nein!« Corvyn unterbrach sie, ehe sie die Worte hervorbringen konnte, die sie ins Verderben stürzen würden. Ein keuchender Atemzug drang in seine Lungen und er fasste nach den Resten seiner Kraft, jedem Funken seines Willens, der in ihm verblieben war. Er tastete über den Boden, fand Metall. Dann schloss er die Finger um den Seelenbinder. »Astaryas Heleion! Gib sie frei!«, stieß er erstickt hervor.

Der Seelenbinder blieb matt. Kein Strahlen erglühte in dem Juwel in seiner Mitte. Er war schwarz. Verbrannt. Tot.

Der Feenkönig lachte erneut. Sein Hohn war wie Säure, die in seinen Wunden brannte. »Gib es auf, Rabe. Du hast verloren. Und ich bin das Spiel leid. Endgültig leid.«

Silberfeuer auf seiner Hand, bereit, es für alle Zeit zu beenden. Die letzte Hoffnung zerstob in alle Winde. Corvyns Hand zitterte, als die Schwäche mit aller Macht zurückkehrte.

Es ist allein der Wille, der entscheidet. Die Worte der Herrin der Dämmerung hallten in seinem Gedächtnis nach.

Er durfte nicht aufgeben. Er musste der Stärkere sein.

Der Ring der Raben erwärmte sich. Corvyn hielt sich an dem Bild der blonden Frau fest, die ihn umklammerte. An den meerfarbenen Augen. Ihrem Lächeln. Ihrem Mut. Ihrem unbeugsamen Willen, der nur durch ihr weiches Herz gebrochen wurde. Niemals. Sie durfte niemals in diesem Reich bleiben. Nicht für ihn, der dem Tod geweiht war. Für ihre Freiheit kämpfte er. Für die Freiheit von Serijsa.

»Gib. Sie. Frei!«

Ein letzter Befehl. Das Brennen an seinem Finger wurde unerträglich. Licht schoss aus dem Seelenbinder, so hell, dass es ihn blendete. Es drängte den Feenkönig aus seinem Geist. Corvyn hörte sein erstauntes Keuchen. Der dunkle Flecken seiner Präsenz, der sich in ihm eingenistet hatte, löste sich auf. Der Feenkönig prallte zurück, als hätte ihn ein Hieb getroffen. Er fiel auf die Knie, Überraschung in den Augen. Für einen Augenblick zersplitterte seine Fassade wie die Spiegel, die den Portalraum geschützt hatten. Schrecken stand auf seinem Gesicht.

»Maja Carjesan. Du … bist … frei«, sagte er widerstrebend. Er zwang es hinter zusammengebissenen Zähnen hervor, sträubte sich gegen jedes Wort. Dennoch kamen sie über seine Lippen, ohne dass er sie zurückzuhalten vermochte. Seine Finger gruben sich in den Boden und Klauen wuchsen aus seinen Fingerspitzen. »Aber es ist noch nicht vorüber. Du kannst davonlaufen, aber ich werde dich finden und dich holen.« Sein flammender Blick richtete sich auf Corvyn. Er bleckte die Zähne und seine Eckzähne verlängerten sich bedrohlich. »Und *du* wirst diesen Ort nicht lebend verlassen!«

Der Feenkönig stürzte sich mit einem gewaltigen Sprung auf Corvyn. Er stieß Maja von sich, auf Vijctor zu, der auf sie zusprintete und sie auffing.

»Verschwindet!« Ein Gurgeln drang aus seinem Mund, als die Hand des Feenkönigs auf seine Kehle zuschoss und er die Krallen in sein Fleisch schlug.

Vijctor fasste nach ihrem Arm und zog sie in Richtung des Weltentores. »Nein! Lass mich, Vijctor!« Maja wehrte sich gegen seinen Griff.

»Maja, sei vernünftig! Er wird hier sterben, weil er es muss! Nimm seinem Opfer nicht den Sinn!« Vijctors Worte prasselten auf sie ein wie Spiegelscherben. Sie bohrten sich in ihr Herz und trugen die Erkenntnis mit sich. Sein Abschied … Leonins Opfer. Er wollte das Weltentor mit seinem Tod verschließen.

»Corvyn … nein!«

Sie hörte sein Brüllen, als er den Feenkönig von sich stieß. Seine Klauen hinterließen blutende Striemen auf Corvyns Hals. Vijctor zerrte sie weiter und Maja stolperte hinter ihm her, auf die wabernde Fläche zu, die sich bewegte wie Wasser, in das ein Stein gefallen war. Ein Schlund, der sie verschlingen wollte, um sie auf der anderen Seite wieder auszuspucken. Im Reich der Sonne, das Corvyn nie wiedersehen würde.

»Elejas, verflucht, steh auf!« Vijctors Stimme besaß einen befehlenden Klang. Er beugte sich hinab und schüttelte den bibbernden Sänger, der ihn mit leerem Blick anstarrte.

Corvyn kam auf die Füße und langte nach seinem Degen. Eine Kraftwelle schoss von den Händen des Feenkönigs und warf ihn gegen die Wand. Er stürzte sich wütend auf den Prinzen und riss ihn von Neuem mit sich zu Boden. Das Fauchen, das aus der Kehle des Rothaarigen drang, war nicht länger menschlich. Seine Klauen hieben nach dem Prinzen und wenn sie ihn trafen, schlugen sie tiefe Wunden. Corvyns Blut färbte den Elfenbeinboden. Er würde ihm nicht lange standhalten können. Niemals.

Maja sah sich fieberhaft um und ihr Blick heftete sich auf die weißen Rosen, in deren Stängeln Blut floss. Sie hatten sich den Kämpfern zugeneigt, lebendige, wispernde Zuschauer des Kampfes, der in ihrem Refugium tobte. Von einem Geist erfüllt … den sie … zu beeinflussen vermochte!

Sie riss sich von Vijctor los, der Elejas' Schulter gepackt hatte und ihn grob in Richtung des Portals stieß.

»Maja!« Sein Ruf verklang in ihrem Rücken, als sie vor dem Rosenkäfig auf die Knie fiel. Er reichte bis ans Deckengewölbe, unter das durchscheinende Dach, durch das sie das Mondauge erkennen konnte. Ein endloser Strang aus Dornen. Silberschimmernden Blüten. Blättern.

Fesseln.

Silberlicht erglühte auf ihren Händen. Sie berührte das Gewirr der Ästchen und es legte sich darüber wie ein schimmerndes Netz. Behutsam ließ sie ihre Magie in die Stängel fließen. Diesmal versuchte sie nicht, etwas zu erwecken, nicht die Funken einer Seele zu binden, die daran hafteten. Sie suchte nach dem Geist der Rosen und tatsächlich … spürte sie etwas! Gefühle. Die Anwesenheit eines schlichten

Verstandes, der unter ihrem Tasten in Aufruhr geriet. Aufgeregt verstärkte sie ihre Bemühungen, die Präsenz zu berühren. Das Wispern wurde lauter, aufgebracht. Die Blüten zuckten auf Maja zu, doch sie schreckte nicht vor ihnen zurück. Nadelspitze Dornen strichen über ihr Gesicht. Feuchtigkeit rann über ihre Wangen, wo sie sie geschnitten hatten. Maja hielt den Atem an, als sie das Streicheln der silberweißen Blütenblätter fühlte. Die Schärfe ihrer Ränder, einem Messer gleich. Ihr Murmeln nahm zu, als ob sie sich beratschlagten. Blütenzähne berührten sie neckend, spielerisch. Wo sie über ihre Bluse glitten, hinterließen sie tiefe Schnitte, feine, blutige Kratzer auf der Haut darunter, als wollten sie von ihr kosten. Dann strebten sie zurück und entblößten, was sie in ihrem Inneren verborgen hatten.

Rote Adern, die sich mit den Wurzeln der Rosen vereinten. Ein rotglänzendes, pulsierendes Juwel, das sie nährte. Maja keuchte auf. Entsetzt starrte sie auf das schlagende Herz, das im Boden saß, und ein Würgen kroch in ihre Kehle. Sie zwang es nieder und richtete ihren Blick auf die Rosen, die sacht über ihrem Kopf schwankten, noch immer in ihr Zwiegespräch vertieft.

»Helft mir«, wisperte sie.

Sie bewegten sich unschlüssig. Ihre Blätterstimmen klangen ratlos.

»Bitte«, flehte Maja.

Ihr Silberlicht ergoss sich unaufhörlich über die Blüten und badete sie in seinem hellen Schein. Ihre Bitte floss darin mit, ein stummer Hilferuf, verstärkt von der Macht ihres Zaubers. Erschöpfung breitete sich in ihr aus. Es war, als ob die Rosen die Kraft aus ihren Adern saugten. Schweißtropfen rannen über ihr Gesicht und das Licht ihrer Magie flimmerte unruhig. Nur ein winziger Windhauch würde sie erlöschen lassen. Ein Tropfen mehr und sie wäre endgültig geleert. Ausgebrannt wie eine Kerze.

Die Stängel wanden sich umeinander und neigten sich bedrohlich über Maja. Scharfe Dornen. Blätter wie Klingen, die sie in Stücke schneiden konnten. Ein Strang aus silbriger Blütenpracht, schön wie der Mond. Tödlich wie die Klauen einer Raubkatze. Ihre Finger begannen zu beben, ihre Atemzüge zitterten. Dann fuhren die Rosen auseinander, als hätten sie eine Entscheidung getroffen.

Corvyns Atem ging stoßweise, als er den Hieb des Feenkönigs parierte und seinen Arm zur Seite drängte. Die Wucht des Schlages hallte schmerzhaft in ihm nach. Es fiel ihm mit jedem Herzschlag schwerer, die tödlichen Hiebe aufzuhalten. Jede seiner Bewegungen war schwerfällig, zu langsam, um der Wut der Kreatur standzuhalten, die mit Klauen und Zähnen auf ihn einschlug. Er blutete aus unzähligen Schnitten. Tiefen Kratzern. Sie brannten mit der Wut des Mannes, der sie ihm zugefügt hatte. Der Feenkönig überließ sich seiner Raserei wie ein Tier, das sich im Blutrausch verloren hatte. Corvyn taumelte zurück, als seine Faust auf seine Hand traf. Seine Finger öffneten sich unter der Wucht des Schlages und der Degen ging scheppernd zu Boden. Schmerz fuhr durch seine Finger, bis in seinen Arm hinauf. Die Hand war taub. Unbrauchbar. Er unterdrückte einen Aufschrei.

Die Kraft des Feenkönigs war übernatürlich. Seine Schläge waren wie Felsen, die auf seinen Körper prasselten. Jeder Knochen in seinem Leib protestierte, als er sich unter dem zweiten Hieb duckte. Messerscharfe Klauen zischten dicht über seinen Kopf. Corvyn stolperte ungelenk auf das Portal zu. Er musste es erreichen, sonst war sein Tod umsonst. Er würde sterben – für nichts.

Der Gedanke verlieh ihm die Kraft, den Rosenkäfig zu umrunden, in dem Melysans Herz schlug. Er konnte es fühlen. Übelkeit keimte in ihm auf. Die Krallen des Feenkönigs gruben sich in seinen Rock und zerrten ihn zurück. Er schleuderte Corvyn hart gegen die Wand. Ein Keuchen drang über seine Lippen, Schwärze wollte ihn fordern, doch er kämpfte verbissen gegen sie an.

Das Grinsen des Feenkönigs durchbrach den Schleier, der sich über seine Sicht gelegt hatte. Es war grausam. Siegessicher. Seine Fangzähne blitzten in der Verheißung des Todes. Blut schimmerte an seinen Klauen, als er auf Corvyn zusprang. Er wusste, dass er ihm diesmal nicht mehr ausweichen konnte. Der Körper des Rothaarigen schnellte auf ihn zu wie ein flammender Blitz.

Sein Ende war gekommen.

Ein scharfes Zischen erklang, als ob Pfeile von einer Sehne abgeschossen wurden. Corvyns Kopf ruckte nach oben. Die Mondrosen hatten den Käfig aufgelöst. Sie peitschten über ihm durch die Luft, auf die kämpfenden Männer zu. Zu schnell, um ihnen auszuweichen.

Corvyn erwartete den tödlichen Biss ihrer Dornen, ein letztes Mal Schmerz. Dann zuckten die Ranken an ihm vorüber. Sie wickelten sich um den Körper ihres Herrn und umfingen den Feenkönig mit dornigen Fesseln. Seine zweifarbigen Augen weiteten sich überrascht. Die Rosen rissen ihn zurück. Er prallte auf den Boden und eine Erschütterung lief durch die Kammer des Weltentores.

Für einen endlosen Moment starrte Corvyn reglos auf die Rosenfesseln, die den König einschnürten, auf Maja, von deren Fingern silbernes Strahlen floss. *Sie* hatte die Mondrosen beeinflusst. Und sie hatte ihnen Zeit erkauft. Wertvolle Zeit. Er durfte sie nicht ungenutzt verstreichen lassen. Corvyn schloss die Hand um den Dolch, der in seinem Gehrock steckte.

»Raus hier!« Sein Ruf hallte durch die Kammer und das Herz seiner Schwester schlug plötzlich schneller. Er konnte jeden Schlag unter seinen Sohlen spüren, sein Echo in seiner eigenen Brust. Grelles Licht erglühte. Die Silberlichtportale stießen einen blendenden Schein aus und Corvyn hob die Hand, um die Augen dagegen abzuschirmen.

Die Berührung des Portals war kalt. Eis auf ihrer Haut. Eis in ihrer Hand. Melysan erbebte, als das Weltentor sie verschlang. Sie fühlte das Pulsieren ihres Herzens. Die Empfindung verschlug ihr den Atem und brachte das Blut in ihren Adern zum Rauschen. Der Lichtschein war grell. Sonne und Mond tauschten ihre Plätze und für einen Herzschlag lang schwebte sie zwischen den Welten. Die Wärme des Spätsommers erstarb, als sie in die Kälte des Feenreiches trat. Der ewige Winter empfing sie, die den Tod mit sich trug.

»Melysan. Wie schön, dass du dich uns anschließt.« Die Stimme des Feenkönigs, von einem unmenschlichen Grollen verzerrt.

Er war hier.

Sie schloss die Finger fester um den Dolch, der sich in den Falten ihres Mantels verbarg. Sie blinzelte und es dauerte einen Augenblick, bis sie ihre Umgebung erkannte. Den Raum des Schlüssels. Die flüsternden Rosen. Ihr Herz, das entblößt im Boden schlug. Der Anblick ließ sie versteinern. Sie schluckte den Aufschrei, der in ihrer Kehle aufstieg.

Sie hob den Blick und er glitt über das bleiche Gesicht ihres Bruders. Die Fassungslosigkeit in seinen Augen, die halb geöffneten Lippen. Den

Dolch in seiner Hand. Den König der Feen, der gefesselt am Boden kniete, die Züge zu einer wilden Grimasse verzerrt, wie ein gefangenes Tier. Mondrosen wanden sich um seine Hände. Seine Brust. Sie spürte, wie ihre Handflächen feucht wurden, als er sie ansah.

»Süße Melysan«, schnurrte der Feenkönig. Fangzähne bildeten sich zurück, Klauen verschwanden und er richtete sich auf. »Ein letzter Trumpf im rechten Moment. Allein die Frage, wer ihn ausspielen wird, bleibt.«

»Me … Melysan?« Eine bebende Stimme in ihrem Rücken, von Unglauben erfüllt. Sie fuhr herum. Elejas. Halberfroren, im Griff eines Mannes, den sie nicht kannte. Sie erkannte den Schrecken in den dunklen Kohleaugen, die sie immer voller Liebe gemustert hatten. Nun sah er das Monstrum vor sich, das sie war. Sie wandte beschämt den Blick ab.

»Was hast du, Rabenkönigin? Stört es dich, dass dein Geliebter dein wahres Wesen erkennen muss?« Der Tonfall des Feenkönigs war schmeichelnd, wie eine Liebkosung. Er konnte sie lesen wie ein offenes Buch. »Willst du ihn zurück? Ich kann ihn dir geben. Alles, was du willst.«

Eine Verlockung, süß wie Honig. Er griff mit seidenen Händen nach ihr und streichelte sie, um sie gefügig zu machen. Ein Teil von ihr sehnte sich danach, ihm nachzugeben. Melysan leckte über ihre ausgetrockneten Lippen.

»Melysan! Hör nicht auf ihn! Er wird dich einmal mehr betrügen!« Corvyn. Er schob sich langsam auf das Portal zu, den Dolch fest in der Hand. Sein Blick war eindringlich auf sie gerichtet. »Wir können es beenden. Gemeinsam. Du und ich. Wir gehen zusammen. Für Serijsa. Unsere Heimat und unser Volk.«

Der Feenkönig zerrte an den Rosen, die seine Hände gefangen hielten. Dornen bohrten sich tiefer und ließen silbrig schimmerndes Blut über seine Arme rinnen. Er schnaubte verächtlich. »Willst du auf deinen Bruder hören, Melysan? Deinen verhassten Zwilling, der dir alles genommen hat? Er will deinen Tod. Ich bin der Einzige, der dir geben kann, was du willst. Überleg dir gut, was du tust. Willst du sterben? Ist der Tod alles, was dir bleiben soll, wenn du alles haben könntest, was du dir ersehnst? Reichtum. Macht. Schönheit.«

Sie blickte in die Augen ihres Bruders. Spiegelbilder ihrer eigenen. Sie konnte das Flehen darin lesen. Eine Bitte, die er unzählige Male an sie gerichtet hatte, ohne dass sie sie hatte hören wollen. Aufrichtigkeit. Dann sah sie auf den rothaarigen Mann, der vor ihr kniete. Überlegen, selbst im Fall … nein, verzweifelt. Zum ersten Mal erkannte sie die Wahrheit hinter der zersplitterten Maske und die Furcht fiel von ihr ab.

Melysan trat auf ihn zu. »Spart Euch Eure Lügen, ich habe zu viele davon gehört. Es gibt nichts mehr, was Ihr mir geben könnt. Ihr habt mir alles genommen, König der Feen. Meinen Besitz. Meinen Stolz. Meine Seele. Mein Leben. Unter Euren Händen ist alles zu Staub zerfallen. Ich habe Eurer Schlangenzunge vertraut. Für eine Weile habe ich sogar geglaubt, dass ich Euch liebe.« Sie lachte bitter. »Aber alles, was ich mir jetzt noch ersehne, ist Euer Tod. Selbst wenn es den meinen bedeutet.« Sie zog den Dolch unter ihrem Mantel hervor und das Silberlicht der Schlüsselkammer spielte über die schwarze Glasklinge.

Das spöttische Lachen des Feenkönigs hallte durch die Kammer. »Du kannst mich nicht töten, Rabenkönigin«, zischte er. »Glaubst du, dass du die Erste bist, die es versucht? Nur zu. Stoß die Klinge in mein Herz. Aber sei versichert, wenn du es tust, bist *du* des Todes. Es gibt nichts als eine kalte Gruft, die auf dich wartet. Das Gift in deinem Dolch kann mir nichts anhaben. Drachenblut«, er schnaubte abfällig. »Hast du geglaubt, dass es genügen würde, um mich umzubringen? Ich habe es gespürt, sobald du es in mein Reich getragen hast.« Silbernes Licht glühte an seinen Händen auf. Die Mondrosen begannen zu wispern. Der erste Strang fiel von ihm ab und kroch auf ihr Herz zu.

Melysan erschrak. Er wusste es! Und er konnte nicht lügen … Der Schrecken fuhr in ihre Glieder und lähmte sie. Ihre Finger zitterten.

»Melysan! Wir haben keine Zeit! Bitte! Verschwende dein Leben nicht für diese sinnlose Rache!« Corvyn trat auf sie zu und streckte drängend die Hand nach ihr aus.

Sinnlose Rache … Sie blickte zu ihrem Bruder. Bleich, blutig und zerschlagen. Und doch stand er gerade. Unbeirrbar. Sie sah ihre Mutter in seinen Augen. »Ich liebe dich, Melysan«, sagte er leise. »Komm mit mir.«

Seine Worte waren wie ein Pfeil, der in ihre Brust fuhr und die Leere darin mit Wärme erfüllte. Helligkeit flimmerte auf ihren Wimpern. Sie wischte darüber und starrte auf die Feuchtigkeit, die auf ihrer Fingerspitze glitzerte. Die Träne einer Frau, die nicht mehr weinen konnte.

Das Silber, das sich um den Feenkönig geformt hatte, glühte heller. Aufregung brandete auf, als sich die nächste Ranke von ihm abschälte und über Melysans Herzen aufrichtete. Ein Käfig, der sich neu errichtete. Ein Gefängnis für ihr Herz. Ihr Herz … der Schlüssel zur Freiheit des Feenkönigs. Endlich verstand sie. Der Tod würde keine Rache sein. Aber wenn er in der Gefangenschaft leben musste … Die wahre Strafe war … *sein Leben.*

Melysan Areon aus dem Geschlecht der Raben lächelte und hob den Kopf. »Ich war bereits des Todes, als ich den Pakt mit Euch geschlossen habe«, flüsterte sie rau. »Aber ich habe es nicht sehen wollen.« Sie packte den Dolch mit beiden Händen und sank zu Boden. Die schwarze Klinge stieß in ihr Herz und Melysan keuchte, als Qualen durch ihren Körper schnitten. Der Feenkönig schrie auf, als hätte die Klinge ihn an ihrer statt getroffen. Die Frucht ihrer Rache erblühte in dem von Grauen erfüllten Laut. »Ich werde frei sein. Und Ihr … ein Gefangener. Für … immer.« Ihre Hände rutschten von dem schwarzen Dolch, der in ihrem Herzen steckte. Sein Pochen wurde langsamer. Schwächer. Sie fiel zurück, als ihre Kräfte schwanden.

»Melysan!« Corvyn fiel neben ihr auf die Knie und seine Arme umschlossen sie. Seine Hände fuhren über ihre Stirn und strichen das Haar aus ihrem Gesicht. Sie konnte Tränen in seinen Augen schimmern sehen. Ihr stolzer Bruder … er weinte … um sie. Verwundert sah sie ihn an und es war, als sähe sie ihn zum ersten Mal. »Du bist eine wahre Königin der Raben«, flüsterte er und zog sie dichter an sich.

»Ich … liebe … dich auch, Bruder«, seufzte Melysan. »Ver … gib … mir.« Sie lächelte zu ihm auf. Ihre Augen hielten ihn fest, bis das Licht darin brach. Ein letzter Atemzug hob ihre Brust und der Schlag ihres Herzens verstummte.

Ein Aufschrei ging durch den Turm. Er erbebte und schüttelte sie, bis Maja beinahe den Halt verlor. Sie stützte sich an der Wand ab, als ihre Beine nachzugeben drohten. Das Weltentor flackerte wie eine Flamme im Sturm. Helligkeit und Dunkelheit wechselten sich ab, rote Striemen wirbelten zwischen Silber und Schwärze. Es brodelte, als könne es den Zorn des Feenkönigs spüren. Plötzlich war Vijctor an ihrer Seite. Er umschlang sie wie eine Fessel aus Feeneisen und zog sie von den Füßen.

»Vijctor! Nicht! Lass mich los!«

Er antwortete nicht. Maja strampelte in seinem Griff, doch er ließ sie nicht los und trug sie unerbittlich zum Weltentor. Sie hörte das Brüllen des Feenkönigs, als er sich mit einem Aufwallen seiner Macht aufbäumte. Die Rosenfesseln zerrissen. Blütenblätter stoben auf, als er sie abschüttelte, und sie spürte den Rückschlag, als ihre Kraft daraus wich. Es war wie ein Peitschenhieb, der auf sie niederging. Sie zuckte unter dem Schmerz zusammen, aber er war nicht so schlimm wie die Angst, die in ihrem Inneren tobte. Corvyn saß noch immer am Boden, als sei er zu Stein erstarrt. Der tote Körper seiner Schwester ruhte in seinem Schoß.

»Corvyn!« Maja schrie verzweifelt seinen Namen.

Er hob den Kopf und sah sie an, die Smaragdaugen geweitet und von Tränen gerötet. Es war, als ob er aus einem Traum erwachte. »Geht! Schnell!«

Er mühte sich auf die Beine und setzte sich in Bewegung. Rosenranken schossen auf ihn zu und griffen nach ihm. Sie wanden sich um seine Arme, umschlangen seine Beine. Dornen zerrissen seine Ärmel und bohrten sich in seine Haut. Sie zerrten ihn zurück auf die Knie, das Tor in unerreichbarer Ferne. Das Beben des Turmes wurde stärker, ein Knirschen ging durch seine Wände, ein Riss bildete sich, als wolle er entzweibrechen. Er lief durch den Boden und der Spalt strebte auf das Portal zu. Wenn er es erreichte … es würde zerbrechen!

»Corvyn! Nein!« Sie streckte die Hände nach ihm aus, doch Vijctor hielt nicht in seinem Lauf inne. Er beschleunigte seine Schritte und Maja spürte, wie sie abhoben, als er zu einem gewaltigen Sprung ansetzte. Schwärze umhüllte sie und löschte das Innere des Turmes aus. Silberlicht tanzte vor ihren Augen. Sie hörte den Aufschrei von Sonne und Mond, der in ihr widerhallte, dann schwebten sie für einen endlosen Augenblick schwerelos durch das Nichts.

Sie kamen hart auf dem Waldboden auf, feucht von Morgentau, rötlich im Licht der aufgehenden Sonne, die durch die Bäume fiel. Endlich ließ Vijctor sie los. Sie stolperte auf das flackernde Weltentor zu, in dem nur noch ein winziger Rest des silbernen Sternenlichtes glühte. Tränen rannen über ihre Wangen und ließen ihre Sicht verschwimmen. Sie sank vor dem Portal nieder und ihre Hände schlugen hilflos gegen die Schwärze. Hart wie Glas. Undurchdringlich. Das Weltentor war erloschen. Und es hatte den letzten Prinzen der Raben mit sich genommen.

»Corvyn … nein. Bitte nicht!« Majas Hände rutschten über die kalte Härte. Ihr Kopf sackte gegen das tote Portal und das Schluchzen, das aus ihrer Kehle drang, war wie ein Aufschrei, der ihr Innerstes in Stücke riss. Für einen langen Moment blieb sie reglos im Gras sitzen, unfähig, das Portal zu verlassen, das Corvyn im Reich des Mondes eingeschlossen hatte. Es loszulassen war, als würde sie auch den letzten Funken von ihm verlieren, die letzte Verbindung, die geblieben war.

»Maja …«, Vijctors Finger schlossen sich behutsam um ihre Schultern. »Du kannst hier nichts mehr tun. Aber Elejas braucht dich«, sagte er sanft.

Sie hob betäubt den Kopf und starrte ihren Onkel an. Vijctor war bleich und ernst. Eine dünne, blutige Spur rann über seine Schläfe. Hinter ihm erkannte sie Elejas, der sich an einem Baumstamm abstützte. Sein Gesicht war weiß wie das eines Gespenstes, seine Augen fassungslos und leer auf das geschlossene Weltentor gerichtet. Auch er hatte jemanden dahinter verloren. Vijctor hatte recht. Er brauchte sie jetzt. Die Erkenntnis ließ ihre Starre schmelzen. Maja nickte, ohne dass ein Wort über ihre Lippen kam und gestattete es Vijctor, ihr auf die Beine zu helfen. Sie waren schwach und schwer, als wollten sie sich nicht von der Stelle rühren. Sie musste die Zähne zusammenbeißen, um sie zum Gehorsam zu zwingen.

Nässe schimmerte in Elejas' Locken. Reste des Eises, das der Zauber des Feenkönigs auf seiner Haut hinterlassen hatte. Maja klammerte sich an den wärmenden Zorn, der bei seinem Anblick in ihr aufkeimte, um nicht an den bohrenden Verlust denken zu müssen. Der Schmerz würde zurückkehren. In der Nacht. In ihren Träumen. Sie wusste, dass sie ihm nicht entkommen konnte.

Vijctor stützte sie, als sie sich von dem verschlossenen Weltentor abwandten. Ein heller Blitz durchtrennte plötzlich das Morgenrot. Ein lautes Knacken erklang, wie Glas, das zersprang. Maja zuckte zusammen und fuhr herum, während Vijctors Degen aus seiner Scheide zischte. Das Weltentor brodelte wie Wasser in einem Kessel und Maja stolperte zurück. Silberne Blasen sprudelten auf seiner Oberfläche. Dann schoss ein Schatten daraus hervor und stürzte wie ein Stein auf den Waldboden.

Scherben rieselten hinter ihm zu Boden, als das Tor endgültig zersplitterte und nur einen hohlen, dunklen Schlund zurückließ. Dunkelheit waberte um die Silhouette herum, dann zerstreute sie sich und gab den Körper des Mannes frei, der schwer atmend auf der Moosdecke lag.

»Corvyn!« Maja fiel neben ihm auf die Knie und streckte die Hände nach seinem blutigen Gesicht aus. »Bei allen Göttern … ich dachte … du … das Tor …«, ihre Stimme versagte.

Er sah zu ihr auf, das Licht in seinen Smaragdaugen war getrübt von dem Kummer darin, dennoch erschien ein Lächeln auf seinen Lippen. »Ich bin ein Kind der Dämmerung, Weltenwandlerin. Selbst der Feenkönig konnte mich nicht in seinem Reich halten, solange noch ein Nachhall des Portals verblieben war.« Er stieß ein schmerzerfülltes Keuchen aus, als er sich auf die Ellenbogen mühte. »Und ich … habe dir versprochen, dass ich kommen würde. Wie hätte ich mein Versprechen brechen können?«

Sein Lächeln erlosch und sie konnte die Schatten auf seiner Miene deutlicher sehen. Trauer um den Zwilling, der sich geopfert hatte, um den Feenkönig wieder in sein Reich zu verbannen. Sie konnte kaum ermessen, was es für ihn bedeuten mochte. »Oh Corvyn …« Frische Tränen schossen in ihre Augen. Seine Arme schlangen sich um ihre Schultern und zogen sie an seine Brust.

Corvyn vergrub das Gesicht in ihrem Haar und sie spürte, wie er einatmete. »Es ist vorbei, Maja. Er kann nicht mehr nach uns greifen. Wir sind frei. Serijsa … ist frei.«

Seine Stimme war ein leiser Hauch, der ihr Ohr streifte. Sie schloss die Lider und lauschte auf das Wispern seiner Atemzüge, die ihr Haar berührten.

Frei.

Das Weltentor war geschlossen. Die Zeit des Feenkönigs war vorüber, der Prinz der Raben zurückgekehrt. Sie umfing ihn fester und spürte dem schnellen Schlag seines Herzens unter ihren Fingerspitzen nach. Er war hier, nicht in ihren Träumen, kein Abbild in einem Spiegel. Und diesmal würde er bleiben … *für immer.*

Endlich strömte Frieden in ihr Herz. Die Vögel begannen ihr Lied und kündeten von dem Erwachen eines neuen Tages. Von dem ersten Lauf der Sonne, der in eine Nacht ohne die Schrecken des Feenreiches münden würde.

Das Ende der Nacht

Die Stimme ihres Vaters drang aus der halb geöffneten Tür des Salons. Maja hielt inne und lächelte über den zärtlichen Tonfall, der sich immer dann einstellte, wenn er zu seiner Gemahlin sprach. Vorsichtig drückte sie die Tür weiter auf und stellte leise die Vase auf dem kleinen Tischchen neben ihrer Mutter ab. Blassrote Rosen, die Lyane einst selbst gepflanzt hatte. Sie verströmten einen betörenden Duft, der nichts mit dem muffigen Gestank der verblühten Gewächse gemein hatte, die ihr Schlafgemach überwuchert hatten. Jeden Tag brachte Maja ihr einen frischen Strauß und jedes Mal wurde sie mit einem Lächeln dafür belohnt. Lyane Carjesan erwachte wie der Frühling. Ihre Wangen wurden rosiger und fülliger. Der ausgemergelte Körper erstarkte. Noch sprach sie kein Wort, aber das Leben kehrte in sie zurück, je weiter der Bann des Feenkönigs in die Ferne rückte. Die welken Rosen waren aus dem obersten Stock verschwunden, die Spieluhr hatte zerbrochen am Boden gelegen, als sie nach Hause zurückgekehrt war. Die Figur des Feenkönigs war verschollen. Spurlos. Sie hatte in allen Ecken danach gesucht, doch es war, als hätte es sie nie gegeben. Ihr Vater lächelte wieder. Nur selten wich er von Lyanes Seite, ängstlich darauf bedacht, keinen Augenblick, keine Geste, keinen Blick zu versäumen, den sie ihm schenkte.

Jetzt hob er den Kopf, um seine Tochter anzublicken. Die Hand ihrer Mutter ruhte in der seinen und er hielt sie fest, als wolle er sie nie wieder loslassen. Schatten lagen unter seinen Augen. Die Überbleibsel durchwachter Nächte, die er in Sorge verbracht hatte. Sorge um seine Tochter. Es versetzte ihr einen Stich und doch … Maja wusste, dass es niemals einen anderen Ausweg gegeben hatte, als sich dem Feenkönig zu stellen. Auch Cosmyr hatte es letztlich erkennen müssen.

Lyane trug eines ihrer alten Kleider, zu weit für ihren mageren Körper. Ihr Vater und Ijona hatten es jedoch zu ihrer Aufgabe erkoren, schnellstmöglich dafür zu sorgen, dass sie sie wieder ausfüllen würde.

Auch jetzt befand sich eine Schale mit Obst an der Seite ihrer Mutter und Maja wusste, dass Cosmyr sie so lange nötigen würde, davon zu essen, bis sie geleert war. Ein Lächeln erblühte auf Lyanes Lippen und sie streckte die Hand nach ihrer Tochter aus. Maja ergriff sie und die zarten Knochen erinnerten sie an die eines zerbrechlichen Vogels.

»Guten Morgen, Mutter«, sagte sie lächelnd. »Ich hoffe, du hast gut geschlafen.«

Lyanes Finger drückten ihre Hand und Maja fühlte, wie ein Kloß in ihrer Kehle wuchs. Es war wie ein Wunder. Lyanes Geist war zu ihnen zurückgekehrt und die Schatten wichen aus ihrem Zuhause. Sie blinzelte, um die Tränen zu vertreiben, und sah ihren Vater an. »Ijona möchte frischen Apfelkuchen für Mutter backen. Ich will hinausgehen und Äpfel für sie einsammeln.«

Für einen Wimpernschlag lang zogen Wolken über das Gesicht ihres Vaters und es wirkte, als wolle er widersprechen. Dann neigte er den Kopf. »Deine Mutter wird sich darüber freuen.«

Sein Lächeln war zaghaft, die unterdrückte Sorge in seinen meerfarbenen Augen zu lesen. Dennoch … die Dinge hatten sich geändert und nichts würde je wieder so sein, wie es war. Nicht nur Serijsa war frei. Auch Maja war es. Und Cosmyr wusste, dass er sie nicht mehr halten konnte. Nicht jetzt, da die Gefahr hinter den Spiegeln gebannt war.

»Ich bin bald wieder zurück.« Maja löste sich von ihrer Mutter und verließ den Salon. In ihrem Rücken vernahm sie, wie Cosmyr auf seine Gemahlin einredete, um sie davon zu überzeugen, noch etwas zu sich zu nehmen und das Schmunzeln darüber begleitete ihren Weg.

Es war ein sonniger Herbsttag. Die Spinnen hatten ihre Netze zwischen den Büschen gewoben und das feine Gewebe schimmerte im Sonnenlicht. Maja sah zu den Zinnen des Schlosses auf, die sich hoch über ihr in den Himmel reckten. Die Raben, die das Dach besiedelten, schienen spärlicher als früher. Vielleicht waren sie zu den Feldern hinabgezogen, nun, da die Erntezeit gekommen war. Ein halber Mondlauf war vergangen, seitdem Corvyn in das Heim seiner Vorfahren zurückgekehrt war und Königin Melysan von Serijsa diese Welt verlassen hatte. Das Volk von Sorieska ahnte nichts vom Schicksal seiner Königin. Nichts von der Rückkehr seines neuen Königs. Und auch sie hatte ihn seither nicht mehr gesehen. Maja seufzte und begann, herabgefallene

Äpfel in ihre Schürze zu sammeln. Sie vermisste seinen Humor und sein Lachen. Die Art, wie er sie aufzog und herausforderte. Das Funkeln in seinen Augen und die dahinter verborgene Ernsthaftigkeit.

Von Vijctor hatte sie erfahren, dass die Hüter der Dämmerung im Schloss zusammengetreten waren, um einen neuen Rat zu bilden. Er würde im Stillen über Sorieska wachen und dafür sorgen, dass es nie wieder einen Schlüssel gab, den der Feenkönig für seine Zwecke benutzen konnte. Die Bande mit der Herrin der Dämmerung waren erneuert worden und Maja wusste, dass Corvyn alle Hände voll zu tun haben musste. Sie sehnte sich nach ihm, doch gleichzeitig verstand sie, dass in seiner Trauer kein Raum für sie blieb.

Me'Dam Rojan hatte die Leitung des Haushaltes übernommen, selbst einer der alten Familien angehörig, die sich nun ihres Erbes entsannen. Celea wandelte frei in den Hallen und half ihr dabei, für Ordnung zu sorgen. Eine gestrenge Matrone in der Gestalt einer grazilen Schönheit, die den Männern des Schlosses mit ihren bronzenen Fäusten Respekt abnötigte. Kaum einer wagte es, sich ihr zu widersetzen, wenn sie wütend wurde. Wann immer Vijctor von ihr erzählte, wich die Düsternis von seiner Miene, die seit der Nacht darauf nistete, in der sich das Portal geschlossen hatte. Er versuchte, es vor ihr zu verbergen, doch etwas lastete auf seiner Seele. Sie konnte es sehen, wenn er düster und grüblerisch ins Nichts starrte. Er kehrte selten im Haus ihres Vaters ein, aber was ihn bekümmerte, teilte er nicht mit ihr.

Es war nicht das Einzige, was ihr Sorge bereitete. Elejas war zu seinem Vater zurückgekehrt, stiller, in sich gekehrt. Es war, als sei etwas von ihm im Feenreich zurückgeblieben, als die Rabenkönigin gestorben war. Maja spürte seine Ruhelosigkeit. Das Wispern des Windes in ihm, das stärker geworden war. Wie lange würde es dauern, bis er Sorieska den Rücken kehrte? Niemand würde ihn halten können. Das Wissen schmerzte sie, wenngleich sie wusste, dass sie ihn nicht aufhalten durfte. Elejas hatte sich verändert. Er hatte von der Freiheit gekostet und er würde sie nie wieder aufgeben können. Auch sein Vater würde es einsehen müssen, wenn er seinen Sohn nicht für alle Zeit verlieren wollte.

Ein Rabe krächzte irgendwo über ihr, doch Maja schenkte ihm keine Beachtung. Wie oft war sie in den letzten Tagen zusammengefahren, sobald sie den Laut gehört hatte? Wie oft war sie nach draußen gegangen, in den Garten, um nach seiner Quelle zu suchen? Immer wieder war sie enttäuscht zurückgekehrt, wenn sie nichts als einen gewöhnlichen Vogel vorgefunden hatte. In Sorieska wimmelte es vor Raben und Maja verfluchte die Stadt dafür, dass sie zu oft den Samen der Hoffnung in ihr Herz gesät hatte.

Ein Flattern in den Bäumen, ein neuerliches Krächzen, noch näher diesmal. Maja sammelte einen letzten Apfel ein, ohne aufzusehen. Etwas fiel aus den Zweigen vor ihre Füße. Ein Funkeln im Gras, der Schimmer von Gold. Sie bückte sich stirnrunzelnd danach, um es aufzuheben. Es war … ein Ring. Maja drehte ihn in ihren Händen. Ein großer, facettierter Smaragd, umgeben von einem Kranz schillernder Diamanten. Sein Wert musste unermesslich sein. Plötzlich schlug ihr Herz schneller. Sie trat unter die Bäume und spähte ins Laub, hinauf zu dem schwarzen Vogel, der sie neugierig beäugte. Maja kniff die Augen zusammen, um besser sehen zu können. Seine Augen … glänzender Obsidian. Nicht das Grün des Steins, der in ihren Fingern funkelte.

Sie kämpfte gegen die Enttäuschung, die sich in ihr ausbreiten wollte. *Was hast du geglaubt, Maja? Er hat keine Zeit, um zu dir zu kommen.* Und doch wünschte sie es sich sehnlichst. Sie blickte zu dem Tier auf. »Du kleiner Dieb! Wo hast du das gestohlen, hm?« Der Rabe stieß ein unschuldiges Krächzen aus und sie lachte darüber. Der Ton wirkte so vertraut, als sei es der Vogel, in dem Corvyns Geist gewohnt hatte. »Du solltest ihn seinem Besitzer zurückbringen, Rabe.«

»Ich fürchte, das kann ich nicht. Er hat meiner Mutter gehört. Vater sagte immer, dass seine Farbe der ihrer Augen gleicht. Sie hat sich gewünscht, dass meine Braut ihn eines Tages trägt.«

Maja fuhr zusammen und wandte sich um. Die Äpfel polterten zu Boden, als die Schürze aus ihren Fingern rutschte.

Seine Augen glitzerten, obgleich er im Schatten der Bäume stand. Bleicher und ernster, als sie ihn in Erinnerung hatte. Eine frische Narbe durchbrach seine dunkle Braue, eine zweite zog sich über seine Wange. Spuren, die der Feenkönig hinterlassen hatte. Er schien gereift … verändert. Und doch war er der Gleiche. Seine Lippen waren zu einem Lächeln verzogen, das wirkte, als ob er sich stumm über die ganze Welt amüsierte. Er hob die geteilte Braue. »Ich hatte gehofft, du würdest meine Werbung besser aufnehmen, Weltenwandlerin. Wolltest du die Äpfel als Geschosse benutzen, um dich meiner zu erwehren?«

»Corvyn … du …«, sie stockte. Ein Schritt und sie flog in seine Arme. Maja grub die Hände in den Samt seines dunklen Gehrockes. Schwarz, mit einem grünlichen Schimmer. Weich wie Rabengefieder.

Er taumelte gegen einen der Apfelbäume und die reifen Früchte regneten um sie herum zu Boden. Corvyn stieß ein Stöhnen aus, das in ein Lachen überging und schloss die Arme um ihre Taille. Er zog sie so fest an sich, dass sie kaum atmen konnte. »Darf ich das als Einwilligung ansehen oder folgt jetzt das Dämonenfeuer, das mich verbrennen soll?«

Maja löste sich von ihm. Sie spürte die verräterische Hitze, die auf ihren Wangen erblühte und verfluchte sich dafür, dass ihre Gefühle in ihr Gesicht geschrieben standen. Sie stemmte die Hände in die Hüften und schnaubte, um ihre Verlegenheit zu überspielen. »Oh, halt den Mund, Rabe! All die Tage und du hattest kein einziges Wort für mich. Ich sollte dir mein Dämonenfeuer zu schmecken geben, weil du dir so lange Zeit gelassen hast.«

»Deine Wangen beginnen schon zu glühen. Ich sollte mir eine Deckung suchen.« Er zwinkerte ihr zu und strich eine lose Strähne hinter ihr Ohr, ohne ihre empörte Miene zu beachten. »Ich habe dich vermisst, Weltenwandlerin«, sagte er leise.

»Tatsächlich?« Maja hob die Brauen. »Nach einem halben Mondlauf? Deine Sehnsucht muss dich beinahe um den Verstand gebracht haben.« Sie versuchte sich an einem spöttischen Ton, doch er misslang kläglich.

»Und was, wenn ich in dieser Zeit in jeder wachen Stunde an dich gedacht habe und du in den Nächten durch meine Träume gewandelt bist?« Sein rauer Tonfall hinterließ ein Flattern in ihrem Bauch. Maja glaubte, dass sie verglühen müsste, wenn er sie noch einen Augenblick länger ansah.

»Und das soll ich dir glauben, nachdem du dich so lange vor mir versteckt hast?«

»Es hat eine Weile gedauert, bis ich gefunden hatte, was ich gesucht habe.«

»Und was war das? Dein verlorener Mut?«, fragte sie neckend.

Corvyns Lippen verzogen sich zu einem schiefen Lächeln. »Nicht ganz.« Er fasste nach ihrer Hand und öffnete ihre Finger, um den Ring herauszunehmen. Seine Facetten erglühten im Sonnenlicht, als er ihn emporhielt. »Aber Schloss Rabenschwinge ist weitläufig und verfügt über viele Verstecke. Und ich wollte nicht kommen, ehe ich den Ring meiner Mutter gefunden hatte.« Er hielt inne und die Heiterkeit verschwand von seinen Zügen. »Es ist mein Ernst, Maja. Ich bin gekommen, weil ich um dich werben möchte.«

Für einen langen Augenblick starrte sie wortlos auf den Ring, dann sah sie zu ihm auf. Maja suchte in seinen Augen nach einem Zeichen dafür, dass er sie necken wollte, doch sie fand nichts als Ernsthaftigkeit darin. Eine Frage, die noch nicht über seine Lippen gedrungen war. Plötzlich vermochte sie es nicht mehr, seinem Blick standzuhalten. Ihr Herzschlag verschlug ihr den Atem.

»Was hast du, Weltenwandlerin?«, fragte er besorgt. »Wenn du nicht willst, dass ich …«

»Nein«, sagte sie hastig. »Aber … es ist … du bist jetzt der König von Serijsa und ich …«, stotterte sie verlegen, »ich bin nichts als die Tochter eines Stoffhändlers. Du kannst mich unmöglich als deine Braut wollen.«

Corvyns Brust erbebte, als er lachte. »Eines Stoffhändlers der mehr Reichtum besitzt als das Königshaus. Oh Maja … du bist so viel mehr als das. Ich weiß nicht, was aus mir werden wird. Ich weiß nicht, ob Serijsa mich braucht oder will. Vielleicht werde ich König sein. Vielleicht nur ein armer Erfinder, der in seiner Werkstatt dafür arbeitet, den Menschen zu zeigen, dass sie mit ihren eigenen Händen Magie schaffen können. Aber in jeder Zukunft, die ich vor mir sehen kann, stehst du an meiner Seite.« Er legte eine Hand an ihre Wange und seine Stimme wurde sanfter. »Das heißt … wenn du mich willst.« Sie starrte auf den Smaragd, der im Sonnenlicht glitzerte. Corvyn hob ihr Kinn an und zwang sie, ihren Blick davon abzuwenden. »Willst du mich, Maja? Selbst wenn ich ein König bin, der kaum mehr als ein Bettler besitzt?«

Ihr Atem stockte, als sie in seine Augen blickte. Die smaragdenen Augen des Prinzen, der für einhundert Jahre hinter den Spiegeln gefangen gewesen war. »Ich will dich, Rabe«, hauchte sie. »Das heißt …«, sie sah zu Boden, »wenn du wirklich dein Leben mit einer zänkischen Dämonentochter verbringen möchtest. Überleg es dir gut. Noch hast du Zeit, davonzulaufen.«

Er lachte und zog sie zurück in seine Arme. »Du hast recht. Vielleicht sollte ich das. Aber …«, seine Lippen berührten ihre Stirn und sie fühlte den Hauch seines Atems auf ihrer Haut. »Ich möchte nicht davonlaufen. Ich habe geglaubt, dass ich nie wieder die Sonne sehen würde und dass mein Leben eines Tages in den Nebeln endet. Aber keine Nacht währt ewig. Und du warst das Licht, das mich zurückgezogen hat, als ich dachte, dass ich meinem Gefängnis niemals entkommen würde. Du hast mir diese Zukunft geschenkt, Maja Carjesan. Und ich will nichts lieber, als sie mit dir zu teilen. Selbst wenn deine Feuer mich tausendfach verbrennen.«

Seine Stimme war ein Murmeln, das sich im Rauschen des Windes verlor. Er blickte auf sie nieder und die Sonne schien heller, als er sich herabneigte, um sie zu küssen. Die Welt strahlte in einem Schein, der schöner war als jeder Feenzauber. Die ewige Nacht war vorüber. Das Licht war in ihren Herzen erwacht und hatte einen Funken entzündet, der nie wieder erlöschen würde.

Ende

Michelle Natascha Weber

wurde 1980 in Hanau geboren und lebt heute am Rhein. Nach dem Abitur studierte sie Kunstgeschichte und Anglistik in Gießen und widmete sich ihrer Leidenschaft für das Schreiben. Sie schreibt Fantasy-Romane, in denen sich Märchenelemente mit Gothic Romance und Mantel und Degen Einflüssen vereinen.

www.facebook.com/pages/Michelle-Natascha-Weber/213297518701973

www.michelle-weber.de

Weitere Titel

von Michelle Natascha Weber:

Feenblut
Der Fluch des Drachen
Meister der Masken
Falkenseele
König der Wölfe

Julia Adrian

Die Dreizehnte Fee – Erwachen

ISBN: 978-3-95991-131-3, Klappbroschur, EUR 12,00

Ich bin nicht Schneewittchen. Ich bin die böse Königin. Für tausend Jahre schlief die Dreizehnte Fee den Dornröschenschlaf, jetzt ist sie wach und sinnt auf Rache. Eine tödliche Jagd beginnt, die nur einer überleben kann. Gemeinsam mit dem geheimnisvollen Hexenjäger erkundet sie eine Welt, die ihr fremd geworden ist. Und sie lernt, dass es mehr gibt als den Wunsch nach Vergeltung. »Kennst du das Märchen von Hänsel und Gretel?«, frage ich flüsternd. Er braucht mir nicht zu antworten, er weiß, dass nicht alle Märchen wahr sind.
Nicht ganz zumindest. Es gibt keine Happy Ends, es gab sie nie.
Für keine von uns.